长 篇 小 说

首席高参

瑞 根／著

21 二十一世纪出版社
21st Century Publishing House
全国百佳出版社

图书在版编目（CIP）数据

首席高参 . 1 / 瑞根著 . -- 南昌 : 二十一世纪出版

社 , 2014.7

　ISBN 978-7-5391-9578-0

　Ⅰ . ①首… Ⅱ . ①瑞… Ⅲ . ①长篇小说—中国—当代

Ⅳ . ① I247.5

　中国版本图书馆 CIP 数据核字 (2014) 第 081840 号

首席高参　　　　　　　　　　　　　　　　　瑞　根 著

责任编辑　张秋林　李一意
出版发行　二十一世纪出版社
　　　　　　（江西省南昌市子安路75号　　330009）
　　　　　　www.21cccc.com　cc21@163.net
出 版 人　张秋林
经　　销　新华书店
印　　刷　北京建泰印刷有限公司
版　　次　2014年7月第1版　2014年7月第1次印刷
开　　本　710mm×1000mm　1/16
印　　张　25
字　　数　350千
书　　号　ISBN 978-7-5391-9578-0
定　　价　39.80元

赣版权登字—04—2014—239
如发现印装质量问题，请寄本社图书发行公司调换 0791-86524997

四十年前，著名学者顾准在弥留之际认为，中国的"神武景气"是一定会到来的。仙去之前，九十高龄的当代大儒南怀瑾预言，从上世纪八十年代开始，中华民族将会迎来二百年的好运。

也许你浑然不察，我们已然走进了一个空前绝后的伟大时代，这个时代足以盖过历史上所有的盛世，无论是汉代的"文景之治"、盛唐的"开元盛世"，还是满清的"康乾盛世"，都无法与我们所处的这个时代相媲美。

这是一个从油灯到电气化的时代；这是一个从独轮车到高铁的时代；这是一个从铅字到计算机的时代；这是一个从信息闭塞到互联网的时代；这是一个从饥饿贫穷到财富滚滚的时代；这是一个从闭关锁国到改革开放的时代；这是一个知识大爆炸的时代；这是一个瞬息万变的时代；这是一个天翻地覆的时代；这是一个空前绝后的时代；这是一个伟大的时代。

无论你是否愿意，是否承认，你都被时代的大潮所裹挟，或者去弄潮，或者被淹没，或者在潮头站起，或者像尘埃消散。

——**题记**

目 录

第四章

蔡正阳这一步官路上得如此迅速，如此顺利 / 56

这两篇受到高层领导关注的文章都是蔡正阳在赵国栋的启发之下写成的。新颖的、高瞻远瞩的观点是赵国栋的，蔡正阳只是针对性地收集材料，收集数据，加以分析。高层领导认为一个县委书记能够有如此敏锐的洞察力和政治嗅觉，难能可贵。于是原来确定的市长助理变成了副市长，原本确定协助市长抓某些专项工作变成分管工业、交通工作。

第五章

他就像一个稳操胜券的操盘手 / 74

在赵国栋的心中，始终澎湃着一股大潮，一股由渴望形成的大潮。他仿佛正驾驶着一叶扁舟穿行在这波峰浪谷之间。他就像一个稳操胜券的操盘手，左手是他的商场、股市，右手是他的官场、仕途。他就那样稳稳当当地布局，扎扎实实地落子，不动声色地收获……

第六章

柳道源对赵国栋刮目相看了 / 94

柳道源也想不通这个家伙怎么就敢在自己和蔡正阳面前如此放肆随便，虽然他很喜欢这种氛围，但还是对赵国栋的表现感到困惑。一个什么都算不上的小警察能够在自己和蔡正阳面前做到不卑不亢已经很难了，还敢这样肆无忌惮地出现。

第七章

赵国栋预感到他的前途潜伏着一股暗流和危机 / 115

局里中层干部即将调整的消息不胫而走。栾征远、牛子建的离开和朱星文的强势上位，一下子让原来的栾系人马慌了手脚。一朝天子一朝臣，加上刘胜安和邱元丰拟任副局长的消息，这一波风暴袭来，意味着江口县公安局立即就要迎来一场剧变。

第八章

赵国栋让这个浸淫江湖十几年的老手也感到惧意 / 147

县委副书记兼政法委书记包太平笑着对朱星文道："现在要求干部年轻化、专业化，小赵这种科班出身的干部就是要大胆地用在领导岗位上，事实证明我们的观点没有错嘛。"

2

第一章　刘兆国把赵国栋带进他的朋友圈中

赵国栋心中微微一动，看来刘兆国这几个战友都不简单，光从他们表现出来的气势就看得出来这些人身份不一般。尤其是居中那个白衬衣男子，沉稳有度，目光柔和却又不乏坚忍，看上去更像是一个学者。而那个蔡哥身上则隐隐流露出一种霸气，不是社会习气中那种霸气，而是一种隐然自威的气势。

大观口的逢会相当热闹，每到农历初一和十五，这里都热闹异常。今年八月十五更是人潮涌动，天后庙前后的坝子里人山人海，来自周邻几个县市的老百姓都来赶场逢会。

各种小吃应有尽有，杂耍马戏也是层出不穷，各种小手艺纷纷登场。剪纸、藤编、草编、糖人、泥塑、石雕，引得无数人驻足观望。其他地方这个时候十分讲究的月饼，在这里反而显得不那么起眼了。

赵国栋带着联防员胡明贵、谭凯赶到天后庙时已经是上午过十点了，治安室的人早早就撒了下去。罗长荣因为乡上开党委会来不了，这边就只有赵国栋担起重任了。

每到初一或者十五，周遭的扒手们总会寻摸着想要在这场盛会中捞一把，这也是大观口乡治安室最为头疼的事情。几乎每个初一、十五都会有那么几个失窃的群众哭哭啼啼地来治安室报案。

虽说损失不大，一般也就是几十元钱，但是对于乡下百姓来说也够让人肉痛的了。所以治安室每逢这个时候都不得不全体出动，以求最大限度地将那些扒手撵走，维护逢会的平安。

大观口和土陵都是赵国栋的辖区，所以这个任务便理所当然地落到了赵国栋身上。不过这对赵国栋来说是小菜一碟，毕竟他也是在刑警队干过一年的，要不是帮刑警队队长刘队顶缸，他也不会被下放到江庙派出所。江庙虽然是赵国栋的老家，回老家也是件好事儿，但这样灰溜溜地回去，还是让他心里不是个滋味儿。然而不管怎么样，工作还是要干的。

赵国栋和胡明贵顺着天后庙旁边的几条街道溜达了一转之后，回到天后庙前的广场上，这里是人流量最大的地方。

赵国栋很快就锁定了目标，三男一女。其中两个年龄不小了，至少在三十岁以上，表面上看不出什么，十分普通，也没有多余的动作。但骨子里流露出来的气息，却让赵国栋一下子就觉察到其中两个家伙都是练家子，而且不是寻常的练家子。

这时，一个衣着朴素的中年男子似乎丝毫没注意到和自己擦身而过的年轻人，目光有些迷茫地四处张望，仿佛在寻找着什么。

身形跟跄了一下之后，又随意一躬身，年轻人又重新恢复了正常，快步离开，不过赵国栋却抢在他前面卡住了他的身体。

"拿出来。"

"什么？"年轻人一脸愤怒，但目光中一闪而逝的紧张却掩饰不住。

赵国栋脸上微笑不变："拿出来。这是我的地盘，不要惹我。"

"放肆！"涨红了脸的年轻人似乎被赵国栋的表情激怒了，插在上衣包里的手一动，闪电般向赵国栋挥来，带起一阵风声。

"哼，米粒之珠也敢放光华？"赵国栋身形一斜，让过对方这一插掌，单手竖肘恰到好处地在对方肘部一撞，手指已不经意地从他怀中拿出自己想要的东西。只是入手之后让他有些诧异，这是一个再普通不过的胶皮笔记本。

年轻人眼睛都红了。

一拧身又出一拳，单腿借力就是一记侧蹬，直袭赵国栋上中两盘，一招两式，一气呵成。

"咦？还有两下子啊。"赵国栋脸上神色未变，不过心中也是一凛，这个家伙手底下功夫不差啊，旁边那三个岂不是更强？

心中虽如此想，但是手下却没有半点退让。一记摆腿架开对方凌厉的一脚，右拳毫不客气地格开对方的刺拳，同时化拳为掌叼住对方脉门，轻轻一捏，对方身体便瘫软下来。"小子，看来只有你家大人来才能把你领走了。"赵国栋对他说道

"放手！你知道我是谁？"年轻人强忍整个胳膊的酸痛，想要挣扎，却半点力气也使不出来，只能咬着牙硬抗，额际汗珠隐隐，显然赵国栋这一手很是刁毒。

"我管你是谁，这是我的码头，你想给我找麻烦？"赵国栋脸色一阴，狠辣之气隐隐渗出。

背后响起，细碎而急促的脚步声，赵国栋没有理睬。他知道肯定是年轻人那几个同伙，不过他不认为他们敢在光天化日之下挑衅执法机关。

"小兄弟，请放了他吧，我兄弟不懂事，我代他道歉了。"一个戴着眼镜的男子抱了抱拳。

赵国栋斜睨了对方一眼，看到眼镜男子身旁那个马脸壮汉似乎有些不忿，冷冷一笑道："我觉得你们应该懂规矩才对，明知故犯是觉得我软弱可欺？"

"呵呵，小兄弟，想必你也看出来了，我这兄弟并没有那意思，不过是一时手痒罢了。"眼镜男子坦诚地一笑，一脸歉意，"真的，我们不是吃这口饭的。就算是要吃，也不会来这里，对不对？"

赵国栋注视对方良久，阴狠的目光让自认为阅历练达的眼镜男子都微微色变，方才点点头，挥手放了那个龇牙咧嘴的年轻人，说："好，你说服了我，这一次就算了。记住，无论在哪里，无论你有什么本事，共产党的天，你翻不了，不要做无谓的挑衅。"

"呵呵，小兄弟，你说话有些意思，能交个朋友么？我叫乔辉，他们一般叫我小辉或者辉哥。"眼镜男子并没有唐突地伸出手来，他只是笑了笑，等待对方反应。

眼前这个小伙子虽然说话冲了一点，但无疑是个值得一交的人物，身手不说，头脑反应和立身处世都不简单。

"我姓赵，江庙派出所的，这里是我的辖区。"赵国栋沉吟了一下才回答

道。他既没有答应对方，也没有一口回绝对方。对方说得没错，这个年轻人并不是干那一行的，以他的身手根本不用吃这碗饭。这次不过是见猎心喜，手发痒，想要在同伴面前炫耀一番罢了。

"好，小兄弟，今天乔辉承你情了。我们先走了，后会有期。"眼镜男子也很爽快，没有多余废话，道别之后便带着三个人离开了。

赵国栋注视着几人消失，才掂了掂手中的胶皮笔记本，走向一直在旁边观看的那个中年人："大哥，这东西是你的吧？来，完璧归赵。"

"呵呵，谢谢了。这东西虽然不值钱，但是上边记了一些老战友的联系电话，若是丢了，也许一辈子都联系不上了。"中年男子身材魁梧，身板硬朗，一头短发，看起来有四十出头，精神十足。

"嗯，那你可得保管好。不过那小子也只是想显摆一下罢了，要不你兜里的钱包可就飞了。"赵国栋也笑了笑，"下一次也许就没有这么好运气了。"

"小兄弟，看你是干公安的，为啥不把他们抓起来？"中年男子似乎对赵国栋的表现很好奇。

"嗯，他们没有犯罪，凭什么抓起来？就算是偷你笔记本那个家伙，他也没有犯罪故意，不过是想要显摆而已。何况这笔记本对你意义重大，但法律只会认定其本身价值，还够不上犯罪，给他个教训足够了。"赵国栋很平静地解释道，他觉得这个家伙似乎有点儿找碴儿的意思。

"不是犯罪，那算违法吧？"中年男子依然紧追不舍。

"可以算，那要看如何看待认定，所以我给了他口头警告。"赵国栋眯起眼睛，怎么，还想干涉自己的处置权？

中年男子似乎也觉察到了赵国栋言语中的生硬，笑了笑："小兄弟，我没别的意思，只是探讨一下而已。说实话我还真得感谢你帮我拿回这东西呢。"

"不客气，这是我该做的。"赵国栋也笑了起来，"听口音大哥好像是这边人？"

"怎么，你还听得出我的口音？"中年男子惊喜地一扬眉，似乎不敢相信。

"嗯，大哥口音虽然变了许多，但是你发音的尾子仍然有我们这边特有的味道。而且我方才看你在那边张望，似乎有些怀念感慨的神色，估摸着你应该是这边的人。"赵国栋也不掩饰。

"啊？"中年男子没想到赵国栋的观察力如此细致入微，赞许地点点头，又指了指南边："我是平川那边的人，不过就挨着大观口这边。小时候经常来这边玩耍，当兵一走二十多年，物是人非，真怀念小时候无忧无虑的时光。"

赵国栋掏出烟丢给对方一支，重新把烟塞进包里，说："大观口变化不大，尤其是这边老街都还保留了原来的样子。每月初一、十五都像过节一样热闹，平川、江口、梅县甚至更远的百姓都来这里逢会。"

"嗯，这边属于江庙派出所管吧？你们不是每个月初一十五都要来这里执勤？"中年男子见赵国栋收回烟，有点诧异，但还是自顾自点燃烟。

"如果所里没什么大事，当然要过来，大观口这边还有治安室。这边人流量大，难免有些不开眼的家伙来搅扫，得不时敲打一番才行。老百姓挣两个不容易，兴冲冲来逢会赶场，得让他们高高兴兴回去才行啊。"

赵国栋不知不觉间把对方当成老朋友般随意聊起来。

中年男子点点头："是啊，当公安也不容易。但老百姓看你公安行不行，就是看你能不能让他们安安心心工作生活，这要求并不高。"

"大哥，这句话听起来要求不高，但是落到实处也不简单。"赵国栋摇摇头，"举个简单例子，一个人被盗，回去必然四处埋怨，很快就传得四邻皆晓。公安要想挽回印象，破十件案子也未必能弥补。很简单，老百姓都是很实际的，他只注意自己身旁发生的事情，自然忽略了与己无关的东西。而且好的东西他往往记不住，一旦损了他的利益，他便是过上十年一样记忆犹新。"

"嘿嘿，小兄弟，你才工作多久？听起来好像很有感触似的。"中年男子笑了起来。

"我读警专放暑假时就在县局治安科见习了两个月，毕业又在安都市区派出所实习了三个月，然后分配到县局刑警队工作了将近一年，又下到这江庙派出所一干就是五个月。时间虽然不长，但是经历却不少，城市派出所、农村派出所、刑警队、治安科都干过，基本上什么都摸过。"赵国栋颇为自豪地道。

"噢，你是省警专毕业的？怎么在刑警队干了一年又下派出所？"中年男子似乎对公安工作有些了解。

"江庙所是县里农村第一大所，一直缺人，我家又是江庙的，所以就回来了。"赵国栋轻描淡写地解释道。

"你家是江庙的?"中年男子很感兴趣。

"算是吧，我父母都是安都第一纺织厂的。"

"哦，纺织厂的啊。我说你口音咋也不完全是这边的呢，不过也算这边的。纺织厂在这边有三十年了吧，我当兵的时候这厂刚建起不久。"中年男子恍然大悟。

"嗯，满打满算三十年了。"赵国栋看了看日头，"大哥，你一个人过来的?"

"嗯，刚转业回来，想回来看看，趁着没正式上班之前还有点空闲时间，所以就一个人来溜达溜达。"中年男子有些伤感，"老家那边也没啥人了，回去了一趟，收获了一肚子酒。"

"呵呵，这是难免的，老朋友见面总得热闹热闹才是。"赵国栋张望了一下四周，日头正当，"大哥若是不嫌弃，中午就一起在这里简单对付一顿?"

"好啊。"中年男子很爽快地接受了邀请。

饭桌上赵国栋也不劝酒，拿了两瓶本地产的粮食酒，自己只喝了两杯就放下了杯子，这让中年男子很惊诧。他看得出赵国栋酒量不浅，赵国栋解释下午还有工作，有点酒上上气氛就行了。

一顿饭下来，赵国栋和中年男子颇为投缘。赵国栋觉得这人谈吐不俗，不像有些当兵的，转业回来很长时间都难以适应地方生活。要么满腹牢骚怨天尤人，要么故作清高一副众人皆醉我独醒的样子。此人显然不是那种人，他对安原乃至安都的情况都能说上一二，而且十分健谈。

中年男子一样对赵国栋很有好感，赵国栋表现出来的专业能力以及对世情社情的了解让他刮目相看。尤其是对眼下时政的判断和分析上，更让他觉得不应该是一个二十来岁的年轻人能够做到的。

赵国栋也没有想到自己的闲聊会让对方感受如此之深，他无意间将书上看到的一些东西加入了自己的观点中，使得对方留下了深刻的印象。

下午，天后庙渐渐恢复了正常，逢会赶场的人渐渐散去。赵国栋和刘哥，也就是那个中年男子，在茶馆门口的茶座里闲聊喝茶。大叶的本地苦茶虽然苦涩，但是却能让人在昏昏欲睡的下午头脑一清。

俩人一直聊了大半下午，从大观口历史到江口县现在的治安情况，从平川那边的风景名胜到安都市区这几年的发展变化，一直到苦茶味道都快消失了，刘哥才意犹未尽地乘车离开。

临走前刘哥要了江庙派出所的电话号码，也给赵国栋留了联系电话，赵国栋甚至连对方名字都忘了问。

江口县公安局局长栾征远神色严肃地坐在会议室居中的位置上，身旁的政委牛子建正在就接待新任市公安局常务副局长刘兆国到江口县公安局调研一事进行安排。

刘兆国的横空出世让安都市公安局中高层干部大跌眼镜。

在此之前，根本就没人知道刘兆国是何许人。直到宣布前一天，市局一些消息灵通的中层干部才隐约知晓这位即将担任常务副局长的超级黑马，是原任北方某军区野战军中的一个炮兵旅的政委，刚刚从部队转业不久。

市局办公室的电话两天前就打来了，新任常委副局长刘兆国在调研了市区、郊区分局之后，到郊县公安局调研第一站就选择了江口，这让包括栾征远在内的整个江口县公安局班子感到既荣幸又有压力。

栾征远一直在琢磨这位新任的刘副局长为什么会选择江口作为调研第一站，无论从哪个方面来说，江口似乎都不应该在八个郊县中被选中。

论经济实力、论人口、论社会治安复杂状况、论县公安局工作在市局排名，江口都是中不溜的角色，但这位刘副局长就点名选择了江口。

与栾征远关系颇为不错的市局办公室主任苗贤私下告诉他，刘副局长亲自否决了办公室安排的到华阳县调研的意见，将调研目的地选在了江口，这就让栾征远有些着忙了。

"好了，刚才子建政委就接待市局刘局长到我局调研一事进行了布置，我完全同意。另外我再强调两点，根据我所了解到的情况，这位刘局长对调研局机关科室兴趣不大，但刑警队和派出所是必到的。尤其是治安状况复杂的派出所更是十分关注，星文、凤祥，你们俩要引起高度重视。"

"另外一点就是，刘局长对于汇报要求很高，简短精练，据说一般要求不超过二十分钟，主要是实地查看了解。我担心刘局长未必会按照我们的安排进行调研，像交警队和治安科这些单位，我估计他不会看，刑警队倒没啥问题，但是城关所、北郊所、西外所、江庙所和桥关所必须要做好各种准备。凤祥，你多操些心，告诉这几个所长，如果出了问题，我拿他们示问！"

"栾局，这位刘局长听说不太好说话？"何凤祥心中也有些打鼓，能够不动声色地空降下来坐上这个位置，肯定手眼通天，据说这位刘局长最喜欢调研派出所，花溪分局和龙潭分局都在调研中出了丑，这种事情可千万别出在自己身上。

"没打过交道，不太好说。"栾征远也有些头疼，在此之前他只见过一面，是在宣布市局班子变动的干部大会上，之后再也没有往来。这么快就下来调研，连联络感情的机会都没有。

"怕就怕这位刘局长是来挑毛病的，那就不太好办了。"牛子建也有些担心，从花溪分局和龙潭分局传来的消息说，这位刘局长言语虽然不多，但却很有分量。

"大家做好准备就行了，真有问题，包也包不住。查出问题也是好事，有利于我们日后开展工作嘛。"栾征远见气氛有些压抑，给大家打气。

市公安局到江口调研来得很快，真如栾征远所料，这位刘副局长只听了二十分钟汇报，便要求到基层调研。江口县公安局的调研单位名单上机关科室一律被划掉，江庙所却作为最边远的派出所被点名要去，这让栾征远对自己的先见之明颇为自傲。

赵国栋万万没想到会在这种情况下见到刘哥，涌上口边的刘哥两个字被硬生生压下去，变成了刘局长三个字。他奇怪的表情让一旁作陪的县局领导们都觉察到了个中蹊跷。

好在刘局长在江庙所的调研十分顺利，更为难得的是，他还主动提出在江庙用晚饭。这让栾征远和牛子建一行人都十分高兴，要知道，在花溪分局和龙潭分局，刘局长可是婉拒了那两个局的殷勤挽留。

送走了市局调研组一行人之后，栾征远一干人这才在江庙所坐下来分析这次市局的调研情况。

"小赵，来坐。"

赵国栋踏进会议室时还真吓了一跳，除了江庙所所长邱元丰外，栾征远、牛子建和何凤祥赫然在座。

"栾局、政委、何局。"

"小赵，坐吧。栾局他们想要了解一些情况，听说市局刘局长前一段时间曾经来过我们江庙？"邱元丰也有些忐忑不安，刘局长在饭桌上不经意地说，他前不久曾到过大观口，而且还和派出所打过交道，把他吓得不轻。好在刘局长对派出所民警的表现十分满意，才让邱元丰心头一块石头落地。

"嗯，我也不知道他是刘局长啊。就是八月十五大观口逢会，刘哥，哦，不，刘局长到大观口可能是休息吧，丢了一个笔记本。我帮他找了回来，就这么件事情。"赵国栋也知道想要轻描淡写地解释这件事怕不容易，但事情就这么简单。

果然，邱元丰和何凤祥二人旁敲侧击地问了一些细节，赵国栋也一一做了回答，总算让一帮局领导满意了。

栾征远相信赵国栋说的话并没有夸大其词或者刻意隐瞒。当时在饭桌上他就感觉到刘局长对小赵很有好感，而且超出了为他追回笔记本那种简单的好感，这才是最重要的，莫不是这位刘局长家中有一个待嫁闺女？

栾征远开始胡思乱想，都说这位刘局长来头极大。不但省委有人，而且某位军委领导也极为欣赏他，在他转业时还亲自挽留，后来在转业已定的情况下还亲自给安原省委打电话，要求妥善安排刘局长的工作。

传闻说得有鼻子有眼，甚至连军委领导的语气都形容得活灵活现，仿佛他们就站在电话旁。但是有一点是毋庸置疑的，那就是这位刘局长绝对不是一般的政工干部那么简单。从他调研中的表现来看，虽然不能说业务精通，但是也对公安工作颇为了解，很多问题都能切中要害。假以时日，只怕就会从外行领导成为内行领导。

赵国栋也意识到如果能够搭上刘兆国这条线，也许会让自己的奋斗大大增速。但是他也大致了解这位刘哥的脾性，若是自己刻意要求什么，恐怕只会适得其反，还不如安安心心干好自己的工作才是正经。

进入十一月份之后，便是农村民舍的建设高峰期。因为十一月之后雨水少了许多，天气干燥，正是修建的好时机。各乡冬春农田水利基本建设也拉开了序幕，江庙区各乡镇的明沟暗渠建设，尤其是土陵、黑石、宝龙三个丘陵乡镇的沟渠建设更是进行得如火如荼。这也正好给赵国栋的砂石场打开了销路。

赵国栋的这个砂石场主要是为家里那两个待业的弟弟开的。二弟弟赵德山、三弟弟赵长川高中毕业之后便一直在外面晃荡，也没个正经营生。好在采砂是个来钱快又不需要什么技术含量的行当，所以赵国栋便在大观口宁江河道附近开了一个砂石场，让他们有点儿事干，也能自己赚点儿钱过日子。

赵国栋的父母都在安都第一棉纺织厂上班。这是七十年代初建起来的一个拥有几千人的大厂子，就在江庙镇。赵家一共五个孩子，大姐赵灵珊在纺织厂做女工，老四赵云海还在读书，学习还不错，全家人都指望他能像赵国栋一样考出去。

赵国栋是家里男孩中的老大，他给二弟弟和三弟弟开了砂石场之后，也算解决了父母的一块心病。

在赵国栋的刻意帮助下，山川砂石场很快就打开了江庙区除了江庙镇之外其他几个乡镇的市场。尤其是在土陵乡，各村建设的砂石用料几乎都从赵长川手中进货。

砂石场工人增加到了近二十人，几乎每天都有十来台拖拉机来拉砂石，生意的兴隆程度大大超过了赵国栋和赵长川的预期。

在山川砂石场的生产和销售都进入正轨之后，赵国栋便让二弟弟赵德山拿着砂石场赚来的钱去了安都市。此时，安都市的牛王庙股票市场生意相当火爆，这是一个难得的赚钱机会。赵国栋向赵德山交代了几种股票，并给赵德山下了死命令，只买不卖。赵国栋预计过不了多久，股票黑市就会进入最疯狂的时期，那时将手上的股票全部出手，能获得巨大的利润。这可是正大光明赚钱的机会，不把握这个机会他就是傻子。

赵国栋还是第二次来安都市公安局，十层楼的大楼显得格外威严，一字排开的警车半掩在绿化带中，来来往往的人首先需要在门口登记核实，当然内部人员除外。

局领导办公室在七楼，来刘兆国这儿，赵国栋并没有什么思想压力。在他看来刘兆国是一个值得一交的人，但是并不意味着自己需要去阿谀奉承，那样做只会适得其反。

"笃笃笃——"

"请进。"

赵国栋推开门。

"咦，你小子今天怎么舍得来了？我还以为你把我这个大哥给忘了呢。"

刘兆国脸上露出一抹惊喜，这个小家伙还真有些沉稳劲儿，到江庙所调研已经两个多月了，他居然没给自己打一个电话，也没登门过一次，自己还真有些担心他是不是把电话给丢了。

"嘿嘿，是叫你刘局长好呢还是叫你刘哥好呢？"赵国栋挠挠头有些为难地道。

"呵呵，私下叫刘哥，当然公务上还得叫我职务，坐，坐。"刘兆国很欣赏对方不卑不亢却又不乏亲近的态度。

"嗯，没想到刘哥也干了我们这一行，而且一干就是我的领导的领导的领导，和大观口那个骗吃骗喝的落魄刘哥真是天差地别啊。"赵国栋坐在柔软宽大的真皮沙发中感受着市局领导办公室的待遇。

"骗吃骗喝？不是你邀请我一起吃饭的么？"刘兆国也笑了起来，这个小家伙说话还真不客气。

"那也是看你可怜没地方吃饭啊，你不是装出一副可怜模样我会叫你吃饭？大观口街上那么多人我怎么没叫他们一起吃。"赵国栋耸耸肩。

"那我们算是有缘嘛。"刘兆国对赵国栋真有些佩服了，在知晓自己身份的情况下还能如此谈笑自如，一般人就算是装也装不出来，他感觉得到对方是真没把自己当做领导，这种感觉很奇妙。

"还是市区好啊，和江庙比起来有差别吧，刘哥？"

一个女孩子送上热茶，有些惊讶地瞥了一眼和刘局长谈笑如此随便的年轻人。一看就是警察，赵国栋下身的警裤暴露了他的身份。

"在我眼中，还是江庙更美。"刘兆国沉吟了一下才道，"或许有些矫情的嫌疑，但确实如此。"

赵国栋怔了一怔："看来刘哥还是个很怀旧的人啊。"

"不说这些了，怎么，这两个月在江庙干得怎么样？心情还不错吧？"刘兆国笑着问道。

"还行，估计今年江庙所能在全局评上先进集体吧？至于我个人么，听说夏季破案战役要评破案能手，应该有我的份儿。"赵国栋颇为自豪，"不过心情么？就不好说了。"

"怎么了？"刘兆国一挑眉问道。

"女朋友家里觉得我在郊县，和她不般配，要她和我分手，我们正在奋起力争。"赵国栋很随意地道。

"你女朋友在哪儿？"刘兆国一皱眉。

"天河分局。"

"你今天来不是要我帮你调回市区吧？"刘兆国笑了起来。

"我就是真有这种想法也得委婉一些吧？比如先多跑你这儿几趟，把关系弄得再熟络一些，然后再含蓄一点儿表露自己的意图对不对？"一脸诡异的赵国栋笑了起来。

"哦，看你的意思你还不想调回市区？"刘兆国内心笃定对方并没有要找自己帮忙的意思。虽然这对自己来说算不上什么事情，堂堂一个市局常务副局长，市局处室十几个，下边还有五个市区分局，调动一个普通民警算什么。

"嘿嘿，真没那兴趣。我在江庙干得挺顺心的，何必非要进市区？"赵国栋摇摇头。

"那你就不怕你女朋友飞了？"刘兆国眯起眼睛。

"真要为这个飞了，只能说明她有眼无珠，没有享福的命啊。"赵国栋大言不惭地说道。

"哈哈，小子，你可真有个性啊。"刘兆国被对方逗得哈哈大笑，"不过我说真的，感情这东西还是不要用这种方式考验。如果你真想回市区，我可以替你安排，到市局或者市区其他分局都没问题。"

"算了吧，还是在江庙待两年再说。反正还早，不过先在刘哥你这儿挂上号。"赵国栋想了想道。

"也行，估摸着我两三年也出不了这个大楼，就是出了这个大楼，办你这个事儿也是小菜一碟。"刘兆国这时才表露出自信，"对了，你今天到市里来干啥，不是专程来看我吧?"

"嗯，换休。看看女朋友，顺便去牛王庙那边看看。"赵国栋随口道。

"哦，你也对股票感兴趣?"刘兆国讶然问道。他在大观口就对赵国栋的博学很是惊诧，更难得的是赵国栋的观点颇有见地，他倒想了解一下这个家伙在股票黑市上又有什么独到见解。

"嗯，这是合理合法的生财之道，我让我弟弟在那里玩一玩，赚个二三十万就收手。"赵国栋觉察到对方似乎也对此有些兴趣。

"赚个二三十万?"刘兆国震惊了，二三十万? 这不是一个小数目，就算是对刘兆国来说，一样是一个骇人听闻的数目。赵国栋不是一个信口开河的人，在自己面前更不可能夸夸其谈，也就是说对方有把握在这一行赚钱，自己老婆这段时间也是兴致盎然，一直跃跃欲试，却不敢轻易下手。

"咋了? 刘哥不信?"赵国栋斜睨了刘兆国一眼，"现在是中国股市的初级井喷期，只要有眼光有胆量，当然也得有点资金，赚钱不是什么难事，而且是光明正大合理合法的。"

刘兆国一下子来了兴趣。

他这个位置很是尴尬，看似位高权重，但是经济收入却大受制约，尤其是他在军队服役这么多年也只攒下点儿死钱。两个孩子一个大学在读，一个即将高考，消耗也大。现在刚坐上这个位置，一切都得小心谨慎，尤其是在经济上刘兆国更是仔细，他可不愿一辈子栽在这上面。

如果能够有个光明正大合理合法的赚钱渠道，那当然是求之不得的好事。不过世界上真有这种好事情么? 就算刘兆国对赵国栋相当有好感，一样有所怀疑。

赵国栋简单地把目前安都乃至安原省待上市的股票情况，结合国家现在的大政策分析了一遍，听得刘兆国似懂非懂。但是他对赵国栋的兴趣却越来越浓厚，这个小家伙年龄不大，学的是公安政法专业，怎么对财经、金融方面的东西懂得这么多，而且分析起来头头是道，不像是胡编乱造啊。

"小赵，按你这么说，现在买股票还不算晚?"刘兆国琢磨着道。

"说晚也晚，毕竟你没赶上最初那些企业内部职工刚刚拿到股票时四处贱卖的时候，现在价格已经翻了一番；说晚也不晚，因为现在这些股票还没上市，谁也拿不准会不会上市，什么时候上市，浮躁心理让持有这些股票的人只要觉得价格合适就会卖出，但是这些股票的价格并没有涨到位，现在持到合适的时候出手，一样可以获取相当的利润。"

"嗯，有些意思。小赵，你咋对这些东西也研究得这么透彻？"刘兆国有些好奇地问道。

"嘿嘿，刘哥，我这人没其他爱好，就爱看书，啥书都看，能赚钱的书当然更要看。"赵国栋信心满满地道，"这是一次赚钱的机会，过了这次怕是要等些时间才能碰上了。"

"中午你没啥事吧，和我一块儿去吃饭。"看了看时间，刘兆国点点头。

"吃饭？刘哥，怕不大好吧？"赵国栋挠挠头。

"别想那么多，你在大观口不也请了我一顿么？今天不是局里的公务餐，是我几个老战友，你认识一下以后也有好处。"

刘兆国在叫上赵国栋之前也犹豫了一下，但是他总觉得赵国栋身上隐藏着一些与众不同的地方，让自己那些战友们见一见，也许能看出这个小家伙有哪点不寻常。

八成新的佳美坐起来挺舒服，小日本的东西能在九十年代横扫中国市场的确有其值得夸耀之处。车子无声无息地停在市区青瓦河一处并不十分起眼的院落内，当赵国栋跟随刘兆国步入饭店时才感觉到这里的不寻常。

优雅适度的中式古典环境，绿意葱茏的盆栽屏风，袅娜多姿的旗袍小姐，也许在二十一世纪算不上什么，但是在九十年代初却算得上异数了。老板肯定是花了一些心思的，从这些仿明代风格的家具就可以略窥一斑。

刘兆国和赵国栋到时，雅间里已经有几个人了，桌面上摆放的中华烟证明了他们身份的不一般。

在云贵烟统治着安原省香烟市场的年代，中华烟更像是一种奢侈品而非消费品。

"兆国，快来！"

居中的男子和刘兆国年龄相仿，看起来似乎比刘兆国还要年轻一些，一身挺阔的白衬衣显得十分随意。坐在他旁边的是个瘦削男子，看样子也和刘兆国很熟，连连招手示意刘兆国过去挨着他坐，白衬衣男子旁边还有一个位置，座位上摆着一包烟，看样子人去洗手间了。

两个男子都对紧随刘兆国入席的赵国栋感到有些意外。如果是司机，刘兆国是不应该带到这种场合的。

"兆国，这个小伙子是谁，也不介绍一下？"

"呵呵，老柳，这是我结识不久的小兄弟，不是和你们说过么？上一次我回平川在大观口天后庙兜了一圈，差一点把我带回来的战友联系电话册给丢了，全靠他帮我找回来。"刘兆国介绍着，"赵国栋，你们叫他小赵或者国栋好了，和我很投缘，所以我就把他叫上了。"

两个男子有些诧异，互相交换了一下眼色，能入刘兆国的眼还得有些本事才行。这样一个派出所的年轻民警，就算是刘兆国看重他也用不着带到这种场合来啊。

"别用这种眼光看我。来，小赵，这是老柳，你喊柳哥就行，在省委组织部工作。这是蔡哥，在华阳县委工作。咦，老熊呢？"刘兆国的目光在房间一转问道。

"去卫生间了，马上就来。"被唤作蔡哥的人应道，"小赵坐吧，不用这么拘束，我们和兆国都是老战友了，只不过我们先回来，他在部队上多待了几年罢了。"

赵国栋心中微微一动，看来刘兆国这几个战友都不简单，光从他们表现出来的气势就看得出来，这些人身份不一般。尤其是居中那个白衬衣男子，沉稳有度，目光柔和不乏坚忍，看上去更像是一个学者。而那个蔡哥身上则隐隐流露出一种霸气，不是社会习气中那种霸气，而是一种隐然自威的气势。

赵国栋显得平静而不失礼貌，这让柳、蔡二人都暗自点头，这时一个矮胖男子从卫生间出来，刘兆国介绍给赵国栋认识，熊哥，安都市纪委的。

这顿饭并没有像赵国栋先前想象的那么丰盛奢华，甚至可以说有些朴素，不过气氛倒是十分活跃。刘兆国的战友们都祝贺他能在安都正式站稳脚跟，话题很快泛滥开来。从安都市目前的时政到眼下国家的经济变化，并在刘兆国的有意引导下渐渐落在眼下安都市牛王庙这个自发性的股票黑市上。

"道源，现在牛王庙股票市场看上去很是火爆啊，咱们省里几家股票都要上市？"刘兆国一直惦记这件事，赵国栋的一番分析的确让他有些动心，组织部虽然不是主管经济的，但柳道源作为省委组织部常务副部长，在信息方面肯定不会差。

"现在不好说，都在争取上市。但是国家的政策还不明确，虽然确定了会逐步推开股份制试点，但谁先上，什么时候上条件更成熟，在时间上却不好确定。怎么，兆国，你咋对这件事情感兴趣起来了？"柳道源有些不解地问道。作为刘兆国的老战友，他对刘兆国的性格十分了解，绝不会无的放矢。

"我看牛王庙市场日益繁华，这些炒买炒卖的人各个腰缠万贯，若是真有人眼红，铤而走险，出一两件案子那可就是大事了。"刘兆国不动声色地回答道。

赵国栋暗自佩服，就这么一眨眼刘哥就能义正词严地说出一番道理。

"深圳那边股市出了问题，就连深圳市长都受到牵连，我看国家可能会出手整顿股票市场。现在的人已经有些走火入魔了，拜金主义达到了巅峰，为了钱可以不顾一切。老熊，你们纪委那边对这一点有没有特殊的要求？"蔡哥问道。

"暂时还没有这方面的规定，目前只有广东那边在证券股票方面发展得比较快，我们安原这边还比较滞后。牛王庙这个股票市场准确地说是黑市，民众倒卖的都是一些企业的内部股权证，并没有真正获得市场流通资格。正像老柳说的那样，谁会上市，什么时候上市，这些都还未定。我个人看法是，炒买炒卖这些内部股权证有相当大的风险。"被叫做老熊的熊哥沉吟了一下才道。

"小赵，你的看法呢？"刘兆国突然把话题抛给了赵国栋，这是有意把赵国栋的观点展现给自己几个也算是见多识广的战友们听听，看看他们对赵国栋的观点持什么态度。

赵国栋一下子就明白了刘兆国的意图，要想赢得这几个人的认同和看重，就得拿出点儿真正的东西来，好在对于牛王庙股票黑市问题他早已摸得很清楚。

16

"几位大哥都在这里，我本不该插言，不过既然刘哥点了我，我也就说说我的看法。就像刚才熊哥所说，牛王庙股市就是一个股票黑市，真正上市的股票也不会在这里炒卖，但是这些内部股权证却有着更大的风险价值。"

"哦？说来听听。"蔡哥目光一动。

"我的看法是国有企业和集体企业推进上市的步伐只会越来越快，不会放慢，更不会停留。邓公南巡之后国家经济改革速度正在提速，而股份制改造和股票市场的进一步发育是必经之路，不但是国有企业和集体企业，就是私营企业日后也一样会在股票市场募集资金。"

赵国栋努力想让自己的话语富有逻辑性一些，他毕竟不是学经济金融的，只能壮着胆子按照书中看过的内容表述自己的意思。

"小赵你说的有些道理，但是你看到没有，今年下半年国内经济已经出现一些不正常现象。准确地说是经济过热，物价涨速过快，对普通群众的生活会产生巨大的压力。而股票市场的开放无疑会加剧这种现象的恶化，难道国家会放任不管？"蔡哥目光明亮，语气平淡而又自信。

"这是事实，在国家物价局下放大部分重要物资定价权之后，物价上涨速度很快，而且经济也出现过热混乱的现象，这与各地的一些非法集资和盲目放贷有很大关系，但是这和股票市场的发展没有必然关联。不过随着国家经济形势的严峻，上面采取政策也是必然的，只不过我个人认为，这中间还会有一段时间，牛王庙股票黑市还会火爆一段时间，这些内部股价也会继续攀升。"

赵国栋肯定的语气让在座几人都陷入了沉思，刘兆国敢带这个人来，也就意味着这个人有可取之处，这番话说出来也足以证明他绝不仅仅是一个小警察那么简单，一个普通警察是绝不可能就眼下国家经济形势做出如此评价的。

话题很快就被岔开，一顿饭也算是吃得有滋有味，不过赵国栋也感觉得出来，几个人看他的目光多了几分赞许。

赵国栋一离开，柳道源就皱起眉头问道："兆国，这个人真是警察？"

"怎么，不像？"刘兆国笑着反问。

"那倒不是，但他的表现还是让我有些吃惊，一个小警察对国家经济形势

17

的分析如此准确，而且还能做出预测，我闻所未闻。"柳道源咂了咂嘴巴，"不管他的判断和预测是否正确，都很不简单。"

很不简单这个评价能够从安原省委组织部常务副部长口中说出，本身就很不简单。

"嗯，老柳，我觉得此人说的还是有些靠谱。他说目前经济过热和非法集资、盲目贷款有很大关系，这一点我赞同。就我所知，华阳县各银行、信用社以及合金会放款尺度相当宽松，也就是说贷款人只要能够列出看起来合理的理由，就可以获得贷款，尤其是合金会，但是利息却相当高，而合金会的存款利息一样十分高，但即便是这样依然满足不了需要，以至于我现在担心他们放出去的款项，是不是都用在了生产上，能不能按时连本带息地收回贷款？"

蔡哥脸上的神色要比柳道源郑重许多。

"正阳，那你作为华阳县委书记既然感觉到这里边有问题，就没有想办法扼制一下？"老熊皱起眉头道。

"老熊，你说得轻松，华阳经济发展如此之快很大程度上就是靠金融部门的支持，尤其是乡镇企业的发展更是如此。我这个时候泼冷水，你觉得合适么？"蔡正阳苦笑道。

"于是你就抱着事不关己高高挂起的态度，反正你马上就是市长助理了，日后真的有什么问题也不关你的事了？"熊正林斜睨了对方一眼反问道。

"老熊，你别这么说，我就是挂了市长助理这个职位也得兼着华阳县委书记，丢不掉的。"蔡正阳连连摇头。

"是丢不掉还是不想丢？"刘兆国笑着问道。

"谁不想丢？你以为那个位置真的坐着舒服？"蔡正阳叹了一口气，"不当家不知柴米贵。兆国，你现在是常务副局长，老谢估计也就是一年半载的事情，就等着进人大了，你很快就会感受到做当家人的苦处了。"

吃完饭后几个老战友又聊了好一阵，大伙儿都对刘兆国就任安都市公安局常务副局长表示祝贺，都希望他能更进一步，在谢其祥退到人大后就任安都市公安局局长一职。

刘兆国倒是很清楚这其中的关节，上任公安局局长这一职位有些困难。

因为安都市的传统，大多数时候市公安局局长一职都是由市委政法委书记来兼任，而市委政法委书记则需要进市委常委，这一步跨度就比较大了。

"兆国，你也别想那么多，把眼下工作干好，至于老谢退了之后你能不能上那也是未定之数。老柳那边会帮你想想办法，要论级别和资格你也完全够格，也就是到地方的时间稍稍短了一些罢了。"蔡正阳道。

"正阳你可别先给我上套，能帮得上忙我肯定会帮。不过接任市公安局局长很有可能就要进市委常委，这我可不敢乱表态，恐怕还得让兆国自己去想想办法。"柳道源瞅了一眼刘兆国才慢吞吞地道。

"老柳你的意思是要兆国再去找一找杨书记？"熊正林问道。

"他是你的老同学，现在去拜访一下不为过吧？何况兆国这次工作安排也是杨书记亲自过问的，总不能装作不知晓吧？"柳道源显然也清楚刘兆国和省委副书记杨子明的关系，虽然刘兆国回来的工作主要是他在帮着安排，但若是没有杨子明亲自过问，安都市委那边也不可能这么快就做出任命决定。

刘兆国当然清楚个中关节，他虽然在杨子明面前半句话也没漏过，但是以他和杨子明之间的关系，不用说也一样。

"看吧，找个合适的机会再说。"刘兆国淡淡地道，"方才那个小赵说的股票的事情我倒是有些兴趣，真如他所说这中间有可操作空间，也算是光明正大地赚钱了。"

"呵呵，兆国，你很缺钱么？刚回来就扎进钱眼儿里。小赵说的是有道理，但是他也说了，投资有风险。就像赌博一样，你押下去，也许它没能上市，或者上市时间延后了，到时你的钱就被套进去了。"熊正林打趣道，"有这个必要么？"

"不，这固然有些风险，但是我觉得他分析得很有道理。现在国家正在积极推进企业股份制改造，只要企业本身经营没有问题，内部股权证上市变成股票的可能性很大，这中间的确蕴藏着很大的升值空间。"刘兆国摇摇头，"国家在这方面也没有明令禁止，只要你没有以权谋私，就像储蓄和买国库券一样，都是正常投资行为。"

"看不出兆国还有些经济头脑呢，我觉得如果手中有闲钱，倒的确可以试一试水。"蔡正阳点点头，"这也不是什么见不得人的事情。"

走出饭店的赵国栋感觉到一阵轻松，这次他还真是亲身感受到了官威带来的压力。

那个柳哥绝不会是省委组织部的寻常角色，柔而不软，韧而不屈，外圆内方。再加上这种场合下他可以坐正中央，看样子是个大人物。

那个蔡哥也不简单，华阳县委，最起码也应该是县委常委以上的角色，弄不好就是书记副书记一类的人物。以赵国栋的判断多半是县委书记的可能性更大，毕竟往那儿一坐，一股子凛然生威的霸气除了当惯了一把手的人外，一般副职是没有这种味道的。

至于那个熊哥，也许是纪委出来的，长久以来用审查人的有色眼镜看人，以至于在这种场合都隐隐有一种瘆人的冷意。安都市纪委，不知道自己什么时候能有够得上他们来调查的资格。

赵国栋笑了起来，刘哥似乎有意为自己打开一扇门，一扇通往更高层次的门，虽然这扇门通往的地方现在看起来似乎遥不可及，但是终究有一天自己会踏进这道门。

正所谓多个朋友多条路，虽然这些人现在未必把自己看做朋友，即便是有刘兆国的强力推荐，但是根深蒂固的传统观念还是禁锢着他们的思维。在他们看来，像自己这样的年轻人或许有才华，但一样有很大局限，不过自己会用事实让他们刮目相看。

刘兆国最终还是接受了赵国栋的建议，他的脾气就是，决定了的事情就不会轻易改变。既然相信赵国栋的判断，他就不再犹豫，将自己在部队工作二十多年积攒下来的六万块钱全数按照赵国栋的建议购买了股票。

不过现在诸如安钢铁和安原光路的股价已经溢价至一比二点四，比起赵德山下手时足足涨了一倍，但是赵国栋认为，这还远远没有到位。

安原的冬天总是姗姗来迟，阴冷而又湿润的天气让习惯了这种气候的安原人一样感到无比厌烦。天气晴朗的日子就必然伴随着早晨的大雾，让万事受阻，而不时来点雨夹雪更让人们无所适从。阴霾的天气几乎要一直纠缠到二月间，就连春节都难得看到老天爷一个好脸色。

与糟糕的天气相比，赵国栋的心情却很好，除了砂石场的利润依然在缓慢地增加外，更重要的是他已经和刘哥建立了相对稳定而良好的关系，当然如果股票黑市上失手，也许会直接危及到他和刘兆国刚刚建立起来的关系，但是这种事情却不可能发生。

赵长川每月交来的利润都被赵国栋毫不犹豫地交给了赵德山，投入到黑市。股票价格一直在缓慢上涨，虽然间或有一些小起伏，但是并不影响大趋势，这种局面一直持续到春节前一个月，各种股权证开始出现大幅度上扬。

黑市狂潮终于掀了起来，这两三个月间，牛王庙的股权证都将上涨到一个惊人的价位。

这天，邱元丰特意把赵国栋叫到自己办公室，道："小赵，不瞒你说，翻年我就要走了。"

"啊？"赵国栋大吃一惊，"邱所你去哪儿？"

"估计不是治安科就是户政科，局里边已经和我漏了风，就等翻年党委会过了。"邱元丰知道论理自己不该在赵国栋面前透露这些事情，但是在市局常务副局长刘兆国流露出对赵国栋的关心之后，他意识到不能再把赵国栋当做一名普通民警来看待了。

"那邱所你是高升啊，治安科和户政科可比江庙所强多了。"赵国栋由衷地道。

"还行吧，也许局里考虑我年龄不小了，也该回城里照顾一下家了。"邱元丰显然对局里的安排比较满意，"小赵，我已经向栾局、政委以及何局正式推荐你担任江庙所副所长，不过这件事我只有推荐权，没有决定权。春节快到了，你也该好好走动走动了。"

赵国栋当然能够理解邱元丰话中的深意，走动走动，无论走刘兆国还是栾征远，你都得走动。官帽子不会自己落到你头上来，无论你能力多强本事多大。

第二章　人才难得，提拔他为江庙派出所主持工作的副所长

二十二岁，工作不到两年，主持江口县第一大农村派出所，辖区内四乡一镇，超过十万人口，这副重担就压在了一个如此年轻的干警身上，获悉这个消息的人们都忍不住议论纷纷。

九三年的春晚和前两届一样乏善可陈，三十晚上赵国栋和一家人坐在电视机前看了半宿不到便倒头睡去。春晚对于他来说已经成了鸡肋，食之无味弃之可惜，索性早早睡觉，倒是赵德山三兄弟看得津津有味。

正月初五赵国栋去了安都，他并没有去女朋友唐谨那儿，而是去了刘兆国家，除了几只乡下土鸡之外，他啥都没拿。

说实话，以刘兆国现在的身份也不缺什么，当然钱除外，但那得是干干净净的钱，而赵国栋恰恰能给他这个。

"国栋，正如你预料的，我买的安钢铁已经涨到八点九了，老柳他们几个都后悔莫及，现在想入市，又怕被套住。"

刘兆国脸上的欣喜之色毫不掩饰，就连纪委都没对这种股票买卖做出约束。除了不允许上班时间去逛牛王庙之外，其他都没做具体要求。

"现在太高了，虽然还有上升空间，但是价值已经不大，而且风险又高，没有必要再进去了。"赵国栋摇摇头。

他还是第一次来刘兆国家，看样子应该是一套旧房子，重新装修了一番，不过面积挺大，至少在一百三十平米以上，老式的三室一厅。

"你的意思是现在可以出手了？"

刘兆国原本在包饺子的手一下子停了下来，他本不擅长这些面食，但是

老婆却是地地道道的东北人，加上在北方生活了二十多年，包饺子也成了拿手好戏。

"不急，安钢铁应该可以涨到十二以上。一旦过了十二，就要果断出手，不要有丝毫犹豫。我估计初七一过，股市还会迎来一个大涨期，到那时就该出手了。"赵国栋也帮着打下手。

"嗯，一会儿老柳他们几个也要过来，出去吃也没啥意思，还不如尝尝你方姐的手艺。"刘兆国重重点了点头，"咱也不贪，一过十二就抛，不管它还能涨多少，都与我无关，有二三十万放兜里，咱这一辈子就可以优哉游哉了。"

"呵呵，刘哥，二三十万就是你的目标？你的人生要求未免也太低了一点儿吧？如果肉涨到十块钱一斤，米涨到一块多两块钱一斤，那这二三十万和二三万又有多大差别呢？"赵国栋笑了起来。

"你是说通货膨胀？"刘兆国停住手中的动作。

"是啊，看今年开年这势头，虽然官方不承认是通货膨胀，但是只要懂些经济学的人都知道这不是通货膨胀又是什么？按照这种幅度涨上去，哼哼，要不了三年，二十万就只值现在的两万了。"赵国栋轻轻哼了一声。

"国家不会对这种现象放任不管的。"刚踏进门的蔡正阳接上话道，"小赵你对宏观经济很关心啊。"

"当然要管，不管老百姓就要起来闹事了。"赵国栋扭过头来，一脸阳光，"蔡哥来了啊，小老百姓不关心这个还能关心什么？对老百姓来说，最关心的就是日常生活品的价格，稍有风吹草动都会引起他们的敏感。"

"那小赵你觉得国家会在什么时候干预这种局面？"蔡正阳还真有心考考这个看上去有些不务正业的小警察。虽然他也知道赵国栋在自身业务上的表现极为出色，刘兆国告诉过他，能够上《人民公安报》的角色，自然是业务骨干。

"时间不会太久，我估计最晚也就是在四五月间，中央就应该出重拳整顿了，否则后果不堪设想。金融局势的失控已经成了不争的事实，物价飞涨使得老百姓兜里的钱随时在贬值，而想要保值银行的利息已经远远不够，那么高利息集资就是最好的去处。"

"私营企业得不到正常的金融支持，要想发展，就不得不把触角伸向民间

23

资金，为了争夺资金，他们就只有在利息上做文章。但是这种无序的民间资金流动，缺乏监督体系和机制，必定会引发高风险。"

"真正做正常经营或者生产的，没有几个能够承受得起那么高的集资利息，而一下子冒出来那么多可以接受百分之二十以上的高利息的企业公司，我想象不出他们靠什么来偿还。如果不是恶意欺诈，那就只能是贩毒之类一本万利的生意了。"

蔡正阳再一次被赵国栋的言论震住了，他对目前全国经济出现的隐忧竟然如此明晰，这些情况在华阳县一样存在。作为安都市县域经济最发达的县份，华阳县的乡镇企业在突飞猛进的同时，私营经济同样发展迅猛，这也是他之所以能够上位市长助理的主要政绩。

但是作为一个敏感的县委书记，他早就感受到了热得发烫的背后隐藏的汹涌波澜。乡镇企业和私营企业在资金上得不到正规金融部门的支持，把目标转向个人集资，这其中蕴藏的风险令人不寒而栗，尤其是一些居心不良者混迹其间，可能带来的危险几乎是致命的。

熊正林和妻子走进来的时候见蔡正阳与赵国栋交谈正欢，不知道赵国栋这小子又有什么惊人言论把蔡正阳给吸引住了。

熊正林也对赵国栋充满了疑惑，他无法想象一个从警专毕业的专业警察怎么会对经济政策这么专业，连蔡正阳都对他颇为看重，这实在令人匪夷所思。

"唔，国家也该出手了，越晚问题就越难解决。"蔡正阳点点头，赵国栋对问题分析得很透，虽然他也隐隐约约有些感觉，但是却没有赵国栋分析得这么肯定这么直白。

"蔡哥，其实很多人都看到这一点了。只不过现在中央政策不明确，毕竟这些民间集资在某种程度上也缓解了一些企业的资金压力。蔡哥若是有不同看法，完全可以通过一些渠道来表述自己的意见，提醒决策者们及早做出应对之策。"

赵国栋这种带有强烈暗示味道的建议让蔡正阳心中一动，以自己掌握的资料，完全可以针对华阳县的实际情况写一篇分析性的文章，找出问题并提出一些意见，这对正好处于关键时刻的自己大有裨益。

"国栋，你觉得解决问题的办法何在？"他也想考校一下赵国栋。

"整顿是必然的，要说手段也并不复杂。但是问题的根源在于企业资金不足，这样问题就复杂了。一方面是低效率的重复投资占用了相当资源，另一方面则是国家对乡镇企业和私营企业的态度仍然没有明确，国有银行对于它们该采取什么样的态度更是讳莫如深。"

"尤其是在我们思想相对保守的内陆地区，即便是国家政策有了明显转变，但是传递到我们这里，仍然需要时间。陈旧的偏见使得国有金融机构难以给予这些企业必要的支持。"

赵国栋这番相当前卫的话语不但让蔡正阳大为震动，就连入座一直倾听、没有发言的熊正林也是瞠目结舌。

两个人像看到火星来客一般上下打量了赵国栋一番，良久蔡正阳才缓缓道："如果你在华阳县公安局，我会毫不犹豫地把你调到县委办。"

"呵呵，蔡哥，你别被我几句瞎蒙的话给唬住了。我不过是多看了几本书，尤其是国外一些学者对我们国家经济改革的一些看法罢了。"赵国栋摸了摸自己的脑袋，不好意思地道。

"是么？你是觉得我这个华阳县委书记平时不看书不学习，思想保守？"蔡正阳半开玩笑地笑道。

"蔡哥，你这么说我可承受不起。不过我倒是觉得，如果我们这边的干部能够多去广东和江浙一带走一走看一看，观念肯定会有很大转变。我是指下到他们县乡一级甚至村一级政府去了解情况，不是去游山玩水。"赵国栋正色道，"要不熊哥又要来监督你了。"

"国栋，又在卖嘴白了？"刘兆国裹着围裙走过来，"过来，帮我打下手，水开了。"

赵国栋乐呵呵地去了厨房，只剩下蔡正阳和熊正林二人，"正阳，这个小伙子不简单，光凭他这番看法就不是一般人说得出来的，我敢说就是你们华阳县委办主任也未必有这般见识。"熊正林说道。

"嘿嘿，别说我们县委办主任，就连我都甘拜下风啊。我只是不明白，他怎么就能看得这么透彻这么远？而且还是一个警察。"蔡正阳唏嘘不已，"难道真是天才？"

"你也别妄自菲薄，国栋可能看的书是比较多，接受新观点比较快罢了，也未必正确，不像你我整日都被日常杂务束缚。"熊正林也有些郁闷，两个县处级干部居然在这里听一个二十岁出头的小警察卖弄口舌，居然还听得头头是道。

"没那么简单，这个小家伙的看法还真准呢。我听兆国说，他把他所有积蓄拿出来，按照国栋的建议买了几十手安钢铁，现在价格已经翻了两滚了，出手就可以净赚十几万。"蔡正阳苦笑着道，"早知道我们也该去下一注才对。"

"啊？"熊正林大吃一惊，前段时间临近年底，纪委事情也多，他也就没怎么和刘兆国联系，"赚十几万？兆国把全部家当都投进去了？"

"是啊，兆国这小子看人还真准，就敢相信国栋的话。"蔡正阳心中也有些遗憾，当时他虽然也赞同赵国栋的观点，但是却并没有付诸行动。一来是觉得其间仍然有很大风险，二来也没想到股票市场的涨跌竟然如此之大，会有这么高的收益。

"那兆国不出手还等什么？"熊正林不解地问道。

"国栋那小子说还可以再等一等，估计春节之后还会有一波涨幅，到时候再出手。"蔡正阳沉吟着，"如果我们现在下手，是不是也可以小赚一笔呢？"

"没有必要了，蔡哥，现在上涨空间没多大了。如果蔡哥真的想在这上面玩一把，等下半年吧，下半年可能还有机会。"赵国栋笑着插言。

"政府怕不会放任牛王庙这个股票黑市到下半年。"蔡正阳摇摇头。

"嘿嘿，蔡哥，我可没说是在牛王庙，我说的是上海股票交易所。"赵国栋笑了起来。

"哦，你觉得下半年上海股市会有机会？"蔡正阳眼睛一亮。

"任何股市任何时候都有机会，问题在于你能否准确捕捉到。要做到这一点，除了上帝，我想象不出还有谁。"赵国栋颇带调侃味道地笑道，"我们只要在我们视线范围内偶尔捕捉到一两个机会就够了。"

蔡正阳和熊正林交换了一下眼色，这个家伙居然在俩人面前卖起关子来了，还来了一段听起来很富有哲理的论断。

"蔡哥和熊哥别生气，我说的是实话。现在的股票市场和经济状况有些脱节，看得人云里雾里的，也许到五六月份之后会明朗起来。"赵国栋看出两人心中的疑惑，连忙解释道。

一场谈话直到柳道源一家人到来才算终结。刘兆国两口子包的饺子，味道的确很不错。不过东北风味的酸菜馅饺子让这几个安原人不太适应，倒是韭菜馅儿的饺子被一扫而空。

饭后四个男的玩起了桥牌，赵国栋对桥牌不感兴趣，主动告辞。刘兆国在和他道别时别有深意地告诉他要扎实工作，把主要心思放在工作上，这番话让赵国栋浮想联翩。

春节一晃而过，唐谨几乎没时间和赵国栋联系，但赵国栋和唐谨二人还是利用放假期间偷尝了一次小别胜新婚的滋味。不过唐谨给赵国栋带来的消息让赵国栋本以为胜券在握的心又受到了打击，她的父母在春节期间居然和蒋伟才的父母吃了一顿饭，这让赵国栋郁闷无比。

唐谨是赵国栋的警专同学，也是年级有名的美女。赵国栋对她可谓一见钟情，当初在学校也是击败了各路高手才成为唐谨的男朋友。而蒋伟才也看上了唐谨这个大美女，每天打电话献殷勤，弄得唐谨科里上上下下都知道市局政治部蒋副主任的儿子在追求她。虽然唐谨没有动心，但是唐谨的家人都看中了蒋公子。

"哥，安原光路已经涨到十一点五了，安原天顶也涨到了九点八，这几天几乎是天天涨，火爆得紧。"

电话里赵德山的声音有些沙哑，但是那股子兴奋劲儿即便是隔着几十公里赵国栋都能感受得到。

"嗯，继续稳住，以安原光路为标准，只要过了十二的基线就出手。"赵国栋寻思了一下，断然道。差不多是时机了，股票黑市的不确定因素太多，宁可少赚点，也要确保已经到手的收益入袋为安。

"那安原天顶呢？"赵德山一怔，这几天涨势如潮，估计明天就能过十二，看样子再有一个星期过十五都很轻松，这么早就放手，实在太可惜了。

"不管安原天顶价格多少，只要安原光路一过十二就给我全数出手，不管后期是涨还是跌。"赵国栋毫不犹豫地道。

"哥，是不是再看两天，我估摸着安原光路会涨过十五。"赵德山犹犹豫豫地道。

"我知道，但是这中间风险太大，过十五十六都有可能。但是我们的目的已经达到，没有必要再去冒这个风险。"赵国栋冷声打断赵德山的话头，"我告诉你德山，玩这东西，最怕一个字，那就是贪。贪无止境，会让人疯狂。

明天，一旦价格过十二，给我全部出手，不管你是多少买的，记住，我的话只重复一遍，一过十二，光路和天顶全部给我出手！"

赵国栋有些凶狠的话语让赵德山叹了一口气，在这件事上他不敢和兄长抗辩。虽然他认为自己在牛王庙股市上打滚了这几个月，已经能够大略观察出股市起伏，但是兄长斩钉截铁的语气还是让他放弃了偷偷留些票的想法。

当赵德山眼睁睁看着周围的人把钱数给自己，乐颠颠地拿着股权证离开时，赵德山知道自己在安都的生活告一段落了。习惯了这种生活的赵德山一时间反而有些不太适应，看着股票市场上来来往往、充满了兴奋喜悦神色的人们，他发现自己一下子成了局外人。

他不甘心，等到下午，十二点二出手的安原光路便已经涨到了十二点五，而十点一出手的安原天顶也涨到了十点三。几十手股票仅半天时间就少收入了好几千块，这是好几千块啊，红塔山都可以买一箱了。

一时间赵德山心痛得差点儿喘不过气来。

不过当他鼓足勇气给兄长打电话时，兄长冷硬的声音立即给他热血沸腾的头脑泼了一瓢冷水："你不用给我说这些，我只赚我该赚的钱！你给我马上滚回来，把钱也给我带回来。如果你真的还想去那里，明天你可以去见证那些人如何从天堂落入地狱！"

快快地返回江庙的赵德山一点也不像是赚足了钱的样子，反倒像是在赌场上被赢得大败而归的逃兵。看着赵德山这副德行，赵国栋是又好气又好笑，不过也没搭理他，只是让赵长川和赵德山清点一下收益。

"哥，现在我们手中一共有四十二万七千块，除去我们开始投进去的以及后面三个多月的投入，一共赚了三十七万四。"赵长川反复计算了几遍，抬起略略有些发红的目光，重重地吞了一口唾沫，结结巴巴地道。

连赵长川和赵德山都有些不敢置信，竟然会有这么多收入，目光也变得有些怔忡不定，似乎无法相信这个事实。

在九三年厂里工人年收入不过三千块的时候，这笔钱几乎是一家人一辈子不吃不喝也无法挣到的。相较于这半年来砂石场让他颇为自豪的收益，赵长川这时候才发现自己那点自傲在兄长面前实在太可怜了。

"唔，四十二万。"赵国栋有些感触地掂了掂手中三个存折，又望了望堆在面前的现金。赵德山在这方面还是挺小心的，除了最后一笔交易的现金没有存入银行外，其他几笔都是交易一完便把钱存入了银行。而且是在工行、建行和中行分别存入。

"呃，哥，我们下一步怎么办？"赵德山舔了一下发干的嘴唇，使劲儿甩了甩脑袋，瓮声瓮气地道。

"这就是资本操作的力量，虽然很原始，明白么，德山、长川？"

赵国栋将身体靠在床上，慢悠悠地道："几个月就可以挣许多人一辈子都无法挣到的钱，所以才会让人疯狂。德山，你想先休息一下，还是马上回牛王庙去？"

"我，我……"赵德山有些尴尬。

"没关系，我不会阻止你，如果你想再去搏一搏，我甚至可以在这里边给你拿一部分去试试水，满足一下你的好奇心，赚了亏了都是你的。"赵国栋微笑道。

"哥，你是说真的？"赵德山喜出望外，一下子跳了起来。

"嗯，这样，我给你拿五万块钱，不管什么时候，如果你能让它变成八万块，我就再给你十万作为奖励。但是如果你亏了，记住，以后你就要听我的。"赵国栋淡淡道。

"好！"赵德山信心百倍地道，"哥，你瞧着，一个月不到我就让它变成十万！"

看着赵德山兴冲冲离开的身影，赵国栋摇摇头。

"长川，有什么感受？"赵国栋斜睨了一眼一直不曾说话的四弟。

"哥，我真的不知道该怎么形容，三个月，四五万块钱就会变成四十多万，这是点石成金么？"赵长川感慨地道。

"不是，不过是把其他和我们抱着一样想法的人的钱，揣进我们的腰包罢了。"赵国栋很平静地道。

"那股票会这样一直涨下去么？人们买了这些股票用来干什么？"赵长川很认真地问道。

"击鼓传花，明白么？股票和那种游戏一样，至少目前中国股市是这样，而且很长一段时间内仍是这样，谁最后握住这东西，谁就要受到惩罚。"赵国栋笑了笑。

"那国家为什么还要发行这个东西？"赵长川反问道。

"股票本意不是这个，原本是一种募集资金的方式。但是中国股市上，掌握信息资源不对称，法规政策不规范，加上渴望发横财抱着投机心态的人太多，于是造就了这种场面。人人都可以去传花，但是击鼓人却是极少数，所以击鼓人永远不会让花落在自己手上，除非是他故意拿在手上消磨时间或者勾引你。否则就只能把他的手打断，让花落在他手上。"

赵国栋耐心地解释着，赵长川却似懂非懂。

"长川，你需要学习，中学学的东西是最基本的。如果你想真正步入社会，你需要学习的东西还很多。除了实践之外，只有书本知识能让你最快了解这个世界。"赵国栋语重心长地道。

"赵国栋是一个十分优秀、十分难得的人才，提拔他为副所长，我没有意见。但是，是不是一定要马上主持江庙派出所的工作，我觉得有待商榷。"

县局党委会议室里气氛显得有些凝滞，谁也没有想到局党委意见会在谁主持江庙派出所工作上发生了分歧。前面交警队队长、刑警队队长、治安科长、户政科长这几个重要位置的安排都没引起多大波澜，没想到临近会议尾声时出了岔子。

"江庙所去年取得了全局考评第二名的好成绩，这是与邱元丰同志丰富的工作经验和老练扎实的工作作风分不开的。江庙所作为我局农村派出所第一大所，需要一名踏实肯干的领导，更需要一名经验丰富具有相当威信的同志来主持工作，我个人提议桥关所指导员王贵仁同志担任江庙所所长更合适。"

发言的是朱星文，语气虽然和缓，但是话语中表露出来的意思却不容置疑。

党委会议室内烟雾缭绕，牛子建挥了挥手扫去眼前的烟雾，平静地道："其他几位，老窦、老马，还有老许，你们也发表一下意见嘛。"

窦中凯是从长津县交流过来的，和牛子建是老乡，平时和牛子建也走得比较近，也隐隐约约听到一些传言。他当然清楚先前何凤祥为什么力挺赵国栋，但是朱星文这次一反以往不轻易表明态度的做法，大张旗鼓地为王贵仁呐喊，倒是让他有些纳闷。

据说栾征远很快就会调离，传言很多。有说要到市局担任交警支队支队长一职，有说要到梅县担任专职政法委书记一职，也有的人说他会到龙潭区担任政法委书记兼龙潭分局局长一职……众说纷纭，但是调走却是肯定的，当然时间上一样捉摸不定。

这段时间朱星文十分活跃，据说县委卢书记对他的印象相当好，窦中凯甚至有一次碰巧看见朱星文从卢书记办公室里出来。

王贵仁是县委副书记王德和的亲侄儿，这不是什么新闻，在桥关所担任指导员也有两年了，论资格和能力担任江庙所所长也不为过。

早在年前王贵仁就四处走动打点，显然就是冲着年后人事调整而来。栾征远和何凤祥不可能不清楚，江庙镇党委书记甚至在年前的一次酒宴上明言，如果王贵仁来江庙所当所长，江庙镇将会全力支持江庙所的工作。这么明显的意图，栾征远为什么会视而不见？

这个赵国栋背后究竟有什么来头，连提拔为副所长还不够，还要主持江庙所工作？不管他有多大能力，公安局可是一个既要讲能力更要讲资历的部门，没有资历也就意味着没有威信，也就意味着要带动工作会遇到很多困难。要知道这么年轻就主持一所工作可是极为罕见的，至少在江口县公安局还是第一遭。

这个时候表错态可是要付出代价的，窦中凯有些埋怨牛子建为什么不给自己一个暗示，一下子让自己陷入这么尴尬的局面。要不让马鹏先发表意见也行啊，这个时候窦中凯似乎忘了党委委员排序是不能乱了规矩的。

"呃，赵国栋这个小伙子的确不错，从刑警队出去之后下到江庙所也没丢了刑警队的好传统，去年在破案战役中破了'六·一三'系列盗牛案，为我局赢得了声誉，但是这个同志年仅二十二岁，而且工作时间还不满两年，年轻有为。我觉得放在特定位置锻炼两年也许更合适一些，而王贵仁同志有在刑警队和城关所工作的经历，去年桥关所支部又被评为桥关区委的先进支部，无论是在政治素质还是业务素质上都相当成熟，主持一方工作也是完全能够胜任的。"

窦中凯耍了个滑头，他只说锻炼两年，副所长主持工作也是一种锻炼，王贵仁主持工作，并不一定非要主持江庙所工作。

牛子建瞥了一眼身旁似乎完全陶醉于烟雾中的栾征远，又瞅了一眼窦中凯：这个老滑头，以为这番云遮雾障的话就能过关，我看一会儿举手表决你怎么办。

"老马，你的意思呢？"

"栾局、牛政委，赵国栋这个同志我不熟悉，他们破获'六·一三'系列耕牛盗窃案的事情，我在《人民公安报》和《安原公安》上看到了。这不容易啊，坚守二十多天最终破案，这足以证明这名同志的工作作风和能力了。"

"去年这位同志又被评为江庙区优秀共产党员，大观口乡党委书记李永善是我在党校函授班的同学，我们俩在一起上课时，他对赵国栋的表现赞不绝口。我在想，能够赢得江庙区委和辖地乡党委政府的表彰和高度赞扬，难道这不是这位同志政治成熟的表现么？我个人认为赵国栋同志完全有能力主持江庙所工作，何况江庙所还有廖昌盛这个老同志的支持和配合。"

"老许，你呢？"牛子建点点头。

"呃，我觉得两个同志都不错，赵国栋年富力强，有冲劲，能力突出；王贵仁经验丰富，能力也很强，还真不好选择。"老许笑了一笑，作为摇身一变成为交警队指导员的他，只等着过几年安稳日子了。这次党委会大概是最后一次了，下一次党委班子调整完毕，也该新任交警队长来开了，现在他不想得罪任何人。

牛子建没有理睬他的和稀泥，径直将目光投向身旁的栾征远："栾局？"

"嗯，我来说说吧。选拔干部特别是选拔年轻干部到领导岗位上来，历来是我们党坚持贯彻的一个制度。毛主席曾经对年轻一代说过，世界是我们的，也是你们的，但归根到底是属于你们的。这也充分说明了青年一代的重要性。"

"我们提拔干部，首先是看他政治素质是否过硬，业务能力是否过关，能不能带领一个群体走上更高的台阶。表现在我们公安队伍一线单位上，那就是能不能保一方平安。具体一点说，就是能不能破案，能不能让当地老百姓和党委政府放心满意，至于其他我认为都可以放在一边。"

"赵国栋同志人虽然年轻，但是实习时在安都市市区派出所工作过，毕业分配后又在县局刑警队表现优异，到江庙所之后更是能够在所领导的带领下破大案要案，同时还赢得了当地百姓和党委政府的高度评价，这样的同志为什么不提拔到领导岗位上来？"

"至于有些同志担心的经验不够威信不足，我觉得这是杞人忧天。任何人都要经历一个从不熟悉到熟悉的过程，威信也同样需要时间来建立。谁也不是一步就能跨上领导位置而且干得得心应手的，我们都一样经历过那个阶段。我们的希望就在这些年轻同志身上，我希望日后能够看到更多像赵国栋一样优秀的年轻同志涌现出来。"

结果毫无悬念。

赵国栋被任命为江口县公安局江庙派出所主持工作的副所长，局党委会结束不到一个小时，这一消息就传遍了整个江口县公安局。

二十二岁，工作不到两年，主持江口县第一大农村派出所，辖区内四乡一镇，超过十万人口，这副重担就压在了一个如此年轻的干警身上，获悉这个消息的人都忍不住议论纷纷。

得知这个消息的第一时间，赵国栋就给刘兆国打了电话。

说实话他虽然对自己提拔为副所长有思想准备，但是却没有想到会让自己主持工作，这也就相当于行使所长权限了。除了在名分上还不是所长外，其他一切都完全与所长无异了。

"刘哥，我刚得到消息，县局党委会通过了关于任命我为江庙派出所副所长并主持工作的议题。"

"哦？好事啊，接下来你就该好好干了。"刘兆国在电话中的语气十分平静。

"刘哥，你说实话，你是不是给栾局打了招呼？"赵国栋虽然知道这句问话有些蠢，但还是想问一问。

"春节前我和你们栾局在一起吃过一顿饭，我只是说你们局在'六·一三'系列盗牛案上表现很出色。打出了我们安都市公安局的威风，赢得了老百姓的认可，仅此而已。"刘兆国在电话另一头笑得很诡异，"其他我没有向任何人打过招呼。"

"如果你不和栾局这么说，也许就不会有这样的结果了吧？"

"你不要小瞧一个公安局长的政治智慧。栾征远完全可以按照他自己的判断来做决定，组织赋予了他这份权力。"刘兆国打断了赵国栋的话头。

放下电话的赵国栋有些轻松也有些茫然，就这么当主持一方治安的派出所副所长了？是不是来得太快了一些？

赵国栋很快就体会到了权力带来的快感，当邱元丰完成交接之后带着他去江庙区委拜访区委领导时，来往办事的人都投来了惊讶和羡慕的目光。

区工委对于赵国栋的突然提升虽然感到惊讶，但是还是表示欢迎。

赵国栋在短短几个月时间就把大观口乡和土陵乡两个乡的社会治安整肃一清，赢得了包括乡村两级基层政权的高度评价，这是相当少见的。这对于区工委这个引领整个区级单位的核心来说，无疑也是一种光荣，也有助于区工委在各乡镇党委政府中威信的提升。

赵国栋虽然年轻了一点，但是表现出来的成熟却很令人放心。不仅与辖区乡镇党委政府的关系融洽，而且对区工委领导的尊重也是有目共睹的，这也是最让区工委感到满意的。

邱元丰对于赵国栋的火速提升惊讶之余也有些高兴，至少江庙这个根据地没有被外人占领。赵国栋也算是在自己手上成长起来的，而自己即将接手的治安科很多工作也要依靠各派出所的支持才能开展下去，能够有赵国栋这样一个知根知底的老下属在这里坐镇，他当然很满意。

所以他也是不遗余力地驾车带着赵国栋拜访各乡镇、区级单位以及大型企业，以便尽快让赵国栋完成角色转换，尽早适应工作。

除了江庙镇之外，其余各乡镇和区级单位企业都对赵国栋表示了热烈欢迎的态度。尤其是在大观口和土陵，党委政府更是明确表示这一次县公安局为江庙所选择了一个优秀的接班人，就连黑石乡和宝龙乡也期待赵国栋能够在这两地也掀起一个整肃社会治安的高潮。

"小赵，来，来，你虽然是纺织厂人，但是这一次可是代表派出所来拜会安都第一纺织厂啊。熊书记，你认识不？"邱元丰显然和熊贵仁很熟悉，很亲热地和熊贵仁把臂言欢。

"呵呵，老赵家的大小子，赵国栋，咋能不认识？嘿嘿，现在不能叫小赵，要叫赵所长了。"熊贵仁一口已经变味的山东口音，个子虽然只有一米七出头，但是看那块头，估摸着至少也有一百八十斤上下，一身宽大的厂服穿在身上显得紧绷绷的，难怪别人都叫他老狗熊。

"熊书记，你是长辈，喊我小赵也显得亲热不是？我再咋也是纺织厂子弟啊。"赵国栋满脸笑容，一副语出至诚的模样。

"呵呵，行啊，你也别叫我熊书记，和老邱一样，叫我熊哥，咋样？"熊贵仁咧开大嘴笑意盈面，"咱们纺织厂总算出了一个走出厂门的人才，小赵，你现在也算是我们的父母官了，对不对？这也算是为咱们纺织厂大大长了一回脸啊。"

"熊哥，既然小赵是纺织厂出来的，那日后你们纺织厂对江庙派出所和小赵的工作咋说？"邱元丰眼珠子一转便扯到这上面。

"呵呵，老邱，你别给我上套，在我力所能及的范围之内，没说的！像支持你一样支持小赵，咋样？"熊贵仁使劲儿捶了邱元丰一下，"老邱，你升官了也不说一声，春节吃酒还在和我装蒙。"

"嘿嘿，熊哥，局党委一天没研究，事儿就一天都不能算成。其实也不算升官，平调而已，只不过回局里离家近些，在下面漂了七八年了，也该回城轻松轻松了。"一边向会客室走，邱元丰一边解释，"熊哥，日后若是在江口有啥需要帮忙的，尽管开口，老邱绝不推辞。"

"哼，要的就是你这句话，若是日后老子在江口县城被抓了，你小子可得救我。"熊贵仁丝毫不在乎赵国栋也在场，显然他看到邱元丰能够如此热情卖力地替赵国栋张罗，肯定是邱元丰心腹。

"熊哥的事情就是我的事情，没说的。"邱元丰拍起了胸脯。

会客室里已经有几个人了，马正奎和另外几人都忙不迭地迎了上来："来来来，老鲁、老马，你们几个也来见见咱们江庙派出所的新所长，赵国栋，赵所长！邱所长已经高升调到了江口县公安局当治安科长，今天专程带赵所长来和大家熟悉一下。"

那个被叫做老鲁的以及马正奎几人都是一惊，之后脸上又浮起不敢置信的神色，赵国栋？赵所长？

老赵家这个大小子不是才调到江庙派出所么？不是说赵国栋是因为出了点事情被贬到江庙派出所么？怎么才几个月时间就摇身一变成所长了？

"别怔在那儿！怎么，不相信？这是咱们纺织厂的光荣啊，咱们厂子弟有几个能像赵国栋这样的！"熊贵仁眼睛一瞪，"你们还愣着干什么？"

看得出熊贵仁在下属面前还是有些威信，鲁刚是厂里武装部长，马正奎是保卫科长，其他几人分别是武装部副部长和保卫科副科长，赵国栋大多有些印象。

都是熟人自然也就没有那么多寒暄客套，邱元丰简单介绍了县公安局党委关于自己和赵国栋的任命，就把话题重新扯回到江庙派出所和纺织厂之间的关系上。

虽然邱元丰和熊贵仁私交很不错，但是纺织厂和江庙派出所关系却很一般。尤其是去年上半年两起江庙镇上闲杂人员骚扰纺织厂下班女青工的案子一直挂在所里，人头虽然明确，但是当初嫌疑人外逃，后来抓捕过一次未成，就放了下来，这让纺织厂颇有些看法。

江庙镇是罗明山驻辖，罗明山不求有功但求无过。这两起案件又很难够上刑事案件，逮捕有相当难度，连劳教都未必能行，所以也就这么一直搁置下来。

"老邱，我们俩没说的，小赵所长上任，我们肯定更要支持，但是你也清楚我的支持有限，再多就得由老卿表态了。你也知道去年那两起案子在厂里引起了很不好的反响，如今厂里人还经常提及那件事，这也严重地影响了你们公安派出所在我们厂里的威信。老卿对这件事情很有看法，连我都跟着受累。"

"人头是明确的，为什么抓不到？都说跑到外地了，但是我们厂里也有江庙人，说还经常看见他们，这件事莫非就这么算了不成？我们厂里上班的女工这么多，哪有安全感？"

别看未入正题之前谈笑风生，熊贵仁谈起正事来也是半点不含糊："小赵所长，我在这里表个态，如果这两件事情派出所能够给我们一个交代，一切都好说，需要什么我们支持什么。若是还是这样拖下去，恐怕难办。"

"熊书记既然说到这个份儿上了，那我也表个态，这两件事情三个月之内一定给厂里一个满意的交代，怎么样？"赵国栋注意到邱元丰微微皱起的眉头，但是话已出口，他也就顾不得许多了，大不了兵来将挡，水来土掩。

"好，小赵所长有魄力！如果这两件事情能够办好，今年我们纺织厂对派出所的支持增加一倍！如果老卿不同意，我就是磨也要磨得他同意。"熊贵仁也很爽快。

接下来的气氛就轻松多了，厂里招待所早已备好酒饭，邱元丰酒量甚好，加之离开在即也没有什么顾虑，便是来者不拒。只是架不住纺织厂几人轮番轰炸，很快就有些支撑不住。赵国栋却表现得很理智，一直以要开车为由推诿，直到熊贵仁来了性子，才勉为其难地干了几杯。

当邱元丰终于酩酊大醉倒地不起时，赵国栋也觉得自己有些支撑不住了，迷迷糊糊间只听熊贵仁说："这一次总算是报了上次老邱把咱们丢翻的一箭之仇。老马，你们把老邱安排到背后客房休息一下，看样子他们俩是走不了啦，嘿嘿，痛快！"

当县局政委牛子建宣布了县局的任命决定之后，也就轮到邱元丰和赵国栋二人的交接发言了。

这一次所务会算得上是规模最隆重的一次，除了邱元丰调任县局治安科长外，刘猛也同时调任花莲派出所任副所长。一下子走了俩人，县局也为江庙所补充了两人，一个是安都市警校刚毕业不久的陈国刚，一个是刚从部队转业的袁振勇。

邱元丰和赵国栋的离职和就职发言都很简短，赵国栋也没有什么豪言壮语，只是请大家支持自己工作，把上任所长留下的良好局面推进得更好。

事实上局里关于江庙所所领导调整的文件一出来，赵国栋就注意到了所里民警心态的变化。

刘猛已经看不见人了，去临近花莲所任副所长原本对于他来说也是很不错的提拔，但是相较于刚刚参加工作不到两年就要任主持工作的副所长的赵国栋来说，刘猛还是有些难以接受，索性也就眼不见心不烦。

贺洪海虽然没有这方面的想法，但是见到赵国栋以如此速度上位，心中自然也是百味陈杂，一时间也难以说清。罗明山倒是没啥反应，颇有一点冷眼旁观的味道，这是最让赵国栋头疼的，不怕别人有想法，就怕别人没想法，这就难以打开局面了。

两个女同志没啥，她们从未想过其他，只要奖金补贴能够到位，谁来都差不多。而廖昌盛对赵国栋的上位表示欢迎，他早已经过了年龄，能够在指导员这个位置上稳稳当当地待两年是最大的愿望。

"小赵，纺织厂那边你要盯紧，他们是我们所赞助的最大来源，说句难听的话，拔根汗毛都比其他企业腿粗，不过……"邱元丰最后有些怀念般地望了一眼江庙派出所的牌子。

"邱所，我正想咨询你呢，那天在厂里你好像有点心思？"

"嗯，这也是我想告诉你的，其实要抓那几个小子如果用点儿心也能抓到。不过有两个原因，一是这两起案子都比较简单，又不是一伙人，单纯作为治安案件处理当然没问题，但是这肯定不能让纺织厂满意。而要将那几个家伙送进去判上几年条件又不够，所以有些麻烦。"

"另外一个原因就是，其中有一个主犯是江庙镇镇长敬海的外甥。如果我们把他抓了，他必然会来说情，那种情况下我们两头都讨不了好。加上罗明山在江庙镇和那些镇干部不对路，许多事情也不好处理，本打算翻了年调整一下，但既然我走了，如何考虑就是你的事情了。"邱元丰叹了一口气，"这只怕是我留下的最大遗憾了。"

"这倒是需要考虑，如果说逮捕了却起诉不了，仅仅是治安拘留几天怕是难以起到震慑作用，也难以向纺织厂那边交代，但实际情况又很复杂。"赵国栋沉吟着，难怪头脑灵活如邱元丰都采取了拖的策略。

"嗯，这件事情你需要好生琢磨一下。另外就是罗明山的问题，他本来就是江庙镇人，驻江庙镇本来是件好事情，但是他和江庙镇村干部有些不对路，工作打不开局面，你可能要好好考虑一下怎样用这个人。"邱元丰最后望了身后派出所一眼，"我就走了，有啥不明白的事情给我打电话，记住，要想工作打开局面，首先还是得把人心聚合在一起。"

治安科的吉普车跟在政委的切诺基背后渐渐消失，只留下赵国栋一个人站在派出所门口，宽厚的身影在午后的阳光下显得格外凝重。

第三章　新官上任三把火，
##　　　　谋划发招下狠手

陈国刚望向赵国栋的目光也多了几分尊敬和羡慕，也就比自己大两岁不到，这么年轻就能主持江庙所工作，而且短短一个月就能造出这么大声势来，难怪自己在局里就听人说赵国栋不简单，前程远大。

"老罗，你对我的想法有没有什么意见?"赵国栋端起酒瓶替罗明山倒满酒。

罗明山酒量不小，但是在这种单打独斗中还是落了下风，而且他对赵国栋上任伊始就单独请自己喝酒还是相当感动。

在江庙派出所，邱元丰不怎么过问他，只要一般性的工作能够抹得过去就行。而其他几个民警也对他有些孤僻的性格敬而远之，所以说他一点也不喜欢所里的气氛。如果不是因为背了处分，局里不会考虑调动他，他早就向局里申请调走了。

"没什么意见，赵所，你怎么安排我怎么干。"罗明山打了一个酒嗝，脸色微微有些发红，"我罗明山不是不知进退的人，如果不是萧自立那个王八蛋，我何至于此?"

赵国栋也叹了一口气，罗明山方才的倾诉在他看来应该基本属实。萧自立是个翻脸不认人的角色，让罗明山当恶人自己当好人这种事情不算意外。不过罗明山本来就是江庙人，而且家人又都在江庙，这样做无疑把罗明山一家都出卖了，这让罗明山一家人如何在那里生存下去?

只是罗明山掀了萧自立桌子要打萧自立的确有些过分，毕竟这种事情摆在台面上他可以振振有词，大义灭亲都可以，何况只是处理一件治安案件?

"老罗，过去的事情就过去了，我们还得继续工作下去，对不对？"赵国栋叹了口气，"我给你个承诺，如果你能够把小陈好好带出来，让大观口和土陵两个乡党委政府在年底对我们派出所表示满意，我会向局党委申请把你调到其他派出所，甚至局机关。"

"赵所，你说的当真？"罗明山一听顿时精神一振，有些发红的眼睛直瞪着赵国栋，"若是你做不到呢？"

"做不到？没有我赵国栋做不到的事情。"赵国栋毫不犹豫地夸下海口，这种情况下只有表现出绝对的自信才能赢得对方的信任。

"好！我老罗就信你这一回！"罗明山瞪视了赵国栋足足一分钟才猛地一口灌下一杯酒。

赵国栋能够以二十二岁的年龄，工作一年多就成为江庙所主持工作的副所长，把一样颇有来头的刘猛撵走，罗明山相信这绝不仅仅是赵国栋能力强的原因。

公安局里能人多了，刑警队、治安科、城关所，随便提两个出来往那儿一站，都是文能提笔武能玩枪的狠角色，咋没轮上他们？这只能说明一个问题，别看眼前这个年轻小伙子平时没有透露半点，但他关键时刻才发招，这才叫高人。

搞定了罗明山之后，赵国栋立即和廖昌盛进行了沟通，并迅速就九三年江庙派出所工作进行了安排部署。

他改变了邱元丰原来确定的驻乡民警和案侦民警分开的办法，而采取大驻乡的政策。也就是将派出所分成两片，江庙镇、黑石乡、宝龙乡为一片，由贺洪海和袁振勇负责；大观口乡和土陵乡为一片，由罗明山和陈国刚负责。刑事、治安案件包干，以去年发案、破案和打击人头为基数进行分值细化。

同时又明确各乡党委政府领导以及各村干部年底将进行一次无记名投票打分，这个分值和前面的业务分相加将成为派出所考核民警依据。

而内勤和户籍则根据实际情况获得业务的平均分值，再由乡镇领导进行无记名打分，之后分数综合。

这个制度一推出，立即在派出所里引起了轩然大波。民警们并不反对划片包干，但是对于乡镇领导和村干部打分这一栏表示了反对意见，认为这会在很大程度上影响他们日常工作的开展。

不过在赵国栋明确表示凡是片区内涉及重大事情均由所领导来拍板和承担责任之后，民警们勉强同意了这一条。

分工调整完毕后，两个片区便迅速工作起来。

事前赵国栋也专门与贺洪海交换了意见，要求贺洪海要带好头，留给局领导一个好印象，无论是调回城还是提拔，这都是基础。贺洪海也从赵国栋身上看到了一丝希望，尤其是赵国栋若隐若现地表现出与局里主要领导之间关系密切之后，贺洪海心头湮灭已久的一缕希望又钻了出来。

赵国栋第一次感觉到心累。难怪说当领导都喊累，大家都说只看到领导整日坐在办公室里，要不就是开会、吃饭，但是却没有想过一个单位的荣辱都系于他一身。如何让本单位顺顺利利完成工作，做出成绩，让更高一层的领导满意，这都是当领导的需要考虑的。

很多情况下仅仅靠所谓的私下关系密切是解决不了所有问题的，领导可以给你一个轻松闲适的位置让你坐，但是绝不会把重要的位置交到令他不放心的人手里。

不过这一切对于赵国栋来说只是短暂的，几天下来他很快就适应了自己的新角色，并进入到了游刃有余的阶段。

赵国栋望着车库里的212吉普车出神，这是江庙派出所的当家车，已经有些年头了。几乎每年都要大修一次，虽然还能坚持，但是必竟不是长久之计。

业务工作已经分派下去了，贺洪海和罗明山都爆发出了前所未有的工作热情。就连薛碧琴和林秀芝都讶异于两个原本在江庙所算得上懒散的角色，怎么会在邱元丰一走之后变得如此积极主动。

现在该看自己的了，赵国栋知道栾征远这次任命自己主持江庙所工作怕是也承担了一些压力。如果江庙所工作拿不起来，弄不好年底就有可能把自己调整到局里某个科室担任副职，虽然不降格，但是实质上却剥夺了权责。

民警谋工作，领导谋发展，发展体现到具体工作上就是改善单位工作条件，提高干警福利待遇，如何做到这一点就是该自己操心的了。

刑警队已经购入了两台新式长安牌面包警车，而城关所和治安科据说也有意购买，这种微型车在那个年代无疑是令人相当艳羡的交通工具。

小巧灵活的车体，轻灵的方向盘，靓丽的外表，威武的排式警灯，在九十年代初期的江口县城不能不说是耀眼的明星。

一辆这种微型警车至少需要五万多元，上完户怕要六万出头，这对江庙派出所来说是一个巨大的财政压力，还要在不影响派出所干警们的福利待遇的情况下。赵国栋估算了一下，如果要想买这样一辆警车，加上今年派出所的开支，没有十万块是拿不下来的。

十万！这可不是一个小数目了，虽然自己可以轻而易举地在牛王庙的股市上捞到三十多万，但是并不代表派出所也可以轻松募集到这笔资金。

赵国栋扳起指头算了一算，买车的钱只怕最终还是要靠纺织厂出大头才行。邱元丰给自己交的底，去年纺织厂支持了一万块，如果事情不顺，今年一万块就是极限。如果能解决那两件事，争取两三万块钱也不是没有可能。

如果再能从江庙区其他企业化一些缘，估计也就差不离了。不足部分，赵国栋自信从除了江庙镇之外的其他几个乡还能厚着脸皮要一点。

问题在于如何让纺织厂心甘情愿地出钱，答案只有一个：处理好那两件事情。但是如何能让他们满意又能避免江庙镇这边的关系恶化呢？

赵国栋脑海里已经初步有了一个方案。

"怎么样？"赵国栋饶有兴致地盯视着贺洪海。

"嗯，有点眉目了，两个案子一共涉及人员六人。其中两个主犯，一个是敬海的外甥曹建，还有一个是水泥制品厂厂长张知平的侄儿张宝来，都有些来头。曹建在本地有过一次斗殴记录，听说在竹莲乡那边曾经调戏妇女，都是敬海出头压下了。张宝来问题不大，在本地没有其他案底，但是据说在平川那边有非法携带管制刀具的记录。"

"这么说只有曹建还有些条件？"赵国栋眉头深锁。

"目前看来是的，但是只凭这几点，想要让检察院点头，怕不容易。"贺洪海也知道底细，"敬海能量不小，只怕案子一到检察院他就会去做工作。这种可上可下的案子，检察院本来就倾向于不批捕，如果再有人从中搅和，肯定不会过。"

"不要灰心，逮捕不了，并不代表我们治不了他。据我所知，这个曹建在江庙本地很有些要称王称霸的苗头，不打掉他，迟早是一个祸患。我们再好好收集一下情况，尤其是在证据上要扣死，特别是竹莲那边的情况更要落实，实在不行，我们搞劳教。"赵国栋摸着下颌道。

"劳教？要上市局劳教委员会去批，恐怕更难啊。"贺洪海清楚全局一年也批不了几个劳教，审批劳教的权责实际上是掌握在市局法制处手上，这些人对于证据的要求丝毫不比检察院那边松。

"所以我们要在搜集证据上下工夫，尽可能多地收集曹建的劣迹，争取以屡犯惯犯的名义把他打掉。"赵国栋一挥手道。

"嗯，那这个张宝来呢？"

"张宝来也不能放过，劳教不了也得让他去拘留所待一段时间。那些从犯都一样，纺织厂那么多女工，不少就是这附近的，如果不杀一儆百，出了问题我们就难以交代了。"赵国栋狠狠地道。

实际上事情远没有赵国栋想得那么复杂。

当一切证据收集得差不多之后，赵国栋便悄然通知了刑警队，请刑警队出动几人配合。或许是因为赵国栋的突然跃起，或许是接到市局刑警支队领导的指示，接任刑警队的张德才意识到现在的赵国栋已非往日的赵国栋了，他很爽快地答应了赵国栋的请求。

刑警队来了八名刑警，加上派出所出动的十多名力量，几乎是在一夜之间便将毫无防备的六名涉案人员抓获，当夜送进了收审所。

赵国栋第一次发现派出所的电话响得如此频繁。天还没亮，他已经接到了不下十个电话，不过他把一切都推到了局里。

"敬镇长，真是不好意思。刑警队下来了，这是局里的意思，好像纺织厂将这件事捅到了市公安局，市局对此高度重视，责成县局必须在一个星期之内拿出处理意见。所以，我们也没有办法，只能执行。"

"啊？现在恐怕不太好办，栾局都在亲自督办。会到什么程度？这很难说，强奸罪和流氓罪最高刑都是死刑，根据情节而定，当然曹建不至于到那一步，但是估计也不会太轻。"

"没有强奸？强奸也分未遂和既遂，认定当然要由政法机关来认定，不是你我说了算的。有没有办法？这个就要看敬镇长你了，江庙镇不是和纺织厂是友邻单位么？好歹也算是他们的父母官，对不对？如果他们出面为我们减轻压力，我想会好一些，当然，办法你肯定比我多。"

赵国栋抑扬顿挫地打着官腔，而且态度异常温和诚恳，估计对面的敬海都快要心急如焚了。

"张厂长啊，你好，你好，什么事儿？张宝来？哦，好像是有一个，已经收审了啊，是你侄儿？啊，这我不知道啊，局里来人办的，我们只是配合啊。办法？唉，现在恐怕有些难度，你知道刑警队都出面了，事情肯定不会小，要捞出来不容易啊。"

"什么程度？这不好说，流氓罪判三五年算是轻的，能不能不判？呵呵，张厂长，你咋这样说呢？判不判那是法院的事情啊，公安局哪有权干涉。我们只负责侦察。"

"屠经理，你好你好，好久不见了，也不来所里坐坐？啊，有事儿求我，啥事儿？只要能帮得上忙的，没问题。李连军，有，是有这个人，怎么，和你是亲戚？你小舅子？哎呀，这件事可真有些难度，现在关收审所里了。"

"什么时候能回来？嘿嘿，老屠，这就难说了，得看他涉案情节和态度，市局在督办，真的不好说。行，我帮你问问，如果不是主犯，可能会轻一点，帮忙？你屠哥的舅子当然没话说，力所能及，一定尽力。"

赵国栋悠哉游哉地坐在办公室里，天还没亮，估计天一亮，还得有无数人登门拜访，他已经有了充分的思想准备。

"赵所，看来还真有些麻烦，都有人找我这儿来了。"贺洪海搓着手笑呵呵地道。

"嘿嘿，估计老廖那里压力更大，谁让他是本地人？我早就和他打了招呼，这件案子任何人都不准说情，要找就推到我这里来。"赵国栋满不在乎地道。

"赵所，这里边不少人都是江庙镇有头有脸的人物，你就不怕咱们所日后不好开展工作？"贺洪海还是有点儿担心。

"洪海，我告诉你，人性本贱，你只有踩痛他们，他们才会敬畏你，当然我是指那些无视法律的人。如果一个派出所在人们心目中失去了威慑力，只剩下亲和力，那就不叫派出所，那叫福利院！"赵国栋言词铿锵。

"我记得一句格言，意思大概是纵容为恶就是对善良的践踏，我们公安机关正是要纠正这一点。"

"敬海在江庙很有些影响力，也能通天，赵所你可要有思想准备。"贺洪海吞吞吐吐地道。

"洪海，有啥话你就直说，别遮遮掩掩的。"赵国栋听出一点味道，抬起目光道。

"敬海好像与区工委姜书记关系很密切，我还看见过敬海与咱们局里何局长也经常走动。"贺洪海沉吟了一下才道，"就是那张知平也不简单，据说和县上领导都有交情，我怕局里迟早会插手这件案子。"

"呵呵，管他有什么关系，案子先办起来。今天我们抓紧时间突审，把第一手口供拿下，结合原来我们收集的证据，把证据链固定下来，谁来也翻不了案，顶多也就是情节认定上做点文章罢了。"赵国栋正色道，"只要我们把材料搞扎实，上边再怎么也得征求我们的意见。原则范围之内可以灵活，超出原则，我想上边不会也不敢干涉。"

"好，赵所既然这样说，我们今天就抓紧时间把这几份材料落实。"见赵国栋如此坚决，贺洪海也有了底气。

"上午我们一起去收审所，让廖指导在家抵挡，实在不行推到我头上就行了。"赵国栋顿了一下，"老罗就不参加了，把小陈和老袁都叫上。"

敬海愤懑地将电话压下，办公室里坐满了人，他有些烦躁地把烟点燃深深吸了一口："我早就让你们叫他去投案自首，为什么不去？这时候知道来找我了，当初我说话你们为什么不听？"

"呃，二弟，老曹家就这么一个，都知道这公安局大门不好进，一进去说不定就出不来了，谁心中也没底啊。不就是指望着能赖上几年事情就淡了么。谁知道这个姓赵的一上来就下毒手呢？"说话的是敬海的姐夫，江庙镇上经营着几辆农用运输车的小老板。

"哼，我问过了，没那么简单，安都市里都在过问这件事情。"

敬海想起张德才告诉自己安都市公安局都在过问，他心里就忍不住泛凉。

难道说纺织厂真的把这件事捅到上边去了？那可真有点不好办了，曹建这小子又不愿说实话，赵国栋的意思似乎他的情节很严重，流氓罪，这可是可上可下的罪名，上下都不封顶啊。

"啊？二弟，那你可一定要想想办法帮我们一把，曹建如果真的被关上十年八年，那他一辈子可就全毁了。"敬海大姐的脚一软，一把鼻涕一把泪地号啕大哭起来。

"够了，我知道了，你们都回去，别在这儿给我添堵！"敬海越发心烦意乱，挥手让屋里的人都走。

一家人吵闹一阵，都没了主张，见敬海脸黑得都快挤出水来了，才慢慢离去。

"这次怕是有点儿麻烦。"悄悄走进来的镇武装部长兼公安员霍志武搓着手道。

"怎么样？"敬海深深吸了一口气。

"往日派出所和咱们镇政府虽然不大对路，但是像这样大的行动就算是不告诉我们目标，也要从我们镇上治安室抽人的。但这一次却根本没提，分明是有意避开我们。"

霍志武愁眉深锁，作为公安员，派出所和镇政府主要领导不对路他是最难受的，夹在中间两头受气。

"这一次也许是上边的要求。"敬海脸色很难看，事实上和派出所关系不睦的主要就是他，从罗明山事件开始他就对派出所有些看法。

"敬镇长，恐怕我们得现实一点儿。年前我们和派出所就闹僵了，邱元丰虽然走了，但是算是高升。这赵国栋又是邱元丰一手提拔起来的心腹，恐怕也一样看我们不顺眼。虽说有上边的指令，但是这是不是派出所的障眼法呢？方才我去派出所，除了老廖外，其他办案民警都不在，分明是去江口了，干什么？还不是要尽快把这件事情处理定案。"

霍志武虽然不知其中真实情况，但是多年的经验告诉他这样一件案子上升到这种程度，不是派出所故意拔高，市局和县局一般来说是不会参与的。

"你是说赵国栋故意收拾我？"敬海眼中闪过一丝愤怒的目光。

"这倒不一定，或许是想顺水推舟做一件一举两得的事情呢？"霍志武沉吟了一下才道，"解铃还须系铃人，敬镇长，要想让曹建轻松一点，恐怕还得落到派出所身上。具体一点说，还得落在赵国栋身上。这家伙这么年轻就能上来，没有两把刷子能行？"

"这……"敬海脸上阴晴不定。

"敬镇长你不好出面，我去找找赵国栋，探探他的口风。"霍志武知道敬海放不下脸，主动请缨。

"那就辛苦你了。老霍，唉，看来有些时候我也得注意一下了。"敬海很难得地说了这样一句话，也是在霍志武这个关系莫逆的下属面前他才如此说，"对了，你不是说他们都不在派出所么？"

"他们总得回来，我就去派出所里守着，我就不信他赵国栋新上任，就真能无视我们江庙镇政府，好歹这派出所还在我们江庙镇地盘上不是？"霍志武一边往外走一边道，"不看僧面看佛面，他要想把工作抓上去，好歹也得给我们江庙镇党委政府一点面子，是不？"

赵国栋一干人一直忙到下午四点多才回到江庙，不出赵国栋所料，这些仗恃着家中有些关系背景的土混混儿，在毫无思想准备之下被丢进收审所之后立时就垮了。几乎没花多少精神，几个家伙就毫无例外地交代了自己的违法行为，甚至在赵国栋技巧性地讯问下还有其他收获。

曹建的位置一下子就被凸显出来了，不但自己团伙内部交代了他的违法事实，就是张宝来团伙也印证了他的违法行为。

在证据和攻心手段双重压力之下，曹建很快就崩溃了。除了交代了两起拦路调戏妇女的案子之外，更重要的是他还交代了一次酒后强奸妇女的事件。

尤其是这件案子的发案地点竟然在他舅舅敬海的老宅。虽然敬海并不知晓，但是这也足以让赵国栋精神一振了。这可是对付敬海的利器，而且这件事也获得了他团伙中两个人员的佐证。

在安排贺洪海立即返回江庙就新反映出来的事实取证之后，赵国栋故意在江口县城多逗留了几个小时以便拖延时间。

这时候赵国栋才感觉到通讯不方便是多么麻烦，如果有传呼机，贺洪海完成材料后便可以告知自己，现在他却不得不待在治安科里等待贺洪海的召唤。

好在贺洪海和袁振勇的动作相当快，在很短的时间内就完成了任务，这时赵国栋才坐上治安科的吉普车返回江庙。

在浏览了所有材料之后，赵国栋心中已经有了主意。现在打掉曹建已经不是问题了，强奸妇女这一条已经把他扣死。相比之下，拦路调戏纺织厂女工不过是小菜一碟。如果真要认真收集起来，再确定一个流氓罪，怕是让他进去待上十几二十年不是难事。

"洪海，你把材料整理一下，曹建几起案件的证据已经够了，尽快报给预审科向检察院报捕，这一次他是在劫难逃。"

赵国栋稳稳地坐在所长办公室的椅子上，他发现自己越来越享受这种权力带来的快感。难怪有人说，对于男人，掌握权力带来的快感丝毫不亚于俘获美女芳心带来的快感。

"若是这样还不能把他送进去，嘿嘿，那我们派出所真成了粮管所了。"贺洪海心情也很舒畅，"不过赵所，按理说强奸案这类案件应该交给刑警队办理的。"

"不管它，这是我们办理曹建流氓案时挖出来的，刑警队也说不出啥。如果局里有啥，我来顶着，你只管尽快报捕起诉。"赵国栋坚决地一挥手。

"那好。"贺洪海点点头站起身来，"对了，霍志武在这儿坐了一上午，下午又来了两趟，看样子是铁了心找你呢。"

"嗯，我知道，敬海不好出面，也只有劳烦他了。"赵国栋笑了起来，"让廖指导在这里拖着，我得先把该干的事情办完。"

向何凤祥汇报了案件情况之后，何凤祥建议赵国栋最好亲自向栾征远汇报，毕竟涉及江庙镇主要领导，赵国栋犹豫了一下还是听从了何凤祥的建议。

电话中的栾征远显得很严肃，在听取了赵国栋的汇报之后，也没有过多语言，只是要求赵国栋严格按照法律办案，同时注意工作策略，协调好友邻关系，尽量将可能影响派出所工作的因素减到最小。

赵国栋心领神会。

在踏进区工委的院子时，区工委新买的尚未上户的广州标致505悄无声息地滑出，赵国栋一眼看见了坐在前排副驾上的区工委书记姜一鸣和后排座上的副书记高阳。

"姜书记，高书记!"

"哦，小赵啊，有事儿?"姜一鸣矜持地点点头。

"是，是有点儿事情要向两位领导汇报。"赵国栋举了举手中的笔记本。

"很急么?我和姜书记准备去县里办点儿事情。"高阳接上话。

"嗯，很急，也很重要。局里的意思也是马上向区里汇报。"赵国栋一脸严肃。

"哦?"姜一鸣回头看了一眼高阳，皱起眉头，"既然这样，那老高你接待一下。"

"姜书记，恐怕您也得听听才行，这件事情很重要。"赵国栋不为所动。

坐在区工委的小会议室里简要汇报完情况之后，姜一鸣和高阳都神色阴沉，姜一鸣是浓眉深锁，而高阳则是阴郁中略带一丝兴奋。

"这个曹建怎么处置我们区委管不着，那是你们公安的事情，但是这个在敬海老宅作案的事情能确实么？敬海本人是否知晓？"

姜一鸣觉得有些头疼，敬海是从本地提起来的干部，人脉很广，在江庙有千丝万缕的关系，开展工作也很得力。但这个家伙有些桀骜不驯，所以县里调来的镇党委书记都有些驾驭不了，甚至有时候连区上的账都不买。

姜一鸣欣赏此人的工作能力，但是同样有些反感这个有时候不顾大局的家伙。

不过这件事情非同小可，一旦传出去，镇长的外甥在镇长家中强奸妇女，不但敬海脱不了干系，就连区委都要承担相关责任。

"作案地点确凿无误，是在敬镇长老宅中。根据现有材料反应，敬镇长应该不知情，但是从我们侧面掌握的一些情况反应，这个曹建经常打着敬镇长的旗号到处惹是生非，群众反映很大。就连竹莲乡那边都有反映，如果联系到这起强奸案，我担心会给区上带来不好的影响。"

赵国栋显得很诚恳，"所以我给局里汇报之后，就立即来向姜书记您和高书记汇报。"

"就算是敬海不知道这件事情，但是曹建作为他的亲外甥犯了这么多事情，难道他这个当舅舅的就一无所知？作为领导干部，他怎么管教自己亲属的，这次又是在他家中出事，若是传开来，他如何向江庙镇的老百姓解释？"

高阳厉声道："姜书记，我觉得这次无论怎么说他都难辞其咎。"

"老高，先不要忙着下结论。"姜一鸣有些不满地瞟了高阳一眼，他知道高阳和敬海有隔阂。敬海并不怎么买区工委两个副书记的账，这他很清楚。但现在不是敬海一个人的事情，一旦揭开，整个江庙镇党委政府和江庙区工委的形象都要受到影响，这才是他需要考虑的。

"赵所长，公安办案我们区工委不能干涉。但是敬海并不知晓这件事情，从法律角度上来说他并没有涉案。至于他亲属犯案，他管教不严，那属于组织上调查处理的事情。"

姜一鸣字斟句酌地表述自己的意见。

"但是在他老宅出事这一点，我希望派出所能灵活掌握，尽量将事情控制在小范围之内，避免引起群众不必要的误会。据我所知，敬海一直住在镇上，他乡下老宅已经多年未用了，多半是他的亲属借用着。尤其是你们如果需要采取指认现场等方式时，请斟酌避免扩大影响。"

"这几起事件牵扯范围比较大……"赵国栋装出一副为难的样子。

"赵所长，这一点请你务必协助区工委做好工作，缩小影响。"姜一鸣打断赵国栋的话头，他同样知道派出所与江庙镇之间关系不睦："接下来我会责成敬海同志就这件事情做出解释。"

当敬海从区工委走出来时，心中已经再无先前的桀骜愤懑了，取而代之的是无尽的紧张和担心。

姜一鸣声色俱厉地批评和若有深意的提醒，让他意识到自己的地位一下子岌岌可危起来。虽然区工委对乡镇党政一把手没有任免权，但是他们有建议权。而且这次又遇上这种事情，对于一个领导干部来说，这简直是致命的。

虽然老宅自己早送给姐姐姐夫使用了，但是谁都知道那是自己的老屋。在法律意义上和周围邻里眼中仍然属于自己，曹建竟然敢在那里干那种事，这简直是把自己活生生往火坑里推！

此时的他再也没有为曹建想方设法的心思了。如何撇清自己，避免这把火烧到自己身上才是最重要的，敬海从来没觉得派出所的地位如此重要。

姜一鸣说得对，这件事情说大也大，说小也小。问题在于如果有人想要借机整垮自己，这无疑是最好的炮弹。但是如果能把这件事情尽快平息掉，在哪里发生的这件事也就没人关注了，关键还是在派出所！

自己得马上改变态度，而且还得尽快让派出所从严从重从快处理掉这件事。

赵国栋也没料到这件事情竟然会以这样一种方式收场，曹建三天后就被检察院以强奸罪逮捕，其余几人根据所犯事情多少被处以十五天到二十天的治安拘留。

而江庙镇党委政府对派出所的态度也是一百八十度大转弯，在区工委副书记高阳意向性地提出派出所需要改善一下交通和通讯工具时，江庙镇很爽快地表示愿意支持派出所两万元，这让赵国栋简直是喜出望外。

熊贵仁将此事汇报给厂党委书记兼厂长卿光荣，表示可能要请派出所参战民警吃顿饭，并就派出所可能提出要赞助一事请示时。熊贵仁万万没有想到，卿光荣竟然表现得相当有兴趣，甚至表示有时间他也要亲自参加这场庆功宴。

这让熊贵仁百思不得其解，就算是江口县来个副县长或者公安局长，只怕卿光荣都未必有兴趣亲自接待。赵国栋虽说是厂子弟，但也就是个小小的派出所所长，自己出面相陪已经够给面子了，厂里一把手出面就有些多余了。

不过卿光荣既然如此表态，熊贵仁自然高兴，给派出所兑现许诺自然也就不是什么问题了。

酒席依然定在厂里招待所的小间里，不过酒明显上了一个档次。上一次的全兴大曲换成了五粮液，而桌面上每个位置都摆上了一包红塔山。

赵国栋这次也是有备而来，罗明山、贺洪海、袁振勇以及陈国刚。四个人中除了贺洪海稍稍弱一点只有七八两的量，其他三人都有一斤酒量。尤其是袁振勇，转业之前是在西藏服役，一斤半白酒根本不在话下，这让赵国栋心中也笃定许多。

"熊书记，这次按照您的意思把事情办好了，我才敢把咱们所里的一帮兄弟带过来，向领导汇报。"

"呵呵，国栋，看来你今天是要报仇啊。在咱们纺织厂这一亩三分地上，怕是没有你翻身的机会啊。"熊贵仁环顾四周，老鲁、老马几人也是毫不示弱："是啊，熊书记，他们来一个趴一个，来两个倒一双！"

"熊书记，咱们公安的战斗力不仅仅体现在破案上，任何场合都不会怕人。"赵国栋气势汹汹。

"嘿嘿，国栋，这一次你们把案子破了，人也逮捕了，事情我们都清楚了。咱们厂里在江庙街上住的也不少，江庙镇的敬镇长怕是得罪得不轻吧？不过在下边你们派出所的反应很好啊，都说连敬海的老虎屁股都敢摸，这派出所才算是真正有杀气！"熊贵仁笑着端起杯子，"来，大伙儿第一杯先干了，算我们纺织厂敬江庙派出所的公安们，感谢你们这次对我们纺织厂的支持，我想再没有谁敢打我们厂里上下班女工们的歪心思了。"

"不是杀气，熊书记，是正气！派出所不打掉这些歪风邪气，那就成了吃干饭的了。好，干了这杯。"赵国栋也不客气，站起身来举杯相邀。

酒席一开局，便不是谁能控制得住的了，五钱一杯的牛眼珠杯子一碰就是仰头，一阵厮杀下来，十多杯下去，饶是铁打金刚都有些摇摇晃晃了。

　　眼见得贺洪海有些吃不住劲，赵国栋给袁振勇使了个眼色。袁振勇便挑起战争，与厂武装部长老鲁连干三杯，老鲁年龄本来不小，加上前面已经喝了十来杯，再被袁振勇以西藏战友的名义连干三杯，顿时招架不住，败下阵去。

　　而另外一个副部长也在赵国栋的刻意挑衅下，被赵国栋和罗明山联手斩于马下，一倒不起。

　　而贺洪海也在马正奎的殷勤"规劝"下俯首称臣，匍匐在桌上爬不起来。

　　正热闹间，小间门被推了开来。

　　"卿厂长！"赵国栋赶紧站起身来，他一样没有想到卿光荣居然会来插一脚。难怪熊贵仁多留了一个位置，自己还以为对方误以为廖昌盛要来留的，原来是为卿光荣所留。

　　"呵呵，国栋，你这小子现在官当大了就忘了你卿叔叔了？也不去我那里坐一坐。"卿光荣平素不苟言笑，他这番和蔼可亲的表现不但赵国栋感到受宠若惊，便是熊贵仁和马正奎一样感到惊诧莫名。

　　"卿叔说哪里去了，你那么忙，我哪敢随便打扰你？何况熊书记对我们也很是支持，所以我就没来劳烦你。"赵国栋连忙道。

　　熊贵仁早已经替卿光荣让出位置，卿光荣连连招呼："都坐下，老熊都给我说了，这次全靠派出所为我们纺织厂保驾护航，我们厂里的女青工们现在终于可以放心大胆地上下班了。来来来，我敬大家一杯。"

　　卿光荣一上阵，赵国栋也是无奈，派出所的人只有端起杯子，若卿光荣真要托大再敬几人几杯，只怕这一战就只有自己和袁振勇能全身而退了。

　　"来来来，吃菜！国栋，不要客气，到厂里来就是回娘家了，拘束什么，有什么需要我们厂里支持的，尽管向老熊提出来。"

　　卿光荣的话让赵国栋一下子就兴奋起来，这次来除了复仇之外，另一个更重要的目的就是要对方兑现承诺，有卿光荣在这里，效果要好得多。

　　"卿叔，您也知道派出所的境况。说是属于县公安局的派出机构，但是局里紧张，根本没有多少经费拨下来，而江庙区工委自身又没有收入来源，所以我们派出所也就只能厚着脸皮四处化缘，全靠友邻单位支持。今年我刚来，所里一穷二白。这不，我们所里的老吉普都是快十年的老爷车了，我考虑换一台警车，所以还想请卿叔和熊书记支持我们一把。"

赵国栋不卑不亢，但是语气却很恳切。

"嗯，贵仁，去年厂里给派出所支持了多少？"卿光荣沉吟了一下。

"一万块。原本我们说好如果派出所能把我们厂里女青工被骚扰事件解决好，我们就支持两万。"熊贵仁答道。

"哦，两万？是少了点儿。这样，贵仁，派出所为我们厂里的事情出了大力气，咱们也不能太吝啬，给三万，党委会上你提出来。"卿光荣拍板，"国栋，厂里现在也有难处，暂时给三万，年底如果所里困难，你再来找贵仁和我，怎么样？"

赵国栋大喜过望，卿光荣既然表态，这事就铁板钉钉了，而且还留了一个可以在年底再次化缘的尾巴，这份收获远远超出他的预料。

"卿叔，我代表江庙派出所感谢你和熊书记对我们的大力支持，日后我们派出所只有以更加认真的工作来回报了。"赵国栋站起身来，端起酒杯，"我干了这杯，以示感谢。"

接下来的气氛就活跃多了，落实了这件事情，赵国栋心中也就再没有啥顾虑了，对敬酒也是来者不拒。

卿光荣也和赵国栋碰了两三杯："国栋，你和正阳市长很熟？"

正在夹菜的赵国栋一怔，随即笑道："你说蔡哥？还行，在一起吃过几次饭。"

"呵呵，上次开全市工业会议的时候，我正好和正阳市长走在一起，他提到过你。"卿光荣眼中含意颇深，"他很看好你啊。"

"卿叔说哪里去了，蔡哥那是在打趣我呢。"赵国栋轻描淡写地道，难怪卿光荣会亲自跑来敬酒，难怪会变得如此豪爽大方，原来如此。

"呵呵，能得正阳市长的首肯，很难得啊。"卿光荣一直搞不清楚堂堂一个安都市的副市长怎么会认识一个小警察，怕是江口县公安局的局长他都未必认识才对。

卿光荣做过专门了解，蔡正阳不是安都人，上来之前是华阳县委书记。在下派到华阳县之前是安都市委组织部干部，从未在江口工作过，也没听说过老赵家有什么特殊的关系，否则他家也不至于几个大小伙子待业在家了。

但是蔡正阳专门提及赵国栋让卿光荣很是在意，所以也想借这个机会探探赵国栋的底。但赵国栋很沉稳，半丝口风不露，不过听他的称呼，似乎和蔡正阳关系很不一般才是，能经常在一起吃饭，怕是江口县公安局长也未必有这本事。

"卿叔哪天有空，我约一约蔡哥，让他来咱们乡下尝尝河鲜。"赵国栋看出了卿光荣的意图，只是才蒙了对方三万元的支持，买车的资金一下子就解决了一半，他实在不忍心不给对方一个想头，只是吃顿饭而已，又不涉及其他。

"好啊，我随时有空，国栋你约好就给我打电话。"卿光荣脸上喜色一闪即逝，饶是他自控能力相当强，也难以掩饰心中的高兴。

"嗯，没问题，约好我就给卿叔您打电话。"赵国栋见卿光荣眼底深处的喜色，感觉自己是不是答应得太爽快了一点？说不定再说说，多给一万块也有可能，不过话已出口也不好改口了。

桌上虽然还是觥筹交错，但是无论是熊贵仁还是罗明山、袁振勇，都注意到了卿光荣与赵国栋的亲密情形。

俩人谈话声音虽小，但是紧挨在一旁的熊贵仁还是隐隐听得两句。什么正阳市长，什么约一约，这让熊贵仁更是震惊，看卿光荣对赵国栋的模样，仿若多年密友一般，哪里还有什么年龄、尊卑之分？

袁振勇稳稳地驾着车，老吉普车在公路上拉到八十码，嘶吼的发动机如开锅一般，赵国栋坐在副驾上，酒意一阵阵上涌。

"袁哥开车挺稳啊。"赵国栋松了一下皮带，"嫂子在哪儿上班？"

"县医院。"袁振勇酒后话也不多，这让赵国栋很满意。

"嗯，好单位啊，医生还是护士？"

"护士，啥好单位，能混口饭吃。"袁振勇笑了起来，显然对自己媳妇很满意。

"嘿嘿，护士，那能把袁哥伺候好啊。"赵国栋也笑了起来。

风从帆布缝隙中钻进来，呼呼的响，赵国栋伸展了一下身体："这个案子解决了我们大问题，收获不少，所里准备买一辆长安或者昌河牌微型警车，另外还打算给每个民警配一部传呼机。"

"啊？"坐在车后座的三人都叫出声来。传呼机可是奢侈品，现在连局里中层干部都还有不少未曾配上。赵国栋这么一说自然让包括贺洪海在内的所有人惊喜不已。

"赵所，会不会太扎眼？"贺洪海吐了之后，酒意渐渐消退。

"嗯，肯定有人要说二话。不过无所谓，我会先向栾局、政委和何局报告的。"赵国栋点点头，"这是工作需要，不是福利待遇，谅他们说也说不出个所以然来。"

"听说城关所和治安科也想买车。"罗明山插话道。

"嗯，所以我争取和他们一起报给局里批，批下来就马上去省厅提车。"赵国栋斗志昂扬，"有辆新车，大家外出办案也精神一些。"

陈国刚望向赵国栋的目光多了几分尊敬和羡慕，也就比自己大两岁不到，这么年轻就能主持江庙所工作，而且短短一个月就能造出这么大声势来，难怪自己在局里就听人说赵国栋不简单，前程远大。

"大伙儿齐心协力好好干。到年底，我还打算去区工委多争取一些政策，让区工委也替咱们多考虑一点奖金。咱们在边远的基层，总得让大伙儿有点想头才行，要不谁还愿意来乡下？"

"赵所，你这可说到咱们心窝子里了，凭啥局里和城边上那些派出所待遇和我们一样？他们走出单位就能回家，咱们还得乘车坐上一个小时才能摇晃回家，车费还得自负，这不公平！"贺洪海一听来劲了。

"嗯，城乡差别不是短时间能够消除的，我们只能在我们力所能及的范围内解决自己的事情。"赵国栋吐出一口浓浓的酒气道，"要让马儿跑，就得让马儿吃草。放心，我不会亏待辛苦了一年的大伙儿。"

赵国栋掏心肝的话让车上几人都有些感动，都觉得赵国栋人虽然年轻，但是业务出色不说，说话更是在情在理，而且总能够考虑到大家的难处，难怪这么年轻就能当上所长。就连罗明山和贺洪海，都觉得现在的赵国栋才真有一所之长的架势。

第四章　蔡正阳这一步官路上得 如此迅速，如此顺利

这两篇受到高层领导关注的文章都是蔡正阳在赵国栋的启发之下写成的。新颖的、高瞻远瞩的观点是赵国栋的，蔡正阳只是针对性地收集材料，收集数据，加以分析。高层领导认为一个县委书记能够有如此敏锐的洞察力和政治嗅觉，难能可贵。于是原来确定的市长助理变成了副市长，原本确定协助市长抓某些专项工作变成分管工业、交通工作。

吉普车把一干人送回所，赵国栋觉得自己身上酒气太重，便叫皮志坚开车送自己回家。

回家换了衣服的赵国栋更觉心烦意乱，想起今天已经星期六了，厂里俱乐部舞厅早已经开了，正准备去看看，正好遇到找上门来的房子全。

房子全是赵国栋初中时代的好友，现在在纺织厂锅炉房工作，那活真不是人干的，苦累不说，也没有一个定准，工资也低。但现在能有个工作就不错了，他也只有咬着牙关挺着。

"哟，子全，今天打扮得够帅啊。"

房子全一身崭新的夹克衫，牛仔裤配上皮鞋，清瘦的脸颊分外有形。

"咋，准备去舞厅吊一吊？"赵国栋问道。

"咦，国栋你喝酒了？"房子全一看赵国栋的模样就知道赵国栋喝了不少。

"没办法，和熊贵仁拼上了，加上卿光荣也来了，只有硬撑着上了。"赵国栋也觉得有些口渴，端起茶杯灌了一大口下去。

"啊？熊贵仁？卿光荣？"房子全吃了一惊，随即马上醒悟过来，"噢，是你们派出所破了去年那两起流氓骚扰案吧？"

"嗯，别废话了。去舞厅，今天我还真想找个人跳两曲。"赵国栋不耐烦地道。

舞厅依然是人声鼎沸，赵国栋走进去才意识到自己现在的身份已经不太适合出现在这里了。虽然大部分青工都不认识自己，但是许多厂子弟却都知道自己的身份，望过来的目光也都变得有些古怪，窃窃私语声更是不绝于耳。

"看来我以后怕是不能来了啊。"赵国栋有些遗憾地往角落里缩，但是人们的目光还是有意无意地飘过来。

"谁说不是呢？咱们厂里住江庙街上的也不少，你的光荣事迹早就在厂里传响了。"房子全洋洋得意地道，"连我们都沾光啊。"

"唉，那我日后怎么在厂里混啊？"赵国栋随口道。

"混？国栋，你打算在厂里干啥？要朋友处对象，只要你放个风声出去，我敢说你家门槛都要被踢破，就怕你不敢接招。"房子全嘻笑道。

"你别把我说成大色魔一样，我现在连孔月的手都没摸过呢。"赵国栋借着酒意信口胡诌。

"对了，你和孔月的事情究竟怎么样？发展到什么程度了？"房子全很在意这件事情，"怎么春节没看到你和孔月待一块儿呢？"

"我和孔月啥关系都没有，别瞎扯。"赵国栋回避道，现在唐谨和自己的关系不冷不热，尤其是过了春节之后，一下子就变得疏远起来。赵国栋发现自己也想通了，越是热切地追逐，唐谨越是拿捏，如果冷静一下，说不定效果会好一些。

"孔月来了，只有她一个人呢。"房子全眼睛挺尖，一边说，一边向孔月挥手。

孔月是赵国栋从小学到初中的同学，也算是青梅竹马两小无猜吧。当初在学校的时候，两人之间就有一种朦朦胧胧的暧昧，可惜当时年纪小，学业也重，也没确定关系。最后赵国栋考上了大学，孔月却落榜了，两人之间便断了联系。

听到房子全的叫声，孔月也发现了二人，走了过来。

"孔月，走，跳一曲。"借着酒意赵国栋不由分说拉起孔月的手。

被赵国栋一带，孔月就随着赵国栋的脚步旋转起来了。

自从分开以后，俩人已经很久没有这样亲密接触了，虽然前几天赵国栋帮孔月打跑了几个骚扰她的小混混，但因为当时人多，两人也没太多交流。之后赵国栋没有刻意去找孔月，而孔月似乎也有意保持着自己的矜持。

不过在赵国栋和孔月的心底，都还保留着对方的身影。彼此之间那点儿暧昧，在舞厅灯光的渲染下，顿时又荡漾在两人之间。

借着酒意，赵国栋变得有些放肆起来，这让孔月感到一丝紧张和不安。

孔月感觉得到对方微香的酒气在自己鼻腔中荡漾，而抚在自己背后的右手也有力地在自己背上蠕动。从上到下，又从下到上，尤其是在自己胸罩肩带处更是停留不动，不时隔着羊毛衫捻起肩带然后放下，发出一声清脆的响声，宛如孩童的恶作剧一般，让孔月又羞又气。

脚步滑入幕帘遮挡的阴暗地带，这里已经成了恋人们的天堂。十多对热恋中的人在这里相互依偎拥抱，轻步慢摇，赵国栋甚至可以看到一些人的手掌已经滑进了女友的衣服中，只不过十分隐晦罢了。

孔月有些受不了这种氛围，想要离开，但是赵国栋有力的双手控制了节奏。

周围暧昧的气氛如迷香一般悄悄地侵蚀着孔月的心志，赵国栋那只可恶的右手就这样诡异地活动着，让孔月全身肌肤不由自主地发起烫来。

两具身体渐渐地靠紧了，在幕帘遮掩的阴暗地带，没有人注意你是谁，所有人都将心思放在自己的恋人身上。联唱的舞曲悠长而缓慢，对于恋人们来说这是最好的催化剂。

孔月不知不觉将自己的头靠在了赵国栋的肩头，也许是淡淡酒气醺醉了她，让她的思维也变得迟钝起来，原本紧握着赵国栋左手的右手不知道什么时候放在了赵国栋的颈项上，而赵国栋的左手也按在了她的腰肢上。

一步慢摇无疑是恋人们的最爱，搂抱在一起的人们可以借助舒缓的舞曲晃动来增加双方身体的亲密接触，而呢喃软语更令他们无法自拔。

孔月已经将身体埋在了自己怀中，赵国栋可以清楚地感受到对方胸前蓓蕾已经触及到自己有些灼热的胸膛上，带来阵阵快感。如果不是环境所限，赵国栋真想亲吻孔月就在自己嘴边的小耳垂。

一曲既终，散开的男女们各自归位。孔月忍不住抚弄了一下自己发烫的脸颊，自己刚才是怎么回事，怎么会变成那样羞人的姿势搂住对方，也不知道有没有人注意到。

赵国栋觉得厅内有些闷热，三月的天气晚上还是有些寒冷的，但是这么多人挤在一间舞厅，集聚起来的温度自然不低。

　　"孔月，我们出去走走？"虽然是征求意见，但是赵国栋却没有给孔月回绝的余地，径直向外走去。

　　孔月犹豫了一下，最终还是跟随赵国栋而去。

　　一走出舞厅，清冷的夜风就让赵国栋的头脑一清，原本在舞厅中发酵的情欲似乎也一下子被释去不少。

　　注意到孔月只是默默地跟在自己身后，赵国栋也不言语，转入一条通往厂区围墙的偏僻小道时，便直接牵住孔月的手并排而行。

　　孔月挣扎了一下，没有挣脱，再一看周围并无其他人，而且一片漆黑也让她有些害怕，只得任凭赵国栋拉住自己的手往前走。

　　扑鼻而来的田野气息让人心情畅快，也使得赵国栋原本收敛起来的欲望又有些外溢，孔月的默许滋长了他放肆的心态。

　　"这么久，为什么？"无头无尾的问话，乍一听莫名其妙，但是心有灵犀的二人却明白。

　　"你自己明白。"孔月将头扭向一边，远处围墙暗淡的灯光让俩人多了一份安全感。

　　赵国栋轻轻一带，孔月僵硬的身躯便落入了他怀中。单手挑起对方圆润的下颌，赵国栋注视着对方清亮的双眸："这么多年，你都不想我吗？"

　　似乎承受不了赵国栋逼视的目光，孔月闭上眼睛，而这无疑是一种强烈的暗示。

　　温柔而又坚决地撬开对方贝齿，赵国栋优雅地品尝着战利品。对方细微的战栗让赵国栋心中的自豪感更甚，这是一处从未被别人征服占领的土地，除了自己。

　　初春的寒风让孔月下意识地将身体缩进赵国栋宽厚的胸怀中，赵国栋内里只穿了一件单薄的衬衣，外面的夹克敞着，这个号称纺织厂第一美女的女孩子就这样依偎在自己怀中。复杂的情绪让她似乎无法控制自己的身躯，不知道该如何应对。

　　赵国栋没有给对方多少思考的余地，感情如果再用理智来衡量，那就太没意思了，赵国栋素来认同这个观点。

女孩急促的鼻息和发烫的脸庞一点一点勾起赵国栋的欲望，赵国栋双手下意识地向后探索。

羊毛衫下还有一件针织内衣，下摆压在牛仔裤里，赵国栋费力地将针织衫下摆拉出来，双手才得以无间隙地感受女孩细嫩的肌体。

赵国栋喜欢美女，更喜欢美女的身体，他从不掩饰这一点。在他看来，每个男人的爱好应该都和自己一样才对。爱美之心，人皆有之，精美的人体无疑胜过世界上最美好的艺术品。

"咕咚"一声将沉浸在情爱缠绵里的俩人惊醒过来，职业敏感让赵国栋拉着孔月一蹲身，向传来声音的方向看去。

这条小径少有人走，多半是厂周边农户通往自己田地才路过这里，夜里更是无人行走。

围墙内便是厂区，机修车间距离这里不远。赵国栋印象中，废旧机器和零件大多堆放在机修车间旁的露天坝子里。如果还有用，便用胶布挡一挡风雨，若是没啥用处的，便随意弃置一旁。

"你在这儿等一等，我过去看看。"赵国栋艺高人胆大，拍了拍孔月肩头。

"国栋，别去，我怕。"孔月声音中都带着哭腔了，这黑天野地里，赵国栋一走，自己出个啥事，怎么办？

赵国栋也意识到自己有些唐突，若是把孔月一人扔在这里，出了事情，怕是一辈子都无法原谅自己。

他有些遗憾地叹了一口气，直觉告诉他，怕是有人瞅上厂里废品场的废品了。厂里对那里看管并不严，内外勾结扔一两件铁块出去卖给废品收购点很简单。

俩人一边往回走，孔月一边整理自己的衣衫。和赵国栋取得突破性进展让她内心少了些许羞怒多了几丝甜蜜，不过连她自己也不清楚自己和赵国栋之间究竟是什么关系。

普通朋友？显然不是，情侣？似乎还没到那一步，就是介乎于普通朋友和情侣之间的微妙状态，孔月有一种担心，就是她无法掌握这个男人，要让她贸然将自己的一切交给这个男人，她又有些不甘。

舞会已经散了，房子全还在俱乐部门口溜达着等赵国栋。看见二人过来，房子全脸上露出诡秘的笑意，看得孔月又羞又气，打了个招呼便匆匆离去。

"得手了，国栋？"房子全神色猥琐地问。

"你说呢？"赵国栋意气风发地反问。

"呵呵，行啊。国栋，总算是搞定了，我一直担心卿烈彪那小子打孔月的坏主意，现在总算放心了。"房子全眼中闪过一丝不为人觉察的遗憾。

"对了，子全，你那些股票现在都出手了，那些钱你打算怎么办？"赵国栋顺口问。

"唉，早知道我就是卖血也再凑上几千块，几个月就翻了几倍，这种事哪儿去找啊？国栋，你说还有这种机会吗？"一提及这件事，房子全就双眼放光。

"现在恐怕没有这种好事了，下半年再说吧。"赵国栋摇摇头。

"妈的，想起这钱来得这般容易，我对我那份工作都腻烦透了。整日累死累活，挣不了两个，有啥意思？"房子全叹了一口气道。

"子全，你那工作本来就可要可不要，外面的机会很多，何苦非要吊死在一棵树上？"赵国栋若有所思地道，"我建议你出去走一走，去广东、上海那边转一转，开开眼界。"

"你说让我辞职？"真说到这个份儿上，房子全又有些犹豫了。

"哼，你赚了四万多，相当于你在厂里干十多年了，难道还不敢出去闯一闯？"赵国栋给他打气道，"现在干啥挣不到钱？你不去试怎么知道？"

"嗯，也是，我得想一想，再和家里说说。"房子全动心了，"不过国栋，去广东上海见世面可以，但是真要挣钱恐怕还是得落在我们本地。"

赵国栋赞许地点点头，他让房子全出去走一圈就是让这位好友开开眼界，并不是让他到外地发展。以房子全现在的情形，要钱没两个，要专业技术没有，也只能寻找一些投资不多的机会来尝试。

"嗯，我听说土陵那边有一家砖厂经营不动了，原来是省第二监狱在那里办的劳改点，准备对外承包。如果你敢尝试，我可以帮你牵一牵线。"赵国栋道。

"砖厂？这我可从没有接触过。"房子全眼睛一亮之后又黯淡下去。

"谁是生来就会的？长川现在搞那家砂石场不是一样弄得风生水起？"赵国栋轻哼了一声，"只要合理合法经营，没有搞不好的。主要问题就是一个，销路！我可以帮你联系一两个单位，但是以后就要靠你自己来打开市场了。"

"要交多少承包费？"房子全一咬牙问道。

"具体不清楚，估摸应该要三五万吧，如果砖厂经营得好，一年挣个十万八万没有大问题，扣除承包费也能有三五万落袋。"赵国栋想了想道，"这是一个机会，一个跳出厂里的机会。原本我想让德山去试一试，但是我看德山性子太浮躁，还得再磨一段时间，不如你去试试。"

这也是赵国栋才得到的一个消息，原本那个砖厂是省第二监狱搞的一个劳改点。前段时间在劳动过程中跑了一个犯人，省监狱管理局追究下来，监狱领导受到了批评，于是便不再允许犯人到外地劳动，那个砖厂便荒废了。

本地倒是有些人想承包，但是监狱领导又不太相信本地农民，所以这件事情就这么放下来了。

房子全沉默了一阵之后，毅然道："好，老子这次就豁出去搏一把，大不了这次挣的折了，日后老子自己出去混。国栋，要不你也来掺一股？没你加入，我心里不踏实。"

"你就那么信任我？"赵国栋笑了笑，"到时候再说吧。"

"嗯，说定了，老子这次就横了，说不准咱也能弄个百万富翁来当当呢，哈哈哈哈。"房子全龇牙咧嘴地叫嚷道，这会儿看起来竟有些狰狞。

"好，子全，有时候机遇也是逼出来的。"赵国栋重重地拍了拍房子全的肩头，"我看纺织厂现在效益也不如前几年了，照这样下去，纺织厂要不了几年就得走入死胡同。"

"没那么容易吧，好歹咱们厂也算是安都市的大厂，几千工人，政府还能不管？"房子全不以为然。

"哼，政府还能把一切管完？时代在进步，政府职能也会逐渐变化，一切都要以市场导向为基准。"赵国栋摇摇头，在轻工业方面国退民进是大趋势，现在还不明显，但是随着改革开放力度越来越大，这种计划经济的产物已经越来越不适应形势了，当然现在说这些还为时过早。

"不说这些了，还是好好考虑一下我们自己的事情吧。"

赵国栋星期一一大早便带上薛碧琴直奔纺织厂，事情办得异常顺利，一个小时之后便从厂里财务科拿到了现金支票。谢了熊贵仁之后，赵国栋便喜滋滋地返回了派出所。

江庙镇那边也已经说好，两万块钱随时可以到位。大观口那边也和李永善、曹运全沟通好了，一万五千块对于大观口乡来说也是可以接受的数目，剩下的是三个经济相对落后一些的乡。

土陵那边赵国栋自信没啥问题，多的不敢说，八千块还是有的。唯独黑石和宝龙两个乡他没有多少把握，毕竟这两个乡经济远不如江庙和大观口，好在黑石乡还有点儿交情，倒是宝龙乡那边他打交道不多。

"卢小勇，到我办公室来一趟。"赵国栋想了想，把家住宝龙乡的联防员卢小勇叫了过来。

"赵所，啥事儿?"赵国栋的任命一下来，联防员们的称呼也从赵哥变成了赵所。

"嗯，宝龙那边我不太熟，吴书记和尤乡长你熟不熟?"赵国栋也不绕圈子，直奔主题。

"嘿嘿，赵所，我是宝龙人，哪能不熟呢?"卢小勇是所里最年轻的联防员，但当兵回来也有几年了。

"哦，那你介绍一下他们的情况，你也知道，现在所里想买台车，得找各乡镇支持一下。"

赵国栋知道，原来的驻乡民警贺洪海与乡上主要领导打交道的机会也不多，但是说到钱，没有党政主要领导表态那是休想。

"赵所，尤乡长是才上来的，又是个女的，她说了不算。吴书记虽然是大观口人，但是在宝龙工作了十几年了，从计生办主任到副乡长，再到乡长、党委书记，宝龙乡就是他一个人说了算。"卢小勇说话也很直白。

"哦? 你是说要钱找吴书记一人就行?"赵国栋知道，乡镇上一般是乡镇长管包括财政在内的一般行政事务，人事权和重大事务，党委书记有决定权。

"嗯，现在尤乡长还不敢和吴书记叫板。"卢小勇神色诡秘地笑了起来，"不过都说尤乡长上边有人，等一两年就很难说了。"

上边有人? 对于一个女干部来说，上边有人这句话含义丰富，在乡镇厮混了大半年的赵国栋已经不是才下来的雏儿了。据说尤蕙香年龄不大，也就三十出头，能走上乡长一职足以让人浮想联翩了，不过这不是赵国栋现在所要考虑的。

"少给我扯到一边去！说正事，我和吴书记不熟，要想让他出血，你看怎么搞合适？"赵国栋也想看有没有什么捷径可走，要在每个乡镇都迅速建立起威信不是一件容易的事情，得有机会，就像处理大观口和江庙这样的机会。

卢小勇话里有话并没有让赵国栋放在心上，女干部总是伴着风言风语。上任之初拜访各乡镇党委政府领导时，尤乡长不在乡里，他也没见着，直到现在也没见过这个在四乡一镇颇有名声的女乡长究竟啥样。

"呃，吴书记性格比较古板，也没啥爱好。不打牌，不抽烟，不喝酒，不太好接触。"卢小勇挠了挠脑袋道。

"哦，那他就一点儿爱好都没有？"赵国栋皱起了眉头。

"真没听说他有啥爱好，嗯，除了下象棋。"卢小勇笑了起来，"如果那也算爱好的话。"

"下象棋？"赵国栋啼笑皆非，自己虽然也爱好下象棋，但是总不能因为想要对方支持派出所资金，就去陪对方下几局象棋吧？如果有用的话，自己倒是不介意。

"嗯，其他就没有了。不过他好像和大观口龙书记是两老挑。"卢小勇突然想起什么似的。

"龙华平？"赵国栋一喜，龙华平和自己关系相当不错，在解决了经常到大观口政府门口闹事的郑二赖之后，赵国栋每次去大观口乡都要到他办公室去坐坐，二人关系也迅速熟络起来。

赵国栋马上给龙华平打了个传呼，这玩意儿在春节前后开始在乡镇领导中风靡开来。先是书记乡长们都挂上了时髦的松下寻呼机，很快副职们也都零星开始有配上摩托罗拉寻呼机的了。

龙华平很快就回了电话，赵国栋简短地把自己的意图说了，龙华平爽快地答应了帮赵国栋约吴天成一起沟通沟通。

办完这件事，赵国栋才记起自己给卿光荣的承诺，又给蔡正阳打了一个电话。

接到赵国栋的电话时，蔡正阳正正襟危坐地听着市交通局两位局长第一次来汇报本年度安都市交通建设安排计划，以及需要财政上给予资金投入的大概数目。

蔡正阳这段时间心情很好，在年初例行的人代会上，传言的市长助理变成了副市长，这意外的变化让他喜出望外。

虽然自信一年之后自己就可以从市长助理变为副市长，但是毕竟还需要一年时间，而一年时间对于走到这个位置上的他来说是多么重要。

他之前一直不太明白自己的位置怎么会突然发生变化，就连柳道源也不清楚其中的缘故。

还是前不久一个偶然的机会，省里主要领导在全省经济工作会上做重要讲话时，提出分管工业企业和金融的领导应该要多调查、多学习、多分析、多研究，要头脑清醒地分析经济发展中存在的问题，并根据各地实际情况提出切实可行的解决意见，在讲话中省里主要领导点名表扬了自己，蔡正阳这才隐隐约约知道其中原委。

他在春节期间写的那篇《关于目前经济中存在的盲目投资和经济过热现象浅析》，以及另外一篇《警惕金融领域体制外出现的新问题》分别发表在《经济日报》和《金融时报》上，这两篇文章都受到了国家主管经济的领导人的高度关注，并派出调查组前往各地进行调研。

这两篇受到高层领导关注的文章是蔡正阳在赵国栋的启发下写成的。新颖的、高瞻远瞩的观点是赵国栋的，蔡正阳只是有针对性地收集材料，收集数据，加以分析。高层领导认为一个县委书记能够有如此敏锐的洞察力和政治嗅觉，难能可贵。于是原来确定的市长助理变成了副市长，原本确定协助市长抓某些专项工作变成分管工业、交通工作。

蔡正阳这一步官路上得如此迅速、如此顺利，令他本人也不胜感慨，感慨之余，蔡正阳对赵国栋的兴趣也越来越大。

他越来越觉得赵国栋委身于一个小小的派出所当所长实在是太不可思议了，而这个派出所所长也才提拔不到两个月。

赵国栋的电话适时打来，让蔡正阳正好有机会中止交通局领导的汇报。

"稍等，"听见是赵国栋的声音之后，蔡正阳站起身来，"这样，老唐，我过两天会到你们那儿进行调研，到时候我们再就安都市今年的交通建设计划进行探讨，新来的宁法书记和元盛市长对今年我们市的交通建设十分关注，我希望你们能够尽快拿出一个更加详细可行的计划来。"

安都市交通局局长唐轩廷听出这位新上任的副市长对自己的汇报并不满意，心中有些紧张。都说这位新任副市长颇得高层看重，第一次汇报就没有令对方满意，看样子这一关不好过。

蔡正阳送走唐、何二人，这才接赵国栋的电话："国栋，你终于舍得给我打电话了？"

"嘿嘿，蔡哥，你不是刚选上副市长忙着么，我怎么好打扰你。"赵国栋在电话中笑着道。

几次接触下来，赵国栋发现刘兆国这几个战友都相当开朗直爽，至少给他的感觉如此，就连熊正林这个老纪检也不时冒出幽默言论，让赵国栋刮目相看。而这几个人也渐渐忽略了赵国栋与他们年龄和地位的差距，把赵国栋纳入了他们这个圈子，尤其是蔡正阳更是对赵国栋赞叹不绝。

"哼，那你现在不怕打扰我了？"蔡正阳笑骂道，"在江庙还是市里？"

"在所里呢，咋，蔡哥要召见我还是请我吃饭？"赵国栋嬉皮笑脸地道，"档次低了我不去啊，你现在可是副市长了，不是县委书记了。"

"去去去，少和我油嘴滑舌，真要让你来吃饭，你又得推三阻四了。"蔡正阳见秘书进来，示意先等一等，"你没事儿是不会这个时候给我打电话的，说吧，啥事儿？"

"嘿嘿，还是蔡哥了解我，知道我这个人就是功利主义。"赵国栋笑着应道，"有个事儿得麻烦蔡哥。你知道我是安都第一纺织厂的，托您的福，纺织厂今年支持我们派出所的资金多了一万，我们所换微型车就有希望了。"

"嗯，差钱么？要不要我给江口那边打个电话？"明知道自己刚上任就打这个电话不太合适，但是蔡正阳还是提了出来。

"别，别，钱我自己会凑，只是纺织厂卿厂长和我提到您，我也就装出一副和您很熟的样子。谁知道那卿光荣就坡下驴，把我套上了，我也只有硬着头皮答应帮他约您一块儿吃顿饭，蔡哥，你说咋办？"赵国栋涎着脸道。

"你这小子，都答应别人了，这会儿还来问我？"蔡正阳一笑，吃顿饭算不上什么，何况安都第一纺织厂也算是自己分管之内，"不过近期我可能没时间。"

"没关系啊，只要蔡哥答应下来就好，就你有时间的时候吧。"赵国栋应承道。

"嗯，好。那我请你吃饭你啥时候有空啊？"蔡正阳在电话里笑着打趣。

"嘿嘿，蔡哥相招我敢不来么？随时听候您的召唤啊。"电话里传来赵国栋的笑声。

"你小子，就给我油吧。好了，我还有事，到市里来没事儿就到我这儿坐坐。"

"那是当然，还没见识过您的办公室呢，改天去市里办事一定到。"赵国栋连连答应，"另外也想和蔡哥好好聊一聊。"

蔡正阳的秘书一直坐在沙发上听蔡正阳打电话，他想象不出什么人能用这样的口吻和蔡市长谈话，下属？似乎太亲近了一些。亲戚？似乎不像。朋友？好像这个人年龄不大。他对电话那头的人充满了好奇。

"蔡市长，刚才陈秘书长打来电话通知您下午参加市政府常务会议，地点在四楼第二会议室。"见蔡正阳放下电话，秘书赶紧站起身来。

"知道了。"蔡正阳还在回味赵国栋最后那句话，好好聊一聊，聊什么？他对赵国栋可是充满了期待。

赵国栋注意到唐谨情绪不对，自己送上的玫瑰没有收到应有的效果，她眼中的忧虑让赵国栋心往下沉。

"怎么了，小谨？出什么事儿了？"赵国栋深吸了一口气，稳定了一下情绪道。

"国栋，我爸妈知道了我们的事情。"唐谨勉强一笑道。

"不是早就知道了么？"赵国栋反问，他知道对方想要表达的不是这个意思。

"我答应我爸妈和你断绝来往，但他们发现了。"唐谨垂下头。

"他们怎么发现的？发现了又咋样？"赵国栋冷冷地道。

"昨天我撒谎没回去，他们就到分局来了，发现了我们。"唐谨声音低沉，心情灰暗。

今天赵国栋要到省厅来提新车，于是就提前一天到了安都，照例和唐谨悄悄回了分局宿舍的小窝住下，一夜男欢女爱自然不提，却没想到被人偷窥了。

"啊？"赵国栋怔了怔，原本今晚还想在那儿再住一晚上明天回去呢，看来不成了。

"你爸你妈咋说？"赵国栋问。

"我妈高血压犯了，现在住院呢。我爸也气得不行，连我姑姑、舅舅他们都来了。"唐谨轻轻抽泣起来。

赵国栋心往下沉，但是还是搂着唐谨，慢慢捧起她带雨梨花般的脸颊："他们要我们分开？"

"嗯，我爸说若不想把我妈气死就马上分手，如果再看到我和你在一起他就和我断绝父女关系。"唐谨闭上眼睛，泪水顺着脸庞滑下来。

"你打算怎么办？"这时赵国栋发现自己居然超乎寻常地冷静，他知道唐谨父母不仅是因为自己在郊县工作而反对他们在一起。在他们心中，一个郊县厂矿普通工人家庭出身的他，根本就配不上唐谨这样家境好人又漂亮工作也好的女孩子。

他很想告诉唐谨，自己要调入安都市区易如反掌，就是进安都市政府也不是不可能，但是他没说，因为没有必要。

"我想我们暂时分开，等我妈病情稳定以后，我再慢慢通过我姑姑和舅舅做他们的工作。"唐谨拿手绢擦掉脸上的泪痕，竭力咬着哆嗦的嘴唇，"他们就在那边。"

赵国栋一回头，看见四个中年男女正向自己走来，一时间心冷如冰。

看来一切已无法改变，什么暂时分开，什么通过他们做工作，赵国栋突然想起几句话，女人是天生的表演艺术家，女人的心比变色龙更善变，唐谨也是这样么？

从其中两人脸上倨傲的神情中，赵国栋可以感受到他们居高临下蔑视，虽然他们在赵国栋眼中根本不值一提。

"国栋，这是我大舅，二舅，这是我小姑和我姑父。"唐谨尽量让自己平静下来介绍道，"他就是国栋。"

"小赵，我们能谈谈么？"一个文质彬彬，脸上戴着金丝秀朗眼镜的男子礼貌地问道。

"大舅……"唐谨话还没说完，一个中年妇女就打断了她："小谨，你先过去，你妈还在医院等着你呢。我们只是和小赵心平气和地谈一谈，这光天化日之下你还担心我们会干什么不成？"

赵国栋瞥了一眼盛气凌人的中年妇女，长得的确挺漂亮，穿着也很时尚，样子也和唐谨有点儿像。

"小谨，听话！"另一个年龄稍小一点儿的男子皱起眉头，"难道你真想把你妈气死不成？"

赵国栋叹了一口气，这是在说自己呢，看来一切早已设计好了，自己又何苦做恶人呢？

唐谨飘忽的目光也变得躲躲闪闪，赵国栋不知道是自己过于敏感还是唐谨真的心虚了。想起昨夜的疯狂，赵国栋嘴角泛起一丝苦笑，迟钝啊，自己是真没感觉出来，还是不愿意往那方面想？抑或是自己想多了，唐谨还是爱自己的，只是迫于家庭压力？

"小谨，你去吧，我会心平气和地和你的长辈们谈的。"赵国栋表现得无比平静，先前的愤怒和抑郁仿佛一下子收敛了起来。

"是啊，小谨，小赵一看就是通情达理的人，我们会谈好的。"文质彬彬的中年人瞅了一眼唐谨。

唐谨艰难地挪动了一下身子，想要说什么，嘴唇翕动着，但是最终什么也没说出来，终于缓步离开了。

再次叹了口气，赵国栋看得出唐谨内心也十分痛苦，但是这一步踏出去，也许就再也没有回转的余地了，唐谨她明白么？

"说吧，我洗耳恭听。"赵国栋的脸色一下子阴郁起来。

"小赵，我是唐谨的大舅，在市烟草专卖局工作。"虽然语气十分谦虚，但赵国栋还是轻而易举地感受到了对方话语中流露出来的优越感。

烟草专卖局？呵呵，垂直管理部门啊，垄断行业啊，难怪这么牛。

"幸会。"赵国栋淡淡地道，撕破了脸，也就没有必要再卑躬屈膝了。

努力保持着谦谦风度的中年男子脸上掠过一丝愠怒之色，但是很快就被笑容掩盖了："小赵，想必刚才小谨也和你说了吧？"

"说了什么？"赵国栋一脸讶然。

中年男子神色一窒，有些勉强地道："我们都是成年人，没有必要做无谓的争执。小谨的母亲也就是我的大姐，因为你们俩的事气得高血压发作住了院。我想做晚辈的肯定不想看到这种事情发生，所以我希望你能够慎重考虑一下父母和长辈的意愿。"

赵国栋冷冷一笑："唐谨如果直接和我说分手，我不会纠缠不休，立马转身走人。至于其他人，无权干涉我们的事情。"

"你!" 中年男子的脸色终于阴沉下来,怒意一下子释放出来。

"大哥,你和这种人废什么话?" 另一个年龄稍小的男子怒声道,"小子,我是唐谨的二舅,市检察院的,我们家不欢迎你这种人,所以你就死了这条心吧。小谨只是不愿意当面抽你的脸罢了,没想到你竟然这样不知趣,也不想想你凭什么和唐谨处对象?"

检察院的? 呵呵,又是一个挺牛的单位,一府两院嘛,和政府都是平起平坐的。赵国栋内心深处的鄙夷更浓:"检察院的? 那正好啊,看看我和唐谨谈对象是不是触犯了法律法规? 我配不配得上唐谨,只能由唐谨来判断,轮不到外人来插嘴!"

冷冷两句话扔过去,顶得对方直翻白眼:"哎,你这人怎么这么说话? 有你这样和长辈说话的么?"

"我这人就这副德性,见人说人话,见鬼说鬼话,真是抱歉,刺耳么?" 赵国栋笑了起来,"怎么,这位也想教训我一番?"

"少在我面前嬉皮笑脸!" 美妇白嫩的脸颊上满是不屑之色,"我告诉你,我是唐谨的小姑,市委组织部的,我随时可以把电话打到你们江口找你们郭部长!"

"我好害怕啊,郭部长会不会开除我的党籍呢? 我犯了顶撞市委组织部领导的弥天大罪啊,怎么办? 弄不好郭部长也会被连累撤职啊,这该怎么办?" 赵国栋一脸焦急和惊惧不安的样子,双手下意识地猛搓,祥林嫂一般喋喋不休:"怎么办? 怎么办? 怎么办?"

一怔之后气得满脸绯红的美妇娇躯乱颤,手指指着赵国栋竟然半晌不知道该说什么才好,谁也没想到唐谨的男友竟然是如此惫懒的人物,不是乡下派出所的副所长么? 怎么会这样?

"小伙子,无论怎么样,我们也是唐谨的长辈,你这样做不嫌过分?" 一直在旁未曾开腔的男子说话了,同时狠狠瞪了一眼自己的妻子。

"高志明,唐谨的姑父。"

"你又是哪个单位的?" 赵国栋斜睨了一眼对方,不冷不热地道。这个人看起来还有点儿城府,不像另外三人一看就是草包类型的。

"省委组织部。" 高志明不卑不亢地说。他感觉这个小伙子很不一般,就算他可以不甩唐谨那两个舅舅,但是作为一个刚刚提拔的副所长,应该清楚市委组织部的分量。

自己妻子虽然只是市委组织部的一个普通干部，但是对于县里的一个小警察来说，还是有很大的威慑力的。但这个家伙却丝毫不惧，反而变着法子冷嘲热讽，羞辱她，这是有恃无恐，还是真的豁出去什么都不顾了？

"哈，市委组织部，省委组织部，看来这共产党在安原省的干部人事调动都归你们这夫妻店说了算啦？"赵国栋斜睨了对方一眼，"我来省城一遭，可真是长见识了。"

高志明也怒了，自己够客气的，没想到这家伙软硬不吃，话语间极尽挑衅之能事。他努力压制住将要爆发的火气，挥手制止了几乎要跳起来的妻子："小赵，我们都是具有理智的成年公民，谈谈正事好不好？"

"好啊，当然好！"赵国栋笑了起来，"我热切地想要倾听高部长教诲我。"

被赵国栋一声高部长弄得高志明尴尬无比，连副处长的位置都还在拼力奋斗中，还部长？你以为是你们江口县委组织部啊？

"小赵，你也有父母，你应该理解父母对自己子女的关爱和期待，谁都希望自己的儿女能有美满幸福的未来。作为父母，无论怎样他们都是为自己子女好，这一点我想你应该明白。"

赵国栋不动声色，任凭对方发挥。

"唐谨现在在天河分局，你在江口县公安局，两地相距近百里，而且你所在的江庙派出所好像距离江口县还有七八十里地，这样遥远的距离对于热恋中的人也许不是障碍，但是以后呢？等你们结婚生孩子呢？"

"现实的残酷会打碎你们先前所有的美好幻想，爱情也一样会被琐碎的生活小事磨蚀得只剩下斑驳陆离的锈迹，我不希望你们那时再去一次民政局。请你冷静地想一想，希望你能理解我的意思。"

赵国栋不能不承认这个家伙有些口才，尤其是对两地分居的残酷现实更是做了生动的描绘。换个人也许会因为他这番话而动摇，哼哼，可惜他遇上了自己。

"高部长，你说的我都能理解。诗人和先烈都说生命诚可贵，爱情价更高，难道说距离遥远比失去生命更残酷，那军婚不是都该离婚了？"赵国栋露齿一笑道，"省省吧，高部长，如果唐谨真的不想继续下去，没问题，她一句话，我转身就走，绝不纠缠。你们这些局外人来徒费口舌，我想就不必了。"

"小赵，唐谨是不忍伤你的心，难道你觉得她能为了你抛弃生她养她的父母？如果她真的这样做了，你忍心吗？唐谨她能安心和你在一起吗？"高志明紧紧盯着赵国栋的眼睛，"都说爱情的力量可以胜过一切，但是你觉得你和唐谨的爱情真的可以压倒一切吗，如果不能，这算不算是爱情呢？"

高志明这几句话击中了赵国栋的要害，赵国栋的心理优势终于裂开了一道口子。

是啊，唐谨的态度才是最关键的！

如果她不退缩，一切都不必多说。但现在她退缩了，她完全可以要求自己明里不联系改成暗中联系。通讯如此发达，电话一秒钟就可以打通，但是她没有，而是直截了当地告诉自己暂时不能联系了！

暂时是多久，一年还是十年，或者是到她和别人相好为止？抑或根本就是一种推诿敷衍甚至暗示，让自己心知肚明自行离去？

赵国栋慢慢抬起目光看着对方，面目因为扭曲而变得有些狰狞，良久他才道："不必多说，若是唐谨真的无意这段感情，那就就此作罢！"

说毕，赵国栋转身离去，只剩下几个人呆呆留在当地。

"老公，还是你厉害，几句话就把这个马不知脸长的家伙赶走了。"美妇兴冲冲地道。

"滚，你懂个屁！"高志明也不知道自己哪来这么大的火气，看着黯然离去的赵国栋，他有一种莫名的预感：此子绝非池中之物，唐谨失去他也许要后悔终生！

美妇和其他俩人都不知道高志明为什么脸色变得这么差，甚至连招呼都没打一声就拂袖而去，只在心中暗骂高志明神经病发作。

赵国栋驾着车疯狂地在安都市区漫无目的地游荡，浑浑噩噩，虽然理智提醒自己以后的道路会更加光明更加宽敞，根本没有必要为一个女人而失魂落魄，但是感情这个东西往往不是理智所能控制的。

想起和唐谨在学校里的花前月下，想起和唐谨的第一次牵手，第一次接吻，第一次……剧烈的刺痛让他的胸腔仿佛都紧缩起来，喘不过气来。

他自嘲，这是不是对自己和孔月之间暧昧关系的一种惩罚？虽然唐谨并不知晓自己和孔月的事情，但是他从未想过失去唐谨之后，自己该怎么办，先前的种种梦想都在今天化为了灰烬。

唐谨不会再回来了，即便是再回来，自己也永远找不回那份曾经的真爱了！

永失我爱！失去的并非唐谨的爱，而是对爱的信心。

赵国栋不知道自己以后还会不会相信有超脱一切现实约束的爱，在他看来，以前的美梦破灭了，自己重新跌回了现实的大地上。

如果告诉他们自己和省委组织部常务副部长关系密切，和安都市副市长相交莫逆，和安都市公安局常务副局长称兄道弟，不知道他们会不会同意自己和唐谨交往下去？唐谨又会不会改变主意？

赵国栋冷冷地想着，会，前者肯定会，说不定还会急切地撮合自己和唐谨，但那又能怎么样呢？遇到风暴袭来时，能抗御吗？

白璧微瑕，纯净的东西已经蒙上了一抹阴影，再强求又有何意义呢？

赵国栋不知道自己究竟在安都市区游荡了多久，直到身上的传呼机"啵啵啵"响起来，才将他从神游中惊醒过来。

找了一个公用电话回了过去，是县局行装科打来的，询问刚接到的警车车况如何，赵国栋收拾了一下心情回答了对方，然后找了个水龙头用冷水狠狠洗了洗脸，让自己彻底冷静下来。

生活一样要继续，唐谨要走入自己的记忆深处，也是无可奈何的事情。

赵国栋下意识地没有告诉她现任市局常务副局长刘兆国与自己的关系。就是抱着一种幻想，希望唐谨和自己能够不受任何外界因素的影响。但是很显然，自己的梦想被现实的残酷击破了。

第五章 他就像一个稳操
胜券的操盘手

在赵国栋的心中，始终澎湃着一股大潮，一股由渴望形成的大潮。他仿佛正驾驶着一叶扁舟穿行在这波峰浪谷之间。他就像一个稳操胜券的操盘手，左手是他的商场、股市，右手是他的官场、仕途。他就那样稳稳当当地布局，扎扎实实地落子，不动声色地收获……

回到江庙时天色已经微微发黑了，不过所里的民警都还在，都等着一观新警车的全貌。

轮番试车后，全所民警都兴致高昂。这辆高顶昌河警车比起老吉普来说简直不可同日而语。方向盘轻巧灵活，油门离合轻盈舒适，提速快，刹车灵敏，让贺洪海和袁振勇两个爱车之人爱不释手。

谁也没有注意到赵国栋一个人默默地坐在值班室里抽烟，从不抽烟的他今天却向胡明贵要了一支烟无声无息地抽着。这个情况让精明的联防队员立即意识到所长怕是出了什么状况。

"赵所，是不是有什么事情？"

贺洪海他们终于觉察到了主角的奇怪表现。所里装备得到大改善，新警车买上了，所有民警也配上了传呼机，就连内勤和户籍民警也没漏下，这让薛碧琴和林秀芝俩人乐开了怀。现在所里局势一片大好，可是当所长的却情绪低落，这不能不让他们感到不解。

"没事儿，我个人的问题，和所里没关系。"赵国栋很坦然，他现在和所里民警关系都很融洽，因此不想隐瞒什么，也不想让他们担心。

贺洪海他们都是过来人，立即意识到是哪里出了状况。但是感情上的事

74

情除了当事人自己，谁也插不了手，甚至连安慰的语言也只会让人感觉虚伪。

"今天是谁值班？"赵国栋见气氛有些尴尬，便岔开话题。

"是我。"罗明山回答道。

"洪海，这段时间你们也辛苦了。要回去就趁早吧，把车开回去，顺便跑跑磨合。"赵国栋挥了挥手。

贺洪海和袁振勇以及陈国刚都是又惊又喜，陈国刚随即道："赵所，我就不回去了，回去也没啥事，明天懒得跑。"

"嗯，也好，那洪海你和袁哥走吧，路上小心一点。记住，加油得加九零的。"赵国栋叮嘱道。

"好，赵所，那我和振勇就走了。"贺洪海和袁振勇兴冲冲地跳上车，打火，一溜烟冲了出去。

"国栋，这一次咱们所可是长了脸了，局里除了刑警队，现在就只有咱们和治安科还有城关所买了新警车。我今天去局里，碰见北郊所的老齐，话里那股子酸劲儿，我算是体会到了。"

吃完晚饭的廖昌盛没事儿也来所里坐坐，也想来看看新警车，听说贺洪海他们开走了，有些遗憾。心中却对赵国栋对民警们的宽厚有些不以为然，带队伍还是得严格一些更好。

"北郊所和西外所要买新警车也很容易，他们何须羡慕我们？"赵国栋心不在焉地坐在值班室里的沙发上玩弄着手中的圆珠笔。

"可是这次被咱们占了先啊，你不知道老齐一直想到治安科，却被老邱占了先，心里本来就一直不忿。这一次又被你在买车上拔了头筹，嘿嘿，心中不痛快得紧啊。"廖昌盛在局里消息还是挺灵通的。

"那他怎么不去和城关所比，老盯着我们算啥事儿啊？"赵国栋有些奇怪地问道。

"城关所怎么能比？城关所和刑警队以及交警队差不多就是局领导的摇篮，咱们局历任局领导都从这三个单位的一把手里产生，他北郊所凭啥和人家比？"

一边按着电视遥控板，廖昌盛一边不屑地道："栾局、朱局是从刑侦上来的，何局是从城关所上来的，马政委是从交警队起来的，前面退下去的局领导都一样，只要不是外面调来的，都是从这三个单位起来的。"

"呵呵，那齐所长的意思他们北郊和西外就该排在第二等，我们江庙不该超越他们？"赵国栋笑了起来。

"嗯，治安科（队）、户政科、北郊、西外这些单位自然而然形成了第二梯队。像咱们江庙也就只能和桥关、马港、永和以及局里的法制科、预审科这些单位排在第三梯队了。"廖昌盛也来了兴致。

"那办公室、行装科、政工科这些单位呢？"赵国栋饶有兴致地问道。

"看似位高权重，但实际上并不十分受领导看重，因为那不是公安直接业务，适合养老，要想从这些单位提拔起来那是休想。公安局领导可不比其他局，外行指挥内行那是要出大事的。"

廖昌盛一番经验之谈让赵国栋颇为感慨，国家安危公安系于一身，用好这支队伍，发挥他们的尖刀作用，成了政府永恒不变的主题。

"嘿嘿，廖指导，你这样说，那政工科办公室的领导们听见了不是要失望得很？"赵国栋打趣道。

"哼，自己连这一点都看不清楚还当什么领导？"廖昌盛叹了一口气，颇有感触地道，"我也是文化程度低了一点儿，加上当兵回来晚了，耽搁了，要不一样要去好好闯一闯。国栋，你年轻有为，有能力有闯劲，又是科班出身，前程远大。这江庙就是一个跳板，好好干两年，我会全力支持你，争取早一点儿去刑警队或者城关所，那才是你上进的好平台。"

廖昌盛的由衷之语让赵国栋很是感动，难怪何局和自己谈话时就说一定要尊重廖昌盛，说他厚道踏实，能够配合好自己的工作，此言不虚。

"廖指导，你家老大当兵回来了吧？"赵国栋印象中廖昌盛的老大当兵回来之后好像分到了一个县属企业，那单位眼看就要破产了。

"唉，前年就回来了，分到县罐头厂，罐头厂效益不怎么样，他连自己吃饭都成问题，还经常跑回来打秋风。"说起老大，廖昌盛就烦恼不已，他没啥关系，能分到罐头厂已经不错了，还有一些县属企业开开停停，现在有些连工资都发不起了。

"还没找对象？"赵国栋沉吟着。

廖家老大是个实诚人，自己还经常搭他的顺风车，现在罐头厂每况愈下，他们开货车的收入也大受影响。

"找什么对象？一听是罐头厂的，都得琢磨半晌，谁家姑娘愿意找一个连饭碗都朝不保夕的对象啊？"廖昌盛长叹一口气。

"嗯，你家老大好像是党员吧？"赵国栋顺口问道。

"在部队里入的党，但现在党员又有什么用？也没有谁照顾你。"廖昌盛满腹牢骚。

"嗯，廖指导，你也不用着急，儿孙自有儿孙福，总会有路可走的。"赵国栋想了想才道，"我有个朋友也许能帮帮忙，看能不能让你家老大调换个单位。"

"啊？"廖昌盛觉得自己全身血液都要沸腾起来了，先前因为赵国栋把新警车随意让贺洪海他们开回家的一点儿不满瞬间消失无踪。

廖昌盛家老大已经成了他最大的思想包袱，为此他也是费尽了心思，四处打点。但是现在好单位有无数人盯着，而且控制得越来越严，要想进旱涝保收的单位你就是提起猪头也找不到庙门拜。

"国栋，你可别诳我这个老头子啊。"

虽然在赵国栋提拔为主持江庙派出所的副所长时，廖昌盛就隐隐约约感觉到赵国栋来头不小。但是赵国栋能力的确出众，而且又很快地适应了派出所的工作，和当地党委政府的关系也搞得不错。这次提拔起来，虽说主持工作有点意外但也属正常。

只是廖昌盛想不通，既然有来头，就不应该从刑警队下到江庙来啊。

"那我咋敢？不过只能说到这儿，毕竟调动工作这种事情也不是三言两语就能搞定的。廖指导也别急，我放在心上就是了。"赵国栋笑了起来。

"那是，那是，这种事情急不得。"

廖昌盛和赵国栋接触了这么久，也知道这个人虽然年轻但性子却沉稳得很，素不轻言。但是一旦话出口，那便肯定会办到的。

就像买这辆新警车一样，上任伊始赵国栋就和自己商量，自己还不信，六万多块钱可不是光靠嘴说就能弄来的，而且局里也未必会批准。

没想到赵国栋硬是一个月就把这件事情搞定了，这让他对赵国栋的信心立即提升到了一个相当高的高度。

说是急不得，但是赵国栋这须子一露出来，廖昌盛哪还能安稳，这可是关系到老大甚至一家人的大事情啊。

"呃，国栋，你说你那朋友是干啥的？"

"廖指导，你就别问那么多了，能帮忙，你管他干什么的。不能帮忙，就是市委书记顶啥用。"赵国栋还真没想到廖昌盛会这么心急，想一想也是，一家人的幸福都系于一身，怎么能不关心？

"呵呵，国栋，你也别怪我心急，看着你廖哥每次回来都精神萎靡不振的，一家人心头难受啊。二十五六的人了，还找不到对象，也难怪他心头憋闷啊。"廖昌盛自嘲地一笑，"这也是当老子的没本事啊，换了别人早就安排好了。"

"廖指导你放心吧，总之我把你这件事儿办好就行了。"赵国栋心中叹了一口气，自己都因为工作问题刚被女友蹬了。这会儿却在别人面前卖弄起本事来了，这叫个什么事儿啊？

赵国栋夹着包将车停在县局院子里，赵国栋感觉得到，从自己驾车进入县局院子就引来了无数人的瞩目。

整个县局除了局长栾征远有一辆桑塔纳专车外，其他几个局领导只能用办公室统一调配的一辆切诺基、一辆夏利车和一辆老旧的吉普。

只是那辆切诺基政委用的时间比较多，久而久之也就成了他的座驾，其他局领导为了图方便，大多占用分管单位的车辆。

像朱局就用着刑警队的一辆新长安微型警车，而治安科才买的昌河警车自然就变成了何局的专驾。

而分管交警、政保、经文保和消防的窦局位置就有些尴尬了，政保、经文保都是些没啥油水的单位，自己都没车，要出去办事还得局办统一调配。消防又属于双重领导，县局并没有太大的指挥权，只是业务代管。

交警队虽然有三辆车，但是除了一辆夏利是队长专座外，其余两辆都是出现场和设卡检查用。而交警队队长历来都是局党委委员，在党内职务上和副局长一样，要想在交警队占一辆车就很困难。

马政委分管行装、财务和纪检，俩人也就只有凑合着用那辆半新旧的夏利，要不就只有那辆破吉普。这让窦中凯和马鹏都有些不大自在，但是条件如此，谁也无可奈何。

"哼，老马，看来局党委的决定没错啊，赵国栋上任一个月就能买辆昌河车，不简单啊。"窦中凯站在三楼走廊上注视着楼下，顺手丢给马鹏一支烟。

"这小子有点儿本事，据说搞掉那个强奸案很得纺织厂的欢心，纺织厂就支持了他三万块。加上这些乡镇的支持，江庙所这一次是赶在了户政科、北郊所和西外所的前面啊。"

马鹏点燃烟吸了一口，他对赵国栋颇有好感，主要来源于去年赵国栋搞的几起案件，替局里创了不少收。虽说农村所返还拿走了大半，但毕竟还是给局里留下了一些，而且拿走的钱也用在了所内建设上，也是好事。

"哼，没听说他还给所里每个干警都配上了传呼机，甚至连户籍和内勤都配上了，这是不是有点不正常啊？你说内勤和户籍配传呼机干什么？女同志，又不出外勤，这不成了福利了么？"窦中凯摇摇头。

马鹏沉默不语，他是局里纪委书记，表态也就意味着局纪委的态度。

"老窦，你觉得不妥，可以在党委会上提出来议一议嘛。"良久，马鹏才道。

"算了，我又没有分管派出所，咸吃萝卜淡操心。"窦中凯撇撇嘴，他和马鹏关系不错，所以才敢这么说，他也知道马鹏不是那种嘴上没口子的人。

赵国栋跳下车，就听见对面一楼办公室里传来叫声："国栋！"

赵国栋一听便知道是谁，笑着跑进自己的老办公室。

县局大楼是一栋五层楼的大楼，刑警队理所当然地霸占了整个一楼以及大楼后面的一排平房。

一踏入办公室，几个昔日的同事就涌上来："国栋，你小子行啊！才当所长，又换新车，你是不是想眼红死我们？"

"嗬，国栋，你是鸟枪换炮啊。听说你们所里每个民警都配了传呼机，局机关里可是传得沸沸扬扬，说，你小子是不是去抢了金库？"

赵国栋心中一凛。说实话，在喝了酒表了态的第二天，他就意识到自己有些冲动。但是话已出口，他也不好反悔，只是在向栾局和政委以及何局汇报时十分策略。栾局和何局都没说啥，倒是政委提醒他要注意开支，钱要用在工作上，但是也没明确反对。

赵国栋就一下子花了一万多买了七个数字传呼机，自己的和其他民警的一样。

他知道这事也瞒不住，但是却没想到会在局里引起如此大的反响。

"嘿嘿，不就是一个传呼机么？至于么？"赵国栋装傻。

"呵呵，国栋你口气比空气还大啊，一个传呼机？四楼五楼好些科长都还没配上呢，就咱们刑警队也刚刚才决定每人配一个，都还没兑现呢。"

"嘿嘿，咱们在乡下，又是一线，不像他们在机关办公室里坐着，抬手就有电话，一切为了工作。"赵国栋挠挠头。

赵国栋的到来让刑警队里一阵热闹，黄化成竭力想要让自己表现得高兴一些，但是却很难做到。赵国栋的一鸣惊人让他的心如被人死死揪住一样难受。

黄化成、童曼和赵国栋是省公安专科学校的同学，毕业又一同分到了刑警队。在学校他就把自己压得死死的，在局里眼见被踢出了刑警队，几个月下来竟然又摇身一变成了所长。而且还连连出彩，这让黄化成怎么也想不通，他究竟有什么比自己强！

看着童曼望向赵国栋的目光，黄化成就有一种说不出的味道。黄化成一直挺喜欢这个脸盘子圆圆的，有点洋娃娃味道的同学童曼。可是童曼始终推三阻四，要不就说年龄还小不考虑这些。不过看她那样子，根本就是对赵国栋有着别样的心思。

幸好赵国栋还有唐谨，否则童曼会不会扑进赵国栋的怀抱还真难说。

"国栋，你升官了，也不请请客，是不是把队里这帮师傅师兄们都忘在脑后了？"黄化成终于压住内心的嫉妒，走了过去。

"化成，你说哪里去了？你也知道我刚接手，事情多，实在没时间回局里，我这还是翻了年第二次回局里呢。"赵国栋连忙解释，这个黄化成，一来就抽自己的火，哪壶不开提哪壶。

"喂，化成，国栋刚上任肯定很忙，江庙又那么远，难得回来一趟也是正常的。"童曼嘟起嘴巴，甜声甜气地道。

"嘿嘿，还是童曼了解我。"赵国栋笑了起来。

童曼听对方没有像往常那样叫自己小曼，心中没来由一阵失落，脸色也没有那么好看了。

赵国栋并不知道自己一句话就得罪了人，看了看手表，然后拿出一包红塔山洒了一圈，赶紧抱拳："时间到了，我先上去开会了，一会儿再下来。"

赵国栋还是第一次参加局务会，会议室里已经有不少人了，但是上座的局领导位置都还空着，几个所长科长们正在那里说笑。

"哟，国栋来了啊。来来，你们江庙所位置在这儿。"搭话的是办公室仇主任，一个老资格主任。

"仇主任，我没来迟吧？"赵国栋手上的红塔山早已经递了上去，其他几人他也认识，在刑警队时跑遍了所有派出所，对这些地方诸侯们自然不陌生。

"国栋是第一次参加局务会吧，适应适应，领导们一般准点到。"仇主任很自然地享受着赵国栋递烟点火的服务，其他几个所领导也一样，尤其是北郊所的所长齐正，更是斜着眼睛很不待见的模样，赵国栋也不在意。

局务会准点召开，领导们出场虽然是三三两两，但是顺序却没变。唯一空缺的位置上写的是刘胜安的牌子，赵国栋有些诧异，刘胜安却坐在下面保持平静。

栾征远是最后走进来的，端着个紫砂杯的他显得很随意，手中也只有一个笔记本，什么文件也没带。

"现在开会了。首先我宣布一份县委组织部的批复，关于刘胜安同志任中共江口县公安局党委委员的批复。

"各乡镇、街道办党委、各局党委党组，刘胜安同志任中共江口县公安局委员会委员，许茂亭同志不再任中共江口县公安局委员会委员。

"特此通知。

"中共江口县委组织部，一九九三年二月二十七日。"

牛子建的宣布言简意赅："胜安，上来坐吧，大家欢迎！"

刘胜安相当谦虚地站起身来，收拾了一下手中的文件和笔记本。一边连连点头，一边笑容可掬地坐上了主席台最边缘属于自己的位置，现在他距离局领导只有半步之遥了。

会议室掌声响起来的时候，赵国栋刻意观察了一下坐在第一排的张德才的表情。只可惜是侧面，他无法看清全貌，但是可以肯定的是，张德才的心情现在绝对是苦涩的。

他虽然成功地当上了刑警队队长一职，但是刘胜安却没有失败，不但成了交警队队长，而且还占据了局党委委员一职。

据说张德才也争夺了一下党委委员的位置，但是并未成功。

什么时候自己能坐上主席台呢？或者跨越这个狭小的空间，迈上更高更远的台阶？赵国栋有些走神。

这次局务会的内容只有两个，破案和创收。破案是公安主业，没啥说的，但是这创收却有些名堂了。

局里确定今年作为江口县公安局改善办公条件的发展年，不但积极向县委县政府争取资金支持，而且也要求各单位行动起来，在守法的前提下拓宽渠道，千方百计增加资金来源。

会上牛子建表扬了交警队近期战果不断，新近抓获的两辆走私车已经完成取证处罚，上交县财政没收，并准备全额返还县局。县局直接用这笔钱将那两辆走私车购回，一辆蓝鸟，一辆三菱越野，虽然都是半新的货色，但是比起212吉普车来说，那也是不可同日而语的。

赵国栋也听说刘胜安上任伊始就连连发招，组织交警连续奋战，抓获多辆走私车，但是最后能拿下的却只有这两辆。

副政委马鹏也表扬了治安科、城关所和江庙所能够抢在县局之前先期行动起来，自筹资金改善交通工具。要求全局各单位都行动起来，向以上三个单位学习，争取今年让全局交通工具有一个大改观。

从雅间里出来的两个人一下子就发现了赵国栋和童曼，"国栋！"

朱星文惊讶地瞅了身旁的卿烈彪一眼："你认识他？"

"呵呵，朱哥，我们一个厂的，他比我低两届，关系不错。"卿烈彪咧着嘴笑道，"还要靠朱哥多提拔他呢。"

"他哪需要我提拔？"朱星文轻哼了一声。

卿烈彪觉察到朱星文语气中的怪异，正欲询问，却见二人已经走过来，便压住了话头。

赵国栋和童曼也看见了二人，赶紧走了过来："朱局！"

和朱星文打了招呼之后，赵国栋才和卿烈彪握了一下手："彪哥和朱局一起吃饭？"

"嗯，你小子，怪不得呢，原来有女朋友了。"卿烈彪推搡了一下赵国栋肩头，眼睛里闪过一抹诡异的笑意。

"彪哥说哪儿去了，这是童曼，我警专同学，刑警队的。今天是在宰我呢。"赵国栋很坦然，"朱局知道。"

"呵呵，那就不打扰你们俩了，你们吃。"卿烈彪随手给吧台一个响指，"这桌算在我们那桌上，别收他们钱。国栋，你尽管多点菜。"

"彪哥，那咋行？"赵国栋赶紧拒绝。

"国栋，是看不起我还是咋地？我卿烈彪啥都没有，就有俩儿钱。"卿烈彪一横。

见卿烈彪有些不高兴了，赵国栋只得连声道："那就多谢彪哥了，改天回厂我请。"

"好，那咱们就说定了。"卿烈彪高兴地拍了拍赵国栋肩头，才挥手离去。

走进包间巷道，卿烈彪才问道："朱哥，看样子国栋不大入你眼？"

"哼，小赵能力有，不过他和栾征远、何凤祥他们走得挺近。"朱星文轻描淡写道。

卿烈彪点点头，原来如此。自己那辆蓝鸟车就算是捐赠给公安局了，刘胜安翻脸不认人，连朱星文的账都不买，背后肯定有栾征远给刘胜安撑着。

"不过朱哥，国栋这小子有点儿来头。"卿烈彪想起父亲的告诫，想提醒一下朱星文。

"我知道。"朱星文以为卿烈彪是说刘兆国，"他们之间其实没啥，一次机缘巧合，偶遇罢了，外边人以讹传讹。"

卿烈彪听出朱星文语气中的轻视，以为对方清楚赵国栋背后的关系，也就不再言语："走，喝酒，我那事儿朱哥也别放在心上，不就一辆破蓝鸟么？送给你们公安局也无妨，最好朱局你能开，那车不错。现在老子换了皇冠，挂安 O 牌照，我看他们还能奈何我。"

卿烈彪语气也变得有些放肆："前两天我还碰见县委卢书记，吃饭时就说起公安局应该调整一下了。没有一点儿激情，按部就班地工作，这样哪能开创新局面？咋能保驾护航？"

"卢卫红卢书记？"朱星文步伐略一凝滞。

"江口县还有几个卢书记？"卿烈彪轻轻一笑，"不过他没表态。"

卢卫红当然不可能表态。

朱星文知道调整公安局一把手这种大事虽然县委掌握着主导权，但是名义上却必须要征得市公安局的同意，两者之间的角力从来没有平息过。这很

83

大程度上要看市公安局长在市委市政府中的地位以及本人的作风。

在郊县公安局长人选选拔机制上一直存在着模糊不清的认识。在人选考察上市局政治部和县委组织部究竟谁更有主导权很难说，主要看市局和当地县委政府的关系。

现在的市公安局长谢其祥虽然是市委常委、政法委书记兼任，但是他本人性格平和，作风也平易近人，除了牢牢掌握着市区分局和郊区分局这些直属分局的人事任免权外，对于郊县局的任免权还是相当尊重地方党委政府意见的。

尤其是近一两年来，因为年龄和身体原因，他对市公安局的日常事务已经不太过问。而原来的常务副局长也因为相同原因采取了相对保守的作风，这样也使得市局和郊县党委政府之间的关系较为融洽。

新来的那位常务副局长大家都还不熟悉，估计也要一年半载熟悉下边情况之后才会有动作。

赵国栋和童曼一直到朱星文俩人身影消失在包间巷道深处，才重新回到位置上，"真倒霉，怎么朱局也在这里，和你那朋友好像关系挺好？"

"嗯，那是我们纺织厂的，比我高两届，在做生意呢。"赵国栋随口道，"别管他们，咱们吃咱们的。既然有人结账，那咱们就敞开吃，别给他省，他有钱。服务员，再给我拿两包红塔山。"

童曼吃惊地张大嘴巴："国栋，你咋变成这样了呢？你就不怕你朋友笑话你？"

"你不花他的，他才不高兴呢，他的钱来得容易，不在乎。"赵国栋笑了起来，看着童曼吃惊的娇俏模样，加上红艳艳的嘴唇和粉嘟嘟的娇靥，恨不能好好捏她脸颊一把，"你说我是不是该要一条红塔山？"

童曼拿起筷子就要敲赵国栋的头："你够了吧，真要让别人笑话我们？"

"笑话也是笑话我，和美女没关系，美女走到哪儿都是受欢迎的。"赵国栋瞟了一眼童曼，"没看卿烈彪那小子看到你，眼睛都快要直了。"

"少在那里胡说！不过你那朋友眼睛是有点儿不太正经似的。"童曼也觉察到方才那人第一眼就是往自己胸脯上溜。

"得了，小曼，换了谁也得这样，谁让你这么漂亮，谁让你穿这一身，如

84

此勾人？"赵国栋觉得是情理之中，如果不这样，那才说明卿烈彪心中有鬼。

　　和第二监狱的谈判进行得并不顺利，监狱同意签订五年的承包合同。每年承包款在赵国栋的努力下被确定在三万块，但是要求先支付三年的承包费，后两年的承包费在第二年付清。显然第二监狱并不相信房子全这样一个嘴上无毛的年轻人，即便有赵国栋从中牵线也不行。

　　房子全那点儿钱只够交一年承包费，还需要启动资金，算下来五万块钱能运作起来都困难。

　　·第二监狱的担心也是正常的，你经营不善，一年以后丢下个烂摊子不干了，合同上违约处罚虽然有，但如何能落到实处？

　　房子全奔拉着脑袋坐在赵国栋办公室里。

　　"你仔细看了么？"赵国栋端起茶杯抿了一口，他也学会喝茶了，这是一种很好的保健方式。

　　"看了，上上下下里里外外都看了，我甚至还去看了其他几家砖厂。监狱修建的窑质量的确不错，比起其他几家砖厂要强许多，而且布局也合理，晒场和窑房距离近，可以省不少力。最难得的是通往安蓝公路的那段机耕道被监狱好生修整过，就是雨季都不用担心出不去。"

　　房子全比前段时间黑瘦了许多，看样子也是被赵国栋那番话激起了雄心。这段时间不上班就往乡下跑，除了看监狱那家砖厂外，还得和其他砖厂比较异同，累得他够呛，但是他觉得很充实，值！

　　可现在面临的难题一下子就把他给打趴下了，九万块钱承包费，外加启动资金，没有十一二万块钱动都没法动，他到哪儿去找这七八万块钱？

　　烟蒂被按在烟灰缸中，接着又点燃一支，赵国栋想了想，他现在虽然拿得出这笔钱，但是他有用，下半年上海股市定然会卷起一股宝安狂飙。

　　他想利用这个机会再好生操作一把，反正从牛王庙股票黑市赚来的钱留在那里也没啥用。

　　"子全，我先问你，你有没有信心把这个砖厂搞好？"赵国栋问道。

　　"有！我和那些技术工人都谈了，他们也不愿意重新找工作，只要接手，几天之内就能重新开动。"房子全眼睛一亮，"国栋，你要入股？"

　　"嗯，本来这笔钱下半年我另有用处，但是既然监狱那边坚持，那我们就索性一次到位，省得他们日后又反悔。我出十三万，你出四万，五年承包费一次付清，剩下两万你用来作为启动资金，尽快让砖厂运转起来，再过两个月进入雨季就得打折扣了。"赵国栋断然道。

"好，你看这股份咋算？"房子全兴奋地跳了起来，随即又有些担心地问道，"不会影响你下半年用钱吧？"

"没关系，我会想办法的。"赵国栋微微一笑，本来借给房子全这十来万也无不可。但是赵国栋不想让自己这位好友养成万事依靠自己的习惯，得让他明白，一切最终都得靠自己，世上从没有免费的午餐。

"我们各占一半，合同你去草拟，以你和德山的名义，再去和监狱签承包合同。"赵国栋说。

"那咋行？我最多占四分之一，这次承包费说起来还全靠你，日后销路你还得帮忙呢。"房子全坚决地摇摇头。

"你我还说这些？销路我会关心，但是经营主要还是靠你，就凭这一点，你占一半也不为过。就这么定了，别和我争了，我也不缺你那点儿钱。日后你赚了大钱，多请我去潇洒两次就行了。"赵国栋言谈间自有一股不怒自威的淡定从容，连房子全都意识到老友的变化远远超出了自己的认知。

"呃，那好吧。"房子全也是直爽人，在赵国栋面前也不装，点点头，"那我马上去签合同。"

"嗯，你抓紧时间去办，厂里那边你就辞职吧。别三心二意的，破釜沉舟才能有出路。"赵国栋笑了起来，"需要钱的时候给我打电话，我让长川给你。"

全兴砖厂终于开业了！

这是房子全起的名字，"全"是他名字的尾字，"兴"字代表兴旺兴隆，俗是俗了点，但一个小砖厂，你总不能指望他取个万科或者华为这样富有文化气息的名字吧。

鞭炮一响之后，机器就开始转起来了，赵国栋没有参加所谓的开业庆典，只是提醒房子全中午该办酒席还得办。乡村两级干部虽然都打了招呼，但是毕竟是房子全在经营，建立和睦的关系还得靠他自己。

两桌酒席，人手一包阿诗玛，乡村干部每人都吃得兴高采烈，拍着胸脯保证有啥事情他们肯定帮忙。当天就有本地两家要修房子的来买砖，虽然数量不大，区区几千匹，但还是让房子全喜出望外。

房子全的辞职震惊了全厂，搅起了惊天波澜。

家里人的激烈反对也没能挽回房子全的心。在他们看来，锅炉房虽然苦了点儿累了点儿，但那毕竟是铁饭碗啊，多少人指望着能有一个铁饭碗呢。

厂里倒是痛快同意了房子全的辞职。在他们看来，房子全纯粹是想钱想疯了，也不看看自己有啥本事，居然就敢去承包一个砖厂。

不过一切都已经无关紧要了，重要的是全兴砖厂已经运转起来。赵国栋也去看过，虽然他也不太懂烧窑出砖这个行道，但是他也感觉得到，第二监狱的这家砖厂确实要比本乡其他砖厂胜出一筹，仅仅是在规模上就要大不少。

按照设计规模，每天如果正常运转，完全可以烧六万匹砖，这已经是一个相当惊人的数目了，当然在第二监狱经营期间也从没达到过这种水平，顶天也就是四万出头就是极限了。

一周之后全兴砖厂终于开始出砖了，赵国栋和房子全先喜后忧，喜的是产量每天能够稳定在两万匹砖左右；忧的是，虽然堆放火砖的场地很大，但是按照这个速度，如果找不到销路的话，要不了一个月，那么大一片场地就会被源源不断烧出来的砖堆满。

本乡的用量根本无法支撑起这么大一个砖厂，虽然乡村干部们都承诺要帮全兴砖厂推销，但是土陵乡并不只有一个砖厂，其他乡镇一样有自己的砖厂。砖窑可不像砂石场，停下来就停下来了，砖厂一停再想重新点火可不是一件简单的事，光是煤的消耗量就不是一个小数目。

"杨哥，怎么愁眉苦脸的？"赵国栋踏进杨天培的办公室随意打量了一圈，一只陶制的雄鹰在办公桌上振翅欲飞。

"国栋啊，来坐，不会又是来化缘的吧？"杨天培愁眉稍展，上次派出所买车购置传呼机，二建司也出了三千块钱的血，不过赵国栋没出面，是廖昌盛来二建司化的缘，老廖和杨天培也很熟悉。

"呵呵，杨哥，怎么老记着那件事儿？三千块钱还能把杨哥难死了？有啥困难找我说说，看兄弟帮得上忙不？"赵国栋拍了拍胸脯。

"都是工作上的事情，你也知道今年我承包了二建司，可今年老古他们那边没有工程，而花莲这边的工程也快结束了，其他活儿还没着落呢。"杨天培苦笑，"不过国栋放心，你那砂石场的钱不会差你的，那点儿小钱还难不倒你杨哥。"二建司一直是山川砂石场的大客户。

"没活儿干？杨哥，承包了是好事儿，就像这只雄鹰脱了束缚，可以展翅高飞了。"赵国栋很随便地说，"县城那边呢？"

"现在找活儿不容易，县城那边今年看样子也没啥大工程，小打小闹也撑不起这个摊子，好几十号人呢。"杨天培想起来就头疼，运气不太好，刚承包就遇上行情不好。

二建司是个集体企业，正式职工就有五六十人，加上合同工，足有百十人。

"不是说安蓝公路改建工程马上就要动工了么？杨哥没去试试？"赵国栋琢磨着道。

"那是要改扩建二级水泥路面，一百三十公里。这么大一个工程，仅江口县境内这一段就有五十多公里，光这一段江口县就没哪家公司能拿得下来，多半都是省里市里几家建筑公司承包这种大活儿。"杨天培摇摇头，"二建司才三级资质，更不行。"

"那也可以去那些大公司手上包一段啊，这不是你们建筑行业的惯例么？"赵国栋不以为然地道。

"是惯例，但你能包到么？不说多了，能包上三五公里，二建司今年也吃不完用不完了。"杨天培叹了一口气，"可惜这种好事儿轮不到我们，就是一建司怕也没戏。"

"工程已经发包下来了么？"赵国栋想了想问道。

"发包已经结束了吧，我没在意，反正这种好事轮不到我们，我们能接点儿边角活儿就满足了。"杨天培耸耸肩道。

"那二建司要真能接下一段，能干下来不？"赵国栋追问。

"那有啥干不下来的，我们是正经八百三级民工建和交通建筑企业，十二楼以下的高楼我们都能建，公路算什么？而且我们只是分包，挂靠在那些一级或者二级公路建筑企业下，只要心不太黑，不过分偷工减料，再简单不过了。"

杨天培微微笑道："很多一二级企业其实就是靠那块牌子挣钱，拿到工程然后就分包给下边三四级企业，从中收取管理费。再把他们的一些设备租赁给企业从中牟利，名义上有几个所谓的管理监督人员，实际上并没有起什么作用。说起来他们并没有真正做过几个像样的工程，这种情况很普遍。"

赵国栋犹豫了半晌还是决定帮杨天培一把，并不仅仅是为了自己的砂石场和全兴砖厂，而是杨天培这个人的确值得一帮。抓住这次机会，杨天培和他的二建司说不定能走出更美好的前景。

"杨哥，借你电话打一打。"赵国栋指了指桌上的电话。

"客气什么，别打色情电话就行。"杨天培开着玩笑。

赵国栋拨的是蔡正阳的办公室电话。

蔡正阳拿起电话听到赵国栋的声音便下意识地环顾了一下四周："国栋，你小子还知道给我打电话啊？我正找你呢。"

"蔡哥有事儿可以打我传呼。"赵国栋报了自己的传呼号，"蔡哥找我啥事儿？"

"长城公司的事情翻了，中央对它动手了。"蔡正阳声音中透着一丝兴奋。

"正常，不对它动手那才不正常。动手越晚，造成的麻烦越多，损失越大。"赵国栋淡淡一笑，预料之中，这种公司早该端了。

"听说牵扯到上边的人了。"蔡正阳的声音越发低了。

"那么多人帮他摇旗呐喊，难免有人会在中间出杂症，看政法部门怎么认定吧。"赵国栋反问道，"蔡哥，你紧张个啥，关你啥事儿？"

"嘿嘿，我们不是弄了一篇反应金融系统体制外民间非法集资存在高风险的文章么？怎么看也像是我们戳破了这个气球似的。"蔡正阳的声音在听筒里有些变声。

"气球迟早要爆，你的提醒对于高层和民众都是好事，对蔡哥也一样是好事啊，要不高层怎么会知道安都市还有你蔡哥呢？"

在春节期间，赵国栋就与蔡正阳就长城公司的高息集资问题进行过探讨。探讨的结果是这种方式将会危及国内正常金融秩序，更危险的是在缺乏有效监督下，这种泡沫一旦破灭，受害的将是广大集资者，将会影响到社会的稳定，不可不防。

所以这才有蔡正阳的那篇文章，也才有蔡助理变蔡市长。

"好了，你小子别挖苦我了，这周有没有空，来安都坐一坐。我把兆国、老柳和老熊也叫上，弄不好老柳和老熊的位置都要动一动。"

"啊？柳哥和熊哥也要动了？去哪儿？"赵国栋大感惊讶。熊正林还好说一些，正处级，升一格能到副厅，就算不升也能去县上坐个实权位置。但省委组织部常务副部长要动就不一样了，如果真要下去，这位置不太好定啊。

"现在还不明朗，不过动是必然的，老柳在那个位置也有几年了，要想上进，怕得去地方上待一待，拿出点儿政绩来。老熊还得看他造化，能不能去其他地市州当个常委还是未定之数，要不就只能到郊县当个县委书记了。"

"嘿嘿，蔡哥你也要努力了。柳哥这一步走出去只怕就要坐望省委常委了，熊哥奔了副厅你也不远了啊，你可不能停步不前啊。"

赵国栋琢磨着，柳道源作为省委组织部常务副部长，真要下去也只能是绵州、建阳和宾州三个地市的书记，不可能去其他地方。

绵州经济实力仅次于安都，工业基础好，城市建设也不错；建阳地理条件好，紧邻安都，县域经济发达，近几年发展速度最快；而宾州虽然地处安南，基础差了一些，但胜在自然资源丰富，又有一些骨干企业，位于三江汇合处，交通条件优越，发展潜力极大。

这三地的市委书记虽然从未有过进省委常委的先例，但是随着三地经济实力与安原省其他地市进一步拉开，三地在省里的话语权也在增强。

杨天培不动声色地坐在一旁听赵国栋打电话，赵国栋并没有要他回避，这让他很是感动。

尤其是他听到赵国栋和对方谈及他们熟悉的柳哥、熊哥什么的进省委常委和副厅的话，他虽然对官场上的东西不是很懂，但也知道其中分量，他从未有过赵国栋会在他面前说大话的想法。

"你小子就会说风凉话，这一步岂是那么容易踏上去的？好了，不说这些了，留到星期天再说吧。有啥事儿？"蔡正阳笑骂。

"说难也难，说易也易，就看蔡哥能不能把握机会了。"赵国栋半真半假地道，"嗯，想问问蔡哥安蓝公路的事儿。"

"你说什么？"蔡正阳被赵国栋前面两句话弄得有些恍惚，根本没注意到赵国栋后面的话。

"安蓝公路。蔡哥，安蓝公路是不是已经发包了？"赵国栋提高声音。

"安蓝公路？你问这个干什么？"蔡正阳的声音在电话里传过来，"早就发

90

包了啊。"

"嘿嘿，我想为我们江庙经济做点儿贡献，不知道蔡哥能不能帮帮忙?"赵国栋嬉皮笑脸地道。

"做贡献? 你小子有那么高的境界? 想干啥直接说。"

"呃，江口县第二建筑公司想要为家乡建设出一分力，不知道有没有这种可能?"赵国栋试探性地问道。

"江口县第二建筑公司? 什么企业? 怎么又和你扯上关系了?"蔡正阳不解地问道。

"嘿嘿，蔡哥也知道我们江庙派出所刚买了一辆警车，二建司对我们支持很大，所谓投之以琼瑶，报之以木桃嘛。而且二建司经理是我一个很好的朋友，我想帮他这个忙。"最后一句话赵国栋加重了语气。

蔡正阳也听出了赵国栋最后一句话的意思，赵国栋并不是一个轻易承认别人是他朋友的人，能担得起他朋友这个称谓的人，自然不简单。

"嗯，我知道了，他们资质怎么样? 没问题吧?"

"三级，没问题，挂靠分包一段而已，该按什么规矩给那些公司交管理费，都按惯例办。"赵国栋应道。

"那应该没什么问题，到时候我和他们说说。"蔡正阳在电话里很爽快。

"好，那就谢谢蔡哥了，星期天我多敬蔡哥一杯。"

赵国栋放下电话:"杨哥，问题不大，就看能拿到多少。"

"大了我们也干不下来，人手只有这么多，动力机械也有限。"

杨天培从未怀疑赵国栋会在这种问题上诳自己，而且赵国栋那一句很好的朋友让他心潮澎湃。电话那边肯定是一个够分量的角色，能够当着自己的面打这通电话，足以证明赵国栋对自己的信任。

"嗯，杨哥，如果有可能，不妨添加一些设备招募一些员工，这次机会难得。"赵国栋沉吟着道，"这是安都和蓝山两市的重点工程，资金问题你不需要担心。"

杨天培明白赵国栋话语中的含义，点点头:"那我就好好准备一下，把先期准备工作做好。对了，如果二建司真能包一段工程，你家长川的砂石场也可以扩大规模了。安南公路可不是纺织厂那样的路，要求建成标准的二级水泥路面，加上中间的绿化隔离带和两边的排水沟，砂石场就是再扩大两三倍都不是问题。"

杨天培并没有问赵国栋那位蔡哥是什么人，赵国栋也没隐瞒，蔡正阳作为安都市分管工业、交通的副市长很容易就能从他的姓氏猜出来。

赵国栋告诉了杨天培全兴砖厂的事情，希望杨天培能通过他的关系帮全兴砖厂找找路子，就算是二建司现在没有合适的工程，以杨天培在江口县建筑行道混了十几年的老脸，也还是能够帮上一些忙的。

都说二八月乱穿衣，农历二月也就是阳历四月，这个季节最能感受到气候的变化了。倒春寒一过，气候就一日比一日暖和起来，赵国栋驾驶着警车费力地在女人堆中穿行，谁让自己赶上了厂里下班的时间？

即便警车很轻灵，但是汹涌而来的人群还是让赵国栋陷入了一片五颜六色中。女人们的指指点点和窃窃私语让赵国栋有些耳热，这种时候被女人们瞩目也变成了一种难受。

好容易停在家门口，赵国栋还没来得及下车，赵德山已经跳出来："哥，回来了？"

赵德山已经回来一个星期了，五万块钱变成了三万，这还算是赵德山觉醒得快。市政府连续出台的组合拳让所有嗅觉灵敏的人觉察到不对劲，看着周围的熟人们一个个脱身离市，赵德山再也稳不住了。拿赵国栋的话来说，以壮士断腕之勇气夺路求生。

现在赵德山望着兄长的目光已经完全变成了崇拜。虽然并不在意，赵国栋还是觉得有必要鼓鼓赵德山的士气。

"嗯。"赵国栋点点头。

"新警车啊，真够威风的。"赵德山艳羡的目光在新警车上逡巡。

"这是公家的，私人买一辆好车，那才叫威风。"赵国栋瞥了他一眼，径直进屋。

"私人买一辆？那得多少钱？谁没事儿买汽车干吗？"赵德山跟在兄长背后。

"瞧你那出息劲儿，我告诉你，私人买车那是必然趋势。要不了几年，你就会发现路上跑的很多都是私家车了。"赵国栋换了拖鞋，"没准儿，你也能弄上一辆玩玩。"

"呵呵,哥你可别损我了。"赵德山一脸尴尬地笑着,"就我这样还买车?"

"你就这点儿出息?摔一跤你就不敢走路了?告诉你,你能拿回来三万,我很满意,真的!"赵国栋盯着赵德山,"看看你包里的烟,红梅还是阿诗玛?再想想你一年前抽什么烟?这就是变化。"

被赵国栋这番话说得赵德山心里又活泛起来:"哥,听了你的话我才算是真正放下心了,这一次可算是买了个教训。"

"这连教训都不算,就是试试水而已,股票黑市,本来就是一个过渡。"赵国栋想了一想,"你给我没事儿多看看书,下半年我还得让你出去。"

"又去安都?"赵德山一听大喜,他太喜欢感受那种财富翻涌的滋味了,虽然那并不完全属于他。

"不,上海,那里才是真正感受金融大潮滋味的地方。"赵国栋眼中露出神往。一波又一波的股市狂潮充斥在九十年代,每天都有人在那里从赤贫变巨富,又从巨富到赤贫。

"上海?"豪放的赵德山变得结结巴巴的,"哥,去上海干吗?我也能去上海?"

"废话!我让你去,你就放心大胆地去!"赵国栋狠狠地瞥了他一眼,"让你去开眼长长见识也行啊。"

赵德山和赵长川的巨变在赵家引起了不少争议,尤其是两个长辈对赵国栋自作主张让二人如脱缰野马一般在外晃荡十分担心,但是赵国栋树立起来的威信已经完全压制住了两个老人的权威。

尤其是在赵国栋被厂里人喊做赵所长时,老赵头儿和许秀芹再怎么压抑,也忍不住从内心深处洋溢出一股子得意劲儿。

而在赵国栋的心中,却始终澎湃着一股大潮,一股由渴望形成的大潮。他仿佛正驾驶着一叶扁舟,穿行在这波峰浪谷之间。他就像一个稳操胜券的操盘手,左手是他的商场、股市;右手是他的官场、仕途。他就那样稳稳当当地布局,扎扎实实地落子,不动声色地收获……

第六章 柳道源对赵国栋刮目相看了

　　柳道源也想不通这个家伙怎么就敢在自己和蔡正阳面前如此放肆随便，虽然他很喜欢这种氛围，但还是对赵国栋的表现感到困惑。一个什么都算不上的小警察能够在自己和蔡正阳面前做到不卑不亢已经很难了，还敢这样肆无忌惮地出现。

　　蔡正阳还是第一次邀请赵国栋到他家中去做客。赵国栋明白，这意味着自己终于用言行赢得了这批人的尊重，他们已经不仅仅是把自己当做一个有点才华又擅长奇谈怪论的局外人了。

　　蔡正阳家住在安都城东梅江二桥附近的市税务局宿舍，他妻子是市税务局的干部。和其他权力部门一样，税务局宿舍在这个年代也算得上是上乘住宅区了。

　　大院内一排排榕树郁郁葱葱，绿草如茵，一连串的假山喷泉构成了几栋房屋的天然屏障，赵国栋的警车驶入并没有受到门卫的阻挡，毕竟警车还是具有一定公信力的。

　　赵国栋并没有在院子里看到刘兆国他们的座驾。想一想也是，私人聚会，没有必要弄得大张旗鼓，只有自己开了辆警车来。

　　"国栋，你可是难请啊。你自己说说，叫了你多少次了，现在才来。"蔡正阳亲自替赵国栋开的门，看上去心情还不错。

　　踏进客厅的赵国栋四下打量了一下，蔡正阳家的客厅风格和刘兆国家不太一样，刘兆国家中无处不流露出浓郁的军人风格，简朴厚重的家具和老式的装饰，外加深色调的窗帘，让人一看就知道是军人出身。

而久在地方工作的蔡正阳家中却已然没有了军人的气息，淡雅的浅色调板式家具在这个年代相当时尚，看得出来是精品，装饰简洁而不失优雅。赵国栋真看不出蔡正阳还有这份欣赏水平。

"他们都还没到？"赵国栋有些惊讶。

"我和他们约的是十点半。"蔡正阳也坐了下来，"你先来正好可以聊一聊。"

"嗯，也是，蔡哥，安南公路那件事情没什么问题吧？"

"问题不大，我已经和安都一建司打了招呼，江口县境内五十多公里都由他们公司总承包，他们现有的力量根本就吃不下来，大部分都得分包出去，分包给谁影响不大，只要按照业内规矩上缴管理费。"

赵国栋提的事情蔡正阳还是挺上心的，虽然他并不知道赵国栋在其中扮演了一个什么样的角色，但是他相信赵国栋应该不属于在其中做什么手脚。

仅仅是牛王庙股票黑市那一回，刘兆国就获利超过二十万。赵国栋这个始作俑者究竟赚了多少，蔡正阳想象不出，但足以让赵国栋不屑于走歪门邪道了。

"嗯，那就谢谢蔡哥了。江口二建司经理杨天培是个很不错的人，今年他们改变经营权，采取承包制以调动经营者积极性，所以我想帮他一把。"虽然这件事在蔡正阳口中无足挂齿，但是对于一家县级建筑公司来说却不简单，所以赵国栋还是简单解释了一下。

"长城公司真的翻了，国家看样子是要下猛药治一治了。"蔡正阳对赵国栋的惊人"嗅觉"十分感兴趣，他想就此和他探讨一下国家下一步的政策变化，"这会不会是一个风向标？"

"肯定是一个风向标，不过即便是国家出手，也未必能够见到多大成效。只要民间富余资金存在，资本趋利的本性就会让它追逐一切可以产生高额利润的目标。而私营企业获得资金的渠道不畅，就会导致这种游戏不断发生。"赵国栋微微一笑，"存在即合理，它不会因为国家的严控严打就消失，因为它有生存的土壤，而且这片土壤还相当肥沃。"

蔡正阳若有所思地点点头："这么说来，这种事情还会不断发生？"

"其实私营企业募集资金扩大再生产无可厚非，国家不是已经明确私营经济是我们国家社会主义经济的有效补充么？那么就应该给予他们发展的空间，而不应当让他们窒息而死。问题在于这种吸纳资金的方式属于现有金融体系体制外的渠道，一旦蔓延开来，国家对于经济和金融就有失控的危险。"

"而私营企业中一样鱼龙混杂，固然有苦心经营想要扩大生产规模，创造更多效益的。但也一样有企图浑水摸鱼捞一票就闪人的，还有开始打算正经干实业，但在巨大的财富的引诱刺激下失去理智铤而走险的。一旦风险爆发，民众的利益受损过度，还得政府出面收拾烂摊子，付出的经济代价和社会代价都会相当巨大。"

赵国栋慢条斯理地介绍着自己的心得，蔡正阳听得出神，他内心的惊讶却越发强烈，这个家伙简直就像是一个经济学者，一番话竟能道出这么多子丑寅卯来。蔡正阳自认为对经济有所了解，但是要让他这么快得出这样一番观点，几乎不可能，他不禁自愧不如。

"有道理，看来这个结短时间还难以解开。"蔡正阳点头。

赵国栋也有些佩服对方目光的深刻，这个结短时间当然无法解开，十年二十年也未必能真正解开。民营企业无法和国有企业以及外资、合资企业站在同一起跑线上竞争的现象比比皆是。

"蔡哥你说得没错。不过，当经济发展到某种程度时，当全社会对私营经济的观点发生根本性变化时，这个结也许能解开。"赵国栋耸耸肩。

"嗯，国栋，你真是警专毕业的？别是财经学院毕业的吧？"蔡正阳半开玩笑地问道。

"我乃天才，上知天文，下知地理，中外五千年，纵横八万里，无所不知。"赵国栋带着夸张的表情比画着。

"你小子，说你胖你还真喘上了。"蔡正阳笑骂，"待会儿老柳和老熊来，你也给他们分析一下吧。"赵国栋诙谐幽默的语言让蔡正阳很是郁闷。

"给我和老熊分析什么？"柳道源不知何时已经无声无息地走了进来，"看你俩一脸坏笑，就知道没好事。"

"柳哥要高升了？蔡哥让我帮你好好冷静一下头脑，避免你过度兴奋。"赵国栋跷起二郎腿，漫不经心地道。

柳道源也想不通这个家伙怎么就敢在自己和蔡正阳面前如此放肆，虽然他很喜欢这种氛围，但还是对赵国栋的表现感到困惑。一个什么都算不上的小警察能够在自己和蔡正阳面前做到不卑不亢已经很难了，竟然还敢以这样肆无忌惮的姿态出现。

"过度兴奋？"柳道源反问了一句，苦笑道，"八字还没一撇呢。"

"咦，老柳，不是说基本定下来了么？"蔡正阳诧异地问道。

"下去这件事情定下来了，但是去哪里却还没影儿呢。"柳道源坐下，将身体靠在沙发背上，有些落寞地道，"下去未必就好，习惯了机关的生活，现在真要让我一下子坐上那个位置，真还有点儿高处不胜寒的感觉。"

"沧海横流方显英雄本色。柳哥，正是你大展才华的时候，怎么变得畏首畏尾起来？"赵国栋慨然道，"眼下正是一个变革的时代，也正是建功立业的最佳时机，如何为一方民众谋福祉，如何让一方民众富裕起来，是你的责任啊。待在机关固然轻松许多，但是到你老了，你会后悔为什么没利用这个机会去搏一搏。"

柳道源望向赵国栋的目光变得有点怪异，赵国栋却很平静，他知道自己这番话肯定会引来对方无限怀疑，不过他们却永远想不明白自己为什么会如此。

"国栋，有没有兴趣跳离警察那个行道？"良久，柳道源才幽幽问道。

"嘿嘿，柳哥不是要让我去替你提包吧？"赵国栋笑着反问，"我觉得还是这样和柳哥相处更好，蔡哥也一样。"

说实话蔡正阳也有这种想法，但是他感觉得到，赵国栋似乎并无此意。

"哼，你小子是不识抬举啊，老柳可是难得开金口啊。"蔡正阳打破沉寂。

"柳哥可能会去哪儿？绵州还是宾州，抑或建阳？"赵国栋岔开话题。

"你觉得哪儿更适合我？"柳道源反问。

"三地各有千秋，绵州城市基础条件好，初去易见成果，但绵州辖下各县经济落后，要想扭转这个劣势短时间很难。建阳基础也不差，县域经济发展平均，这几年发展速度很快，但市级权力相对薄弱，要把各县扭在一起不易。"

赵国栋的一针见血让柳道源颇感意外，听赵国栋言下之意似乎这两地都不适合自己。可这两地恰恰是目前安原省中仅次于安都市的地级市，剩下的宾州甚至连市都不是，还是一个地区。

"宾州基础条件较差，但自然资源丰富，又有三江汇合的水利优势，加之地处安南边缘，省上控制力相对较弱。我个人以为，如果柳哥真要下去实实在在干几年，那还不如去宾州，起点低，束缚少，更适合你创出一番业绩。"

柳道源对赵国栋真的刮目相看了，能够说出三地优劣不是什么难事，能够说到这个份儿上就不易了。尤其是能够从自己要下去这个消息中，判断出自己只能下这三地就更不简单了。

这次省里大动作，对省里多个地市班子调整，自己和省委一位副秘书长、省纪委一位副书记一道被列为几个较为重要的地市一把手候选人。绵州无疑成了最抢手的香饽饽，自己虽然有杨书记的支持，但是在这场争夺战中也未必能稳操胜券，如果能够高风亮节主动提出去三地，倒不失为一个好主意。

柳道源正思忖间，熊正林的声音也传了进来："兆国这家伙每次都最后，还是刚转业的军人呢，还不如我们几个早就脱了军装的呢。"

"谁说我没到？我不过是想要看看你这个纪委干部准备迟到多久罢了。"刘兆国的声音也同时响起。

宾客到齐，谈话间气氛也就热烈起来，柳道源去向未定，但是熊正林的去向却已经明确，通城地委副书记。按照组织意见应该是分管党群的，省委组织部已经和熊正林谈过话，择日就要去通城报到。

"熊哥，你这一步走得不错啊。"

赵国栋也替熊正林高兴，熊正林虽然平素少言寡语，脸色难看，但是几次接触下来赵国栋觉得这个人并不像一般的纪检干部，他对时政和经济都很熟悉，而且还能拿出自己的见解。赵国栋发现刘兆国这三个战友没一个是简单角色，转念一想，不在一个层面的战友估计已经渐渐被淘汰出局，物以类聚，人以群分，这句话不假。

"啥不错？把我发配通城，日后要回安都坐车都得十个小时。"熊正林打趣地道，"日后俺就是边远山区的乡巴佬了，进安都是不是得办个入城证，兆国？"

通城地处安原东北一隅，南边和千州相连，与千州一样是安原著名的边穷山区，这两地和宁陵地区一直垄断了安原经济排行榜的末尾三名。

"嗯，估计你也只能发配通城去。就你这副冷脸，待在安都会严重影响安都的投资软环境。"刘兆国不客气地打趣对方。

"刘兆国，你这是在侮辱我，还不赶快收回这句话！"熊正林装出一脸怒色。

"滚，快滚到你的通城去！"说完这句话之后，刘兆国也有些伤感，"老熊，你这一去怕就难得回来了。我刚回来，本来还说几个老战友能多些时间待在一块儿呢。唉，你却又走了。"

"兆国你小子就不能说些让人高兴的话，就像我一去不复返似的。现在通城到安都的道路状况虽然差了一些，但估计也是暂时的，省里要想解决通城、千州和宁陵这三地一千六百万人脱贫致富问题，交通是首要瓶颈，就看省委有没有决心了。"

赵国栋瞥了一眼熊正林，能说出这番话足以证明熊正林的水准。虽然熊正林去通城并不主管经济，但是作为市级领导他能有这样超前的眼光，必定会对本地的交通发展起到良好的作用。

"这次省里的大动作就是想要改善全省各地市主要领导干部结构，以便为下一步的经济发展主线奠定基础，一批老同志退了下去，年轻同志走上了领导位置。干部是发展的主心骨，一个地区干部素质高低，思想是否开放，作风是否踏实，是否敢于打破旧体制下的框框勇于开创探索，在很大程度上决定着一个地区的经济发展速度。建阳这几年之所以能够迅速崛起，一跃成为仅次于安都的经济强市，和张省长有很大关系。"

"柳道源口中的张省长是现任安原省委常委、常务副省长张广澜。建阳作为一个全省经济中游的普通市能够快速崛起，得益于从省计经委副主任下去的张广澜主政建阳时期的开明政策和放水养鱼策略。如今建阳辖下各县经济突飞猛进，建阳也一跃超越荣山和卢化两市，隐隐有力压绵州的架势。

"而当时与张广澜搭班子的建阳本土干部，市长孟承平亦于去年从建阳市委书记升任邻省省委常委、宣传部长，建阳经验也成了这两年安原省内值得向外界夸耀的一大亮点。"

柳道源这番话让人浮想联翩，张广澜和杨子明并不对路，柳道源本属杨子明一系，这么听起来似乎杨子明一系与张广澜一系的关系有改善的趋势。

"嘿嘿，老柳，你这番话已经隐隐有点儿一把手的味道了。"心念几转，蔡正阳却并没有多言，而是笑着把话题岔开。

"嗯，我倒是觉得老柳这番话还是省委组织部的气息更浓。"熊正林也笑了起来。

"树倒猢狲散啊。我一回来，你们就纷纷离开，这兆头不大好啊。"刘兆国有些遗憾，柳道源的离开让自己在省里的外援顿时少了一个。自己要想再上一步就有些困难了，就算是杨子明肯帮忙，具体操作也要有人来做才行。

"哪棵树倒了？兆国你小子比喻都不会用，天下没有不散的宴席，何况老柳和老熊都是上进？"蔡正阳笑骂道，"你我都要努力啊。"

"革命尚未成功，诸兄仍须努力。"赵国栋微笑道。

"哼，国栋，你小子就没打算换换环境？公安固然是你的本行，但是跳出那个圈子，你会觉得外面的天地更广阔，你想过没有？国栋，若是按照你这样的发展势头，怕是四十岁也难走到兆国这一步。"蔡正阳语重心长地道。

"想过，不过我还是觉得在基层干一段时间有利于磨砺自己。"赵国栋淡淡地道，"或许等哪天柳哥或者蔡哥抑或是熊哥站稳脚跟，我再来投奔也不迟。"

"嘿嘿，老柳和老蔡那边你倒是可以盯着点儿。我这边就别考虑了，通城那鬼地方穷山恶水，你来就太可惜了。"熊正林也是由衷之言。

要说赵国栋对蔡正阳的提议不动心，那是假话。但是赵国栋想了想，自己还年轻，在基层磨炼一番很有好处，而且现在正是自己原始积累的关键阶段，一旦踏入另外一个圈子，必然牵扯自己很大精力。

要做就做好，要么就不做。现在派出所工作已经走上正轨，派出所内部也相当团结，自己现在是游刃有余，也可以腾出部分精力考虑下半年即将到来的股市狂潮了。

"嘿嘿，那就多谢诸位兄长的关照了。"赵国栋乖巧地笑着抱拳挨个一礼。

一席家常饭吃得很香，无拘无束，话题也是毫无定数，不过最后还是回到了刘兆国赚到的二十来万上。虽然几人家境都不差，但是能够合理合法地赚到这笔钱，还是令人艳羡，尤其是熊正林更是叹息自己没有下决心博上一把。

"熊哥也别沮丧，机遇任何时候都存在。牛王庙股市虽然散了，但是上海和深圳股市不是还在么？一样有机会。"赵国栋一边夹菜一边安慰对方。

"国栋，上海和深圳股市可不比咱们安都这牛王庙股市，那可是国家确定的正规股票交易市场。那么多企业在那里上市，要想把握其中规律恐怕不太容易吧？"熊正林显然对股市也有所研究。

"那是自然，但是并不代表没有机会。"赵国栋俨然一副行家里手的模样，如果没有牛王庙股市这一波，赵国栋也不敢如此笃定自己预料的准确性。而牛王庙股市已经如自己所料垮了，那么潜意识中上海股票交易市场的那场宝延风波会不会上演呢？

赵国栋的判断是会，只要没有发生改变大环境的大事件，这场风波便会如期上演，而自己也可以在其中扮演一个小小的渔利者。

"你就那么自信,国栋?"熊正林死死盯住赵国栋,想要看出端倪。

"熊哥,别这样看我。相信我,你就跟我来,不相信,你就旁观。"赵国栋涎着脸笑道,"不过后悔药没有,风险自负。"

"国栋,你的意思是今年上海股市和深圳股市还有大行情?"沉吟良久熊正林才道。

仅凭这一句话,赵国栋就确定熊正林在股票上也花了一番工夫。不过中国股市素来没有理性,所有股评家经济学家都会为中国股市的种种表现目瞪口呆,或许他们就是始作俑者,不过是在事后装出一副惊诧莫名的模样罢了。

谁也无法预料明天股市会发生什么状况,除了自己这个先知先觉者。

"嗯,秘密。佛曰,不可说,不可说。熊哥如果有兴趣,到时候我会告诉你的。"赵国栋诡秘地笑道。

"老柳、老蔡,国栋的话你们信么?"熊正林目视二人。

柳道源只顾夹菜,蔡正阳笑而不语。让熊正林很是郁闷,却是刘兆国道破玄机:"拿自己能够承受得起的钱玩一把未尝不可,不要学我这个赌徒就行了。"

熊正林恍然大悟,原来这帮家伙早就存了试水之心。只有自己心里没底,还在这里追根究底。

"国栋,你和朱星文关系如何?"饭毕,刘兆国随意地问了一句。

"朱局?还行。怎么了?"赵国栋立即提高了警惕。

"栾征远要走了,朱星文可能要上。"刘兆国淡淡地道,"还行就好。"

"那牛子建呢?"赵国栋心中一震,朱星文虽然在刑警队对自己颇为欣赏,但是眼下自己上位分明是栾征远一力促成,他甚至为此和朱星文发生了正面冲突,如今朱星文心中会不会落下芥蒂很难说。

"你们县委好像另有安排吧,等一段时间之后窦中凯可能会接任牛子建的职位。"刘兆国轻描淡写道。

窦中凯走通了谢其祥的路子,而江口县委对此也不反对,这算是一笔妥协的交易。

"那何局呢?"赵国栋觉得有些不妙。

"何凤祥?他资历太浅了,虽然栾征远向你们县委推荐的是他担任政委一职,但是你们县委显然没有认可。"刘兆国琢磨道。

赵国栋吸了一口凉气,看来江口县公安局局势即将剧变,难怪栾征远一开年就进行了如此大的一场人事调整。不过朱星文上任之后会不会认同栾征远留下的局面还很难说，和栾征远一样，朱星文也是个强势角色。

从安都回来赵国栋就有些闷闷不乐，一个相对稳定和睦的环境很有可能会因为局里班子的剧变而受到破坏。但是从刘哥言语中赵国栋也能觉察到一些模糊的意思，现任的市公安局长谢其祥正在发挥余热为亲信们铺路，而刘哥目前的身份只能隐忍不发。

问题在于朱星文的上位会对自己造成什么实质性的影响。

赵国栋自认为自己两个月来工作成效相当不错，改善所有装备，密切周边友邻单位关系，案子也比去年同期呈下降趋势。

区工委那边关系也相当紧密，分管政法工作的副书记高阳隐隐有和自己成知己的架势。而姜书记对上次敬海事件的处理也相当满意，一切看起来都十分美好。但是，赵国栋却无法判断栾征远的离开将会引发什么样的变局。

"小冬，是你？"赵国栋没想到这个时候韩冬会来找自己。

"是我。"韩冬平静的脸色背后隐藏不住失意和落寞。

"来，进来坐。"赵国栋殷勤地替韩冬泡茶，而韩冬也只是一言不发地坐在沙发上。

韩冬是个漂亮的女孩子，也是孔月的好朋友。上次赵国栋打跑小混混救下孔月时，韩冬也在。也是从那时开始，韩冬和赵国栋成了朋友，没事还会来赵国栋这里坐坐，聊聊天。

热茶的温度让韩冬脸色稍稍好了一点，她捧着茶杯一言不发，这让赵国栋纳闷她究竟出了什么事。

"我要走了。"

"走了？你要上哪儿去？"赵国栋讶然。

"我要调走了，去市里。"韩冬的神情如同白开水一般寡淡。

"市里什么地方？"赵国栋挑起眉毛。

"市委宣传部。"

"好地方啊，韩冬你是学中文的，去宣传部正好可以一展所长啊。"赵国栋有意活跃气氛，"我现在新上任正想做出一番成绩，有机会也需要新闻媒体帮我张罗张罗。这下好了，有小冬你帮衬，我就不愁了。"

赵国栋的语气变化再度让韩冬心里一颤，他是真的为自己调到市委宣传部感到高兴，还是觉得自己现在有利用价值了？

赵国栋诚挚的眼神瞬间释去了韩冬心中那一缕疑云，他不是这种人，那种发自内心的喜悦让韩冬心中一热。

"说什么呢？我才去宣传部，多半也就是打打杂，搞搞收发罢了。"韩冬嘴角浮起一抹笑意。

"呵呵，正儿八经的师范生，学中文的，打杂？宣传部是不是太奢侈了一点儿？"赵国栋笑了起来，"是不是不想帮我，故意找借口？"

幽怨地白了赵国栋一眼，韩冬叹了一口气："能帮得上你的忙，我还能不帮？你要真需要宣传，大不了我托人帮忙罢了。"

赵国栋听出韩冬话里的意思，若有所思地问道："嘿嘿，小冬，市委宣传部可是喉舌部门，不是谁都能去的，咋就没听到啥风声呢？"

"你们男人就知道关心这些问题。"韩冬瞪了赵国栋一眼，垂下眼睑道："我二叔刚从蓝山市委调到安都市委，他帮我办的调动。"

赵国栋估摸韩冬这位二叔怕是个有来头的。但一来不关他的事，二来韩冬没说赵国栋也不想多问。

"什么时候去？"赵国栋关心地问道。

"明天。"

"这么快？有需要带走的东西么？要不我用车送你。"

"不用了，部里会来车帮我把一些家什带走。也没啥东西，就一些书。"韩冬幽幽地道，"来这里就像是一场梦，如此短暂而深刻，一年多就离开了。"

"到了那边给我来个电话，我到省城去也有个落脚点儿了不是？"赵国栋也不多加挽留，微笑着道。

"君子一言？"

"又来了。我早说过我不是君子，这个世道君子活得太累了，不过我说话一样算数。"赵国栋替韩冬拿起雪青色的风衣，"走吧，我送你。"

谁也没有料到局里班子的调整来得如此之快，就在赵国栋还在琢磨如何与朱星文密切关系时，栾征远就在毫无风声的情况下调走了。

栾征远调任龙潭区任区委常委、政法委书记兼龙潭分局局长，这算得上是一个不错的升迁。龙潭区虽然经济一般，但是毕竟算是郊区，而且上了一阶，在他这个年龄和层次能再上一个台阶已经难能可贵了。

栾征远走后留下的位置并没有像局里许多人猜测的那样由政委牛子建接任，而是副局长朱星文直接转正。这让很多人既感到意外又在意料之中，毕竟朱星文已经担任了六年副局长，是老资格了。

在县委副书记王德和、市局政治部主任钱克凤和县委组织部部长郭占春的高调主持下，局里的中层干部们都见证了朱星文的强势上任仪式。赵国栋从朱星文严肃的目光中看出了一丝不太好的征兆。

仅仅一个星期之后，县法院也进行了人事变动，牛子建被县人大任命为县人民法院院长。而窦中凯则出人意料地击败了呼声极高的何凤祥，接任江口县公安局政治委员一职。

赵国栋有些惶惑，自从那天刘兆国告诉他栾征远要调走，他就预感到自己的前途潜伏着一股暗流和危机。但是，他料不到一切来得这样快，让自己有点措手不及。

"啵啵啵"传呼机将赵国栋从神游中惊醒过来，回了电话之后他就意识到自己的预感恐怕要兑现了。

"朱局恐怕要动你，国栋，你要有思想准备。"邱元丰坐在真皮转椅中抽着烟，淡蓝色的烟雾如一幅漂亮的泼墨山水。

"为什么？"这句话一出口，赵国栋就觉得自己问得幼稚。从两次邀请朱星文吃饭被婉拒，赵国栋就预料到了这一天，但是他还是没料到来得如此之快。

"为什么？国栋，每件事情都需要理由么？"邱元丰意味深长地笑了一笑，"如果一定要理由，那就是工作需要。"

工作需要，赵国栋苦笑着咀嚼这句话的深刻含义。邱元丰肯定和朱星文搭上线了，否则不可能会知晓这个信息。栾征远才走不到半个月，邱元丰就成了朱星文的铁杆了。

"要让我去哪儿？"赵国栋平复了一下心情，说实话一个所长也就是股级干部，组织部都不认可的，想一想都可怜，如果不是砂石场和房子全的砖厂都在这，他并不介意换一换环境，但是绝不是在这样的情势下。

"不清楚，但前天和朱局一起吃饭，王贵仁也在，看样子朱局想让他来顶替你的位置。"邱元丰幽幽地道，"国栋，我言尽于此。估计近两天局里就要开党委会研究一些人事变动，你好自为之。"

从邱元丰办公室出来，赵国栋就有些为难。看来那个王贵仁是认准了要到江庙，有县委副书记的背景，这也难怪。

自己该怎么办？找刘兆国？赵国栋知道若刘兆国真给朱星文打招呼，朱星文暂时不会动自己，但是日后的工作就不太好开展了，而且这种事情赵国栋也不想麻烦刘兆国。

蔡正阳？蔡正阳不可能给朱星文打招呼，要打也只能打到卢卫红这一级，让蔡正阳为了这样一件小事情给县委书记打招呼，也未免太夸张了。连赵国栋自己都觉得不合适，何况他也不想让蔡正阳在这种事情上小看自己。

关系应该用在刀刃上。

"彪哥啊，在哪儿呢？"赵国栋半天才找出那张名片，不过名片显然有点过时了，至少卿烈彪的大哥大号码就没标注在上面。

"国栋啊，我在安都呢。咋，今儿个怎么想起我来了？"卿烈彪懒洋洋地一翻身，薄被亮出一大截来，一个半裸的女孩子睡得正香，长发遮住了半个脸庞。卿烈彪站起身来，一边将窗帘掀开一条缝，一边向外看看日头。

"嘿嘿，彪哥，你我两兄弟，我也不说假话。朱局当一把手了，我想请朱局吃顿饭，也算为朱局庆贺一下。"赵国栋在电话里的声音很洪亮。

"嗯，应该的，你有什么安排？"卿烈彪坐回床上，床上的女孩睡得很熟，大概是太疲倦了，即便是卿烈彪的手落在她的胸脯上也没有太大反应。

"我想还是安排在安都吃饭算了，彪哥，安都你熟，你觉得哪儿合适？"赵国栋问道。

"呃，安都这边都差不多，随便哪儿都行。"卿烈彪手指粗鲁地捏住女孩子的肉，疼得女孩子一下子醒了过来。

"那你觉得嘉禾酒店怎么样？"赵国栋有点印象，嘉禾酒店是他第一次陪刘兆国去见柳道源他们几人吃饭的地方。

"嘉禾酒店？"卿烈彪脑海中似乎没啥印象。

"嗯，就在青瓦河那边。"赵国栋觉得那儿还行，"彪哥，不瞒你说，在安都市我只在那儿吃过饭。"

"那好吧，别太掉档次就行，朱局那边是你约还是我帮你约？"卿烈彪一边漫不经心地将手探入薄被下女孩的身体中，一边问道。

"嘿嘿，那就得麻烦彪哥了。说实话，我约了朱局两次，朱局都推了，看样子朱局对我有点看法。"赵国栋也不隐瞒。

"你小子怎么得罪朱局了？上一次我就看出你和朱局不太对路。"卿烈彪笑了起来，重新上床，轻轻一拍女孩的身体。

"唉，一言难尽，也不怪我啊。有人想撬我的位子，我总不能束手待毙吧？见面再说吧。"赵国栋笑声中似乎听不出半点儿担心。

"嗯，看你是胸有成竹啊。行吧，我打电话试试，不过你小子总得想点儿招才行啊。"卿烈彪一挺身体，舒爽感让他忍不住想要喘息一声，"噢……"

"彪哥你又在干坏事？"赵国栋耳朵很尖，一下子就听出卿烈彪这声怪异的叹息蕴藏着什么。

"嘿嘿，人生得意须尽欢啊，国栋，咋，你也想尝尝野花？如果不怕孔月或者那位警花，你彪哥倒是想替你安排一下呢。"卿烈彪得意地耸动着身体，一边让身下女孩发出细细的喘息呻吟声，一边炫耀般说道。

"彪哥说笑了。"赵国栋涌起一阵腻烦，卿烈彪虽然表面上和自己挺合得来，但是赵国栋知道自己和他只能在这种程度上交往。再想深一步，估计自己和他都没有考虑过。

"嗯，那好，你是共产党的好干部，咱就不腐蚀你了，我约好朱局再通知你。"卿烈彪掐断电话，马上给朱星文打了电话。

朱星文在接到卿烈彪的邀请时有些犹豫，卿烈彪并没有瞒他，径直说了是赵国栋的邀请。

赵国栋通过他搭桥也正常，都是一个厂里出来的，拒绝卿烈彪也没啥，但是卿烈彪在电话中再度提醒自己赵国栋不简单让他有些纳闷。原本想仔细问问的，但是听那边气喘吁吁的，估计那小子又没干好事，朱星文也就只有应承下来，看看这个赵国栋究竟怎么个不简单法。

接到卿烈彪的答复之后，赵国栋就在琢磨怎么扭转朱星文对自己的看法。先前想要通过工作表现来证明自己的想法显得有些幼稚，工作成绩只能锦上添花，却不能成为决定性因素，尤其是在领导已经对自己有了看法之后。

突然想起卿烈彪已经有了大哥大，赵国栋心中一动。大哥大现在还算是新鲜货色，砖头大小，价钱可不低，虽然安都市区已经有不少人开始玩这个了，但是在江口县却还没看到有几个人用上，赵国栋心中顿时有了主意。

和刘兆国说好让他帮忙联系邮电局的熟人之后，赵国栋直奔安都，以最快的速度赶到了安都市邮电大厦。

"这款摩托罗拉8800，威武雄壮，很适合成功人士使用。这一款8900，小巧精致，如果是商界精英或者政府干部用它更适合。"

门市柜台的女孩似乎很懂得男性的心理，捧着两部模样相仿，大小有些差异的黑砖头笑盈盈地向赵国栋介绍着。

赵国栋拿起那部8900放在手中掂量了一下，这玩意儿也敢叫小巧精致？一下扔出去，恐怕能打晕俩人！当然，比起那部香港枪战片中的道具8800来说，是要小上一号。

"选号在哪里选？"赵国栋点点头，也不再纠缠。

"在这边，先生请。"邮电小姐脸上泛起漂亮的笑容，大概是在庆贺又一笔生意做成。

"我找你们王总。"

"噢，请问你是哪位？"

"我姓赵，刚才我一个朋友跟他通了电话。"赵国栋叹了口气，这个年代的邮电部门果然牛啊，从机器到放号，外加电池，无一不大赚特赚，垄断就是好啊。

在邮电局王总的陪同下，赵国栋很快选好了号码。赵国栋研究过朱星文的喜好，他办公室电话和传呼号以及家里电话都是以5字收尾，尤其是传呼尾号更是三个5，说明这个人对5很迷信，也许他认为5是他的吉祥数字。

三个5，赵国栋选择的手机尾号也是555，既响亮又好记，即便是有刘兆国打招呼在先，依然给了选号费，而且还敢光明正大地写在发票上，看得赵国栋唏嘘不已。

朱星文驾车进入嘉禾酒店停车场就觉察到这里的不寻常，虽然外表看不出多少光鲜奢华，但是仅从停车场里的车辆就可以一窥一二。

除了一些日本车外，奥迪车和桑塔纳占了相当数量，而且大多都是安A或者安O牌照的小号车。也就是说，来这里吃饭的大部分都是公务接待，但是自己怎么从没听说过这个地方呢。

赵国栋早在门厅处迎候了。

"朱局，这边。"赵国栋殷勤地替朱星文引路，脸上的笑意很是诚恳。

潇湘厅不算很大，但是环境却很幽雅，碧绿的盆栽植物点缀，外加颇有中国古典气息的泼墨山水画，让人赏心悦目。

"朱哥来了，来，来，这边上座。"

卿烈彪和朱星文打招呼的口气就要随便得多，他甚至还带来一个女孩，让赵国栋很是郁闷，不过现在有求于对方，他也不好说什么。那女孩多半是入厂不久的女青工，看样子也不过十八九岁，长得挺漂亮，黏在卿烈彪身旁，颇有一股小鸟依人的味道。

菜肴并不多，但胜在精致，一瓶五粮液很快就下去大半。赵国栋幸好先从蔡正阳那里问了嘉禾的订座电话，才算定了一个包间，否则晚一点就只有说抱歉的份儿了。

有卿烈彪在一旁帮腔，朱星文的心情看上去还不错。但是赵国栋却感觉得到，在一个不算很熟悉的下属面前，朱星文表现得较为矜持，即便是有卿烈彪在旁殷勤劝酒，朱星文也是浅尝辄止，酒大半都被卿烈彪和赵国栋包揽了。

赵国栋闷闷不乐地出门。

看样子即便是有卿烈彪出面，这个心结也难以解开，莫非朱星文对自己的偏见这么深？他应该从卿烈彪那里知晓自己和蔡正阳的关系才对，但这副表面亲热内里疏远的态度，分明就是要对自己下手啊，也不知道自己放在车上那玩意儿能不能打动对方？

"咦？国栋，你也在这儿？是和兆国么？"

赵国栋扭头一看，头发梳理得格外整齐的熊正林正与俩人往里走。

"熊哥也在这儿吃饭？局领导在里边，我在这里作陪。"赵国栋上下打量熊正林，"嗯，熊哥精神不错啊。"

"你小子，就会挖苦我。"熊正林在外人面前也不掩饰和赵国栋的亲密，"来，来，认识一下，我两个好兄弟，安都市纪委的陈一权、潘达，这是我的一个小兄弟，赵国栋，在江口县公安局工作。我走了，日后如果他有什么事情，你们可要给我罩着。"

两个三十来岁的人显然对平素不苟言笑的熊正林如此发话感到惊讶，在他们的印象中熊正林很少有这样亲昵的语气，而且还是对一个二十来岁的年轻人。是熊书记真的调到通城位置不一样了，还是这个年轻人和他关系不一般?

不管怎样，这个年轻人肯定不寻常，于是两人赶忙很客气地和赵国栋打招呼。

示意两人先进去，外边只剩下熊正林和赵国栋，曲折的回廊很幽静，外部一个半遮半掩的宽阔大厅，大概是供客人出来抽烟或者出来躲酒休息的。

“熊哥还没去那边?”赵国栋拿出一包中华烟递给熊正林一支。

“哟，你小子腐败速度比我快啊。”熊正林点燃烟打趣道。

“不是陪局领导么？怎么也得充充场面啊。”赵国栋也给自己点了一支，他不抽烟，但是心情不好的时候也会燃着玩玩。

“看样子你是遇上啥事了吧?”熊正林的嗅觉也很敏锐，“我刚从通城回来，昨天去报到，今天回来办交接，估计后天就要正式过去了，今天是安都市纪委几个老部下为我饯行。有啥事儿，需不需要我帮忙?”

赵国栋摇摇头：“不用，我自己能解决好。”

“嗯，那就好。我在三晋间，你在哪间?”熊正林拍了拍赵国栋的肩头，“我和老柳都走了，有啥事儿多与兆国和正阳说说。记住，有些事情不是光靠自己就能办好的，一个好汉三个帮，一个篱笆三个桩，也要学会借力。”

“我在潇湘间，谢谢熊哥提点了。”赵国栋若有所悟。

“嗯，一会儿过来敬杯酒，我介绍你认识一下纪委这帮人，日后说不准还会遇上呢?”熊正林也不多言。

赵国栋一离开房间，朱星文就放下了酒杯：“小彪，赵国栋托你啥意思?”

“嘿嘿，朱哥，国栋和我关系不错，你上位了，估计你们局里要动一动吧?”卿烈彪漫不经心地替自己把酒满上，示意身旁女孩离开，女孩噘着嘴巴出去了。

“国栋也是想和朱哥你把关系搞好。”

“哼，他消息倒挺灵通呢。”朱星文轻哼了一声。

“咋，朱哥对国栋好像不太满意，国栋是很实诚的人啊，是不是有人看上他的位置了?”卿烈彪夹菜一边吃一边问。

"他是栾征远的人。"朱星文轻描淡写道，"小彪，这件事情你就别管了。"

"可是朱哥，国栋这小子不简单呢，你也没必要非要针对他吧，看样子他还是很想和朱哥搞好关系的。"卿烈彪有些为难地道，"他就想留在江庙，这让我如何答复他？"

"你就说尽力了不就行了，何况我又不是真要拿下他，不过挪挪位置罢了。"朱星文笑了笑，想起什么似的，"年轻人多换换环境，也有利于成长。对了，你说他不简单，哪里不简单？"

"可他再三给我说就想留在江庙，工作刚开展起来，不想离开。上次朱哥你不是说知道么？"卿烈彪随口道，"他和蔡市长关系很铁。"

"蔡市长？"朱星文夹菜的动作明显停滞了一下，"哪个蔡市长？"

"安都还有几个蔡市长？就原来那个华阳县委书记，今年上来的，现在是分管工业交通的副市长。听我爸说蔡市长很有可能要进常委呢。"卿烈彪诧异地道，瞅了一眼朱星文，看样子对方似乎有些误会。

"不可能吧，赵国栋他怎么会和蔡市长扯上关系？真要和蔡市长有关系，他还会分回江口？再次也可以去华阳吧？怕是以讹传讹。"朱星文摇摇头，显然不相信，继续夹菜。

"怎么不可能？这是我爸亲口告诉我的，否则我会这么让着他？我看上厂里一个女人，要不是和他好了，我会放手？"卿烈彪瞅了一眼包间门，"我爸说，市里开规模以上工业企业会时，蔡市长就提过他。上次国栋来厂里化缘买车，我爸让他帮忙约蔡市长吃顿饭，他很爽快就应承下来了。"

朱星文的筷子停住了，这个消息让他有些意外。

县官不如现管，蔡正阳虽然是副市长，但是分管工业交通，对于自己来说远不如王德和的支持来得重要。只是若真如卿烈彪所说他们有这么密切的关系，保不准蔡正阳会给卢卫红打招呼，那可就把自己架在火上烤了。

自己已经和窦中凯确定了调整名单，过两天就要开党委会研究，基本上是板上钉钉的事情，赵国栋让出江庙所位置是早就确定了的事情。但如果党委会过了，卢书记又打电话来，那就没有回旋的余地了。

"小彪，你说这赵国栋和蔡正阳是啥关系？亲戚还是什么？"朱星文琢磨了一阵才开口道。

"这我不清楚，国栋这小子口风很紧，从未提及这方面的事情。"卿烈彪摇摇头，"朱哥，你还是慎重一些好，你还有上进的机会，何苦和上面弄僵关系？"

朱星文咀嚼着一片羊肉，这是这里的特色菜，味道很鲜美，但此时朱星文却觉得寡淡无味。

王德和为什么一定要让王贵仁出任江庙所所长他也隐约知晓一些底细。安蓝公路即将开建，虽说总包方都是来自安都市的几个大建筑公司，但是在江庙段足足有五十来公里，地方的一些小建筑公司和包工头肯定要掺和进去分一勺羹。

而江庙区段境内最长，有将近二十公里，王德和的舅子就是到处吃这些串串钱的，这次肯定是想要在江庙啄一嘴食。

有些事情王德和自然不方便出面，但是由他的侄儿在江庙派出所当所长，底气就足了。为此王德和几度暗示自己王贵仁的任命问题，这让朱星文明知道这不是一个好的选择也无可奈何，但现在看起来这件事情有点棘手。

卿烈彪说得也有道理，自己的年龄还有机会上一步，县里包书记年龄已经不小了，而且兼着政法委书记，看样子到人大也就是一两年的事情。自己想进常委出任政法委书记，除了县委书记的作用很重要外，在程序上必须过市里。

得罪一个蔡正阳无关紧要，但是蔡正阳能上副市长，自然与上边关系不会差，保不准一两年后蔡正阳摇身一变就成组织部长或者市委副书记了，那时自己就麻烦了。

王德和年龄已经大了，而蔡正阳却还年轻。俗话说，欺老莫欺少，虽说这次自己上位他出了不少力，但真正拍板的还是卢卫红，能够给王贵仁其他位置也算是有个交代了，这赵国栋留下观察观察更稳妥一些。

朱星文正琢磨着，包间门咯吱一声被推开，那女孩又钻了进来。

"咦，国栋呢？"卿烈彪诧异地问道。

"他好像遇上了熟人，被人拉到一边去了。"女孩子慵懒地伸了个懒腰，"这里好大啊，我转了一圈差点儿找不到方向了，像个迷宫似的。"

正说着，赵国栋也进来了。

"国栋，你小子跑哪儿去了？胆敢把朱局晾在一边？你还想不想干好工作了？"卿烈彪故作恼怒地道。

"彪哥，你这不是害我么？我出去上卫生间，碰上几个熟人说了几句话。"

赵国栋端起酒杯，"来，朱局，我敬你一杯。你随意，我干了，还请朱局拨冗来我们江庙看看，姜书记也一直在念叨着你呢。"

"嗯，老姜对派出所支持还行吧？"朱星文也甩开心思，随口问道。

"姜书记对我们支持很大，去年夏季破案战役拨了款，看样子今年我们也能在区工委那边捞点儿专项资金。不过区工委也不富裕，要想多捞点儿还得靠朱局你向姜书记那边开金口了。"赵国栋恭敬地道。

"嗯，区工委这一级组织本来就是县委的派出机构，在职能上也很不健全，没有自己的财政，全靠各乡镇和企业每年交纳一些管理费来维持。听说外地都在搞乡镇合乡并镇的改革试点，真要搞起来，这区一级估计也就该撤销了。"

赵国栋点头，朱星文的消息还是比较灵通。不过江口县撤区合乡并镇工作还得两三年后才会正式拉开，全县八十多万人口被并成十五个大镇，而大观口和土陵乡也会被合并成观陵镇，宝龙乡和黑石乡则被江庙镇兼并，成为一个人口接近七万的大镇。

熊正林带着两个人走进来的时候，赵国栋吃了一惊，但是很快就明白了熊正林的意思。

"熊哥，怎么劳烦你亲自过来，该我过去才对。"赵国栋赶紧站起身来，一边介绍："熊哥，这是我的顶头上司，江口县公安局局长朱星文朱局长。朱局，这是我的一个大哥，安都市纪委副书记熊正林。"

"嗨，别说了，市委的文件前天就下来了，免了。现在我可是边远乡下人了。"熊正林一摆手。

朱星文一见熊正林也有些面熟，但直到赵国栋介绍才想起来，听对方说已经被免去职务，也有些诧异，但是转念一想便知道对方肯定有其他任用。

"朱局，熊哥现在调任通城地委副书记。昨天刚去，今天回来交接，安都市纪委几个兄弟在替他饯行。"赵国栋连忙解释道。

"朱局长，国栋是我最要好的小兄弟，他在你下边干事，做得不好的，尽管批评。来，这两位是安都市纪委的杜力杜主任、尤莲香尤主任，我先敬朱局长一杯。通城偏远了一点，日后若是路过通城，一定要到我那儿坐坐。通城虽穷，但是土特产还是有些味道的。"

赵国栋觉察到熊正林这一两个星期的变化不小，昔日不苟言笑的他似乎一下子就变得豪放粗犷起来，或许是通城那边民风淳朴直爽，要用这种粗犷风格才能和当地打成一片？

三言两语难以解释朱星文此时心中的震撼，前安都市纪委副书记，现在的通城地委副书记，居然喊赵国栋为小兄弟！

小兄弟这个称谓可不是随便喊的。

看他们那副亲密无间的态度，只有关系到了某种地步才会如此！

加上那个让自己半信半疑的蔡正阳，这个赵国栋背后究竟还藏着什么秘密？

震惊之下的朱星文被安都市纪委两个主任连干了四杯才算打住，好在他酒量颇佳，还能撑得住。而卿烈彪也诚惶诚恐地被熊正林三人灌下几大杯，弄得有些醉意。如果不是旁边那个女孩子替卿烈彪挡了几杯，只怕卿烈彪立时就要卧倒了。

直到熊正林一干人离开，包间里才算平静下来。

朱星文想着心事，卿烈彪却没有那么多顾忌："国栋，你小子藏得老深啊。啧啧，通城地委书记，也算是通城地区的三号人物了吧？边远是边远了一点，但山高皇帝远，那可是土皇帝啊。"

"彪哥，熊哥他可不是地委书记，是副书记。一方诸侯那也是赵书记，还轮不到他说话。"赵国栋也没有想到熊正林变得这么高调，他原本并不想这样，还好没有把柳哥、刘哥都抖出来。

"副书记，是管党群的副书记吧。那可是管全地区官员帽子的副书记，二人之下，万人之上啊。"卿烈彪有些酒意了，动作也放肆起来，赵国栋看见卿烈彪的手悄悄地探进了旁边那个满脸绯红的女孩的衣襟下。

"朱局，他们安都市纪委的来发了招，咱们也得去回敬一番才对，要不然他们还真把咱们江口县公安局看扁了。也得让他们安都市纪委一帮人见识见识咱们江口县公安局是有战斗力的啊。"赵国栋见朱星文的情绪渐渐平复下来，便主动邀战。

"嗯，好，是得去走一圈才对，礼尚往来嘛，不过小赵你可要扛重担啊。"

朱星文也来了兴趣，听说安都市委副书记兼纪委书记柯克也在，朱星文自然不愿意放过这个难得的认识机会。就算是熊正林这种人物也不是平时能轻易结识的，保不准哪天熊正林就杀回来当纪委书记了。多个朋友多条路，日后见面机会还多得很。

"朱局放心，只要是朱局交办的任务，我赵国栋绝对不会让朱局失望！"赵国栋头一昂，猛拍胸脯表决心。

这一圈过去，朱星文才算是见识了赵国栋的酒量，那一桌十二个人，每人一杯不说，还替自己挡了五杯，最后又敬了包括熊正林在内的三个纪委领导各一杯。即便是朱星文酒量甚大也有些吃不消，不过值，至少在柯克心中已经留下了自己这个江口县公安局长的印象，这可不是光凭几杯酒就能买到的。

酒席结束，赵国栋送朱星文出去，朱星文若有深意地拍了拍赵国栋的肩膀："你去送小彪吧，他怕不能开车了。"

"那朱局你……"赵国栋一脸关切。

"我没事。嗯，好好干，江庙是我们农村第一大所，你得给我撑起来，有事情直接找我。"朱星文钻进桑塔纳的驾座。

"朱局，我明白。"赵国栋乖乖点点头，顺手递上一个皮包和纸盒："朱局经常在外，有时候联系不上，有了这个，我也好多向朱局汇报工作，号码是＊＊＊＊555。"

朱星文立即就反应过来，接过来看了一眼，满意地点点头，也不多说："好，国栋，没事儿多到我办公室来坐坐。"

"当然当然，朱局你也多到我们江庙来视察工作啊。"赵国栋弯下腰殷勤地替朱星文关上车门。

"好。"引擎发动，朱星文驾车驶出嘉禾酒店大门，皮包和纸盒就放在副驾上，他强忍着想要打开看看的冲动，一直到出了市区驶上前往江口的公路，他才一只手驾车一只手打开纸盒。

摩托罗拉8900。朱星文琢磨了一下，一按开机键，＊＊＊＊555，电池显示还有两格电。

赵国栋这小子还真懂事，还知道自己喜欢5字号码，今天这顿饭吃得心情不错，不但收获了一部手提电话，还结识了一些重要领导。

想了想之后，朱星文按了几个号码，再按下通话键。

第七章　赵国栋预感到他的前途
潜伏着一股暗流和危机

　　局里中层干部即将调整的消息不胫而走。栾征远、牛子建的离开和朱星文的强势上位，一下子让原来的栾系人马慌了手脚。一朝天子一朝臣，加上刘胜安和邱元丰拟任副局长的消息，这一波风暴袭来，意味着江口县公安局立即就要迎来一场剧变。

　　朱星文心情很好，窦中凯心情也不错。

　　优哉游哉地坐在家中，刚送走了一个前来"汇报工作反映思想动态"的下属，他正等待下一个。

　　局里中层干部即将调整的消息不胫而走，栾征远、牛子建的离开和朱星文的强势上位，一下子让原来的栾系人马慌了手脚。一朝天子一朝臣，加上刘胜安和邱元丰拟任副局长的消息，这一波风暴袭来，意味着江口县公安局立即就要迎来一场剧变。

　　焦则强和赵国栋已经确定调整，邱元丰搭上了茅县长的线，一步上位。刘胜安据说不但是县委卢书记钦点，而且出乎意料地和朱星文重新密切起来，这让窦中凯大感不解。

　　不过官场上的事谁也说不清楚，没有永远的敌人，只有永远的利益。窦中凯念叨着这句官场格言，现在这年头就是八仙过海，各显神通。

　　王贵仁指定要去江庙所，窦中凯不清楚其中原因，但既然是王德和亲自给自己打电话，而且朱星文那边也早已说通，那当然不存在问题，赵国栋这个家伙就让他去北郊所当副所长吧。其他主要位置也都基本安排妥当，只剩下一些边角余料，仍然有不少人窥觑。

桌上的电话响了起来，窦中凯不耐烦地瞅了一眼，＊＊＊＊555，显示是大哥大号码，窦中凯矜持地拿起电话："哪位？我窦中凯。"

"老窦，明天党委会暂时压后，恐怕还得重新调整。"电话里传来朱星文沉稳的声音。

"压后？可是明天下午组织部就要宣布刘胜安和邱元丰的任命了，那就赶不上了啊。"来不及琢磨朱星文咋就配上大哥大了，窦中凯一听就急了。

"赶不上就赶不上，组织部只是宣布刘胜安和邱元丰的任命，又不管我们局里中层干部的调整，晚就晚两天。"朱星文有些不耐烦。

"朱局，是不是有啥变化？"窦中凯小心翼翼地问道，他听得出来，朱星文心情还是不错的。

"嗯，王贵仁得另外考虑一个位置。"

"啊？那赵国栋呢？"窦中凯心中一紧，王德和点名要王贵仁当江庙所所长，这咋办？这一点朱星文比自己更清楚啊。

"赵国栋不动，他在江庙所的工作开展得很出色，让他继续主持工作。"朱星文言简意赅。

"可是王书记专门打了招呼，要让王贵仁去江庙。"窦中凯大感不解，朱星文难道不知道王德和的意思？他不是早就说要调整江庙么？怎么现在又变了？

"公安局内的人事安排什么时候轮到他王德和来指手画脚了？"朱星文语气一下子变得强硬起来，"这件事情没有商量的余地。"

"朱局，你知道王德和的性子，如果不遂他的意，只怕我们日后工作会遇上不少麻烦。"

窦中凯不知道究竟什么是原因让朱星文的想法来了一百八十度转弯，赵国栋工作是不错，可也不是这一两天才知道的，怎么突然说起他工作出色就不调整了？工作出色也可以调整到其他地方去，一样可以开展工作啊。

"中凯，我现在在市里，市里领导打的招呼，你明白我的意思么？"朱星文声音变得有些低沉，"王德和给我们找麻烦，我们可以做工作化解，若是市里领导不满意，那就是卢书记不满意，那你我也许就该考虑自己的位置了。"

"市里领导？"窦中凯惊得张大嘴巴，"呃，朱局，我没听错吧，赵国栋还能牵扯到市上领导？"

"哼，现在的事情谁知道？"朱星文的声音在电话中变得断断续续，大概是信号不好，"你考虑考虑，把王贵仁重新安排一下，花莲或者桥关，要不就是上边的永和。"

窦中凯放下电话，半晌没有回过神来。

牵一发动全身，既然赵国栋不动，王贵仁就得另安排位置。连锁反应下来，原来确定好的人员调整计划全部受到影响。这都没什么，窦中凯在琢磨究竟是谁让朱星文一下子改变了想法，甚至连王德和的面子也不给？

肯定不会是谢局长，要不自己肯定知道。不是谢局长，还能有谁？总不会是市委市政府领导过问这种事情吧，那也太滑稽了，窦中凯琢磨半天也想不出其中原因。

皇冠车开起来感觉的确不错，别看块头不小，但是方向盘轻盈得两根指头都能拨转，比自己那辆微型警车还灵便，小日本的东西不知道赚了中国人多少钱。

卿烈彪仰躺在后座上，酒意醺醺。借着会车时对面汽车的灯光，赵国栋甚至可以从后视镜中瞅见这家伙的手在那女孩的屁股下活动，女孩有些害羞地躲避着卿烈彪的魔掌。

"国栋，你小子行啊，能搭上熊正林这条线，这一次看样子你算是过关了。不过这不是长久之计，只靠上边的关系，始终有隐患。"卿烈彪的话让赵国栋意识到对方其实根本就没醉，至少这番话就不是一个醉了的人能说得出来的。

"这次多谢彪哥了，我明白，朱局那边我会处好的，我需要点儿时间。"赵国栋一边驾车一边点头道。

"嗯，你明白就好，老朱也不是不念旧情的人，只不过你原来和栾征远走得太近，又有人看上你的位置了，所以才会如此。你只要和老朱相处久了，就没问题了。"卿烈彪满意地点点头，"日后没事儿咱们也多在一起聚聚，纺织厂没出来几个像样的角色。"

"好，我有你的电话了，日后多联系就是了。"赵国栋应承道。

"你小子啥时候也去弄一个吧，这玩意儿是挺好用的，方便。"卿烈彪掂掂手中大哥大，"这年头也得学会享受生活，享受高科技带来的方便。"

"嘿嘿，彪哥，我们可不比你。你是生意人，花的都是自己的钱，没人敢说啥。我们不一样，无数眼睛盯着呢，何况这玩意儿我们还玩不起。"赵国栋笑笑道。

这破玩意儿，光一个月电话费都得上千，很长时间内只能和传呼机配合使用，要不实在太贵了。

赵国栋将卿烈彪送到西华宾馆，这是卿烈彪在安都的老窝，长期包租了一间套房，赵国栋也隐约有所耳闻。

"你咋回去？"接过赵国栋扔过来的钥匙，卿烈彪步履有些跟跄，身旁女孩赶紧扶住他。

"没事儿，坐个出租车就过去了。"赵国栋挥手道别，"这次真的谢了，彪哥。"

"别说这些，记住咱们都是纺织厂出来的就行了。"卿烈彪摆摆手。

上了出租车赵国栋有些感触，卿烈彪这人本质并不坏，不过生活作风上太糜烂了。就像他自己说的，男人天性好色，能有机会泡到漂亮姑娘，为什么要自我约束？至于婚姻，他还没遇到能让他心甘情愿走进那座坟墓的人。

想到这儿，赵国栋忍不住摇头一笑。这是每个花心男人的借口，不是我要离开你，而是你的吸引力不够，多么冠冕堂皇的理由。喜新厌旧是男人的本性，社会也只是批评一下罢了，而女人朝秦暮楚却不为社会所接受，这就是区别，因为现在本质上是一个父系社会。

在县委县政府宣布了关于刘胜安和邱元丰任命县公安局副局长三天后，江口县公安局人事再一次发生了重大调整。

北郊所所长齐正任交警队队长，西外所所长任治安科科长，城关所所长焦则强调任刑警队任指导员，桥关所所长调任城关所任所长，而桥关所指导员王贵仁任所长，江庙所主持工作的副所长赵国栋则因工作表现特别突出，被破格转正任命为所长。

调动的剧变让许多事前听说赵国栋会被调离，到城郊某所任副所长的人眼镜跌破。就连新晋副局长的刘胜安和邱元丰二人，事先也没听到任何风声。

朱星文在局党委会上表扬赵国栋主持工作的几个月成绩卓著，尤其是率先改善所内装备，提升派出所形象，是农村派出所学习的榜样。这番话让除窦中凯外的所有党委成员都目瞪口呆。

赵国栋若有所思地看着眼前这张还散发着油墨气息的任免文件。

栾、何一系除了刘胜安和邱元丰任副局长外，也就只有自己是个例外了。红极一时的焦则强不但在竞争副局长一役中失利，而且还被调任刑警队指导员，和张德才那个小肚鸡肠的家伙搭档，可以想象会多么憋闷。

刘胜安和邱元丰显然都投靠了朱星文，在朱星文和窦中凯结成同盟的情况下，任何试图挑战朱星文权威的人都被彻底边缘化，不过光有责任而无权力的担子足以让你有苦也只能往肚子里咽。

何凤祥成了最大的受害者，从分管治安、派出所调整成了分管武警、消防以及看守所和拘留所，典型的米箩筐跳到糠箩筐。赵国栋估摸着何凤祥现在最大的愿望，大概就是交流到其他县或者调到政法系统其他单位去了。

熊正林和大哥大的作用也延续到了自己身上，三个月副职转正大概也破了记录，好在这不过是股级干部，甚至连县委组织部的名册都不上。再说难听一点，也就是县公安局内部的一个任命而已，行政级别还是科员，不会因为你当了所长就变成副主任科员了。

五一一过天气就开始热了起来，赵国栋算了算，自己到江庙一晃就快一年了。一年时间虽短，但对于自己来说这一年的变化实在太大了。

杨天培的二建司从安都市七建司手中包到了一段八公里的路段，造价初步预算高达六百多万，这对于二建司来说简直是一个意外的惊喜。原本杨天培指望能够拿到三五公里的标段就心满意足了，没想到这一口下来竟然是如此丰厚。

六百多万的预算，只要能够如期拿到款项，纯利润至少在百万以上。这样丰厚的利润也是杨天培向赵国栋吐露的实话，难怪在建筑业界有"金桥银路铜房子"的说法。

杨天培提醒赵国栋应该赶紧扩大砂石场的规模，不说别的路段，仅仅是二建司对砂石的需要量，就不是现在的山川砂石场能够应付得过来的。

事实上山川砂石场的规模已经不算小了，在整个大观口首屈一指，就算是在江庙区也排得上名号。不过要供应即将全面开工的安蓝公路，这些砂石场只怕都要扩大规模才行。

尤其是在上游的平川境内，能够取砂石的地段并不多，小打小闹有时候都要来大观口拉砂石。一旦平川路段也开工，这种缺口就会变得更大，对大观口这边的倚重也会更明显。

很多人都意识到了这一点，纷纷开始跑动抢办开采砂石手续。不过也许是觉察到了这个契机，大观口开采砂石的手续一下子变得难办起来，缴纳的资源费也一下子暴涨十倍有余。

赵国栋不得不自豪自己眼光长远，早在得知安蓝公路要开工的第一时间，他就抢先扩大了规模，并迅速增办了开采河段的手续，将周围几百米河段全数纳入山川砂石场开采范围。

当然少不得一些交易，好在大观口乡党政主要领导对赵国栋印象特好，而且当地村组干部也和赵国栋关系颇为密切，加之得了些好处，这件事情也就顺理成章了。

赵国栋也提醒长川先行备料，这次安蓝公路工程不比上次纺织厂的那点活计。一旦全面开工，只怕就是二十四小时轮班转也未必满足得了需要，这时抢先备料正好可以抢占先机。

反正河坝里可供堆砂的地方比比皆是，都是已经办下来的河段，随便哪里都可以就近堆放。

"国栋，搞成了！"晒得和非洲人差不多的房子全一身臭汗地冲进赵国栋房间，从随身携带的包里拿出一张纸单挥舞着。

"至于么？兴奋成这样。"赵国栋理都没理对方，自顾自看书，阿尔文·托夫勒的《第三次浪潮》。

"你是躺着说话不嫌腰疼啊，我容易么？妈的，两个月了，不算那些零敲碎打的，这才算拿到第一笔像样的钱。"看到赵国栋那副无动于衷的模样，房子全愤愤地说，"喂，国栋，你可是还占着大股份啊。"

"不就是几万块钱吗，我折得起。"赵国栋头都懒得抬，"一身汗臭，快回家去洗了澡再来我这儿。"

恨得牙痒痒的房子全恶狠狠地瞪了赵国栋半响，才挤出一句话："几万块钱，你折得起，我折了就得去上吊了，我能不兴奋么？妈的，怎么再好的心情到你这儿都变成平淡无比了呢。"

"平平淡淡才是真，省得你老是兴奋，容易得心脏病。"赵国栋终于抬起头来，"快去洗澡，一会儿孔月要过来，你别把美女给我熏走了。"

房子全走出两步，才恨恨地指着赵国栋道："你就连我究竟结了多少账也不问一问么？重色轻友的家伙，我怎么会交上你这样的朋友！"

"咦，不是你哭着喊着让我别放弃机会去泡孔月的么？要不孔月真被卿烈彪得手，你不又得吐血？"赵国栋歪着头笑了起来，"至于钱，我若信不过你还说什么？"

"你和孔月那个没有？"房子全也笑了起来，心中的感动难以言表。

"哪个？"赵国栋装疯卖傻。

"当然是那个。"房子全无奈地道。

"嘿咻？"赵国栋笑着问。

"什么嘿咻？"房子全从未听过这个词语。

"呵呵，就是那个。你小子整天管这些闲事干啥？我和孔月是纯真的柏拉图式恋情，你不要想歪了。"

"你以为我认识你这么多年还不知道你的本性？狗走千里吃屎，狼走千里吃人，漂亮女孩子放在你嘴边你会不下手？除非你真的变成《笑傲江湖》里边那个林平之或者岳不群了。"房子全哂笑着。

"子全，你后不后悔从厂里出来？"赵国栋突然问道。

怔了一怔之后，房子全似乎在回味这段时间的感受，良久才毅然道："不后悔，累是累了点，但是值！与其那样在厂里浑浑噩噩地混，还不如自己出来干点事情，大不了跟着你混，人一个，命一条，怕个毯！"

"嗯，这话说得实在，人在世界上活一辈子，总得追求个什么。金钱也好，权势也好，美女也好，只要你合理合法去追求，也胜过混吃等死。子全，砖厂不过是个开端，日后咱们还有的是机会，江庙太小，江口一样太小，安都甚至安原才是我们的舞台，你会看到我们走出去的。"

赵国栋目光悠远深邃，声音也变得低沉而有力："生在这个变革的时代，就不要随意辜负了上苍赐给我们的机会。"

房子全离开时神色也变得深沉而若有所思，赵国栋的话给了他很大的震动。

安都乃至安原，国栋想要干什么？

房子全没有想过，刚结到的这笔账已经让他兴奋得有些喘不过气来了。两个多月生产了一百八十万匹砖，房子全估算过，每匹毛利在三分左右，纯利也有两分左右，两个月就能赚三万块！

虽然辛苦，但是值啊！

这样的生活才是房子全想要的，他不想庸庸碌碌地在厂里混一辈子。

事实上在韩冬给赵国栋打来电话时，赵国栋就知道房子全的这笔款快到手了。

房子全费尽九牛二虎之力，终于打入了临近的平川县效益最好的企业——平川酒厂职工宿舍楼工程。两个多月足足送了一百五十万匹砖，但是却没能结一分钱账。不说不给，只让你等着，房子全等不下去了，再等下去这厂就只能关门大吉了。

赵国栋印象中韩冬家就是平川的，而韩冬能调到安都市委宣传部，中间的细节赵国栋虽然不清楚，但是韩冬家肯定不简单这是必然的。当赵国栋试探性地提及这件事情时，韩冬很爽快地答应帮忙问一问，于是也就有了这一幕。

赵国栋还真有点儿感兴趣韩冬家究竟是干什么的，如果真有不得了的背景，那先前韩冬又何须分到安都第一纺织厂来教书呢？

望着站在树旁的孔月，赵国栋有些出神。

他和孔月的关系似乎有迅速升温的迹象。在经历了围墙外那一晚之后，孔月对自己的戒备心理放松了不少，这些行为已经不再受限制了，但要想再深入一步就有些难度了。

孔月是个相当保守的女孩子，赵国栋甚至怀疑她大概除了自己从未和任何男孩牵过手。这也使得她对赵国栋的亲昵行为一直不太适应。

淡绿色的长裙将少女苗条的身材勾勒得更加颀长纤巧，两只小辫垂在脑后，让赵国栋突然想起一首歌《小芳》！

他悄悄地走过去，从背后猛地抱住孔月，吓得孔月脸色煞白，尖叫起来，见是赵国栋才娇羞地使劲捶了他几下。

天色已经渐渐暗了下来，天边云霞依然灿烂，赵国栋和孔月已经没有去俱乐部跳舞的兴趣。越过了第一阶段的他们更喜欢选择人烟稀少处散步，就连见面的地方都故意选在围墙边的僻静处。

瞅瞅四周无人，赵国栋一把捧起孔月的脸蛋便是一个蜜吻。

少女的心弦顿时被猛烈地拨动起来，咿唔挣扎几下，双手便勾在了赵国栋的虎项上。

感觉到赵国栋的手又在自己背后寻找，孔月赶紧挣扎开来："国栋，别在这儿。"

初夏的羊肠小道边上草木葱茏，这条小道可以沿着围墙边一直走到西门外，也就是师傅的道观那里。赵国栋从小在那道观玩闹，还认了那道观里的老道做师傅。赵国栋知道师傅不太喜欢有人去打扰他，两三个月能去一次师傅就很满意了，去得频繁他反而不高兴。

牵着孔月的手漫步在小径上，赵国栋心里说不出的宁静。这条小路太偏了，厂里没有人会走这边，而乡里也没有人会走到这里来，正好成了二人的约会天堂。

"国栋，德山和长川都不打算进厂么?"在四周无人的野地里，孔月也稍稍放开一些了，若是在厂里，她是打死也不愿和赵国栋牵手散步的。

"厂里要招人么?"赵国栋嘴角浮起一丝哂笑，纺织厂已经是日薄西山了，自打前年年底招了一批工人之后，厂里就再没有大规模的招工计划了，顶多也就是三五个零散职位招本厂子弟顶替。

"嗯，厂里今年效益大滑坡，恐怕今明两年都不会招工了。"孔月叹了一口气，她在劳资科上班，自然知道厂里的处境。

岂止是今明两年，安都第一纺织厂永远都不会招工了。

从今年开始连续几年效益骤降，很快就会让这个进入耄耋之年的国营大厂陷入困境。东部日益崛起的私营纺织厂，无论是机制还是效率，都不是这些国营大厂可比的。

就连地处开放前沿的上海，那些几十上百年的大型纺织厂不一样被打得落花流水，几年就黯然退出舞台了。

"小月，恐怕你得有思想准备，看厂里的形势，这种局面只会越来越糟糕。现在政府不会再对企业大包大揽了，弄不好破产解散也很有可能。"赵国栋喟然一叹。

"不会吧? 不至于像你说得那么严重。厂里可是几千工人呢，哪能说垮就垮。"孔月意似不信地摇摇头。

"别不信我说的，《破产法》早就有了，只不过现在国家还拖着没有大规模推开。如果国有企业都像纺织厂这样全靠国家计划安排，而不用市场调整，走入死胡同是迟早的事，到那时国家政策一来，就由不得你我了。"

赵国栋轻轻叹了一口气，所有人都还沉醉在虚幻的光环中，以为国家会一包到底，这可能么？在计划经济体制中沉湎太久的国有企业一时间难以适应这种剧变，但是残酷的现实会让他们明白这一点。

"真会那么糟糕？"孔月听赵国栋这么一说，心中有些发紧。她在劳资科上班，办公室对面就是财务科，对厂里的状况十分了解。今年以来厂里经营状况急剧恶化，主打产品卖不出去，或者卖出去了也收不到钱，厂里现金流几度出现困境。如果这种现象持续下去，要不了多久厂里可能连工资都发不出来了。

想到自己父母都在厂里上班，母亲身体又不好，弟弟还在读书，孔月就更担心。这个厂真要像县城里那些县属小厂一样陷入困境，那问题可就大了。

"相信我，这种情况很有可能在明后年就会出现。"赵国栋遥望远方，在纺织这种高度竞争的行业领域，国营大厂先天不足，沉重的退休职工负担，僵化的经营机制，上面无数公婆枷锁，一旦丢入市场大潮中，必定会被卷走。

"那我们怎么办？"孔月心中一急。赵国栋素来不轻言，如此肯定的语气让孔月下意识地相信这种情况会发生。

"这是大势所趋，谁也无法改变，唯一能改变的是自己的道路。"赵国栋眼珠子一转，"小月，你放心，有我在，怕什么？"

赵国栋戏谑的口气让孔月脸又是一热："我和你什么关系，要你管我？"

"嗯，近距离亲密接触关系。"赵国栋似笑非笑道。

无限暧昧而又模糊的语言让孔月霞飞双颊，举手又要打赵国栋。赵国栋一把抓住孔月的纤手，正好已经走到梁子下，梁子上的松树在晚风中带起松涛阵阵，"就在这儿坐一会儿吧。"赵国栋说。

赵国栋一屁股坐在了一块天然凹陷的光滑大石头上，顺手将孔月带入自己怀中。

孔月显然有些不适应这种亲昵的姿势，不安地扭动着身体。但是在赵国栋有力的手臂中，她的挣扎并不坚决。当赵国栋的嘴唇再度覆盖在她的樱唇上时，她很快就迷失在火热的情欲中。

孔月只觉得天似乎都要塌下来了，她完全无法控制自己身体的感受，赵国栋呼出的热气在她裸露的胸脯上游窜，一吮一吸无不刺激着她潜藏在内心深处的情欲，如丝丝羽毛刮擦在她心弦上，让她的少女情怀奏响欲望的强音。

火红的双颊和迷离的情眸，再加上粗重的呼吸，让赵国栋意识到坐在自己身上这个女孩子已经到了爆发边缘。随着少女如天鹅悲鸣般的一声尖叫，预示着她终于完成了一次成人洗礼。

大腿上传来阵阵潮意，少女的身体剧烈地抽搐起来，赵国栋爱怜地抚摸着她光洁的脊背，以帮助她尽快平复下来。

经历了这场洗礼的孔月此时羞得只能将自己的脸深深埋在赵国栋怀中。

赵国栋也不为己甚，他知道经历了这一波，孔月已经像一枚成熟得可以任自己采撷的果实，想要品尝少女初夜的芬芳不过是看自己的心情和时机了。

赵国栋最终还是抢在孔月父母回家之前离开了，在孔月家待了半个小时，也算充分感受了孔月闺房的温馨气息，只不过恰巧看见叠放在床头的私密衣物让孔月羞得差点把赵国栋赶出门去。

孔月的确是一个很单纯的女孩子。

他不知道自己日后的道路将会向何处去，随着九月越来越近，如果一切如所料的话，上海股市著名的宝延风波即将爆发，而自己将利用这次机会彻底摆脱资金上的约束。

赵国栋并不喜欢当名人，更不喜欢让自己成为焦点。稳扎稳打在仕途上一步一个脚印前行是他的追求，他相信自己必然会走上一条不平凡的道路。

站在厂区和生活区交汇处的十字口，赵国栋抱臂低头沉思，谁也无法替谁决定什么，谁也无法知道今日所选道路的对与错，这就是命运的轨迹。

刘兆国、柳道源、蔡正阳这些人已经走入自己的生活中，自己一跃成为江庙派出所所长，这一切很难用变化来形容。

生活，有些自己可以改变，有些却无法扭转，而有些事情无需自己努力，它一样会向着某个既定方向前进。

既然踏出了第一步，就无法再回头去看所选道路的对与错了，唯一的选择就是走下去，赵国栋抬起目光望向月朗星稀的深邃苍穹。

柳道源终于要走了，在熊正林离开两个星期之后，中共安原省委关于柳道源任中共宾州地委委员、常委、书记的文件正式下发了。

与柳道源同时任命的还有绵州和建阳二市的市委书记。

关于柳道源出任宾州地委书记的传言有很多，原本一直认为他最有可能出任绵州市委书记的许多人都为此大跌眼镜。无论是绵州还是建阳，在经济实力和距离省城安都的距离优势上都胜过宾州一筹，以省委组织部常务副部长一职出任宾州地委书记，无论如何都显得太蹊跷。

但是省委副书记杨子明和省委常委、组织部长潘援朝共同送柳道源去宾州上任的高规格让一切传言不攻自破。这是安原省地市级干部有史以来规格最高的就职仪式，即便同时上任的绵州市委书记和建阳市委书记也只有潘援朝一人前往。

位于城东外沿线骄杨大道上的洗翠苑无疑是安都市乃至安原省都有些名气的私人接待场所，省上一些接待活动偶尔也会选择这个安都市委市政府的主要接待点。

柳道源并不太喜欢这个有些彰目的地方，但是蔡正阳选择了这里为他践行他也只有接受，客随主便，毕竟这里是安都市的主要接待地。

赵国栋是开着刘兆国的车到洗翠苑的，一下车正好碰上了牌号为安E－00009的黑色皇冠车滑行进来。

赵国栋比较了一下刘兆国的佳美和柳道源的皇冠，佳美轻盈灵敏，皇冠厚重大气。小日本最会揣摩国人心理，无论是佳美还是皇冠的内饰，相较于目前安原省内相对流行的奥迪100来说，都显得更为精致宜人。

柳道源对于座车并不太讲究，在省委组织部时也就是一辆半新的福特天霸。到了宾州上任后继续乘坐上任地委书记的座驾，只不过将牌照换成了相对低调的9号。

"老熊来没?"柳道源夹着包下了车，和司机打了个招呼，黑色皇冠车便无声无息地离开了。

"嗯，来了，那不是。"刘兆国四处打量了一下，指了指那辆挂着安P－00005牌照的黑色奥迪。

"老熊还自己开车? 一出纪委就忘了规矩了?"柳道源笑了起来，"国栋，你帮兆国开的车?"

"嗯，柳哥，宾州那边天气要热一些吧？"赵国栋笑着和柳道源打招呼。

"是要热一些，三百公里距离，是有些差异。"柳道源还是一身整洁的白衬衣。

"老熊还是懂规矩的，看看，五号车，书记、专员、人大常委会主任、政协主席，前面四号，再轮到就是他了，哪像你不按谱子来。"刘兆国瞥了一眼那辆刚好转弯消失在柳林中的皇冠，"九号车，你在装低调啊。"

"做人低调，做事高调，领导不是这么要求的么？"柳道源心情不错，"走吧，正阳和老熊他们怕都等急了。"

三人有说有笑地钻进杨柳林，洗翠苑的环境很幽静。一大片杨柳林被林间小道分割成许多小块，假山、奇石、溪泉混杂其间，从停车场到宾馆的百米柳林就成了客人们步行调整情绪的最佳处所。

当然车也可以直接开到宾馆内门的迎宾处，不过除了外来客人，没有谁愿意那样，大多选择从停车场直接步入后院。

高志明一下车就看见了一个熟悉的身影，他对柳道源自然是再熟悉不过了。虽然现在已经离开组织部，但那也就是一个多星期之前的事情，作为内部人士他当然清楚柳道源与现任组织部长潘援朝关系非同一般。

从停车场到后院这片柳林，有许多相邻的林间小道，迎宾人员在这里安排客人们分别步入，以免发生碰面之类的尴尬事情。

另外一个身影让高志明很是诧异，他怎么会和柳道源走到一起，看样子关系还十分亲密。另外一个人高志明虽然不认识，但看样子也不是等闲人物。

"高科长，碰见熟人了？"刚刚关上车门的同事走上前来，笑着问道。

"呃，遇上一个老领导。"高志明放慢脚步，"唐玲，你看那是不是小赵？"

"哪个小赵？"唐玲平素就非常会打扮，今天更是格外漂亮，这可是部里处长请客，部里一般的干部都没份儿，自己也是因为丈夫在省委组织部的缘故才接到邀请。

性感的无领短袖衬衣将高高隆起的胸脯勾勒得格外凸出，一条齐膝短裙露出健美的粉腿，三十多岁美妇的妖娆劲儿一下子流露出来，勾得高志明都对那原本熟悉无比的身体垂涎三尺了。

"那儿，你看。"高志明指了指十几米外言谈正欢漫步前行的三人。

"咦？真有点儿像呢，这家伙怎么会跑到这儿来？"美妇睁大眼睛不敢相信地看了丈夫一眼，"那个人是谁，看上去有些面熟啊。"

"柳部长啊，现在该叫柳书记了。"高志明若有所思地道，"那个人你认识不？"

旁边的同事也走了过来，看了一眼道："咦，高科长，那不是你们柳部长么？不，应该是宾州地委的柳书记了。旁边那个是我们安都市公安局的刘局长啊，小唐，你不认识么？"

"哪个刘局长？咋没听说过啊。"唐玲不解地问道。

"市公安局常务副局长刘兆国啊，去年年底才来，部队转业过来的。嘿嘿，听说关系通天，当这个常务副局长都有些委屈呢，保不准谢书记一退，他就要上呢。"唐玲的同事压低声音道。

高志明和唐玲两口子面面相觑，那个年轻人分明就是赵国栋，他与柳道源和刘兆国的关系一看就相当熟悉，应该是那种十分亲密的私人关系。

可是赵国栋怎么会在江口县公安局一个乡下派出所里待着？如果真和这位刘局长关系如此密切，那调回市公安局也就是举手之劳吧。

高志明和唐玲都是搞组织人事的干部，自然清楚常务副局长的权力，全市几千警察，他真想调动一个人根本就不算事儿。

无数疑问和郁闷压在心头，高志明两口子脸色都有些阴郁。尤其是唐玲更是憋闷，只是这会儿也不可能去拉住赵国栋问清楚究竟是怎么一回事。也许别人是在和唐谨分手之后才认识的呢？

不过唐谨在家里的撮合下已经和蒋伟才接触了，高志明并不看好那个蒋伟才，一个未经风雨的豆芽菜而已，一看就是那种在父辈余荫下生活的子弟，找个轻松安闲的工作干着还行，真要是碰上点大风大浪就束手无策了。

赵国栋并没有看见高志明两口子，他和柳、刘二人径直进了蔡正阳订好的包间，蔡、熊二人早已经在包间里等得不耐烦了。

"老柳，兆国，还有国栋，罚酒三杯，看看时间！"熊正林瞪着双眼指指手腕上的腕表。

"滚！你现在已经不在纪委了，要发威到你通城地盘上去，这里是安都，轮不到你说话。"刘兆国笑骂道，"你敢自己开车，一会儿吃完饭开车出去，我就叫警察把你扣了，酒后驾车，拘留十天。"

"刘兆国，你小子要翻天了！"熊正林怪叫起来，"你这是公报私仇！我要告你！"

"告我？总督路 132 号，或者御马坊 8 号，随便你去。"刘兆国一边入座，一边道，"我让国栋送你去。"

"总督路 132 号？御马坊 8 号？是哪儿？"熊正林一时间没有反应过来，纳闷地问道。

"瞧瞧，这小子才走几天就忘本了，市委和省公安厅啊，你不是要告我么？"刘兆国大大咧咧地道，"看看谁理你这个通城来的乡巴佬，你以为你还是纪委副书记啊？"

看见熊正林被刘兆国收拾得服服帖帖，其他三人都笑了起来。

"好了，好了，今天是给老柳饯行。老柳也走得匆忙，弄到现在大伙儿才吃这顿饭。来，咱们第一杯还是干了，预祝老柳能在宾城打开局面，干出成绩，早日回来。"蔡正阳站起身提议。

蔡正阳选择了红酒而不是白酒来替柳道源庆贺，这让气氛显得轻松无比。

对于习惯了白酒干杯的众人来说，红酒的口感的确温和很多，柳道源很喜欢这种氛围。

在宾州一个多星期，他几乎日日白酒泡着，宾州著名的三元红酒业集团是宾州最大也是效益最好的支柱企业，宾州也因此被称做酒文化故乡。他这个刚刚上任的酒文化故乡的一把手，自然也成了当地官员的重点看顾对象。

柳道源原本酒量就好，但是也禁不住这几天的连番轰炸。到每个县每个单位，哪怕书记县长们按照他的要求只敬一杯，一圈下来也让他承受不了。好不容易得到一个喘息的机会，自然不想再端酒杯，蔡正阳的理解让他很高兴。

酒过三巡，众人话也渐渐多起来，话题自然离不开宾州的现状和柳道源的想法。

"宾州是个农业大市，下辖七县一市，六百万人口中农村人口就占了百分之八十五以上。产业过于单一，除了三元红酒业和乌江动力两大厂，其他市属县属企业死气沉沉，几乎全都亏损，全靠银行输血维持。"

柳道源一边夹菜一边道："这都不是问题，问题在于干部们的观念，整天喊转变经营机制，企业一样每况愈下；招商引资口号喊得响，但是如何招来商引来资毫无头绪，光打雷不下雨，年年如此，经济如何发展？"

"国有企业缺乏活力是全省乃至全国都存在的痼疾，经营权下放我看也不是什么包治百病的灵丹妙药。我在安都做过一次调研，县上已经把不少企业所有的权力都下放了，一样没能起死回生，这是个问题。"

蔡正阳也认可柳道源的看法，"老柳你原来接触的都是省管干部，他们的素质自然不一样。现在到了宾州，无论是县里干部还是企业干部都难以和你原来的期望相符，这中间有落差也是正常的。要不省里这次把你们三员大将派到三个地市主掌一方干什么？还不就是希望你们能够带动三地干部素质、观念和作风的转变，促进三地经济发展。"

"现在开发区也是遍地开花，就连通城地区的各县都跃跃欲试，实际上就是圈上一大片良田肥地，结果企业没引进来，茅草倒是长得一人多高。"熊正林吸了一口烟，重重地道，"给我的感觉是几十年前的浮夸风又卷土重来了，不根据本地实际情况制订可操作的发展规划，头脑一热就要大干快上，也不管究竟能不能达到预期目的。"

刘兆国见赵国栋只顾夹菜饮酒，半句话也不插，和往常情形大不相同，有些奇怪地道："国栋，你小子今天怎么像个闷葫芦一样，一句话也不说？老柳从宾州回来感想这么多，你也不帮忙参考一下。"

说实话柳道源虽然并不认为赵国栋能拿出什么妙策，但是赵国栋脑瓜子里的东西的确不一般，谈及国家政策走向和国内经济形势变化总能一语中的。就连蔡正阳都对他的看法颇为看重，说不定这次这个家伙嘴里又能冒出一点新鲜的东西来，所以众人望向赵国栋的目光也多了几分期待。

"呃，不知道柳哥你们注意到党的十二大的一个提法没有？"赵国栋沉吟半晌才道。

"什么提法？"柳道源目光一凝。

"对于私有经济的提法，现在党对私有经济的提法变成了，是对公有制经济为主体的社会主义经济体系的一个补充部分，这也就意味着私营经济已经冠冕堂皇地出现在我国的经济体系中了。"赵国栋慢吞吞地道。

赵国栋的话让柳道源和蔡正阳以及熊正林全身都是一震，作为一级领导他们当然听得出赵国栋话语中隐藏的深意。

"这也就是说，私营经济将会迎来一个前所未有的发展时机，其间或许会有一些争议、反复甚至打压。但是可以肯定的是，私营经济必将走上历史舞台，成为社会主义经济体系中的一支重要力量，虽然它们的出现并不能改变我国社会主义的根本性质。"

房间中一时哑然，无论是柳道源还是蔡正阳抑或是熊正林都在琢磨赵国栋这番话的分量。私营经济将会成为社会主义经济体系中的一支重要力量?!这可能么？允许它们存在作为补充，并不意味着放任它们无限壮大，这应该是底线。

见柳道源儿人都有些不以为然，赵国栋知道这番话要让他们接受不太容易。毕竟这种敏感话题随时都可能被上纲上线，贸然发出这样的声音很容易引火烧身。

"还有一个不引人注意的事件，柳哥你们注意没有？四川的刘永好和内蒙古的陆航程在三月份的两会上出席记者招待会，他们是什么身份？私营企业家！如果拿左一点的帽子来说，那就是资本家。嘿嘿，中央这么高调，意味着什么？"

柳、蔡、熊等人都是在政坛上沉浮多年的人物，自然清楚两会中一些言论现象有着风向标的意义。赵国栋这么一说，让三人都是一惊。

"其实确定柳哥要下去时我就想和柳哥聊聊，宾州怎么才能快速发展起来？无农不稳，无工不富，无商不活，要想让一个地方经济发展起来，人民群众富裕起来，工业起不来，那就是空想。"

"宾州凭什么快速发展起来？论经济基础，不如绵州、建阳，论地理位置，不如绵州、建阳，要想跨越式发展，那就必须找好自我定位，寻找突破。鼓励发展私营经济，就是其中一步。"

赵国栋侃侃而谈，"宾州唯一的优势就是距离省里距离较远，不易受到省里那些守旧思想的干扰，而且拥有优越的水利交通条件，搞活私营经济，将宾州打造成安南区域性的工商业中心，这就是宾州的自我定位。柳哥你要想让省里主要领导看到宾州的发展变化，就只能在这上面做文章。"

振聋发聩！

无农不稳，无工不富，无商不活！这三句话可谓经典！

柳道源的心思立时被赵国栋颇富煽动性的言语搅动得活泛起来。

当初之所以选择宾州就是因为宾州条件最差，要不自己完全可以选择其

131

他两地。绵州、建阳两地已经站到了一定高度，要想再上一个台阶就不那么容易了。而宾州条件相对较差，自己作为省委组织部常务副部长下去更容易驾驭当地，可以更快地打开局面，所缺的就是一把钥匙。

问题在于赵国栋所说的发展私营经济真是一把金钥匙么？会不会是一剂毒药呢？

"还有么？能不能具体一点。"柳道源竭力保持着镇定。

"我专门琢磨过宾州，宾州水运条件极佳，沧浪河和蒙江在宾州汇合之后北上注入长江，如果加以疏浚，沟通长江水系，三五百吨船只可以自由通航，现在宾州又有安桂线通过，北可到安都甚至重庆、成都，南可下广西柳州直抵北部湾，有这样优越的条件，宾州完全可以打造成为安南地区的水陆联运的航运枢纽。"

"而沧浪河在沧浪山中蜿蜒穿行数百里，其间山脉中段的沧浪湖据说风光绝世，原始风光尚未得到开发，现在人们已经开始厌倦那些名山大川，人们更喜欢欣赏真正未经破坏的原始自然风光，而国外游客更是如此。"

"沧浪山与沧浪湖有如此好的条件，完全可以打造成为媲美四川峨眉山与九寨沟的世界级风景区。沧浪古城浓郁的苗瑶山寨文化以及罕见的土楼建筑更为独特，这几样如果能够开发出来，不但可以极大地提升宾州旅游品牌形象，更重要的是可以将旅游打造成宾州的一项重要产业。"

赵国栋一口气将自己准备了几天的东西和盘托出，他早就知道在今天这场聚会上，这些人会谈论宾州的发展话题，所以来之前他就做足了功课。他知道，自己虽然进入了这个圈子，却没有真正得到认可，这可是让这些大佬们认可自己的绝佳机会。

根据他最近这段时间对宾州的研究，发现沧浪山和沧浪湖本身就是一座巨大的宝藏，如果发掘出来，必定会成为安原乃至中国旅游界的一大亮点，而自己现在不过是让这个亮点提前闪光罢了。

光凭一些空泛的话是无法打动像柳道源这样的这样的一方诸侯的，为此赵国栋在安都新华书店泡了好几天，买了不少关于旅游开发方面的书籍。但是这个时代旅游产业显然还没有真正进入地方政府的眼帘，赵国栋只能按照自己潜意识中的理解来勾勒一番。

赵国栋的话让柳道源彻底陷入震惊，抱着一种姑且听之心理的他，简直无法想象赵国栋会对宾州的发展提出这样的见解，一个小警察，这可能么？

柳道源瞟了一眼蔡正阳，蔡正阳脸上的惊奇混合着怪异的神色让柳道源解除了是蔡正阳帮助赵国栋做局的疑惑。想一想也是，有这个必要么？有这份本事蔡正阳为何不自己讲啊。再说，不是光凭卖几句嘴白就可以糊弄过去的，瞒得一时也瞒不过一世啊。

如果说先前赵国栋提出的发展私营经济还有些抽象和超前的话，那么他后面提出的这两项设想就真的是颇具创意了。

柳道源真的动心了，不仅仅是对赵国栋的这番设想动心，对赵国栋本人他一样动心。如果说这个世界上真有天才存在，大概就是赵国栋这种人。如此年轻就有如此见解，无论其操作性有多大，设想有无瑕疵，都足以让人刮目相看了。

赵国栋知道自己的话彻底打动了柳道源，不仅仅是柳道源，就连熊正林和蔡正阳也一样被自己今天的表现征服了。

赵国栋越来越自信，并不仅仅是他喜欢看各种各样的书籍，关心国家大事。而是不知道从什么时候开始，他仿佛天机开窍，豁然开朗，对所有的事理都了然于胸，融会贯通。潜意识像一盏明灯指引他向前，让他具有超前的思维和意识，指引他穿透迷雾，感知真理。感谢上苍，如此厚待自己！

饭后的探讨变得更加热烈和轻松，赵国栋也不想再拿捏什么，从黄鸿年发动的中策风暴到尾随而至的泰国正大集团的大步迈入，从国有企业产权制度改革到国家政策的抓大放小，赵国栋不时冒出的新鲜观点总让柳、蔡、熊三人琢磨半晌才敢搭言。

几人谈得是热火朝天，反倒是刘兆国成了标准的听客，饶有兴致地看着赵国栋和三人斗嘴。

"国栋，怎么样？有没有兴趣到宾州来？别的我不敢说，两三年之内让你上个实职正科还是没问题的。"一下午的谈话让柳道源唏嘘感叹不已，他终于按捺不住内心的招揽想法，公开发出邀请了。

赵国栋笑了起来，实际上他早就想过这个问题，蔡正阳也早就或明或暗地提示过他，只要他愿意，调入安都市政府办公厅并不是什么太难的事情，不过他婉拒了对方的好意，现在柳道源又公开提出了这个想法，他不能不明确答复对方。

"柳哥，或许你觉得我在某些方面有特殊的直觉和想法，这我承认。但是如果你以为我真的就是什么奇才天才，那您可能就会大失所望了。我喜欢看书，也能根据我所了解的一切分析推断出一些东西，但是这并不代表我就能把这些事情办好，空谈家和实践家有很大差别，我勉强可以算前者吧。"

赵国栋这番话早已经烂熟于心，他也早就预料到会有今天这一幕。

"只要柳哥需要我，我会尽所能帮柳哥分析判断，提出我的看法。蔡哥和熊哥也一样，但是如果要我真正做一些实际操作上的事情，我担心我只会坏诸位兄长的事。至少现在我还不具备这份能力，我希望我能在基层磨砺更久一些。"

赵国栋语气相当诚挚恳切，没有半点倨傲或者故弄玄虚的模样。柳道源想了想也是，一个二十出头的年轻人，学习的是公安专业，要让他突然进入党政部门承担重任，哪怕是具体事务上的重任，无论他多么有才，只怕也未必能干得下来。

想了一想之后，柳道源才沉声道："国栋，我希望你没事来宾州转一转，以我私人朋友身份也行啊，或许你会在宾州有些收获呢？"

"柳哥既然相邀，我受宠若惊啊。宾州我要去，熊哥那边有时间我一样也要去，只要两位兄长觉得有用得着国栋的地方，国栋绝不推辞。"

赵国栋想了想又道："柳哥，如果可以的话，我建议柳哥可以联系一下山东和浙江那边，带领宾州地区的党政干部和企业干部去那边看一看。山东诸城的国有企业改革、浙江温州的私营经济发展以及乡镇企业的红火……当地政府的所作所为也许会让宾州干部有所触动，这比只开动员会效果要好得多。"

柳道源和蔡正阳对赵国栋的提议都十分感兴趣。山东诸城这个时候还没有什么名气，江浙一带的私营经济发展虽然有点名气，但是那里往往也是各种风波的发源地。柳道源不知道自己是否有那份魄力去效仿，但是既然已经被推到了宾州一把手的位置上，与其庸庸碌碌地混几年，还不如放手搏一把。

一下午的谈话让柳道源几人对赵国栋的见识又有了更深层次的认识。

虽然赵国栋只能大略提出一些观点看法，但正是这种新颖独到的观点看法才是最重要的。党委政府机关中最不缺的就是研究讨论现有政策制度的人，而如何打破现有的束缚框框，跳出窠臼，找到一个适合自身发展的路子，那才是最难得的。

赵国栋的婉拒让柳道源和蔡正阳乃至熊正林对他的看法又拔高了不少。众人都知晓柳道源的性格，作为组织部门出来的人，他从不轻易承诺，但一旦说出口的话，那几乎就是铁板钉钉的事情。但是赵国栋却能够在这份诱惑下保持平常心态，这不是一般人能够做到的。

高志明整个一下午都显得有些心神不宁。唐玲自然明白丈夫的心事，她何尝不是如此？

无论是柳道源还是刘兆国，在安都市里都算是赫赫有名的人物了，即便是柳道源离开了省委组织部去了宾州，其影响力一样不可小觑，至少在一个普通干部的调动提拔问题上是不存在任何障碍的。

那赵国栋为什么不愿意利用这层关系呢？扎根基层，从头做起？高志明摇摇头，恐怕还没有这么傻的人？那就是自命清高不屑于利用这层关系？更不可能，赵国栋如果是那种不识时务的人，估计唐谨也看不上。

高志明还真有点儿搞不懂那个给自己留下深刻印象的小伙子了。

这种情绪一直延续到晚饭时间。

"老高，你的老领导就在隔壁啊。"说话的是安都市委组织部的副部长陶广年，他和柳道源关系一直不错。

"你说柳部长？是啊，他从宾州回来，大概是一些老朋友替他接风吧。"高志明勉强笑道。

"走吧，我们过去敬一杯。小唐，你也去，你们老高喝酒不行，你得撑起，说不定哪天柳部长就会杀回来呢，或者你们老高哪天下派锻炼，也能到哪个县上去当一方大员呢。"陶广年站起身端起酒杯，"走吧。"

当陶广年带着高志明、唐玲以及另外一个下属步入柳道源他们所在的包间时，赵国栋的惊诧可想而知。

"呵呵，广年，就我们几个人，除了小赵，其他你都熟悉吧？"柳道源见陶广年带着一帮人走了进来，也乐呵呵地站起身替赵国栋介绍："国栋，这是安都市委组织部的陶部长，我的老朋友。广年，今天是我几个老战友和朋友聚一聚，我就不去你那边了，你知道我这段时间胃难受得很。"

"嘿嘿，柳部，刚去宾州当一把手，就说胃子（位置）不好，省里领导听到会怎么想？"陶广年也开玩笑道，一边却在琢磨这个二十岁出头的小伙子怎么会夹杂在这几个大人物中间，一时间他也拿不准这个小伙子是干什么的。

"陶部长，您好，我是赵国栋，您叫我小赵就行了。"赵国栋端起酒杯不卑不亢道。

"呵呵，小赵年轻有为啊。"陶广年在摸不清楚对方底细之前，也只有含糊其辞，"蔡市长，熊书记，刘局长，今天可是巧遇啊。柳部，不，现在该叫柳书记了，他身体欠佳，你们几位总该去关心一下我们组织部的兄弟们吧？"

唐玲一踏进包间心就有些发慌，蔡正阳她自然熟悉，原来是华阳县相当强势的县委书记，本来是市长助理，却一下子变成了安都市的副市长，而且听说年底很有可能要进常委。那个矮胖子她也不陌生，原来安都市纪委的副书记，听说现在升任通城地委分管党群的副书记了。

这个赵国栋怎么会和这些显赫人物走到一起？简直不可思议。

"小高，你可是咱们省委组织部的人，怎么摇身一变帮起广年他们来了？"柳道源含笑问道。

"嘿嘿，柳书记，小高这次是充当咱们市委组织部家属来敬你的。喏，他爱人小唐是我们市委组织部一朵花呢。"陶广年言语中明显有打趣的味道。

"陶部，您别挖苦我了，都三十几岁的人了，什么一朵花啊。"唐玲勉强稳住自己的心思，笑靥如花地端起酒杯："志明，来，我们一起敬一下柳书记、蔡市长他们几位。"

高志明和唐玲两口子走到这份儿上，也只有端起酒杯挨个走一圈，不过走到赵国栋面前时，他们俩实在有些不甘心。

"小赵，你可是深藏不露啊。"高志明压低声音盯住对方道，"为什么要这样？"

赵国栋此时内心很平静，唐谨已经成为过去时了，但是为什么自己内心深处隐隐渴望她能重回自己怀中呢？就连赵国栋自己都有些鄙视自己这种毫无气节的想法了。但是事实如此，如果真的出现那种状况，他不知道自己是否能硬着心肠将唐谨推开？

"说不上，你们也没问过我身边有什么朋友，他们也只是我的朋友而已。"

高志明和唐玲都为之语塞，是啊，当初谁承想到会有这样一幕？

在他们心中，赵国栋的工作单位和家庭出身决定了一切，他根本配不上唐谨。残酷的现实会让他们吃尽苦头，所以他们果断坚决地拆开了他们，但是现在呢？现实就像开玩笑一般反而戏耍了自己。

陶广年注意到高志明夫妇似乎认识这位小赵，笑着问道："志明，你也认识小赵？"

"呃，有过一面之缘。"高志明有些尴尬地道。

最后还是蔡正阳代表这边一桌人去陶广年那边走了一遭，好在红酒不算太烈，蔡正阳也还扛得住。

"国栋，我看高志明两口子好像认识你吧？"柳道源也注意到了赵国栋心情的变化。

"嘿嘿，我前女朋友的姑姑、姑父，当初就是他们出面来和我谈判，要我和我女朋友分手。"赵国栋嘴角浮起一缕苦笑，这也没什么见不得人的，劳燕分飞，也属常有之事。

"啊？这年头还会有这种事情？"除了刘兆国之外，柳、蔡、熊三人都是一脸无法置信的神色。

"国栋，是不是那个天河分局的女朋友？"刘兆国皱起眉头。

"嗯，都是过去的事情了，不提也罢。"赵国栋满脸无奈，他实在不想再提这件事情。

"别做出那副如丧考妣的模样。天涯何处无芳草，大丈夫何患无妻！"蔡正阳厉声道，"她放弃你，那是她有眼无珠，何须留恋？男子汉应该把心思放在事业上，难道你还怕找不到老婆？"

"嘿嘿，那个女人打扮得是挺时尚妖娆的，看样子国栋的女朋友也肯定很漂亮，难怪国栋丢不下。不过女人对于男人的一生来说本来就是点缀，只要你事业有成，自然有优秀的女孩子扑着涌着来，不必太过挂怀。"熊正林也正色道。

"好了，这种事情国栋自己会处理，哪需要你们几个来插言？"柳道源斟酌着言辞道，"烈火炼真金，大浪淘沙，只是爱情这个东西不比其他，没有理性可言，其他人也没有发言权。一句话，国栋，你自己琢磨，女色也好，感情也罢，不要太过于沉湎其中就好。"

几个老大哥的告诫和劝慰让赵国栋很是感动，虽然内心深处还是放不下，但是不得不承认时间是可以磨蚀一切的利器。两三个月过去后，唐谨在自己心中的印象虽然依然清晰，但是却不再是唯一。

高志明一下车，脸上阴郁的神色就一直没有消散过。这太不可思议了，赵国栋这种角色怎么可能和柳道源、蔡正阳一类人走到一起？对于他来说刘兆国都应该是高不可攀才对，高志明想破脑袋也想不明白其中的奥妙。

或许他只是和其中某一个人有些关系？但怎么解释只有五个人的私人聚会？而且还是柳道源出任宾州地委书记之后，这解释不通。

唐玲心中也是忐忑不安，当初高志明并不想管唐谨的事情，说年轻人自由恋爱长辈不应该干涉，还是自己黑着脸迫使丈夫出面，未承想昔日眼中的乡巴佬竟然和一干大人物们关系匪浅，这太令人意外了。

回到家中的高志明坐在沙发上一言不发，只是默默地抽着闷烟。唐玲小心翼翼地替丈夫泡上热茶，不敢多言。别看在外面唐玲颐指气使的，那是高志明轻易不发火，一旦高志明脸色难看下来，唐玲也是怕得紧。

"小婵呢？"良久，高志明才仰头瞑目靠在沙发上吐出一口气。

"去她外婆家了。"唐玲轻声细语道，"志明，你不用那么担心，柳道源已经走了，何况那个赵国栋也许就是碰巧和他们在一起的。"

"碰巧？你碰巧一次我看看！"高志明轻嗤了一声，"这是私人聚会，一般人你以为可以随便加入？就连陶部长和柳道源关系不错也没加入，关系不到一定程度根本不会有你的份儿，你明白么？"

"我就想不通那姓赵的小子怎么会那些人扯上关系？会不会他和中间某一个人是亲属？"唐玲不服气地道。

"亲属？你看他们谁带了老婆儿女？你用点儿脑子好不好？"高志明不屑地道。

"那你说姓赵的凭什么和他们结识？"唐玲也有些恼羞成怒了。

"不知道，知道我还用得着在这里冥思苦想？"高志明淡淡地道，"当初我就让你不要掺和那些事情，你不听，现在后悔了？"

"有啥可后悔的？我大哥让我去帮忙，我能不去？何况小谨她自己也不坚定，怪得谁来？"唐玲狡辩。

"自己不坚定？你嫂子装出一副马上就要进殡仪馆的模样，当女儿的如果还能坚持，那就是冷血动物了。"高志明冷冷地道。

"高志明，你什么意思？"唐玲也有些怒了，脸颊发红，"是不是觉得姓赵的会在柳道源面前说你坏话影响你了？"

"没什么意思，就像你说的，柳部长都调走了，对我没啥影响。我只是有些可惜，小谨就这样错过了机缘，赵国栋的前程不可限量。"

高志明心情当然很不爽，要说没影响那是假话。如果唐谨仍然和赵国栋在一起，柳道源帮忙在潘援朝面前说句话，自己当上副处就毫无阻碍了。

被丈夫一句话打瘪下来，唐玲有些心虚地道："要不和小谨说一说，反正她和蒋伟才也刚接触。我听我嫂子说小谨对人家不冷不热，爱理不理，倒是那蒋伟才真的很喜欢小谨。"

"现在去说有什么意思？小谨这么久和赵国栋没联系了，突然又想破镜重圆，小谨不会答应，赵国栋又会怎么想？弄不好就会弄巧成拙，反倒让赵国栋更看不起小谨。"高志明想了一想摇摇头。

"那怎么办？就这样算了？"唐玲有些着忙，若是能牵上这条线，不但丈夫前程远大，自己在部里怕也要风光无限了。

"只能等等看，若是小谨真的和蒋伟才好了，那我们也无话可说。若是她一直对蒋伟才像现在这样，那也许唐谨和赵国栋还有些缘分。"高志明沉吟了一阵才道。

"这样行么？万一他们之间发生过关系。"唐玲没有往下说。

"小谨应该不是一个随便的女孩子吧？"高志明皱起眉头。

"哼，现在的年轻人可难说，我听嫂子说，小谨还不是早就和姓赵的有过那种事情了。"唐玲瘪了瘪嘴。

"你嫂子咋知道？"高志明不解地问道。印象中妻子这个侄女长得挺漂亮，但很矜持。

"还不是在唐谨的宿舍里发现了避孕套，都用那玩意儿了，难道还能没有那些事情？"唐玲啐了一口，"嗯，咱们家高婵可得管紧一些，都上高二了，也不小了。"

"小谨对蒋伟才没什么感觉，和赵国栋不一样，看样子他们也维持不久，更不可能发生那些事情。这件事情只有等一等，观察一段时间再说。"高志明脸色终于松了一些，"小婵和小谨关系挺好，你别去跟小婵说那些，会伤害她们姐妹俩关系的。"

"她们俩关系那么好，万一小婵知道了小谨那些事情呢？"唐玲还是有些不放心。

"小婵也不小了，你以为她真是小孩子不成？美国这个年龄的女孩子学校都要给她们发避孕套了。唐谨都二十一二了，成年人了，这些事情也不是什么见不得人的，问题在于正确看待。"高志明耐心地道，"明年小婵就要高考，你就别给小婵思想上增加负担了。"

"美国是美国，这里是中国，女孩子管紧一点儿，有好处。"唐玲不同意丈夫的看法。

"那你也得注意方法和说话方式，有时候会适得其反。"高志明也不再多言。

看见丈夫脸色终于好看了一点，唐玲松了一口气坐在他身旁。高志明这才想起今天妻子打扮得格外妖娆，连内衣都专门换了一套火红色的，心中不由有些发痒。

唐玲发觉了丈夫的异样，妖媚地白了他一眼，却撅起屁股一下子坐在了丈夫腿上，立时勾起了高志明的性趣。

一夜癫狂无话。疯狂之后的高志明独自站在窗前，望着窗外沉思。一枚暗红的烟蒂在漆黑的夜中若隐若现。

工作上了正轨之后赵国栋才发现当领导的好处，那就是可以自由安排自己的时间，而不是由领导来安排自己。

贺洪海和袁振勇根据自己提供的线索，连续几次布控，终于成功地破获了一系列内外勾结盗窃纺织厂废旧机器设备的案件。涉案人员多达十余人，仅仅是纺织厂涉案职工就多达八人，涉案金额超过两万元，同时还牵扯出三个收购赃物的废旧金属收购点。

这个案件虽然打掉了纺织厂的内盗团伙，但是纺织厂并没有像年初那样豪爽，只是象征性地拿出五千块钱作为对派出所的感谢。在吃庆功饭的时候，赵国栋甚至感觉得到卿光荣深锁的眉头中那一抹忧虑。

国有大型企业痼疾带来的影响已经渐渐显现出来。赵国栋知道九三年是安都第一纺织厂步入大滑坡时代的第一年，三年内这家纺织厂就会彻底陷入困境，最终走向解体。

卿光荣算得上是一个有些本事的厂长，纺织厂在他手上还算兴旺了几年，当然这并不影响卿烈彪在其间上下其手倒腾挣钱。

赵国栋也履行了诺言，蔡正阳如约而来。只不过卿光荣的诉苦并不能打动已经见惯了国有企业困局的蔡正阳，整个安都市像纺织厂这样的企业实在太多了。

即便是赵国栋能够预料到纺织厂的崩溃，他也无能为力，没人能够解决这个问题，几千人的吃饭问题最终会逼得安都市政府捉襟见肘。

"国栋，你说纺织厂现在真的已经走到了绝境么？"蔡正阳坐在副驾上若有所思道。

赵国栋再度充当了司机的角色，这是一辆尼桑公爵王，大概是某个大型国有企业借给市政府的，作为分管工业的副市长，蔡正阳理所当然成为了使用者。

"蔡哥，我可以预言，三年之内，纺织厂就会成为让安都市政府头痛无比的脓包。"赵国栋淡淡地道。

"哦？安都市这样不景气的企业可不少，为什么你对纺织厂这么肯定？莫不是有什么心理因素？"蔡正阳笑了起来。

"不，蔡哥你说的那些企业大多在主城区内，他们的土地就是一笔巨大财富。随着房地产市场的红火，腾笼换鸟可以为解决这些企业的职工问题提供一笔巨额资金。而且这些企业不像纺织企业，他们老员工比较多，随着时间推移，他们即将步入退休阶段，政府需要解决的只是他们的生活问题。"

"而安都第一纺织厂不一样，它在郊区，那片土地不值钱，而且几千工人大多是年轻女工，几年后她们会拖儿带口，她们不仅需要最基本的生活保障，政府还需要解决她们的就业问题，在这里她们怎么就业？这才是最棘手的。"

赵国栋言语平缓，但是语气却异常肯定。

蔡正阳陷入了沉思，两三年内自己应该还在安都市政府的这个位置上，如果到时真的面临这个问题该怎么办？

"你觉得有更好的办法来解决这个问题么？"良久蔡正阳才悠悠地问道。

"没有更好的办法。纺织行业是竞争最激烈的劳动力密集型行业，国有大型企业背负的包袱重，机制僵化，永远无法和中小企业相比。加上地处内地，无论从信息灵通程度还是交通运输成本来看，都无法和沿海那些私营企业竞争，湮灭是迟早的事情。"赵国栋摇摇头。

"那你的意思是，就这么等死？"蔡正阳扬起眉毛。

"不，政府可以未雨绸缪，多管齐下，先做调整。"赵国栋努力思考破产后政府将会采取的解决办法，"刚进厂的可以买断工龄让她们离厂，她们还有机会，这是一种办法，好像其他地方已经有这种先例了。进厂有些年头的可以采取技能培训，让他们转岗到其他效益好的企业。年龄太大的则由政府提供退休后的社会保障金，以保证他们日后生活。"

赵国栋一边观察蔡正阳的脸色，一边含含糊糊地提出自己的看法。说实话他也不太清楚具体应该如何对待难以为继的国有大企业，他只能大略提出一些比较成功的做法，给蔡正阳提供一些思路。

蔡正阳咀嚼着赵国栋带给自己的种种新鲜东西，从那日洗翠苑之后他就想再找个时间和赵国栋单独好好聊聊。他也觉察到赵国栋对很多东西并不十分精通，但是却总能提出一些新颖独到的观点和想法。不一定成熟，也不一定能付诸实施，但是却能开拓人的思路。

公爵王在安蓝公路上奔行，不是遇上路面破损，就是遇到半边通行的道路，好在日本车良好的减震让赵国栋感觉很不错。这条公路各路段工程已经陆续开工，要在一年内完成这条沟通安都和蓝山之间的重要通道改扩建。

一直到蔡正阳返回安都市区，蔡正阳都没再说话，显然赵国栋带给他的东西太丰富而又太意外了，他需要一些时间来慢慢消化，看看能不能纳为己用。

蔡正阳安排司机驾车送赵国栋回江庙路经桥关镇时，桥关派出所的大门从车窗外一晃而过。赵国栋想起杨天培透露给自己的一些消息，江口一建司在桥关段只拿到不到五公里的一个标段，剩下八公里被另外两家小公司拿下，据说其中一家公司便是桥关派出所所长的弟弟的。

赵国栋终于明白为什么王贵仁一心想要来江庙了，江庙段工程足足有近二十公里，其间可供操作的空间显然很大。

赵国栋的思绪又转到山川砂石场上。现在赵长川已经以砂石场为家，整天都待在砂石场，要不就是去各乡镇转悠，以期能够找到更多的买主。砂石场规模至少扩大了两倍，但是每天的砂石基本上都走空，这让赵国栋很是欣慰。

砂石来钱虽然不算太多，但胜在稳定，直到这条公路完工之前，只怕这个砂石场都会保持良好的经营势头。

这条安蓝公路又会造就不少的先富起来者，自己也算是其中一个吧，赵国栋思索着。钱不是万能的，但没钱却万万不能。有钱不是坏事，追求更多的财富也是理所当然，至少钱落在自己手上可以帮助身边的人，亲人、朋友、同学，乃至那些需要帮助的人。

自己不是上帝，改变不了整个世界，但是尽力让自己的生活过得更美好，同时帮助别人也过上好日子，足矣。

回到家中的赵国栋意外见到赵德山和赵长川都在家，刘成也在厨房帮忙，这让他很奇怪。

"哥，二舅和大伟来了。"闲极无聊的赵德山一见赵国栋进屋，连忙坐起身来。

赵国栋在家中威势日重，原来赵德山就对他有些敬畏，股票风波之后赵德山更是对兄长佩服得五体投地。政府一出手，股票黑市便一落千丈，再无昔日风光，赵德山再也不敢怀疑兄长的先见之明。

"噢，二舅来了？"赵国栋心中一喜，二舅一家还在老家团山县乡下。团山属于南华市，相当贫困，赵国栋小时候曾经在舅舅家待过两年，和二舅一家关系一直很好，大伟是舅舅家老二，和赵德山同龄。

踏进父母那间大屋，见父亲和二舅正在说话，许伟有些拘谨地坐在一旁。赵国栋心中叹了一口气，看二舅一家穿着就知道家里境况怕是不太好，许伟身上的衣服一看就有些年头了，虽然洗得很干净，但却和时代格格不入。

"爸，二舅来了？"

赵国栋一踏入房间，和老赵头儿说话的老人脸上就浮起笑容，旁边那个小伙子也一下子站起来："栋哥！"

"国栋回来了？听说你当派出所所长了？啧啧，老赵家总算出了一个人物，咱们许家脸上也有光彩啊。"二舅粗糙的手掌在赵国栋肩膀上亲热地拍着，这让赵国栋很是不习惯。

"二舅说哪里去了，芝麻大的官，不值一提。"赵国栋走过去在许伟肩头一拍，"大伟长高了不少啊，嗯，赶不上德山，也和长川差不多了。"

"芝麻官也是官！"二舅乐呵呵地道，"赵家和许家几代都是老百姓，没出过官，你可得好好把持。"

"二舅你就放心吧，我知道该怎么干。"赵国栋也笑了起来，千年形成的天第一官第二的思想不是一朝一夕可以改变的，"二舅这次来多住一段时间？"

"唉，国栋，你现在好歹也是个官了，不瞒你说，咱们团山今年又是一个歉收年。天干地旱，大伟年龄也不小了，高中毕业就待在家里鬼混，这次带他来，就想看国栋你能不能帮他找个活儿干。"二舅眼中的期盼甚浓。

见赵国栋沉吟不语，二舅脸上闪过一抹失望，又道："只要是能挣两个糊口钱，苦累大伟都不怕，他身子骨壮，脑瓜子也灵，啥活儿都能干。前些日子村里有人鼓动他去广东那边打工，我担心他去那边学坏了，就没让他去。"

"大伟咋不读书了？"赵国栋琢磨着是不是可以让许伟来帮长川，下半年上海股市就会掀起一场盛宴，机会难得，光是赵德山一个人去，他还真有些不放心，长川性子要沉稳许多，有他和德山搭伴要稳妥得多。

"唉，复读了一年，还是没考上，家里情况也不好，也就算了。"二舅脸上浮起一丝苦笑，"你舅妈身体也不太好，现在土里刨食也挣不到钱，养猪饲料粮食都在涨，弄不好就赔本。养鸡害鸡瘟，一场下来就让你死个干干净净。国栋，若是不好办，那就算了，这次出来就算是让大伟开开眼。"

"二舅，找个活儿倒是简单，我是想让大伟能学点东西长些见识。"赵国栋主意已定，"这样，明天大伟就跟长川去砂石场，就在那儿住着。辛苦是辛苦，但是能挣钱，也能学东西，明白社会上的人情世故，明白怎么才能挣钱。"

"栋哥，辛苦我不怕，只要有事儿干，我在家待了两年了，都快把我憋死了。"相貌和许秀芹有些像的许伟喜出望外。

"要不，让许伟先玩几天？"老赵头儿沉吟道。

"姑父，不用了，我都玩腻了，早点儿有事儿做，我也踏实。"许伟连连摇头拒绝。

"嗯，也对，早点儿跟着长川学，反正这几个月长川那边也忙，事儿有你做的。"赵国栋点点头。

这事儿就算定了下来，解决了自己儿子的事情，赵国栋的二舅心情大好，一顿饭下来竟然有些醉意，弄得许伟也有些不好意思。

"德山、长川，我拿给你们的那些书看了没有？"只剩下兄弟三人时，赵国栋也随便了许多。

"哥，都看了，不过很多东西看得云里雾里，不太懂。"赵德山说的是实话，对股票操作方面的书他虽然有兴趣，但是要让性子粗疏的他安下心来钻研显然不可能。

"嗯，都看了，哥，这些东西还得实际操作才行，和牛王庙那边根本不一样啊。"赵长川也插话。

"具体手法肯定花样百出，但是本质却相同，低买高卖，从中渔利。现在中国股市真正的投资者不多，倒是投机者以及一些连投机者都不算的股盲充斥其中，不经历几次血的教训，这些人心中的幻梦不会破碎。"

赵国栋想了想又道："长川，给你两个月时间你把许伟带出来，让他明白怎么管理砂石场，两个月时间内你慢慢淡出，逐渐让他单独上手。八月份你就和德山带上所有的钱去上海，先入市熟悉熟悉。"

"哥，所有钱都投进去啊？"虽然对兄长充满信心，但是赵长川还是有些担心，除了牛王庙股市上挣的之外，剩下的好几万都是他辛辛苦苦守着砂石场一分一文攒回来的，万一这一宝押错，那可就真的血本无归了。

"长川，这一次我们不是炒股，也不是押宝，而是挣钱，或者说抢钱，就这么简单。"

如果说牛王庙股市上第一次出手赵国栋还有些担心的话，那么这一次上海股市出手赵国栋心中已经笃定许多了，宝延风波不会因为自己在安都牛王庙股市赚了一笔就改变。

跟着庄家的指挥棒跳舞，知道庄家的指挥棒什么时候收回，这样还挣不到钱，那就真的太失败了。

"哥，我总觉得这样押宝不太稳妥，万一我们失手，那可就前功尽弃了。"赵长川犹豫良久，还是觉得说出来更好。

"你想说什么？"赵国栋心中一动。

"我觉得做事还是踏踏实实的更好。像我们的砂石场，现在正处于安蓝公路全面动工阶段，正是用料高峰期，我还打算把工地和料场再扩大一些，平川那边有不少包工头都来要砂石，我都不敢应承，实在太可惜了。我粗略估算了一下，一个月至少能挣两万到三万，如果规模再扩大一点，上四万也不是不可能。"

赵长川从兄长的目光中看到了鼓励，心中一宽，大着胆子道："上次德山虽然在牛王庙股市上赚了一把，但是后来再去就亏了，这中间风险很大。像哥你说的，现在中国股市是新生事物，不像西方股市那么规范，信息不对称，加上本身的漏洞和缺陷，巨富变赤贫也是眨眼之间的事情，我们这样把所有身家押上去，风险实在太大了。"

赵国栋忍不住拍手："嗯，长川，你算是没白干这么久，也没白看书！股市上从来就没有真正的赢家，除非他赚钱之后就再不涉足。脚踏实地地干自己看准的事情，那才是正道。"

"哥你还想做什么？"赵长川和赵德山都有些不解。

赵国栋自然不会告诉他们自己的秘密，他沉吟了一下才道："原始积累方式太过缓慢，股市是圈钱的最佳手段，当然也是下地狱的最便捷方式。我告诉过你们，这一次我们不是炒股，也不是押注，而是挣钱，因为我有其他人不知晓的消息。信息的不对称足以让我们大赚一笔！"

赵长川和赵德山恍然大悟，虽然他们不知道赵国栋从何处获知内幕消息，但是既然赵国栋如此肯定，那自然可以规避风险了。

第八章　赵国栋让这个浸淫江湖十几年的老手也感到惧意

县委副书记兼政法委书记包太平笑着对朱星文道："现在要求干部年轻化、专业化，小赵这种科班出身的干部就是要大胆地用在领导岗位上，事实证明我们的观点没有错嘛。"

一接到县局通知，赵国栋就知道事情恐怕有些麻烦了。

临近的平川县古口镇发生一桩血案，两兄弟因为琐事与邻居一家发生纠纷，杀死邻居一家四口潜逃，去向不明，很有可能潜入江口县境内。

这是发生在一个小时之前的事情，而县上刑警队和武警已经出发直奔江庙而来，市局也接到省厅指令出动了特警和武警向江口方向扑来。

"来，我们简单分析一下，如果这两个家伙潜逃，他们会从哪里钻过来？"赵国栋把所有参战民警招呼到位。

内勤已经将所里的佩枪全数配发到了民警手上，除了一支七七式外，清一色五四式，所有人都感觉到了压力。

"从古口那边过来，大路估计不会走。古口那边已经设卡了，唯一能跑的路就是从这边入土陵，或者沿着河坝从大观口河坝跑。"廖昌盛是老江庙了，对地理情况相当熟悉。

"土陵那边可以入山，但是一旦扎死口子，他们两兄弟根本无法逃脱。这两兄弟都是古口本地人，挨邻接界的，他们应该知道土陵这边的地形，如果我是他们就不会走这条路。"罗明山也插言。

"河坝里宽敞，河边芭茅茂盛，最适合藏匿。如果我是那两兄弟，我肯定选择河坝。"袁振勇沉声道。

赵国栋飞快地思索了一下便道:"好,廖指导你留在所里,如果县局和市局来人,你安排人带路。洪海、振勇你们俩再带上胡明贵、卢小勇、皮志坚跟我去大观口河坝。老罗你和小陈带谭凯、王忠光他们四个去土陵扎口子,万一那两个家伙是傻货要走土陵入山呢?我们也不能不防。"

夏日的河坝热气蒸腾,一晃眼望过去,白花花的一片,鹅卵石、沙堆,间或一些滩地上长满了杂草。赵国栋一行人驾车抵达古口与大观口搭界处就听到一个不好的消息,一个打渔人说半个小时前两个行色匆匆的男子顺着河坝向上游走了。

半个小时,就算河坝里不好走,那两个亡命徒至少也跑出几里地了,跟在后面未必能找到他们的踪迹。赵国栋果断命令袁振勇带领两名联防尾随而上,其余人立即驾车往回开,返回七八里地重新下车进河坝。

一到河边立即通知村干部组织村里民兵帮助围堵,赵国栋带着贺洪海、胡明贵下河坝寻找。

芭茅草在赵国栋手臂上划出一道道血丝,汗水浸渍着警服格外难受,赵国栋索性把警服敞开,提着手枪在河坝里穿行,一边努力观察前方有无可疑人影。

赵国栋并不喜欢七七式手枪,他更喜欢被誉为世界名枪的五四式手枪,那种枪威力大,射程远。据说在越南、柬埔寨那边叫做黑星枪,因为枪柄上有一个漂亮的五角星。除了稍重一点,还真难找出什么毛病。

赵国栋刚绕过一个沙坑,就听贺洪海紧张的声音传来:"赵所,你看!"

前方一百多米开外出现了两个身影,正快步向这边走来,或许是发现了赵国栋一行人,俩人的步伐一下子慢了下来,似乎是在观察这边的动静。

赵国栋心中一紧,对方眼力也很好,十分警觉,这河坝里一百多米可不像平地,赵国栋瞅了一眼四周,距离河堤也不远,但河堤很高,要想上去还得选一选路段。

不过距离河中央可就没多远了,也就五六十米,也就是说如果这个时候动手,对方极有可能会孤注一掷往河里钻,一下水,可就不易得手了。

赵国栋深吸了一口气,看来得冒险了。

"洪海,你上河堤,慢慢往前走,只要他们不动,你就慢慢靠近,我和胡明贵走下边。"

"赵所，要不我和胡明贵走下边吧。"贺洪海犹豫了一下。

"少废话，快去！"赵国栋不耐烦地挥挥手，将手枪卡在背后皮带上，"明贵，走！"

"好嘞。"胡明贵倒不惧，赵国栋的身手他是见识过的，三五个人根本就不是赵国栋的对手，更不用说他身上还有枪。

赵国栋刻意放慢了速度，对面俩人索性停下脚步，死死地盯着这边，赵国栋知道有麻烦，自己穿的是警服，这会儿脱下来会不会有些欲盖弥彰呢？

想了一想，赵国栋还是一咬牙脱下警服，裸露着上半身往前去。

不过他这一手也没能起多大作用，对方在短暂的迟疑之后，便迅速转身往回走，赵国栋心中一急，也加快了脚步。

对方一见赵国栋紧跟上来，立时改走为跑，这个时候再隐瞒就毫无意义了，赵国栋将警服丢在地上，提起手枪便是一阵猛追："站住！"

前方两人更是如惊弓之鸟，夺命狂奔。忽然俩人开始往河中央跑，远远见到袁振勇带着一帮人从对面堵了上来："站住，不站住我开枪了！"

袁振勇枪响的同时赵国栋也鸣枪示警，但对逃窜的俩人没有任何影响。

若是让这两个家伙跳进河中，河里水急浪大，一个猛子扎下去就不见踪影了，那可就麻烦了，赵国栋暗叫糟糕。

两声枪响把聚集在河边窝棚里的人给惊了一跳，正在赌博的一帮子家伙一下子跑了出来，却见到两个人奔走如飞向这边冲来。

"咋回事，虎哥？"一帮子赤裸着胸膛只穿了一条短裤的汉子莫名其妙，看样子不像是公安来抓赌，那两个正在亡命逃窜的家伙倒像是公安的目标。

"好像是公安在抓人，怎么会跑到河坝里来了？"马脸男子抬起手遮在额际打量了一下，"妈的，真是蹊跷。"

"怎么办？"一帮人围着虎哥问道。

赵国栋也瞅见了窝棚里涌出来的一大群人，连忙叫道："那边的兄弟，把这两个家伙堵住，他们身上有刀，小心啊！他们要反抗，打死算我的！"

马脸汉子一下子就听出了赵国栋的声音，自打赵国栋上任他便安分了许多，没想到会在这种场合遇上。

另外一个曾被赵国栋一腿蹬出老远的家伙也听出了声音："虎哥，是姓赵的！"

"操家伙，把那两个家伙拿下！"江一虎脸上阴晴不定，最终还是一咬牙，"愣着干什么，把铲子、镐头给我提上！"

两个亡命狂奔的家伙万万没有想到，都快要到河边了，竟然会遇上人拦路，情急之下便把挎在腰间的杀猪刀抽了出来："让开，不关你们的事，要不老子就白刀子进，红刀子出！"

"哼，妈的，也不看看这是谁的码头？来试试，看看是你的刀锋利，还是我的铲子方便！"江一虎双手撑在一把大铁铲柄头上，阴森森地道，"给老子放下刀，否则老子立即打断你的手脚！"

江一虎一挥手，身后七八个汉子都把手中的铲子、镐头扬起，雪亮的铲头镐尖在阳光下发出刺目的白光，恶狠狠地盯着二人："信不信，三秒钟之内，老子就让你们两头猪猡变成永久残废！"

两个男子绝望地看着后面已经快要追上来的赵国栋等人，前面是七八个气势汹汹手持铲镐的凶神恶煞。看样子是跑不掉了，这七八条铲子镐头打下来可不是玩的，三五下就得要人命。

赵国栋气喘吁吁地撵到近前，才看清楚帮了自己大忙的人是谁。

不过现在的赵国栋已经不是当初纺织厂的赵国栋了："是一虎啊，这次全靠你这帮兄弟了。没说的，上边的奖励少不了你们的。"

江一虎脸色一连变了几下，最后才勉强笑道："赵哥说哪里去了，好歹都是江庙人，咱也要做守法公民对不对？奖励咱们不敢要，只求赵哥别把我们兄弟几个当做无恶不作的坏人就行了。"

袁振勇和贺洪海几个也都追了上来，看见袁振勇和贺洪海手中扬起的手枪，两个家伙自知逃脱无望，索性丢下刀抱住头一声不吭地蹲在地上，显然是看电视看多了模仿来的。

赵国栋示意袁振勇和贺洪海几人上去将已经丧失了斗志的两个家伙铐上，自己则琢磨着该用什么话来敲打江一虎。

江一虎在江庙有些号召力，不过这个家伙很聪明，干的事情都是擦边球，上次去厂里舞厅闹事也很有分寸。赵国栋虽然不太喜欢这些人，但是他还是得承认江一虎比他表面上那副粗豪模样要精明得多。

"一虎，这两年已经不是靠拳头打天下的时候了，要想自己过得好，要想朋友们过得好，还是得有经济实力。你现在就不错啊，也知道在河坝里刨食，经济决定一切，道上那些事情最好少去沾染。我这是由衷之言，你听得进去就听，听不进去就当我没说过。"

在所有人的注意力都被那两个被按在地上上铐的家伙吸引时，赵国栋和江一虎走到一边。

赵国栋有些露骨的话语让江一虎全身一震，他还是第一次听到有人用这种话来敲打自己。河坝里采砂他也是办了手续的，只不过这份钱挣得辛苦，远不如整日里四处逍遥那么自在。但是正如赵国栋所说，经济决定一切，在感受到钱带来的好处时，他对江湖道上打打杀杀的兴趣一下子就淡了许多。

"赵哥，我明白，但是有些时候人在江湖身不由己啊。"江一虎叹了一口气。

"哼，你江一虎的脑袋难道是豆渣？怎么脱身我相信你自有办法。记住，中国没有黑社会生存的土壤，如果群众觉得谁是，那他的好日子也就到头了。"

赵国栋阴冷的脸色让江一虎不寒而栗，他怎么也想不通，这样一个小伙子会让自己这个浸淫江湖十几年的老手也感到惧意，对方话虽然不多，但句句都让自己胆战心惊。

"赵哥，怕不是老百姓觉得谁是黑社会谁就是，是共产党觉得谁是黑社会谁就是吧。"江一虎苦笑道。

"你明白就好，共产党的天下不由共产党说了算，还得由你们说了算？这年头舞刀弄枪的结局，要么是横尸街头，要么就是大狱里待着凉快！关你一二十年出来，我看你还有多大精神蹦跶？你好自为之吧。"

赵国栋把头扭到一边，方才那狠戾的语气，连他自己都觉得有点装的味道。

当县局刑警队和武警以及市局增援警力赶到江庙时，赵国栋他们刚好押着两个嫌犯回到派出所。

邱元丰看到赵国栋一行押着两个嫌犯下车时，心中顿时放下大半。他现在已经是分管刑侦的副局长，接到市县两级的通报之后立即组织刑警队和武警赶来，没想到刚走到江庙，赵国栋竟然已经把两个嫌犯抓获了。

"国栋，你小子，干得漂亮！县委包书记和朱局马上就要过来了，市局黄局长带领增援警力也马上要到了。"

邱元丰笑容满面，赵国栋干得好，他脸上也有光彩。毕竟赵国栋是从刑警队被排挤出来的，却在自己手上大放异彩，节节高。

"呃，邱局，赶快通知他们不用来了吧，人已经抓到了，我在车上都问了，没错。"赵国栋乐呵呵地给邱元丰敬了一个礼，然后才嬉皮笑脸道，"刑警队都是师傅师兄，没说的，我让廖指导马上安排饭馆，市局那帮人是不是就算了？"

"你小子！"邱元丰又好气又好笑，"市局领导来你还不乐意？别人请还请不来呢。"

"邱局，不当家不知柴米贵啊！你当所长时都不觉得，这会儿我接了手才知道样样都得花钱。光临近的平川县公安局，这两个月我就接待了三四拨，派出所的、刑警队的，不是来抓人的，就是来办案的，一来就是一桌人。友邻单位的兄弟来了，不招待说不过去啊，保不准明天咱们也得去他们那边办事儿呢？"

赵国栋手中的红塔山早就撒了出去，这会儿还抱怨着。

"嗯，你也知道当家人的难处了？也对，好好锻炼锻炼，当所长可不比当民警，办案能力都在其次，组织协调能力更重要。"邱元丰悠然自得地点燃烟，一边在赵国栋的陪同下走进原来自己的办公室。

赵国栋和刑警队一帮老同事打了招呼之后，让薛碧琴拿出两包红塔山挨个撒了一圈，市县两级领导马上就到，也就没人进会议室了。

"邱局，这三菱归你了？"赵国栋涎着脸问道。

"嗯，蓝鸟老窦拿去用了，我管刑侦经常下乡里，局里就让我用这辆三菱。"邱元丰身子更见壮硕了，吐出一口烟圈，"老刘把夏利从交警队带过来了，切诺基就归老马了。"

赵国栋沉吟了一下才道："何局还是用昌河？"

"嗯，党委会上谁都没提这件事情，唉，看样子朱局对何局成见很深。"邱元丰微微苦笑了一下，他如果不是搭上了茅道临的线及时转向，留在治安科科长位置上只怕也是难熬得很。

"唉，这年头不好说。"赵国栋也摇摇头。

152

"你小子还算行，朱局对你印象大有改观啊。"邱元丰似笑非笑地道。

"嘿嘿，全靠邱局你提醒我才及时补救啊。"赵国栋一脸感激地道。

"哼，那王德和可是不爽得很啊，朱局也顶了不小的压力。"邱元丰叹了一口气，"我感觉窦中凯好像也对你的任命有些异议。国栋，你太年轻了，很多人看着不顺眼呢。所以你和朱局还得把关系搞好，没事儿多去他办公室汇报汇报工作，只有好处没坏处。"

邱元丰这番由衷之言也是经验之谈，赵国栋相当感激，能够推心置腹地说这些话，也说明邱元丰是真心替自己考虑。邱元丰为人不错，心胸也算宽阔，加之人也不贪，虽然圆滑了一点，但还是个值得一交的领导。

"谢谢邱局提醒了，我知道。"赵国栋又递上一支烟。

"嗯，听县里领导说县里正在积极争取成立咱们县的经济开发区，一旦获批的话开发区会成立一个派出所。"想起了什么似的，邱元丰顿了一下，"江庙毕竟是一个农村所，如果你能去城里，哪怕是城郊，发展空间也要大一些。"

"哦？"赵国栋心念急转，联想到现在正是全国开发区火爆的时候，赵国栋沉吟了一下才道："开发区现在怕不容易批下来吧？"

"肯定不容易，所以这么久还没有批下来。不过一旦批下来，那里可是热门。"邱元丰想了想又道，"国栋，你若是有意思，可得早点儿下工夫打主意。"

"邱局，你的好意我知道了，对了，星期天有没有空？"赵国栋笑了起来。

"咋，要请我喝酒？你不是说你们江庙所经费紧张么？"邱元丰笑了起来，"你小子，私人请客我就来，公家就免了。"

"嘿嘿，当然是私人，我把刘哥喊到一块儿，就咱们仨，去大观口那边钓钓鱼，吃吃野味。"赵国栋也笑道。

"哪个刘哥？"邱元丰一时间没反应过来，见赵国栋嘴角含笑不答，头脑中灵光一闪，"市局刘局长？"

"嗯，他就是平川那边挨着大观口的，我把他喊来一块儿聚一聚。"赵国栋点点头。

邱元丰愣怔了一下之后若有所思地瞅着赵国栋，半晌，才竖起指头点了点赵国栋："好小子，难怪，我说老朱咋就敢驳了王德和的面子呢？原来如此，行啊，国栋！"

"嘿嘿，再行还不是跟着邱局你出来的。刘哥回来过两次，我们也比较投缘，我觉得邱局你和刘哥肯定有共同语言，在一起坐坐大家也多了解了解啊。"赵国栋也不多解释，大方道，"我相信刘哥和邱局肯定合得来。"

"好，星期天你提前给我打电话，我早点儿过来，刘局那边是我们去接还是怎么？"

邱元丰压抑不住心中的喜悦，虽说茅道临帮了自己一把，但是公安这个队伍特殊，又没有其他过硬的关系，自己想再上一步有相当难度。要说在局里，除了何凤祥之外只怕就是自己底气最薄了，如果能够和刘兆国牵上线，那可就大不一样了，保不准哪天调任其他县区升一格也不是不可能的。

"他都是司机开车送来，我再送他回去。"赵国栋摇摇头，"邱局不必那么拘束，刘哥这人不熟的人看起来很严肃，熟悉了随便得很。"

"那好，我就等你电话了。"邱元丰点点头。

"邱局，你也不弄一个大哥大？"赵国栋试探性问道。

"算了，那玩意儿太贵，现在除了朱局有一部，连老窦都没有，我也不想显摆。"邱元丰摇头。

二人正说话间，就听得院子里喇叭响："走吧，多半是包书记和朱局他们来了。"

赵国栋和邱元丰赶紧下楼，挂着安 A 牌照的桑塔纳和警字牌照的桑塔纳鱼贯而入。

"包书记，朱局！"赵国栋标准的敬礼让两位领导都很满意，"小赵，人抓到了？没有人受伤吧？"

"全部抓获，无人受伤。"赵国栋回答得铿锵有力。

"嗯，老朱，看来江庙所的战斗力名不虚传啊。"县委副书记兼政法委书记包太平笑着对朱星文道，"现在要求干部年轻化专业化，小赵这种科班出身的干部就是要大胆地用在领导岗位上，事实证明我们的观点没有错嘛。"

朱星文笑着应和道："是啊，包书记说得对，公安机关就是要破除那种论资排辈的现象，打造出一个能者上、平者让、庸者汰的用人机制。"

话音未落，门口又响起汽车刹车声，一辆悬挂公安专段牌照的黑色雅阁，带着两辆墨绿色的东风卡车停到了江庙派出所门口。

"胡局，这是我们县委包书记，包书记，这是市局胡局长。"场面顿时变得热闹起来，朱星文在获知两名嫌疑犯已经被抓获时已经进了江庙镇，而胡夏率领的市局一大帮子特警武警也已经赶到。

事情已经解决，领导们的心情也就放松下来，胡夏迅速向省厅反馈了两名嫌疑犯已经在江口落网的消息。朱星文安排赵国栋迅速准备好午饭，只是这一下子来了七八十号人，江庙镇的饭馆一时间也做不出来这么多饭菜，只能分散在几个饭馆凑合用餐。

"国栋，你安排一下，走，把元丰叫上，一起回江口。"朱星文把赵国栋叫了过来，"这边交给老廖，人就放在江庙，看好，等蓝山那边来接人。胡局长刚上来不久，难得来一回江口，这一次你们又立了大功，看能不能跟胡局长说说，争取个二等功。包书记说了，下午县里电视台要来给你拍几个镜头，吃了饭你就赶紧回来。"

听朱星文这样安排，赵国栋让薛碧琴赶紧准备两千块钱，跟着上了朱星文的车，一行领导直奔江口县。

张德才看着赵国栋上了朱星文的车，自己却被指定留下来负责守着两名嫌疑犯，心中也是百味陈杂。赵国栋这小子运气咋就这么好呢？连这样的事情都能被这小子遇上。

和栾征远不同，朱星文更喜欢在江城大酒店吃饭，这里是江口县最高的建筑物，十层楼上可以俯瞰整个江口县城。

赵国栋已经不是第一次和朱星文在这里吃饭了。

自打嘉禾酒店那顿饭之后，赵国栋感觉朱星文对自己的态度迅速转变，不知道是因为蔡正阳、熊正林的缘故还是那部大哥大的原因。他估计后者可能性更大，毕竟蔡、熊二人的力量还不足以影响朱星文的前途。

自己主动投效自然是主要原因，自己渐渐步入了朱星文的圈子，赵国栋也不时能参加上一些饭局了。

朱星文这个人其实也不错，搞刑侦出身，公安业务没说的，能力强，脾气大，但是人也豪爽。三五次接触下来，赵国栋厚实的酒量帮朱星文扛下了不少难局，和朱星文之间的关系也迅速密切起来。

江城大酒店用完饭之后，一干领导自然要去休息一下。赵国栋正准备结账，却被朱星文摇手制止："国栋，不用，挂在这里，局里结账。"

"那好，朱局可别说我不够意思啊。"赵国栋也不客气，能节约两个算两个，"那我先回江庙了。"

"嗯，你去吧，好好利用这个机会宣传一下，有好处。"朱星文想了想之后才又道，"开发区可能会批下来，一旦批下来，县里的意思是要在开发区设立派出所，你有没有兴趣？"

邱元丰已经先陪胡夏和包太平二人进去了，走廊上只剩下赵国栋和朱星文俩人，赵国栋心中一动："嘿嘿，朱局若是认为我可以去的话，那自然好。"

"嗯，说到这儿吧，还得看能否批下来，开发区各种麻烦事儿不少，也是磨砺人的地方。"朱星文点点头。

赵国栋开上邱元丰的三菱越野一掉头上了安蓝公路。越野车比起其他车来跑这种烂路的确有优势，虽然是一辆二手旧车，但稍微小一点的坑，油门略略一松便跨了过去，松软的减震器让人在车上摇来晃去，好不舒服。

看样子开发区派出所成立已经是势在必行了，只是朱星文还没有拿定谁去开发区派出所，虽然也有让自己去的意思，但是瞅上那个位置的人看来不少。有些事情朱星文也需要权衡，若是自己想去那里，只怕还得努力一把才行。

现在江庙派出所已经走上正轨，工作开展起来得心应手，所里民警团结一心，而且砂石场就在大观口，可谓天时地利人和都占齐了。

而去了开发区，一切都要从头开始。开发区是肥缺，管委会那帮领导只怕各个都是有些来头的，加上这一两年征用了大量土地，和当地农民矛盾相当大，工作起来肯定不如江庙这边顺手，稍有不慎出点儿问题就有可能捅到县领导那里，要说还真是有点烫手山芋的味道。

不过开发区派出所位置重要，受到提拔的机会自然不是江庙所这种农村所可以比的，仅这一点就值得大伙儿为之奋斗了。

电视台漂亮的女记者很是吸引了不少人的目光，尤其是派出所的小陈更是围着女记者献殷勤，看得赵国栋好笑。在赵国栋眼中，这个年轻女记者虽然也不错，但远不及孔月，见惯了美女的他对漂亮女孩子已经有免疫力了。

女记者大概也有些不忿赵国栋的熟视无睹，可是赵国栋偏偏是采访的主角。一直到采访结束，赵国栋甚至连对方姓甚名谁都没有问一句，这大大地打击了对方的自尊心。

"小韩，电话！"

"谁啊？"

"嘻嘻，一个男的，是不是你男朋友啊？"同事的调笑让韩冬的心顿时怦怦地跳了起来。

"谁？"

"我。"赵国栋坐在值班室翘起脚。

"国栋？哼，你这会儿总算有时间给我打电话了？"韩冬轻哼了一声，很想压下电话，但又舍不得。

"嘿嘿，真是不好意思，这段时间太忙，所以没来看你，也没给你打电话，这不刚忙完一个大案。"赵国栋也听出对方的不悦，下意识挠挠脑袋解释道。

"哼，那你就忙你的吧，还打什么电话？"韩冬依然不依不饶。

"别得理不饶人啊，小冬，我可是先道歉了。"赵国栋知道对付女孩子的手段，"我有事情可是最先想到你。"

"什么事情？"韩冬心中一甜，先前的不悦顿时消散不少。

"你们宣传部和报社那边有联系吧？有没有关系好一点儿的熟人，最好是负责报道政法板块的。"赵国栋径直道，"才抓获两个超级重犯，前一段时间也破了几起有影响的案件，想让你帮帮忙，找人替派出所宣传宣传。"

"想上《安都日报》？"韩冬犹豫了一下，"那我得问问，另外你说的那些案件确实么？"

"小冬，啥意思？难道我还会玩虚架子不成，都是实打实的东西。打掉两个流氓团伙，另外还有一个内外勾结盗卖国有企业物资的盗窃团伙。今天抓获省厅通缉的在蓝山那边杀死一家四口的两个重犯，怎么样？三四个月时间，成绩显著吧？"

赵国栋叫嚷起来，他听出韩冬语气中的怀疑。

"嗯，如果真是这样，我倒是可以帮忙向报社那边推荐推荐，不过你也知道安都日报是市委机关报，都要有分量的东西。哪怕是豆腐干那么大一块，也得有些来头才行。像你刚才说的那么多内容，怕是不好办。"调到宣传部几个月，韩冬也大略了解一些这个行道的规矩。

"啥意思？"赵国栋皱起眉头。

"最好能让县里先造造势，然后通过宣传部门向市委宣传部通通气，这样就好操作多了。你们公安局肯定和县里宣传部有联系，可以通过局里和宣传部沟通一下啊。"韩冬隐晦地提醒赵国栋。

赵国栋这才明白过来，要想出名也不是那么容易的，除非是上边有意造势，否则破了案件抓了人，那也是你的本分工作。

"嗯，我明白了，到时候记得帮我敲敲边鼓就行了，其他的我会办好。"

赵国栋在电话里传递过来的声音信心十足，听得韩冬心中说不出的滋味。这个男人的身影始终在自己心中挥之不去，稍稍触及便会清晰无比，丝毫没有因为环境变迁和时间推移而有半点儿模糊。

"哼，我记得你的事情，但是你好像忘了你对我的承诺。"

"呵呵，没忘，忙完这段时间我就来安都看你。"赵国栋连忙答道。

赵国栋说到做到，第二天他就借向分管宣传的副政委马鹏汇报之机，向对方展示了开年以来江庙所取得的成绩。马鹏很感兴趣，当即表示要和宣传部联系，利用新闻媒体好好宣传一下江庙所这个典型，以便塑造江口县公安局的光辉形象。

一周后，《安都日报》便在第二版刊载了题名为《扬眉剑出鞘——记江口县公安局江庙派出所二三事》，足足占去了半个版面。

赵国栋兴致盎然地反复阅读着这篇文章，文章写得相当翔实，三起案件都围绕着整个派出所队伍建设做文章，表面上并没有提及自己多少，但是作为一所之长，功劳显而易见。

"国栋，你看啥这么来劲？"

杨天培进来的时候，赵国栋正聚精会神地看报，直到杨天培开腔他才发现。

"杨哥来了？"赵国栋赶紧放下报纸，替杨天培泡上一杯茶，"嘿嘿，咱的光辉事迹上《安都日报》了，我也自我陶醉一番。"

"哦？"杨天培也来了兴趣，拿起报纸看了一下，"不赖啊，国栋，这《安都日报》一上，你这位置是不是又该动一动了？"

"哪有的事儿，一张报纸能起那么大作用，那也太儿戏了。"赵国栋摇头笑道。

"昨天你来公司了？我这段时间都在工地上，你也不打个电话。"杨天培也配上了大哥大，做工程的经理，没有这玩意儿还真不行。

"嗯，杨哥在工地上忙，我就没打扰你。"

"是不是有啥事儿？"杨天培看出赵国栋有些犹豫，估计赵国栋可能有什么为难的事情。

"嗯，是有个事儿想和杨哥说说。"赵国栋沉吟了一下，琢磨着该如何开口。

"跟杨哥你还有啥不好开口的，杨哥能办到的，还能不办？"杨天培知道赵国栋不轻易开口，这么为难的样子，肯定是有难度的大事。

"杨哥，我想让你帮我贷一笔款。"

"多少？"

"八十万，能多更好。"赵国栋惜字如金。

"国栋，本来我不该问，但这么大一笔数目，你拿来干啥？"杨天培皱起眉头。

"嗯，我打算九月去上海一趟，那边有些机会。"赵国栋也不瞒杨天培。

"股票？"杨天培也很敏感，神色却更担心。

"嗯，是股市上。"赵国栋知道杨天培素来对股市没有好感，一直认为做事应该踏踏实实干实业。

"国栋，你知道我的观点，我一直反对在股市投机，那是赌博，根本就创造不了财富。我想办法一百万也能贷出来，但是我不能，这是原则问题。因为那得用公司固定资产担保，一旦你失手了，杨哥栽了没关系，但是公司还有一两百号人要吃饭呢。"杨天培断然摇头。

赵国栋苦笑，他知道杨天培是一个很讲原则的人，即便是再好的朋友，他也不会违背自己做人的原则，而这恰恰是赵国栋和他能够推心置腹成为忘年交的原因。

"嘿嘿，杨哥，那就当我没说过，好不好？"赵国栋耸耸肩，他早就料到是这个结局了，并不惊讶。

"国栋，我不帮你贷这笔钱，你还是要去上海？"杨天培似乎还有些想法。

"嗯，我自己有几十万，你知道我在春节前后赚了一笔，所以打算拿这笔钱去试试。"赵国栋点点头。

"你决定了？"

"嗯，决定了。"

"那好，杨哥那里还有二十万，另外杨哥以个人名义去信用社和合金会帮你贷三十万，五十万，这已经是杨哥的极限了。"杨天培缓缓道。

赵国栋心中一热："杨哥，不必了，若是我赔了，杨哥岂不成了没有信用的人了？"

"兄弟间不说这些，我知道你向来不做没有把握的事。只是股市风险大，你自己小心，我这样做也不违背我做人的原则，心里也踏实。"杨天培摆摆手，"别给我客气，你九月要，我八月份就拿给你。"

想了一想之后，赵国栋也不再客气："好，杨哥，我也不客气了，顶多也就是两个月时间，这笔钱就会回来。"

"嗯，国栋，我还是提醒你，股票这东西纯粹就是投机，你若真有心思，还不如搞你的砂石场，如果嫌砂石场小，还有其他事情可以做啊。"

杨天培也知道赵国栋是个不满足现状的人，眼光高，心性野。做警察这一行，又有点儿本事的都这样，至少赵国栋还算是搞的正经行道，不像有些警察仗着自己的身份专趟野路子。

"嘿嘿，杨哥，哪天你们二建司真的改制了，你要当私人老板，我倒是愿意凑凑趣，别的我也不放心啊。"

赵国栋话出有因，蔡正阳已经抢先组织安都市各县县长和分管工业企业的县长去了山东诸城，准备再去浙江那边转一转，感受一下沿海地区改革开放的气息。

蔡正阳能跨出这么大一步据说和新上任的省委副书记兼安都市委书记宁法有关。

宁法是上海人，才三十八岁，硕士研究生毕业，来安原之前是江浙某地级市市委书记。

听蔡正阳的语气，宁法的思想相当超前，许多看法和蔡正阳不谋而和。尤其是在国有企业机制转换和私营企业发展的观点上和蔡正阳更是有共同语言，这让蔡正阳相当振奋。

宁法刚上任几个月就已经开始展现出他的强势，所以得到他支持的蔡正阳也就抢在柳道源率领宾州党政代表团出去之前，先行组织了安都市辖下各区县分管工业的区县长出去考察。

赵国栋也隐隐听蔡正阳言语中流露出一些意思，如果山东诸城和浙江的经验能够切合安都实际情况的话，也有可能先在安都市辖各县展开试点，江口这种县级工业相对落后的县份极有可能成为第一批试点县。

"哼，二建司咋改制？还能改成我私人的？那职工们还不得把我给生吞活剥了？"杨天培想都没想过这种事情。

"那不一定，改革开放就是要促进生产力发展，只要能达到这个目的，任何尝试都应该允许。至于职工们，他们也可以和你一样当二建司的主人啊，搞股份制，谁出钱多谁就当老板啊。"赵国栋笑了起来。

"还有这种事情？国栋，是不是沿海那边都这么搞了？"杨天培的反应也相当快。

"嗯，这是大趋势，不过要看股份制这阵风什么时候刮到我们安原这边来。"赵国栋点点头。

"如果真要这么搞，我估摸着也该从一建司开始才对啊。"杨天培咀嚼着赵国栋话语中的含义。

"不一定，一建司不是二级建筑企业么？职工人数多，资产大，效益也不错，怕是反对的人多，不好改。还是你们二建司好，单位小，职工少，人心也好统一一些，而且效益也不太好，这种企业反而好改一些。"

"呵呵，越说越像了，好像真有那回事儿一样。真要有那么一天，咱俩可说定了，国栋，你可要来入一股。"杨天培笑了起来。

"没问题。"赵国栋洒脱地应承道。

七八月份原本是公安最忙碌的时间，天气热，人们火气也大，加上正是喝啤酒的好时节，喝得醉醺醺时自控力也随之降低，打架斗殴故意伤害这种案件自然成倍上升。而女人穿得单薄自然也会勾起一些想入非非的欲望，侵犯女性人身权利的案件也时有发生。

同时夏天也是扫除黄赌毒的重要阶段，每年的任务都集中在这期间完成。

江庙所这两个月战果不错，两起强奸案都拣了货，不过有一起实在够不上，最初你情我愿的事情最后演变成一方不愿另一方却想要强来，送到检察院最终还是难以认定，收审一段时间只得放人。

几起酒后斗殴案件也都顺利结案，这种案件最简单不过，材料也不复杂，只要人头明确，伤情鉴定一出来，自然水到渠成。

不过赵国栋却丝毫不轻松，如果不出意外，宝延风波就要来了。赵国栋一面积极筹措资金，一面询问柳、蔡等人有无参与的意思。

柳道源眼下地位不同了，已经没有了最初的兴趣。反倒是蔡正阳和熊正林有些兴趣，一人拿出五万块钱来试试水，刘兆国却毫不犹豫地把先前的二十万全数交给了赵国栋。

杨天培的五十万也如约到了赵长川的账上，加上砂石场这几个月赚的利润，赵国栋自己凑了四十万，总共一百二十万现金打到赵长川账上，看得赵长川心惊肉跳。

一百二十万！在九三年安原省这个内陆省份里来说已经是天文数字了，这笔钱可以干什么？

"德山，长川，你们下周就过去，先去上海那边住下，这都八月底了，你们一到就到证券公司营业部去开个户头，然后每天去看看行情。"赵国栋盘腿坐在床上。

"哥，究竟会有什么行情？"赵德山是个急性子，实在按捺不住。

"什么行情你们自己去观察，九月份我会抽时间过去一趟。"赵国栋不理赵德山，"坐飞机过去，也让你们开开洋荤。另外，别去租房了，就近找家宾馆住下吧，也方便一些，两个大男人也别太委屈自己了。"

"坐飞机啊？嘿嘿，哥，会不会掉下来？"赵德山兴奋地搓着手。

"哼，掉下来还叫飞机？"赵国栋狠狠盯了对方一眼，"另外，你们到上海之前，先去安都市买一部大哥大带过去。"

这下就连赵长川都兴奋莫名了，大哥大？玩意儿走到哪儿都是上等人的象征啊。

"哥，有没有那个必要啊？那得三万块吧。"赵长川兴奋之后又有些肉痛。

"长川，瞧你那出息，买个大哥大也是有用处的，到时候我们得随时和哥保持联系啊，回来之后大哥大也可以用啊。"赵德山笑得嘴巴都快要合不拢了，听兄弟打破锣，生怕兄长改变主意，连忙制止了赵长川。

"嗯，德山说得没错，有了那个东西我可以随时联系你们。"赵国栋吸了一口气，"这一次不容有失。"

这次的确不容有失，如果不是职业不允许请太长时间的假，赵国栋真想亲自去感受一番财富涌动的刺激。一百多万对于普通人来说似乎是个遥不可及的天文数字，但是丢进股票市场却连个泡都冒不起来。

孔月进来之后，赵德山与赵长川都知趣地离开了。孔月已经不像原来那样害羞了，虽然来赵国栋家里的次数并不多，但是赵德山和赵长川还是相当懂事，只要孔月一出现，总会找借口离开。

"国栋，我看德山和长川一副跃跃欲试的兴奋劲儿，要干什么啊?"孔月坐在床边，文静可人。

"嗯，他们要出一趟远门，我在叮嘱他们。"赵国栋背靠在墙壁上，懒洋洋地道。

"远门? 去哪儿，去干什么?"孔月惊奇地问道。

"没事儿干，让他们出去遛遛，开开眼界。"赵国栋不想多说，"小月，啥时候咱们也出去遛遛?"

"谁和你出去遛，不上班啊?"孔月的脸又不争气地红了起来。

"上班?"赵国栋心中叹息，安都第一纺织厂还能有多少时间让你们上班呢?

"嗯，等什么时候你真的空下来，我们再出去也不迟。"

"嗯，今晚去不去跳舞?"

"不想去了，太热了，不如我们去游泳吧。"赵国栋笑了起来。

"游泳?"孔月立时感受到赵国栋灼灼的目光在自己身上流淌，一种说不出的滋味瞬间在全身蔓延开来。

"嗯，走吧，凉快凉快。"赵国栋的语气不容反抗。

宁江水依然是那样清澈动人，纺织厂不少人都喜欢到这段来游泳。这时的水质尚未受到太多污染，男女老幼如下饺子一般将这一公里左右的江段挤得密密麻麻。

赵国栋和孔月到这里时，这里已经快要容不下了。

看着这么多人，赵国栋和孔月也只有摇头，赵国栋索性拉着孔月往上游走。

上游因为沙滩上乱石太多，加上水流也要深急一些，所以没有多少人愿意去，孔月拗不过赵国栋只好跟着往上走。

"国栋，这里连换泳衣的地方都没有。"孔月娇嗔道。

"嗨，这里也没啥人，你就找个角落换了不就行了。"赵国栋环顾四周，周围已经没啥人了，零星几个人也都在水里泡着，根本没人注意这边。

孔月娇羞地四处张望，虽然没啥人，但是一个大姑娘，天还这么亮，若是走到边头边脑的地方，保不准有人藏在一边呢。

"要不，你就在这块石头后边，我站在这边帮你挡着，一分钟就换好了。"赵国栋瞅了瞅，指指那块半人高的石头说，那石头正好可以挡住江里那边的视线。

孔月寻思半天，也只有这样，只是赵国栋就站在身旁，还是有些害羞："你别转头啊。"

"嗨，你身上我哪儿没看过没摸过？"赵国栋出言调笑着。

用力擂了赵国栋厚背一拳，孔月看看四周无人，赶紧脱下连衣裙，然后将内裤胸罩一并取下，手忙脚乱下，却忘了先把口袋里的泳衣拿出来。

口袋口打了一个结，孔月用力一拉之下竟变成了死结，半天打不开。

赵国栋斜着眼睛悄悄打量急得直跳脚的女孩子，苗壮挺拔的乳房并不算丰硕，但是却精致细腻。

体温迅速升高，有冒出鼻血的感觉，先前赵国栋还在犹豫是不是该对这个昔日初中时代的单恋对象下手，仅仅这一瞥就让他下定了决心。

孔月丝毫没有意识到自己背过去弓腰这一瞬间就决定了她的命运，此时的她还在用力地撕口袋，忙不迭地将连体泳衣拿出来。这是一件样式虽老但是花色却相当漂亮的浅蓝色泳衣，穿在孔月身上，立刻就将少女的苗条秀雅勾勒了出来。

和恋人一起游泳无疑是令人愉快的，虽然孔月泳技并不好，但是在赵国栋的带领下，孔月还是尝试着游进了宁江中部。河水强烈的冲力让孔月很快就放弃了尝试，乖乖地回到了岸边静水区。

一个多小时的游泳让赵国栋精神百倍，但是孔月的体力显然有些支撑不住了，赵国栋有些遗憾地上了岸。

换衣服时让赵国栋又过了一次偷窥瘾，孔月柔嫩似滑的肌肤让赵国栋叹为观止。纤巧适度的腰腹和笔挺修长的双腿，尤其是正好背对自己的臀瓣，丝毫没有橘皮组织，白嫩如奶油一般，夹杂着一丝暗影，即便是娇美如唐谨也无法压倒她。

送孔月到家赵国栋就打算离开，明天就得去买机票，还得好好回去敲打敲打二人，上海可是中国的经济金融之都，纸醉金迷的生活足以让任何一个人沉醉其中难以自拔。

不过孔月似乎有些留恋，这让赵国栋很是意外。

"小月，你家咋没人啊？"赵国栋有些惊讶，看样子孔月是害怕。

"我大伯身体不大好，下午我爸妈和我弟回老家去了，怕要一个星期才能回来呢。"孔月幽幽地道。

单位恰巧有个人请了婚假，孔月也就不好再开口，弟弟又是家中传宗接代的，大伯家只有两个女儿，一直很喜欢弟弟，所以父母趁着学校里放暑假把弟弟也带回去了。

"噢，那你一个人在家怕不怕？"赵国栋心中暗喜，却假意四周打量了一下，孔月家住一楼，对面是一个寡居的老人，早就搬到儿子那边去住了，整个一楼就显得空荡荡的，加之孔月这个门又在整栋楼最边上，靠着厂区围墙没多远。

"怕什么怕？我不过是一个人在家无聊，想让你多坐一会儿罢了。"孔月有些不好意思，都二十岁出头的大姑娘了，若是承认害怕，也说不出口。

赵国栋眼珠子一转，假意走到窗前，看了看已经暗下来的天色，沉吟了一下道："今晚空气好闷啊，看样子有大暴雨啊。"

"啊？"孔月连忙站起身来走到窗前向外观望，天边已经有些发黑，燕子在地面飞来掠去，看样子是要下大雨，她又特别怕打雷，心中不由有些着急。

赵国栋暗自好笑："反正你家也是一楼，也不怕漏雨，你就多看一会儿电视吧。"

说完赵国栋替孔月把电视打开。

第九章　波谲云诡，赵国栋觉得进管委会这件事情有些棘手

正如刘兆国所说，如果一个县委书记无法控制常委会的节奏和走向，那他就是一个不合格的县委书记，已经担任县委书记两年多的卢卫红显然不属于此列。

"拥抱那朝阳，让希望飘扬！"电视中悠扬熟悉的歌曲飘洒而出。

"十六岁的花季！"孔月心情一下子就好了起来，"国栋，干脆你陪我看一会儿吧。"

这部电视剧赵国栋两三年前就看过了，的确很能让人回忆起少年时的青涩朦胧。见孔月满脸渴望，赵国栋也不忍拂逆她的心意，只好坐下来陪太子攻书。

两集《十六岁的花季》尚未看完，窗外噼噼啪啪的雨点已经凶猛地打了下来。短短几秒钟，窗外便下起了倾盆暴雨，浓烈的潮气夹杂土腥气扑面而来。赵国栋小心地替孔月将窗户关好，只留下一条缝隙透气。

伴随着一道闪电掠过，轰隆隆的雷鸣声滚地而来，震得玻璃都哗哗做响。

赵国栋重新坐回沙发上，悠然自得地继续看电视，但是孔月却有些坐不住了，站在窗前观望了一阵，雨却越下越大了。

霹雳短暂而凶猛，时而连环滚动，白森森的电弧不时将窗外摇曳的树枝映得如风中飞舞的魔鬼。

两集《十六岁的花季》终于演完了，赵国栋和孔月都沉浸在剧情中，欧阳严严和白雪，陈菲儿和袁野，清纯可人的同学情谊，还有那桀骜不驯的韩晓乐的野性锋芒，几年前初中时代的一幕幕历历而过，自己更像是谁？

墙上的时针指向了十一点半，差不多也该休息了。赵国栋瞅了一眼坐卧不安的孔月，心中暗笑，她倒想看看孔月怎么应付。

“国栋，你回去吧，雨这么大，我给你拿把伞。”最终羞怯还是战胜了恐惧，孔月从门背后拿出一把尼龙伞来。

“嗯，好吧，你也早点儿休息，别看那些香港鬼片，想一想都吓人，这都七月半了不是？”赵国栋点点头，一脸关心模样，“把门关好，万一有人敲门，可千万别开门。”

孔月脸色顿时变了，七月半，鬼乱窜。这又是下雨天，自己一个女孩子独自在家，邻居又没有人住，这实在太考验女孩子的胆量了。

看见孔月递给自己伞的手都有些微微发抖，赵国栋也有些不忍：“小月，这雨一时半刻停不了，要不你先去睡吧，我在这儿再等等。”

“那……你还是要回去啊。”孔月噘起小嘴，“我怎么办？”

“嗯，要不我就在这里看电视，你睡吧。明天早上，我一早回去就行了。”赵国栋笑嘻嘻地道。

孔月终于答应了，去了里屋她自己房间，赵国栋则在外屋一边打呵欠一边无聊地看着电视。

里屋灯熄了，但是赵国栋能够清楚地听到孔月在床上辗转反侧的声音，雷声时大时小，赵国栋按着遥控器，的确没有啥看的，快十二点了。

雨渐渐小了一些，赵国栋有些遗憾地叹了一口气，看样子自己只能在沙发上蜷一晚了。可惜这沙发实在太短，对于自己一米八的个子来说，太难受了。

“国栋，要不你进来到我床上躺一会儿吧？”看到赵国栋蜷缩在沙发上不得劲儿的模样，穿着一身白棉布睡衣睡裤的孔月站在门口犹豫道。

“啊？这……”赵国栋挠挠脑袋，孔月已经羞得再也说不出第二句话，转身钻进里屋。

压住自己狂跳的心脏，赵国栋拉熄外屋灯，悄悄钻入里屋，顺便将房门关上。

淡淡的幽香在赵国栋鼻息间流动，虽然孔月努力向墙壁那面靠，但是一个女孩子的单人床要想容纳俩人，还有一个像赵国栋这样的大个子，实在有些困难。

赵国栋不想再忍耐了，一只手灵巧地扳过孔月的下颌，在孔月的嘤咛声中轻轻覆上对方的樱唇。

孔月意识到今夜恐怕会发生一些不同寻常的事情，心脏顿时不争气地砰砰狂跳起来。但是情郎的热吻很快就消除了她的紧张，让她迷失在对方火热的情怀中，这一刻仿佛窗外的电闪雷鸣也变成了和风细雨。

孔月终于忍不住呻吟出声了，赵国栋火烫的唇舌在她敏感部位的活动，立时燃起了她珍藏了二十多年的春情烈火。想一想上一次在赵国栋身上的滋味，孔月就禁不住全身发抖，而今天似乎就要真正感受蜕变的痛苦和快乐了。

赵国栋手指灵巧地拉开床头的台灯，惊得叫出声来的孔月赶紧捂住自己的脸颊，却忘了自己赤裸的玉体毫无遮掩地坦陈在情郎面前……

第二天，当孔月裹着浴巾蹒跚着钻入洗澡间时，赵国栋正躺在床上回味那酣畅淋漓的一刻。

孔月身体太敏感了，以至于赵国栋甚至无法跟上她的节奏，尤其是在经历了昨夜的风雨之后。

赵国栋一点也不后悔自己的冲动，虽然不能说人生在世率性而为方不负此生，但是这种情形下还能保持理智的话，那人生也太无趣了。

做便做了，至于以后会发生什么，谁也无法预料，把握此时此刻才是真的。

就像高潮之后，孔月突然告诉自己她即将去重庆职工大学脱产学习一样，突如其来的变故让赵国栋一时间无法接受。他知道自己无法阻止对方，孔月喜欢学校生活，周围的朋友都知道。赵国栋不可能为了自己的私欲而改变孔月的一生，这或许也是孔月突然放开了的缘故吧。

越过了这层关系的男女自然免不了手眼温存，一直到天光大亮，赵国栋才在孔月的掩护下，鬼鬼祟祟地从孔月家中溜出。

接下来的几天，心照不宣的赵国栋总会在夜深人静时，悄悄潜入孔月家，尽情享受这难得的偷情欢愉。没有家人的羁绊，加上即将分别去重庆脱产学习三年，让孔月一反常态地放得开，也让赵国栋好生享受了一番夜夜春宵的生活。

孔月的家人回了老家，这简直是天赐良机，为这对陷入情爱漩涡中的男女提供了绝佳机会。赵国栋发自内心地感谢孔月大伯的这次生病，如果不是这样，即便是孔月内心千肯万肯，只怕自己也找不到合适的机会。

赵德山和赵长川终于还是走了，在安都市区从里到外换了一身的两个人看上去也有那么一点都市人的味道。不过赵德山骨子里流露出来的桀骜野性和赵长川沉稳中带着的拘谨，让赵国栋觉得两兄弟颇为互补。

大哥大依然选择了摩托罗拉8900，不过价格已经下滑到了三万两千元，赵德山当仁不让地握在了手中，给赵国栋的感觉不像是商人，倒是和港台剧中成奎安的造型有些相似。

送走了两兄弟赵国栋又忙着送孔月，火车需要一天行程，赵国栋不顾孔月的反对，断然放弃了厂里的报销，替孔月买了一张机票，不就是几百块钱么？他付得起。

一个如此漂亮的姑娘去挤一天火车，赵国栋还真有些不放心。

开发区终于批了下来，建派出所的事情也获得了县委县政府的同意，报到了市公安局，最后还需要上报至省公安厅，但是后面都是一些程序上的问题，关键还是县委县政府的态度。

争夺一下子就明朗化了，谁都知道开发区派出所虽然初建，可能条件艰苦一点，但是开发区地处城郊，比起西郊和北外两个所，地位犹有过之。

接到邱元丰的电话时，赵国栋正在和罗明山、贺洪海、袁振勇、陈国刚四人研究案子。

上午赵国栋抽时间去看了一眼砂石场，还行，两个月下来许伟跟着赵长川基本上弄明白了砂石场的运作流程。挖、筛、淘、选，最后计方，然后就是等待装车记账，也不是什么太难的事。但琐碎而繁复，好在许伟性子和长川差不多，也能坐得住。

下午是派出所例行的案件分析会。

"老罗，土陵这两起案件从作案手法和发案时间上看，都和黑石乡那边连续发生的几起案件十分相似。你好生审一审，三个人作案，我就不信攻不破。你让小陈仔细清理一下近期他们销赃那个窝点的进出货记录，如果没有，那就证明肯定有问题，那个家伙肯定另外还有一笔账。"

"嗯，这三个人刚进去，嘴还挺硬。不过有一个家伙看样子挺不了多久，他老婆快要生了，我看能不能利用这个进行心理突破。只要突破一个，一切就都简单了，我也觉得黑石乡那几起案件应该是这帮家伙搞的。"

罗明山点点头，自打积极性被调动起来之后，罗明山就像换了一个人一样，带着陈国刚在大观口和土陵两个乡四处摸排吊线，很快就起到了立竿见影的效果。从一个靠近平川县的废旧收购点那里入手，摸出一个盗割通讯电力线路的团伙，并一举成擒，当场截获了一批被盗电线。

"嗯，如果黑石乡这几起破坏通讯线路的案件能够认定是这帮家伙干的，那黑石乡这边就清静了，我还一直琢磨着是不是该有针对性地守一守呢。"贺洪海也很高兴，毕竟几件案子能并案也是好事。

"随着程控电话日益普及，我看通讯线路被盗割的案件还会增加。这些土贼采取这种低劣手法盗割，卖到收购点不值几个钱，但是邮电局却损失巨大。所以这类案件必须要从严从重，才能刹住这股风。"赵国栋点点头，"另外你们也得组织一下各乡镇治保主任开开会，发动村上的巡逻力量，有针对性地巡逻，尽量避免此类案件在我们辖区发生。"

"嘿嘿，乡上各村对于守电线没说的，毕竟事关千家万户村民用电。但是要让他们帮邮电局守通讯线路就没多大兴趣了，破坏了，邮电局还会恢复，所以不太好弄。"罗明山笑了起来。

"嗯，有这种现象，所以还得和各乡镇党委政府汇报一下这个情况，要让他们意识到通讯线路如果经常被破坏，一样会影响到他们当地的企业发展。这二者密不可分，要让他们认识到其中的利害。"

赵国栋也知道这些村干部对邮电局没有多少好感，毕竟安装一部程控电话价格昂贵，邮电局又没啥优惠，这会儿要让他们白干活，恐怕还得和当地党委政府沟通沟通。

传呼机的响声中断了案情讨论会，是邱元丰办公室的电话号码。

赵国栋下楼用电话回过去。

"国栋，你马上到我办公室来一趟。"邱元丰语气很急，让赵国栋很是惊讶。

"邱局，有事么？"

"别说了，赶快到我这里来。"邱元丰的语气不容置疑。

当赵国栋急匆匆赶到县局时，已经是下午五点过了，只有邱元丰办公室还开着，其他几位局领导的办公室都已经关门闭户了。

赵国栋一进门，邱元丰就示意他关上门，赵国栋有些紧张，看来还真有重要的事情，莫不是开发区派出所要定人了？

"邱局，啥事这么急？"赵国栋丢给邱元丰一支红塔山，中华只能偶尔为之，平时赵国栋包里还是以红塔山为主。

"上午县里开了常委会，讨论了开发区设立派出所的事情。"邱元丰点燃烟。

"这件事情不是早就定了么？"赵国栋有些不解，这也算急事？

"是早就定了，现在省厅和市局的批复已经正式下来了。今天县里常委会研究派出所成立问题，王德和提出，由于开发区地位重要，加之周边社会治安状况十分复杂，提议让派出所所长进开发区管委会班子，以加强开发区社会治安综合治理工作，更好地协助开发区管委会做好下一步征地拆迁工作。"

赵国栋立时从邱元丰郑重其事的语气中感觉到了其间的不寻常，略一琢磨便明白了其中奥妙："进管委会班子？实职副科？王德和想要干什么，为王贵仁打埋伏？"

"嗯，应该是这个意思。大部分常委都赞同他这个提议，所以常委会基本上确定了开发区派出所所长可能会挂任管委会的党委副书记或者副主任。"邱元丰点点头，"哼，这个消息一出来，局里边的中层干部恐怕都要闻风而动了。原来开发区派出所所长就够吸引人了，现在还要挂任管委会副主任，这些家伙还不得发疯似的四处钻营。"

"朱局是什么意思？"赵国栋沉吟了一下才道。

"不清楚，上一次因为你的任命朱局得罪了王德和，只怕这一次朱局会想办法弥补吧。不过副科级领导干部不是我们公安局能说了算的，我们顶多有推荐权。"邱元丰沉吟了一下，"上次吃饭时朱局有让你上的意思，但是老窦坚决反对，后来朱局就没再提这件事情了，怕是王德和已经和朱局说得差不多了。"

赵国栋觉得这件事情有些棘手，如果单单只是一个开发区派出所所长的职位，自己便是上不了也影响不大。但是要进开发区管委会班子，那就大不一样了，实职副科级这个台阶是很多干部奋斗一辈子都难以企及的，失去了这个机会也许三五年都未必能再遇上。

"朱局，除了王德和之外，还有谁在跑动？"赵国栋沉吟了一下才道。

"齐正和张德才都有想法。尤其是齐正，据说走了县人大主任沈若庭的路子，沈若庭是卢书记当县长时的副书记，当时对卢书记相当支持，所以这件事情现在还很难说。"邱元丰顿了顿之后才又道，"张德才大概是想托常务副县长冯东华出面，他和冯东华都是马庭乡的人。"

赵国栋掂量着他们的分量，沈若庭虽然只是人大常委会主任，但是他原来是管党群的副书记，也就是王德和现在的角色，影响力未必比王德和差多少。尤其是在他和县委书记卢卫红关系相当密切的情况下，这种影响力就更重要了。

"没想到一个派出所所长也会引发这么大的波澜，我还以为就我和王贵仁在琢磨呢。"赵国栋苦笑道，"现在又变成了要进管委会班子，凭空多了一个齐正来争夺，这还不算张德才呢。"

"嗨，这种事情没人愿意屈居人后。"邱元丰也颇为感慨。

"那邱局，决定权究竟在谁手中？"赵国栋皱起眉头。

"原则上局党委推荐，组织部考察，然后过常委会。像这种副科级干部，一般说来只要是局党委推荐的，组织部和常委会都不会打回来。但是这一次不太一样，牵扯太多人，我觉得甚至比我们上一次的竞争还激烈。"邱元丰摇摇头。

"这么说，我是没啥希望了？"赵国栋吐出一口闷气。

"嗯，刘局长在这件事情上恐怕也不好使力，毕竟开发区管委会班子成员是由县里任命，和公安关系不大。除非刘局长能够让朱局横下一条心，局党委只推你一个人。"

邱元丰也觉得这件事情不太好办，先前自己也在朱星文面前推荐了赵国栋，朱星文也有这个意思，但那是在没考虑进开发区管委会班子的情况下，而且王德和有意让王贵仁去开发区之后，朱星文的心思就有些拿不准了。

"也就是说，如果能让党委会定下谁去，基本上就可以搞定了？"赵国栋点点头道。

"一般情况下是如此，王德和纵然有天大的本事，毕竟不是书记，公安局推荐的人，只要没有原则问题，他也不能随便否决。"邱元丰声音变得有些低沉，"国栋，我知道你和朱局关系也不错，但是现在想要让朱局定你恐怕有难度。王德和和沈若庭都不是省油灯，朱局也需要综合平衡。"

赵国栋听得出邱元丰的意思，这是要自己做好放弃的打算。但这个机会太难得了，如果进开发区管委会班子，自己甚至有可能脱离公安走入政道……他得努力一下。

"邱局，我知道了，我不会让你和朱局为难的，不过我想在局党委会上请邱局帮我吹吹风，至于成不成，那再另说。"赵国栋站起身来，"不管咋样，都谢谢邱局的关心了，日后我能有寸进，绝不敢忘邱局的提携。"

听完赵国栋的叙述之后，刘兆国站起身在房间里转了一圈，思索了一阵之后才道："邱元丰说得没错，现在朱星文未必会听我的，说不定还会起到相反的作用。老谢还在位，我现在的位置还有些尴尬，朱星文想要上一步很大程度上还得靠你们县里，所以找老柳才是正理。"

赵国栋不言，他知道刘兆国还有话。

"不过你小子拒绝了老柳的招揽，现在又一门心思想去奔个副科级，老柳心里怕不大痛快。"刘兆国笑了起来，"是我给老柳打电话，还是你自己打？"

"嗯，我就用刘哥家的电话打吧。"赵国栋狡黠地一笑。

"那你好好琢磨琢磨怎么和老柳说吧，别引起误会就行。"刘兆国微微颔首，他也觉得赵国栋这次应该争取一下，"这是一个机会，正如你说的，在那个位置上你的工作视野就不再局限于公安工作了，全方位锻炼自己很有裨益。"

卢卫红放下电话半晌不语，坐在他对面的妻子觉察到他脸色有些古怪，不像是生气，也不像是高兴，倒像是有点意外。

"咋了，卫红？"

"没啥，只是有些奇怪罢了。一个小小的副科级干部，竟然引来这么多领导的关注。"卢卫红有些感触，副科级而已，全县有多少，少说也有两三百号吧，自己都未必能认识完。可就是这样一个角色，连市委常委组织部部长雷钊都打电话过问了，这是不是也太夸张了一点儿？

"你也别这么说，想当初你求上进的时候还不是一样每走上一个新台阶都欣喜若狂？既然入了这门，谁不想上进？至于领导，谁没个三亲四戚的？帮忙说一说，这也正常，只要本身能力品德没问题就行。"

不过这一次真的不一样。市委常委组织部部长打电话来亲自过问，而且还说是受领导委托，这夸张不夸张？卢卫红琢磨着是不是他自己的亲友托上门来，但如果是那样，他完全可以明说啊。

想了想之后，卢卫红拿起电话便打了出去："老朱啊，我卢卫红，你们党委对开发区派出所所长人选有没有成熟的意见？"

朱星文万万没有想到这么晚了卢卫红会突然打电话来，一听到对方的声音，朱星文还以为出了什么大事，再听卢卫红这么一问，他就知道怕是有人找上了对方的门槛。

"我和老窦碰过头，也和党委其他几个成员交换了一下意见，现在还不统一。"拿不准卢卫红究竟什么意思，朱星文退了一步。

"哦？意见没统一？没统一你可以集中啊，民主集中制才是我党的组织原则嘛，要不你当局党委书记干啥的？"卢卫红毫不客气，"该强势还是强势一点好，公安局长不是粮食局长，干任何事情都必须要有领导驾驭能力！"

卢卫红的话让朱星文脸上一烫，县委书记的言外之意就是，不要让别人的意见左右自己，该乾坤独断的时候就得乾坤独断。

"现在局党委有几个初步人选，一位是桥关所所长王贵仁，一位是交警队队长齐正，还有一位是江庙所所长赵国栋。"朱星文小心翼翼地试探道，"三位同志都很优秀，我们一时间很难取舍。"

"前面两位我都知道，都是公安战线上的老同志了，最后一位……"卢卫红声音一顿。

"卢书记，赵国栋是省警专的科班生，在刑警队干过，去年到江庙所，破了'六·一三'系列盗牛案，省厅市局都给予了高度肯定，荣立了个人三等功。今年六月又抓获了蓝山特大杀人案两名重犯，我们正在为他向省厅申报二等功。"

朱星文一时间还无法确定卢卫红的意图，他知道齐正找上了县人大主任沈若廷，而沈若廷和卢卫红关系不一般。但王德和那边已经与组织部沟通好了，看样子也是势在必得，这个开发区派出所所长的争夺如今可是异常激烈。

赵国栋很懂事，这几个月朱星文对他的印象也是大为改观，有事没事都喜欢把赵国栋叫上。他一度也考虑过赵国栋，但是最终却不得不压下自己的感情倾向。

"哦？我有些印象，前两个月《安都日报》是不是有半版专门报道了江庙派出所？所长就是这个赵国栋吧？"卢卫红在电话里的声音听不出半点儿倾向。

"嗯，是，就是他。这个同志各方面能力都很强，是个难得的人才，只是资历上略略浅了一点。"朱星文也不隐瞒。

听朱星文这么一说，卢卫红心中有了底："嗯，老朱，三个人都很优秀，但是谁最有利于开发区的工作，这才是最重要的，你的意见呢？"

这时朱星文已经隐隐感觉到王德和的意图恐怕又要落空了。卢卫红虽然半句没露风声，但弦外之音朱星文却明白，只是他还需要再确定一下，毕竟沈若廷找上了卢卫红，难道能不考虑？

"我个人的想法是赵国栋同志更适合，他有冲劲有锐气，不但业务能力没说的，而且组织协调能力也很强，但是……"朱星文稍稍停顿了一下。

"老朱，这是开发区选派出所所长，进开发区管委会班子只是挂职，是为了更好地推进开发区工作。县委不会干涉你们公安局正常的人事调动，一切都要从如何有利于工作来考虑。"卢卫红打断了朱星文的话。

"我明白了，卢书记，我们局党委一定从工作需要出发，认真体会县委意图，选好开发区派出所所长。"朱星文心中一阵亮堂，赵国栋这小子还真有些本事，看来卢卫红也接到市里边的招呼了。

窦中凯惴惴不安地坐在王德和办公室里："王书记，没想到事情会变成这样。我和朱星文事前交换过意见，但是他坚持推荐赵国栋，所以……"

"老窦，不用多说了，我清楚，朱星文现在是翅膀硬了，翻脸不认人了。"王德和脸色阴沉，摆摆手，"他好像忘了，副科级干部提拔是要经过组织部考察并过常委会的。哼，这个赵国栋是什么来头，让他这么卖力地为他铺路？"

"不太清楚，但是好像在市里边有些关系，上一次就是老朱不遗余力地把赵国栋扶正的。"窦中凯也不太清楚其中底细。

"哼，齐正也没捞着，沈若廷的面子也不给，朱星文还真够牛啊。"王德和冷笑了一声，"党委人大的账都不买了，你们公安局真要成独立王国了不成？"

"王书记，你也别太在意，贵仁还年轻，我们局里不是还差一个副局长么？完全可以从这方面来考虑嘛。"窦中凯笑道。

"哼，一个开发区派出所所长我都搞不定，还说什么副局长！之前我可是和卢书记打了招呼的，卢书记没表态，也就是认可了我的意见，我倒是要看看他怎么过常委会这道坎！"王德和慢条斯理道。此刻，他目光幽邃，语气却说不出的阴冷。

当赵国栋知道自己被局党委确定为开发区派出所所长唯一候选人，并推荐到县委组织部时，他知道最终的较量是在县委常委会上。论理派出所所长一职根本不需要组织部来考察，但是常委会上已经确定开发区派出所所长要进管委会班子，组织部按照程序就要到公安局里进行考察。

"邱局，谢了啊。"赵国栋笑着和刚从会议室出来的邱元丰打招呼。

"走，到我办公室坐。"邱元丰也是一脸笑意，"组织部来人不过是走走过场，局党委成员都谈完了。老马够意思，在刑警队找了几个人，又把廖昌盛、贺洪海和袁振勇叫来了，应该没啥问题。"

"窦政委会不会……"赵国栋一边掩上邱元丰办公室的门，一边小声问道。

"不会，老窦也是聪明人，大势已定的情况下再当恶人就毫无意义了。"

邱元丰摇摇头，窦中凯已经尽了力了，但是他不是局长也不是局党委书记，人脉上比起朱星文来差得远，控制不了局面，一切都在朱星文的控制下进行。而且这一次的争议也让朱星文意识到了窦中凯的离心离德，在他已经掌控了公安局局面的情况下，弄不好下一个被边缘化的目标就是窦中凯了。

"问题还是在县委常委会上，我帮你在茅县长那里敲了敲边鼓，但王德和肯定要打破锣，他是分管人事的副书记，说话分量不一样，所以关键还是卢书记那里。"

邱元丰隐隐知晓赵国栋肯定不应该只有刘兆国这一条线，要不就是刘兆国通过其他渠道帮了赵国栋，否则朱星文不会如此卖力地推荐赵国栋。沈若廷和王德和的账都不买，除了卢卫红有如此能耐，邱元丰想不出谁的招呼这么管用，怕是谢其祥都未必有如此大的威力。

孔月走了，赵德山、赵长川也去了上海，赵国栋觉得自己一下子清闲了许多。局里已经把自己推了上去，组织部例行考察也已经结束，现在就等过县委常委会那一关了。事不关己，关己则乱，赵国栋还是有些担心。

正如刘兆国所说，如果一个县委书记无法控制常委会的节奏和走向，那这个县委书记就是一个不合格的县委书记，而已经担任县委书记两年多的卢卫红显然不在此列。

郭占春接到电话时就知道，卢书记亲自过问这样一件小事说明一个问题，那就是这个赵国栋不简单。

王德和已经明确地和他打过招呼，县公安局这一次推过来的开发区管委会副主任兼派出所所长这个人选不合适。年纪太轻，资历浅，工作经验少，难以驾驭开发区这种情况复杂、矛盾突出的地区的治安局势，他准备在常委会上否决县公安局的推荐人选。

郭占春当然知道王德和的想法，只要不是他侄儿入选，任何人他都会挑出一堆毛病来，哪怕是最初沈若廷暗示过自己的齐正。

不过这一次公安局推来的人选实在太年轻了一点儿，连二十三岁都不到，工作才两年多。党龄也只有三年多不到四年，虽说只是挂职副主任，但是的确有些不太合适。

只是昨日和分管政法这条线的副书记兼政法委书记包太平讨论这件事时，包太平似乎对这个赵国栋颇有好感，还专门提及赵国栋擒获蓝山那两个特大杀人犯的事情，大大夸耀了一阵。看样子包太平和王德和这两个老冤家，又要在常委会上较量一番了。

王德和是他的老领导，包太平虽然也是副书记，但是他只分管政法，在人事问题上没有太多的发言权。原本郭占春也打算附和王德和的意思在常委会上否决公安局提出的人选，相信只要自己和王德和提出异议，这件事情就算是黄了。

拖上一段时间之后，公安局也只能按照县委意见另外提出人选，不过今天卢书记的电话却推翻了郭占春的想法。

到底告诉不告诉老王一声呢？虽然卢书记言语中并没有表露出其他意思，但是要求自己在下午的常委会上就要通过这件事，这就表明了他的态度，否则他根本不会专门来提醒自己。

郭占春叹了一口气，看来老王并没有和卢书记那边沟通好。至于茅县长那边就更不用说了，两个人从来就不对卯，这一次怕是老王又要栽一个大筋斗了。

正如郭占春估摸的那样，常委会很快就陷入了僵局，王德和的意见的确很中肯，也说到了点子上。作为一个组织部长出身现在又分管党群的副书记，他的话分量非同一般。

"包书记所说的确有道理，但是我们县委在考虑这个同志能力的同时，也应该考虑他是否适合这个位置。开发区刚刚起步，面临大量的社会矛盾，这不仅仅是光能破案抓人就能解决的。"

"派出所所长挂职副主任的目的就是要用好公安这张牌，既要达到震慑违法犯罪分子的目的，又要妥善处理好人民内部矛盾，而后者对于初建的开发区来说更为重要。所以我觉得这一次县公安局推荐的人选不太合适，赵国栋也许胜任其他派出所所长，甚至刑警队长，但是却不太适合做开发区派出所所长。"

王德和抿了一口茶，淡淡地道："县公安局两百多号人，中层干部也有几十人，经验丰富善于做群众工作的也不少，为什么就不能推荐一个经验、资历和年龄都相当的人选呢？"

王德和话语一落，常委会议室里就陷入了沉寂，就连包太平一时间也找不出合适的话语来反驳对方。

县公安局推出的这个人选实在太年轻了，党龄三年多，工龄两年多，婚姻状况还是未婚。虽然这些都不是决定性因素，但是一结合起来，就让人感觉有些不太合适了。

"我来说说吧，开发区是我县今后几年经济工作的重头戏之一，应该引起我们的高度重视。目前拆迁工作进度也不算慢，一些企业都已经入场建设完毕，即将投入生产。但是开发区周围属于近郊区，社会治安状况历来不好。"

"我上次到几家企业进行调研，企业负责人都反映盗窃现象比较猖獗，但这都不是主要的，更让企业和开发区担心的是恶劣的社会治安环境！当地老百姓在一些别有用心的人的唆使下，长期骚扰围堵企业和管委会，致使管委会工作和企业建设无法正常进行，已经到了令人发指的地步。在建设期间就如此，可以想象日后企业建成之后肯定还会面临更多的麻烦。"

"派出所的工作就是保境安民，方才郭部长也介绍了赵国栋的情况。在刑警队干过，在江庙派出所更是屡破大案要案，而且方才包书记也说这个小赵虽然年纪轻，但是政治上相当成熟，深得当地乡党委政府的好评。破案固然是一方面，更多的恐怕还是他本人在与党委政府相处时留下的印象，这也足以说明这位同志正如公安局推荐原因上所说的那样，组织协调能力相当突出。"

"我个人以为，年龄、工龄、党龄都不应该是决定性因素，这些只是基本条件。更重要的是这个人去开发区能否融入开发区工作，能否发挥其应该发挥的作用，这才是最重要的！公安局推荐的这位同志，显然符合这些条件。我也相信县公安局党委以朱星文同志为首的班子在推荐这个人选时，是做了周密慎重的考察的。"

茅道临的表态一下子把会议室的气氛推到了一个失控的边缘，王德和耸动的眉毛和阴沉如水的脸预兆着一场争执可能会升级。

卢卫红脸色虽然十分平静，但是内心却有些恼怒，这个王德和太不识时务了，自己先前已经和他交换过意见，但是现在看来，这个家伙有点儿倚老卖老，这让卢卫红心生警惕。越是这样，越不能让他得势，这是卢卫红当县委书记得出的经验之谈。

茅道临在人事问题上的发言权并不比王德和强，甚至在某些情况下县委书记更愿意倾听分管党群副书记的声音。县委书记——县长——组织部长，县委书记——分管党群的县委副书记——组织部长，所谓的三套车，人事问题的辔头始终操纵在县委书记手中，他想让哪套车发挥作用，哪套马车才能上阵。

"好了，关于开发区管委会班子的问题，我来说几句。公安局推荐过来的人选应该是在公安局内部进行了充分酝酿考察的，我们没有理由不相信一级党组织的集体智慧和判断力。老郭刚才也介绍了组织部的考察情况，没有任何不符合条件的因素，县纪委也对反映出来的问题做了调查核实，都是一些捕风捉影的谣传。

"刚才茅县长说的我十分赞成，年龄、工龄、党龄不应当是考察干部的先决条件，因为政治素质和业务能力并不和这些因素成正比。战争年代许多先辈十几岁就主持大局，难道说就因为他们年龄太小甚至不是党员就不信任他们？"

"赵国栋同志在江庙派出所的建树我们有目共睹，去年破获全省闻名的系列盗牛案荣立三等功，今年又抓获蓝山特大杀人案的罪犯呈报二等功，当地党委政府交口称赞，这样的同志我们完全有理由相信他可以胜任开发区派出所所长一职。至于说进开发区班子问题，这不是政治待遇，更不是生活享受，我觉得这是给这个年轻同志加担子，可以让年轻同志更快成熟起来。"

"小平同志说过，实践是检验真理的唯一标准，赵国栋同志能否胜任开发区管委会副主任兼派出所所长一职，我想现在也不必争论太多，完全可以通过三个月的考察期来看一看。"

"三个月结束之后，组织部、纪委以及公安局三家可以组成一个联合考察组，采取走访、座谈、调查多种形式，通过与管委会班子其他成员、开发区内企业负责人和职工、周边涉及征地拆迁的乡镇干部的沟通，来了解他的工作情况。反映得好，我们在座的当然欣慰；反映不佳，共产党干部历来就是可上可下，一纸文件免去便是了，何况一个挂职干部？"

"茅县长、老王，其他几位，你们觉得我这个提议怎么样？"卢卫红抬起目光环视一周，平静地道。

"很好，我完全赞成卢书记的意见，这样可以更好地发挥干部的主观能动性，也可以更科学地考察一个干部的真实水平。"茅道临立即附和。

"卢书记的意见很中肯，我赞同，希望赵国栋同志能够在三个月之后给我们在座诸位交上一张满意的答卷。"

发泄了一口闷气的王德和也意识到自己要搅黄这件事情恐怕不现实了。

郭占春的临阵退缩显然是卢卫红打了招呼，否则这个家伙不会如徐庶入曹营一般一言不发，这时候王德和才深刻体会到县委书记和副书记之间的区别，老部下郭占春可以附和自己，但是前提是在卢卫红没有明确倾向性的情况下，否则即便是拍胸脯许诺言也只能作废。

现在再和县委书记较劲那就太不明智了，何况卢卫红也给了自己台阶下。王德和目光变得落寞而阴冷。

常委会以这样一种突兀的方式结束了，卢卫红的坚忍手段让王德和企图搅黄这个任命的意图彻底落空。他展示了一个县委书记的手腕，茅道临和郭占春不得不心生佩服。

常委会过关的消息半个小时之内就传到了赵国栋耳中，他心中的巨石终于放了下来。虽然留下了一个三个月试用期的尾巴，但是赵国栋不认为这能阻止自己上位。

实职副科的职位就这样飘飘荡荡地落在自己身上，连赵国栋都觉得有些不敢相信，县委书记的威势由此可见。如果不是柳道源通过关系给卢卫红打了招呼，赵国栋相信纵然朱星文再想栽培自己，只怕赵国栋这个名字也无法出现在局党委推荐名单上。

"朱局，我敬您一杯，如果没有您的全力栽培和提携，我也走不到今天。多余的话赵国栋也说不来，我先干了，您随意。"

这已经是赵国栋的第三轮进攻了，菜没吃两口，一瓶五粮液就快见底了，似乎丝毫没有影响到几人的酒兴。

"国栋，你小子少在那里灌我，你两任领导都在这里，你不先敬他们，扭着我干什么？去，胜安和元丰那里敬两杯。"朱星文酒量也不小，但是看见赵国栋喝起酒来那股子气势，他也不得不承认自己老了。

"嘿嘿，朱局，你话就不对了，咱们都是你的下属，国栋先敬我们，那就是不懂规矩，是不是，老邱？"刘胜安满脸笑容，丝毫看不出大半年前他还和朱星文针锋相对。

"是啊，朱局，你喝了，国栋和我跟老刘之间的事情我们自己会解决，你可以监督，看我们是不是在踩假水嘛。"邱元丰盯着朱星文手中那杯酒道，"酒满敬人，茶满欺人，国栋，是不是没给朱局倒满，朱局才喝不下去啊？"

被邱元丰这话一挤对，朱星文也只有狠狠瞪了一眼，一仰头将杯中酒干了，然后翻过酒杯说："看看，我干了。国栋，你要是不和你这两个老上司喝三杯，我饶不了你！"

"嘿嘿，朱局，你这话可就不对了，我和老邱是不是也得和你一人喝三杯啊？"刘胜安乐呵呵地道，"老邱，看来朱局对咱们两兄弟没敬他有些意见啊，你看咋办？"

"咋办？端起杯子上啊。"邱元丰也笑道。

又是三杯，朱星文真有些吃不消了，赶紧挥手让这几个"战争贩子"坐下："慢点慢点，你们仨给我慢点，别菜都没吃两口就全倒下了，先吃一会儿菜再来。"

气氛在赵国栋巧妙的推动下很快就热烈了起来，朱星文显然很高兴，酒量大增，刘胜安、邱元丰和赵国栋三人敬酒也是随到随干。

"朱局，国栋这一走，江庙所那里就空出来了，得选一个合适的人选接替他才行，江庙区工委那边对派出所的要求越来越高，这个人还真不太好选。"邱元丰不动声色地道。

"今年局里人事也变动两次了，我看还是让老廖暂时主持一段时间工作再说，等翻了年之后再变动也行。"朱星文沉吟了一下，夹了一筷子菜。

"朱局，贺洪海今年表现真的很优秀，纺织厂的盗窃团伙以及那个流氓团伙案都干得很漂亮，是不是可以考虑一下？"

赵国栋知道邱元丰和刘胜安推荐什么人的时候恐怕还有些顾忌，自己现在的身份还无法与二人相提并论，自然没有那么多忌讳。

"呵呵，国栋，咋，你的意思是贺洪海还能接你的班？你接了老邱的班，现在又想故伎重演，让贺洪海接你的班不成？"朱星文似笑非笑地瞥了邱元丰和赵国栋二人一眼。

邱元丰立时感受到了这一眼的分量，赵国栋同样意识到自己的提议可能引起的歧义，连忙解释道："朱局，我只是说贺洪海现在表现很不错，经验也丰富，是不是可以提拔一下？倒没有想过非要在江庙主持工作，像刘猛一样提拔到其他派出所担任个副职，我想贺洪海还是完全够格的。"

"嗯，工商局贺局长也在我面前提起过几次，但贺洪海原来表现不咋样，大概是你提起来让他受到了刺激吧？没有竞争就没有动力，看来多提拔一些年轻干部对推动工作很有好处啊。"朱星文点点头，"看吧，等翻了年，元丰和胜安你们俩也可以在你们分管的部门选拔考察一下年轻干部，年后有合适人选，党委会上可以提出来讨论讨论嘛。"

"朱局说得对，像刑警队、城关所、治安科有不少年轻同志论经验、论能力、论作风完全可以下到其他派出所去挑大梁，担任一个副职对于他们的成长也很有好处。局党委下一次会议上是不是考虑建立一个年轻干部选拔机制，以便让我们局的后备干部培养形成梯级层次，更有利于我们局工作的延续性。"

刘胜安也是不鸣则已，一鸣惊人，这番话一出口，让朱、邱二人一怔的同时暗自点头，能够混到副局长这个位置都不是省油的灯，没有几把刷子是撑不起这副担子的，以为自己天下第一小看其他人，那只会碰得鼻青脸肿。

邱元丰十分赞同刘胜安的建议，并进一步提出应该在全局建立轮训制度，请富有经验的各警种老干警为年轻干警授课。教授内容主要以实际工作中经常遇到的实战内容为主，以便帮助年轻干警在最短时间内适应并熟悉工作，快速提高战斗力。

原本一个联络感情的饭局竟变成了讨论工作的会议，这让朱星文高兴之余也很满意，其实在这种场合讨论工作比起在气氛严肃的党委会上更能放得开，一些平素想不到的点点滴滴都能随口而出。

"国栋，开发区派出所是新建所，民警可能主要从城关所、永和所以及北郊所调过去。交通工具恐怕困难一点，只能暂时把局办公室那辆老吉普车拨给你。其他就要看你这个开发区管委会副主任从开发区管委会那边争取了。"朱星文抬手看了看表，时间差不多了。

"朱局，开发区派出所班子里还有谁和我搭档啊？"

相较于装备和环境，赵国栋对这个更关心，一个团体要想做出点成绩，首先就要看领导班子是否团结。在江庙所，廖昌盛对自己无条件全力支持才能让自己放开手脚开展工作，所里民警也才能拧成一股绳全身心投入，江庙所和自己也才有今天。

换一个新环境，这一点更显重要，如果不是考虑到不可能，赵国栋真希望廖昌盛能够调到开发区派出所担任指导员，继续和自己搭班子。

"局里暂时还没有考虑，嗯，如果国栋你有合适的人选也可以向党委推荐。"

朱星文沉吟了一下，没有明确表态。开发区派出所新建，条件最开始可能会艰苦一点，但是后期发展前景很大。加之距离县城也不远，肯定会有不少人有想法，只是在所长尚未确定的情况下还比较平静，但是随着今天县委常委会定了调子，所长人选已经确定，指导员和副所长人选当然就要提上议事日程，一些闻到味道的人自然就要找上门来。

"国栋，开发区那边环境复杂，你得有思想准备。这两年县里征用了大片土地，为了统一规划，也拆迁了不少房屋，开发区和周围老百姓的关系很僵，稍不注意就可能发生纠葛。我看县里之所以如此积极推动派出所建立也是想要利用我们公安的力量来处置这种事件。朱局，我觉得我们在处理这种事情时恐怕还是得慎重。"

邱元丰见朱星文似乎不太喜欢别人在开发区派出所班子上说事，便岔开话题。

"嗯，元丰你说得没错，公安不是用来对付老百姓的，涉及老百姓的具体问题主要还是要靠政府去做工作。很多事关老百姓利益的事情，政府该给解决的，就得解决，光靠公安，平得了一时，平不了一世，到后来只会把我们自身的形象给毁了。国栋，你日后既是开发区管委会副主任，更是派出所所长，这个尺度可一定要拿捏好啊。"

说实话朱星文也有些担心这个问题，赵国栋的确太年轻了一点，好在赵国栋性子沉稳，不是那种鲁莽之人，这才让他稍稍放心。不过也得督着刘胜安看紧点儿，别真的给公安局弄出祸事来，那就麻烦了。

"胜安，你日后要多去开发区派出所指导工作，多给我盯着点儿。"

"朱局，我看县里对开发区的发展很看重，而开发区和周围百姓关系又那么僵，开发区那些干部官僚作风严重，不愿意沉下去了解情况，老是觉得里边有刁民刺头儿借机闹事儿。今年都出了几回事儿了，其中还有两次闹得不小。县里为了保证开发区企业的发展，一味迫使百姓让步，我们就怕遇上这种事情扛不住啊。"

刘胜安也颇觉头疼，这时他才算是体会到这个分管治安和派出所的副局长不好当，看上去无比风光，但内里的苦处却只有自己才清楚。

上任才半年不到，这种百姓和开发区企业以及开发区管委会之间的纠纷就发生了不下十起。开发区那帮官僚和办事人员都是些有来头有背景的，待在开发区管委会就是冲着开发区待遇好工作轻松来的，既不愿意深入下去了解解决问题，对待百姓的诉求态度又恶劣，几次险些酿成大祸。如果不是他现场灵机应变，真要出大乱子。

"嗯，胜安，卢书记、茅县长以及梁县长都召见过我谈开发区治安状况的事情，就是觉得开发区周围的永和镇有些别有用心的人组织百姓阻挠开发区建设，提出一些超出原则的要求。我也一直想就这个问题进行专门调研，看看是不是像他们所说的那样，如果真是如此，那我们公安机关绝不手软，坚决打击！"

朱星文目光如炬盯视着刘胜安。

"呃，朱局，这个问题不太好说，要说其中没有问题肯定不可能，但是其间牵扯了太多的利益纠葛，个人的，集体的。集体就包括永和那边镇、村、组几级，以及建筑商、企业，还有政府，相当复杂。"

"一些人想借机从中渔利，一些村组干部为了自身利益也或明或暗地裹挟其中，甚至可能存在黑恶势力在其中煽风点火，想要火中取栗。而开发区原来属于北郊所管，但周围百姓又属于永和所和北郊两所管，两边不合拍，推诿的情况也存在，所以第一手情况我们掌握得并不详细。"

应该说刘胜安在这些方面还是花了一些心思的，几次处置开发区闹事他都亲历亲为，也了解到一些情况。但是毕竟没有亲自深入到第一线，最核心的情况还是雾里看花。

"国栋，听到没有？开发区状况的复杂程度远远超出我们的想象！年中县委县政府对开发区管委会班子进行大动，不是没有原因的。现在梁县长兼任开发区管委会党委书记，瞿韵白从城关镇镇长调任开发区管委会党委副书记、管委会主任，由此可见对开发区的重视程度。"

"你去了之后，要迅速进入工作状态，尽可能沉下去，搞清楚目前开发区究竟存在哪些突出问题，分门别类筛选出来，向局党委交一份翔实可信的调查报告。局里也要专题讨论如何解决需要我们公安解决的问题，我也要向县委县政府做一次专题汇报。"

虽然是在饭桌上，但是朱星文的语气还是让赵国栋感觉到一种压力，历来征地拆迁赔偿都是最令人头疼的事情。现在开发区虽然才批下来，但是实际上已经运行了两三年，期间肯定积累了相当多的问题，要解开这些疙瘩，绝非公安一家能做到的，也不是一朝一夕就能见效的。

眼见得饭桌上的话题变得沉闷起来，赵国栋正琢磨如何调剂一下气氛，就听得包间外有人敲门。

走进来的是一个风姿绰约的美妇人，二十七八的年龄，头发梳成一个盘髻坠在脑后，藕荷色的套装加上一双棕色高跟鞋，淡妆如玉，黛眉修长，朱唇绛点，婀娜娉婷往那里一站，立时就透出一股不同凡俗的韵味。

"哟，朱局，刘局，邱局，咋这么早就撂杯子了呢？怎么，是嫌今晚的菜没做好还是怎么？不满意的话，我马上安排厨房另做。"

一口漂亮的普通话让习惯了江口本地口音的赵国栋耳目一新，他不认识这个女人，看样子她和朱局他们挺熟。

"呵呵，瞿总，吃得差不多了，只有我们四人，怎么先前没见着瞿总呢？"朱星文眼角不为人觉察地跳了一跳，笑着道。

"我刚来，听大堂说朱局你们在这里，立马就赶过来了。"被唤作瞿总的少妇声音格外清脆悦耳，"看样子朱局今天没喝好啊。"

"嘿嘿，瞿总，你若是来敬朱局几杯，我们朱局就尽兴了。"刘胜安看样子也和这个女人十分熟悉。

"那好，我就敬朱局三杯吧。"美少妇十分爽快，嘴角含笑从一旁的橱柜上拿出三个酒杯，连倒三杯："朱局，看你今天心情不错，我敬你三杯，怎么样？"

朱星文一看这女人如此豪爽，无奈地站起来："瞿总，我先给你介绍一下，这位是小赵，赵国栋，江庙派出所所长。今天下午县委常委会定了，他任开发区管委会副主任兼派出所所长。国栋，这位是瞿总，江城大酒店的老总。"

"瞿总，你好！"赵国栋落落大方地点头示意。

"哟，赵主任真是年轻有为呢，二十岁有没有？这么年轻就当开发区管委会的主任了，真是不简单啊。"

瞿姓美妇星眸中一抹亮光闪过，显然对赵国栋如此年轻就能出任开发区管委会副主任感到十分吃惊。开发区管委会可是一个肥缺，在江口这个农业大县，县委县政府对开发区越来越重视，那里简直成了县委县政府捧在手心上的肉。

"瞿总过誉了，我还没有接到正式任命，就算是正式任命了也不过是挂任而已，我主责还是开发区派出所所长。"

赵国栋显得很实诚，没有半丝骄矜，朱星文不由得暗自点头。这女人的姐姐就是开发区管委会现任主任，也将是赵国栋的上司，保不准有啥表现就会传到那人耳朵里去。

"不管挂任还是其他，赵主任这么年轻就能走上领导岗位足以证明赵主任的能力。朱局，这第一次见面，要不我们就请赵主任作陪怎样？刘局、邱局都是老熟人了，待会儿我再敬他们。"瞿总眼波如水，笑意盈盈道。

朱星文本打算让赵国栋替自己的，却没想到这个女人如此厉害，两句话就把赵国栋给绕进来脱不了身了。

三杯酒下肚，美妇颜色丝毫未变，赵国栋心中连呼厉害，这些美少妇们怎么酒量个个都如此惊人？难怪都说女人天生自带三分酒量。

一番寒暄之后，瞿姓美妇才礼貌地打了招呼翩然而去。

"国栋，不要小看这个女人，这江城大酒店虽然不是她的，但是日常事务都是她在操持。原来江城大酒店被经营得奄奄一息，在她手上却一下子红火起来。她姐姐就是开发区管委会主任瞿韵白，那也是一个了不得的女人，我看这世界越来越阴盛阳衰了。"

朱星文连连摇头，一副杞人忧天模样。

"是啊，原来宝龙乡的乡长尤蕙香调到组织部当副部长，这一步跨越可不小，而宝龙乡书记却依然原地不动。嘿嘿，咱们江口是巾帼英雄压须眉啊。"邱元丰也笑着附和。

几个男人有些暧昧的笑声听在赵国栋耳中格外诡异，看来那瞿韵白和尤蕙香的调动都有猫腻，只不过事不关己，赵国栋也懒得去听那些小道消息，如何面对眼前繁杂的事务才是正事。

朱星文不像栾征远，不喜欢玩麻将，倒是喜欢打扑克，尤其喜欢打升级。饭后，四人就在江城大酒店开了一个房间鏖战起来，四个多小时一晃眼就过去了，这种打牌方式没啥输赢，但朱星文就喜欢这种味道。

望着朱星文和刘胜安的车消失在黑暗中，邱元丰的三菱越野悄无声息地停在赵国栋面前："国栋，你就别走了，就在江城酒店住一晚吧，明早再回江庙也不迟，我和酒店打了招呼，给你开了一个房间。"

"算了，我还是回江庙，一个小时不到就到了。"赵国栋摇摇头。

"这都啥时候了？十二点半了，回去那还不快两点了？我估计明早你还得来局里，常委会一过，明天政府就要出文件，局里关于任命你为派出所所长的文件也要一起出来，弄不好下午就要让你先去开发区报到，你何苦跑来跑去？就在这将就一晚上，这儿条件不错，虽然说不上星，但还过得去。"邱元丰关心道。

想了一想之后，赵国栋也觉得邱元丰说的有些道理："那好，我就在这儿对付一晚上吧。"

提着包上楼的赵国栋正好碰上了那位风姿绰约的瞿总，赵国栋甚至不知道这位瞿总的名字。

"哟，赵主任，休息了啊？"

"嗯，瞿总，这么晚还没有休息？"赵国栋笑着点头。

"刚才邱局和我说了，我都让人安排了，618号房，你好好休息吧。"瞿姓美妇走起路来还真有点儿像舞台上的模特一般，修长的身材给人以美感。

走进房间，赵国栋推开窗门，正好看见酒店的停车场，瞿姓美妇上了一辆夏利车，熟练地点火起步，溜出停车场。

又是一个不简单的女人，这年头女人有私家车可鲜有一见，至少在这江口县城还寥寥无几，赵国栋拿起手中那个女人给的名片看了看，江城大酒店副总经理瞿韵蓝，然后就是电话号码，办公电话和手提电话都是以8结尾。

第十章　一番龙争虎斗，赵国栋
脱颖而出，上任开发区

尤蕙香也有些惊讶，赵国栋这样的角色似乎还接触不到安都市纪委那个层次，可他怎么会认识二姐呢？但想想这一次公安局里竞争开发区挂职副主任的一番龙争虎斗，尤蕙香觉得人不可貌相。赵国栋虽然业务能力出众，但是，要想脱颖而出可不是光靠业务能力就能行的。

"小赵，今天由尤部长送你去开发区上任，我已经让人通知了瞿主任他们，班子成员都在，你也尽快去熟悉一下。至于公安局这边，你还是按照你们局里的安排尽快把派出所搭建起来，管委会已经为你们准备好了办公地点，就等你们的人进去了。"

郭占春一副和蔼可亲的模样，到现在他也不知道眼前这个家伙究竟是搭上了哪条线，竟然让沈若廷和王德和都竹篮打水一场空。有一点可以确定，那就是肯定是能让卢卫红点头的人物发了话。

"小赵，尤部长你熟悉吧，原来也在江庙区工作……"

"尤部长你好！"

"嗯，赵所长，现在该叫你赵主任了。咱们可真是有缘啊，我怎么也没想到，到组织部送上任的第一个干部就是你。"

尤蕙香打扮得很时尚，一身淡青色的白领丽人职业套装，一看就是名牌货。赵国栋估摸着整个江口县城都没有卖，多半是来自安都市著名的美美百货或者协和广场。

县委组织部只有一辆崭新的捷达，赵国栋原本打算先开着警车，但是尤蕙香建议一起坐组织部的车过去，赵国栋也就和尤蕙香一起坐进了捷达的后排座。

新车的感觉还不错，旁边少妇身体上飘过来的幽香混合着新车特有的塑胶味道，赵国栋总觉得尤蕙香和什么人有些挂像，但是一时间又想不起来。一直到坐在车上近距离接触，他才隐约想起似乎和安都市纪委那位尤莲香尤主任有些像。

"尤部长，安都市纪委尤主任……"赵国栋试探性地问道。

"噢，你认识她？她是我二姐。"

尤蕙香也有些惊讶，像赵国栋这种角色似乎还接触不到安都市纪委那个层次才对，可他怎么会认识我二姐呢？不过想想这一次公安局里竞争这个开发区挂职副主任的一番龙争虎斗，尤蕙香觉得人不可貌相。赵国栋虽然业务能力出众，但是，要想脱颖而出可不是光靠业务能力就能行的。一个公安局多少人盯着这个位置，王德和铆足了劲儿想帮他的侄儿都落了空，由此可见身旁这个小伙子的能耐了。

"噢，见过一次面，对尤主任有些印象，和尤部长很像啊。"赵国栋淡淡一笑。

"一母同胞，当然像了。"尤蕙香见对方并没有多说，也不多问，"赵主任，听说开发区周边环境复杂，你挂任管委会副主任主要工作还是社会治安方面。卢书记和茅县长对前期开发区的工作不太满意，这一次大动作调整了开发区班子，就是想要打开局面，你这一去可要好好表现才是。"

"嗯，朱局长已经专门和我谈过话了，要求我们公安机关要为开发区创造一个良好的发展环境，局里边恐怕也会抽调精干力量，并配齐所领导班子，力争尽快进入状态，取得成效。"赵国栋也点头应承道。

"开发区是由原来永和镇和圣林乡一部分地域划分出来的，地处城郊结合部。本来社会治安状况就比较复杂，加上县里大力推进开发区建设，许多老百姓不理解。加上前期开发区工作作风和方式方法也存在一些问题，所以造成与百姓关系紧张，开发区的发展也屡屡受挫。这一次县里是要下决心把开发区的工作推进一大步，希望你能尽快融入开发区的工作中去，协助瞿主任一班人搞好工作。"

尤蕙香这番话就有些官腔了，不过赵国栋并不在意，组织部的官员们官大一级压死人，尤蕙香年龄也比自己长几岁，说这番话也算合情合理。

捷达快速驶入开发区管委会的院子，沿着硕大的假山喷泉绕行一圈，最后停在门厅前。

"欢迎，欢迎，尤部长！"迎上来的是一个论风姿丝毫不亚于尤蕙香的女子，齐耳短发，浅灰色的套装格外合体，黑色高跟皮鞋一尘不染，年龄和尤蕙香相仿，但是保养得十分好。皮肤和骨子里透露出来的优雅气质，和尤蕙香站在一起真有一时瑜亮的味道。

"这位就是赵主任吧？欢迎来我们开发区管委会。"瞿韵白脸上浮起的笑容让人感觉相当亲切，纤巧的手指和赵国栋微微一握，时间恰到好处，既让人感到热情又不乏矜持。

"瞿主任，我是赵国栋，日后就是瞿主任手下的兵了，还请瞿主任多多关心帮助。"赵国栋一个敬礼，或许有人会觉得自己多礼，但是有些领导却喜欢这个调调，礼多人不怪，这句话赵国栋相当认同。

"哟，赵主任咋这么客气。尤部长，里边请，人已经到齐了。"瞿韵白星眸一闪，抬手延请。

"嗯，走吧。瞿主任，郭部长本来要过来，但临时有事，就委托我和侯科长一起过来代他宣布县里的任命。"尤蕙香并不介意瞿韵白压过她的风头，很有风度地站在一旁，直到寒暄完毕才微笑着道。

"都一样，都一样，这边请。"瞿韵白也是笑靥如花，满面春风，"赵主任来了，我也可以放心了，咱们这开发区就缺赵主任这样虎虎生风的猛将。"

见面会时间很短，尤蕙香简短地向在座的开发区所有工作人员宣布了县政府的任命之后，赵国栋做了更加简短的发言，整个过程没超过十分钟。

坐在瞿韵白的办公室里，赵国栋才感受到为什么城关镇、永和镇以及县里一些局行的干部们都想调到开发区来，仅仅是这个开发区管委会主任的办公室就让卢卫红和茅道临的办公室望尘莫及。

明净亮敞的落地窗，仿红木的老板桌和书柜，茂盛的盆栽植物，宽大的真皮沙发，外加旁边的卫生间和休息室，另外还有一个小型的接待室相连，一幅"淡泊以明志，宁静以致远"的书法泼墨悬挂在一旁的白墙上，玻璃茶几上一束满天星点缀着，让整个房间里充满着一种清新的气息。

"赵主任，刚才我们开发区在家的同志你大多都见到了。虽说你的主要工作要放在派出所那边，但是我们这边许多工作都和你们那边的工作息息相关，想必县里领导也已经和你谈过，现在开发区这边的治安环境很不好，尤其是前面遗留下来的一些问题相当令人头疼，所以我希望你能尽快进入工作状态，也帮我分担一些压力。"

坐在沙发上的赵国栋仔细打量着坐在对面的这位瞿主任，浓淡相宜的妆让她仿佛更加成熟一些，外套胸前一枚漂亮的水钻胸针似乎在引开别人对她丰隆胸部的注意。

赵国栋估计她真实的年龄也就是在三十岁左右，这个年龄能够走到这个位置上足以证明这个女人不简单。

"瞿主任叫我小赵或者国栋就行了。"赵国栋很爽快地接上话，"局里边的人手一时间还没有抽调来，而且开发区派出所班子也还没有配齐，所以派出所成立可能还要一个月时间，这一点还请瞿主任谅解。"

"嗯，朱局长也和我通过电话，派出所的办公区我们早就腾出来了，就在我们管委会隔壁，也是一个小院子，只比我们这边小一点。正在粉刷装修，办公家具也都准备得差不多了，估计还有几天就行了。"

瞿韵白点点头，她也同样在观察这个坐在自己面前不卑不亢的小伙子，她甚至觉得这个年轻人骨子里有一种说不出的放肆味道，但是仔细一观察又觉得找不出哪里不对。

"局里调拨了一辆吉普车过来，另外派出所初步考虑十二个民警，这也算得上是仅次于我们城关所的力量了。只是在交通工具上，恐怕还要请瞿主任多为我们派出所考虑一下。开发区面积这么大，而且不少企业在建，派出所一旦成立，我的想法是每天晚上都要组织定时不定时的巡逻检查，以便为开发区的企业提供更安全的治安环境，所以交通工具必不可少啊。"

赵国栋来之前朱星文就专门和他谈过，开发区实力雄厚，要想办法从开发区那里弄一辆车，如果弄不到，也要争取让开发区出血买一辆微型警车。

"这样啊，只是我们管委会也只有四辆车，实在调不出车给派出所啊。"瞿韵白眉头微蹙，真有点儿西施捧心的韵味。

"瞿主任，您也知道公安局都是靠财政拨款来维持的，局里已经拨了一辆车，要让局里再专门为开发区派出所买一辆车也不太现实。我的想法是想请瞿主任给县里打个报告，看能不能从财政上争取几万块钱，买一辆微型警车专门用于夜间巡逻检查，也显示我们管委会对开发区里的企业的关心和爱护。"

赵国栋巧舌如簧。四辆车？四辆车还不够？开发区管委会也就那么二十来个工作人员，也就处理一般性的行政事务，怕是三个管委会领导屁股下就坐着一辆车。

"嗯，买一辆微型警车要多少钱？"瞿韵白有些动心，如果每天晚上都有派出所的公安民警巡逻，至少在心理上能给企业相当大的安慰作用，这方面花点儿钱也值得。如果效果真的好，日后再找这些企业多支持一下也不是什么难事。

"上完户也就六万来块钱吧，我们也不需要多好的车，都是工作用，一般微型警车就可以了。"赵国栋轻描淡写地道。

"嗯，我考虑一下。"瞿韵白点点头，"另外，小赵，你也多催一下朱局长，请他尽快将民警和所领导配齐，尽早把派出所建起来。这期间你就在管委会这边先上班吧，右边第二个办公室就是你的。"

赵国栋只是粗略看了一眼自己的办公室，虽然比不上瞿韵白的办公室奢侈，但是比起江庙派出所自己的办公室那就不可同日而语了，尤其是老板桌、书柜、沙发这些基本设施就足以让赵国栋心花怒放了，就是朱局的办公室比起自己的办公室来都显得无比寒酸。难怪王德和不顾一切地想为王贵仁争夺这个位置，看来自己还真得好好珍惜这份来之不易的收获。

从县城回到江庙，赵国栋开车花了一个多小时，沿线道路修建进展得很快，但是还是遭遇了堵车。

回到派出所赵国栋坐在椅子上考虑后续事务，看朱局的意思江庙所一时半刻不会有人来接手，得由老廖暂时主持工作。老廖人是好人，但是业务能力上有限，好在已经是九月了，还有几个月就过年了，有贺洪海他们在，拖一拖也能熬过去。

罗明山的问题还得考虑考虑，自己答应帮他调动，这大半年来他的表现有目共睹，积极性调动起来，老罗还是能干事的。

老廖儿子的事情自己也得放在心上，看看到开发区能不能把他儿子调到开发区开车，不过估计短时间内自己还没有那份能耐，除非找别的关系。

廖昌盛站在门口叹了一口气，为什么合得来的搭档总是这么快就分手呢？邱元丰不错，赵国栋更令人满意，但是都这么快就离开江庙了。不过想一想都是升迁，自己还是应该祝贺才对，尤其是年轻人有更远大的前途，这是好事。

"廖指导，进来坐吧。"赵国栋一眼瞅见了廖昌盛，连忙招呼道。

"国栋，你真要走？"

"嗯，昨天县委常委会过了，今天已经去开发区管委会报到了，开发区派出所成立起来还得要点时间，先回来准备一下，也好尽早交接。"赵国栋站起身来，诚挚地道，"无论怎样，大家在一起共事也是有缘，我要真心感谢廖指导这一年多来对我的关心和支持。"

"嗨，国栋，别说这些，看见你和老邱都有好的前程，我心里也高兴啊，毕竟都是从咱们江庙所出去的，我走到外边，脸上也有光啊。"廖昌盛有些感慨地道，"只是你这一走，所里的事情就放下来了，新所长啥时候来？是谁？"

"新所长是谁我也不知道，不过我听朱局的意思可能年前不会有新所长来接班，这段时间恐怕就得辛苦一下你了。"赵国栋沉吟了一下，"廖指导，你家老大的事情，我记在心上，看看能不能把你家老大弄到开发区管委会开车。不过这件事情只能先说到这儿，具体能不能行，还得等一段时间才知道。你放心，我答应过的事情绝不会落空就是了。"

廖昌盛精神一振，主持工作他没兴趣，他这个年龄了，已经没有什么想法了，他最担心的还是自己儿子的工作问题。原本以为赵国栋可能会在这里待上两三年，所以他也不担心，但是没想到这才几个月赵国栋就要调走。人一走，交情也就淡了，谁知道日后赵国栋是否还记得这件事情？

听赵国栋这么一说，廖昌盛心中又踏实了许多。

最后一次所务会多了几许伤感，无论是两名新来的干警还是所里原来的老同志，都对赵国栋即将离去有些不舍。毕竟江庙所今日的声威与邱元丰打下的基础有关，但更多的还是靠赵国栋带动大伙儿一手打造出来的，尤其是与江庙镇的关系这个老大难问题在赵国栋手中迎刃而解，这让家在江庙镇的罗明山和两个女同志都相当佩服。

"洪海，能够共事一年多时间也算有缘，你的事情我已经专门向朱局做了推荐，我估摸着翻年你可能就要调整。好好干，让局领导也看看你的水平，别坠了咱们江庙所的名头。"赵国栋坐在藤椅上微笑着，难得地点燃了一支烟。

"赵所，你不是要去筹建开发区派出所么？我想跟你去。"贺洪海犹豫了一下才道。

"洪海，我也想把你要过去，但是现在江庙所没有顶梁的人，老廖年龄大了，身体不行，这段时间还得你帮衬着。我纵然有此心，局里也不会同意。等翻年新所长来了，估计你也该上一格了。但具体你能到哪里去任职，就不是我能决定的了。"赵国栋嘴角含笑，有些感慨地道。

听得赵国栋这样一说，贺洪海心中也是惊喜交加。这大半年来他尽心竭力地工作，算是取得了不小成绩，在几个案子上都得到了局里预审科的好评，完全扛起了所里搞案子的大旗。如果能够上一格当然求之不得，就算是上不了，估计调回局里或者城关、城郊几个所也不应该有什么问题才是。

"洪海，天下无不散的宴席，好在左右都在一个局里，抬头不见低头见，咱们日后碰面的机会多得很。我现在回了县城，你家也在县城，咱们没事儿也可以出来在一起坐坐不是？"

贺洪海也点头称是，自己这大半年的变化说实话还真有赖于眼前这个比自己还小好几岁的所长。对方都能做出一番成绩，为何自己就不行？正是这个念头鼓起了贺洪海不服输的意念，也才有今日这番表现。

和贺洪海谈过话之后，赵国栋又找上了罗明山。

让赵国栋有些意外的是，罗明山现在又不想离开江庙了。正如罗明山所说，现在派出所和江庙镇政府的关系得到了改善，江庙镇党委政府对派出所的态度也大为改观，他家就在这里，真要调动又得适应一个新环境，他一把年纪了也就不想动了。

赵国栋当然尊重对方的意愿，这只是为了兑现自己的承诺，说实话他更看好袁振勇和陈国刚俩人，这大半年来两个新人在贺洪海和罗明山的带领下表现都相当令人满意，肯学肯干，工作很快就能独立上手了。

回到厂里的赵国栋突然发现自己难得清闲一次。孔月去了重庆，德山、长川两兄弟去了上海，房子全也去了平川那边收款没有回来，就连吴长庆这个家伙也被房子全撺掇着去砖厂帮忙了，一边负责厂里的电力和机械修理，一边帮着房子全管理。

警车不知不觉间停在了厂保卫科门口，赵国栋下车看了看，保卫科里还有人。赵国栋打算去打个招呼，毕竟这大半年来纺织厂对自己支持很大，无论熊贵仁内里是个什么货色，表面上还得维持下去。

"马哥！"一眼看见马正奎从办公室里出来，赵国栋打着招呼。

"赵所长！"马正奎一脸喜色，角色的转换早已经在赵国栋上位之后就完成了，尤其是江庙所随后的几拨案件都涉及纺织厂，就连纺织厂里都有几个工人被判了刑。这也让厂里人意识到，从厂子弟走出去的赵国栋已经不再是昔日子弟学校里那个爱惹事的角色了。

走进马正奎的办公室，赵国栋随意打量了一下。

此时的纺织厂已经开始现出颓势，老旧的办公桌上铺着玻璃板，半新旧的藤椅，房顶上的吊扇看上去孤零零的，两个暖水瓶放在一旁，比起开发区瞿韵白的办公室，赵国栋一时间感慨万千。

"赵所长，今天怎么舍得来我们保卫科？"马正奎亲自端上泡好的茶。

"马哥别这么客气，我过来看看，熊书记在不？"赵国栋笑着问道。

"熊书记好像去安都了，估计要晚一点儿才回来吧。"马正奎问道，"赵所长有啥事儿啊？"

"噢，也没啥事儿，就是来和大伙儿道个别，我马上就调走了。"赵国栋很随便地道。

"啊？"马正奎惊讶地张大嘴巴："赵所又高升了？去哪儿？"

"去开发区。"赵国栋淡淡一笑，"筹建开发区派出所，苦差事。"

"呵呵，开发区可是一个好地方啊，原来我们厂也打算在开发区建一个分厂，但是这两年厂里不太景气，这事儿也就撂下来了。"马正奎一脸艳羡，"还苦差事呢，别人怕是争都争不来吧。"

赵国栋也不多解释，谁也不是傻子，开发区与江庙自然没有可比性，就算是城关镇现在也未必比得上开发区的地位。

"唉，真有点儿舍不得啊。江庙这边刚刚搞顺，工作也上了路，还打算今年在局里争争头名呢，这又挪地方了。"赵国栋这番话倒是真心实意。

"赵所，哪里工作都差不多，开发区地理位置重要，现在县里把那边当做重点来打造，一旦发展起来，前景不可限量啊。"

马正奎多多少少也了解一些开发区的情况，对赵国栋能够火箭般蹿升感到不可思议。但他也得承认这个家伙早就不是往日那个厂子弟了，不但屡破大案要案，而且和地方政府甚至连纺织厂的高层关系都搞得相当紧密，这没点儿本事不行。

"哎，试试吧，新建所，起初肯定困难。不过领导既然把担子交给了我，再咋样也得把它弄好才行。"赵国栋摇摇头，"熊书记不在就算了，我还说和他道道别呢。"

"呵呵，赵所，反正你家还在厂里，随时都能回来，等熊书记回来还得给你饯饯行啊。"马正奎很爽直地道，"上一次我们两个单位的较量还没见分晓呢，总还得再碰一碰吧。"

徐春雁站在走廊里听着二人的对话，心中浮起一种难言的苦涩，他要调走了？虽然马正奎说的有些道理，他家还在厂里，但是一旦去了县里，只怕回来的时间也就不多了，想要碰上一次面都不容易了。

想一想熊贵仁那阴冷中充满淫欲的眼神，徐春雁就觉得头皮发麻。

徐春雁是厂里保卫科的，二十五六岁的年纪，又有几分姿色，熊贵仁见了她就像见了蜂蜜的大狗熊一样，整天围着转。

话说回来，在这厂里，若没有个人罩着，她一个离了婚的女人，还带着个妹妹，难免被人打主意，所以徐春雁也不得不假意跟熊贵仁周旋。

徐春雁的不拒绝让熊贵仁误认为她也有着一样的心思。前几天的一个晚上，熊贵仁来保卫科，想要和徐春雁成就好事。

虽然想得到熊贵仁的回护，但徐春雁却不愿意将自己的身体让这种畜生作践。熊贵仁顿时恼羞成怒，威胁要把她和妹妹一起开除。本来两姐妹就不是厂里的人，在这边也没有根基，所以熊贵仁的威胁一时让徐春雁慌了手脚，就在她绝望地准备屈服的时候，赵国栋出现了。

赵国栋虽然没捅破那层纸，但却成功地震慑住了熊贵仁。

那一晚交锋过后，熊贵仁似乎老实了许多，但是徐春雁清楚，熊贵仁就像毒蛇一般蛰伏在黑暗的角落里，等待着机会。他不会轻易放过她们姐妹俩，而赵国栋一走，只怕熊贵仁就要对她们姐妹俩露出獠牙了。

一股悲苦而又自怜自艾的情绪笼罩着回到办公室的徐春雁，甚至连办公室里多了一个人都没有觉察到。

马正奎恰到好处地走了，现在，整个保卫科只剩下徐春雁一个人。

"雁姐，干什么呢？"赵国栋叹了一口气。

"啊？"惊得一下子转过身来，一边连忙拭去眼角的泪痕，徐春雁强作笑脸，"小赵所长来了？"

"你都听到了？"赵国栋没有理睬对方的敷衍，径直问道。

"听到了。"徐春雁脸色一连几变，最后才道，"恭喜你了，去开发区可是很多人梦寐以求的呢。"

"哼，就那么回事罢了，到哪儿都是干活的命。"赵国栋摇摇头，"你怎么办？"

"什么怎么办？日子还得过。"徐春雁脸上浮起一抹苦笑，"难道你还能把我调到你们开发区去？"

"我没那本事，不过你非要待在这厂里么？天下之大，何处不可去？"赵国栋扬起眉毛。

"你什么意思？我一个女人，孤身一人，能出去干什么？"徐春雁脸色骤变，但是转念一想，赵国栋也不至于如此作践自己，"莫不是你还能把我养起来？"

这句话一出口徐春雁才发现话里的语病，但是想要挽回却又不知道该怎么说，脸一烫，只得将头扭到一边。

赵国栋心中一痒，包二奶这种方式在这个年代还不流行，随着港台商人大举进入大陆才会兴盛起来，没想到自己还会遇上这样的调侃，虽说对方是一时口误，但还是让赵国栋有些心动神驰。

"雁姐，走出去你就会发现这个世界其实路很多，并不像你想象得那么艰难。"

赵国栋觉得自己这番话缺乏说服力，生活中的风风雨雨对于一个男人来说当然可以增长见识，但是对于一个孤身女人来说就是灾难了。女人青春韶华就那么一段，谁愿意风里来雨里去挣扎颠簸？

"你说得简单，我身边很多人停薪留职过，外面的世界也许是很精彩，但是绝对不适合一个像我这样无权无势又无钱的女人去漂泊。"

徐春雁摇摇头，昔日车间里的伙伴不是没有出去的，但是结果大多相仿，要么就是一身创伤灰溜溜回来，要么就是变成操持皮肉行当的边缘人群。

赵国栋得承认对方很有自知之明，无权无势又无钱，能干什么？而且还长得这样漂亮，走到哪里都是不怀好意的男人们的垂涎对象，随时可能被恶狼一样的男人们吞噬。

"我可以帮你！"赵国栋一直在琢磨着怎么说，但是这句话出口之后他发现自己的心情突然间轻松下来。

"你帮我？你帮我干什么？你凭什么帮我？"徐春雁心中猛然一跳，随即冷然问道，"你是看我可怜想要施舍给我？"

"难道说人与人之间就真的没有一点儿真诚互助的可能？你觉得我想帮你是存了某种不轨意图，和老狗熊一样？"赵国栋目光清冽，直视对方。

徐春雁被赵国栋清冷的目光一扫，反而有些惴惴不安，低下头来，"不，我没有那个意思，但是你没有必要这样做，那只会害了你。"

"害了我？害了我什么？"赵国栋当然明白对方话语中隐藏的意思。

"人言可畏，雁姐两姐妹名声不好，你前程远大，那会毁了你。"徐春雁鼓起勇气抬起目光，"你放心，我不会向什么人屈服，大不了回车间去。"

赵国栋笑了起来，人言固然可畏，但是世界如此之大，脱离了这个狭窄的圈子，时间很快就会将一切洗刷得干干净净。几年之后，连纺织厂都不存在了，谁还会记得你？

"雁姐，相信我，纺织厂支撑不了两年了，就算你现在不出去，两三年后你也一样会和厂里其他工人一样面临困境，还不如趁早离开去闯一闯。"赵国栋目光明澈，眼神中流露出来的自信让徐春雁无法不相信对方。

"现在厂子虽然有些不景气，但是这么大一个厂，政府不会不管。"徐春雁有些犹疑，厂里今年效益急剧下滑，这已经成了不争的事实。几个厂领导整日都在忙着和外边联系业务收款，光是从领导的脸色上就可以看出端倪，就连老狗熊这几个月来保卫科都来得少了。

"管？怎么管？一家两家可以管，十家百家政府也能管得了？"赵国栋摇摇头，"你好好考虑一下，雁姐我是为你好，待在厂里没意思，你看房子全辞职不一样活得自由自在么？"

房子全已经成了厂里的新闻人物，承包了第二监狱的砖厂后，每一次房子全回厂里总是趾高气扬，一群昔日的工友不时被他请到饭馆里大吃大喝。赵国栋很反感房子全这种暴发户的作风，但是房子全一次醉了之后告诉赵国栋，他就是要让厂里那些曾经踩踏他蔑视他的人看看，他房子全活得比他们好。

赵国栋除了叹息之外再也没有劝过他，好在房子全之后也收敛了许多，不过房子全发了财的事迹早已经在厂里传了个遍。

　　"我就知道房子全肯定是你撺掇辞职的，他真的发了大财？"徐春雁扬起漂亮的柳叶眉，丰润的嘴唇总有一种让人想要舔舐的冲动，明亮的眼眸此时又恢复了不少神采，先前寥落寂寞的神色似乎又藏匿到了心灵深处。

　　"不是我撺掇，是我让他辞职的。"赵国栋淡淡地道，"砖厂也是我帮他联系的，发没发财我不知道，不过一年下来挣个十万八万应该不是什么大问题吧。"

　　"十万八万？！"徐春雁被赵国栋的话给震蒙了，厂里工人一年累死累活也就三四千块，一年挣十万八万，难道说房子全在印钞票不成？

　　"怎么，不相信？连十万八万都挣不到，我怎么会让他辞职？"赵国栋似笑非笑地瞥了对方一眼，要打动对方的心最好的办法就是现身说法，"要不你去问问他，看我是不是夸大其词。"

　　"不可能，不可能！"徐春雁下意识地连连摇头，"你在骗我，是不是？"

　　"骗你？有没有这个必要？雁姐，你所处的环境决定了你就像井底之蛙，你走出去之后固然会遭遇坎坷挫折，但是不经历风雨怎么会有彩虹？"赵国栋苦笑着摇头，"信不信由你，我言尽于此，你好好想一想吧，我是真的想要帮你。"

　　徐春雁容颜微动，秀眉一蹙，似乎想要说什么，她已经完全被赵国栋方才那番话所打动，一时间竟然找不到合适的语言。

　　"好了，雁姐，我的传呼你知道，我明天就要去开发区报到，另外我也可能会出去几天，如果我没有回传呼，你就打这个大哥大号码＊＊＊＊133。"

　　"你要上哪儿去？"惊慌中的徐春雁下意识地问了一句，话一出口才觉得不太合适。

　　"上海，不会待多久，估计一两个星期就会回来。"赵国栋笑了起来，这个美少妇虽然年龄比自己长几岁，为了求得更好的生存环境和熊贵仁一直斗智斗勇，在自己面前却总是暴露出软弱的一面，难道自己真的是人畜无害吗？

　　赵国栋知道自己必须去上海，虽然现在还不是一个好时机，但是眼下局里人员尚未确定下来，而且派出所办公地点也正在装修，看样子还得半个月才能正式入住，跟朱局和瞿韵白说说请几天假也不是什么大问题。

在他的潜意识中，中国股市第一次收购战应该就在这个月爆发，这是赵国栋相当在意的一次收购战。事后报纸上也是连篇累牍地报道了这次收购战的经过，延中甚至将宝安告上了法庭，这样一个机会如果不利用实在对不起自己。

"情况怎么样？"

"哥，行情好极了，今天收市的时候都拉到十一块八了。"电话中传来的是赵长川略带兴奋的声音。

宝延之战终于还是展开了。

"嗯，继续观察。"深深吸了一口气之后赵国栋断然道。

"好，哥，你啥时候过来？"赵长川声音提高了几度，"你不过来，我和德山都觉得心底不踏实啊。"

"你们按我的意思行事就行了，其他不用担心。我会过来，但不是现在。"赵国栋想了一想，"你们是在大户室么？"

"嗯，海通证券这个营业部还行，环境和服务态度都不错。"

"好，你们俩就给我老老实实猫在那儿，有什么变化及时跟我联系，我过来之前会给你们打电话。"

赵国栋这时深刻感受到没有大哥大的不方便，但是自己的身份的确不太适合用那玩意儿，估摸着要等到翻了年局领导基本都配上之后，局里中层干部才会陆续开始装备。

"蔡哥，山东、浙江考察情况怎么样？"赵国栋还是第一次来蔡正阳的办公室。在他看来市长办公室似乎也不比开发区管委会瞿韵白的办公室好，除了多了几分书卷气息之外，更显沉闷一些。

"诸城那边刚刚开始动作，对于我们的造访也感到十分惊讶，甚至有些害怕。不过我们也表明了态度，只是借鉴了解，都还在探索阶段。还算好，总算了解到一些真实情况。"蔡正阳对这次出去考察显然感触很深。

"对了，国栋，你是怎么知道山东诸城的动作的？就是山东那边对于诸城的动作都持观望态度，给我的感觉更像是他们在让诸城方面去趟地雷似的，看看上边有没有什么反应。"

"嘿嘿，改革么，不就是摸着石头过河么？都是新鲜事物，谁也不知道能有什么结果，就得有人去尝试，先行者固然可能会被地雷炸死，但是一旦趟过关，也许就能抢占先机，有些时候往往慢一步就是十年二十年也未必能撵上呢。"

赵国栋没有正面回答蔡正阳的问话，而是将话题岔到一边。

"唔，听你的意思诸城的动作你认为值得一试？"蔡正阳目光闪动。

"各地实际情况不同，不能强求一致，但是我觉得选择一些条件成熟或者说影响不大的企业来试点未必不是一件好事，至少这符合邓公的摸着石头过河的理论。错了，改过来就是，对了，也可以进一步加快步伐推开。"

赵国栋若有所思地一笑，诸城经验一直要到几年以后才会真正被推广开来，但是也不是包治百病的良药，任何经验都有它的普遍性和特殊性。但是得承认，诸城的经验对于缺乏活力的国有中小企业来说的确具有普遍性。

"国栋，你的观点和宁法书记的看法一致啊。我向他汇报了诸城国有中小企业改制的做法，他也主张选择一些规模较小、效益不好或者一般的典型企业来做试点，看看是否有利于激发企业活力，让实践来检验这种做法的正确性。"

蔡正阳的心情也很好，至少他这次提出的考察山东诸城的经验得到了宁法书记的认同，而且回来之后宁法书记还专门单独听取了自己的汇报。这意味着宁法书记对诸城的经验颇感兴趣，而这对于自己来说无疑是一个绝佳的机遇。

"蔡哥，'英雄所见略同'这句话用在我和宁书记身上是不是有些不太合适？但用在你和宁书记身上差不多，"赵国栋笑了起来，"浙江那边的情况呢？"

"我算是开了眼界了，浙江的发展步伐超出我们的想象，尤其是你提及的那几个地区，蓬勃发展的私营企业给我们这些中西部地区去的官员们带来的观念冲击简直难以想象。但是有些步伐是不是迈偏了现在还很难说，我们这一次出去的几个县委书记、县长在路上就发生了激烈的争执，谁也无法说服谁。但是都不得不承认浙江的宽松环境是当地私营经济快速发展的决定性因素，而私营经济现在恰恰成了当地经济的增长点。"

"噢？激烈的争执？关于什么？"赵国栋很好奇地问道。

"就是私营经济作为社会主义经济体系中的补充部分，能否毫无限制地放开让他们发展。"蔡正阳若有所指地沉吟道，"这可是关键，稍不注意就有可能引发轩然大波，没有谁敢轻易在这一点上表态。"

"宁书记怎么看？"赵国栋知道一个地区的主要领导的观点往往会影响到一个地区一段时间的发展速度，而这种作用在一个一把手相当强势的地方往往更显突出。

"宁书记没有明确表态，我们安原不比浙江，内陆地区无论在接受程度和发展起点上都无法和沿海相比。"蔡正阳也很难猜出宁法的想法。在诸城的经验上宁法态度很明确，可以尝试，但是在私营经济发展问题上却吝于表态，这让他很是纳闷。

"没有明确表态？嗯，这是不是一种表态呢？"赵国栋狡黠地一笑。

一语惊醒梦中人，也许是他太在乎宁法的表态，蔡正阳恍然大悟："国栋，你小子脑瓜子还真灵呢，怎么就能一下子想到？"

"呵呵，蔡哥，你是当局者迷啊。宁书记从浙江过来，他岂能不清楚那边的情况，为什么不表态？安原实际情况是不一样，但是有点儿想法却是确凿无疑的，那就是作为安原省会的市委书记要想有所作为，那就必须毫不犹豫地推进安都经济的快速发展，但是在具体手段上却有许多可供操作的策略。嗯，比如说，少说多做或者只做不说，这样是不是一切都有转圜的余地了呢？"

赵国栋巧妙地留了半截话，蔡哥也是聪明人，不需要说得那样明白。

蔡正阳脸上浮起一丝苦笑，赵国栋这个家伙的脑袋真不是一般好用，就这么简短几句话便能猜出一个一二三。

自己分管工业，宁书记没有明确态度，也就意味着让自己带这个头。错了，责任自己担了便是，成功了，皆大欢喜，但是自己却不能不走下去。

黄元盛对自己并不太感冒，而乔波对自己颇为戒备，自己上这个副市长显然并不符合他的胃口，也许挡了他欣赏的某些人的路。尤其是自己分管工业和交通这一块，更不知道断了多少人的财路。

"国栋，这是要我也去趟一回地雷阵？"

"蔡哥，我不觉得是趟地雷阵。嗯，顶多也就是去放鞭炮而已，弄不好吓一跳，但是还不到伤筋动骨这一步，但是或许这就是一个难得的机会。"赵国栋轻轻一笑，"听说宁书记可是上海人，又是从江浙那边直接过来的，颇受上边看重的。"

蔡正阳微微一哂，如果不是这样，自己也不会轻易卷进这趟浑水，至少现在看起来这趟水一时半刻清不了。

黄元盛显然对自己这趟沿海之行不大感兴趣，自己提议就这一次沿海之行由政府办公厅对各县工业企业进行一次有针对性的调研，但却并没有得到多少响应，这就是一个相当明显的信号了。

市政府这边副市长中极有可能还有一个会进常委，自己和分管国土、城建、商业、房管、环保的尹肇基副市长无疑是最有力的竞争对手，而尹肇基又是黄元盛当市委副书记时最得力的部下，现在自然也就成了最有可能成为常委的副市长。

谁进市委常委既不是宁法说了算，更不是黄元盛说了算，那得省委常委会来决定。但是比起黄元盛来，宁法不但是市委书记，更是省委副书记，在谁进常委会这件事上他最有发言权，这才是蔡正阳最看重的。当然在见识了浙江经济的迅猛发展势头之后，蔡正阳心中也是感触颇深，一股跃跃欲试一展所能的想法在胸中跳动。

"嗯，便是地雷阵，这一次我也要试一试。我打算先在几个县试试，诸城经验究竟在我们安都能不能推开，只有搞了试点之后才能得出结论。"蔡正阳点点头。

"先易后难，可以选择一下。比如可以在规模较小的企业中选择经营状况很糟糕的和一般的各两三家试一试，如果有效果，再逐步推开。小型企业容易见到效果，再推进到中型企业，这样也可以避免影响面太大，引发不良反应。"赵国栋帮蔡正阳出谋划策。

"我的意思也是这样，在条件一般的县选那么一两家企业来做试验，尤其是要选县领导也比较感兴趣愿意担责任的县。我看你们江口县的卢书记和分管工业的梁县长都很有兴趣，我打算近期去你们江口走一走，看看他们有没有想法。"

蔡正阳盯了一眼赵国栋："我听兆国说你现在混到开发区去了，老柳那么殷切地邀请你，你狗坐轿子——不识抬举，这会儿为了一个副科级屁颠屁颠地请老柳帮忙，也不怕人笑话？"

"嘿嘿，蔡哥，我不去宾州是有原因的。柳哥那么看得起我，如果我去了眼高手低，让柳哥失望了，不仅仅是丢我自己的脸，也是给柳哥脸上抹黑啊。柳哥才去宾州，我要真表现不好，那不是让宾州本地人小看柳哥？所以我还是打算先在江口磨炼磨炼，你不是说是金子哪里都能发光么？那就看看我在咱们江口开发区能不能闪一次光吧。"

蔡正阳满意地点点头，赵国栋说得没错，眼高手低这句话评点他自己也评点得相当准确。毕竟他只是一个警察，从没有在政府这一块干过，或许因为多看了一些书，对时事发展变化更敏感，但是并不代表他就有解决事情的能力。

以赵国栋目前的状况，去政府办当个秘书当然没啥问题，但是以他的性格，只怕也难以在秘书位置上坐得住，到后来说不定反而会影响双方关系，还不如就在江口县蹦跶蹦跶，说不定还真能蹦跶出点儿什么名堂来。

"嗯，你说得也有道理。不过开发区是个机会，若是能有机遇，你完全可以就此转行，总在一个行道里待着对自己的成长也没有好处。"蔡正阳微一沉吟，"若是有机会我倒是可以和老茅说一说，我和卢卫红关系一般，和老茅倒还可以，我们俩原来都在省委党校进修过，一个教室里坐过。"

"蔡哥不用想那么远，我刚到开发区，主要工作还是派出所这边，没有一年半载估计也上不了道，暂时还用不着你帮我。不过日后如果工作上真有需要你支持的，我可不会客气，毕竟咱们开发区就是要招商引资，争取引来企业投资呢，正好是你分管的吧。"

"那没问题，不过五月份国务院就出台了禁止滥建开发区的政策，你们江口开发区虽然三月份就批了，但是手续一直没有办下来，前不久才把手续拿下来。看目前的形势，我估计清理整顿开发区势在必行。你们县这个开发区只拿到了市里的批文，按规定起码要获得省里的批准才行，以你们江口开发区现在半死不活的状态，我估计日后会很麻烦。"蔡正阳像是想起什么似的皱起眉头。

"先上车后买票也不是江口开发区一个，要说半死不活，我看其他地方的开发区也不比江口这边好多少。"赵国栋自然清楚开发区泛滥成灾必定会引起上边的重视，但自己现在好歹也是开发区管委会班子成员，一旦开发区被拆散，那自己这个实职副科不就又成了竹篮打水一场空吗？

"话是那么说，但是看看你们开发区里有什么企业？土地圈了不少，基建滞后，企业没几家，都是一些小食品、小化工、小机械加工，这样的企业有没有必要放在开发区？没有像样的产业优势集群，没有明确的产业发展方向，没有科学的规划，你说你们这个开发区会入得了上边的眼？我看难。"蔡正阳毫不客气地道。

被蔡正阳一番话噎得哑口无言，蔡正阳是分管工业的副市长，自然对各县包括开发区在内的工业企业发展状况了如指掌，说起来也是切中要害。

"我上一次和你们卢书记以及梁县长就说过这个问题，所以他们才会对开发区管委会班子大动，也才有你小子的份儿。但是短时间内要想取得明显成效，尤其是在招商引资这方面引来像样的企业投资，我看希望不大。"

"喂，蔡哥，你不是要我当几个月的管委会副主任就灰溜溜下台吧？"赵国栋禁不住怪叫起来，"你得想办法帮帮我才行啊。"

"帮你很简单，问题是要帮你们这个开发区就太难了。"蔡正阳耸耸肩，似笑非笑地道，"你不是能耐大得很么？你想想办法，说不定能力挽狂澜呢。"

"呃，蔡哥，你可不能这样打击我，这种事情可不是翻翻嘴皮子就能解决的。"赵国栋苦笑着道。

"嗯，是得想想办法，否则我看你们开发区迟早是关门的命。"蔡正阳思索了一下，"看看十一二月份有没有机会吧。"

"嗯，十一二月我估摸着我的工作也差不多上路了。"赵国栋也知道蔡正阳不可能不帮自己，但是这种事情也不是想帮就能帮得了的，一个开发区的生存那是张张嘴皮子就能行的吗？

"对了，蔡哥，你注意到没有，中央提出了分税制。"

蔡正阳心头一跳："当然注意到了，我虽然不分管财税，但那是政府的命脉。现在上上下下都炒得沸沸扬扬，人心不稳，我老婆还在税务局，国地税分家也在他们内部引发了地震，怎么会不注意？"

"你觉得中央的想法怎么样？"

"这是一个狠招啊，如果这个意见一旦正式落实实施，中央财政当然腰包鼓胀，地方就会元气大伤。"蔡正阳一语中的，让赵国栋不禁佩服，失去了财力控制权的地方政府便再无和中央政府在经济政策上叫板的实力，这也是设计者的初衷之一。

"这个政策肯定会实施，因为这是必经之路。中国这样一个大国，有着特殊的历史，不可能像美国那样。必须要有一个强有力的中央政府。改革开放使得地方政府话语权不断增强，有些省份就觉得自己有了和中央讨价还价的实力了，现在中央要改变这种局面。"

赵国栋看出蔡正阳也对这个问题十分关心。

"可是地方也有地方的难处，中央不可能搞一刀切吧？"蔡正阳沉吟半晌才道。

"不会搞一刀切，但是大原则绝对不会改变。"赵国栋摇摇头，"不要抱中央会退让的幻想，那不现实。"

"如果真的贯彻实施下来，沿海财政富裕地区还好一点儿，我们中西部内陆地区财政本来就相当困难，到时可就真的痛苦了。"蔡正阳皱起眉头。

"嗯，这也是无可奈何的事情，谁也无法扭转大势。"赵国栋点点头，"看样子明年就会实施这一政策。"

"对地方政府来说又是一记闷棍啊。"蔡正阳苦笑道。

"大政策虽然无法改变，但是可以采取一些弥补手段。"赵国栋转着眼珠子。

"什么意思？"蔡正阳觉得对方似乎有什么话要对自己说。

"中央实施这一政策，把地方政府原来最丰厚的税源拿走了，地方财政自给一时间肯定相当困难，所以必定会考虑返回一部分。今年还没有结束，如果能想办法让本地财政收入升高，至少可以保证以后几年都不会太过艰难。"赵国栋嘴角带着诡异的微笑。

蔡正阳目瞪口呆地看着这个家伙，他是当过县长的人，自然明白赵国栋话语中的含义，提高财政税收不是什么难事，也就是说要想作弊很简单，但是这是违背规定的，一旦被发现，肯定会遭到重处。

"蔡哥，我可没让你干什么坏事啊，何况你只是一个副市长，又不是分管财政的省长副省长，我想肯定不会只有我一个人想到这一点，其他省市就没人想到？"赵国栋奸笑起来，"你可以寻找合适的时机给领导们点一点，点醒他们，他们要干，责任他们自己负，对不对？不过我估计这种事情太多了，法不责众，就看谁更胆大，下手更早，干得更隐秘罢了。"

蔡正阳心中的震撼已经不能用言语来表达了，如果说这是一个税务局或者说财政局的老手说这番话，他也许可以接受，但是从一个警察嘴里冒出来，实在有些不可思议。

赵国栋明白对方的心情，换了是自己也一样，谁让自己有这样的潜意识呢？

"我明白你的意思，我只是提个建议而已。不，连建议都算不上，一个对其他地方可能会出现的现象的估测。"蔡正阳也诡笑了起来。

"正确。"赵国栋竖起了大拇指。

蔡正阳应该会成为自己日后仕途上一个很重要的靠山，难得的是这个人不但思路灵活懂经济，接受新鲜事物快，更为难得的是不贪，又重情义。自己如果能够为这样的人提供一些高屋建瓴的想法和建议，对他走上更高的位置肯定大有帮助。

"但愿别出什么乱子才好。"蔡正阳苦笑着摆摆手。

"没那么严重，不过是虎口抢食而已。老虎吃饱了，也就不在乎那一星半点儿了，反正也是一锤子买卖，日后也不可能再有这种机会了。"赵国栋笑起来，"蔡哥，近期我打算去上海一趟。"

"噢？那边有动静了？"蔡正阳目光一动。

"嗯，有动静了，但是究竟能动到什么程度现在还拿不准，我也有些不放心。趁着开发区这边还没有真正上任，我请了几天假，就当休整一下，准备去上海看看。"

"股市上风风雨雨不好预测，虽然你有研究，但还是小心为妙，我们那点儿钱真要折了就折了，你自己好自为之。"蔡正阳虽然不知道赵国栋自己投进去多少，但是估计不会比自己和刘兆国几个人加起来少。

"我有分寸。"赵国栋也不多言，这不是炒股，而是去捞钱，这是自己潜意识中唯一一次比较准确的收购风波，也算是中国股市上第一次收购大战。

从安都太平机场起飞，波音 737 客机两个多小时就降落在了上海虹桥机场。赵德山早早包了一辆出租车在机场等着，一上车便心急火燎地想要向兄长汇报，但是被赵国栋冷眼一瞪，所有话都吞了回去。

出租车一直把赵国栋两兄弟送到虹桥宾馆，赵国栋不想委屈自己，既然来了上海，与其窝窝囊囊住在小旅馆里，还不如大大方方住着也能让自己好好休息。

"情况怎么样？"赵国栋懒洋洋地躺在床上。

"一直在涨，但是涨幅并不算很高，都涨了十多天了，才到十二块左右。"比起上次安都牛王庙股票黑市的表现，这种完全通过交割单来完成的股票交易显然很难让赵德山过瘾。

"快了，这种情况不会持续太久了。"赵国栋潜意识中，国庆期间是最关键的时期，而胜负在此一搏："来了上海这么多天，感觉怎么样？"

"不好，言语不通，上海人天生排外，对操外地口音的人十分冷漠。"赵长川摇摇头，"如果不是我们入大户室，恐怕还会受不少白眼。"

"不过上海给人的感觉的确不一样，总觉得有一种澎湃向上的冲动。走到哪里都觉得人们脚步匆匆，像是在忙着去干什么，让人不由自主地也想加快步伐。"赵德山的话很直观。

"你们去浦东那边看过没有？"赵国栋从床上爬起来，走到窗前。

"没有，这段时间我们都泡在证券部里，也没有时间。"赵长川感觉兄长似乎很有感触似的。

"应该去看看，就像德山说的，只有好好感受一下浦东开发的气息，你才能真正意识到这个日新月异的世界变化有多快。"赵国栋想了一想，"明天我们去浦东转一转，来了上海，不去体会一下中国经济心脏跳动的脉搏，也是遗憾，十年后，我们再来也许就可以好生感悟一番了。"

第二天，三兄弟就包了一辆出租车去了浦东。沿着浦东的大路奔行，赵国栋能够感受到出租车司机眼中飘来的轻蔑目光，几个不知道哪里来的乡巴佬，不知道浦西的繁荣，却到大工地一样的浦东游荡。

不过他并不在意，十多年后中国人才能真正感受到浦东的魅力，才能真正意识到浦东这个上海的金融和财富心脏的无穷魔力。

南浦大桥已经通车，杨浦大桥也在热火朝天的施工中，即将竣工，横穿五个开发区的杨高线长达二十多公里。一路行来，十多家外资银行的牌子鳞次栉比，无数高楼塔吊正在轰隆隆运转，就像一个一望无际的大工地，让人充分感受到了扑面而来的生机与活力。

赵国栋一言不发，只是静静地感受这个中国开发核心节点带来的冲击力，他甚至可以想象得到十年后十五年后，这里将会成为中国乃至整个亚洲的金融中心。用寸土寸金来描述这里丝毫不为过，不过现在这里能看到的只是一个翻腾的工地。

山东齐鲁大厦、银都大厦、银都商城、上海证券大厦、宁沪大厦，这一栋栋正在崛起的高楼昭示着上海浦东已经迎来了一个建设高潮期，而这个高潮期还将会继续下去，十多年经久不衰。

赵德山和赵长川两兄弟同样被这一日游带来的视觉冲击所震撼，相对于安都乃至整个安原，今天的所见加上股票市场上的起起落落，两兄弟隐隐约约感觉到兄长带他们来这儿一游有着特别的深意。

　　一直到晚上赵国栋都还沉浸在所见所闻带来的震撼中。虽然他对这一切有所耳闻，但他仍无法不对发生在眼前的这一切感到兴奋和激动。虽然他不清楚浦东开发的细节，但是有一点可以肯定，十多年后这里将成为世界瞩目的焦点。

　　"德山、长川，怎么样？比人人向往的外滩怎样？"赵国栋坐在沙发上不动声色地道。

　　"哥，你是不是想说什么？"赵长川犹豫了一下才小心地道，"上海是经济中心，比起我们安原来肯定不可同日而语。看看上海的发展势头，我觉得我们安原与上海的差距只会越来越大，这里的人无论是说话还是行动好像都比我们那边快一个节奏似的，做事效率也高。一见面都是谈生意谈钱，和我们那边简直像两个世界。"

　　"上海前十年已经落后了，这一两年才开始迎头赶上。如果你们到广东、深圳、珠海那边去，你们会感到更不适应，这就是观念和心理上的差距，故步自封只会越来越落后。世界在改变，不会因为我们的迟缓而停步。今天我让你们去感受一下就是要让你们珍惜时间，要把握机会创造一切。"

　　赵国栋也不知道自己为什么一下子变得这么健谈，他只是觉得自己有很多话想要告诉两个弟弟，让他们尽快地成长起来，去实现一些自己无法实现的梦想。

　　"哥，我们不太明白你想要告诉我们什么，你想要我和二哥干啥你就直接说吧。"赵长川朦朦胧胧地觉察到了兄长的意图，但是却又捕捉不住，有些着急地道。

　　赵国栋怔了一下，是啊，自己想要他们兄弟俩干什么？现在又能干什么？一步登天是不切实际的幻想。

　　"没什么，我只是有些感触而已。现在我们还是老老实实地守在这里，看看股市里的风生云起吧。"赵国栋有些萧索地摆摆手，"休息吧，德山、长川，我只是希望你们能多长长见识，多花些时间在学习上，学习一切可以学习的东西。"

赵德山和赵长川兄弟俩见兄长心情似乎不太好，便默默地退出了兄长的房间。

"长川，你说大哥咋啦？上午不是还好好的吗？"赵德山挠了挠脑袋，困惑地问道。

"不知道，咱们也没做错啥事啊，但是大哥好像不太满意似的。"赵长川也有些丈二和尚摸不着头脑。

赵国栋和两个弟弟每天一大早就来到海通证券营业部的大户室，尽情感受着股市的跌宕起伏。财富如潮水一般在这里起起落落，时而漫过卷走，时而退去无踪，在这里你可以亲身感受亿万财富在游动。

当宝安集团宣布他们已经持有的延中股票超过百分之五时，整个上海股市都沸腾了起来。疲态毕露的上海股市就像是吃了伟哥一样疯狂地躁动起来，延中股票价格迅速拉升，尤其是在延中董事会宣布要反收购并且要起诉宝安的恶意收购时，延中股票的价格更是像坐直升机一般蹿升。

已经是第七天了，饶是已经过了十月，赵国栋依然觉得自己全身像是被火烧火燎一般难受，汗渍浸透了他的衬衣，但他丝毫没有心思来管这些，他的精神已经全部放在了像吃了药一样的股市上。

一百一十多万资金投入上海股市，被先来的赵德山和赵长川全数购买了延中实业。由于是在两三天内下手扫的货，价格平均下来控制在九块八左右，而现在股市如发狂的洪水一般一个劲儿地猛涨。

"哥，已经过了三十六了，成交量很大。"赵德山微黑的脸膛也变得通红，眼珠子血丝密布，活像一个输红了眼的赌徒。

"挂在四十上，全部挂上去！"赵国栋一咬牙，在他的潜意识中延中应该是在上了四十之后多次反复争夺振荡，现在胜负就看这一搏了。

一手五万，一手两万，两手各五千，一手三万五千，被迅速挂了出去，赵国栋咬紧牙关，闭上眼睛深呼吸，强烈的窒息感让他有种想要爆发的冲动，这就是赌博，真正的赌博。

"出手了！"赵长川闯了进来，大声叫道："已经过了四十二了！"

"就是过一百也与我们无关了。"赵国栋几乎要瘫软在沙发上，这第二桶金终于成功了！

回到宾馆，赵国栋拖着疲倦的身体洗了一个澡。回到宾馆他才知道赵长川这个家伙居然敢改变自己的命令，把出货价格挂在了四十一上！不过一切都过去了，四十一照样出了货，但是很快价格就滑落到了三十七八反复震荡，自己已经把利益最大化了。

"哥，我们明天就走？"

赵国栋躺在沙发上，连续两三天全副身心投入其中让赵国栋也有些疲倦了，不过洗了一个澡后好多了。

"我得回去了，如果你们两兄弟想在上海或者江浙这边看一看也可以，自己注意安全就行了。"赵国栋想了一想之后又道，"长川，你为什么敢违背我的命令挂在四十一上？"

"哥，我发现你每次做决定都留有余地，反正已经涨到那个份儿上了，我相信就算高挂一点也可以出手。"赵长川有些惴惴不安。

赵国栋一怔，他没想到自己性格的特点也能被赵长川掌握，良久才点点头："这一次就算了，长川，我要提醒你，万事留有余地才能立于不败之地。这一次我们已经相当于在豪赌了，如果再不留一点余地，那就太危险了。"

"哥，我不知道你是从哪里得到的消息，但是这样做本来就充满风险，但既然赌了，那就赌个狠的，要么就别赌。"

赵长川的话立即赢得了赵德山的赞同："对，长川说得对，要赌就要够狠，要么就别赌。"

赵国栋苦笑，他能说什么呢？告诉他们这是自己在股市上唯一一次比较准确的判断，幸好潜意识没有捉弄自己，否则自己不但要在两个弟弟面前威信扫地，而且自己辛辛苦苦积累的一切都不得不从头再来。

一百一十七万除了手续费之外变成了近五百万，仅仅花了一个月不到的时间，这就是魔力所在，难怪无数人趋之若鹜。赵国栋相信在随后的十年二十年中，这个地方还将上演无数次过山车一般的财富故事，可惜自己对后来那些起起落落没多少兴趣了。他是个极其冷静的人，他努力控制自己的欲望不再进入。或许偶尔碰触能激起自己的灵光一闪，想起一些什么，但那都是未知数。

当赵国栋漫不经心地将一个八十万的存折和两个二十万的存折交给刘兆国、蔡正阳以及熊正林的时候，三个人的表情都变得有些呆滞。

"呃，国栋，你真的是去上海股市闯荡了一番？"刘兆国觉得嘴巴有些发苦，喉咙发干，虽然他不是没见过钱的人，但是一年之内，自己的六万块钱就增长了十多倍，就是贩毒也没有这么高的利润吧？

蔡正阳和熊正林的表情也好不了多少，他们望向赵国栋的目光已经变得有些怪异，如看外星人一般。

"是，但是我却不能多说什么。这是你们各自的交割单，请把这些和从银行取钱的取款单一起保管好，免得日后纪委来调查你们，你们又说不清楚自己的财产来源。"赵国栋躺在沙发上懒洋洋地舒展了一下身体，"真累，就这几天太辛苦了。"

"国栋，若是这样就可以让财产翻倍，我想再苦再累全国人民都愿意毫无怨言地辛苦一番。"刘兆国翻来覆去地看着手中的存折和交割单，海通证券营业部的电脑交割单，应该没什么问题，他最终还是接受了这个事实。

蔡正阳和熊正林有些说不清自己内心的感受，刘兆国的钱已经变成了八十万，自己俩人却只有二十万。但是俩人毕竟也是身份不一样的人，很快也就适应了这种变化。二十万，对于安都市一个干部来说，也是一个可望而不可即的数目了。

"国栋，能透露一点你赚钱的法子么？"蔡正阳饶有兴致地问道。

"没有法子，这就是利用信息不对称来赚钱。准确地说，一个很好的朋友告诉我某支股票他们公司会参与收购，价格会因此猛涨，就这么简单。见好就收，低吸高抛，差价就出来了。"赵国栋轻描淡写地道，"这种事情不会再有了，没有这种内幕消息，你就是在股市扑腾十年八年，能不能赚到银行利息都很难说。"

见赵国栋似乎不想多说中间的秘密，三人也知道这种事情本来就是商业机密，能赚这一笔本来就是意外之财了，也没指望能干什么，这样已经心满意足了。

"嗯，好了，不说这件事情了，咱们就当碰上一个财神梦里指点了咱们一下，发了横财吧。"熊正林笑了起来。

"嗯，诸位兄长忘了这件事情吧，生活一切照旧，不会改变什么，对不对？"赵国栋摇头晃脑地道，"我只是希望诸位兄长有了这笔钱之后，心中底气稍稍足一些，不至于在经济上犯什么低级错误。"

赵国栋的话说到了三人心坎上，本来三人家境都算不错，现在再多了这笔收入，抵抗外来侵蚀的能力自然强了许多，也可以安安心心在事业上好生奋斗一番了。

"你小子还真能摸准我们的心思呢。"刘兆国和蔡正阳、熊正林二人交换了一下眼色，乐呵呵地道："今晚准备请我们去哪儿消费一下？大财主？"

"噢，我不是大财主，我的钱都是有用处的。"赵国栋嬉皮笑脸地道，"到了安都，我和熊哥都是客人，该刘哥或者蔡哥请客才对。"

"噢，国栋，你挣那么多钱干什么？"蔡正阳随口问道。

"打算搞点实业，不过不是我，是我两个连工作都没有的兄弟。"赵国栋微微一笑，"柳哥没回来？"

"老柳带队去山东和浙江了，这一次看来他是准备在宾州放开手脚大干一番了。"蔡正阳有些羡慕地道。

当一把手在许多方面都可以不受掣肘，不像自己每走一步都需要三思，抗风险能力也小得多，如果一把手不能给自己扛起，弄不好就要翻船。

"蔡哥，临渊羡鱼，不如退而结网，安都一样可以动起来的。"赵国栋心中一动，"要不在江口试点，江口二建司就是一个很好的试验田啊。"

"哦？你觉得江口二建司可以作为试点么？"蔡正阳皱起眉头道。

"一个百十个工人的小集体企业，半死不活，为什么不可以？"赵国栋道，"在江口，这种企业还不少，像罐头厂、毛巾床单厂、塑料厂、家具厂，这些国营和集体企业都已举步维艰，县里拿着也是焦头烂额，银行早就不愿意输血贷款，如果不是县里做工作，只怕早就趴下了。"

蔡正阳想了一想才道："看来真要下决心才行，这样拖下去不是办法。如果连宾州这一步都走到我们安都前面，那可真就难看了。"

第十一章　开发区是个火药桶，
　　　　　　不小心就会炸

　　坐在主席台上的张泰坐卧不安，瞿韵白的口才这个时候突然变得出奇得好，一直到梁县长到来时，她仍然是口若悬河滔滔不绝。而那个原来从不缺席的挂职副主任赵国栋却蹊跷的没有出席这一次会议，这让张泰更感到一丝不安。

　　送走了窦中凯一行人，赵国栋他们这才回到小会议室。

　　开发区的条件不是其他乡镇可以比拟的，仅仅是派出所的这个院子就足以让很多人羡慕得眼珠发红了，比起晚来几天的同事，赵国栋的心态已经平静多了。

　　"来，大伙儿都认识了，汪指导、曲所长，还有诸位，从今天起，我们就是一个战壕的兄弟了。开发区派出所挂牌可能还要几天，但是工作却要从今天窦政委将公章交给我们开始接手。也就是说从现在开始，永和所和北郊所已经不再管原本属于他们管辖的地盘，而移交给我们在座的了。"

　　"刚才窦政委话已经讲得很明确了，我们开发区派出所成立的目的只有一个，就是要为开发区发展保驾护航。这是县委县政府以及县局赋予我们的重任，而能否向县委县政府以及县局交上一份满意的答卷就要看我们在座十二位民警今后的工作了。"

　　"开发区派出所的条件大家有目共睹，办公环境优雅舒适，距离城区也不远。管委会还替我们所有干警解决一顿丰盛的午餐，值班干警晚餐也由管委会食堂负责，这样优越的条件我觉得并不是好事，为什么？"

　　"这也就意味着我们肩膀上的担子更重，我们在座的不少是从北郊和永和过来的，都清楚这一带的环境，可以说几乎每个星期都会有人来围堵企业和管委会，稍不留神就会酿成大祸，现在这个重任落在我们头上了，我们该如何应对？我想这是摆在我们面前的首要任务。"

"我希望大家到了开发区派出所不要抱着贪图条件好、离家近、工作轻松的想法，那他就想错了。我不管他有什么关系，在这里，工作拿不起来，对不起，那就请另谋高就。如果因为我和另外两位所领导的原因工作拿不起来，一样，县局和管委会也会拿我们这个所领导班子是问，该下课一样下课！"

"所以我希望大家能够沉下心来想一想，我们到了开发区派出所该怎么办？怎么干？怎样才能干好？把这个问题想通了，我想一切问题都能迎刃而解。至于待遇、装备这些问题，这不是大伙儿操心的事情。我有这个信心，该给大家的福利待遇不会少大家一分，装备问题，一个月之后我就会让我们开发区派出所变成全局装备最好的派出所！现在就看大家对搞好我们派出所工作有没有信心了！"

"没问题，赵所，你咋说，我们咋干！"袁振勇首先表态。听说调到开发区派出所，袁振勇也是心花怒放，跟着赵国栋这样的所长干，心里边才踏实，也有奔头。

其他干警也都一个接一个地跟着表态，不过也有几个老干警对赵国栋的豪言壮语并不买账。这种情形他们见得多了，上任伊始一个个热情洋溢，没多久就变成了按部就班，或者就只顾自己了。一切都有待于实践来检验。

会议室里只剩下赵国栋三人，汪涌泉苦笑了一下："赵所，看样子这些老油子没有那么好使弄。"

"正常，说大话谁都会，何况我这个年龄也难以让人信服啊。"赵国栋不以为忤，"走，去我办公室，商量一下下一步工作，只要咱们拧成一股绳，派出所工作才能真正步入正轨。"

如果不是考虑到影响不好，赵国栋还真想把自己的办公室当做寝室用，虽然比不上隔壁开发区管委会那间办公室，但是也相当可观了，将近三十平方的面积，全新的办公桌椅，茶几上一盆茂盛的云竹让办公室多了几分生机。

"赵所，情况你都清楚了，现在开发区把原来永和最棘手的一片和北郊最恼火的一片全部接过来了。也就是说，日后光是防止群众缠堵管委会和企业都会牵扯我们相当大的精力，咱们所十二个干警，看似不少，但真要撒下去也就见不到了。"

汪涌泉也是这一片的熟人了，每次永和这边的老百姓来围堵开发区，都是他来维持秩序，协助疏散群众，久而久之也就疲沓了。

"嗯，事前我也从管委会那边了解了一些情况，可能因为角度不同，反映出来的问题也不完全一致，但是几个重点我觉得大体差不多。群众围堵的确有一定原因，有些问题的确没有得到解决，但是其间也有一些不合理或者说过分的要求，另外还有一些别有用心的人隐藏在其后挑拨煽动，想要把事态扩大化，好从中渔利。"

"对，情况大概就是这样，北郊圣林乡那边情况也大同小异，都存在这样或那样的古怪。不能说老百姓没有觉悟，有些问题政府的确没有解决好，或者说没有落实，进而引发群众不满。加上一些人想要借机生事向政府施压以谋利，才会导致这种情况屡屡发生。"

汪涌泉点点头赞同道。

"那要解决这些问题也不是我们公安一家就能做到的，原来的开发区管委会班子，县委县政府很不满意，所以这一次才会大动。书记、主任都调换了，梁县长兼任了管委会书记，足以证明县领导有多么重视，这样也为我们创造了条件。"

"那就是借班子调整完毕之机，帮群众切实解决一些问题，缓和干群关系。而我们公安则要深入下去，摸清楚究竟是什么人在背后煽风点火。如果是单纯为了群众利益出谋划策，我们可以做工作耐心解释，如果是别有用心者为了私利，甚至不惜违法犯罪，那我们也决不手软。"

"嗯，不过赵所你得把这个想法向管委会那边反映一下，否则恐怕难以取得好的效果，弄不好还会把一些不明真相的群众推到我们的对立面。"

汪涌泉觉得赵国栋能够当上这个派出所所长还是有两下子的，至少能够在复杂的情况中一下子抓住要害拿出工作策略，这就不简单。汪涌泉也承认对方提出的这个方法颇具操作性，当然前提是管委会也得改变作风，扎扎实实沉下去。

"管委会那边我去说，这边摸线索发展内线的工作就要请汪指导你多费心了。该花钱我们也得花，这是我们当前的首要任务。一旦管委会那边行动起来，我们这边也要跟进，只有双管齐下，才能彻底破解眼前的僵局。"

"好。"汪涌泉也知道这件事情自己当仁不让。

"曲所长你这边先在干警里选几个业务能力相对较强的，迅速熟悉情况，一旦时机成熟，我们就要介入。我感觉这种连续不断的围堵事件背后有问题，除了群众的确有利益受到侵犯或者有诉求需要解决，也有人想要干点儿啥事，要不怎么班子换了之后，这种态势反而越来越严峻了呢？照理说老百姓也清楚管委会班子换了，应该等一等看一看能不能帮他们解决问题才对啊，这个问题恐怕我们得好好琢磨琢磨才行。"

赵国栋这番话一出口，让汪涌泉和一直没有开腔的曲军都陷入了沉思。

在赵国栋来瞿韵白办公室之前，瞿韵白才悄悄擦掉眼角的泪水。

她觉得实在太累了，一个单身女人要想做出一番事业怎么就这么难？从城关镇到开发区，人们总是带着有色眼镜盯着她，想看出她究竟和哪位领导有特殊关系。

这些人完全忽视了自己安原大学硕士研究生的文凭，在乡下和县属企业长达五年的工作经验，以及自己的工作能力，只顾盯着自己作为一个女性身体的每一个部位。

瞿韵白不否认美貌和气质给自己的事业带来了一些助力，但是她坚信这不是主要因素，自己的努力奋斗才是最关键的。但是周围的同事熟人却总是抱着怀疑的目光探视自己，她相信如果她告诉对方自己和某位领导有特殊关系，他们立即会做出一副恍然大悟的样子。

"赵主任，是买警车的事情么？我已经让办公室将报告交给梁县长了，估计很快就会批下来。等财政局那边划拨到账，你就可以马上去办理了。"瞿韵白脸上看不出丝毫异样。

"嗯，谢谢瞿主任，我来主要是向你汇报一下我们派出所近期的工作打算。"赵国栋随意地坐在对方对面的沙发上。

"噢，派出所这么快就把工作思路拿出来了？"瞿韵白没想到对方竟然如此雷厉风行，昨天派出所人员才到位，今天就来汇报工作了。

"嗯，不快不行啊，这都十月了，还有三个月就要过年了，派出所也得做出点成绩才能向县局和管委会有个交代啊。"赵国栋笑着道。

当赵国栋详细地将自己的想法和打算和盘托出时，瞿韵白心中的感觉就像是在沙漠中跋涉了一天的旅人，突然遇到了一个山清水秀的湖畔旅舍一般。

来到这管委会两个多月的瞿韵白只觉得自己像是陷入了一个烂泥潭一般，想要用力却又使不出来。

梁县长公务繁忙甚少来这边，所有工作都压在自己身上，那两个副主任她都找不到合适的词语来形容他们。

一个分管招商引资，但是整整大半年都没能引来一家企业，理由说是开发区条件差外部环境恶劣，客商不愿意来。而另外一个分管基建拆迁的副主任则经常见不到人影，弄得每次群众围堵缠访她都不得不亲自上阵解释劝导，脏话粗话如污水般一盆盆泼来，让她每天都疲惫不堪。

有时候她自己都在问自己，为什么会接受开发区管委会这个烂摊子？城关镇那边情况固然不好，但是也比这管委会顺溜多了，毕竟只是一些常规性的工作，不像这边，几乎全是具有挑战性的活计。

是想换一个环境？还是在躲避那个人？瞿韵白不知道。

但是她知道来管委会这两个月几乎没有一天心情舒畅过，几乎每一天都不得不面临来自方方面面的压力。尤其是拆迁赔偿方面的各种协调工作更是耗尽了她的耐心，而这本该是那个看不见人的副主任的主要工作。

"你的意思是要管委会的干部下去逐家逐户地了解情况？"瞿韵白有些犹豫，管委会这些干部已经习惯于按部就班地在办公室中闲适地工作，要让他们沉下去，实在有些难度。

"这是必须的，如果我们搞不清楚有哪些问题的确需要我们管委会给予解决，哪些问题是群众错误理解政策造成的，哪些问题是一些别有用心者刻意混淆是非想要从中谋利造成的，那我们如何拿出应对处理的办法？"

赵国栋坦然道，"我的想法就是群众的合理要求必须要给予解决，一时解决不了的，也要给群众讲清楚，明确时间；群众不理解的或者误解了的，那就要给群众一一解释清楚，让他们明白国家和政府的政策；而那些故意搅浑水不怀好意者，我们也要摸清楚情况，等待合适的时机出手！前两者应该是管委会的干部来负主责，而后一点，则由我们派出所来斟酌处理。"

"好，我赞同你这个想法，但是这需要向梁县长汇报，同时我们也得了解一下现在群众中究竟存在什么问题，分门别类地罗列出来，有针对性地逐一拿出解决办法，实在解决不了的，也要想出一个妥善的对策，以便说服群众。"

瞿韵白酝酿了许久方才点头赞同，赵国栋方才提出的设想的确有可操作性，但是却需要全体管委会干部沉下基层去耐心做好工作，这一点瞿韵白心中没有底。

赵国栋也知道瞿韵白现在在管委会威信不足，尤其是两个副主任并没有真正把瞿韵白放在眼里，整个管委会大概只有梁县长出面才能勉强镇得住场子。但是梁县长却因为还分管着县里的工业，主要工作中心并不在这边，这也就造成了管委会工作上的瘫软。

不过赵国栋并不准备按照瞿韵白设定好的节奏行动，公安机关有自己的工作方式，在了解了基本情况之后，赵国栋很快就利用几名北郊和永和那边过来的本地联防员把工作开展起来，一些情况也陆陆续续地摸了出来。

"赵主任，赵主任！"

赵国栋正在和汪涌泉、曲军就这几天摸起来的情况进行商量，就听得门外传来急促的叫喊声。

"什么事？"赵国栋一听好像不是所里民警的声音。

"瞿主任他们被围在通力机械厂了，老百姓群情激愤，连通力机械厂的围墙都被推倒了一大片！瞿主任让我来告诉你，请你马上带派出所民警到现场，并报告县公安局！"

冲进来的是一个中年妇女，一副脸色灰败的样子，看来是受惊不小。

"哦，通力机械厂？"赵国栋一皱眉头，"是永和那边？"

"嗯，永和镇大柳村那边，要不我先带人过去看看？"汪涌泉站起身来。

"我们一起去，让派出所值班民警也过去，到现场维持秩序，我们进厂去。"赵国栋也站了起来，"先去看看再说。"

赵国栋和汪涌泉赶到通力机械厂门口时，那里看上去人山人海，至少有数百人，厂大门被围得水泄不通。而大门周围一大圈围墙也已经被掀倒，一些老百姓涌进了正在建设的厂区，将几个人围得严严实实。

"说清楚，今天不说清楚就不准走！每次都是推推推，真以为我们农民好糊弄？"

"今天推明天，明天推后天，上半年的青苗补偿，都下半年了还没有兑现！我们老百姓吃什么？"

"在我们地盘上修房子，我们本地人必须包活儿干，不然不准开工！"

"每次都是这个女人来敷衍我们，说了又不算话，今天就把她扣在这儿，让县里领导来解决!"

"把我们的路碾坏了也不吭声不表态,这是我们大柳村老百姓集资修的路,必须赔!"

嘈杂的喧闹声充斥在现场,一干人在那里上蹿下跳叫个不休。赵国栋让汪涌泉先进去招呼着,避免出现过激行为,自己则悄悄走到一边观察情况。

大部分群众都抄看手站在外围,像看热闹一般谈论着家长里短,但也有一部分人情绪激动,在那里叫嚷不休,吆喝着要其他人一起把大铁门也推倒,不过倒是没有几个人愿意附从。

瞿韵白又气又急,虽然是十月份的太阳,但是还是异常毒辣,在太阳下站了两个多小时的她没有喝到一口水,被周围的百姓围着,解释得口干舌燥却根本没有人听。这个时候女性的劣势便显现出来,群众天生对女性的不信任在这个时候显得更加明显。

汪涌泉适时到来稍稍缓解了一下现场的气氛,在场的人大多认识他,还不时有熟人与汪涌泉打招呼。但是这并不足以平息事态,一些人甚至劝汪涌泉不要多管闲事,这些事情派出所解决不了,必须要政府当官的出面表态。

汪涌泉也算是处理这种事情的老手了,他知道这种事情公安解决不了根本问题。但是公安适时出面可以有效地控制局势,不至于向不可收拾的境地发展。毕竟都是知根知底的人,谁要在他眼皮子底下犯事,就算是这会儿脱得了身,也保不准日后落在公安手上。

赵国栋不动声色地在人群边缘游走,直到确定了两三个可疑之人之后,他这才溜到一边,悄悄唤来熟悉情况的联防员,逐一点出几个怀疑对象,落实身份。

直到这一切都做得差不多了,赵国栋才在几个联防员的陪同下大模大样地走入人群中。

赵国栋的出现一下子吸引了所有人的注意力,尤其是他那股子昂首阔步的虎虎声势,加上几个联防员在一旁拨开人群的架势,让人们一下子意识到来人恐怕大小是一个管事的领导。

"这个耀武扬威的家伙是谁?"

"看样子像个当官的,咋这么年轻?"

"管他干啥的,解决不了问题还是等于零。"

"他身边那几个不是永和派出所的么？是不是调到开发区派出所了？"

赵国栋分开人群，走了进去，瞿韵白三人真快要虚脱了。谁也没有想到这件事情会一下子闹得这么大，原本只是来通力机械厂看看工地进展情况，却不知道为啥老百姓也知道了，一下子就拥了来，还把厂里的围墙也推倒了半边。

"瞿主任，没事吧？"赵国栋没理睬周围怀疑的目光，这个时候你越是软弱群众就越是不信任你，只有摆出一副气势如山的模样才能让他们觉得你能够解决问题。

"赵主任，你来了，我没事，就是站太久了有点儿难受。"

瞿韵白没有说实话，也不知道是看到赵国栋来了还是什么原因，先前还勉强能够支持的她，这会儿突然觉得身体发软。尤其让她难堪的是，她特别想要上厕所，整整两个多小时站在这儿不能离开，工地上又没有女厕，只有一个工人用的临时简易男厕。

"没事儿就好，看来这种事情日后还少不了了啊。"赵国栋笑着小声道，"张泰张主任咋没来呢？这种事情应该他来解释才对啊。向县里报告没有？"

瞿韵白还真有些佩服对方，在这种情形下还能笑得出来，看得出对方是真没把这种阵势放在眼里，或者公安真的见多识广根本不在乎。

"张主任联系不上，梁县长和卢书记、茅县长去市里开会去了，回来不了。在家的王书记说会派人过来，但是到现在也没见到人影。"

"那就让咱们这两个小卒子在这里顶着，这也不是办法啊。"赵国栋随意地瞅了周围一圈，漫不经心地道："准备打持久战？那不得拖到今天晚上去了？"

"我和他们解释了，但是他们根本就不听。"瞿韵白紧张的情绪渐渐缓解下来，但是生理上的麻烦却让她越发焦急。

赵国栋随意的态度让周围群众的议论声渐渐大了起来，谁也不知道这个人钻进来是什么意思，既不开腔，又不表态，就像是赶集一样自由自在。

周围群众的声音渐渐高了起来。

"究竟怎么办？你们管委会是不是就这样和我们耗着？这件事情总要有人来解决！"一个壮年汉子压抑不住怒声喊道。

"是要解决，不过你觉得用现在这种方式就能给你解决？"赵国栋轻蔑地瞥了对方一眼，懒洋洋地道，"我还从来没听说过政府会在这种情况下解决问题的。"

"那还不是你们逼的，你以为我们一天没有事情干，愿意陪着你们在这里耍啊？"周围几个声音也高了起来。

"你是干啥的？在这里冒杂音！"

"看他那个样子也不咋样，最多就是个跑腿匠！"

"牛哄哄的，妈的，一副想挨打的样子，你以为你这个样子可以吓唬谁？"一个长头发花格衬衣的青年跳了起来，一副跃跃欲试的模样。

"我谁也吓唬不了，也不想吓唬谁，就像你也吓唬不了我一样！"赵国栋凌厉的目光在对方脸上一停，凶狠地道，"不过就你这样儿，丢开我们两个人的身份，换个场合，要单挑，我一只手可以丢翻你娃三个！"

他狂妄的口气一下子就把那个青年的气势压了下去，一直等待时机的汪涌泉知道该自己出马了："朱二娃，这是我们开发区管委会赵主任，也是我们开发区管委会派出所的所长，你娃嘴巴放干净一点！"

立时有联防队员在旁边与熟人恰到好处地介绍起了赵国栋的光荣历史，从不用手丢翻大观口号称镇关西的郑二赖，到单人独身生擒蓝山两个持刀杀人犯，虽然免不了添油加醋，但是在这种场合下效果却出奇地好。

"怪不得这么年轻就来当主任当所长！"

"嗯，我就说，一看他那副样子就像是练过武的。"

"朱二娃那个干猴子一样，怕真的三个都不是人家对手。"

"人家是公安，是所长，你不惹他，他咋会动你！"

"公安又怎么样？我们的事情他们管不了！"

"人家还是管委会的主任，咋管不了？"

那个壮年汉子见赵国栋挺胸腆肚雄赳赳的模样，犹豫了一下才道："我们不管你是干啥的，我们只要解决我们的问题！"

"解决问题？好啊，这就是你们解决问题的办法？"赵国栋斜睨了对方一眼，"把我们围在这里，闹腾半天，事情就解决了？共产党和政府就下软蛋了？你们说啥就啥？多用点脑子，想一想咋样才是解决问题的办法！"

瞿韵白也知道眼下不是打扰赵国栋和对方斗嘴的时候，眼见局势在赵国栋出面之后已经有了松动，但是她现在实在扛不住了。人有三急，水火不容情，若是真的在这里出乖露丑，无论最后结局怎样，自己这辈子只怕都无颜在江口立足了，这时瞿韵白真是恨自己怎么会在出门前喝那半杯水。

"小赵……"

赵国栋也觉察到瞿韵白有一些不对劲，先前还以为对方是太疲倦了，想着再坚持一阵应该就可以解决问题，但是现在看对方脸色绯红，双腿并夹，双手都不知道如何放的模样，他还真想不出对方究竟出了啥问题。

"瞿主任，咋了？"

"我想去洗手间，这边……"瞿韵白羞得声音如蚊蚋一般。

赵国栋心中暗叹一声，女人就是麻烦，男人在这方面的控制能力就要强得多，但这种事情也怪不得人，只是在这种场合下想要马上脱身却不那么容易。

旁人并不清楚二人在小声说些什么，赵国栋一脸严肃点头的模样，倒是让人揣摩不透。

"好了，大家静一静，你们今天一下午也说了很多，想必大家也有些厌了。时间也不早了，各人家里都有家务事，小孩子该放学的也差不多回来了，我说两句，如果大家听得进，就作数，听不进就请继续。我陪大家慢慢耗，到今晚都没关系。"

赵国栋慢条斯理地道，他知道这个时候急不得，你越流露出想要离开的意思，群众就越不会轻易让你离开，你得表现得比他们更无所谓更有耐心，他们才会觉得继续耗下去没意思。

人群中一阵骚动，显然在这里拖了几个小时让大部分人有些不耐烦了，谁都清楚在这里不可能解决问题。但是如果得不到一个明确的答复，他们又担心自己希望解决的事情会被管委会无限期地拖下去。

"那我们听听他说啥。"

"行，说得不中意，那今天我们就奉陪到底！"

"对，说得不满意，那就大家一起耗！"

赵国栋见自己的策略奏效了，心中暗喜，脸上却露出一副不以为然的样子："愿听不听，我不勉强，但要听就得尊重人，不要我没说两句就打岔。"

"行！"

"少废话！"

"好，大家今天下午来的目的就是要管委会解决问题，想必各家问题都不一致。我看了一下大柳村村组干部也在场，大家也知道这种方式解决不了问题，只是希望引起管委会和政府的重视。"

"现在我可以明确告诉大家，方才我们管委会已经在电话里向梁县长做了汇报。他指示我们迅速将大柳村乃至整个开发区辖区内的情况收集起来，分门别类，向县委县政府进行专题汇报。我刚才也和瞿主任商量过了，从明天开始，管委会干部将全部下到辖区各村组，和村组干部一起，就大伙儿反映的问题逐一进行了解登记核对，最后报请县委县政府解决。"

赵国栋话音刚落，已经有人叫嚷起来："又来这一套，你们都说过多少次了，每次都是这样敷衍推诿，我们不信！"

"不给我们一个明确时间，休想让我们走人！"

"对，给个明确时间才行！"

"不能太久了！"

赵国栋眼睛环视，提高声音："好，明天我们就下来，一个星期之后就给大家一个答复！"

场子里顿时静了下来："这是你说的？你说了算不算？若是算不了，咋办？"

"简单！管委会就在那儿，搬也搬不走！俗话说跑得了和尚跑不了庙！若是我们管委会说话不算话，你们随时可以找上门来，我们打开大门欢迎！"赵国栋声如洪钟，厉声道，"但记住，我只是说要给大家一个明确答复，并不是指每个人的要求都能得到解决和满足，只有合理合法的要求才能够解决，这是先决条件。希望大家在管委会干部下来调查摸底时，如实、理智地反映问题，若是因为你们恣意夸大或者漫天要价，那责任就不在我们管委会了。"

"那谁来确定我们的要求是否合理？"群众中也有人保持着冷静和理智。

"那更简单！一是有国家政策和法规，大家也可以私下找熟悉法律或者通晓法规的亲友熟人了解核实，看管委会是否违背了政策法规；二是可以通过群众来评议有争议的诉求，实在不行可以进行无记名表决。如果第一和第二条达不到一致，还可以通过司法程序来解决。"

"我们管委会可以免费为群众提供司法援助，也就是说，如果群众对于国家政策法规和评议不满，管委会可以帮助他去法院提起诉讼告管委会！如果法院真的判管委会败诉，那管委会该赔就赔！"

赵国栋声音越发洪亮，掷地有声，刺人的目光在周围群众脸上快速掠过。他们还是第一次面对态度如此明确而坚决的领导，一时间都有些吃不准赵国栋所言是否兑现得了，相互议论着争吵着看是不是该接受赵国栋的这份通牒。

"我说大家该散就散了，时间不早了，明天管委会的干部就会下到村组，和村组干部一起了解核实情况。有什么话留给他们说，让他们做好记录带回来，白纸黑字才能说得上解决问题，光是空口白牙说一阵，不起作用。"赵国栋放缓语气。

"赵主任，你说话可得算数，明天管委会的人若是不下来，那我们还会来你们管委会！"

一个人搭了腔，其他人都有趋众心理，立时就跟着附和，赵国栋的心顿时放了下来。

"瞿主任和我都在这里，难道说了还会不算话？放心，明天保准下来！"赵国栋挥了挥手，"散了，散了，各人回家，娃儿都在家里饿肚子，等着你们回家做饭呢。"

一干联防们也在人群中帮着吆喝劝说，人们终于开始三三两两地离开，没多久，人群便自行散去了。

赵国栋刚刚将车在管委会停稳，瞿韵白已经忙不迭地下车，甚至连招呼都没有来得及打一个便快步奔进卫生间。一直到赵国栋坐在她办公室里谈论工作，瞿韵白还有些心神不宁。

"瞿主任，恐怕得和梁县长联系一下，咱们得尽快向梁县长汇报今天的情况。我看群众积郁的情绪已经相当严重了，如果再不想办法尽快疏导解决，迟早要出大事情。"赵国栋靠在柔软宽大的沙发中，一边耍弄着手中的笔，一边若有所思地道，"晚解决不如早解决，有些事情迟早都要面对。"

"小赵，很多事情恐怕不是三两下就能解决的，你也清楚，上一届留下了不少后遗症，你今天的承诺可是把我们管委会给套进去了。如果下一周还拿不出说法，这些人恐怕真的会把我们管委会给围了。"瞿韵白叹了一口气。

"瞿主任，事情并不像你想象得那么复杂，这么多人各自的诉求都有差异。饭要一口一口吃，只要我们能够找出一些应该给予解决的先解决了，给群众留下一个我们这一届管委会还是能够为他们解决问题的印象，我想后续问题完全可以分阶段予以解决处理。"赵国栋建议道，"当然，一些政策还是要去县里争取，巧妇难为无米之炊，没有政策和资金，问题是解决不了的，局面也无法打开。"

瞿韵白沉吟了一下："你的意思是先解决一些容易解决也能够解决的问题?"

"嗯，麻烦的、难度大的可以放到后面逐步解决，实在解决不了的也可以讲明道理慢慢来。"赵国栋点头道，"只要我们在动，群众有盼头，就不会轻易走极端。而那些想要为一己私利故意搅浑水制造事端者，我们公安机关也不是吃素的。"

瞿韵白不得不承认眼前这个年轻人脑瓜子相当好用，一个复杂的问题在他那里就能被剖析得清清楚楚，还能拿出几条对策来，这就是能力，难怪这么年轻就能蹿上这个位置。

"嗯，小赵，我赞同你的意见，不过这件事情我们得马上向梁县长汇报才能确定。"瞿韵白站起身来，"我马上联系梁县长，一会儿我们一块儿去见梁县长。"

不出赵国栋所料，瞿韵白根本没提另外两位副主任，尤其是分管拆迁和基建的副主任张泰，很显然那位经常找不到人影的张泰张主任给瞿主任留下了很糟糕的印象。

梁县长的态度很鲜明。赵国栋强调由于一些环节没有落实到位导致群众反响很强烈，因此不断引发围堵事件，可能会严重影响开发区招商引资的形象。梁县长在电话里简要地向卢、茅两位主要领导汇报了情况，他们立即同意由财政拿出一部分资金，有选择有针对性地对一些确实需要给予解决的诸如青苗补偿、道路损毁赔偿等问题进行核实，力争在一个星期之内得到处理。

第二天上午梁县长亲自主持了开发区管委会中层以上干部以及开发区辖下各村书记、主任的会议，县长茅道临也亲临会场做了指示。会议确定了近期的工作基调，要求管委会干部迅速行动起来，沉下基层，分片包干，将群众反映的问题收集起来，切实解决好群众反映的突出的问题。

派出所民警和联防们也都被分到了几个组中下去摸情况，明暗两手，以求能够准确地摸清楚最突出的原永和镇大柳村和圣林乡大圣村存在的问题。

县委县政府的大力支持使得管委会的工作迅速推行下去。一个星期下来，大柳村反映突出的青苗补偿和道路损毁，以及圣林乡大圣村反映的菜蔬地赔偿过低问题都得到了妥善解决，一些多年积留下来的问题也有了松动的迹象。

从大柳村和大圣村出来的瞿韵白心情十分舒爽。自打来到管委会之后她的心情就没好过，这两天无疑让她积郁的情绪得到了一次释放。两个村虽然仍然遗留了一些问题，但是群众的情绪明显比之前已经大大缓和了，尤其是在落实了几项政策之后，群众的反映相当好。

"赵主任，看来这一次我们管委会的工作开展得相当不错，比起前一段时间大有起色啊。"坐在副驾上的瞿韵白打扮得十分朴素，汲取了上一次的教训，她现在只要是下基层，都要换上一身简单朴素的衣裤鞋袜。

"嘿嘿，瞿主任，这只是表面现象，我所掌握的情况并没有你想象得那么好。"赵国栋娴熟地打着方向盘。

"啊，赵主任，你什么意思？"瞿韵白心中一紧。

"一些问题解决了，这在我们意料之中。这些本来就是应该落实解决的，比如青苗补偿以及修路资金，只要县财政出钱，一切迎刃而解，但是有些深层次的问题却不那么简单。"赵国栋轻哼了一声，"我们的干警和联防员下去摸到一些不那么令人愉快的东西，一些村干部对我们管委会干部沉下去做工作明里支持，暗里监视、使绊子。管委会内部好像也不完全赞同，瞿主任，你说这意味着什么？"

瞿韵白悚然一惊，但她没有深问下去，她知道赵国栋身兼二职，有些通过公安渠道掌握的东西不是一般管委会干部能够了解得到的。

"管委会内部有不同意见可以不管，梁县长和县委县政府已经定了调，谁也翻转不了，但是你方才说的村干部的表现问题的确值得深思。"瞿韵白话中也藏了半截。

哼，赵国栋咧嘴一笑，能够混到管委会主任看来也不仅仅是人长得漂亮就行，这女人脑瓜子也很好用，话不深说，留有余地，让你自由发挥。

"瞿主任，已经有了一个良好的开头，后面的事情就好办多了。我看群众的情绪已经缓和下来，接下来就该切入一些深层次的东西了。"赵国栋微微一笑，"有些东西我只告知你，请瞿主任也暂时保密，除了梁县长之外，其他人暂时不宜知晓。"

"我明白了。"瞿韵白点点头，她知道赵国栋既然这般说，肯定是已经掌握了一些有价值的线索。

工作初步打开局面之后，派出所的工作便全面铺开，开发区派出所新建，实际上日常事务并不多，除了值班人员之外，派出所的主要精力都放在了为开发区创造一个良好的投资环境上。

"老汪，看来这几天我们收获不小啊，你说大柳村这两个主要领导变着法子不让我们接触群众，究竟有什么问题？"赵国栋靠在沙发上诡笑道。

"嘿嘿，还能有什么问题？除了经济问题，其他啥都不是问题！"汪涌泉也很兴奋，"初步反映出来的问题就有好几个，几乎件件都牵扯到村支书和村主任。我就说大柳村被征占土地那么多，按理说村里应该相当富裕才对，老百姓如果得到了实惠也不至于对村两委意见这么大啊，还不是中间出了猫腻。"

"件件事情脱不开村支书和主任，但是关键还是在会计身上。只要拿下他，攻破他，很多东西就会曝光，一切都可以水落石出。"赵国栋若有所思地道。

"唉，只可惜这种好事儿又得轮到检察院那帮家伙身上，咱们只有当帮工的命。好不容易摸出来这些线索，却要被检察院捡漏。"汪涌泉很是遗憾。

"没关系，县委县政府也不是傻子，他们清楚这中间谁起了关键作用，检察院没有基层机构，最基本的线索不可能从管委会那里摸出来。只能是咱们公安机关，朱局也会在县里帮我们摇旗呐喊的。"赵国栋倒不在意这一点。

"嗯，不过大圣村那边情况可能不一样。一帮人和村组干部搅在一起，现在两家企业都无法开工，那些家伙不出面，就指使老人和妇孺出头，青年人都藏在后边，强行要求承包工地和砂石用料。这种风气如果不打下去，恐怕开发区建设永无宁日。"汪涌泉关注的重点还是在这边。

"这种现象现在很突出么？"赵国栋想了一想。

"在大圣村这边已经有些苗头了，大柳村这边还没有显现。"汪涌泉回答道，"先前一些企业不堪其扰，打算同意他们承包一些土石方工程和砂石用料，但是那些家伙要价高得离谱，类同敲诈，企业不敢接受，担心到后来无法收拾。"

"这已经带有黑社会性质的苗头了，正是我们开发区派出所立威的好机会啊。"赵国栋眼睛一亮，他不怕有事，就怕来的不是公安能管的事情，就像是通力机械厂那种群体性事件，公安机关就不好插手，而这种事情无疑是公安最好的打击对象。

"曲军，你先带人秘密把有关材料取证搞下来。注意，一定要秘密。另外看看这些人和外边社会上那些混子烂仔有没有勾连，这种事情他们背后肯定有人，寻找到突破口，争取拿下一个，突破一处，打开一片！"

张泰神色阴郁地坐在办公室里，这段时间他竭力想表现自己工作积极主动，但是瞿韵白那个婊子显然有意识地防备自己，口风相当紧，自己虽然百般试探，但是也没得到多少有价值的东西。

张泰知道很多东西都来自于派出所那边，自己和新来那个派出所所长没啥交情不说，而且听说那是个狠角色，连江庙镇镇长敬海都在他手上吃了大亏，看样子这次也是来者不善。派出所虽然才建立起来，但被这个家伙经营得铁桶一般，原来比较熟悉的几个民警那里也探听不到什么消息，而汪涌泉这个老狐狸更是见面打哈哈，一问三不知，分明是在隐瞒什么。

问题在于他们究竟掌握了什么东西，张泰可以肯定对方已经得到了一些东西，但这些东西对自己的威胁有多大，却难以知晓。

办公桌上的电话响了起来，张泰一把抓起电话。

"老齐，情况怎么样？"

"不太好，老张，我那几个老部下都吭吭哧哧不肯说真话，说所里专门打了招呼绝对不允许将收集到的情况外泄，我不好再逼。不过我能感觉到，他们怕是了解到一些有价值的东西了。老张，你好自为之，别把自己陷进去了，赵国栋这小子道行高着呢，敬海被他咬一口不说，就连王德和想要阻挡他都只有靠边站，你小心一点儿。"

电话里的声音沙哑粗犷，刺入张泰心中却是火烧火燎一般难受。

"老齐，就没有一点具体的东西？要不你帮我分析分析他们主要是在调查哪方面的东西？"张泰不甘心地追问。

电话里沉吟了一阵，沙哑的声音才又道："你可以看他们主要针对什么人，避开什么人，就可以知晓大概的方向，公安机关也不是神仙，不可能一下子知晓所有东西，堡垒往往是从内部攻破，你好生想一想吧。"

张泰还欲再说，但对方却已经将电话压下。

狠狠地将电话砸下，这些家伙，早就知道不值得交，关键时刻都推三阻四，生怕沾染上什么。张泰疲倦地躺在沙发上冥思，管委会这一帮干部的工作作风他很清楚，他们下去是了解不到什么有价值的东西的。

但是公安机关那些家伙都是些老手，见缝就钻，嗅到气味就咬住不放。自己这两年难免有行迹落到人眼中，平常人们顶多是嘴巴上唠叨唠叨而已，一旦落入公安的耳中，那可就变调。

大柳村那边看来有些麻烦，张泰有些苦恼地抚住额头，看来这一步还是走得有点过火。从县里没有同意自己接任管委会主任而把瞿韵白调过来，他就清楚自己在管委会怕是永远无望了。但是他不甘心，不甘心好不容易将上一任领导不动声色地掀翻，却让瞿韵白这个婊子来享受现成的胜利果实。

骑虎难下！这是张泰对自己目前处境的分析，利益联盟不是想一拍两散就能散的，自己担心害怕，他们同样担心害怕，但是在利益面前，谁也不愿放手。

得把公安的注意力转移转移，让赵国栋那小子老是盯着大柳村迟早要出问题。赵国栋，这可怪不得我，是你逼着我这么干的，张泰一咬牙拿起电话。

瞿韵白和赵国栋俩人向副县长梁建弘汇报了近期取得的成效之后，也提出了掌握的一些情况，梁建弘的态度非常鲜明，这让瞿韵白和赵国栋吃了一颗定心丸，二人也不敢耽搁，径直前往县检察院。

"高书记？"赵国栋走进检察院分管贪渎的副检察长办公室时，一眼看见高阳坐在里边。赵国栋惊讶地眨巴眨巴眼睛，这才反应过来，看样子这个从检察院出去的家伙又回到检察院了。好事儿，至少检察院里又多了一个能说得上话的朋友。

"呵呵，国栋，没想到吧，咱们俩算得上是前脚撵后脚啊。你刚走，我就走，嘿嘿，又在这儿见面了。"高阳笑嘻嘻地站起来迎上前，"瞿镇长，噢，不，现在应该叫瞿主任了，到管委会可是高升啊。对了，刚才梁县长已经给我打了电话，说有些事情要反映，我专门在这儿恭候你们二位大驾光临啊。"

"高书记，你回检察院了？"赵国栋很是惊喜，在江庙区赵国栋和高阳就颇为投缘，尤其是在敬海事件上，高阳更是推波助澜，帮了赵国栋不少忙。那件事之后俩人的关系也迅速熟络起来，虽然还说不上亲密无间，但是也相当密切了。

"嗯，你刚走一个星期，我就回检察院了，要不咱们怎么会在这儿见面？"高阳一边招呼二人落座一边笑道，"你小子到开发区这种好事情也藏着掖着，来区工委打个招呼就走了，我都没碰上。要不是今天见面，你是不是打算就这么过了？"

"嘿嘿，高检，你不也一样，高升副检，大权在握，手提尚方宝剑，我和瞿主任都在你利剑锋芒之内啊。"赵国栋笑了起来。

"两码事，你和瞿主任这种优秀干部不是我们检察院盯防对象，你们今天来谈的才是我关心的角色。"高阳甫接这一位置，自然想要做出一番成绩来，听得开发区那边有猫腻，那还不像是闻到鱼腥气的猫一般双目放光？

瞿韵白饶有兴致地观察着赵国栋和高阳之间的对话，看得出来赵国栋和这位高副检关系不错，发自内心的笑容不像那些公式化的虚伪寒暄。这个赵国栋还真不简单，高阳至少比他大十来岁，俩人的关系却不一般，不过想一想二十来岁就能挤掉公安局其他候选者来开发区，足以说明一切了。

"瞿主任，不好意思，我和高检快一个月没见面了，多说了两句题外话。"赵国栋很细心地照顾到瞿韵白的情绪。

"没事儿，赵主任和高检关系良好，也有利于我们下一步的工作啊。"瞿韵白妩媚地掠了一掠发梢，微笑道，"赵主任，情况你最清楚，还是你向高检汇报一下吧。"

赵国栋也不客气，把近期公安机关和开发区管委会深入村组掌握的一些情况娓娓道来，其间重点性介绍了公安机关采取多种方式了解到的一些线索和证据。

"嗯，这么说来重点主要还是集中在大柳村的各种征地赔偿、房屋拆迁补偿规格以及青苗补助款项上？"高阳也是老检查了，在下区之前就担任经济检察科科长，现在经济检察科已经升格为反贪局，他就回来担任副检察长兼反贪局长，也算是重新干老本行。

"大柳村问题更大，大圣村也一样存在问题，其他两个村问题不明显。正是由于大柳村和大圣村问题更多才使得干群关系急剧恶化，严重地影响了我们开发区管委会下一步工作的开展。所以想要请检察院介入，对大柳村的问题进行彻查。"瞿韵白颔首笑道。

"但是光就目前反映的情况来看，调查可以，但是如果没有一个突破口，恐怕会打草惊蛇。"

高阳眉头深锁，其实他心里已经决定干这一票了，这种现成的成绩，岂能放过？村一级干部虽然层次低了一点，但是开发区的就不一样，那里可是肥肉，村一级组织比起偏远一点的乡镇更肥实。而且对付这些村级干部更容易得手，这些村干部心理防线脆弱，尤其听到是检察院介入，就更容易崩溃了。

唯一担心的是涉及前几年的事情，如果只动其中一两个人，难免会风吹草动，一旦风声泄漏不能毕其功于一役，那就可惜了，他可不想自己上任第一仗打个半拉子仗。

"高检看来是早有想法了？"赵国栋瞅出了高阳的担心，"我和瞿主任分析过，大柳村那个村会计应该是关键人物，如果能悄悄把他拿下，加以突破，估计许多问题就能水落石出了。"

"问题在于你们前期已经开展工作了，如果大柳村两委真的都陷进去了，他们必定相当警惕。一动这个村会计，其他人就会狗急跳墙，必定会毁灭证据和订立攻守同盟，我们后期工作就被动了。"高阳仍然摇头。

"高检，你有啥就明说，别给我们打哑谜了，行不？"赵国栋眉毛一挑。

"嘿嘿，国栋，你们公安和我们检察院不一样，手段多，路子广。我的想法是如果你们公安能够采取手段以其他理由先行把那个村会计拿下羁押起来，我们检察院立即跟上突审，这样外界不知道我们检察院介入，一旦突审得手，我们检察院就可以大张旗鼓倾巢出动打会战了。"

高阳笑了起来，看在赵国栋眼中更像是狐狸的微笑。

"这……"赵国栋有些犹豫。这样做不是不可以，那个村会计好赌众人皆知，而且两个固定赌博地点知道的人也不少。正是因为他赌博输赢不小才会引起群众的愤慨，反映的呼声也不断增大，这样才渐渐纳入派出所的视线。

"怎么，这件小事情也把你难倒了？你搞掉偷牛案和擒获杀人犯的时候可没皱过眉头。"高阳挑逗着。

"两码事，高检你少给我上兴致，这件事情我得请示刘局。"赵国栋摇摇头，"瞿主任，借你电话一用，我给刘局打个电话请示一下。"

两分钟之后，赵国栋走回房间："高检等一下，刘局马上过来，他恐怕也得向朱局汇报一下。"

从检察院出来，刘胜安满意地拍了拍赵国栋肩头："国栋，干得不错，看来局党委选你去开发区是十分明智的决定。方才瞿主任对你和派出所的表现相当满意，表示局里为开发区派出所选择了一个优秀的头羊，你要好好保持啊。"

"嘿嘿，刘局，这还不都是在您的教诲下才能如此？没有刑警队一年的锻炼，我哪能有今天？"赵国栋笑着道，"走，把朱局邀请过来，我把高检也喊着，今晚去东宁宾馆坐一坐。听说那里的川菜相当不错，麻辣鲜香，厨子是老板专门从四川和重庆那边请来的。"

"嗯，好吧，我和朱局说说。"刘胜安很爽快地点点头，高阳他还不太熟悉，原来高阳在检察院也是经济检察科科长，和公安局打交道并不多，结识一下也有好处，便问道："东宁宾馆好像新开不久，老板是哪里人?"

"东宁宾馆算是我们开发区辖区最好的饭店了，老板是重庆人，重庆崽儿，挺耿直一个人，刘局还不认识? 今晚让他陪你喝几杯。"赵国栋一边说一边上了刘胜安的夏利，"刘局咋还不换车，这夏利也有些年头了吧?"

"看吧，交警队和刑警队又扣下了三辆走私车，看能不能扛住上边的压力，估计拿下一辆没啥问题。交到财政那边很快就可以返回来，朱局答应给我换一辆车。"

刘胜安也有些怅然，如果是栾征远在，那辆三菱越野也轮不到邱元丰，现在局领导班子里除了何凤祥之外就属自己车最差，就连齐正那个家伙都敢买一辆二手桑塔纳来坐。

"一辆车而已，也就是代代步，我相信朱局会考虑这些问题的。"这个问题赵国栋也不好多说，他也觉得自己问及这个问题有些多嘴。

"嗯，也是，代步工具而已。"刘胜安突然想起什么似的道，"国栋，这一次你们虽然也有些功劳，但是就算是事情搞下来，功绩也要算在检察院那边，你别捡了芝麻丢了西瓜。我们公安也得拿出一点像模像样的成绩才行，要不朱局和我都不好在县委县政府那边说话啊。"

"刘局放心，他们检察院搞这些事情得靠我们公安扎起，我们公安办案子靠自己就行了。"赵国栋沉声道，"总得让县委县政府看看咱们公安的战斗力才行。"

赵国栋安然坐在沙发上，身旁放着的对讲机不时传来间歇性的电流杂音。这玩意儿是赵国栋费了老大劲儿才从梁建弘和瞿韵白那里说通，花了一万多买了四部建伍手持对讲机和一部基地台。在手机无法普及的年代，这玩意儿是公安机关作战的一柄利器。

"国栋，你小子酒量隐得深啊，在你们朱局面前你可是大放异彩，在咱们江庙区工委那边你就装熊。"高阳打量了赵国栋办公室一遍，比起隔壁管委会副主任办公室来，这个所长办公室是要差一个档次，不过比起自己那个副检察长办公室来又显然光亮不少。

"高检,江庙水深啊,我要贸然出头,那就只能竖着进去横着抬出来的分儿。"赵国栋咧嘴笑道,"不像咱们公安局,水深水浅心里都知晓。高检,你酒量可不弱啊。"

"算了,在你面前我还是甘拜下风,下一次我得把我们检察院几个高手带着才行。"高阳心有余悸,连连摇头。

"嘿嘿,高检,不是我打击你的积极性,要论酒量,你们检察院那几个人要和我们公安局较劲儿,恐怕难啊。"赵国栋笑了起来。

"你小子敢藐视我们检察院?"高阳佯怒道。

"不敢,就事论事而已。"赵国栋笑呵呵抱拳连点。

正说笑间,沙发上的对讲机突然响起曲军急促的声音:"赵所,得手了,现场收缴了一万多现金,抓获了六名赌客!"

"我问你目标抓到没有?"赵国栋不客气地打断曲军的话,这个家伙怎么不知道轻重似的,一万多块钱赌资就让他忘乎所以了?

"噢,抓到了,这个家伙输了不少呢。我们在路上,马上就回所了。"曲军也意识到了这一点,赶紧回答道。

"好,注意安全。"赵国栋叮嘱道。

十多分钟之后,老吉普和一辆尚未上牌照的新长安微型警车停在了派出所院子里。赵国栋和高阳以及检察院几个工作人员,不动声色地站在窗后观察着一干满脸沮丧的赌徒们。

赌徒们被要求一字排开面向墙壁站列,然后将自己身上的钱全数掏出来一一做登记,大概谁也没有想到都半夜一点过了还会有人来抓赌。

每个人面前都堆了一大堆东西,香烟、打火机、揉成一团的现金,甚至还有一部大哥大电话。

不过谁也没有意识到这不过是一个序幕,一场真正的风暴将因此而掀起。

"就是那一个,从左至右第三个,一脸菜色的那个家伙。"站在窗帘背后的赵国栋给高阳和其他几名检察院的人指点。

那个家伙根本没有意识到问题的严重性,只是一脸沮丧,不知道是为手气不好还是运气不好而懊悔。无论怎样,放在地上的钱不可能再回到他包里了。

"嗯，你们先按照程序进行，一万多赌资，算得上是个大案了，弄不好都能靠上赌博罪了。"高阳手捏住下颔点点头，"先把这个家伙赌博性质定了，我们再来。"

"好，两个小时之后就交给你们，半夜四五点正是人体最疲乏精神最脆弱时候，拿下这个家伙更容易。"

一桩简单的赌博案对于派出所干警们来说是轻车熟路，两个小时不到，各种材料和法律手续就已经完备，只等最后裁决了。

"高检，就看你们能不能拿下了。拿不下，我们就只能全部行政拘留，但是那样也未必能保证消息不外泄。拘留所里情况太复杂，这么多人，随便哪个带个话出去，就难以保密了。"赵国栋提醒正准备步入讯问室的高阳，"而且现在十分敏感，稍有风吹草动都可能会引起对手的警觉。"

"嗯，放心，我有直觉，这个家伙要不了一个小时就会招。"高阳相当自信地道。

"那好，我就等你的好消息了。"赵国栋也相信高阳带来的检察院高手们自有他们一套办案手段，如何突破这些官员的心理防线是他们最基本的能力。

赵国栋躺在沙发上打盹，这段时间都没有休息好，成天想着怎么打开局面，连睡眠质量似乎都变差了。

高阳推开房门的声音将赵国栋惊醒过来，看到他脸上喜忧交织的神色，赵国栋意识到问题恐怕没有那么简单。

"高检，怎么样?"

"有些麻烦。这小子招了，但是吐出来的东西太多了，我们一时间还消化不了。而且根据他的交代和猜测，还牵扯到管委会内部人员，但是他语焉不详，具体和管委会内部的勾结应该只有村支书和村主任清楚，他只负责账目处理。"高阳吸了一口气，"初步估算涉案金额有二三十万呢，惊天大案啊。"

"那还不动手?"赵国栋一下子坐了起来，"还等什么?"

"光凭这个家伙的口供还不行，我们想把那些账目拿到手核实一下。如果属实，基本上就可以把他们大柳村两委一锅端了。"高阳叹了一口气，"但是那些原始凭据和账目都在这个家伙家里，我担心我们这样一去，可能会惊动村上其他干部。万一有个闪失，那就功亏一篑了。"

赵国栋站起身来，在办公室里踱步，思考该怎样处置。随手又看了看腕上手表，已经快八点了，天色已经泛起鱼肚白了。

"高检，要不这样，我请瞿主任以管委会名义召集各村书记主任以及其他三职干部开会。把他们弄到管委会会议室泡上一上午，只有一上午时间，等他们一开会，这边就马上秘密搜查那个家伙家。"赵国栋想了半天才道。

"就怕我们那边一搜查，就有人把消息捅给村上其他干部，那问题就麻烦了。"高阳沉吟道。

"我想我们只能冒一次险了，这边一开会，你就安排你们检察院的人在管委会门口守候观察。如果大柳村干部接到了那边的消息想要溜或者串供，你们就立即抓人。如果没接到，那就等你们这边搜查账目得手之后稍加核实再动手，你看怎么样？我们派出所可以配合你们行动。"赵国栋一咬牙。

高阳觉得自己呼吸都有些急促起来，他知道赵国栋的建议是最好的方法，但是单凭村会计一个人的口供还无法确定事情真相。如果那个家伙所言不属实，而检察院又贸然将村上其他几个干部拿下，那事情可就麻烦了，这上任的第一炮就可能会炸在自己身上，弄不好还要危及仕途。

赵国栋也知道对方有难处，如果时间充裕，这次行动本可策划得更周全一些，但时间太紧，让他们不得不如此仓促行事。

思忖良久，高阳终于艰难地抬起目光："就这么办，出了问题我负责！妈的，我就不信，老子在这件案子上还真能翻了船！"

高阳少有地骂了粗话，让赵国栋一乐："高检，不至于，以我的判断，你现在把村支书和村主任拿下直接突审，估计他们也一样只有崩溃的份儿。这些家伙并不是什么见过大风大浪的老手，平时牛哄哄，真要上了阵仗，我看也是些软蛋。不过小心驶得万年船，你们检察院更注重程序，还是稳当些好。"

张泰有不太好的预感，当瞿韵白安排办公室马上通知四个村干部到管委会开紧急会时，直觉就告诉他恐怕有什么事情要发生。但是他旁敲侧击地询问瞿韵白并没有得到明确的答复，对方只是说要传达县里关于前期工作的一些意见，让张泰碰了一个软钉子。

坐在主席台上的张泰坐卧不安，瞿韵白的口才这个时候突然变得出奇得好，一直到梁县长到来，她仍然是口若悬河滔滔不绝。而那个从不缺席的挂职副主任赵国栋却蹊跷地没有出席这次会议，这让张泰更加不安。

难道说赵国栋发现了自己的安排？不可能，自己昨天才和那个人交代了事情要绝对保密，就算是公安再厉害也不至于未卜先知吧？张泰心中稍稍踏实了一些，一会儿就要让赵国栋那小子知道血是热的蛇是冷的。

赵国栋的确没有料到事情会在同一时间爆发！

当汪涌泉冲进来气喘吁吁地告诉他，大圣村那边的村民和一家正在建设的汽车配件厂工地的工人发生了激烈的冲突，造成了三名工人重伤，已经被送往医院时，赵国栋这才意识到对手并没有束手就擒，而是展开了凌厉的反击。

这一手的确厉害，如果不是自己提前发招拿下了大柳村的村会计，检察院快速跟进获得突破，只怕这件事情就被动了。而现在自己需要做的就是见招拆招，当然，一些责难是免不了的。

即便有了心理准备，但赵国栋还是没有料到事情会闹得这么大。

朱星文劈头盖脸地怒叱和刘胜安声色俱厉地质询让赵国栋第一次感受到狼狈的滋味，而梁县长直接给他打传呼让他立即回话更是前所未有的。

"梁县长，你好，我是小赵。"

"怎么一回事？大圣村那边怎么会出这么大的事情？建筑公司和在建企业负责人已经找到了卢书记和茅县长，反映你们纵容当地社会流氓恶势力滋扰企业，强买强卖，造成巨大的人身伤害和财产损失，扬言如果处理不好他们就会上告到市委市政府！你知不知道这会造成多么恶劣的后果？卢书记和茅县长对这件事情很生气，我已经到卢书记和茅县长那里去背了书！"

赵国栋也觉得嘴巴发干发苦，他也没有料到对方会在大圣村这边发难，很显然他们是要把自己的注意力吸引到大圣村那边去，但是现在他只能硬着头皮听领导的训斥。

"梁县长，我工作做得不好，让领导受累了。这件事情都是我的责任，我没有意识到大圣村那边的问题会这么严重。"赵国栋定了一定心神，连连道歉承认错误，"我会马上开展工作，争取在最短时间内给县委县政府一个交代，请梁县长放心！"

"小赵，我知道开发区这边问题很多，瞿主任又是一个女同志，许多事情做起来不像男同志那样方便。你不仅仅是派出所所长，同时也是管委会副主任，要学会统筹兼顾合理安排。发生在大圣村那边的情况实在相当恶劣，影响很坏，如果不能将这股歪风邪气打下去，恐怕开发区就真的要被这些流氓地痞所影响了，这对我们下一步招商引资极为不利，所以我希望你能在最短时间内打出你们公安的威风！"

梁建弘稍稍缓和了一下口气："大柳村那边情况怎么样？"

"大柳村这边已经得手了，检察院在我们派出所的配合下已经抓获了一个关键人物，另外几名重要案犯也已经锁定，只等条件成熟就可以一网成擒！"赵国栋赶紧道。

"嗯，小赵，两边都不能松懈，既然大柳村这边已经交给检察院了，你还是把工作重心转移到大圣村这边来。我给你三天时间，三天后你必须要给县委县政府以及相关企业一个交代！"梁建弘沉声道。

赵国栋心中一紧，三天时间？

见电话那一头没有吭声，梁建弘也知道这有些强人所难，但是现在影响太大，如果不能及时消除影响，年底召开的全市招商引资工作总结会上江口县又要背黑锅了。

"小赵，县委县政府不是要求你们一下子把所有事情都解决，但是你们至少得拿出一点儿像样的战果来向受害企业交代是不是？这一点你自己好生斟酌吧，如果力量不够，你立即向你们朱局长报告，请求县局增援。"

"明白了，梁县长，谢谢梁县长的关心和爱护。"赵国栋心中暗叹一口气，本来还想好生经营一下，把隐藏在大圣村背后的黑手一网打尽，现在看来也只能就事论事了，虽然有些可惜，但是看眼下这种情势也是无可奈何的事情。

回到派出所的赵国栋脸色阴沉，曲军和赵国栋接触了大半个月，也大略知晓赵国栋这个人性格开朗，一般不会阴脸，今天这副模样看样子是有麻烦。

"赵所。"

"现场证据固定没有？"

"都固定了，刑警队也来了人，张队长亲自带队来的。"曲军小心翼翼地道。

"基本情况清楚没有？"

"都清楚的，还是因为汽配厂工地土石方工程以及砂石用料问题。大圣村一方要求必须由他们来承包，而且价格比市场价格高出很大一截，厂里不愿意，就找了外面的建筑企业施工。双方小打小闹已经多次了，但是没想到这一次会突然演变成这样。"曲军对案情十分熟悉。

"现在抓获了几个案犯？"赵国栋毫无表情。

"五个，但是都是在那里闹事的，真正造成对方三人伤害的凶手都已经逃跑了。"曲军赧然道。

"都已经跑了？"赵国栋声音顿时提高了几度，"一句跑了就能向县委县政府交代？"

"呃，赵所，我们到现场时，人已经被打伤了，而且现场相当混乱。我们当时只有五个人，后来汪指导带人来增援才十个人，真正的凶手早已经在我们赶到之前就溜了，剩下的都是一些趁机起哄闹事的。"曲军有些委屈地解释道。

赵国栋深深吐了一口气，他也知道自己有些急于求成了。这件事情看似突发事件，但是前期都是一般性的争闹，突然演变成剧烈的械斗，准确地说已经不是械斗，而是典型的故意伤害。这背后肯定是有人精心策划，对方有备而来，你想要一下子抓获凶手，肯定不那么容易。

"这五个人的材料能够反映出造成对方三人伤害的真实情况么？"赵国栋顿了一顿，"我是说能否确定是谁造成对方三人伤害的？"

"基本能够确定，我们还取了双方的材料，都反映出了手持凶器的几个案犯的特征。"曲军点点头。

"是本地人么？"赵国栋紧盯住对方。

"有两个是大圣村人，另外两人听口音应该是江庙或者花莲那边的。"曲军踌躇了一下，"还有一个最关键的人物，应该不是江口人，听起来更像是安都市区那边的。"

"噢？"赵国栋沉吟了一下，看来卷入这场风波的人还不简单，江口开发区也有安都市区的社会势力渗入想要啄一嘴？

"本地两个人是不是我们摸排出来的角色？"

"是，但是都不是主要目标。我们怀疑那两个家伙都没有出面，估计是在背后操纵。"曲军有些遗憾，这样就必须抓到那两个打手才能揪出幕后操纵者。

"既然是我们摸排出来的对象，不管是不是主要对象，你们都应该有些线索。今天晚上就开始行动，我会向局里汇报，请刑警队配合，两天内务必把那两个本地凶手抓获。"赵国栋语气没有半点商量余地。

"赵所，两天太紧了些，那两个家伙因为不是重点，我们掌握的线索也不多，一个星期行不？我保证一个星期之内抓到那两个家伙！"曲军挠了挠脑袋有些痛苦地道。

"曲军，没有商量的余地，这是县领导给我下的死命令！拿不下，我摘帽子，你也得陪杀场！线索不清楚，现在马上下去摸，麻雀飞过天上还有一丝影子呢，发动各方面力量去摸。该给奖励的给奖励，三百五百一千，曲军，你自己就可以表态！"赵国栋沉声道。

曲军眼睛一亮："赵所，这可是你说的？"

"我说的！"赵国栋硬声道，"该给的奖励就得给，现在是经济社会，哪能只让人冒风险，却不给人想头的？"

"好，赵所，有你这句话，我心里就踏实了，我这就下去布置。"曲军立时来了精神，有了悬赏这柄尚方宝剑，曲军心中也有底气了，对于北郊这边在社会上打滚的混子，他还是有些人脉的，只要肯出钱，没有买不来的线索。

"嗯，对了，你把据说是江庙和花莲那边来的凶手特征给我，我看看有没有印象。"赵国栋突然想起什么似的，"另外，那五个趁机起哄闹事的，证据固定之后一律治安拘留，顶格处罚！"

江一虎接到赵国栋传呼时还有些纳闷。

他已经不怎么沾染社会上的事情了，只做砂石这些活计，难免要和社会上的人打交道。拿句俗话来说，人在江湖，身不由己。有些事情也不是你想要摆脱就摆脱得了的，而且干这个行道，有时候有些社会背景至少不会被别人打歪心思。他掂量自己现在的状态大概算是半隐退状态，拿句时髦一点的话来说，叫黑漂白。

不过江一虎也知道，只要自己曾经在那条道上混过，想要彻底摆脱也是不可能的，除非你一门心思安分守己当一个土里刨食的农民，但是他自忖自己做不到。

当赵国栋把二秃子的特征一描述给他，他就知道二秃子他们这一次怕是在劫难逃了。

赵国栋的本事他清楚，就算自己不把线索提供给他，只要他认准了是江庙这边的人干的，自然还有其他渠道，保不准一会儿就有人把二秃子的消息传给赵国栋了。何况二秃子在江庙这边也不得人心，跑到花莲那边去混了一两年，现在居然又跑到县城里去找死去了。

赵国栋握着电话耐心地等待着对方，当对方听完自己的介绍不吭声时，他就知道有戏。他也知道这种事情对于像江一虎这种在社会上混过的人不那么容易接受，只要确定这两个家伙是江庙这边的，那就容易多了。就算是江一虎不合作，自己也可以找其他人。

"赵哥，这件事情有些棘手，你说的人我认识，二秃子和郭二娃，宝龙那边的，但是……"江一虎话未说完就被赵国栋打断，"一虎，这两个家伙是江庙这边的，我也不难为你，你给我他们经常藏身的地点，也就是他们如果犯了事儿一般躲在哪儿，我只要这个。"

赵国栋的强硬让江一虎内心哀怨不已，这不是逼人做恶人么？二秃子他们再不是东西，也不该由自己送他们一程啊。

见电话里又不吭声了，赵国栋轻哼了一声："一虎，你要明白，你现在和二秃子他们已经不是一条道上的人了，想用这种方法去捞世界，那本来就是找死。一句话，无论你帮不帮我，他们都栽定了，这一点你我都清楚，时间早晚而已。我要抓他们，他们就飞不了！"

"唉，赵哥，算了，你们去平川旧店那边一个叫王闯娃家里看看吧。那是二秃子的牢友，一般有事儿二秃子他们就会躲到那边去。"江一虎有些无奈地道。

"嗯，好，那个王闯娃很有名气么？"赵国栋满意地点点头，追问道。

"旧店派出所应该很了解王闯娃，一问就知道。"江一虎叹了一口气，自己有选择么？

没有，真的没有。只能怪二秃子他们招惹上这个煞神了。

第十二章　案子办得完美漂亮，开发区整顿初战告捷

"我说的话语气可能有些过重，但这不是一次庆功会，还不到喝庆功酒的时候。只有等我们开发区发展起来，我们才能心安理得地喝庆功酒。"卢卫红书记也觉得自己语气有些不合时宜，但是开发区发展滞后像一块巨石一样压在他心头，让他不吐不快。

卢卫红、茅道临、包太平、陈肃、梁建弘五人分坐在会议室椭圆形会议桌的当头，坐在左边的分别是朱星文、刘胜安、赵国栋，右边的则是县检察院检察长钱无垢，副检察长高阳，开发区管委会主任瞿韵白。

"根据我们现在掌握的证据，足以证明整个大柳村两委会班子几乎全军覆没，除了村里的民兵连长兼治保主任以及妇女主任没有牵扯进去之外，村支书、村主任、会计、出纳以及两个村民小组组长都有不同程度的贪污、挪用公款行为，数量总计超过二十万元，均已构成犯罪。现在我们检察院已经批准对六人逮捕，并准备在最短时间内起诉。"

精神饱满的高阳声音显得格外高亢："现在我们已经追回赃款十二万余元，同时在做涉案人员家属的工作，要求家属积极退赔争取态度，力争能够多追回一些赃款。在这个连环窝案的侦察抓捕过程中，我们检察院得到了公安机关尤其是开发区派出所的大力支持，最初的线索也是来源于开发区派出所。所以在这里我也代表我们钱检和县检察院对县公安局对我们县检察院工作的支持和配合表示衷心感谢。"

朱星文脸上浮起一抹微笑："高检太客气了，政法机关本来就是一家，相互配合相互协作也是应该的。"

"老朱，该感谢还得感谢，没你们，这件案子也不可能办得这么漂亮。"钱无垢是个清瘦的老者，一双隼目却格外精神。

"嗯，卢书记、茅县长、陈书记、梁县长，这个案子检察院和公安局配合得天衣无缝，显示了在县委领导下的政法部门的战斗力，也打出了我们江口县政法部门的威风。现在大柳村那边形势相当喜人，县里派出的工作组受到极大欢迎，都说县里为老百姓揪出了一批蛀虫，干群关系明显好转，我建议就这个案子县里应该给予县检察院和县公安局以表彰奖励。"

包太平心情也很好，作为政法委书记，无论是检察院还是公安局，干得漂亮他脸上都有光彩。

"嗯，老包的建议我赞同。开发区的发展事关我们全县经济的发展，这一次检察院和公安局能够联手打掉这个毒瘤，也为我们开发区下一步发展提供了有力支持。卢书记，我个人认为县委县政府理应给予表彰。"茅道临也点头赞同。

"这个案子是办得很不错。对了，还是让公安局把大圣村那件案子一并汇报之后再来说表彰的事情吧。"卢卫红表现很平淡，目光投向朱星文。

"那好，胜安，你把案件侦破情况汇报一下。"朱星文示意刘胜安马上汇报。

"卢书记、茅县长，诸位领导，我在这里把大圣村案子的情况汇报一下。"刘胜安早有准备。

听完刘胜安的汇报，卢卫红眉头微皱："五个凶手，抓获四个，另外还有两个幕后操纵者也被抓获，县公安局的汇报还有未尽之意吧？"

朱星文和刘胜安都没有料到卢书记的嗅觉这么灵敏，交换了一下眼色才道："卢书记，情况是这样的，跑掉的那个凶犯我们认为相当重要，但是那个家伙来自安都市区，具体名字和住址都不详。最初大圣村那帮人也只是想要闹一闹多占些便宜，并没有想到要强拿工程和砂石送料，是那个家伙来了之后才把这些人撺掇组织起来的，所以我们认为这个人相当关键，他背后还有什么人我们现在也不得而知。"

"哦？"卢卫红眼神凌厉，"会不会与我们政府机关内部人员有关？"

"这就很难说了，即便是我们有所怀疑，但是在没有证据之前，我们都只能是怀疑。"朱星文一脸遗憾地摇摇头。

卢卫红的目光又望向检察院那边："那大柳村一案中有无涉及政府机关内部人员？"

"呃，有些不规范的出入周转，但是顶多也就是纪检监察部门管辖范围，还谈不上犯罪。"高阳犹豫了一下才道。

"老陈，你们那边呢？"

"纪委正在调查，但是就目前反映出来的情况，情节并不严重。"陈肃一脸淡然。

卢卫红吐了一口气，思索了一下才道："公安局这种锲而不舍的作风值得表扬，希望你们在工作中能够坚持。"

"我总觉得开发区闹得工作举步维艰，绝非单纯的外部力量所能达到，必定与我们内部有些人利益纠缠不清才会如此。这一次检察院和公安局办理的案子都相当圆满，大快人心，县委县政府都看在眼里，该给予表彰的一定要大张旗鼓地给予表彰。老包，你要协调法院那边，这两起案件都要尽快进入诉讼阶段，从重从快审理，还开发区一个良好的发展环境。"

"老梁、瞿主任，这两件案子之后，开发区管委会要抓住时机，积极招商引资，加快开发区内基础设施建设进程。今年我们江口县开发区的形势不容乐观，尤其是在国家出台了清理开发区的一系列政策之后，我们江口开发区面临的局面更严峻。如果不能打开局面，弄不好我们江口开发区就被摘牌取缔的危险。"

"我有言在先，若是因为开发区建设发展不得力而导致被摘牌，那我就要拿你们两个是问！尤其是瞿主任你那边，梁县长事情多，你更要主动承担起重担。你下去仔细对比一下我们周边县市的开发区发展建设进程，我们差距在哪里？怎么迎头赶上？你们管委会班子要拿出一个切实可行的方案来！"

原本相当高兴的氛围被卢卫红最后一段声色俱厉的话弄得顿时压抑起来，但是在场所有人都知道其中原因。江口县开发区在年中全市招商引资暨开发区发展工作评比中位列最后一名，参加会议的卢卫红、茅道临以及梁建弘三人都狼狈不堪。

回来之后在县委常委扩大会上，上任两年多的卢卫红第一次大发雷霆，开发区管委会、招商局、公安局、永和区工委以及永和镇、圣林乡都被卢卫红毫不客气地点名批评，卢卫红甚至直接在会上提出了"不换思想就换人，不谋工作就摘帽",弄得这几个单位的主要领导也是人人自危。

瞿韵白被卢卫红一番话说得脸红一阵白一阵,这已经是卢卫红第二次在公开场合表示出对开发区管委会工作很不满意了,这也意味着自己的位置相当危险了。

瞿韵白有些悲哀,自己也很努力,但是有些事情却不是自己一个人就能做下来的,但在这种场合下她唯有低头记录。

"好了,我说的话语气可能有些过重,但这不是一次庆功会,还不到喝庆功酒的时候。只有等我们开发区发展起来,我们才能心安理得地喝庆功酒。"卢卫红书记也觉得自己的语气有些不合时宜,但是开发区发展滞后像一块巨石一样压在他心头,让他不吐不快:"老茅、老包、老陈、老梁,你们留一下。"

几个人交换了一下眼神,卢卫红把县里几个领导留下来肯定还有什么事情。

直到其他人离开,卢卫红脸色才阴沉下来:"大家都听了汇报,虽说没有证据,但是有不少迹象指向我们的一些干部,看来我们上一次对开发区管委会班子的调整还不够彻底。方才我批评瞿韵白也是鞭策她努力,但光是她一个人不行。"

"公安局这一次选的赵国栋这个小伙子相当不错,精明能干,如果没有他,这两件案子没有这么容易能拿下,而且办得如此干净漂亮!县委县政府让他进管委会班子的决定相当正确。"包太平对赵国栋的表现相当满意,这个家伙没有辜负他当初在县委常委会上的赞赏。

"但是光靠瞿韵白和赵国栋两人也不行,张泰必须要调离!"茅道临也觉察到了卢卫红的想法。

"嗯,张泰不适合在管委会工作,何况现在纪委也调查出他的一些问题,就算是够不上违法犯罪,但是违纪行为肯定有。"陈肃也点头赞同。

"大家议一议,看谁适合去开发区管委会接替张泰的工作?"卢卫红眉头深锁。

"卢书记,我建议在建委或者国土局这一类比较熟悉基建拆迁工作的业务部门调人过去。这样既熟悉情况,工作又能尽快上手,也不会太影响开发区后面两个月的工作。"梁建弘建议道,"何况赵国栋也可以协助做一些这方面的工作。"

"唔，老梁你有没有合适人选？"卢卫红点点头。

"人选问题恐怕还是由组织部门来提合适一些，我只是有这方面的建议而已。"梁建弘退了一步，茅道临都没有吱声，他不好多言。

"今天就把这件事情定了，否则时间不等人，等到组织部门考察研究完了，黄花菜都凉了。老茅，你的意见？"卢卫红是真有些急了，一个管委会副主任也不是什么大不了的角色，"老王和郭占春那边我去沟通，确定了之后，常委会过一下就行了。"

"这样也行，特事特办。"茅道临也赞同卢卫红的意见，若是拿到组织部那边去，没有一个月怕是难以考察下来。

赵国栋坐在朱星文的座驾后边笑嘻嘻地道："朱局，这一次没给你丢脸吧？局里是不是该表示表示，我们开发区派出所所有干警，整整一个星期都没有回家，除了已经报捕的六个人之外，我们还治安拘留了八人，有三个是大柳村那边的，都是受原来村干部唆使屡屡挑头闹事的，检察院收拾不了他们，公安局有的是办法。"

"你小子，别顺杆就爬啊，开发区派出所条件还差了么？办公条件比局里好几倍，我都想去你那里办公了。新警车开发区管委会也替你买了，还要咋样？"朱星文坐在副驾上笑骂道。

"嘿嘿，两码事，新警车是开发区出的钱，户头却是公安局的，相当于局里白捡一辆车，还咋的？但现在开发区派出所工作刚刚上轨道，两辆车都还不够，我想再添一辆警车。保证每天晚上都有值班民警驾驶警车到开发区辖区内各企业去转一转，以提升我们开发区派出所形象。"赵国栋趁热打铁。

"再添一辆警车？国栋，你小子胃口太大了吧？城关所也才两辆车，北郊所和西外所局里也才刚刚同意他们再购买一辆车，你是成心要让其他所得红眼病啊？"朱星文扭头瞪了他一眼，"钱从哪儿出？告诉你，局里可不会出钱。"

"朱局，咋可能让局里出钱呢？我的想法是向一个熟悉的企业借几万块钱，买回车加强夜间巡逻。见到成效之后，再想办法向辖区各单位化缘，自己再想办法找一找，估计问题不大。"赵国栋厚着脸皮道，"我想把咱们开发区派出所打造成为县局的一块金字招牌，朱局你脸上也有光啊。"

"嗯，这样倒是可以，但你小子可得量力而行，别欠一屁股账让局里来给你擦屁股啊。"朱星文点点头，能打造出一个示范性的派出所来当然是好事，兄弟单位来学习取经也有可看的东西，他接着说，"你写一份报告交给马政委，局党委研究一下。"

"朱局放心，你要相信赵国栋不是那种打肿脸充胖子的人。"赵国栋信誓旦旦地道。

"唉，国栋，你这一次算是给我长脸了。上一次县里开常委扩大会，卢书记因为开发区的事情在市里挨了骂，回来连带着把咱们公安局也狠狠剋了一顿。我还真有些担心你给我拿不下来，幸好你没有让我失望。"朱星文也是心有余悸，大圣村事发时，他也是如坐针毡，局里也有人质疑赵国栋的能力，好在赵国栋的表现回敬了那些怀疑的声音。

"朱局，我看我们这边工作虽然没啥问题了，但是开发区的发展却未必能有起色。"赵国栋沉吟了一下道。

"什么意思?"朱星文一下子感兴趣起来。

"开发区管委会班子并不团结，瞿韵白一个人唱独角戏，就算我帮她，其他两个人不来气，加上梁县长又没多少精力过问这边，难!"赵国栋摇摇头。

朱星文沉默了一阵之后才道:"这不是我们能够解决的问题，不过我想县里领导也不会看不见，总会有动作的。你只需要做好本职工作，我说的本职工作不仅仅是指派出所所长的工作，也指管委会副主任的工作，多支持瞿主任工作就行了。"

这一次县上的办事效率显得格外高，两起案件落板后三天，也就是赵国栋上任刚刚一个月，开发区管委会又进行了一次人事变动。分管基建拆迁的副主任张泰调任档案局任副局长，而建委法规科科长卜远被任命为开发区管委会副主任。

谁都知道张泰的出局意味着什么，而开发区管委会也在梁建弘的主持下对中层干部进行了一次洗牌，基建办、征地拆迁办、项目规划审批办三个重要办公室主任全部易人，招商引资办、财经办两个办公室人员也进行了调整，除了党政办、社会事务和安全监督办外，五大办公室人员都进行了一次大动。

梁建弘也对整个开发区管委会中层干部逐一进行谈话洗脑，重申县委卢书记的"不换思想就换人，不谋工作就摘帽"的观点。

接下来的一个月里，赵国栋铆足劲儿在开发区里折腾。

曲军带着一帮人，通过一个星期的守候，抓获了大柳村一伙长期盗窃建筑工地管架扣件的盗窃团伙。虽然价值不是很大，但是三个犯罪嫌疑人一个逮捕，两个劳教，极大地震慑了一度相当猖獗的盗窃建筑工地风。

派出所又制定了巡更制度，每天晚上值班民警巡逻到企业，便会叫上企业值班人员和保安一起在企业里转一圈，这种定期不定期的抽查巡逻制度起到了相当好的效果，尤其是在企业和建筑工地负责人中更是好评如潮。

赵国栋还从江口二建司借来五万块钱，加上大柳村那个赌博案中罚没款返还，一辆新警车又停在了开发区派出所院子里。

两辆崭新的长安微型警车一起出门巡逻时显得格外威武雄壮，大大彰显了开发区派出所的形象。这不仅让派出所干警士气大涨，也让县局其他派出所又羡又妒，小话不断。

一个多月下来，赵国栋对辖区内的企业已经了如指掌，企业负责人也都渐渐熟悉起来。

开发区其他案件并不多，大柳村和大圣村两个案件在整个开发区引发了滔天巨浪，无论是村组干部还是普通民众，都意识到共产党认起真来就没有什么事情办不了。

尤其是大圣村一案中，公安机关一举抓获了六名涉嫌故意伤害的罪犯，其中四名是大圣村中有些号召力的角色，而且还治安拘留了多名违法的本村村民，让整个大圣村风气为之一振。而大柳村新班子上任后也能比较好地配合开发区管委会工作，使得原本两个最麻烦的村形势大为改观。

在县政府工作组完成了摸排调查之后，也实实在在解决了一些遗留问题。开发区内日常事务日渐走上正轨，虽然还有不少民众期盼解决的事情一时间难以消化，但是前期解决的不少问题也让老百姓都有了盼头，耐心也变得好了起来，这也就昭示着开发区的局面渐渐变得平静下来。

赵国栋也渐渐轻松下来。万事开头难这句话一点儿都不假，一旦打开局面，后面的事情也就变得顺理成章了。所里老汪负责日常事务，曲军负责案件查破，派出所也运行得风生水起。

"赵所长，出来转转？"刚一下车，赵国栋就听到有些变味的普通话，江浙一带说普通话都有这个口音，初听很是别扭，久而久之也就习惯了。

"嘿嘿，杜老板，转转也是我的工作啊，听听你们对管委会和派出所有没有什么意见，有没有什么好的想法，也好改进我们的工作啊。"赵国栋笑着招呼对方。

"现在很好啦，比起几个月之前好太多了，原来每个星期都有人来骚扰，自从那件事情之后，就再也没有人来了，而且你们派出所每天晚上都会来我这里巡逻，我心里安稳很多啦。"这家汽配厂老板是浙江人，在温州那边也有一家汽配厂，今年初才过来投资修厂。

"应该的，杜老板，你这厂看样子很快就要竣工了吧?"赵国栋瞅了一眼厂里，这一个多月来工程进展顺利许多。

"嗯，年前应该能竣工，年后就要准备生产了。"浙江老板递过一根软包中华。

"谢谢，你知道我不抽烟。"赵国栋摆摆手，"你主要生产什么东西?"

"刹车蹄片和调整臂以及螺栓总成。"浙江老板叫杜子华，黑瘦精明，具有南方人的典型特征。

"哦，就这几样?"赵国栋惊讶地问道。他一直以为既然是生产汽车配件，那就要什么配件都得生产才行。

"是啊，现在都是专业化生产，只生产一两样，只要做好了，一样有钱赚。"浙江老板招呼赵国栋走进自己简陋的办公室，"赵所长，来，尝尝福建的铁观音，世界名茶。"

赵国栋也不在意，坐下喝了一口，这铁观音属于乌龙茶系列，和安原这边喜欢绿茶的口味不大一样，口感更重。

"杜老板，你这厂规模不小啊。怎么会选择在咱们江口开发区投资修厂?我觉得我们江口开发区比起其他开发区来，并没有什么优势啊。"人熟了，赵国栋说话也就变得随便起来。

"是没啥优势，可是你们这里地价便宜啊。而且起初你们那些招商局和管委会的人说得天花乱坠，说你们这边投资环境怎么怎么好，税收政策怎么怎么优惠，水电气路邮五通，基础设施完善，我来时也不愿意，但是你们开发区管委会那个书记主任信誓旦旦保证今年年底就能完成五通建设。你瞧瞧，就现在这模样，明年怕都难完成。我也是上当了，这会儿是骑虎难下没办法啊。"

杜老板心有余悸："若是再有原来那种事情发生，我就是拼着折本也只能

250

卷铺盖回家了。"

"你这土地多少钱一亩？"赵国栋沉吟了一下问道。

"三千，八十亩地也就二十多万，但是平整土地修厂房就花我四五十万，加上机器设备，没有一百多万下不来。"浙江老板说起来都有些心疼，"在这儿耽搁一天，光利息就是多少钱啊。"

"你这生产出来的东西，主要销往哪里呢？"赵国栋随口问道。

"除了你们安原之外，也销往周邻省市。"涉及商业上的东西，浙江老板就不愿多谈了。

"杜老板，如果没有在碧池的安原汽车厂，只怕你也不会到这里来投资修厂吧？"赵国栋突然问道。

碧池区处于江口县到安都市区之间，也是安都市的一个市辖郊区。

杜子华一怔之后笑了起来："赵所长，看来你也很了解啊。是，没有安原汽车厂，我不会到这里来投资修厂。不过光凭安原汽车厂一家也不行，吊死在一棵树上很危险，你们这里距离重庆长安、湖北十堰、四川成都都不是很远，这三地都有汽车工业，只要我的产品质量过关，也能打进去一些。"

"就这个原因？"赵国栋斜睨了对方一眼。

"还有就是我刚才说的那些，地价比碧池区便宜多了，距离又不远，工人工资也低，税收又有优惠，当然可以来试试。"杜子华想了一下又道，"听说韩国大宇公司也在和安原汽车厂接触，准备合资生产汽车，不知道你听到这个消息没有？"

"啊，有这回事？"

赵国栋一惊，在他的印象中，大型日韩汽车企业大规模进入中国大陆比起欧美要晚得多。除了像铃木这类二流企业开始试水，诸如丰田、日产、现代这些日韩大型汽车巨头都还没有踏足中国。

现在德国大众在上海和长春的两个合资企业已经霸相毕露，相较于德资企业的咄咄逼人，无论是和东风汽车公司合资的雪铁龙，还是与北汽合资的克莱斯勒，抑或是与广州汽车合资的法国标致，都远无法与德国大众相提并论，而日韩大型汽车公司现在似乎还处于一种观望期。

"小道消息，还不准确，也不知是真是假。如果真的要合资，那安原汽车厂产量肯定会大增，也不会只局限于生产一般的越野车和客车了。"杜子华有些期盼地道。

赵国栋欣欣然溜了一大圈之后才回到所里，说实话，开发区的确没有几家像样的企业，难怪县里对杜子华在这里投资一个一两百万的企业都十分重视，也许是想要产生千金买马骨的效应吧。

赵国栋回到所里就给蔡正阳打了一个电话，询问是否有韩国大宇公司要和安原汽车厂合资一事。蔡正阳给予了肯定的答复，但是也告诉赵国栋这件事情只有意向，双方都有促成的意图，能不能成这两天就会有定论。

瞿韵白脸色煞白，看着丢在办公桌上的病假条，胸脯急剧起伏。她怎么也没有想到在这个关键时刻，分管招商引资的副主任彭晓方会给自己来这一招。

胃出血？哼哼，看他整日里吃香喝辣，怎么没见他胃出血？县里下了死命令，省里的贸易投资洽谈会马上就在安都举行，江口开发区已经落到了后面，县里要求这一次无论如何也要拿下几个项目，这个关键时候居然伪称生病住院了！

瞿韵白当然知道这个家伙打的是什么主意，江口开发区基础条件不好，加上本来就落后了，现在想招揽企业更不容易，一旦这次贸洽会无果而归，县里肯定要追究责任，谁去谁倒霉，自己这个主任是跑不掉的，而他则可以用这种方式来逃避。

卜远肯定去不了，这边基建拆迁事务刚上轨道，正是大干快上的时候，看来只有自己一个人带上招商引资办的人去安都了。瞿韵白暗叹一口气，好不容易开发区上了正轨，国家却又出台要清理开发区的政策，这不是老天弄人么？

正彷徨间，却听得有人敲门，瞿韵白收拾了一下桌子，稳住情绪，才沉声道："请进。"

就见赵国栋贼脚摸手地钻了进来："瞿主任，在啊？"

瞿韵白白了对方一眼，这个家伙做起事来刚毅果决，颇有公安的杀伐之气，有些时候却总带着些许尚未成熟的味道。就像刚才进来那副姿态，怎么看怎么像一个蹑手蹑脚见高级领导的模样，但瞿韵白却知道这个家伙不是那么简单。

瞿韵白这一眼还真有些魅惑力，成熟女性的杀伤力对于少男来说极具威力，赵国栋也无法确定自己现在还算不算少男，但瞿韵白那一眼还是让他闪了闪神。

心中虽然胡思乱想，但表面上赵国栋却是微笑如常："瞿主任，我这两天出去溜了一转，情况还行。柳林村新班子已经开始进入角色，老百姓还算满意，大圣村那边也平静下来了，其他两个村也很平稳，没啥大问题。"

"唉，如果现在这种情况村里还要出问题，那我们开发区管委会真是百死莫赎了。"瞿韵白有些感慨地道，"小赵，我可能要去安都几天，参加省里组织的贸易投资洽谈会。卜主任这几天又在忙基建，恐怕管委会这边你要多操些心，别老是待在你派出所里，你还是管委会的副主任呢。"

"哦？彭主任和你一块儿去？"

赵国栋心中一动，贸洽会即将召开，韩国大宇公司这个时候在安都逗留，显然和贸洽会有关系，安原方面或许要借这个机会和大宇签约？只是安原汽车厂是省里的企业，安都方面并没有太大的发言权，顶多也就是一个配角，要不自己倒是可以借机探听探听虚实。

"他？他病了，胃出血，去不了，就我带招商引资办的人去。"瞿韵白面无表情地说。

"彭主任病了？我前天还在东宁宾馆碰见他啊，是不是那天晚上喝多了？"赵国栋讶然，转瞬就明白了其中关节，彭晓方还真是够狡猾，居然用这种方式来撇开责任。

"谁知道？人吃五谷杂粮就得生百病，咱们也不能强求人家不生病是不是？"瞿韵白略带讥讽地道。

"嘿嘿，也是。瞿姐，要不你把我也带去安都，长长见识咋样？"赵国栋涎着脸笑道，"反正这段时间开发区也一片太平，我这个副主任跟着主任出去公干，就当休整休整，不算偷懒吧？瞿姐这样一个大美女走出去，不知道得吸引多少眼珠子，好歹有我在身边还能替瞿姐保驾护航不是？"

瞿韵白被赵国栋的油腔滑调逗得笑了起来："小赵，有你这么说的么？你瞿姐都人老珠黄了，还大美女呢。"

自打同舟共济渡难关之后，瞿韵白和赵国栋之间关系迅速紧密起来。俩人相互之间的称谓也随着场合、心情而变化，赵主任、小赵、国栋，由远及近，瞿姐、瞿主任，由近及远，倒是搭配得相得益彰。

"呵呵，连瞿姐都不敢称美女，要么安原一省男人有眼无珠，要么安原一省就没有美女。"赵国栋故作严肃地道。

"好了，好了，别贫嘴了，你真想去安都？"瞿韵白还真在琢磨这件事情的可行性，赵国栋分管的治安和稳定工作已经步入正轨，加上派出所工作又有汪涌泉和曲军两个老手扛起，他就清闲了许多，出去几天应该没啥大问题。

"嗯，整天待在这江口也有些烦了，能为瞿姐分分忧也是我这个副主任分内之事啊。"赵国栋若有所思地道，"瞿姐，今年我们开发区怕是压力很大吧？我来了这一个多月没见一家企业上门，而且前几个月也好像没啥业绩。前段时间固然有一些客观原因，但是现在一切上了路，还没有一点动静恐怕在领导那边就有些说不过去了。"

赵国栋这番话正好说到了瞿韵白的心头上。想一想马上就要年底了，自己上任也有小半年了，如果没有一点成绩，纵然前期有这样那样的客观原因，但是领导内心对自己的看法肯定大打折扣。但招商引资这种事情也不是光靠努力就能成的，许多时候还得讲究运气。

"国栋，瞿姐也急啊，但是你看看彭晓方的表现！卜远才来，还得顶着这边基建拆迁的事务，招商引资办这边又没有两个能够撑得起的人，瞿姐愁得头发都快白了。"瞿韵白叹了一口气，无奈地道。

赵国栋想了一下才道："瞿姐，我这一次下去听到一个消息，据说韩国大宇公司可能要和安原汽车厂合资生产汽车。"

"哦？韩国大宇？那可是韩国著名的大企业啊，和安原汽车厂合资，那不是碧池区又拣到宝了？"瞿韵白眼睛一亮之后又黯淡下来，"可惜和咱们江口没啥关系啊。"

"瞿姐，那可不一定。这个消息就是从咱们开发区那家永宏汽配厂的浙江老板那里来的。我和市里联系过，好像有这么回事儿，但是还没有最后敲定。大宇是韩国第二大汽车生产商，也是世界著名汽车制造商，生产的汽车品种相当丰富，涵盖客车、卡车、轿车各个种类，而且也是世界重要的工程机械生产商。"

"根据目前国家汽车产业政策，凡是中外合资汽车制造企业，都必须有明确的国产化率，而且要求逐年递增。也就是说一旦韩国大宇落户安都，那也就意味着大批汽车零配件制造商也会尾随而来，不仅仅是韩国零配件制造商，我估计江浙闽粤不少有实力的汽配制造商都应该闻得到其中的味道。"

赵国栋颇有深意的话语让瞿韵白晶眸圆睁："你是说如果这些汽配生产商到安都落户，我们江口开发区可以争取？"

"瞿姐，一家国际级的汽车生产企业落户安都，所带来的上下游产业链不是你我可以想象得出来的。我们做一个粗略的假设，假如韩国大宇与安原汽车厂合资成功，生产规模按照偏小计算，中期规划五到十万辆，每辆按十五万元计算，产值将达到七八十亿到一百五十亿，而要组装成这些汽车，按照国家规定的国产化率，需要采购价值多少的部件？"

"按初期国产化百分之三十计算，也将有二十到四十多亿订单落在国内，就算是闽粤江浙汽配产业发达地区落个大半，我们安都占有天时地利人和三大优势，难道还不能拿下十亿八亿订单？而眼下我们安都汽配生产企业相当薄弱，根本无法配套，这是安都的劣势，但却是我们江口开发区的优势！"

"我相信闽粤江浙的汽配生产商们已经看到了这一点，安原汽车厂所处的碧池区距离我们开发区不过八公里，十分钟车程就能到，我们的地价比碧池那边便宜不少，又有灌口电站丰富的电力匹配，加上县委县政府和管委会重视，没有理由不能招来几家汽车配件生产企业落户！"

赵国栋的分析虽然稍嫌夸张，但是对于处于困境中的瞿韵白无疑是一剂强心针。如果赵国栋所言是真，那江口开发区完全可以借助这次贸洽会改变上半年工作的劣势，甚至可以一跃出头。

"国栋，就这么定了，这一次你和我一起去安都。不过我们现在得把所有介绍资料准备齐全，看看能不能钓到几条大鱼。"瞿韵白一旦想明白，便十分果断，这个时候她才露出主任的架势，"让小卜临时负责管委会工作，我们俩去安都好好跑跑，如果真如你所说，我相信关注大宇与安原汽车厂合资的汽配商不在少数，肯定不会错过这次贸洽会的机会。"

"瞿姐，我有个想法，正如你所说，这次贸洽会肯定有不少外地汽配厂商来安都。他们来一次这边也不容易，光靠一些图片资料和我们口头介绍恐怕不太容易打动他们，如果能够让他们到现场来看看，我想效果可能要好得多。我们还可以让那家浙江老板现身说法，谈一谈我们县委县政府包括政法部门对开发区的重视，必要时也可以请县里领导和那些老板面对面地谈一谈，这样或许更能体现我们的诚意。"

"国栋，你说的有道理，但是如果对方来了，问我们能够提供哪片土地给他们建厂，我们怎么办？现在大圣村那边的基建刚拉开，柳林村那边倒是有几百亩地基础设施建得差不多了，但是那是预留给两家化工厂和一家家具厂的……"

瞿韵白微微蹙眉，淡雅的妆容更将她成熟女性的绝美风韵展现无遗，看得赵国栋口干舌燥。

"瞿姐，那两家化工厂规模不大，但是却要求不少，还保不准有没有污染问题。至于家具厂这种没有多少科技含量的企业，哪里建厂不一样？我们开发区引进这样的企业并不能为我们带来多少效益，所以我们完全可以用那片三通已经完备的地块来吸引客商。至于那三家企业，如果他们真的有意在开发区投资开厂，我们可以另划地块给他们，加快建设进度就行了。"

瞿韵白想了一想赵国栋的建议，觉得有些道理。

化工厂污染问题无法避免，开发区在引进那两家企业之前也有些犹豫，但是发展压倒一切的意见占了上风，最终还是同意让那两家企业进入开发区，但是没想到那两家企业在达成意向性协议之后反而拿捏起来，一会儿嫌地价过高，一会儿提出要三通全面完善之后才进入，让开发区管委会也有些恼火。

如果能够将那两家化工企业撇在一旁冷一冷，引来其他企业入驻，保不准还能起到刺激作用，让那两家化工企业也积极起来。

瞿韵白的心思一下子活络起来。

第十三章　出谋划策，要把蔡正阳推到更高的位置上去

仅这一点你就可以找宁法书记汇报，甚至向省长省委书记直接汇报反映！宁书记不是还兼着省委副书记么？你这是为公，为工作，为了安都市的发展，我想任何一个领导都没有理由责怪一个一心为本地区发展出谋划策提建议的干部，更何况你还是分管这项工作的副市长。

中西部地区贸洽会是国家经贸委发起的，一次意在促进国外以及港澳台和沿海发达地区对中西部地区的投资贸易洽谈会。据说为了争夺这个首届贸洽会在何地召开，几个省份也是竞争激烈。

安都、武汉、西安、南宁、长沙、成都、兰州、合肥、郑州多个城市都进行了台上台下的争夺。最后不知道是不是曾经在国家经贸委担任过副主任的现任安原省委书记季成功的原因，总之安都在最后阶段胜出。首届贸洽会就定在安都市召开，这也成了安都乃至整个安原上上下下的一件大事。

这几个月来，多个部门几乎都围绕着这届贸洽会的举办运转。省长苏觉华亲自负责，省委常委、副省长秦浩然具体操办，足以显示安原省对这届贸洽会的重视。

"瞿主任，看来这个贸洽会规格很高啊，省里和市里如此重视，都快要赶上开人代会了。"

赵国栋的目光在窗外流淌，江口和安都市区的差距太大了，这不仅仅是距离的原因，这份浓郁的商业氛围是江口乃至安原省其他城市无法企及的。

"是啊，这次中西部地区各省份都要派团来参加，不算政府组织来的，民间来的客商恐怕也不会少。"瞿韵白目光也在窗外逡巡。

"瞿主任，赵主任，我们住哪儿？"开车的是招商引资办的主任黄中杰，一个在管委会一建立时就过来了的元老。

"就住安岳宾馆吧，那里环境条件都还行。现在各地来安都参会的客商代表云集，只怕安都市区像样的宾馆都没啥房间了。"瞿韵白收回目光淡淡地道。

还算好，安岳宾馆虽然客人也很多，但是赵国栋一行入住也算顺利。两个标间，瞿韵白和招商引资办的小孙一间，赵国栋和黄中杰一间。

赵国栋站在阳台上望着窗外，安岳宾馆条件一般，地理位置却很好，闹中取静，从兰花巷出去就是安都著名的安泰大道。

安泰大道和平康大道构成了安都市区的十字中轴线，整个安都市区呈不规则的椭圆形，沿着安泰大道和平康大道交会处向外膨胀延伸，最后在内里、中部和外围形成另外三条环线，被称作内环线、中环线和外环线，外环线之外基本上就算是市区之外了。

进入九十年代，安都市区的变化节奏明显加快，但是比起上海尤其是浦东的变化，赵国栋还是能够感受到两者之间的巨大差距。浦东工地上那沸腾的景象足以让任何人为之怦然心动，而安都虽然随处可见开工建设的工地，但是却缺乏一种磅礴涌动的气势，有一种小家子气般小打小闹的感觉。

身上的传呼"啵啵啵"地响了起来，赵国栋一看，是德山他们两兄弟来的。

"哥，你在哪儿？"

"我在安都，你们回来了？"赵国栋问道。

"嗯，我们也刚到安都，在那边住了三天，这次拜见了当地县里的一些领导，他们对我们十分热情，让我们都有些不适应。"赵长川的声音在电话中有压抑不住的兴奋，但是仍然能够克制。

"情况怎么样？"

"哥，电话里不好说，要不我们见面再说？你在哪儿？"

"今天不方便，我和单位上的人一起出差公干呢。你先说说大概，地矿局那边鉴定结论应该出来了吧？"赵国栋最关心这个问题。

"结论出来了，我们一到安都就去了地矿局，拿到了鉴定结论。水质极其优异，是难得的含硒的偏硅酸矿泉水种，而且属于充气型，清凉可口，长期饮用对人体相当有益。"

赵长川压抑不住兴奋，一套一套的专业词汇从他嘴里冒出来也是如数家珍，让赵国栋也意识到这个兄弟已经全身心扑入了自己给他指点的道路中。

"那水源地环境怎么样?"

"还处于原始未开发状态，周围几公里都荒无人烟，植被良好，绝无任何污染。而且我们还在不远的山林中发现多处出水量极大的泉群，水质清冽可口，唯一遗憾的大概就是交通相当困难，水源地距离最近的能勉强通车的道路都有几公里。也就是说，如果我们要在那里建厂，就不得不想办法解决基础设施建设问题，这笔投资恐怕不小。"

电话中的赵长川俨然一副投资者的口吻，听得赵国栋也有些感慨。

从上海回来之后，赵国栋就让他们哥俩去宾州考察，考察在沧浪县开发矿泉水的可能性。

赵国栋从上海归来就一直在考虑这笔钱的去处，将钱捏在手中存在银行里无疑是最笨的做法，但是放在股市上颠簸太不明智。原本打算等到江口县企业改制时用这笔钱支持杨天培买下江口二建司，这样一来自己可以只当战略投资者，其余的一切都让杨天培自行操作，自己只管坐收红利便可。

但是就目前的情形来看，安都市乃至江口县的企业改制没有一年半载根本实行不了。这对赵国栋来说固然没有太大关系，但是想到赵长川和赵德山无所事事，赵国栋就琢磨着是不是该让他们两兄弟用这笔钱尝试一下创业，就算是失败了也可以作为经验锻炼锻炼他们。

不过在选择什么项目上赵国栋也是煞费苦心，高科技产业对于两兄弟来说太虚无了一些。赵国栋觉得这个时代除了保健品会风靡一时外，也就是白酒行业竞争激烈了。赵国栋对保健品行业不感兴趣，而白酒行业也不是自己手中这点儿钱能玩得起的。

足足花了两三天时间，赵国栋才选定在水产业上做文章，他的灵感来源于柳道源去的宾州。沧浪泉曾经远近闻名，名噪一时，但是随后却如彗星一坠落。无论是沧浪矿泉水，还是沧浪县的几大景区，都因为旅游市场毫无节制地过度开发而陷入了困境，最终沦为国内二流的旅游景区。与四川的九寨沟黄龙、湖南的张家界、云南丽江景区以及广西的桂林阳朔相比，简直不可同日而语，但赵国栋一直认为沧浪景区和沧浪古城丝毫不亚于前面几者。

沧浪景区赵国栋暂时还没有那个实力去打造开发，但是他却知道沧浪矿泉水和沧浪山泉都是难得的纯天然优质水泉。而在这个水产业还处于培育发展阶段的时代来说，要想打造出一个矿泉水品牌，相对来说要容易得多。

有沧浪泉这个尚未被发掘出来的品牌效应，稍加整理包装亮相，就可以赢得瞩目的亮点。无论屈原口中所说的沧浪指的是哪里都无关紧要，重要的是如何利用和宣传。

赵国栋不想让自己陷入这些商场上的事务中去，只交待了几条大框架。除了开始到省地矿局聘请专家请蔡正阳帮忙搭了搭桥之外，其余去宾州考察等一系列事情，完全交给了他们两兄弟，任由他们自行操作。

事实证明两兄弟并没有辜负赵国栋的期望，虽然其间也有不少出丑露乖的时候，但是毕竟一切还是像赵国栋设想的那样走了下去。从地矿局专家现场勘验到提出开发设想，从和当地领导接触洽谈到协调基层政权关系，这一切都由两个刚满二十岁的年轻人去完成。赵家两兄弟进入状态相当快，甚至超出了赵国栋的预想。

尤其是赵长川的表现更是可圈可点，几趟宾州跑下来，赵长川已经对赵国栋提出的在沧浪县建立矿泉水开发基地的想法了然于胸，而且拿出了一整套开发设想计划，让赵国栋喜出望外。

赚钱固然重要，更让赵国栋欣喜的是赵长川已经走出了原先封闭的窠臼，不再是一个庸庸碌碌一事无成的小伙子，这甚至比赚了几百万更令赵国栋感到高兴。

钱折了可以再寻找机会赚回来，但是一个人，一个已经定型的人能够在自己的影响下重塑，这才证明自己已经有了改变周围世界的能力。

"当地政府有什么好的建议？"

赵国栋知道现在全国各地都在四处招商引资，沧浪县这个地处偏远一隅的县份想招商引资的迫切心情可想而知。地方政府这种心态当然要好生利用，如何迫使地方政府做出最大的让步，为即将投产的企业谋取更多的利益，当然是投资者最关心的事情。

"他们答应可以改扩建去水源地那一段的县道，但是通往水源地那几公里的机耕道的改扩建工程希望由我们自己来承担，他们可以帮我们协调镇村两级土地调整。"赵长川犹豫了一下才道，"我看沧浪县算得上是很有诚意了，但是他们的县财政恐怕十分困难，指望他们完成这些建设难度相当大。就算是改建那段县道，他们都得在我们向县财政支付了资源开采权费用之后才能实施。"

赵国栋当然清楚沧浪县在未开发之前的贫穷程度，县委县政府就在一个七十年代修建的破院子里，四层楼房怎么看都像是"文革"期间的产物。如果你小心寻找，准能找到什么"工业学大庆，农业学大寨"或者"革命加拼命，跑步学大庆"一类的标语遗迹。

"你自己好生斟酌吧，企业是不是一定要建在水源地所在处，可不可以通过其他方法将泉水引流出来？如果我们资金相当充足，那建设几公里道路也没什么，也算为带动当地经济发展做贡献了。但是现在我们手中的资金就这么多，长川，你要好生规划一番，缴纳资源费后，建厂、购买设备、招募工人，这些都需要资金。"

"最重要的一点，矿泉水现在还属于尚未被大众接受的东西，要想打开销路，各方面的广告投入相当重要。在某种程度上，它甚至超过了矿泉水本身，这一点我要提醒你，以免到最后钱花完了，产品也出来了，但是却卖不出去。"

电话里沉默了一阵之后，才传来赵长川的声音："哥，光靠我们这点儿资金，要想一炮打响恐怕很难。你担心的我也想到了，我初步估算了一下，这些钱在完成了基本建设之后就所剩无几了，但我们的产品是新生事物，要想捧红，在广告投放上必须要有相当的力度，必须要做到一下子就能让千家万户随时感受到我们沧浪之水带来的冲击力！"

赵长川饱含激情的话语即便是隔着电话赵国栋也能感受到，这一刻他才真正意识到自己这个弟弟已经不是一年多前那个事事都要请示自己的弟弟了，他有自己的想法，虽然未必完全正确，但是却很宝贵。

"那你打算怎么解决资金问题？"赵国栋沉声问道。

"贷款！只有贷款才能解决问题，我和杨哥谈过，没有哪个企业经营不贷款，靠自有资金根本无法壮大，也是最不划算的方式。自有资金必需要有，但是只能用来作为杠杆上最后一块砝码，起关键作用，所以我们必须要贷款！"

赵国栋微微苦笑，没想到杨天培极力反对自己贷款去股市上玩票，却告诉赵长川企业要发展壮大必须要贷款！

"我赞同，你打算怎么干?"赵国栋追问。

"我打算先和沧浪县以及宾州的银行那边沟通一下，一边积极准备基建建设，一边以固定资产作抵押贷款，同时和广告媒体联系，先行完成广告制作策划，一旦那边开始投入试生产，广告就要全面跟上，争取第一时间打红！"

赵长川话语中有压抑不住的骄傲和兴奋。

赵国栋沉吟了一下才道："你贷款有没有把握?"

"无论采取什么办法，我也要贷到款！"

赵长川这句话出口让赵国栋心中也是微微一沉，他沉默了一下才道："那你原来看的那家厂呢?"

"哥，我不打算买那家厂了。就算是再便宜我也不要，我只要他的经营人员以及技术人员，还有就是熟练工人。"赵长川电话中的声音有些得意，"二哥和我私下和厂里那些人接触过了，对于我们来说，如何尽快上手生产、销售才是最重要的，那个破厂价值不大，我们需要的只是他的工作人员而已。我们和其中几个主要人员谈了谈，他们都愿意来帮我们。"

赵国栋一时没有搭腔，他不知道该怎么说。赵长川有他自己的想法，这很好，但是并不代表他就能够掌握一切，缺乏经验就要付出代价，而代价就是金钱。

"长川，你可以按照你自己的想法去进行，不过我希望你能够记住一点，把问题考虑得复杂一点，多和德山商量，另外有情况及时和我通气。"良久，赵国栋才淡淡地道。

"哥，你放心，设备我已经在联系了，拉伸吹塑成型制瓶机、注塑成型制盖机、联合灌装机、检验设备、灭菌设备，我都委托地矿局的专家朋友帮我考察了。不过我得货比三家，嘿嘿，这年头，不敢随便相信人。"赵长川似乎并没有听出兄长话语中的担心。

"嗯，那你好好干吧，多听听那些熟手们的意见，另外你自己也要尽快进入角色。"听赵长川这么一说，赵国栋心中稍稍放心一点儿，"明天如果有时间，我会和你联系。"

黄中杰还没进门就听到赵国栋在打电话，他很知趣地在门外徘徊，对方声音不大，也听不清楚，直到对方放下电话他才进来。

"黄哥啊，瞿主任和小孙她们还没好？"赵国栋仰躺在床上随口问道。

"嗯，女人都这样，出门之前都得折腾半天。"黄中杰摇摇头，"天下女人都一样。"

"后天贸洽会就要开幕了，梁县长明天就会过来，咱们这一次无论如何也得拉上两个项目回去才能交差啊。"赵国栋目光有些飘忽，他还没完全从方才与赵长川的对话中挣脱出来。

"难！赵主任，你平时不管这一摊，很多情况不知道。彭主任装病我们都清楚，我只恨他手脚够快，否则我也得去装病。就咱们这开发区，凭啥让那些客商老板看上？优势在哪里，定位在哪里？"黄中杰谈及此事就叹气，"可以说我们开发区开而不发，就是半死状态，除了最初引进那几家厂子之外，也就看那两家化工厂能不能成了。"

"那你觉得我们的优势在哪里，该怎么定位？"赵国栋反问。

"优势我们没有。我们有的，别人都有，甚至更好，别人有的，我们没有，这种情况下怎么去和别的开发区竞争？至于怎么定位，我也说不清楚，我只是觉得这样盲目地去碰运气，没多大意思。"黄中杰说得很坦率，连他这个招商引资办主任都这么悲观，可想而知江口开发区的前景多么黯淡了。

"盲目碰运气当然不行，最后县里是要用事实来说话的。"赵国栋冷冷地道，"不管怎么说，招不来商，引不来资，我们管委会就无法向县委县政府交差。"

黄中杰心中一哂，说得轻巧，你赵国栋又不分管招商引资，不过是挂名管管开发区的社会治安罢了，招商引资工作不力，板子也打不到你头上，你当然可以在这里说大话了。

赵国栋当然清楚黄中杰内心所想，他并不在意，至少黄中杰还是有些想法，还是研究过江口开发区为什么会落后，如果连这一点都没有反思过，那这个招商引资办主任也就没有可取之处了。

"黄哥，我和瞿主任探讨过，我们江口开发区应该有一个明确目标，那就是我们应该招哪一类商引哪一类资。我们江口开发区并不是一点儿优势没有，而是应该有针对性地展示。"赵国栋沉吟了一阵之后才道，"选择何种产业作为我们江口开发区的主打，这是一个需要仔细研究的课题。"

现在和黄中杰谈引进汽配产业还为时过早，如果不成功那就是徒增笑谈，还不如藏着掖着，等事情真的步入可操作阶段之后再来徐徐揭开也不迟。

在安岳宾馆简单用过晚餐之后，赵国栋就谎称自己有点儿私事，向瞿韵白告假后出了门。

他和蔡正阳早就约好在一家咖啡厅见面。

在安都市区真正上档次的咖啡厅还没有几家，不过附属于一些星级酒店的咖啡厅却有几家。

假日花园饭店的咖啡厅大概就属于这一类，一进门就可以感受到脚下厚实的羊毛地毯带来的贵气，侍者标准的服饰礼仪让赵国栋感受到星级酒店与普通咖啡屋之间的区别。

"来杯蓝山？"

赵国栋很准时，几乎和蔡正阳一起进门。蔡正阳显然是这里的常客，赵国栋还真看不出蔡正阳会有如此闲情雅致，也许是喜欢感受来自异域的氛围。

"嗯。"待侍者转身离开，赵国栋笑着道，"蔡哥，蓝山咖啡一年才产多少？轮得到咱们？据说光日本就几乎包揽了所有蓝山咖啡的消费，中国进口的咖啡大多来自巴西，不过冠以蓝山名字欺骗咱们消费者而已。"

"你小子就会吹毛求疵，让你喝就行了，还挑三拣四。"蔡正阳笑骂。

"嘿嘿，咱不过是卖卖嘴白么？"赵国栋微微一笑，"蔡哥，咋样？和韩国那边谈得怎么样了？"

"嗯，有进展，但还是有些分歧。"蔡正阳微微摇头，"具体谈判内容，我也不是很清楚，安都这边就是一个配角，主要是省经贸委在主导，浩然副省长受觉华省长委托牵头促成。"

"嘿嘿，这次合资若是谈成了，碧池区就发达了，只怕 GDP 一下子就会跃居全市各县区头名呢。"赵国栋若有所思地道。

"国栋，你好像对这件事情很感兴趣。"蔡正阳狐疑地盯着赵国栋，"我觉得凡是你感兴趣的东西，其中就有可供探究的话题。"

"还是蔡哥了解我。"赵国栋也不隐瞒，"我们江口不是也想沾沾光么？"

"沾光，沾什么光？"蔡正阳不解地问道。

"蔡哥，你想象不到汽车产业的产业链会有多么庞大。一旦合资成功，对于整个安都市带来的影响绝不是其他企业可以比拟的。想想生产一台汽车需要多少配件，而国家的汽车产业政策决定了必定会有很多零配件在国内生产。这些零配件涉及机械、塑料、纺织、化工、钢铁、电子诸多产业，它们带来的拉动效应相当明显，甚至对整个安原省工业都有相当大的影响。"

赵国栋的话让蔡正阳笑了起来："汽车产业的拉动影响还用你来告诉我？但是这种影响力的前提是产生规模必须达到一定程度，如果像安原汽车厂现在这种生产能力，根本不可能。"

"那是当然。我国汽车产业由于几十年来的故步自封，已经远远被甩在了后头。欧美日韩即将淘汰的车型技术拿到我们国内，对国内汽车产业来说都是一个飞跃。更重要的一点是，国外汽车生产商更注重规模效应，除了少数因为特殊原因而生存下来的企业外，其他生产商动辄几十上百万辆的规模，小型生产商的结局要么破产出局，要么被吞并。"

"比如世界第一汽车生产销售大国——美国，汽车产业其实就控制在三家手中，通用、福特、克莱斯勒。第二大国日本也就是丰田、日产、本田以及诸如铃木、马自达、富士这类二流企业，加起来也不过寥寥几家。但是单单是丰田或者通用一家的产量就足以超过我国汽车的总产量，而我国汽车生产厂家有多少？数不胜数，具有一定规模的，几乎每个省份都有，还不算那些鸡毛店。"

"汽车产业是一个拼规模、拼成本、拼技术、拼资金的综合性大产业，说是国民经济支柱产业也不为过。我国现在的汽车市场还处于培育阶段，但是随着人们生活水平不断提高，交通建设事业不断发展，私家车走入千家万户是迟早的事情。我国国内汽车销售市场迎来黄金时期也是指日可待，所以谁能够抢先培育起一家具有相当规模的汽车制造企业，这个地方就相当于找来了一个聚宝盆，必将带动很大一个产业链在这个地区发展壮大。"

蔡正阳似笑非笑地看着赵国栋在自己面前口若悬河滔滔不绝，也不搭话，自顾自地抿着咖啡。赵国栋直说得口干舌躁，才意识到这位听众似乎是有意在看自己表演。

"呃，蔡哥，你这种诡异的笑容看得我背上泛凉啊。"赵国栋刹住话头。

"国栋，你小子甭在我面前卖弄你的口才。说吧，你到底想干什么？"蔡正阳慢条斯理地搅动着咖啡，眼皮子都懒得抬。

"蔡哥，我刚才所说的你没听？"赵国栋吞了一口唾沫。

"听了啊，讲得很好，我就像是在听教授给我上一堂国际汽车产业发展史，请继续。"蔡正阳瞥了对方一眼，打趣道，"是不是觉得我在说反话？没有，绝对没有。我只是很好奇，你这脑瓜子里装的东西可真不少啊，啥话题你都能讲出一番道理来。"

"蔡哥，我现在不是江口开发区管委会副主任么？好歹也得为开发区发展尽一份心不是？"赵国栋挠挠脑袋，"这韩国大宇和安原汽车厂谈判究竟走到哪一步了？"

"搞半天你想要弄这个情报啊？告诉你我真不知道，除了省里之外，国家经贸委也很关注这件事情。焦点应该集中在两个问题上，一个是一期规模多大，二是国产化率比例问题。"蔡正阳沉吟了一下才慢吞吞道。

"怎么，有什么不同意见么？"赵国栋目光一动。

韩国大宇是韩国第二大企业集团，仅次于现代集团，其生命力可想而知。但是过于激进的发展策略以及一帆风顺的发展历程使得这个庞大的企业集团对外扩张的步伐迈得太快了一些，一直到九七年亚洲金融危机爆发之后韩系财阀企业才会真正感受到金融危机带来的森森寒意，而这个时候正是他们昂首阔步在世界舞台上展现他们高丽人实力的时候。

不容否认，韩国大宇在汽车产业和工程机械产业上具有一定实力和技术，源于日本技术的韩国车继承了日系车节省精致的特点，加上符合亚洲人口味的造型，在中国市场上取得成功也在情理之中。

赵国栋从来就不是韩国人的忠实拥趸，但是这个时候韩国大宇能够和老态龙钟的安原汽车厂合资无疑是一个双赢局面。这对安原、安都乃至江口都是一个难得的机遇，尤其是在九九年大宇集团崩溃之后，中国企业是不是可以不让美国人从中渔利呢？

"在规模问题上，国家和省里主张谨慎一些，产能过大可能会闲置，影响合资效果。而韩国人的主要目标是中国国内市场，暂时没有考虑出口市场，但是韩国人认为规模太小成本就会增加，主张第一期要建就要建成一定的规模。"

蔡正阳想了一想："另外就是国产化问题，韩国人认为目前安原汽车配件产业相当薄弱，国产化率过高不现实，产品质量也难以得到保证，而国内汽车零配件产业都集中在沿海，运输成本也会增加，所以在国产化率上要求我们让步。"

"规模问题上我觉得可以适当放宽，但是作为交换条件，可以要求韩国人必须将比较先进的车型和技术投入到合资厂。中国市场不是二流市场，既然在中国合资生产汽车，主要销售对象是我们国内，那就必须要把最优秀的产品投放到中国市场上。"

赵国栋言词坚决："至于国产化率问题，可以邀请韩国汽车零配件生产商来安原投资建厂，合资独资都可以。省政府也可以出台优惠政策邀请韩国、港台以及沿海汽车零配件生产企业来安原建立分厂，这样不但可以解决国产化率问题，同时也可以带动安原汽车零配件生产产业发展。"

"我得到消息，一些规模较大的沿海汽车零配件生产厂家已经有代表来安都参加这次贸洽会了，看样子也是冲着安原汽车厂和韩国大宇合资一事而来。如果省里或者市里能够把这些零配件生产企业的代表组织起来，和韩国方面见见面，探讨探讨，一方面可以表明我们国内汽车零配件产业已经在安都扎根，完全足以承担起零配件国产化重任；另一方面也可以拉住这些汽车零配件生产厂家，让他们了解我们安都的投资环境，促使他们尽快到我们安都来投资建厂。"

蔡正阳听得有些入神，他得承认这些问题他虽然也考虑到了一些，但是却没有对方想得这样全面和深刻，尤其是他提出的解决办法更是颇有可操作性。

"你小子，我就说你怎么会这么热切地想要请我喝咖啡呢，原来是在打这方面的主意，不过你说的的确有些道理，但是这次合资的主导权并不在我们安都市，而是国家和省里。你所说的几点很有新意，如果有机会，我可以向秦副省长说一说。"蔡正阳犹豫了一下，毕竟安原汽车厂不是安都市的企业，过分积极会让领导有看法。

秦浩然是省委常委和分管工业、交通、建设的副省长，说话还是有些分量的，但是问题在于蔡正阳如果不轻不重地提出看法，未必能引起秦浩然的重视。

"蔡哥，你有顾虑我知道，但是如果能够促成合资，对于我们安都来说是一个莫大的发展机遇，仅这一点你就可以找宁法书记汇报，甚至向省长省委书记直接汇报反映！宁书记不是还兼着省委副书记么？你这是为公，为工作，为了安都市的发展，我想任何一个领导都没有理由责怪一个一心为本地区发展出谋划策提建议的干部，更何况你还是分管这项工作的副市长！"

蔡正阳被赵国栋一番话说得心思活泛起来。省长苏觉华对自己颇有好感，几次接触下来，关系也不错。

这位从国家体改委副主任下来的省长在自己升任副市长的事情上是起了大作用的，在省委常委会上正是这位苏省长一力表扬自己在分析经济发展中投资过热、效率过低问题和防范金融风险上的政治敏锐性，赢得了多数常委的认同，这才有自己市长助理变副市长的故事，也才使得新来的省委副书记兼市委书记宁法对自己有相当良好的观感。

据说宁法和苏觉华两个大佬，早先一个是国家体改委副主任，一个是江浙地区经济活跃的某市市委书记时，俩人就有不错的私交。当然这只是小道消息，究竟二人之前有没有私交，只有两人清楚。

看蔡正阳有些意动，赵国栋趁热打铁："蔡哥，机不可失，时不再来。如果能够在协议上注明大宇必须要在一定时间内逐步达到新产品上市国外国内同步这一点，产量应该不是问题。国内市场日益扩大，缺的只是好产品！我相信省里领导的眼光不会看不到这一点，缺的只是谁来提出来。"

蔡正阳终于点点头："这件事情我得向宁书记汇报之后再说。国栋，你小子这样卖力地促成这件事情，不会一腔热血为我国汽车产业或者安原汽车事业着想吧？究竟有什么想法？"

"嘿嘿，蔡哥，如果这件事情成了，我方才说的又起了那么一点点作用，你咋感谢我？"赵国栋笑而不答。

"感谢你？你想要干什么？"蔡正阳笑道。

"很简单，我们江口开发区希望能够拉一些汽车零配件生产企业到我们那里落户。我们开发区确立一个招商引资的方向，也算是自我定位，作为大宇和安原汽车厂合资企业配套的汽配生产基地出现。也就是说我们想要把江口开发区打造成为安都乃至整个安原最大的汽车零配件生产基地，这是我们江口开发区追求的目标。"

蔡正阳不动声色地点点头，心中却有些感慨，国栋这小子终于还是走出了这一步，不再局限于公安战线了。虽然早就知道他的脑瓜子里藏的东西不少，也给自己一干人提供了不少新的思路，至少自己就获益不少。

除了那两篇文章之外，今年后四个月在财政税收上做文章的想法自己也有意无意地向苏省长透露过一些看法。苏省长虽然没有明确表态，但在这个问题上一句话足矣，看看安原省后几个月财政税收猛增的情形就知道其中奥妙了，到了明年分税制正式推开，那些没在这个问题上做文章或者文章做得不够的省份可能就会感觉到财政上的巨大压力了。

这个家伙的脑袋瓜子的确不同凡响，现在他终于为自己跨出了第一步，自己是不是该帮一帮他，让他步伐更快，踏上的台阶更高一些呢？

蔡正阳用自己的车将赵国栋送回宾馆时，已经是晚上十一点过了。

黄中杰站在四楼阳台上悄悄地观察着从车上钻下来的赵国栋，公爵王大型横排尾灯在黑夜中显得格外夺目，汽车轻盈地在院内打了一个旋便无声无息地溜了出去。黄中杰虽然没认出那是什么车，但是有一点可以肯定，至少开发区管委会的桑塔纳是无法与这辆车相比的。

黄中杰想象不出是什么人用这样一辆车送赵国栋回来，这让他很好奇。不过也仅仅是好奇而已，谁都有隐私，没必要刨根问底。

赵国栋回到房间时，黄中杰正躺在床上看电视。"回来了，赵主任？"

"嗯，和一个朋友去咖啡厅坐了坐，聊聊天。"赵国栋脱下身上的外套，露出棕黄色的警用毛衣，"还是市里好，夜里文化娱乐活动也丰富得多，没事儿去咖啡厅坐坐，听听钢琴曲，聊聊天，两个小时就无声无息地过了。"

"哦？赵主任到哪儿去喝咖啡了，还有钢琴伴奏？"黄中杰有些惊讶地问道。

"假日花园酒店咖啡厅，还行，没多少人。"赵国栋随口道。

假日花园酒店？黄中杰怔了一怔。对于一个安都人来说没有多少人不知道假日花园酒店，它可是安都市区资格最老的一座涉外饭店，经过两次改扩建，俨然成为安都市区仅有的两家五星级酒店之一，在那里喝咖啡，不知道得花多少钱？

花多少钱都是小事，问题在于像赵国栋这种层次的人去那种场合是不是有些夸张了？黄中杰不认为赵国栋想在自己面前炫耀什么，事实上也没有那个必要。

赵国栋是带着无限希望入睡的，而黄中杰则是满腹心事辗转反侧。

第二天上午的工作也很简单，去贸洽会组委会登记递交资料，同时从组委会那里获取一些厂商和投资者的情况，并且在安都市组团展区设立一个自己的洽谈席位。

一走入贸洽会的会场就可以感受到浓烈的竞争气息。作为东道主，安原省自然有天然优势，不但所处展区位置最好，而且面积也比其他省份更大。安都市作为安原省省会在其中自然更为显眼，只是江口县的席位就显得有些寥落了。

偏居一隅的江口县席位处于安都组团的背后，也就是说客商代表需要绕着整个安都展区一圈，才能在背后看到江口县和江口开发区的介绍图文。和处于正面的花溪区、天河区、碧池区、华阳县相较，地位高下一看便知。

"就这样，我们江口怎么招商引资？"孙琴愤愤不平地拍着桌子道，"瞿主任，市招商局这帮人也太欺负人了吧？不说市区，看看华阳、望塘几个县，他们凭什么可以把展位放在拐角处？"

瞿韵白也是气愤难平，但是又无可奈何，先期联系招商局这摊子事都交给彭晓方负责，现在他自己都不愿意来了，再去质问他也毫无意义，改变不了现实。

"算了，小孙，事已如此，吵一阵也没啥意思，我们还是准备一下吧。"瞿韵白叹了一口气，"只是这个位置实在太偏僻了，不注意根本没有人会走到这边来。"

"是啊，瞿主任，本来咱们江口开发区知名度就不高，这样一来，谁还知道还有一个江口开发区？彭主任做事也太不负责了吧！"孙琴也是刀子嘴，说起话来不饶人，"前面一个月就在筹备这件事情，难道就办成这样？这种副主任谁当不下来？黄主任，你说呢？"

黄中杰有些尴尬地笑了笑，没有搭腔。

赵国栋也觉得有些过分，市招商局这帮人分明是老太太买柿子——专拣软的捏。江口经济本来就不发达，底气自然不能与华阳、望塘这种县域经济相对发达的县份比，但是连长津、梅县这种和江口经济水平相若的县份也能弄到不错的位置，这就是彭晓方的责任了。

赵国栋看看周围，虽然都摆设有桌椅，但是基本上都没有广告介绍。看来本该在这个地段的其他县份都放弃这里，另寻展位了。难怪过来的时候看到麓山县的招贴广告都放在花溪区旁边了，分明是另外搭建了一截。

"瞿主任，我看我们这幅广告贴画做得还不错，有没有多余的？"

"有啊，这是我们专门在安都市请广告公司设计制作的，把我们江口最美丽的一面都展现出来了。因为担心会议期间有损坏，所以花钱多做了一幅备用。"孙琴有些得意地道。

"瞿主任，你看，如果我们把这幅广告贴画放在那条十字通道口子上，正好可以正对会议厅大门，一眼就可以看见。我们再用醒目的彩纸剪一个箭头，这样一下子就能把我们江口开发区标示出来了，正好这周边都没有人愿意来，我们可以把我们这次带来的各种资料和广告贴画全都悬挂起来，这么大一块展览面积我们独享，何乐而不为？"

"这样是好，可是恐怕市招商局那帮人不会同意，这样一来就抢了市开发区和他们心中几个重点县区的风头了。"黄中杰摇摇头，"这恐怕行不通。"

"没试过怎么知道？要不我们就只能这样窝窝囊囊地龟缩在这里熬几天了。"赵国栋瞥了一眼黄中杰，"瞿主任，你看？"

瞿韵白犹豫了一下，还是一咬牙，现在这个位置，只怕贸洽会结束都不会有几个人注意得到。

"小孙，你马上去外边做一个红色的醒目箭头，悬挂在我们的招贴画上边，今天下午就挂出去，我看今天就已经有客商代表入场来看了，这次贸洽会外地来的厂商不少。"

孙琴喜滋滋地答应一声便跑了出去。

"瞿主任，那我们得先和市招商局沟通一下才行啊。"黄中杰皱起眉头。

"沟通什么？他们肯定不会同意，什么影响安都市整体形象啦，不符合标准啦，这些理由在他们嘴里还不是一套接一套？"赵国栋不屑地道，"不管他们，真要闹起来，我去对付！瞿主任，你就只管躲在后面不开腔就行了。"

赵国栋本来就一肚子火，市招商局这帮人太恶心了，居然把最偏的地段给江口，而且距离厕所还很近，这不是故意损人么？

用完午饭，瞿韵白几人就在会议中心附近找了一个茶楼休息。赵国栋则把赵德山和赵长川二人招来，详细听了二人关于沧浪矿泉水项目的设想和进展。赵长川汇报了和宾州那边银行沟通的情况，他的表现令人欣慰，赵德山也成熟稳重了不少，不过比起弟弟来，还是多了一股子浮躁气息。

矿泉水产业从九五年起就会进入爆发期，乐百氏、娃哈哈与农夫山泉的纯净水和山泉水之战风烟滚滚，不过那是两年以后的事情。偏居安原一隅，这个刚刚起步的苗芽根本不具备和那些大矿泉水企业较劲的实力和底气。

"德山，长川，我只提醒你们一点，万事都要考虑到最糟糕的一步，要想到一旦某个环节踏空，我们该怎么应对？其他我不多说，在具体操作方面，刚才德山有一句话说得很好，那就是你们对这个行业并不熟悉，那就交给值得信赖的内行去操作去管理，你们前期只需要抓住一点，销售和财务，到后期，只需要控制一个，财务。这是作为投资者的基本准则。"

赵国栋顿了一下又道，"我本来还想和你们谈一谈，但是现在还是空中楼阁，也没有多大必要。不要急于求成，但是也要抓紧时间，现在矿泉水项目还处于一个待开发状态，我估计要不了多久，就要进入大众普及的井喷期了。"

三人正谈论间，赵国栋腰上的传呼机又响了起来，赵德山立刻将大哥大递给他，赵国栋回了过去，就听到孙琴气喘吁吁的声音："赵主任，不好了，我们摆设在通道口的招贴画市招商局的人要撤掉，不准我们摆在那里，瞿主任和他们争执起来了！"

"我马上过来！"赵国栋按断电话起身，"好了，你们去办你们的事情，多商量，多考虑。"

"哥，那边啥事？需不需要我们过去？"赵德山关心地问道。

"你去？你去干什么？滚你的吧，这是公事，哪轮到你操心？"赵国栋又好气又好笑地拍了他脑袋一掌。

赵德山已经好久没有享受到有人拍自己脑袋瓜的滋味了，摸摸头半晌才回过味来，赵国栋早已不见人影了。

赵国栋疾步赶回会议中心，刚踏进大门就听见瞿韵白清脆的普通话："我们把我们的宣传招贴画放在这里既没遮挡谁的视线，也没有影响美观，为什么不行？如果你们招商局能够给我们提供一个和其他区县一样的位置，我们可以撤下来！"

"小瞿,当初是你们彭主任来接洽的,他也没有意见。各县区确定什么位置也是按照市里领导的意思来划分的,你这么一来就破坏了我们安都市参展团的整体和谐性,突出了你们江口一家,那还要不要我们安都市的形象了?"一个听起来有些威严的声音不紧不慢地说道,"这绝对不行。"

　　"劳局长,你刚才也说我们江口开发区宣传画十分漂亮,现在怎么又说影响了安都市形象了?这里是公用地段,我们突出我们江口并没有影响到别家的利益。连贸洽会组委会的人都没有来干涉,为什么我们安都市自己人却要来横加干预,能告诉我们真实的原因么?"

　　赵国栋也是第一次见识瞿韵白的舌尖牙利,夹枪带棒的一番话说得那个高瘦的中年男子也有些恼羞成怒:"小瞿,你这话什么意思?这里边有什么原因?啊,这是因为你们这样摆放,破坏了我们安都市的整体布局!"

　　"这么简单?我们一幅广告宣传画就破坏了安都市整体布局?劳局长,这个大帽子我可承受不起,如果这次安都市招商引资效果不好,你还不得把责任推到我身上?我就不明白,那些客商代表就因为我们江口县在这里摆放了一幅宣传画,就不到安都市其他县区去投资了?"瞿韵白言语清脆悦耳,在一帮安原本地话中显得鹤立鸡群。

　　"瞿主任!"赵国栋早已经走进了人群。

　　"赵主任!你来得正好,市招商局要求我们拆除这幅宣传屏风画,说我们影响了安都形象。"

　　瞿韵白虽然在众人面前不怯场,但是心中也是惴惴不安,毕竟他们是市级部门的,自己一方的行为也有些出格,一下子把临近的华阳、望塘以及安都市开发区的风头都抢了。

　　"瞿主任,别理他们,他们也是参展单位,和我们身份一样,有什么资格要求我们拆除?就是组委会来人,我们也得和他们论个一二三呢。"赵国栋瞥了一眼对方,爱理不理地说道。

　　劳明一下子就被眼前这个年轻人放肆的话语给激怒了,装出一副威严的模样厉声道:"小伙子,你是哪个单位的?怎么这么没有组织纪律性?"

　　"我怎么没有组织纪律性了?"赵国栋一脸挑衅的神色,看着这个拿起鸡毛当令箭的家伙他就气不打一处来,还在自己面前摆他市领导的架子,我呸!还真成了癞蛤蟆上公路——冒充迷彩小吉普了!

"你们江口县还归不归安都市管？这次参展是代表整个安都形象，你们这样做是严重违反纪律的！"劳明的态度一下子强硬起来。

"违反什么纪律？江口是归安都管，但是市里怎么给我们江口安排的？大家可以看看，把我们江口县安排在背后，哪位客商来看得见？为什么华阳、望塘、花溪这些县区就可以摆在正面，就可以享受客商代表的目光，我们江口就得像二娘生的一样缩在后边？"

赵国栋轻蔑地瞥了一眼对方："既然市里不管我们，那我们当然得自力更生。何况这片区域也不属于安都展区，就算是有人来管那也是组委会的人，还轮不到市里来过问！"

"是啊，如果市里觉得江口县可有可无，那直接发文给我们县委县政府，勒令我们退出，不得参加贸洽会啊。"孙琴见赵国栋如此嚣张，言语也一下子犀利起来。

"太不像话了，你是什么人？怎么这个态度？"

"江口县还真是无法无天了，怎么会派这样的人来参会？"

"安都形象都被毁了，外市看我们安都就是一盘散沙！"

"劳局长，给卢卫红和茅道临打电话，看看他们江口干部的素质！他们江口还受不受市委市政府领导了！"

一帮唯恐天下不乱的招商局干部也在一旁叽叽歪歪，看得赵国栋火冒三丈。这些个只知道在办公室里享受的垃圾，丝毫感受不到基层人员的辛苦，除了会捧个茶杯拿张报纸东看看西遛遛，大概也就只会琢磨着怎么到下边去混饭局了。

劳明气得脸色煞白，江口县这帮人太放肆了，丝毫不把自己放在眼里，但除了那个瞿韵白他认识外，其他人他一个也不认识，一时间也找不到合适的话语来斥责对方。

"小赵，这样好不好？"瞿韵白见围着的人越来越多，而那劳明也嘀咕着躲到一边打电话去了，心中也有些惴惴不安。

"瞿主任，怕什么？我们也没干啥，何况是他们市招商局歧视我们江口在先，我们不过是奋力自保而已。"

赵国栋斜睨了一眼四周其他县区那些冷嘲热讽的家伙，显然江口这一招出乎他们的意料之外，夺去了他们的风头，落了他们的面子。

赵国栋满不在乎地指挥着孙琴把宣传招贴画全部拿出来悬挂好。孙琴制作的鲜红的箭头显得格外醒目，任谁的第一反应都会首先去看看箭头所指的方向，然后才会看江口的宣传招贴。

打完电话的劳明回来看到对方不但不接受自己的要求，反而变本加厉悬挂得更多，更加愤怒："小瞿，我告诉你，一会儿蔡市长他们可是要先来视察的，你们这样无组织纪律性的行为，我肯定会向你们卢书记和茅县长反映！造成的恶劣后果和影响，你们江口县承担不起！"

"是么？劳局长，你想向谁反映就向谁反映去吧，我们只知道一点，如果不能真实地将我们江口县的情况展现在参会客商面前，我们回去之后卢书记和茅县长一定会拿我们是问，我们可管不了那么多。"

赵国栋漫不经心地撇撇嘴，随意地挥挥手，言外之意就是你哪凉快哪待着去，别像个苍蝇似的在耳畔飞来飞去。

见对方根本不把自己放在眼里，劳明气得脸色煞白，但是一时间他也不知道该如何应对。

"劳局长，怎么回事？在这里扯这么大一个圈子干什么？显示我们安都市人多势众对招商引资热心么？"

略显沉厚的声音在人群外响起，人群顿时分开一个口子，蔡正阳阴沉着脸站在人群外。

"啊，蔡市长，您来了？江口县不服从市里统一安排，居然在这里立了一个宣传画栏，严重影响市里形象！"劳明像找到救星一般。

蔡正阳厌恶地看着这个招商局的马屁精，什么本事没有，对上级就是阿谀逢迎，对下级就是指手画脚，自己早就看不惯这个家伙了。不过想一想以如此能耐也能爬到招商局副局长的位置，背后怕是有些来头，若无把握还是不要轻易动他，但今天这种场合扫扫这个家伙的风头正好。

"劳局长，江口县展位在哪里？"

蔡正阳一句话问得劳明张口结舌，众目睽睽之下，蔡正阳背后还有几个市政府办公厅的文秘人员，往那背后一指，傻瓜都知道江口县受到了不公正对待。劳明心中暗恨，原本江口旁边也有几个县的展位，但是那些家伙见位置太偏，索性在正面拐角处挤了几个位置，只剩下江口县一家孤零零地待在那里。

蔡正阳犀利的目光一掠而过："劳局长，市里是说了酌情考虑不同地区的发展来确定位置，但绝不是这样。手心手背都是肉，市里对哪里都是一视同仁，江口县怎么会一家丢在角落里？这让江口县领导来看了怎么想？反映到市委市政府，我们如何解释？"

劳明额际冒汗，呐呐说不出话来。

"蔡市长，其实我们也不是想要出什么风头，我想招商局大概是觉得我们江口县条件太好，怕放在正面影响其他县区的招商引资，所以把我们安排在了背后。领导对我们信任我们很感激，但是我们心里没底啊，虽然条件好，但是外来客商不清楚啊，我们总得给外来客商一个了解的平台吧？"

"这不，我们才斗胆把宣传招贴摆放在这里。刚挂上时几个组委会的工作人员也说我们的广告画很漂亮，甚至推荐我们放在门外，方才劳局长也称赞我们的广告宣传画做得很精美，不过他就是不愿意我们摆放在这里，我也不知道一幅能够展示我们江口风土人情的绝美画卷怎么就碍人眼了，要说这里也没挨着其他县区啊？难道说这也能把其他县区比下去，他们就这么没自信？还是劳局长在杞人忧天？"

蔡正阳早就来了，只不过一直没吱声，看着赵国栋在那里和劳明斗嘴戏耍，赵国栋谈锋甚健他早有体会，不过言词如此犀利刻毒，挖苦起人来一套接一套，倒还是第一次见识。

瞿韵白也在纳闷什么时候有组委会的人来夸奖江口宣传画做得精美漂亮了？没见着啊。却见赵国栋给自己使了一个眼色，立时明白过来这家伙是在耍诈。

赵国栋最后一句话把周围本来打算替劳明帮腔的其他几个县区的人一下子给绕了进去，蔡正阳目光扫过，华阳县的几个干部赶紧把身体一缩。

"好了，老劳，这件事情不要再争论了。江口县的广告画既然连组委会的人都说精美漂亮，放在这里也不存在破坏我们安都市形象一说，就让他们摆在这里吧，你日后做工作也细致一些。"蔡正阳黑着脸一挥手示意周围各县区的人各自归位，一边沉声批评劳明，"你看看你做的事情，我看你怎么向宁书记解释！"

劳明心中一惊，顺着蔡正阳的目光看过去，就见一个中等身材的男子正远远看着这边，身后除了一个秘书模样的人，竟连一个工作人员也没带，不是省委副书记兼安都市委书记宁法又是谁？

蔡正阳带着一拨忐忑不安的人迎上去。宁法面无表情，尤其是望向市招商局一帮人的神色更是不善。

"李基伟呢？"略带江浙口音的普通话说出来丝毫不带感情色彩。

劳明被宁法的目光刺得矮小了不少，略带讨好口气地呐呐道："李局长马上过来，让我先过来看看。"

"这么重要的事情，李基伟他为什么不亲自盯着？他这个招商局长在忙什么？看看你们招商局又干了些什么？"宁法目光如电，一掠而过，刺得劳明心中发紧，"再去看看人家宾州、蓝山的参展情况，劳明，你转告李基伟，如果这次招商引资成果丢了安都市的脸，他自己看着办。"

紧张得不知道该说什么好的劳明还欲再解释，宁法已经挥手打断了他的话头："好了，劳局长，该干什么工作就去干，我只看结果。正阳，我们去走一走。"

眼睁睁地看着宁法带着蔡正阳离开，劳明心中万分委屈，如果不是江口那帮人，自己怎么会被蔡市长批，更不妙的是给宁书记落下了一个不佳的印象，想到这儿他心里就有些泛凉。

来安都还不到一年，宁法的强势霸道已经渐露峥嵘，黄元盛前期还有些发言权，但是现在除了在政府日常事务上还能勉力控制外，在人事上的话语权已经完全丧失了。

想起宁法望向自己的目光，劳明就不寒而栗，传言市委有意在年后对副处级以上干部进行一次大动，这个骨节眼上自己却落了这样一个不佳的印象，劳明怎么能不沮丧？唯一让他感到安慰的是李基伟今天竟然没有来贸洽会现场，听宁书记的语气对李基伟更不满。

第十四章　宁法书记力挺蔡正阳进入市委常委

"你不用说什么，我会支持你，但这件事情光我一个人说了不算，觉华省长、天明书记以及援朝部长那里也该去走一走。"宁法目光望向一边，"我们都有让安都变得更美好的想法，要实现我们的愿望，一个更高的平台就必不可少。"

蔡正阳陪着宁法在展览中心转了一圈，除了宾州、蓝山展区比较出彩之外，其余展区都乏善可陈，宁法背负着双手慢慢踱出展览中心，步入中心外的花园区。

"正阳，你上午和我说起的大宇和安原汽车厂合资的事情我考虑过了，你说得有些道理。随着国民生活水平不断提高，汽车产业必定会成为我国一个支柱产业，而它对一方经济的拉动作用决不可小觑。我们安都市有必要也应该就这件事情发表我们自己的看法。毕竟安原汽车厂在我们安都的地盘上，如果合资能够成功，我们安都市肯定是最大的受益者，我们应该发出我们自己的声音。"

"宁书记，现在是国家经贸委和省里主导着这次谈判，而韩国人的态度据说也很恶劣很强硬，恐怕光是我们难以起到多大作用，这会是一场艰巨的拉锯战。不过宁书记你是省委副书记，完全可以在省里从全国全省的角度谈一谈看法，我想这样也许要好得多。"蔡正阳小心翼翼道。

"正阳，没有必要那样谨小慎微，你觉得我是小肚鸡肠的人么？你去向觉华省长如实反映一下我们安都市的想法，我也会向成功书记汇报我们的想法。"宁法笑了起来。

"嘿嘿，宁书记，听说你和觉华省长关系一直不错？"蔡正阳壮起胆子问了一句。

"呵呵，好像外界对我和觉华省长之间的关系很关心啊。不错，我当东港市委书记时，觉华省长还是体改委的副主任，对我们帮助不小。不过成功书记那会儿在经贸委任副主任，对我们的支持一样很大啊。"

蔡正阳对宁法的政治智慧颇为佩服，虽然言语间听不出他对两位省里主要领导的偏向，但是仅仅这两句话就足以让人明白其中底蕴了。

当时国家经贸委对沿海私营经济发展是持否定态度的，而体改委则持支持态度。其间发生的很多事情实际上就是中国改革开放时代的一个缩影，私营经济定性问题，家用电器尤其是冰箱企业整顿事件，无一不折射出新旧思潮的交锋角力。

"那好，宁书记既然这样说，那我就去找觉华省长汇报一下我们安都市的想法。"蔡正阳点点头，"近期也有不少人来咨询安原汽车厂和大宇合资的事宜，其中不少是沿海著名的汽车零配件生产企业。他们都表示愿意为汽车国产化事业做贡献，在这一点上我觉得我们不妨利用这些沿海企业作为对韩国人的反击。"

见宁法很感兴趣，蔡正阳也继续发挥。

"他们不是说我们安原没有成熟的汽车零配件配套生产体系么？现在沿海汽车零配件生产商来了，而且不少也是合资企业，他们的产品可以在和德国合资的上海大众和一汽大众上放心使用，难道就不能在大宇汽车上使用？我不信素来讲求精益求精的德国人在质量上的要求会比韩国人差。"

"嗯，你这个想法很好，韩国人在国产化率上作文章，我们完全可以以此反击，当然我们也一样欢迎他们韩国的汽车零配件生产商来我们安都投资建厂。"宁法赞同。

"另外，宁书记，我也在考虑我们安都工程机械厂的事情。现在安都工程机械厂的效益每况愈下，我调研过，主要原因有两个，一个是体制原因，僵化的体制扼制了发展活力，对科研投入的缺乏使得产品越来越缺乏竞争力，看看徐工、柳工这些原来和安工站在一条起跑线上的企业，早已经把安工远远甩在了后面。"蔡正阳说出了自己的想法。

"我研究过大宇集团的资料，他们在工程机械制造上拥有相当优势，在世界上都颇有名气，如果能够在汽车项目上合资成功，我们也可以考虑让安都工程机械厂与大宇合资合作。一来可以改变目前僵化的体制，引进先进的管理技术，二来也可以解决陷入困境的企业。"

安都工程机械厂也是安都市一家大型国有企业，职工三千多人，但是这两年效益急剧下滑，已经到了相当危险的境地。分管工业的蔡正阳两次到厂调研，感受到这家企业的经营困难。

要想重振这家企业的辉煌，蔡正阳思来想去只有两条路可走，要么就是彻底股份制，要么就是与强势企业合资。但是这家企业产品技术已经落后，而工程机械是讲求科技含量的，光靠激发生产力未必能行，也需要资金和技术投入。在赵国栋提及大宇工程机械在世界上也相当闻名之后，他才想到这条路子。

"哦？大宇它会不会愿意呢？"宁法大感兴趣。

"我想他们肯定会感兴趣，一来合资企业可以享受相当大的税收和政策上的优惠条件，二来中国现在发展日新月异，大型建设项目日益增多，外国媒体形容中国现在就像一个巨大而沸腾的工地，日夜不息。大宇不会感受不到中国市场的巨大潜力，只不过他们尚未正式进入中国市场，如果他们的汽车项目成功，我相信马上就会引发他们更大的兴趣。"

宁法饶有兴致地听着蔡正阳的想法，他对这个副市长很有好感，尤其是对方的许多观点与自己不谋而合。准确地说，他认为在目前安都市委市政府中还找不到一个有此水平的领导。华阳县的县域经济搞得很好，但是这个时任县委书记的副市长居然能从辉煌背后看到隐忧，仅这一点就不简单，这也是他对蔡正阳感兴趣的原因。多次接触下来，这位分管工业交通的副市长的确让他很满意。

安都市政府班子的其他人，宁法都有些看法。黄元盛在工作上的暮气十足和乔波的谨小慎微都让他很不满意，他已经在一些场合或明或暗地提醒班子成员，安都市是安原省的经济排头兵，但是现在的表现却如小脚女人走路一般迈不开大步。

建阳的崛起和绵州的追赶都表现出了咄咄逼人的架势，宾州和蓝山这两个原来不足挂齿的地区也开始强势追击。虽然这几个地区近期都还无法动摇安都在省内一家独大的格局，但是可以肯定的是，照这样下去，要不了两年安都原来占了全省 GDP 总量三分之一以上的形势就要一去不复返了。

从建阳和绵州的发展态势来看，两个地级市的 GDP 在两三年内可能就会达到安都市的一半左右，而宾州和蓝山也不会差太远。这对于全省来说固然是一个可喜的局面，但是对于他这个兼着安都市委书记的省委副书记来说就有些不是味道了，尤其是常务副省长张广澜来自建阳，这份压力更让他感到紧迫。

安都必须要动起来，而且要大动起来！这是改革发展要走的必然道路，作为一个省会城市，安都必须要承担起这份重任，无论是谁试图阻挡或者延缓安都发展的脚步，宁法都绝不能容忍。而现在似乎有必要在一些格局上做出调整，以便为实现自己的计划铺路。

示意背后的秘书不要再跟着，宁法和蔡正阳二人漫步而行："正阳，你现在分管的工作对我们安都经济上一个新台阶很重要，工业上企业改制势在必行。选择合适的试验田需要慎重，务必要做到一炮打响，以便于我们安都市内这么多经营状况不佳的企业跟进。"

"宁书记，这方面我已经有了一些想法，正准备形成书面材料报给你和元盛市长。我的想法是在县属企业上先试验，这样对社会的冲击力也会小一些。"

"嗯，问题考虑周全一些好一点，你尽快拿出方案来上常委会讨论。"宁法沉吟了一阵之后才又道，"正阳，年底市委这边可能有些变化，现在我们市委常委职数是双数，按规定还缺一个，副市长中应该还要产生一个常委，我的意思是你要争取一下。"

宁法淡漠的语气就像是说一件无关紧要的事情。

"呃，宁书记……"蔡正阳的心不争气地噗噗猛跳起来，要说对市委常委这一职位不感兴趣那是假话，虽然市委常委和副市长在行政级别上一样，但是谁都知道共产党是执政党。市委常委会才是安都市最高的决策机构，而市政府常务会不过是具体执行机构。

只有进入市委常委，才是真正进入了可以决定安都命运的决策阶层，所有大政方针都只能从常委会这一机构出台。

"你不用说什么，我会支持你。但这件事情光我一个人说了不算，觉华省长、天明书记以及援朝部长那里也该去走一走。"宁法目光望向一边，"我们都有让安都变得更美好的想法，要实现我们的愿望，一个更高的平台必不可少。"

赵国栋注意到劳明沮丧的神色和离开时闪过来的阴狠目光，不过他不在乎，现在能够决定他命运的只有县里领导，一个喜好夸夸其谈的市招商局副局长还影响不了他的前程。在某种程度上讲，自己方才那番表现一旦传到县领导耳朵里，还会变味成一种褒奖，为了江口利益敢于顶撞市里领导，不辱使命啊。

正卖力地鼓捣着宣传画怎么摆放呢，赵国栋突然听到瞿韵白急促的叫声："小赵，你先过来，卢书记他们来了。"

赵国栋和孙琴这才看到，卢卫红、茅道临以及梁建弘三人带着县委办和县政府办一帮人已经到了门口，正听着瞿韵白的介绍。

赵国栋赶紧放下手中的东西和孙琴一块儿小跑过去。

卢卫红和茅道临显然对市招商局的做派感到愤怒，好在瞿韵白介绍了赵国栋的设想和方才的风波，卢卫红和茅道临两人的脸色才由阴转晴。

"很好，干得不错，不要怕得罪领导，我们是为了工作，并不是为了私利，争执几句没有什么大不了，就算是市里领导来了也一样要讲道理。我倒是要听听他李基伟和劳明怎么向蔡市长他们解释把我们江口展位放在背后的原因。"

卢卫红对于赵国栋的好感又加深了一层，招商引资按理说和赵国栋这个挂名副主任没有多少关系，就算是他在市里有些关系，也犯不着在这种于己无关的事情上得罪市招商局的人。他的表现只能说明一点，那就是他是实实在在把开发区管委会的事儿放在心上的，仅凭这一点就足够了。尤其是对比一下彭晓方装病不来参加贸洽会的表现，卢卫红的想法更多了。

"卢书记、茅县长、梁县长，他们招商局也太欺负人了，不给他们三分颜色，他们还真以为我们软弱可欺。他市招商局又管不到我，就算是多说两句难听的，他也只能瞪着眼受着。"赵国栋笑嘻嘻道。

正说话间，赵国栋腰间的传呼又响了起来，赵国栋拿下传呼机一看，脸上浮起兴奋的笑容："瞿主任，是杜老板来的，看来他联系上他们那几个浙江老乡了。"

"噢，那你赶快回过去，看看情况怎么样？"瞿韵白赶紧从皮包里拿出自己的手机递给赵国栋。

赵国栋也不客气，就在县领导众目睽睽之下回了过去："杜老板啊，我赵国栋，你好，情况怎么样？"

"噢，都到了啊，几位啊？五六位啊，都是你们那边干这一行的？好，好，当然欢迎，我们江口开发区热忱欢迎。不管投不投资，我们都欢迎大家来我们这里走一走，看一看，了解一下我们开发区的实际情况也好啊。行，见面再说，正好县里领导也在这里，你看这样好不好，我们定了位置我再给你打电话，怎么样？好，就这样。"

在县领导面前，赵国栋三言并着两句就挂了电话。

看到卢卫红一行人询问的目光，赵国栋瞅了一眼瞿韵白，见瞿韵白示意他汇报，他这才环顾了一下四周压低声音道："卢书记、茅县长、梁县长、瞿主任，我们还是另外找个时间汇报吧。"

听赵国栋将事情的来龙去脉说清楚之后，卢卫红和茅道临交换了一个兴奋的眼色，如果赵国栋所言是真，那江口开发区这一次可就要大放异彩了。

梁建弘更是迫不及待地问道："小瞿、小赵，你们怎么不提前向县里汇报这件事情？若是错过了这种机会，那我们岂不要成江口的罪人了？"

"梁县长，我也是前几天下企业才得到这个消息，而且也不知真假。后来问了问市里的消息，说有这么一回事，但成与不成还在两可之间，我就向瞿主任汇报了，想通过这次贸洽会确定消息是否可靠，另外也想和那些客商见见面聊一聊，稳妥了再向县里汇报。"赵国栋连忙解释。

"是啊，梁县长，这不怪小赵，是我的主意，毕竟这些消息也是道听途说，还有浙江客商那边我们也没有落实，想见面之后再向领导汇报。"瞿韵白赶紧道。

"这种事情事关重大，先行报告县里，县里也好及时做出应对啊。现在各县区竞争这么激烈，有这样的消息当然要竭尽全力去争取，万一被别的县区抢了先，那不是竹篮打水一场空了。"梁建弘有些不满地道。

"算了，老梁，这件事情对于我们来说的确很重要，但关键还是在韩国大宇能否和安原汽车厂合资成功。成功了，沿海客商肯定会来安都投资建厂，不成功，这种概率就很小了。"卢卫红摇摇头，"我打电话问一问蔡市长，看看他对这件事情了解多少。"

等卢卫红重新回来，脸上多了几分喜色："看来合资成功的希望很大，难怪这些沿海过来的客商这么积极。"

"那卢书记，今晚我们是不是就邀请他们来见见面？"瞿韵白询问道。

"嗯，你们选个地方定一桌，我和茅县长还有老梁都参加！不管成功不成功，我们也要把我们江口县委县政府对外来客商的态度拿足，另外各种介绍我们江口的资料也要备齐，每位客商手上都要有一份！"卢卫红一槌定音。

"这是一次难得的机遇，正如刚才小赵所说，合资厂在碧池区，碧池这一次肯定独占鳌头。咱们也不去和碧池比，毕竟人家条件摆在那里。但是我们江口也有江口的优势，从地价到电力供应，从周边社会治安环境到我们县委县政府的重视程度，这些我们都要让客商们了解到，只有这样我们才能占得先机。"

晚饭定在安岳宾馆最好的鼎湖雅间，这是一个可以容纳十六位客人的大包间，瞿韵白和赵国栋带着黄中杰和孙琴早早在包间里准备迎客。

"瞿主任，不知道杜老板的这些老乡在我们安都投资的意愿究竟有多大？"黄中杰一边整理各种资料，一边和孙琴分发着江口的一些土特产——竹荪、竹编挂件、夏布。

"不好说，就像卢书记说的，如果大宇集团真的和安原汽车厂合资成功了，那他们肯定会在安都投资建厂，那样他们在我们江口开发区落户的可能性就很大了。"瞿韵白抬起手看了看时间，"小赵，那些人不会迟到吧。"

"应该不会，那个杜子华是个很守时的人，生意场上时间观念可比咱们政府机关要重得多。"

赵国栋胸有成竹。在自己假模假样透露了一些韩国人和安原汽车合资的细节之后，杜子华兴趣大增，而自己要求他把浙江老乡介绍到江口开发区的事情也就顺理成章地提了出来。

杜子华也希望老乡们能在江口开发区投资建厂，那样一来能够形成较为配套的汽配产业链，更方便向一些大型汽车制造商提供产品服务，当然这一切都建立在大宇和安原汽车厂合资成功的前提之下。

并没有出乎赵国栋的意料，一帮浙江客商六点半就到了。在门厅一阵寒暄之后，赵国栋和瞿韵白热情地招呼着几个客人一起上楼，卢卫红几人早已经在包间中等着了。

听说县委书记和县长亲自在等他们，这些见惯了殷勤的官员们的浙江客商，还是有些感触。毕竟整个县的县委县政府主管能亲自做陪，足以证明对方的诚意。

赵国栋也在打量着这帮浙江客商，精明圆滑而又不乏热诚，但在利益上却斤斤计较，尤其是浓重的江浙口音让安原本地人初一接触都有些难以适应。在商言利，赵国栋对于这些人的心态也算是有些了解，怎样最快最好地赚钱是他们心中唯一的目标，其他都可以放在一边。

酒过三巡，话题很快就聚集到了韩国大宇和安原汽车厂合资一事上。卢卫红和茅道临也清楚这些福建客商对于此事的关心，但是别说他们，这件事情就连市里都插不上手，都只能被动地等待结果，好在贸洽会要持续将近一周，估计这期间应该会有比较明确的消息传出来。

"国家将汽车产业列为国民经济支柱产业是迟早的事情。我们安原地处中西部结合处，地域优势明显，近几年经济增速都超过全国平均增速，尤其是我们安原省又是一个人口大省，在中西部地区仅次于四川。"

"省委省政府也出台了一系列决定，准备近几年大力改善我省交通状况，随着我省百姓生活水平提高，购车欲望也会不断增长。安原汽车厂是全国老牌汽车生产厂家，我想，就算是这次大宇和安原汽车厂合资不成功，也会迎来其他合资伙伴，省委省政府不会坐视这样一个发展汽车工业的良机错失。"

卢卫红酒后的口才相当好，虽然安原口音的普通话说起来有些别扭，但是在浙江客商耳中已经是相当标准了。

"卢书记，你是否能确定韩国大宇与安原汽车厂会合资成功？"一个有点儿性急的浙江客商迫不及待地问道，"我们都是实在人，如果合资能成功，投资建厂没说的。不成功，我们只能等待，安原汽车厂目前的生产规模和效益状况，无法激起我们的兴趣。"

"我相信能够成功，否则国家和安原省不会选择贸洽会这个期间谈判，对不对？安原汽车厂虽然规模和效益不尽人意，但是它有完整的厂房和设备，以及完备的配套体系，一旦合资成功，只要韩方设备和技术管理人员到位，合资厂会在最短时间内运行起来。"

"但是诸位在这里选址建厂直到生产出合格产品，恐怕就没有那么快了。

所以我想提醒诸位应该未雨绸缪，考虑怎样在最短时间内建好自己的厂子，而不是在获知消息后再来手忙脚乱地准备。"

"呵呵，卢书记，你是我见过的最擅长推荐的领导了。不过你说的的确有道理，只是我们想问一问，你们江口县开发区和其他周围县份的开发区相比有什么特殊优势么？"一名年龄稍长的浙江客商发话了。

"当然有，而且还十分明显。"卢卫红的目光转了过来，落到瞿韵白脸上。

"卢书记，诸位领导，这位是凤凰精密铸件公司的老板朱国平先生。凤凰公司在我们那边很有名气，有三家厂子，在江苏还有一家，主要生产车用精密铸件。"杜子华连忙介绍道。

"朱先生，你方才提的问题很好，我们江口开发区有什么特殊优势？也就是说你们凭什么选择我们江口开发区？我想由我来给诸位解释这个问题。"瞿韵白站起身来彬彬有礼地微笑道。

"诸位都知道安原汽车厂总部在碧池区，而合资厂也会落户碧池。碧池距离我们江口开发区不足十公里，有安蓝公路这种标准二级公路相通，交通方便，但是我们江口开发区地价比碧池区地价至少便宜三成，诸位要投资建厂的话，不可能不考虑土地成本。

"第二，我们江口境内有灌口电站，在丰水期和枯水期都能够保证充足的工业用电。尤其是在丰水期，电价上甚至可以获得一些意想不到的优惠，这是我们第二大优势。

"第三，我们县委县政府十分重视，出台了一系列税收和服务方面的政策，相信诸位只要到我们开发区落户就可以了解到，杜先生就是最好的证明人。"

"就这些？如果只是这些，我相信其他开发区也一样可以拿得出来。"朱姓老板显然是个挑剔的家伙，气氛一下子变得有些尴尬，连卢卫红和茅道临的脸色都变得有些不悦了。

"当然不止。"赵国栋接上话，"我们江口开发区还会为投资建厂的客商提供最良好最安全的发展环境。从拆迁到平整土地，从基建到生产，相信诸位客商在投资建厂时都有不少感触。我们可以向投资建厂的客商承诺，绝对保证你们的合法利益不受侵害，尤其是不受本地那些企图借机敲诈者的骚扰侵害！我相信杜子华先生对这一点深有体会，我们江口县政法部门已经用我们的实际行动证明了!"

赵国栋言词铿锵的一番话立时震动了一些本来并没有多少兴趣的客商，在外地投资建厂很大一个麻烦就是本地那些地痞混子的骚扰，尤其是和地方上一些基层官员勾结起来，更是让这些投资商人头疼无比。他们都是有过这方面痛苦经历的，但是这个年轻人居然敢如此高调地说出这样的话，不由让他们刮目相看。

众人的目光都落到杜子华脸上，显然是要他来证明这一点。

"诸位不必在这里就要杜子华先生回答，当着我们的面也许杜子华先生不好意思说呢？我想你们还有单独沟通的机会，江口开发区的投资环境好不好，他最有发言权。如果诸位不相信，还可以微服私访一下嘛。在安全这一点上，我们江口县委县政府绝对说得起硬话!"

赵国栋说完这番话，立即感受到来自县里几位领导的满意目光，发展环境无疑是一个相当引人注目的亮点，拿这一点来做文章也许真的可以让江口开发区脱颖而出。

在扫除了大柳村和大圣村盘根错节的毒瘤之后，开发区呈现出一种前所未有的安宁环境。就连开发区管委会的工作人员们一时间都有些不太适应，往日每个星期都会有那么一两拨人不是上门缠访，就是去企业骚扰，而现在居然一两个月都没有人登门，当然这也和县委县政府花大力气要求干部们沉下去解决村民们的实际问题有很大关系。

一餐饭在相对和谐的氛围下结束了。浙江人并不擅长喝酒，赵国栋的酒量也就没有派上用场。

饭后，三位县领导乘坐一辆车消失在黑夜中。赵国栋还不清楚，自己在席间的一席话将对自己的前途产生重大影响。

桑塔纳在路上飞驰，雪白的灯光将道路照得通亮。

"老茅，老梁，看来这一次我们在开发区班子上的动作是正确的，卜远在开发区基建方面很内行，而且也踏实肯干。这个赵国栋更不简单，我觉得让他继续在公安局干下去有些可惜了，彭晓方不是生病了么？听说病得还不轻，我安排县委办和组织部的人去看望了，看样子一时半刻好不了。"卢卫红借着酒意冷笑了一声道，"路遥知马力，板荡识忠臣。我看赵国栋完全可以承担起彭晓方的工作。"

"卢书记，你的意思是让赵国栋脱离公安顶替彭晓方的工作？"梁建弘虽然对赵国栋的表现也很满意，但是他却担心赵国栋正是在公安这个角色上才发挥出巨大威力。一旦脱离公安身份，只怕刚刚稳定下来的开发区治安环境会出现反复，而且彭晓方还是郭占春专门打招呼安排的人，郭占春几次吃饭都把彭晓方喊上，看样子关系也不浅。

"我赞同卢书记的看法，脱离公安局倒不一定，他可以保留公安身份，但是同时承担起招商引资方面的工作，兼顾派出所那边嘛。我觉得这个小伙子很有工作激情，而且能力也很全面，应变能力也很强。今天席间不是他适时插上话，那个姓朱的还真把我们给憋住了。这样的年轻干部完全可以压一压担子，让他多锻炼锻炼嘛，老梁你也可以轻松一些啊。"茅道临也点头认同卢卫红的意见。

"嗯，这样最好，派出所那边暂时还离不了赵国栋镇着，这边有老汪他们在，日常事务也没问题。"

梁建弘见两个主要领导都表态了，也只有附和，内心却在为彭晓方惋惜。就这么一次缺席，就在领导心目中一落千丈，只要卢卫红和茅道临还在江口，只怕彭晓方再难得有翻身的机会了。

这件事郭占春也怨不得自己，卢卫红和茅道临都对彭晓方临阵退缩感到愤怒，就已经注定他没有好下场了，就算是有组织部长替他撑场子也不行。

首届中西部地区贸易投资洽谈会终于隆重开幕了。

赵国栋远远看着参加贸洽会的领导们，除了国家计委和经贸委主要领导之外，几乎中西部各省都由分管招商引资的副省长带队前来。

安原省委省政府主要领导倾巢出动到场祝贺，省委书记季成功、省委副书记、省长苏觉华、省委副书记、安都市委书记宁法、省委常委、常务副省长张广澜、省委常委、宣传部长戈静、省委常委、副省长秦浩然，均全程参加了开幕式。

瞿韵白见赵国栋看得出神，忍不住调笑道："小赵，怎么，有什么心事么？是不是看着台上的领导有些羡慕？"

"嗯，我混到他们那个年龄，也该站在上边了，保不准我到那个年龄还能站得更高呢。"赵国栋半开玩笑道。

"还能站得更高?"瞿韵白心中一震,这个家伙口气还真不小呢,现在也就一个县级开发区管委会的挂名副主任,居然敢说这种狂言!

"是啊,你没看舞台上面的工作人员都比他们站得高么?"赵国栋轻笑了一声,没事儿逗一逗这个年龄比自己大不了几岁的美女也能调剂调剂情绪。

被赵国栋逗得扑哧一声笑出声来,瞿韵白妩媚地给了赵国栋一个白眼,轻笑道:"小赵,你说话注意一些,周围还有其他单位的人呢。"

"嘿嘿,瞿主任,你说不是么?一大堆人傻站在这儿,就等某人讲完一大堆让人昏昏欲睡的废话,然后每人拿把剪子,把一匹价格不菲的红绸剪成几段废布,这不是闲极无聊么?"赵国栋看看周围没人注意,肆无忌惮地大放厥辞。

"投资商可不会因为领导几句大话就把他们的钱糊弄过去,他们是唯利是图的商人,他们要的是回报!你看看到场捧场的,有几个是真正的客商和投资者?除了政府官员就是政府官员,堆着一脸谄媚的笑容,做出一副聚精会神倾听的模样,保不准就在琢磨,还是我站在上边比较好,要不就在考虑会一结束去哪个菜市场淘点儿便宜蔬菜回家做饭。"

瞿韵白目瞪口呆地瞪着这个放荡不羁的家伙,如果被台上领导听到,不知道他们会不会被气得高血压发作?

"瞿姐,别这样瞪着我,我知道你的丹凤杏仁眼很漂亮,但这大庭广众之下,可别这么含情脉脉地注视我啊。"赵国栋嘴角泛起一丝诡异的微笑,"我可经不起你那火热的目光。嘿嘿,瞿姐,我不过是卖卖贫嘴,丰富一下咱们无聊的会议时间罢了,别介意。"

总是被这个家伙抢先把自己想要说的话点透,这让瞿韵白想发作却又无从发作,最终只能恨恨地盯了对方一眼,不再搭言。她知道这个家伙是个顺竿就爬的角色,给他一点机会,他就能翻天。

见瞿韵白不理睬自己,赵国栋也不在意,顺口道:"老杜据说又联系了几家来自江苏的零配件生产企业,打算今晚聚一聚。瞿主任,你看我们是不是参加一下?"

"哦?江苏的?"瞿韵白讶异地问道。

"苏南和浙北首尾相连,本来这两个地区经济就很活跃,联系多也不是什么坏事儿。杜子华原来和他们有一些业务往来，这次听说他们过来了，就主动帮我们联系了一下，对方也愿意见面。"

赵国栋知道，一谈及正事，瞿韵白便精神倍增，她是个典型的工作型女强人。不过在性格上和那些传说中的彪悍女性却不大一样，至少在着装品味上就不是一般女性可以比的。

"那我们肯定要见一见，卢书记他们都回去了，现在就只剩下我们几个人了，再怎么也得去联络联络。"瞿韵白轻轻叹了一口气，"到现在也没落实一家，都在等待那边的合资结果，我们这不是听天由命么？"

"嗨，瞿主任，我们把先期工作做好，合资事宜我估计应该已经有了大概，只是一些细节问题上的争执而已，我想不会影响大方向。"

赵国栋昨天晚上得到了蔡正阳的电话，苏觉华和宁法都支持省委省政府给予政策倾斜，鼓励安原汽车厂和韩国大宇建成远景目标为年产二十万辆汽车的大型合资厂。而且据说合资比例也已经基本敲定，估计国产化率问题的谈判也将在这两天有明确答案。这也就意味着，安都大宇汽车有限公司的成立已经指日可待。

瞿韵白立时就从赵国栋的言语中听出了些许不同寻常的味道，狐疑地问道："你怎么这么确定合资会成功？连卢书记他们也不敢确定啊。"

"嘿嘿，瞿姐，我有秘密渠道，你真的感兴趣？"赵国栋的话颇有些暧昧，但是瞿韵白却丝毫不觉："什么秘密渠道？快说。"

"我市里一个朋友通过省里的一些关系得知韩国大宇和安原汽车厂的谈判其实已经进入了尾声，就剩一些细节问题尚未谈妥，但是并不会影响到合资主体。我估计这次与韩国大宇的合资签约可能会成为本次贸洽会的压轴大戏，越是藏掖得紧，越说明有价值啊。"

赵国栋的话让瞿韵白精神一振："国栋，如果真是这样，那帮浙江客商和今晚的江苏客商我们可得抓紧了。务必让他们在这件事情宣布之前到我们江口开发区看一看，让他们最直观地感受我们江口开发区的魅力，能签定意向性的协议最好。"

"瞿姐，你也太急于求成了吧？那些人不得到合资成功的消息是不会轻易表态的，不过我们可以在他们心目中留下一个好印象，让他们一旦决定要在安都建厂就首先想到我们江口开发区。"

"对了，国栋，你的消息从哪儿来的？可靠么？"瞿韵白清冽的目光中多了几分怀疑，"怎么卢书记都不知道呢？"

卢卫红和市委副书记冷铁锋关系相当不错，这一点瞿韵白也是偶然知晓的。卢卫红不清楚这件事情，但赵国栋居然说得这样笃定，实在有些不可思议。

"嘿嘿，瞿姐，蛇有蛇道，鼠有鼠踪，各人的渠道不一样嘛。怎么，就不许我有几个消息灵通的朋友了？"赵国栋诡异地笑了起来，"瞿姐，多接触一段时间，你会发现我的优点很多呢！"

"去，少在我面前卖弄你那点儿本事。"瞿韵白没好气地道，"一句话，这一次你是自找苦吃，现在领导们都认同你扛起了这副担子，如果这一次咱们空手而归，瞿姐固然落不到好，只怕你也一样。"

"放心，瞿姐，有我在，不会让你失望。"赵国栋一副胸有成竹的模样，看得瞿韵白也禁不住一笑："国栋，你这副模样倒是挺能吸引女孩子的目光的，你看那边几个女孩子都望过来了。"

赵国栋被瞿韵白这句话给打击得不轻，这么说自己在成熟女性的眼中完全被过滤掉了？顺着瞿韵白的目光忿忿扭过头去，果然有几个女孩子站在那边，一个个身材高挑，穿着传统的鲜红的对襟夹袄和旗袍，其中一人更是频频把目光投向这边。

"咦？小鸥？"赵国栋目光一动，讶然道。

赵国栋竟然在几个礼仪小姐中看见了古小鸥。古小鸥是他们一个厂子的，一次在河里洗澡溺水了，还是赵国栋救了她。从那时起，古小鸥就开始暗恋赵国栋。赵国栋一直有意无意地躲着她，今天竟然这么巧碰上了。

"怎么，国栋，是你的熟人？还是想找个借口去认识认识漂亮女孩子？嗯，那几个女孩子的确很出众，吸引了不少人的目光呢，也不知道是哪家礼仪公司的模特。"瞿韵白没有听清楚赵国栋说什么，浅笑着问道。

"呃，瞿姐，你把我想得也太不堪了。有瞿姐这个超级美女在这里，那些小女孩就像市场上卖不出去的青苹果。"赵国栋不失时机地捧了瞿韵白一句。

"国栋，甭损你瞿姐了，你瞿姐都是快三十的人了，人老珠黄了。"瞿韵白心中一甜，任何女人都不会拒绝男性的夸赞。

"三十？我还以为瞿姐刚满二十呢，瞿姐身上透露出来的是浓浓的知性女人的味道，不是一般人能比的。嘿嘿，真正的男人都会把目光落在你这里，在我的印象中只有一个女人有这种味道。"赵国栋由衷道。

"谁?"瞿韵白眉毛微微一扬。

赵国栋微笑不言，一边向小鸥那边挥了挥手。

这会儿还不能过去，以免破坏了会场秩序，正如瞿韵白所说，他也不想这会儿就变成全场的众矢之的。小鸥她们那群女孩子个头都在一米七五左右，和周边的男性比起来都是鹤立鸡群，加之个个年轻貌美，身材苗条，配上一套传统中国旗袍，难怪男人们的目光都不由自主地往那边游荡。

赵国栋的言语让瞿韵白打心眼里美滋滋的。虽然自己的外貌的确能吸引很多人的目光，但是让瞿韵白苦恼的是，这似乎掩盖了自身的能力和气质，花瓶一类的语言不时会出现在一些无聊人士口中，而赵国栋的言语无疑挠到了瞿韵白内心最痒处。

"少要贫嘴！没大没小的。"

瞿韵白的反应在预料之中，赵国栋也只是笑了一笑，目光回到古小鸥那边，几个女孩子在那里窃窃私语，免不了指指点点，看样子是把自己和瞿韵白当做了评价目标。

稍嫌冗长的开幕式终于结束了，各省市各地区的代表和客商代表纷纷退场，会场上也是一片热闹景象。这次贸洽会邀请的客人的确不少，尤其是港澳台以及沿海地区的企业界和商业界的知名企业都发出了邀请函，不过效果究竟如何就没人知道了。

看见古小鸥那帮女孩子笑靥如花的模样，赵国栋也有些怯场，不过表面上还是装出一副落落大方的样子走了过去。

"小鸥，真的是你啊? 我还以为是谁看错人了呢，怎么会向我招手? 让我神魂颠倒的。"

赵国栋故意上上下下打量了一番古小鸥，一身合体旗袍和对襟马甲穿在她身上更显得少女身材颀长高挑。其他几个女孩子也不比小鸥矮多少，看样子个头都在一米七五左右，这让赵国栋这个将近一米八的个头都有些压抑的感觉。难怪瞿韵白拒绝过来，她那一米六八的个头在一般女人中是游刃有余，但在这几个女孩子面前就只剩黯然无光了。

小鸥的变化太大了，一年多的大学生涯让她有了脱胎换骨的变化。大学的确是一个大熔炉，去芜存菁，把你最美好的东西得到进一步升华，难怪千军万马过独木桥也难以阻挡青年学子们前赴后继的冲刺。

"国栋哥，你怎么会在这儿？"

古小鸥发自内心的喜悦让身旁几个女孩子感到有些惊讶，古小鸥在学校里可是出了名的怪脾气。虽然不是那种冷若冰霜拒人于千里之外，但是若有不知好歹的男孩子想要纠缠，保不准就是翻脸相向，不少人在她刚烈怪异的脾气面前吃了大亏。

"这话该我问你才对。"赵国栋上下打量着古小鸥，"嗯，小丫头越长越漂亮了，这是你同学？"

"噢，我都忘了替你介绍，这是蓝黛，安原外语学院的。童郁，乔珊，都是我一个学校的。"古小鸥娇靥如花，显然在这里遇到赵国栋心情很好，"他是赵国栋，算是我哥吧。你们喊他赵哥也可以，国栋哥也行。"

见女孩子们都很矜持地点头示意，连话都不愿多说一句，赵国栋也不以为忤，漂亮女孩子总是有特权的，自己往这堆儿里一站都不知道吸引了多少人的目光，让自己全身上下都有点儿烧呼呼的感觉。

"诸位美女好，我家和小鸥家是一块儿的。熟了，说话也就随便了。"赵国栋风趣地道，"唉，早知道我该穿少一点儿。"

"怎么了？今天天气挺冷啊。"古小鸥不解地问道。

"你没看到我站在这儿，周围男性的目光像聚光灯一样照着我么？让我背上火烧火燎的啊。"赵国栋信口道，"若是目光能杀人，估计我都死了好几百次了。"

童郁和乔珊两个女孩子忍不住扑哧笑出声来，赵国栋有些夸张的说法让她们十分得意，正好消除了几人之间的生疏感。

赵国栋得承认，安原大学女孩子们的素质非比寻常，童郁和乔珊两个女孩子虽然比起小鸥和那个叫蓝黛的女孩子稍稍瘦了一点，但是少女苗条的身材被对襟马甲裹得圆润有加。童郁是个瓜子脸，微尖的下颌总是露出浅浅的羞意，而乔珊是个圆脸的靓丽女孩，甜美的笑容具有超强的亲和力。

只是这两个女孩子比起小鸥和那个蓝黛来还是少了些韵味，或许是刚入大学不久尚未脱去中学时代青涩稚气的缘故。

小鸥身上那种放荡不羁中夹杂些许刚烈的气息，给人的感觉更像是东北女孩子。尤其是那略带外族风格的冶艳脸庞和凹凸有致的身材，更是成了男人目光的聚焦点，足以谋杀无数摄影者的菲林。

而那个叫蓝黛的女孩子则是沉静中隐藏着深深的冷漠，一副仿佛世间万物都难以让她动心的模样，当然赵国栋知道这不过是表相。但就这副表相就足以让很多自以为有内涵有深度的男人们坠入毂中不能自拔了。

"国栋哥，你还没说你在这儿干吗呢？我们都是被学校抽来替贸洽会站台的，是工作任务呢。"古小鸥似乎觉察到了赵国栋目光中的深邃，赶紧问道。

"我也是公干啊，我现在不是调到江口开发区管委会当副主任兼派出所所长么？这不，招商引资也是我们开发区管委会的主要任务啊。"赵国栋笑眯眯地道，"你们学校也学会拍政府的马屁了，还让你们来卖苦力？"

"谁说不是呢？说是会给我们一点儿津贴，谁稀罕那两个钱？"古小鸥一耸鼻翼傲慢道，"若不是我们还得在学校里混下去，谁愿意来？"

"参加一些社会实践活动有利于你们成长，多见识一下世间百态也有助于你们成熟嘛。"赵国栋微微笑道。

"啊哟，小鸥，你这个赵哥咋说话和我们年级辅导员一模一样呢？莫不是搞政治思想工作出身的吧？"那个叫做乔珊的圆脸女孩笑了起来，打趣着，"还是派出所所长呢？嘻嘻，不知道那些罪犯在你苦口婆心的教诲下会不会恍然悔悟呢？"

赵国栋险些被这个牙尖嘴利的靓丽女孩噎得说不出话来。

这些天之骄子摆脱了温室的束缚刚刚踏入大学校园，对社会上的种种风风雨雨并不清楚，很多时候用着那些自以为犀利独到的口吻来调侃。赵国栋一时间也有些感慨，算起来自己也刚从学校踏入社会没几年，但是身上再也找不到昔日的满腔热血了。不知道是公安这个特殊的职业改变了自己还是潜意中对未来的预知给自己带来的改变……

"乔珊，我国栋哥可是正儿八经警专毕业的高才生，破案才是他的拿手本事呢。"古小鸥对同学的轻视有些不高兴。

"那是神探亨特一类的人物呢还是福尔摩斯或者波洛？"看来乔珊和古小鸥关系不错，并没有因为古小鸥的强调而松口。

赵国栋有些尴尬地挠挠脑袋，他发现要和几个舌尖嘴利的女孩子斗嘴实在是最大的错误。天生的优越感和从中学时代带来的逆反心理，让她们总想挑衅她们眼目中那些高大全的角色，而自己这个时候正不幸地扮演着这样一个角色。

"好了，好了，诸位同学，我也就一混吃等死小跑腿的，用不着变着法儿来打击我吧？"赵国栋索性举手投降，"再也不敢在你们面前卖弄深沉了，行了吧？"

几个女孩子都被赵国栋风趣的话给逗笑了起来，就连一直保持着漠然的蓝黛都忍不住微微一笑。

"国栋哥，那你晚上要回江口么？"古小鸥问道。

"不回去，就住在安岳宾馆，要等贸洽会结束才能回去。"赵国栋摇摇头，"你们呢，开幕式都结束了，你们也可以解放了，干吗还不走？"

"什么意思，是想赶我们走啊？怕我们赖上你吃中午饭么？"古小鸥丰唇一噘，娇嗔道，"这么多美女在这里，别人想请我们，还得看我们心情好不好呢，给你机会你还不把握？"

古小鸥娇俏的模样看得赵国栋心中也是咯噔一动，尤其是她举手投足间那股子艳冶风情，混合了白俄的粗犷和国人的细腻，一举一动委实惑人。

"别扣大帽子啊，只要别去什么假日花园或者君悦酒店，一顿饭我还是请得起的。"挠着脑袋的赵国栋无奈道，"这是啥天理啊，敲诈我一顿饭也就罢了，还得我摇尾乞怜般跪求才能得到无上恩宠啊。"

"哼，你以为我不知道你们几兄弟去了上海股市一趟赚了不少？赵德山和赵长川两个家伙现在都还没有回来吧？"古小鸥插着腰瞪着眼睛道，"今天我们就要去吃假日花园或者君悦，你自己定，别的地方我们都不去。"

赵国栋去上海的事并没有瞒古志常，不过古志常也不清楚其中的内情，只是提醒赵国栋不要沉迷在股市这种投机气氛太浓的场合。

"他们俩和我一起回来的，不过一直在宾州那边，前天才回安都。"赵国栋抬手看了看表，"走吧，真要去假日花园或者君悦就早点儿走，我得去把车开过来。"

"国栋哥，你有车啦？是私人买的还是公家配的？"古小鸥脸上露出惊喜之色。

"私家车我暂时还没有，公家车么我也只是暂时借来用用，那可是咱们美女主任的座驾，你国栋哥还没混到配专车的地步。"赵国栋半真半假地道。对于他来说，买辆私家车也不是什么难事，问题在于既无必要也没有价值。

"哦，刚才那个和你站在一起的女人是你领导，年轻漂亮啊！"古小鸥松了一口气，"我们也要去换衣服，这衣服还得留到闭幕式时候穿呢。"

"哦，闭幕式也要你们去凑热闹？"赵国栋随口道。

"好像不是，听人说好像是有什么重大的仪式需要我们去捧捧托盘，送文件和签字笔吧。"古小鸥也随口答道。

"啊？"赵国栋心中一动，"重大活动？签字？"

"嗯，也不知道是什么事情，弄得神神秘秘的。"古小鸥没有注意到赵国栋脸上露出的深思表情。

和瞿韵白告了假，赵国栋就把这辆崭新的桑塔纳开了出来，假日花园酒店西餐厅他来过几次，吃的是西餐，都是和蔡正阳一块儿来的。

起初他还奇怪蔡正阳这个当兵出身的县委书记居然喜欢吃西餐，后来才知道蔡正阳是在北京卫戍区当兵，是给领导当通信兵。而领导家中的厨师就做得一手好牛排，连带着他这个整日在领导家中转悠的小兵也学会了吃西餐。

当赵国栋将桑塔纳开到会议中心外接上几个女孩子时，再度被几个女孩子的风姿震撼了一回，以至于油门差点当做刹车踩了。

童郁和乔珊都是一身充满青春气息的运动绒装，风格略显夸张的运动背包，漂亮的卡通图案把两个女孩子的清纯气质展露无遗。原本盘起的发髻现在放了下来，乔珊用一条彩色丝巾一束，而童郁则更简单，一条白色手绢扎在头上，再蹬上一双不知道什么牌子的运动鞋，自然朴素的气息扑面而来。

而古小鸥和蓝黛两人的风格却截然不同。

玄黑色的马裤呢套装穿在古小鸥身上，把她那种外族气息衬托得更加浓烈。双排金属扣镶嵌在胸腹前熠熠闪亮，一条深灰色的围巾搭在颈项上，奶黄色高领羊毛衫从围巾缝隙里钻出来，形象一下子就鲜活了起来。再加上高挺的鼻梁和丰满的淡色唇影，飘洒的乌黑秀发，怎么看都像是《时尚》杂志上那些外国的模特。

那个叫蓝黛的外语学院女学生显然喜欢更张扬的风格，铁灰色的高领风衣竖起，加上火红的高领羊毛衫，风衣腰带随意在腰间打了一个结，双手插在风衣衣包里。浅色的眼影和深色唇线把白皙圆润的脸颊勾勒得如光影变幻中游走的精灵，配合着那独有的冷漠表情，一句话，酷毙了！

当赵国栋提议吃西餐时，几个女孩子的目光中都流露出一种奇异的神色，显然不太相信像赵国栋这个层次的人居然敢提议吃西餐。

其实赵国栋对吃西餐一样没底，只吃过几次西餐的他虽然基本能弄明白程序，但是要让他流畅自然得像贵族绅士般用完餐，显然太难了。

不过赵国栋实在无法容忍几个女孩子在自己面前那种睥睨傲世的样子，他也知道自己在他们眼中也就是一个稍稍有些得意的乡村干部。拥有大学生身份，又长得如此漂亮出众，有点傲气在所难免，但赵国栋看不惯。

要打击一下这几个女孩子骨子里那种布尔乔亚式的小资傲气，吃西餐这种方式最简便易行。毕竟这个时代能去假日花园吃西餐的，不是外资企业高管和技术人员就是使馆区的外国人了，就连政府高官们也还不太适应这种东西，至少在安原是如此。

赵国栋的虚晃一枪果然收到了效果，几个女孩子望过来的目光一下子都改变了许多，原本赵国栋在她们心中乡下泥腿子干部的形象也提升了不少。

啥不说，光是敢在几个女孩子面前提出要去假日花园酒店吃西餐就得有点儿气魄。花费都是小事，在这种以外国游客为主要服务对象的五星级涉外酒店西餐厅中吃西餐，在礼仪程序上稍稍失当就会丢脸。

几个女孩子争论了一阵，最后还是决定吃中餐。毕竟她们也不是什么豪门贵族的千金小姐，就算是家境颇好，但是十八九岁的女孩子，真要能熟悉一整套西方的用餐准则，也实在太难为她们了。

假日花园酒店号称有全省最好的粤菜和川菜大牌厨师，而且淮扬菜也有些名气。

几个女孩子最终选择了淮扬菜，这让赵国栋很是惊讶。后来才得知原因，原来乔珊家是安徽宿州那边的，紧挨着淮扬菜发祥地，喜欢吃得清淡一些，而另外几个女孩子则无可无不可。

一顿饭下来，赵国栋也不知道吃了多少。清炖狮子头、文楼涨蛋、虾米扒蒲菜、平桥豆腐、三套鸭，外加蟹黄汤包，寥寥几样菜几乎包揽了整个淮扬菜系的经典。席间赵国栋也是谈笑风生，将几个关于淮扬名菜的传说娓娓道来，一顿饭大家吃得有滋有味。

除了这些大型的涉外酒店饭店和一些特大型的商场之外，这里几乎没有其他商业单位接受信用卡。倒是赵国栋随手拿出信用卡在 POS 机上熟练地刷卡结账，让几个女孩子又一次感受到这个比她们大不了几岁的男孩子在同龄人中的与众不同。

　　这个时代信用卡对于普通市民来说还是一个新生事物，虽然八十年代末各大国有银行就开始与国际接轨发行信用卡，但是中国传统的消费习惯仍然极大限制了这种新生事物的发展。

　　赵国栋并非什么赶潮流的人物，在砂石场的收入日益猛增的情况下，他就自己去办了几张信用卡，中行的长城卡，工行的牡丹卡，建行的龙卡，农行的金穗卡，在这个上银联尚未问世的时代，多一张卡也就意味着多一分方便。

　　赵国栋裤兜里那个皮尔·卡丹钱夹以及无意间露出来的几张银行卡都让几个女孩子对赵国栋的好奇心倍增。一个江口县的小干部，居然能用上颇为时髦的皮尔·卡丹钱夹，而且还用信用卡消费，这在九三年怎么看都显得颇为时髦。

　　赵国栋注意到几个女孩子眼中好奇的神色，他突然想起一句话，好奇心是最好的诱饵，也是慢性毒药。在男女之间，第一面印象好坏并不重要，关键在于你能否成功地激起她（他）内心探索你的兴趣，如果这一点成功了，你几乎就成功了一半，剩下的不过是如何创造机会增加碰撞出火花的机率罢了。

　　女孩子们虽然都竭力保持着自己的矜持，但是古小鸥的好奇心无疑被点燃了，她没有那么多顾忌。

　　"国栋哥，你怎么办了这么多信用卡？"

　　"为什么不办？能方便自己生活的东西，再多也不嫌弃。"赵国栋抬手看看表，随口道，"快一点半了，小鸥，是去咖啡厅喝一杯还是送你们回去？"

　　"嗯，如果国栋哥有心邀请我们的话，我们也不会拒绝。"古小鸥像只狐狸般笑起来，"是不是，同学们？"

　　"那就走吧，从这里过曲廊转过去就是，不用下电梯了。"赵国栋熟悉地引领着几个女孩穿过曲廊步入咖啡厅。

　　"国栋哥，你还没有告诉我们你办这么多信用卡干什么呢？"古小鸥没有放过赵国栋。

"在欧美，信用卡是最普通的东西，甚至比现金更普通，绝大部分消费支付都可以通过信用卡来解决。国内也开始起步了，不过现在普及率还不高，我带头也是为了我国金融部门走出国门接轨世界做示范，大家都这样就可以加速我国融入国际社会大家庭的步伐了。"

赵国栋一副先天下之忧而忧的模样，再加上一本正经的话语，逗得几个女孩子又是一阵捂嘴浅笑。这个时代还缺少足够的幽默品味，学校里那些自诩成熟帅气的男生和眼前这个大不了几岁的男孩子比起来简直幼稚得可笑，而赵国栋的形象也一点一点地在几个女孩子心中建立起来。

"看不出赵哥还能紧跟欧美流行时尚呢。"一脸调皮笑容的乔珊又开始挑衅。

"嗯，那倒说不上，我前年到美国、西欧以及日本去旅游，发现那边基本上都是用信用卡结账支付，无论是大商场还是普通小店，既方便又快捷，也不用在身上带太多现金，安全性也高得多。"赵国栋见这个叫做乔珊的女孩子似乎故意针对自己，心中也是暗笑，这可是你自己找上门来的，要说忽悠的本事，自己怕过谁来？

"咦？国栋哥，你啥时候去的国外旅游啊？"古小鸥果然要来戳破赵国栋的谎言，不过赵国栋早有思想准备："从学校一毕业我就去了日本，几个美国朋友在那边等我，在日本待了三天，然后我和几个朋友又一起去美国待了一周，然后才到英国、法国以及意大利，最后又去埃及看了看，然后他们直接回美国了，我从香港飞回来的。"

说起谎话来赵国栋是面不改色心不跳。

当然几个女孩子并不知晓，在半信半疑间，几个女孩子看向赵国栋的目光已经变得有些诡异了。

"哇，国栋哥，你在国外有朋友？他们是干什么的？出去一趟花销很大吧？"古小鸥惊喜地张大嘴巴。

"是有几个朋友，国外同龄人可比我们自立得早，他们很多都已经工作几年了。我们只是在旅游上有共同爱好，大概这两年他们会来中国，到哪个国家就由哪国的朋友负责衣食住行玩，到中国就由我负责。"

赵国栋轻描淡写地随口道来，越是表现得漫不经心就越能忽悠这些心高气傲的女孩子们，尤其是看到几个女孩子眼中流动着奇异的神色，赵国栋心中更是觉得好笑。

"嘻嘻，国栋哥，若是我们日后要出国留学，那不是可以请你的那些朋友看顾我们？"古小鸥也是心直口快，心里想什么就说什么，倒是其他几个女孩子脸上现出几分艳羡之色。

"小鸥，出国有什么好？我觉得真想学东西还得是在我们国内的大学，当然如果想要赶潮流或者想出去开开眼界，那又是另外一回事儿。"

赵国栋岔开话题，这个时候谈及更深层次的问题显然不合适。何况本来就是赵国栋信口胡诌的，哪来什么外国朋友，不过是想要打击打击这些女孩子们的傲气罢了。

走过曲廊来到咖啡厅，入座之后便有服务生来到近前，赵国栋微笑着问："几位女士，来点什么？"

"随便。"几乎是异口同声，四个女孩子整齐地回答道。

"五杯随便。"赵国栋装出一副随口而出的模样，见侍者浅笑不语，这才恍然大悟地想起什么似的，"噢，看来你们这里还需要改进啊，咖啡种类需要丰富，至少女士们最喜欢的牙买加随便咖啡就得随时准备好。"

几个女孩子都禁不住笑了起来，这种换在二十一世纪只会被当做无比拙劣的哗众取宠行径的说法，这个时候却轻而易举地击破了女孩子们最后的戒备心防，气氛似乎一下子轻松了下来。

"好了，给我们来四杯蓝山吧，别加糖，我来一杯苏打水。"赵国栋不喜欢苦咖啡，他更喜欢咖啡奶茶，但是那往往被视作小市民的习惯，所以他只能故作独特地要了一杯不知所云的苏打水。

几个女孩子大概也听说过蓝山咖啡，当侍者将咖啡端上来时，就饶有兴致地讨论起来。这时赵国栋终于找到了一展自己口才的好时，对于女孩子们来说，名牌的吸引力实在太强大了，没有哪个年轻女孩子能够拒绝名牌的诱惑力，即便是那个故作冷漠孤傲的蓝黛也一样。

当赵国栋从蓝山咖啡的历史谈到哈瓦那雪茄的生产流程以及抽吸手法，从路易·威登的创始人经历到古琦进入中国市场的步伐，从皮尔·卡丹到中国市场吃螃蟹到香奈尔对中国市场的润物细无声，从劳力士的没落到江诗丹顿的异彩……赵国栋如同一个时尚界人士般如数家珍地介绍着时尚潮流的种种轶闻趣事，让几个女孩子听得如痴如醉。在没有互联网的时代，想要获取这些珍闻轶事，显然不太容易，至少一般人不容易做到。

几个女孩子都被赵国栋的介绍吸引住了，不知不觉两个多小时过去了，直到腰间的传呼机响起来，赵国栋才意识到，自己真的变了，竟然一看到漂亮女孩子就挪不开脚步了。

把几个女孩子分别送回安原大学和安都外语学院时，赵国栋敏锐地感觉到几个女孩子表情的丰富。不过这个时候他得保持必要的矜持，距离产生美，同样，距离产生尊严，只有在女孩子心中烙下深刻的印象，下一次她们才会尊重你。

送完女孩子们，时间已经过了三点，赵国栋这才急急忙忙往回赶。回到会议中心自然少不得被瞿韵白一阵调笑，不过赵国栋早已经对这种调侃免疫了。

和这几个客商一接触，赵国栋就能感觉到这几人和前面接触的那些浙江客商有些不一样。对方言谈间流露出来的素质和气质明显要高出一筹，赵国栋意识到这两个客商应该是真正的投资商，先前那几个浙江商人大概只有姓朱的那个老板有和这两人相若的实力。

随着酒宴的推进，赵国栋了解到，这两位虽然是江苏人，但是已经在上海落足相当长的时间了。作为上海大众的长期供货商，他们在上海厂子的规模远远超过了杜子华的企业，而这一次他们同样是嗅到了安原汽车厂和韩国大宇合资带来的商机。

瞿韵白和赵国栋几人表现出来的善解人意让几个江苏客商都相当满意。饭局尚未结束，两个客商就当场应允愿意去江口开发区看一看，同时也表示可以将上海那边更多的同行介绍到安都这边来。

江苏客商的爽快让瞿韵白相当兴奋，不管客商会不会在江口开发区投资，至少对方愿意去看一看。而瞿韵白自信目前江口开发区已经具备了相当吸引力，尤其是在韩国大宇和安原汽车厂即将签约之际，不过，连她自己都有些奇怪为什么自己会那么相信赵国栋的话。

第二天的考察让赵国栋相当振奋，两位江苏客商和三位浙江客商足足在江口开发区和江口县政府待了一整天，他们无一例外地选择了杜子华的汽配厂作为重点考察对象，甚至谢绝了政府官员的陪同，除了一个赵国栋远远跟着他们。

对于他们来说，政府官员纵然是舌绽莲花也不及业主本人一句实实在在的话，再多的承诺也要落到实处才能见分晓。

在杜子华的永祥汽配厂，这帮人转悠了两个多小时，和杜子华用鸟语一般的江浙方言谈话，让赵国栋如外星人般站在一旁枯守。不过赵国栋看得出来，杜子华和他们之间的谈话还是比较满意的，不时露出开玩笑般的语气和笑容让赵国栋安心不少。

直到卢卫红、茅道临以及梁建弘陪同几人在江城大酒店用完晚饭，又送帮人上车返回安都时，赵国栋才算空闲下来。

"小赵，你觉得情况怎么样?"茅道临还是第一次和赵国栋正面接触，虽然邱元丰在他面没少褒扬赵国栋，但那大多是从公安业务能力上评价的，而招商引资与公安业务可是两码事。

"茅县长，我观察了他们的表现，虽然他们都用地方方言交流，但是我还是能够感觉得出来他们对我们开发区的条件比较满意。尤其是杜子华介绍了周边社会环境的净化以及灌口电站的优惠电价，这是吸引他们的关键。地价问题他们不太在意，他们更在乎长期利益，而不太在乎一次性的付出。"赵国栋沉吟了一下才郑重其事地回答茅道临。

"这么说他们在我们这边投资的可能性很大?"茅道临点点头。

"关键不在于我们本身，而是在大宇和安原汽车厂能否合资成功。如果合资成功，我有很大把握说服他们到我们江口开发区落户建厂，但若合资不成功，那就一切都是虚幻了。"赵国栋直率地道，"这几个客商如果要投资建厂，任意一家都会比杜子华的企业大几倍。"

茅道临站在车前严肃地道："你转告瞿韵白，眼下我们开发区状况很不好。已经有风声传出来，安都市十二个开发区，将会裁撤到不超过六个，除了市里开发区和碧池区的开发区铁定不会裁撤外，剩下的十个开发区，只有四个甚至三个开发区能得以保留，而现在江口县开发区的排位是倒数第一!"

"最迟明年五月裁撤方案就要落实下来，到那时就真要比一比，看一看，除了开发区的基础设施之外，衡量你这个开发区有没有存在必要最重要的一点，就是看开发区内有多少能够拉动地方经济发展、创造就业和利税的骨干企业。卢书记和我现在都承受了很大压力，裁撤了开发区，开发区的干部往哪里去？我们县委县政府的面子又往哪里放？江口县经济增长点又在哪里？"

赵国栋默默地听着茅道临类似于最后通牒般的言语，裁撤泛滥的开发区是国家大政策，谁也躲不过去。从本质上来说这是一件好事，但是落在自己头上就不是那么一回事了，好不容易弄个副主任当当，一裁撤，自己还怎么混？这实职可就真的变成虚职副科了。

不过这招商引资的重任似乎不应该算在自己头上才对，这次自己不过是临时客串了一下彭晓方的角色，怎么担子就一下子压在自己身上了？

赵国栋将疑惑的目光望向茅道临，茅道临自然清楚赵国栋目光的含义，淡淡地道："彭晓方身体不好，看样子他可能还得在医院里待上一段时间。这段时间你就把招商引资的重任承担起来，配合瞿韵白把整个开发区的工作抓上去，至于派出所那边的工作，你可以抓大放小，日常工作就交给所里其他领导，你现在的主要精力要放在招商引资上。"

当茅道临的桑塔纳尾灯消失在黑暗中时，赵国栋才意识到自己怕是不知不觉间又趟入了一趟浑水，彭晓方不是善茬，他的工作能力和个人水平有目共睹，却没有在上一次的调整中落马或者被调换，其中肯定有因由。

自己这个挂职副主任甚至连约定的三个月时间都没有到，就懵里懵懂地被套上这样一副重担，而且时间如此急迫，赵国栋不知道这究竟是领导真的想要给自己加担子还是准备把自己当替罪羊使？

不过这一切都不重要了，自己已经入彀，就再没有选择，唯有硬着头皮往前冲。

也好，没有压力就没有动力，自己正好想要寻找一个机会走出去，招商引资这活计固然考验人，但是也会让自己踏入一个更广阔的世界。

第十五章 一部分人先富只是手段，目的是要让所有人都富裕起来

　　我当初之所以煞费苦心请柳哥出面就是觉得到开发区是个机遇，现在机会的确来了，只不过这个机会有点置之死地而后生的味道。干不好，开发区被裁撤，我自然就灰溜溜滚回公安局。干得好，就像你说的，也许就是一条康庄大道，背水一战啊。

　　赵国栋满腹心事地回到家中，这是一处刚刚装修完的商品房小区，规模很小，不过寥寥几栋房屋，绿化区域却不小，建筑开发商的品味只能说凑和，在九三年，你能指望有多高的水准？

　　山川砂石场的经营已经进入了鼎盛时期，许伟已经完全熟悉了整个砂石场的运作流程。对于管理手下一帮工人，他的兴趣甚至比赵长川还大。赵国栋提醒他没事儿可以多看看书，学习学习，但是他根本就没听进去。

　　每个月八百块钱的工资外加两百到四百元的效益奖励让赵国栋这个表弟一跃成为江庙的金领阶层，来老赵头家也打扮得衣冠楚楚气宇轩昂。虽然现在干个体户名声不那么好，但是看在经济基础的分儿上，安都第一纺织厂的一些女工似乎也有些意动。至少赵国栋的母亲许秀芹就已经有几个厂里的老姐妹来拐弯抹角地询问许伟的婚姻状况。

　　从上海归来，赵国栋就接受了许伟的建议，又进行了一次固定资产投资。

　　随着安蓝公路进入施工的紧张阶段，除了江口二建司对砂石需要量有所上升外，其他标段尤其是平川境内几个施工标段的工地也来山川砂石场要求进货，这时光靠增加工人已经有些吃不住了。当许伟打听到一个在江庙机械厂定购了一艘采砂船的江庙砂石老板，因为身患重病无法经营下去时，便向

赵国栋提议买下那艘采砂船，赵国栋接受了许伟的建议。

不能不说这个决定相当明智，价值九万元的采砂船一送到河滩地，立即发挥出它机械化作业的优势。在工人一个没增加的情况下，生产效率提升了三倍有余，有了底气，许伟也就大模大样地接下了来自平川方面的进货订单。

仅仅是十一月份，砂石产出就增长了两倍有余，赵长川仅从江口二建司就结账超过四万元，再算上其他工地的进货收入，十一月份砂石场纯利润竟然超过了六万元！如果不是赵德山赵长川两兄弟的心思已经完全被宾州沧浪之水矿泉水厂的项目给占了，赵家两兄弟也不知道自己能不能抵御这份诱惑重新回到砂石这个行道上去，好在赵国栋的敲打鼓励让两兄弟的目光看得更远。

砂石这个行道无疑来钱最快，但是也是层次最低、最具风险性的行业，一旦安蓝公路这个大型项目竣工，以后就很难再达到砂石场现在这种效益水平了，这一点赵国栋很清楚。作为资本原始积累，实际上砂石场已经完成了它的历史使命，如果不是许伟的到来，赵国栋甚至打算等宾州那边的矿泉水项目一走上正轨就转让这个砂石场。不过现在看来，这玩意儿还可以适当保留一段时间，让它再贡献一分力量。

出于对许伟合理化建议的奖励，赵国栋给了许伟五千块钱的奖金，这让许伟诚惶诚恐，半天不敢收下这笔不知道该不该拿的意外之财。在纺织厂的同龄人中，仅仅三四个月，他就成了年轻人中仅次于赵家几兄弟、卿烈彪、房子全之后的名人，虽然他实际上算不上是纺织厂子弟。

花六千块钱买的一辆二手嘉陵125摩托车让许伟时不时意气风发地在厂里兜来兜去，这让听到消息赶到厂里的二舅大骂儿子是个典型的败家子。如果不是老赵头拦住，估计赵国栋二舅真的要暴打这个眼中只有赵家几兄弟的儿子一顿。

相较于工作上的烦心，赵国栋觉得自己在经济上很宽裕，砂石场虽然无法给宾州矿泉水项目提供太多的资金帮助，但是满足自己的个人需要还是绰绰有余的。若是没有这玩意儿源源不断地赚钱，自己的生活也不可能如此潇洒自在，至少这套房子以及去假日花园消费的底气就没有那么足了。

这套一百二十平的房子加上简单装修花了赵国栋将近五万块钱，除了一张厚实的床垫和一台康佳彩电，房子里空空如也。

房子装修好一两个月了，赵国栋也只在这里歇息了几天，大多数时间赵国栋宁可在派出所寝室里住。

没人气的房子住在里边倍觉阴冷，赵国栋蜷缩在床垫上，如果这时能有一个女孩子陪在一旁，那味道肯定大不一样，难怪有些地方把老婆说成暖脚的。

手机价格又在暴跌了，自己为朱星文买的那部8900不到半年时间就完成了它的历史使命，赵国栋看好像落在办公室主任手上了，当然号码还是朱星文的。现在最流行的是刚出来的折叠式摩托罗拉9900，几乎所有局领导都在一夜之间玩上了9900，据说那个机型价格连番暴跌之下已经跌破了两万，这让赵国栋再度感叹通信设备的日新月异。

赵国栋琢磨着自己是不是也该装备一部手机了，传呼机实在不太方便，只是这部手机应该由管委会替自己配才对。

躺在床上的赵国栋辗转反侧，浮想联翩。

水产业应该是一个很有前景的行业，赵国栋绝不会放过，哪怕是赵长川他们失败了，也可以再来。现在的国内水业市场还处于培育期，跌倒还能再爬起来，再过几年进入群雄争霸时期，想要再进入那就难上加难了。

不过赵国栋并不打算过多地介入赵长川他们的具体操作，他给自己的定位就是指点发展方向，困境时能帮忙就帮帮忙，具体事务由赵长川他们自行处理。他甚至希望如果这个企业能真的成功建立起来，赵长川他们都应该渐渐退出具体经营。在赵国栋看来，赵长川他们顶多也就是能打打江山，把握住所有权，要想让一家现代企业壮大起来，必须要依靠这一行的职业经理人。

或许自己的思维太过超前，但是潜意识告诉自己这是每一家现代企业的必经之路，随着时间的推移，企业家们都会逐渐明白这一点。

蔡正阳告诉赵国栋安都市委市政府已经明确了要在安都市辖两三个县进行国有和集体企业产权改革试点，江口县极有可能入选。要求进行改革试点的企业可能会是经营困难的，也有可能是效益良好的，总之试点要在各个行业的企业中推行开来。

赵国栋琢磨着如果江口二建司改制，自己是不是该帮杨天培一把。光靠杨天培自己的实力难以在江口二建司改制中取得主宰权，除了内部职工入股外，可能还会引入一些外部资金来完成对集体资产的回购，这是机会，当然也有风险。

赵国栋很看好杨天培的经营能力，除了他本身的业务能力之外，赵国栋更看重杨天培这个人的品性，坚韧而不固执，执着而不拘泥，而且交际能力也不弱。这样一个人如果能够给予他主宰经营企业的权力，再加上一些合适的机遇，赵国栋相信他一定能一展才华。

建筑行业在这个时代还算是利润相对丰厚的行业，但是这种不大不小的集体企业的体制限制了企业的发展。随着建筑行业竞争日趋加剧，要想让企业获得发展生机，唯有不断壮大自身，最好的办法就是扩大经营范围，逐渐向地产行业渗透。

想到这儿躺在床上的赵国栋不由得哑然失笑，自己可真是好高骛远了，宾州那边的矿泉水项目还没落实，就在做梦几年后要和国际水业巨头们一较高下了。这边刚刚闻到要改制的气息，就在勾画日后地产巨舰的梦想了，不过话又说回来，连梦都不敢做，又何谈努力奋斗？

不管最终成功不成功，至少自己努力过拼搏过，仅此一点也值得。

赵国栋在满怀憧憬中沉沉睡去，睡得如此之香，居然没做一个梦。

瞿韵白接到梁建弘的电话通报时又喜又忧，喜的是赵国栋如果分管招商引资这一块，自己可以轻松许多。赵国栋虽然年轻了一点儿，但是他表现出来的交际能力令人刮目相看。然而开发区周边环境的整治和维护工作又让她有些担心，赵国栋一旦甩开派出所那边的工作，派出所还能不能像先前那样强势，还能不能震慑周围那些一直处于观望状态的不法分子，这一点瞿韵白尤为担心。

但是相较于迫在眉睫的招商引资压力，这个问题又可以忽略不计了。如果连开发区都保不住了，那周边的社会治安环境好不好也就无关紧要了，至少与自己无关了。连开发区都不存在了，自己这个开发区管委会主任自然也就寿终正寝了。

梁建弘在电话中转达了县里党政主要领导的鲜明态度，江口开发区的面貌必须要在明年五一节之前改观。在这不到半年的时间里必须要引进不少于五家有一定规模的企业，每家企业的投资规模不得低于三百万元。引资总额不得少于两千万元。而九三年整整一年江口开发区招进来的企业不过区区三家，投资规模不到五百万元！

一夜未眠的瞿韵白憔悴了不少，当赵国栋从江口赶回安都市区的会议中心时，她才匆匆梳妆打扮完走出来，不过赵国栋还是轻而易举地觉察到昨晚这位瞿姐大概没有休息好。

"瞿姐，怎么了？脸色怎么这么难看，没睡好？"赵国栋故作不知地道。

"哼，你少在我面前装，梁县长已经正式通知我了，彭晓方的工作由你来接替。也就是说，从现在开始，咱们俩就是拴在一条绳子上的蚂蚱，跑不了你，也跑不了我。明年五一之前如果开发区工作没有大改观，你我都只有下课走人的分儿。"瞿韵白板起脸道。

美女即便是板起脸也别有一股味道，凤目含威，柳眉斜挑，乍一眼看过去还真有点官威，不过在赵国栋眼中除了别有一股韵味之外，实在难以起到其他效果。

"瞿姐，光脚的不怕穿鞋的，你当主任的都不怕，难道说我这个挂职副主任还怕了？大不了我就回我的公安局吧。"赵国栋笑嘻嘻道，"不过我倒是有信心让我们江口开发区来个大改观，昨天那几个客商都有些实力，我打算好好把那几个家伙给吊着，只要他们在安都建厂，我就绝不让他们跑出江口开发区！"

"噢？"听得赵国栋这样肯定，瞿韵白星眸也是一亮，脸色也一下子好了许多，"你这么有把握？"

"事在人为，瞿姐不是说咱们都拴在一条绳子上么？就算我本人无所谓，但我也得对瞿姐的后半生负责啊，是不是？"

赵国栋略带暧昧的语言一出口，瞿韵白脸色就微微一红："没大没小，敢拿这种话来调侃你瞿姐。"

实际上瞿韵白在乡镇和企业工作时也没少听这种语意丰富的语言挑逗，不过她都是装出一副不懂或者无所谓的态度敷衍过去，根本没在她心中留下一点印痕。唯独这个比自己小了好几岁的大男孩有意无意的话语让她很是在意，不时拨动她内心深处那根心弦。

"嘿嘿，我只是说作为副主任在工作上自然要对主任负责，瞿姐可千万别想歪了，我可是思想很纯洁的有志青年。"赵国栋装出一本正经的样子道。

"得了，你就在你瞿姐面前耍贫嘴吧，我看你前天在那几个女孩子面前可是一副缩头缩脑的模样，也太毁形象了吧。"瞿韵白白了对方一眼。

赵国栋没有想到自己和古小鸥她们的接触瞿韵白会这么感兴趣，这倒是有些出乎他的意料，一般说来一个女人对你关注，要么是有利害关系，要么是有感情纠葛，自己和瞿韵白之间属于哪一种？总不可能是第二种吧？

赵国栋狐疑的目光看得瞿韵白心头一阵发慌，对方似乎意识到了什么，瞿韵白努力保持着矜持和镇定："怎么了？犯什么病了，做出这副疑神疑鬼的样子？"

"没啥，没啥，只是觉得今天瞿姐好像有点儿古怪。"赵国栋似笑非笑地瞟了对方一眼。

"有什么古怪，难道隔了一天瞿姐就变了不成？"瞿韵白有些心虚地将头扭到一边，"走吧，今天应该进入贸洽会的高潮期了。我看华阳、望塘几个县的开发区管委会主任都十分活跃，看来我们不努力真的会被淘汰的。"

"瞿姐，这样漫无目的地寻找投资者没有多大意义，我觉得我们还是应该按照我们的定位，去寻找合适的接洽对象。既然我们已经确定江口开发区以接收汽车配件产业和机械加工企业为主要发展方向，那我们就应该有针对性地去做工作，留孙琴在这里坐镇足够了，我想我还是去盯住那几个重点目标更妥当一些。"赵国栋摇摇头。

瞿韵白略加思索便果断地道："国栋你说得很对，但是这边毕竟是主会场，我们还是得留下人坐镇。这样，我和小孙在这里，你带上黄主任去联络。"

当黄中杰得知县里已经决定由赵国栋来接替彭晓方分管招商引资这一块工作时，他心里也是百味陈杂。

彭晓方的水平摆在那里，就算是在开发区也是个摆设，如果不是他背后有关系，在开发区根本就站不住脚，所以他不得不依靠自己来开展工作。而且彭晓方也明确向自己许诺过，只要自己替他卖力，他一离开就会向县里推荐自己接替他的工作，虽然这也许是一种手段，但是对于黄中杰来说却是一个不小的诱惑。

黄中杰清楚自己的优势和劣势，优势是自己是正牌大学毕业，虽说不是名牌大学，但在开发区里也算是屈指可数的高学历。工作能力自认还行，和上下级关系处得都还不错，唯一的缺憾就是没有过硬的关系。

虽然前一届管委会班子和这一届的瞿韵白对自己的评价都不错，但是他们也只有让自己当上管委会的中层干部的权力，超越这一级就不是他们所能控制的了，何况黄中杰自认为还没有达到能够让瞿韵白不遗余力推荐自己的地步。

瞿韵白这个女人初一接触感觉除了外表很漂亮之外，似乎看不出什么特别突出之处，但是只要接触一段时间你就会意识到能坐上管委会主任位置自然有其不凡之处。外和内刚，或许在做出决定之前有些犹豫，但是一旦做出决定，那就决不退缩，颇有点儿到了黄河心都不死的味道。

黄中杰一直希望能够得到瞿韵白的认可，但是始终未能如愿。虽然黄中杰已婚，但是如果能够赢得瞿韵白这种风姿独特的女人的好感，相信每个男人都会不吝表现的。瞿韵白和每个人似乎都相处很好，给人感觉如沐春风，但是骨子里森严的防备心理只有在你想要进一步和她发展关系时才会觉察得到，这是黄中杰屡屡尝试之后得出的结论。这是一个男人难以走入她心扉的女人，不知道是什么原因造就了她这种特异的心态。

每当赵国栋和瞿韵白谈笑风生时他都会感觉很奇怪，为什么赵国栋这个家伙就能和瞿韵白在那么亲密的氛围下谈话？

这让他很是不解，莫非瞿韵白真有老牛吃嫩草的特殊癖好？虽然这形容有些夸张，但是瞿韵白至少比赵国栋大五六岁，他不相信二人之间会有姐弟恋发生，以赵国栋的人才模样也毋须如此下作求上进吧。

彭晓方能从宣传部的一个普通干部调到管委会任副主任，谁都清楚他背后是郭占春。据说是彭晓方的父亲和郭占春家族有些渊源，这也使得这个彭晓方能够在管委会副主任位置争夺战中一骑绝尘。

赵国栋的上位让黄中杰有些沮丧而又不忿，想一想这个比自己小了将近十岁的家伙居然要凌驾于自己之上指挥自己工作，他心气就不顺。先前还能和睦相处，那是因为他不过是派出所所长挂着副主任这个职位罢了，而现在，他却要光明正大地来领导自己了。

赵国栋也敏感地意识到了黄中杰情绪的低落和抵触，虽然对方竭力想要掩饰。

不过赵国栋并不在意，任何人有这种情绪都正常，换了自己也会一样，问题在于情绪平复之后如何对待。如果黄中杰一直持这种态度，即便是自己主动沟通也不奏效，那他也会毫不犹豫地建议撤换掉这个招商引资办的主任，一个无法和自己配合的下属只会给自己带来麻烦。

接下来两天，赵国栋和黄中杰二人尽可能地收集这次与会的客商中汽配和机械加工产业的代表，并且选出合适的人选进行主动接触。这个时候江口县作为一个名不见经传的郊县劣势便显现出来，许多稍稍知名一点儿的企业并没有和江口方面接触的意图，赵国栋不得不借助蔡正阳的名头来打开局面。

蔡正阳打完一个电话之后，笑着打趣道："你小子说说，这已经是我帮你打的第几个电话了？我都快要变成江口县分管工业和招商引资的副县长了，如果华阳县和望塘县他们知晓我这样不遗余力地为江口县摇旗呐喊，那我还敢回华阳，去望塘？就是碧池那边也得对我心怀不满吧？"

"嘿嘿，蔡哥，让一部分人先富起来只是手段，共产党人的目的是要让所有人都富裕起来，实现全人类共同富裕！现在华阳、望塘那边的招商局和开发区已经应接不暇了，你何苦去锦上添花？我们江口可是眼巴巴地指望着你，急需雪中送炭啊，你帮我们江口于公于私都是体现一个分管副市长的博大胸怀吧？看看你们市招商局对待我们下游县的态度，就知道你们市里的想法，这是一种发自骨子里的狭隘偏见和浅薄意识……"

赵国栋信口胡诌的论调让蔡正阳啼笑皆非，这个家伙最擅长的就是把一件严肃的事情说得轻松无比，再把一件原本无关紧要的事情用极其严肃正经的语气和态度发挥出来。

不过蔡正阳喜欢这种氛围，只有这个时候他才觉得自己可以无拘无束地随意发挥而无需顾忌什么，拿赵国栋的话来说，这是一种心理排解手段，有益于健康。

"得了，得了，少给我来这一套，我知道你口才好，行了吧？还是你自己说说该怎么感谢我吧。"蔡正阳连忙挥手制止还欲借题发挥的赵国栋，真要给这个家伙一个平台，弄不好他还真能把人给忽悠得不知道东西南北。

"嗯，假日花园喝咖啡咱们也腻了，君悦咋样？要不就凯宾斯基，新开的，听说那里的意大利通心粉很不错。"赵国栋眨眨眼睛。

"一顿饭就把我打发了？"蔡正阳怪叫起来，"我这个副市长的电话也太不值钱了吧？"

"那行，事情成了，我给你两万佣金，问题是你敢要吗？"赵国栋故作不屑地撇撇嘴，"共产党人任何时候都要吃苦在前，享受在后。蔡哥，你就老老实实夹着尾巴做人吧。"

被赵国栋的调侃打击得没有半点儿脾气，蔡正阳笑着摇摇头："你小子，是把你蔡哥吃透了。不行，再咋也得给我添一顿咖啡。"

"行行行，堂堂一个副市长，咋就整天琢磨着敲诈下属一顿饭呢？我们干部的思想就这层次，安都市经济怎么能发展起来？"赵国栋负手在蔡正阳办公室里走了一圈，"我建议常委们应该好生考虑一下如何提高我们干部的素质，援朝部长，这一点希望你在下一次省委常委会上提出一个可行性方案来，我要亲自过问。另外老林，纪委也要有针对性地对领导干部吃拿卡要现象做出安排部署，开展一次整顿机关工作作风的活动，放任这种现象蔓延会严重影响到党委政府的声誉！"

赵国栋模仿电视里省委书记季成功的腔调语气铿锵有力地道："我希望在座的常委们都要向江口县委书记赵国栋同志学习。学习他那种全心全意谋发展一心一意搞建设的精神，唯有这种锲而不舍金石可镂的精神才能构筑起我们安原省经济腾飞的脊梁！"

蔡正阳被赵国栋这番表现逗得哈哈大笑，这个家伙不去演电影实在太可惜了，还把自己定位为江口县委书记，不过这倒真的勾起了蔡正阳的一些想法。

"国栋，这次你从公安脱身分管开发区的招商引资我看是一个相当难得的机会。你正好可以利用这个机会好生拼搏一番，向你们县领导证明一下你的能力。江口开发区现在虽然情况不佳，但是正好可以展现你的能力。明年省、市清理开发区的风声都已经吹出来了，想必你也听说了，你们江口开发区是被裁撤的首选目标。如果你能成功逆转省市两级的看法，我想你们县委县政府乃至市委市政府都不会视而不见的。"

"嘿嘿，蔡哥，你别说，我当初之所以煞费苦心请柳哥出面，就是觉得到开发区是个机遇。现在机会真的来了，只不过这个机会有点儿置之死地而后生的味道。干不好，开发区被裁撤，我自然就灰溜溜滚回公安局了。干得好，就像你说的，也许就是一条康庄大道，背水一战啊。"赵国栋语气也变得有些深沉。

蔡正阳满目欣赏地点点头，拍了拍赵国栋的肩头："国栋，没有压力哪来动力，好好干，需要我帮忙的，就别碍口识羞，兄弟间，客气就显得虚伪了。"

"蔡哥放心，该劳烦你的，你就是想推也推不掉。我脸皮可够厚，比如说今天晚上就得你管我晚饭不是？"赵国栋顺势躺在沙发上笑道。

"你小子，不是才说该你请我么？"蔡正阳摇摇头笑道，"走吧，正好今晚我请我的导师吃饭，你就跟着混一顿吧。"

"导师？蔡哥在攻读研究生？"赵国栋眨眨眼睛，这年头，要在官场上混，两样不可或缺。年龄是个宝，文凭少不了。蔡正阳不过四十二三岁，正当壮年，不大可能为本科文凭而奋斗吧。

"嗯，不读不行啊，不过话说回来，虽然是三天打鱼两天晒网的这么去读一读，也还是能感受到一些新鲜东西，增长一点见识，值得。国栋，大专文凭现在看起来还行，但是对你日后来说恐怕是个坎，而且你读的是公安专业，范围太狭窄了。我建议你去拿一个本科文凭，这是最起码的。而且最好学学经济管理这类综合性学科，最不济也要学法律。"

蔡正阳在赵国栋面前也没隐瞒什么，他们这个年龄这个位置要想沉下心来安安心心攻读研究生课程，本来就不太现实。能够三天打鱼两天晒网地去上上课已经很难得了，不过他希望赵国栋最好还是去好好拓展一下知识面，或许赵国栋表现出来的知识渊博程度远远超出一个大专生，但是人事部门只承认国家教育部门颁发的学历证书。

"嘿嘿，蔡哥，我已经报了名在读了，安原大学工商管理系，不过是函授的。蔡哥，咱们算不算校友呢？"赵国栋笑了起来，"就凭这，你也该把我这个学弟带去混个脸熟，是不是？"

晚饭就安排在安原大学南门外不远的华亭酒店。

这是一家由台湾老板经营的高档酒店，主营潮汕菜。按理说安原这边来自福建台湾那边的外地人并不算多，但是也许是物以稀为贵，或者安都市区也没两家正宗的潮汕菜餐厅，总之在粤菜海鲜开始风行的安都市区里这家潮汕菜馆还算颇有名气，而且也吸引了不少闽台客人之外的本地人来品尝。

赵国栋还是第一次品尝潮汕菜，炒乳鸽子松、油泡肚尖以及焖芦笋鲍是这家餐厅的拿手菜，再加上随配的清汤虾把和红焖鱼翅，小吃叫了春饼和凤眼饺，一餐饭几个人吃下来也是价格不菲。

蔡正阳的导师裴怀远是安原大学颇有名气的学者，不过这位先生却不像赵国栋想象的那样清高孤傲，言谈间甚是随和风趣，大有一副入世随俗的味道，这让赵国栋很是尊重对方。

蔡正阳在安原大学国民经济学专业研究生班学习，平素去的时间并不多，但是蔡正阳还是每每将请假条递送上去。尊师重道的规矩蔡正阳还是相当遵守的，这也让裴怀远对蔡正阳原本就不错的看法更好了。

裴怀远对蔡正阳带这样一个小伙子来作陪很是惊讶，起初还以为是蔡正阳的子侄辈。蔡正阳的秘书他是认识的，但后来才发现赵国栋和蔡正阳竟然是平辈论交，俩人关系十分熟络，尤其是无意间谈及国内经济发展状况时，裴怀远才感觉到蔡正阳把这个小伙子带来居然有特殊目的。

虽然赵国栋小心翼翼地注意着自己的措辞，但是裴怀远还是没花多大精力就从赵国栋口里掏出了一些新颖的看法。国退民进，竞争性行业国家的退出，小政府，大社会，命脉型企业国家垄断，这一系列在十多年后原本是相当普遍的口头禅，但在九三年底却显得这么突兀荒谬。当然这只是普通人眼中的看法，对于安原省内颇有名气的经济学者来说，这些如狂涛一样冲击着裴怀远的思想。

赵国栋也意识到自己的观点给这位素以开拓创新思维著称的学者带来了一些困扰，原因就是自己提前点出了今后国家经济发展的方向。存在于他潜意识中的这些观点，在这个时候极易引发无限风波，好在自己不过是一个微不足道的人物。但是如果这些观点从裴怀远这样的知名学者嘴里说出来，只怕就没有那么简单了。

赵国栋去替蔡正阳开车时，裴怀远若有所思地看着赵国栋的背影："正阳，这个小伙子是干什么的?"

"安原大学的学生啊。"蔡正阳笑着道。

"噢，哪个系的?"裴怀远眉毛一动。

"裴老动了怜才之意?"蔡正阳嘴角含笑，"不过很可惜，他只是安原大学经济学专业的函授学生而已。"

"函授?"裴怀远皱起眉头。

"嗯，他本职工作是江口县开发区管委会副主任。"蔡正阳点点头。

"嗬，县级开发区管委会主任能有如此敏锐的观察力和新颖的观点，不简单啊，安都市人才鼎盛若斯?"裴怀远显然不大相信蔡正阳的说辞。

"裴老觉得他的观点很独到?"

"独到说不上，他的这些观点其实很多国家的经济学者早就提出过，国外的期刊杂志上都有，算不上十分新鲜的东西。但是他能够切入我们国内的实际情况来分析，这就不容易了。目前我国经济处于高速发展期，通货膨胀抬头，国家对经济控制力有些失控，他竟能提出国退民进的设想，这就不是一般学者敢说的了。当然这也许和他的身份有关，无所顾忌嘛，但即便是这样也很不容易了。"

裴怀远摇摇头："竞争性行业国家放开，甚至可能逐步退出这已经有了趋势，政府要做自己该做的事情，就不得不把精力从企业管理中抽出来。过多地干预企业运行只会适得其反，用市场经济规律来优胜劣汰才是正道。政府需要做好的是如何调节掌控，如何实现平稳过渡，如何保证可能带来的下岗失业者的劳动权。"

蔡正阳若有所思地点点头，裴怀远和赵国栋有不少观点一致。那就是国家放开竞争型行业，任由甚是鼓励私营企业进入，引入市场竞争机制，由市场规律来决定企业的生存权。政府不应当将精力放在如何管理这些企业上，要以引导为主，同时将更多精力放在确保这些国有企业在竞争中败下阵来之后带来的各种问题，如下岗职工安置再就业问题。

黑色的公爵王无声地滑行过来，赵国栋在路边泊好车，见蔡正阳和裴怀远谈兴正浓，就站在一旁等待。

"咦?"赵国栋听得背后一个女孩子的声音有些熟悉，转过头去，见两个女孩子站在自己身后，不是乔珊是谁?

"呵呵，乔珊妹妹啊，真是人生何处不相逢啊，怎么，出门买点儿东西?"赵国栋一看两个女孩子都是一身休闲打扮，那模样大概是要出门去购物。

乔珊脸微微一红，这个男孩子给自己的印象很深刻，虽然言语似乎有些轻佻，但是并不令人讨厌。看到女伴狐疑的目光和对方若有若无的笑意，乔珊发现自己平素引以为傲的矜持一下子就消失无踪了。

"你在这儿干什么，等小鸥？"

"小鸥？噢，不，陪你们裴教授吃顿饭。"赵国栋怔了一怔，耸耸肩，笑了起来，"顺便倾听裴教授的教诲，咱平时可难得听到裴教授的教诲。"

顺着赵国栋的目光望过去，乔珊才发现学校颇有名气的经济学者裴怀远与一个男子言谈正欢，顿时大感惊讶。

裴怀远虽然平易近人，但是并不喜欢接受宴请，不是随便什么人都请到裴怀远的，这一点在安原大学里也不是什么秘密。

屡屡有所谓的知名企业家辗转托人请裴怀远在什么君悦酒店或者协和饭店一类的五星级酒店吃饭，都遭到了婉拒。没想到居然会和眼前这个家伙一起吃饭，这华亭酒店虽然也很有特色，但是比起协和饭店或者君悦酒店这些五星级饭店来自然没有可比性，唯一的原因大概就是邀请人了。

见乔珊望过来的目光有些怪异，赵国栋挠挠脑袋解释道："别误会，我还没有那面子能邀请到裴教授吃饭，不过是当了一回陪客而已。那个人才是邀请人，裴教授是他的导师。"

赵国栋的话让乔珊更觉奇怪了，她学的是西方经济学，裴教授也给她授过课。除了毕业会餐之外，她还从没听说过裴怀远接受过学生的宴请，即便是那些功成名就来混研究生的也一样。

"陪客也很荣幸啊，裴教授一般是不在外边吃饭的。"乔珊扬起眉毛道。

"那我是不是该去和裴教授合个影，以证明我是有资格陪裴教授吃饭的？"赵国栋也笑了起来。

一句话逗得乔珊也展颜微笑，俏丽的圆脸上酒窝隐现，清甜可人。

"国栋！"

听蔡正阳招呼自己，赵国栋这才挥挥手："好了，我该走了，后天见。"

"后天见！"乔珊也大大方方地挥了挥手。

钻进公爵王的赵国栋发动汽车，平稳地滑行到蔡正阳和裴怀远面前，然后下车，紧走两步到裴怀远面前："裴教授，今天能得裴老的教诲，学生备感荣幸，不知道还有没有机会能得垂聆？"

"呵呵，小伙子，别这么酸，我没想到你也会这么注意国外学者对我国经济发展的看法。嗯，还能结合自己的一些观察，不错，不过我给你提一个建议，多在经济基础学科方面下些工夫，对你会大有裨益的。"

裴怀远也笑着道，他对赵国栋的印象相当好。言谈间，知礼而不卑，大方但不骄狂，这样的年轻人现在可不多见了。只是这个年轻人的看法虽然有些深度，但是却对专业知识一知半解，这让裴怀远也是困惑不已，这种现象他还很少遇到，能够对国家的一些政策和发展方向提出这样有深度的看法和意见，按理说只能是这方面的行家，但是对方显然不是。

"谢谢裴老指点，我会努力的。"赵国栋当然清楚自己这半吊子的本事，如果不是潜意识对经济发展走向特别敏感，自己这点水平要想和对方探讨，纯粹是痴人说梦。而现在居然也能入大家法眼，还能博得些许好评，他已经很满足了。

"裴老，我们送您回去?"蔡正阳拉开车门道。

"不用了，就在门前几步路，我还想散散步活动活动呢。"裴怀远摇手拒绝了蔡正阳的好意，"你们走吧，正阳，你和小赵可以多来我这里坐坐，我有搞一个研究课题的想法，也想听听你们这些实际接触者的介绍和想法。"

"呵呵，裴老，您的召唤对于我们可是如聆纶音啊，求之不得，岂能不来?"蔡正阳笑道，"您随时打电话，我和国栋立时听候您的召唤。"

乔珊的女伴好奇地瞅着上车绝尘而去的蔡正阳和赵国栋，"珊珊，那个家伙是谁啊? 好像和你挺熟的，挺牛的样子，居然还能和裴教授走在一块儿。"

"嗯，小鸥的一个朋友，在一起吃过一次饭。"乔珊收回目光，"好了，走吧。"

"吃过一次饭?"乔珊的话显然让女伴产生了歧义，"都已经在一起吃饭了? 哇，珊珊，你不是说读大学不谈恋爱么? 才进校一年多你就变卦了?"

"谁谈恋爱了!"又气又急的乔珊对自己这个有些八卦的女伴也是无可奈何，"我们不过是一起吃了一顿饭，还有古小鸥和童郁在一起呢。"

"有古小鸥和童郁在? 在哪儿吃饭?"女伴显然是一个天生的八卦女，兴致盎然地问道，"瞧这个家伙居然还开了一辆小轿车，如果不是司机，那就真的有些来头了。"

"他不是司机，但也没啥来头。"乔珊见女伴如此感兴趣，苦恼地道，"我们不谈他行不行?"

"哟，他是谁啊？都用他来称呼了，珊珊，意味深长啊。"女伴越发兴奋，打趣道，"看来我们603室的冰心玉女春心萌动了。"

羞怒交加的乔珊要去扭女伴的嘴，却被女伴躲开，一边笑道："珊珊，你想要杀人灭口啊，怕什么怕，这年头恋爱自由，谁还能说啥？"

"你别胡诌，小心让小鸥听见。"乔珊还真怕被古小鸥听见，虽然不太清楚古小鸥和那个家伙之间是什么关系，但是看得出来古小鸥和对方很熟悉。只是有没有那种关系，乔珊也不得而知，但是若是让古小鸥知晓，肯定会不高兴。

"听见又怎样？现代社会，公平竞争，你可以选择他，他也可以选择你，谁也不能勉强谁。何况感情和缘分这个东西不是你的，你强求也不是你的，是你的，左躲右闪还是会撞上来。珊珊，我不是劝你要和别人争，但是真要轮到自己头上，那也得当仁不让。"女伴的话语变得正经起来。

"嗨，根本就没有那回事儿，你在胡乱说些什么呢？"乔珊佯装恼怒地走开，"不和你说了。"

"没那回事儿就没那回事儿呗，你害羞什么？"女伴笑着上前拉住乔珊，"走吧，别人还等着你后天再见呢。"

两个女孩子嬉笑打闹着离开了，丝毫没有注意到旁边一辆夏利车里坐着另外一个女孩子，目光迷惘而又复杂地望着她们的背影。

唐谨万万没有想到会在这种场合见到赵国栋，蒋伟才恰巧要到安原大学办事，唐谨不愿意陪他一块儿去，就一个人坐在蒋伟才的车里闷闷不乐，却没有想到赵国栋会从华亭酒店里出来。

看见赵国栋从黑色的公爵王上下来，站在车旁，两辆车相距不过十米，但是就是这十米却如咫尺天涯，唐谨觉得自己像是喘不过气来一般难受。一种说不出来的憋闷堵在心头，嘴唇发干，脸颊发烫。唐谨不知道自己为什么会有这种感觉，如波涛般起伏不定的情绪笼罩着她。

赵国栋显然是陪着另外两个人来的，那两个人从言谈举止上来看就不是一般人，赵国栋来这里干什么？唐谨努力让自己的情绪平复下来，把注意力放在赵国栋为什么会到这里来这个问题上。

两个女孩子和赵国栋亲热地谈笑一下子让唐谨如坠冰窖，浓烈的寒意超过了十二月的寒风。乔珊的青春靓丽让唐谨竟然生出一种自惭形秽的感觉，看着那个女孩子修长匀称的身材，秀美的脸庞以及热情的笑容，唐谨发现自己的泪水在不知不觉间沿着脸颊流淌下来。

唐谨知道那个女孩子和赵国栋其实并没有多么熟悉，她的眼泪也不是为赵国栋和那个女孩子的关系而流，但是却有一种莫名的伤感笼罩着她。

蒋伟才不好么？现在看不出来，但是唐谨发现自己对他有一种本能的排斥感。交往几个月，蒋伟才甚至连自己的手都难得牵到一次。蒋伟才的英俊潇洒，蒋伟才的体贴殷勤，蒋伟才的上进努力，一点一滴浮现，但是却又那么平淡。这些虽然在单位和家里受到交口称赞，但是唐谨总觉得他缺一点东西，一点让人怦然心动的东西。

这种生活究竟还要持续多久？唐谨不知道，她从没有打听过赵国栋现在的生活状况，甚至不想听到有关江口县的任何话题，她不知道自己是在躲避还是在刻意淡忘。

看得出来赵国栋心情很好，和那个女孩子之间的谈笑也是惬意闲适的，那张一度距离自己如此之近的面庞又在面前浮动，但是带来的却不再是阵阵悸动，而是带着伤痕的抽搐。

往事不堪再提，空留残情几许？忘了你却太不容易，自己该何去何从？

一直到赵国栋上车绝尘而去，唐谨还在默默地问自己。

第十六章　他要改变他们的命运，让他们去经受财富风暴的洗礼

赵国栋觉得自己仿佛站在一个高高的山巅之上，感受到财富滚滚奔涌而来的磅礴气势。他相信，即便自己不踏入，一样可以辉煌精彩。他扶持训导着德山和长川，培养他们成长，还有赵灵珊和刘成，再加上房子全……他们在自己面前已然形成了一个可供管理领导的群体，一个具有远大前景的家族企业隐然形成，而他则藏身其后。

赵国栋的心情格外愉悦，从蔡正阳那里得到的消息是安原省政府已经正式和国家计委、国家经贸委进行了沟通，就韩国大宇与安原汽车厂组建合资企业的一系列问题提出了安原省的想法和意见，而国家计委和国家经贸委正在就安原省方面的想法进行评估和讨论。

几乎可以肯定，安原省的意见得到了国家计委和国家经贸委一些主要领导的认同。那就是要将安都打造成为中西部地区的重要汽车生产基地，不仅仅是目前的安汽和大宇的合资项目，还涉及日后安原汽车产业的一系列举措。

对于安原省表现出来的热情，国家计委和国家经贸委都表示了支持。在中西部接合地区打造出一个汽车产业的重要基地无疑对整个中西部地区的汽车、机械、电子、化工、纺织产业都有相当大的推动作用。而安原省承上启下的区位优势也得以凸显出来，安汽和大宇的合资项目无疑是一个最好的开端。

这也使得中方和韩方的一些矛盾得以消融，中方在合资规模上放开了口子，而韩方则在国产化率上做出了让步，一个初期五万辆、中期十五万辆、远景规划三十万辆轿车的项目终于达成一致。

在苏觉华和宁法的建议下，被整合进安汽集团的安原客车厂与大宇集团关于合资生产大型豪华客车项目的谈判也将迅速启动，以求能够让安汽大宇项目成为一个能够覆盖更多产品层面的全方位体系。

即便不算刚刚开始谈判的大型豪华客车项目，安汽与大宇的轿车项目就已经是一个相当可观的成果了，足以成为这次贸洽会的最大亮点，这也是安原省极力想要达到的目的。作为中西部地区有着承上启下地位的重要省份，安原省竭力想要甩开一切束缚让经济先行一步，成为整个中西部地区的经济头羊。

这个项目的即将敲定也为江口开发区带来了巨大的发展前景，除了先期接触的那几个江浙汽配企业，经过蔡正阳的牵线搭桥，赵国栋又陆续接触了几家来自广东的汽配生产商。他们都表现出了在安都投资的愿望，当然这都要以安汽和大宇的合资项目作为前提。

赵国栋认为这是贸洽会即将落幕前江口开发区的最后一次机会，被邀请到的几位客商都是具有一定实力且有一定投资意愿的企业家。赵国栋和瞿韵白以及黄中杰三人把这些天来所有接触过的客商和代表都进行了一次筛选，然后逐一进行分析评估，最终筛选出十人作为这次江口县开发区的重点公关对象。尤其是在安汽大宇合资项目即将签约之际，这几个投资者的倾向性就显得格外重要了。

今天晚上的瞿韵白无疑成为了一颗耀眼的明星，虽然改成了相对柔和的红酒，但是这种高脚大杯依然具有相当大的杀伤力，而红酒的后劲会逐渐释放出来，这相当考验饮酒者的坚持力。

瞿韵白略显红润的脸庞显得格外娇艳，淡妆之后的她充分展现出开发区管委会主任的自信心和支配力。席间笑语如珠，气氛也显得相当轻松活跃。

赵国栋适时地收敛起了自己的锋芒，他明白这时应该将聚焦点让给瞿韵白，前期他和这几位企业老板都处得相当融洽，陪着这些潜在的投资者把江口开发区每一个角落都跑遍了，不厌其烦地解释着江口开发区与安都其他县区开发区的差别和优劣。而杜子华的永宏汽配厂几乎变成了样板示范点，杜子华的意见也恰恰是这些人最注重的一点。

为什么会在这里投资？在这里投资有什么优势？这两个问题的答案对于

现在的赵国栋来说几乎是倒背如流，连做梦赵国栋都梦到自己在演讲台上慷慨激昂地向台下的企业家们陈述江口开发区的未来和优势。

"朱老板，你和花老板谈什么谈得这么投缘啊？"席间赵国栋表现得十分低调，除了端起红酒向周围几人敬了一敬之外，他甚至没出面打一圈，这种光辉形象还是留给瞿主任去塑造更合适。

"呵呵，赵主任，没事儿。我和老花是老熟人了，聊聊天，该说的我们也说了，该看的我们也看了，几个县开发区情况的优劣我们都了然于胸，现在不过是等消息罢了。"

朱老板就是那个来自浙江温州的中年男子，几次接触中，赵国栋和他也渐渐熟悉起来。这个人虽然挑剔了一些，但是越是这样就越能说明他是真的想在安都投资，所以他也是赵国栋重点关注的对象。

"朱老板的意思是说如果安汽和大宇合资项目敲定，那朱老板就会在我们安都投资建厂？"赵国栋不动声色地问道。

省里组织了一些具有实力的汽配企业主与韩国方面见了见面，在座十人中只有两人有幸参加，其中朱国平就是其中一个，他的凤凰精密铸件公司在浙江汽配界也算是小有名气。

"嗯，应该是这样。"朱国平也不掩饰什么，"不仅是我，老花大概也是这样的想法，但是究竟在哪家开发区建厂我们还没拿定主意，还得看地方政府的态度。碧池区那边的领导也相当重视，昨天他们的区委书记和区长还专程陪同我们考察他们的开发区。"

赵国栋轻轻哼了一声，这个家伙脸皮真是够厚，公然用碧池那边来向这边施压："也是，碧池那边毕竟更近一些，在物流运输成本上可以节省不少。"

朱国平讶异地瞅了一眼对方，这个家伙怎么突然变得冷淡起来了，欲擒故纵？还是觉得招来商引来资变成了那位女主任的功劳？

"老朱说得没错，赵主任，你们江口开发区的条件是不错，但是地价似乎贵了一些。我就不明白，杜子华建厂时地价才多少，这才隔多久，地价就涨了这么多？"

花姓老板也是温州人，年龄比朱国平小一截，二人关系相当密切，可以说搞定朱国平也就能搞定这个家伙。

"两位老板，地价涨了多少？我看根本就没有涨！杜子华建厂时他周边情况怎样？道路设施都还没有建好，水管也是一个月后才铺设，大大地延迟了他的建厂进度。而现在，道路四通八达，甚至连路灯都安设到了每一处，两位老板也去看了，只要一动工，一边建，一边设备就能进场安装，多么方便。"赵国栋端起酒杯举了举。

"至于地价上浮，我觉得这太正常了，通货膨胀这么厉害，难道说地价还能往下跌？我想对于真心想要投资建厂的老板来说，这点价格上的变动根本就不是问题。"

花老板被赵国栋这番话拿捏得有些下不来台，如果一味在地价上争执，又会被对方怀疑实力不够，连在地价上都要斤斤计较。

说实话江口开发区条件不错，尤其是相对安定的社会环境以及丰裕的电力供应，仅这两点许多开发区就无法做到。虽然那些政府官员们一个个胸脯拍得山响，但是只要下去实地查看、了解一下就知道真实情况，多走几家企业一打听，好坏优劣自然了然于胸。

"嘿嘿，赵主任，我看我们还是不要在这个问题上争执了。在合资项目未落定之前，谈这些还为时过早，我们今天不谈生意，只谈朋友间的感情好不好？来，老花，我们敬赵主任一杯，也感谢赵主任这几天对我们的关心和照顾。"

赵国栋大方地拿起酒杯接招，一杯饮下，正好看见朱国平随身夹的包里露出一本书："哟，朱老板这么刻苦好学啊，出差还要学习？"

"呵呵，赵主任说笑了。《倚天屠龙记》，金庸的小说，没事儿我就喜欢看看。"朱国平饶有兴致地道，"看金庸的武侠小说，能学到不少东西呢，不管别人咋说，我就喜欢，我和老花都有这个爱好呢。"

"哦？"赵国栋大感惊奇，没想到这两个在商场打滚的家伙居然还喜欢看金庸的小说，这好像是年轻人的专利才对。

"飞雪连天射白鹿，笑书神侠倚碧鸳！"

"咦，赵主任也喜欢看金庸的小说？"朱国平惊讶之余，顿时生出几分亲切感："不知道赵主任最喜欢金庸小说中的哪一本？"

"金庸的小说号称成年人童话，喜好者又岂止我一个？连邓老都喜欢读，全中国痴迷金庸小说者不下千百万吧？至于把金庸小说等同于一般的通俗武侠小说那纯属腐儒偏见，金庸小说中蕴含的做人行事哲理颇符合我们中国人的传统。尤其是侠义二字更是渗入骨髓，实为国人伦理之精髓。"

赵国栋一番关于金庸小说思想之评价娓娓道来，听得朱国平和花行云二人亦是大为痛快。二人虽然对金庸小说颇为痴迷，但是也只是沉迷于其故事情节，被其兄弟情怀朋友肝胆所打动，要说其中蕴含的哲理深义却又说不出来，赵国栋这番分析顿时如破纸膜，剔透通明。

"好！说得好，我也一直在琢磨金庸小说精髓何在，但是我文化底子差了点，始终琢磨不出其中味道。没想到还能从赵主任这里听到这番评价，这顿饭值了。"

朱国平这番话说得倒是颇为直白，这两天几个开发区都在宴请，他和花行云俩人也吃得腻烦了，但不去又不行。都是同样的话，听上十遍百遍更觉无味，没有想到会在席间遇到赵国栋这个同好者。

"呵呵，朱老板过奖了，我不过是多看了几遍金庸小说罢了，有些书看一遍足矣，有些书多看几遍你才能从中体味到人生真谛。"赵国栋含笑道。

"那赵主任最喜欢金庸小说中哪一个人物？"花行云兴致勃勃地问道。

"金庸笔下的人物不是高大全类的模范型，更像是生活在古代社会的有血有肉的人物，所以才会有这么强的带入感。要说最感人的自然数《天龙八部》中的乔峰，热血男儿，唯有此君。但我暗想即便我身处他那种处境也难以做到他那样。"赵国栋随意地摇摇头，"没有他那样的境遇历练，便难以拥有他那种胸襟气魄。"

"若要说最类同于普通人的角色自然是《倚天屠龙记》中的张无忌，懦弱、忠厚，还有那么一丝花花肠子。若是没有那一身武功，只怕丢进人堆里便泯然众人矣。"赵国栋笑着道，"当然要说男人都想充当的角色自然是韦小宝，狡黠顽劣、贪花好色但是却又心存善良，市井小人中的典型人物，远胜于那些道貌岸然的腐儒们。"

赵国栋的话也激起了朱花二人的共鸣，要说这金庸小说虽然喜欢的人不少，但是真正沉下心来分析一番的却不多。而真正能堂而皇之进行探讨的朱花二人尚未遇见过，即便是二人也是私下讨论一下，未承想能和赵国栋有共同语言，自然大感亲切。

三人一时间便你来我往地说道起来，从《射雕英雄传》的郭靖到《神雕侠侣》的杨过，从《天龙八部》的段誉到《倚天屠龙记》中的张无忌，说得不亦乐乎，还真忘了酒席上的正事儿。

直到瞿韵白端起酒转过来，三人才算是打住话头重入正题。

一顿饭吃下来，朱国平和花行云二人虽然在商言商，不会因为在某个话题上很投机就改变立场，但是对赵国栋这个人却多了几分亲近之意。

不出赵国栋的预料，在君悦酒店举行的新组建的安汽集团成立仪式暨安汽集团与韩国大宇集团关于建立合资公司、建设年产十五万辆轿车项目的签字仪式成了这届贸洽会的落幕大戏。国家计委、国家经贸委以及安原省政府主要领导都在签字仪式后做了热情洋溢的讲话，并表示要推出一系列优惠政策，将安都打造成中西部地区的汽车产业集群示范区。

赵国栋在获知了这一项目的具体内容之后第一时间和最有投资希望的几个客商联系，但是无一例外地得到了对方含糊的回答，看来对投资商的争夺不到最后一刻永远都不能言胜。

一肚子火的黄中杰跑遍了全市几大书城才算买到了宝文堂书店出版的三套金庸小说，他不知道赵国栋怎么会交给自己这样一个任务，而且一副郑重其事的模样。

难道说买几套金庸小说就能换来客商的青睐和投资，黄中杰一想到这儿就禁不住打心底里有些鄙薄。一个啥也不懂的家伙居然还来指挥自己，居然异想天开地想用几套金庸小说来换取对方的好感，实在是可笑之极。

当朱国平和花行云分别收到整套出自宝文堂书店的金庸小说时，已经在收拾行装准备去机场了。赵国栋的诚意和热心让俩人颇为感动，当初在谈及各地出版的金庸小说中哪个版本最好时，赵国栋提及宝文堂书店的版本最为精美。两人也只是表现出了一些兴趣，没想到一天之内赵国栋居然真的把整套书送到两人手中。

坐在机场候机室里，翻阅着古色古香的书页，朱国平也是若有所思，宝文堂书店出版的这套小说封面制作和插页尤为精致，浓郁的古风透过墨香渗透出来，让朱国平爱不释手。

"老花，感觉怎么样？"

"嗯，赵国栋这个小伙子还真有心啊。咱们信口一提，居然就能给咱们送过来，就算是他带有一定的目的性，但这份心我也很心动啊。"花行云也很喜欢这套书，赵国栋这几天的表现给他留下的印象很深。

"嗯，这么一来我们要到安都建厂却不去江口开发区还真有些拉不下这张脸啊。"朱国平掂了掂书本笑道。

书不重要，但是有这份心就不容易。朱国平一直奉行一个原则，做事先做人，要赢得别人的尊重和信任，首先就要看你自己的品行。赵国栋给他的印象是值得一交，年纪虽轻，但是却沉稳有度，虽无深交，但是通过这几天的接触，朱国平自信自己没有看错人，无论于公于私都值得交往下去。

"其实几个地方各有优势，除开赵国栋的这份心不说，江口的优势还是很明显的，社会治安环境好，电价又能获得优惠，我觉得还可以。"花行云点点头。

在几个地方基本条件没有太大差别的情况下，一地主要官员的素质和能力就显得很重要了，朱国平尤其看重这一点。

"看吧，回去商量一下，看来安原这边对这个合资项目相当看重，估计建设速度不会慢。而且安原汽车厂基础条件很好，只要把厂房稍加改造就可以利用，设备一到就可以进行生产。如果我们决定了，这边就得马上行动起来。"朱国平也赞同，"我打算下个星期就飞过来，定下来就不能耽搁。"

"我还以为你要等过了年才动手呢。"花行云也没有料到朱国平说动手就动手。

"这到过年还有一个多月，年前我打算把一切都确定下来，等一开年就全面开工，争取半年内把厂子立起来。"似乎这一刻朱国平就做了决定，语气不再犹豫，"老花，你呢？"

"我这边还有啥说的？既然已经确定了要在这边建厂，那你到哪儿建厂，我也跟着来就是了。"花行云顺口道，"要不先和赵国栋那边说一说？"

"不用，反正我下周就要飞过来，就算是确定下来，也还有很多事情要做。"朱国平摇摇头，"先回去再说吧。"

赵国栋也知道送几套书未必能起到多大作用，他也没指望几套书就能打动这些以求利为目的的商人，不过区区几套书也不过一两百块钱，就算是结下一份交情也值得。

轰轰烈烈的贸洽会就要落幕了，江口开发区确定要来投资建厂的企业不过区区两家，这还是在杜子华现身说法影响下的两家小厂。估计投资规模都在两百万以下，但这也让瞿韵白和赵国栋松了一口气了，毕竟总算是有了两个签订意向性投资协议的项目，也算是给县委县政府有个交待了。

开发区管委会有两辆桑塔纳，一辆崭新的是瞿韵白的座驾，另一辆则是招商引资工作上用的半新桑塔纳，平常都被彭晓方霸着用，连黄中杰都没有机会。这次彭晓方因"病"入院后又回家修养，这辆车也就交了出来，在得知赵国栋还要在安都市待一晚上之后，瞿韵白很通情达理地让管委会司机将那辆桑塔纳开了过来，交给了赵国栋。

桑塔纳开起来的确要比微型警车舒适平稳，就算是一辆半新的也不是微型车能相提并论的。

该做的工作也已经做到家了，赵国栋索性放开心思，安安心心地放松一下。古小鸥几个人早已经把赵国栋锁定了，既然是周末，自然没有让赵国栋逃脱的可能。

"咦，国栋哥，你怎么又换了一辆车？"古小鸥一上车就开始嚷嚷。

"我不是说过么？上次那是我们美女主任的座驾，这辆车我也只是暂时使用罢了。"几个女孩子一上车就让车里充满了暖意融融的味道，流行时尚外加青春娇俏的气息在几个女孩子身上一览无遗，赵国栋发现自己的心情也变得好起来了。

"前天晚上我看你不是开着另外一辆黑色轿车么？"乔珊话一出口就发现自己犯了一个错误，要解释俩人的相遇只怕都要花些时间，真是多此一举。

"啊，前天晚上你们碰见了？"古小鸥一下子惊奇地睁大了眼睛。

"嗯，我陪你们学校的裴教授吃饭，就在你们学校南门外的华亭酒店，吃完饭出门正好碰上了乔珊，聊了两句。"赵国栋随口道，"于是我和乔珊就去了锦江酒店的香槟吧里坐了一会儿，那里情调挺不错，有空大伙儿一起去坐坐。"

前半段话还算中规中矩，后半段就纯粹是信口胡诌了，赵国栋可以通过后视镜清楚地看见后排三个女孩子的怪异表情以及身旁古小鸥的神色。

童郁的表情很惊讶，显然没有想到他和乔珊的关系发展得这么快，但并没有其他异常。蓝黛眼眸中闪过一抹奇异的神色，但是很快就被表面上的冷漠掩盖了。唯有小鸥脸上浮起的嫉妒和不悦难以掩饰。同时，当事者本人却是涨红了脸："谁跟你去酒吧了？你说清楚！"

"没去，没去，是没去，真的没去，我开玩笑的。"赵国栋这两句话一出口让几个女孩子心中疑惑更甚。乔珊没有想到赵国栋竟然这样急懒无耻，居然当着这么多人的面撒谎玷污自己的清白，眼眶一红，却又不知道该如何向身旁的女伴尤其是古小鸥解释。

"呵呵，开个玩笑，开个玩笑，别介意。诸位觉得我有那魅力能把乔珊骗到酒吧里去么？"

自我解嘲的话一下子让车里原本紧张的气氛松动下来，赵国栋乐呵呵地道："我也想请乔珊去啊，可看看她如小白兔防大灰狼似的，我就知道我的形象在你们心目中有多糟糕，还是老老实实回家别碰一鼻子灰好。"

古小鸥扑哧一声笑出声来："国栋哥，你也别自己贬低自己，你虽然呆头呆脑的，但是说不定就有人喜欢你这副老实巴交的模样。就连《射雕英雄传》里的傻子郭靖都有黄蓉那种古灵精怪的女孩子喜欢，难保没有哪个慧眼识才的女孩子喜欢上你呢？"

"唉，小鸥，你就这么作践你国栋哥吧，好歹你国栋哥也是国家干部人民警察，被你损得和郭靖那傻小子一样。这名声如果传出去，造成我找不到对象的后果，你可要负责。"赵国栋利用停车等红灯的间隙问道，"对了，美女们，今天去哪儿吃饭，不是一直吆喝着要宰我一刀么？不把握好可就没机会了啊。"

"我们今天要集体吃火锅！"童郁主动发话道。

赵国栋有些惊奇，童郁和蓝黛一样都不怎么爱说话，如果说蓝黛是因为和小鸥她们不是同学而不太熟悉的话，那童郁就是属于那种天性害羞腼腆的女孩子了，她这一主动发话倒是让赵国栋有些意外。

"嘻嘻，我们今天要去尝一尝重庆火锅。听说在三面桥那边开了一家大型火锅城，生意好极了，不少同学都去尝过了。小郁是贵州人，也喜欢吃辣的，我们今天要和小郁去尝尝西南的辣劲儿。"古小鸥兴致勃勃地道。

"嗯，四川人不怕辣，湖南人辣不怕，贵州人怕不辣，看来小郁同学是想要把你们几个拖下水啊。先提醒你们，脸上长小痘痘可别怪我啊，这可是你们自己要求的。"赵国栋笑着打趣。

"走吧国栋哥，我们早有心理准备！"古小鸥亲昵地拍了一下赵国栋的头。

"小鸥，男人的头，女人的腰，可不能随便摸，是要负责的。"赵国栋一边笑一边熟练地将车滑入车流。

"负责就负责！国栋哥，你若是找不到女朋友，找我负责便是了。"古小鸥眨了眨眼睛，一语双关。

赵国栋佯装没有听出对方话语中的含义，径直加大油门飞驰而去。

山城火锅城是目前安都市区最大也是最火爆的火锅城，来自重庆的原汁原味的口感让几人都连呼过瘾。虽然赵国栋不太喜欢吃辣的，但是重庆火锅鲜香麻辣的滋味儿还是让他不得不承认，每个地方的特色口味能够声名在外还是有其独到之处的。

古小鸥早就在这里预定了一个雅间，没有太多顾忌的女孩子们似乎都下意识地将赵国栋视作了一家人，厚重的外套早已脱下，将内里一片娇艳展现出来。

古小鸥无疑是最火爆的，一件紧身套头羊毛衫把上半身曼妙的曲线勾勒得玲珑毕现，鼓胀丰隆的双峰和绯红滚烫的双颊相映成趣。被火锅鲜辣滋味刺激得不时大口喝着冰凉的健力宝，让赵国栋很是担心她的肠胃是否受得了。

蓝黛的打扮丝毫不逊色于小鸥，低胸 V 字领的羊毛衫看上去有些暴露，但是一条粉色丝巾在顾长优雅如白玉般的粉颈上一系，这份诱惑便化为了性感，那道若隐若现的乳沟落在赵国栋眼中也只有化为唾沫往下咽了。

乔珊和童曼外套里都是相对普通的羊毛衫，不过青春的俏丽不是衣物所能遮盖的。能从安原大学数万学生中选出来充当贸洽会的礼仪模特，即便是穿上叫花子的衣服也遮掩不住那绝美风情。

菜依然是那些菜，并没有多少新鲜玩意儿，但是比起江口县城的梅江火锅城的味道的确要胜出一筹。大概奥秘就在这锅底料中，赵国栋若有所思地琢磨着。

赵国栋有些走神的表情很快就招徕了女孩子们的注意，四个如花似玉的女孩子同时出现在火锅城，这原本只有在 T 型台上才可能看到。而且各个娇艳明丽，不知有多少男人把嫉恨的目光投射在赵国栋身上，比起上一次在会议中心时犹有过之。

但这会儿这个坐在花丛中的男人居然无视眼前的一片秀色走神，这不能不引起自尊心极强的女孩子们的不满。

"赵哥，你又在做啥白日梦了啊？看你那副神游四海的模样，就像灵魂出窍了似的。"首先发难的还是牙尖嘴利的乔珊。

"啊?"惊醒过来的赵国栋这才发现四个女孩子都眼神不善地注视着他。

"呃,对不起,我想起了一些事情。"赵国栋挠着脑袋连连道歉。

"什么事情让赵哥这么出神呢?说来让我们听听也开开眼界啊。"乔珊不依不饶地追问道。

"乔珊妹妹,我没得罪你吧?"赵国栋苦笑着求饶,"我总不能连思考的自由都没有吧?"

"在美女面前就不能分神,这是对美女魅力的侮辱。"古小鸥笑着插话,"而且是四个美女,国栋哥你摆出一副无视的模样,分明就是挑衅!珊珊的问题必须回答。"

"好好好,我回答,我回答。我想起昨天晚上宴请浙江那边来的投资商在喜来登酒店吃饭,和两个浙江客人谈起金庸的小说,我没想到两个四十出头的中年大叔也喜欢金庸的小说,而且是如痴如醉地追捧。"

"啊,四十岁的大叔也喜欢金庸小说?"童郁也插话道,"我还以为只有中学生和大学生才喜欢金庸的小说呢。"

"我也喜欢,难道说就只允许你们无忧无虑的学生享受生活,我们就不能有美好的梦想?武侠小说是成年人的童话,尤其是金庸的小说,更可以让人忘却现实的烦恼和压力,获得放松和休息。"赵国栋发现童郁这个浅笑如棠的女孩子并不是很内向,熟悉之后话也不少。

"我们大学生难道就没有压力?先不说学习上的压力,光是想一想三年后毕业我们将要面对的就业压力就让人不寒而栗。"童郁摇摇头,眼中一抹忧色一闪而逝。

"你们大学生的出路难道还少了?出国、考研、留校、进入政府机关或者国有大型企业,喜欢挑战自我的还可以选择合资企业或者外资企业,最不济也能回家乡当一名国家干部,难道这还不满足?"赵国栋不以为然地道。

赵国栋没想到自己这番话竟然会戳到几个女孩子的痛处。

出国?哪有那么容易,除了高难度的托福外,还得有经济保障这一关,不是随便什么人想考就考的。考研,比高考还难,经历了高考阵痛又享受了相对轻松的大学生活之后,还有多少人能够重新凝聚心思奋力一搏?留校,光是那稀缺的名额就让人不敢奢望。

至于政府机关，这要看到哪里。

已经习惯了大都市生活的女孩子们很多都难以接受回到故乡县城或者小城市的生活。安都虽然不能与北京、上海、广州相比，但是宜人的气候和独特的区域位置加上相对于内陆地区来说遥遥领先的城市经济，仍然是无数人的首选地。能够留在这里的政府机关当然是最好的，甚至比留校考研更让人羡慕，但是这种机会又有多少呢？

国有企业，除了诸如银行、邮电、电力这些国有垄断行业之外，其他生产型的国有企业效益每况愈下，谁又愿意去品尝破产下岗的滋味？

气氛似乎一下子凝滞下来，赵国栋也有些懊悔自己怎么会突然触及这样一个敏感话题，眼珠子一转："还不知道几位美女的老家是哪儿的，学的什么专业呢？就业其实与所学专业有很大关系。"

大概是想起了什么，乔珊的脸色好了许多："我是安徽宿州人，学的是经济管理；小郁是贵州毕节人，学的是历史；蓝黛，你家是哪儿的，你学的是什么专业？"

"吉林，英语。"蓝黛惜字如珠。

"嗯，经济管理和英语专业在安都想找到一份好工作很容易，历史专业恐怕要难一些，最好能留校或者考研。"赵国栋的评价很中肯。

"现在就业很容易，但要想找到一个各方面都满意的工作就不容易了，工作环境、薪资、发展前途这些都很重要。而且中国社会，更讲求人际关系，好的位置往往有无数人窥觎，我们这些外地人要想在安都找到满意的工作就更难了。"乔珊意兴阑珊地道。

古小鸥对其他几人的担心却没有太多感受，她本来就是自费生，学校也不会给她分配，她也清楚以自己现在的学习成绩和脾性要想找到一个好单位并不容易，但是她天生就是一个乐观主义者，车到山前自有路是她信奉的真理，她甚至还想过不工作就这么悠闲地生活一辈子该多好。

"好了，好了，珊珊、小郁，本来一顿好好的饭都被你们几个给折腾得没兴致了。来，喝酒，不提那些事情了，要说我连学校都不管，我都不担心，你们还担心什么？要是哪天没饭吃了，我还得赖上你们呢。"

气氛被古小鸥一番无赖般的话语逗得一下子活跃起来。是啊，古小鸥这种自费生都没怨天尤人，何论自己呢？几个女孩子很快就抛开了心事，重新笑谈起来。

正说笑间，赵国栋身上的传呼机突然响了起来，赵国栋一看是派出所来的电话。按理说现在所里一般的事情都由汪涌泉负责处理，除非是特别重大的事才会通报他，这时候会有什么事情？

他皱了皱眉掏出电话。

"咦？国栋哥，才两天不见，手提电话都配上了啦？"古小鸥惊喜地叫嚷起来。

"嗯，单位配的，我现在分管招商引资了，得随时和那些客商联系，没这个不方便。"

赵国栋很感谢瞿韵白，在梁建弘通报了由赵国栋分管招商引资这一块之后，就通知财务给赵国栋买了一部刚开始流行的摩托罗拉168手机，甚至比她本人的9900还要新潮。他倒不是在意这部手机，问题是现在的通讯相当重要，自己私人买一部又怕引起不必要的误会，没有呢又很不方便，瞿韵白这一手的确很让赵国栋感动。

"什么事儿？"赵国栋话音刚落就听到电话里曲军急促的声音，"赵所，查出来了！"

"查出什么来了？"赵国栋有些诧异，这个小子咋这么兴奋？

"就是那个跑掉的安都人啊，大圣村那件案子就剩这个关键人物没摸清楚底细了。今天我们搞另外一件伤害案时牵出了一个关系人，这个家伙为了立功赎罪，说出了这个信息。"

曲军显然一直对这件事情很上心，虽然大圣村一案已经进入起诉阶段，但是他却从来没有放松过对那个幕后黑手的追查。

"嗯，那具体是哪里人，什么来头？"赵国栋精神也是一振。

"那个家伙真名叫什么关系人也不清楚，只知道他姓谭，平时大家都叫他东哥。据说是跟着安都市区一个叫妙哥的人在混，我通过县里刑警队和市里刑警支队一些熟悉市区社会烂仔的问了问，据说这个叫妙哥的人主要在天河、碧池以及望塘那边混，手下关联人相当复杂，但是那个家伙却行踪诡秘，据说在市区的滨江北路那边开了一家酒吧和一家迪厅。"

"妙哥？"赵国栋不自觉地念叨了一句，"这么说他在市区很有名气？那个姓谭的是他的马仔？"

"这个不好确定，只是说那个姓谭的原来跟那个叫做妙哥的混过一段时间，但是据反映姓谭的和妙哥至少有一年没有在一起了。"曲军有些遗憾地道。这是一道线索，但是却未必能够借这个线索抓到人。

赵国栋并没有注意到自己提及"妙哥"这个名字时引起了他身旁一个女孩子的注意，他一边和几个女孩子打了个抱歉的手势一边往外走："但这至少证明那个妙哥原来和那个姓谭的关系很密切，把这个消息通过刑警队正式报给市局刑警支队。他们有人专门跟踪收集这些线索，请他们帮忙关注，看能不能通过这个线索抓到那个家伙。"

"好，我马上去办。"曲军很爽快地应承下来。

就在赵国栋琢磨着如何抓获那个姓谭的时，和赵国栋所在的山城火锅城只隔一条街的大厦四楼的江山茶道庄的一处宽景卡座里也是人头攒动。

"怎么了，妙哥，看来心情不爽啊?"一个光头颌下留着山羊胡子的男子仰躺在沙发上哂笑道。

"妈的，一个昔日的兄弟以为自己翅膀硬了想要自己出去闯世界，不辞而别。哼哼，现在好了，在江口那边出了事，现在要跑路去重庆，让我看在昔日的情分上帮他一把。哼，也不看看自己有几两重，还要出去捞世界，我早就知道这家伙迟早要出事。"被叫做妙哥的壮年男子气哼哼地道，"走的时候屁都不放一个，现在想要钱了就找我来了。"

"谁啊?"另外一个正在发牌的男子道。

"谭东那小子呗，在江口碰上了公安中的狠角色，一下子就栽了，只能跑路。"妙哥不屑地吐了一口烟圈。

"哦，江口那边? 遇上狠角色了? 他遇上谁了?"坐在妙哥对面跷着二郎腿的家伙眼神一动，饶有兴致地问道。

"没问，好像说是个姓赵的，刚调到江口开发区当派出所所长，年轻得紧，谭东两个刚收的兄弟跑到平川那边就被对方拿下了。"妙哥没料到对面的男子也会感兴趣，"怎么，丰哥也认识?"

"嘿嘿，如果是那个家伙，那就有意思了。"被叫做丰哥的男子看了一眼放在桌面的牌，一边拨打电话，一边丢下一叠钞票："蒙五百! 辉哥啊，还记得江口姓赵的那个家伙么? 那家伙还真有些本事呢，据说已经调到江口开发区当派出所所长了，我怎么知道？嘿嘿，小妙不是今天过生日么？我过来凑凑热闹，听小妙说的。"

听得丰哥在电话里叫辉哥，坐在沙发上的几个男子脸色都是一动，尤其是妙哥没想到就这么一件破事儿，居然还能让辉哥知道。

"呵呵，辉哥你眼睛真毒，怎么就能看出那小子不简单呢？"看见妙哥看了牌拿出一千块跟上，丰哥一边打电话，一边挥手示意不跟了，"你要恭贺他？那是不是太给他长脸了？不就一小警察么？现在咱们和他河水不犯井水，用得着么？"

打完电话之后，丰哥看了看表："走吧，小妙，辉哥带话给你，这种事情别去瞎掺和。那姓谭的要去寻死，谁也拦不住，别去招惹姓赵的。嗯，没事儿最好不要搅进去。"

"啊，辉哥真的这么说？"妙哥原本打算看在以前的情分上甩点儿钱给那个家伙，但是辉哥这么一说就让他犹豫了。

"你自己看着办，辉哥只是提醒你别再和那个家伙有什么瓜葛。"丰哥站起身来，早有一个小弟过来替丰哥拿着包。

"妈的，小妙，你过生日，手气还真不赖啊。"

"嘿嘿，托辉哥和丰哥的福，小拣了几万块。"妙哥心情也不错，看看堆在面前的钱，少说也有四五万，对方至少输了一两万："丰哥，替我问候辉哥，请他有空贵足也来我这边踩一踩。"

"嗯，这段时间辉哥可能没空，他从海南回来没多久就去福建那边了。"丰哥摇摇头，往外走，"等他回来之后看有没有空吧。"

当赵国栋的呼机上响起一个陌生的电话号码时，赵国栋正准备送几个女孩子返校。

一顿饭吃下来都快九点钟了，几个女孩子都吃得鼻翼冒汗，连呼过瘾，出了门都下意识地打了一个寒噤，十二月末的安都已经寒意逼人了。

赵国栋刚把车开到火锅城门口接上几个女孩子，就收到了这个陌生的电话号码。

"哪位？"

"嘿嘿，赵哥，恭喜啊，什么时候到开发区去的？也不通知一声。"声音听起来有些陌生，但是赵国栋立时就听出来是谁的声音了。

"小辉啊,这么久没有你的信儿,还在海南?"赵国栋淡淡地道。

"呵呵,没了,我到福建这边来了。"爽朗的声音在电话中更加响亮,夹杂着时断时续的笑声,电话效果不是很好。

"福建?你去福建了?什么时候去的?"赵国栋脑海中如闪电划过。

"了结海口那边的事情我就到福建这边来了,一个朋友邀我过来看看。"

电话另一端的乔辉站在漂亮的落地玻璃窗前望着窗外的海景,和有些寒冷的安都比起来,泉州这个时候的气候无疑是令人舒适的。不冷不热的海风从窗户缝隙中钻进来,带起敞开的印花衬衣衣襟,乔辉已经很久没听到有谁叫自己小辉这个名字了,现在从电话中钻出来,听起来是那么怪异。

"才从朋友那里得知赵哥调到江口开发区了,所以特地打个电话祝贺一下,啥时候我回安都请赵哥坐一坐啊。"直到现在乔辉想起上次的事仍然是心有余悸。

"噢,上次没有被套进去吧?听说那边被套进去的人不少,没有三五年休想解套。"赵国栋随口道。

"呵呵,全靠赵哥提醒啊,要不然我们也一样尸骨无存,还好咱们脱身得早,总算是挣脱了那个漩涡。"

想到这儿,在黑白道上颠簸了十来年的乔辉也禁不住打了一个寒噤。上千万啊,这一下如果真的被套进去,自己这一辈子怕只有沦落天涯的命了。

好不容易从那条道上挣扎出来,就是想要寻个正道,哪知道第一次就差一点给裹进去,如果不是赵国栋,自己血本无归不说,还得有多少朋友被自己拖累死?

"小辉说哪里去了,怎么你现在在福建发财?"赵国栋也估摸着对方可能是在外地才会这样,不过这个家伙跟自己只有一面之交,并不清楚他的真实底细,但是可以肯定的是,这个人不是一般人,无论他在哪个行道。

"在这边做点事情,这年头得糊口啊。"

"哦,福建?"赵国栋略一沉吟,"弄汽车还是外烟?"

这时的福建似乎除了倒腾走私汽车和香烟之外就没有什么能赚钱的了,其他实业也不像是乔辉这种人玩的,虽然他并不清楚乔辉的真实身份。

赵国栋话语的犀利让远在海南的乔辉也感受到了扑面而来的清冷:"嘿嘿,赵哥,你可真行,一句话就能让我乔辉无言以对的人还真是不多呢。玩汽车。

香烟那玩意儿也就是随便玩玩，风险太大，现在也就是玩汽车能挣两个。"

赵国栋清楚海南的房地产狂热已经彻底湮灭，只剩下满地鸡毛。全国银行系统在海南陷进去的资金数以百亿记，多年之后都未必能脱身，也不知道乔辉这小子听了自己的提醒之后有没有逃脱。

"哦，还要在那边待多久？"赵国栋想了一想才问道。

"春节前我要回来一趟，到时候再来感谢赵哥，请赵哥赏光啊。"乔辉浑厚的声音传过来。

"行，等你回来再说吧，这是你的电话？"赵国栋问道。

"嗯，赵哥也该有电话吧？"

"嗯，我的电话是＊＊＊＊919，回来再联系吧。"赵国栋略一思索就把自己的电话报了出去，既然对方能查到自己的传呼号，估计手机号码也一样能查到，要保密也没有啥意义。

乔辉放下电话，身旁俏丽的女孩从背后抱住他，但是他却没有动。他还沉浸在六月份那惊险的一幕中，如果不是赵国栋的提醒，如果不是合伙人的冷静明智，他不知道自己是不是也和无数人一样倒在了海南房地产的狂风骤雨之下，负债累累的自己还能回安都？

坐在后面的几个女孩子都默不作声地听着赵国栋打电话，赵国栋那几句"海南""福建""弄汽车""弄外烟"虽然语意模糊，但是聪明人还是可以猜出赵国栋那个朋友大概在福建那边做事。这让包括古小鸥在内的几个女孩子都对赵国栋的兴趣越来越浓。

一个郊县派出所的所长怎么会有这么复杂的人脉关系，三教九流，似乎都能和他牵上线，就连安原省内著名的经济学者裴怀远都能和他坐在一起吃饭，这未免也太怪异了。

"国栋哥，＊＊＊＊919是你的手机号码？"古小鸥有些兴奋地道。

"嗯。"赵国栋随口应道，这小丫头记性咋就这么好？

"那我们可记住了，我们要想下馆子吃饭就找到买单人了，行不行？"古小鸥狡黠地笑道。

"啊？呃，没问题，不过我在江口，距离安都市区还有那么远啊。"赵国栋没有想到这个丫头居然是在算计自己。

"哼，你开车能要多少时间？一个小时不到就能到我们学校，没诚意就别

336

答应我们，莫非你以为我们还真缺一顿饭吃，想请我们吃饭的人遍地都是，我们还不愿意去呢。"古小鸥气鼓鼓地道。

"好好好，我随时接受美女们的召唤行了吧，记住我的电话号码，千万别打错了，有啥需要只管召唤就行。"赵国栋赶紧举手投降，车里响起一阵银铃般的嬉笑声。

生活就像是一道溪流在不同的地理环境下奔行，时而穿行于涧谷中激起浪花无限，时而流淌在平原上，平淡无波。如果说贸洽会还能给赵国栋带来些许新鲜感，那么接下来正式接任开发区招商引资这一块工作之后，他发现其实生活有时候就是十分平淡。

星期一上午就在交接过程中渡过，开发区管委会的那些干部赵国栋大多都认识。在瞿韵白主持的全管委会工作人员会议上宣布了县里关于赵国栋暂时接替因病休养的彭晓方副主任的工作后，赵国栋就处于一种茫然的状态中。彭晓方原来分管的办公室就只有招商引资办一个，手下除了黄中杰这个招商引资办主任之外还有一个副主任和三个工作人员。

招商引资这一块工作说复杂也复杂，说简单也简单，招商引资前期工作当然是费尽千辛万苦，但是一旦对方确定投资建厂意向，那接下来的工作就相对简单了。

两家在贸洽会中达成意向性协议的小型汽配厂主要是生产车用织物和塑料件的，品种相对单一，但是却很讲究专业化生产，投资规模也不大，占地不足百亩，投资不足两百万，这比签订意向性投资协议轻而易举超过千万的华阳、望塘和碧池几个区县来说，实在是太可怜了。

赵国栋第一次意识到自己对这种事情也一样无能为力，相较于江口开发区的基础条件，华阳和望塘肯定要优越许多，无论是距离机场、火车站，还是道路交通设施，江口都无法与华阳和望塘两县相比，而碧池区又是安汽集团总部所在地，勇夺贸洽会安都市投资成果三强也在意料之中。

好在这两个小型汽配项目的签约也算实现了自开发区管委会班子调整以来的零突破。两个来自福建的老板倒是相当积极，前期的参观和考察工作都令他们十分满意，在贸洽会上签约之后，两个福建人就回了福建，准备年前就要正式入驻开始建厂。

让赵国栋感到意外的是，赵长川居然也大模大样地在贸洽会上与宾州方面签订了投资建厂开发沧浪矿泉水的协议。

原本赵长川也一直遵从赵国栋的意愿不想声张，但是沧浪县在贸洽会上没有取得任何成绩，使得沧浪县领导相当紧张，再三要求赵长川提前和沧浪县方面签订投资协议，哪怕是意向性协议，以便能向宾州地委和公署交差。

最终赵长川也只有硬着头皮和沧浪县方面签署了一个投资五百万元开发沧浪矿泉水的意向性协议。赵长川也借此机会要求沧浪县方面帮助他从县工商银行取得一百万的贷款，为了达到目的，沧浪县方面最终同意了这一要求。

五百万元的投资项目对于沧浪县来说已经足以让他们成为这次贸洽会上宾州地区的明星了。柳道源甚至亲自参加了签字仪式，虽然对于前来签字的年轻人相当怀疑，但是柳道源却没有想到这个器宇轩昂的年轻人竟然是赵国栋的弟弟。他唯一知道的就是这个投资者是安都人，是从上海股市上获利之后返回安原办实业的弄潮者。

沿着国道跑了六个小时才算赶到宾州市区，而从宾州市区赶到沧浪县又花了一个多小时，最终抵达即将开工建设的矿泉水厂厂址所在地时，已经是下午四点多了。从安原到宾州以及宾州到沧浪县的道路状况都还差强人意，但是从沧浪县城到沧浪泉群所在的丹洲镇的道路状况就有些颠簸了，碎石路面让桑塔纳开起来都有些困难。

看着莽莽苍苍的沧浪山区，赵国栋叹了一口气，绵延三百里的沧浪山区现在还像一个尚未揭去面纱的新娘隐藏在云雾之中，当她展露在世人面前之后必将让中国乃至世界的游人为之沉醉。

厂址选择的地点距离水源地不足一公里，周围全是茂密的森林，一条拓宽之后的机耕道可以直抵正在规划的厂址。

清冽刺骨的矿泉水让赵国栋头脑为之一清，点点头，深深呼吸了一下这来自大自然天然氧吧的新鲜空气。在这个地方生活只怕能比在大都市里多活十年，但是却没有谁愿意在这里待一辈子，再优美迷人的景色对于常年生活在这里的人们来说也等同寻常了。

喜新厌旧总是人类的天性，所以为什么男人寻花问柳之余总会用一个拙劣的理由来解释。家花不如野花香，妻不如妾，妾不如偷，这句来自中国封建社会的经典格言最深刻地挖掘出了男人的劣根性。

赵长川注意到兄长站在山坡上似乎若有所思，他不敢打扰兄长的思绪。兄长已经正式将数百万资金交给自己处置了，而德山只是协助自己，这让他顿时感觉责任重大。从安都回来他就在沧浪县工商局注册了宾州沧浪之水矿泉水有限公司，注册资金三百万元。按照赵国栋的意见，母亲许秀芹持有股份的百分之五十，赵德山、赵长川各占股份的百分之二十，赵灵珊、赵云海各占股份的百分之五。

这是一个标准的家族式企业，按赵国栋的设计，为了避免日后不必要的麻烦，他的名字不会出现在任何一家赵家的实业中。

"长川，你打算什么时候动工？"良久，赵国栋才从沉思中清醒过来。

"开年过了正月十五就动工，三个月内完成厂房建设和设备安装调试，争取六月一号之前正式生产。"赵长川信心十足地道。

"各种设备都已经定购好了？"虽然说不过问具体事务，但是赵国栋还是忍不住想要问一问。

"嗯，部分是二手设备，但是都有七八成新，稍加调试就可以投入生产。哥你放心好了，我就是守在这里也要让这个厂子转起来。"赵长川以为兄长有些不放心，连忙道。

"不，守在这里的不应该是你，应该是你招聘来的人！你要把更多的心思放在外面，广告、销售和财务，这才是最重要的。快速消费品的关键在于销售，这一点你一定要谨记，一旦销售出了问题，就会坠入万劫不复之地。"赵国栋摇摇头，"其实一旦投入正常生产，这个厂子的运转很简单，交给你信任的工作人员就行了。记住，我是指可靠的值得信任的人。你得把重心转移到销售和财务上。"

看出兄长还有话说，赵长川知趣地没搭腔。

"你上次和我说的没错，新产品要想打开市场必须要依靠广告，而且是高强度大规模的广告。除了广告创意之外，更主要的是你选择的媒体，电视、报纸以及各种活动，你都可以考虑。要搞就搞得声势大一点，只有这样才能在第一时间创响牌子，给消费者留下深刻印象。"

赵国栋还没有痴心妄想到希望尚未投产的沧浪之水就能去搏央视的广告标王，没有几千万你连门槛都迈不进去，但是借助央视的影响力猎取非黄金时段广告来扩大沧浪之水的知名度还是可以一试的。

在央视把传媒力量这一块显示出来之前，他们会不遗余力地展示他们的力量，而这个时候去沾沾光无疑是合适的。至于当所谓的标王噱头日渐疯狂时，就没有那个必要去掺和了。

不过在前期，赵国栋认为沧浪之水的首要任务还是在安原省打开局面，这就有赖于在安原省内媒体展开宣传攻势了。而这一点赵长川已经在着手安排了，他还从自己这里把韩冬的电话要了过去，让自己先向韩冬打了电话。

在某些方面赵长川的确比自己强，至少在利用种种人脉关系上就比自己更放得开。

渠道方面的工作更需要提前展开，在这一点上赵长川比赵国栋更敏锐，在宾州这边的厂址刚刚选好的时候，他就已经在琢磨着如何在安都以及安原省内的二级城市发展渠道商，尽可能地说服渠道商先行进货。一旦各种媒体的广告效应爆炸开来，那就要在第一时间将自己厂里的货全数铺到渠道商手中，让自己的产品迅速冲击市场，占领高度。

"物流运输这边你联系得怎么样？"赵国栋吐出一口气，要让一家企业成功，不是光凭知道一点天机就可以的，那需要大量扎扎实实的工作。

"德山在具体负责，我们已经联系了几家宾州的运输公司，另外在铁路那边也有进展了。沧浪县正好处于安桂线上，平时货运量很小，这对我们来说是个优势，他们的货运部对此也很热心。"赵长川接上话。

赵国栋点点头不再多言，很多事情只能做了之后才能明白其中艰辛，相信赵长川也会在这种磨砺中锻炼出来，自己也没有必要样样过问。

赵国栋觉得自己仿佛站在一个高高的山巅之上，感受着财富滚滚奔涌而来的磅礴气势。他虽然无意直接投身波涛汹涌之中去弄潮，却并不代表他对财富大潮不感兴趣。他相信，即便自己不踏入，一样可以辉煌精彩。他扶持训导着德山和长川，培养他们成长，还有赵灵珊和刘成，再加上房子全……他们在自己面前已然形成了一个可供管理的群体，一个具有远大前景的家族企业隐然形成，而他则藏身其后。他要改变他们的命运，让他们去见证去经受财富风暴的洗礼。

第十七章 开发区岌岌可危，赵国栋一套金庸小说换来一千七百万

这一次贸洽会招商引资虽然管委会自我吹嘘取得了一定成效，其实又是一次滑铁卢战役，区区两三百万投资能够济得什么事？五月大限即将来临，如果在五月之前拿不出点儿像样的成绩来，江口开发区极有可能成为第一批被裁撤的对象，到时候看赵国栋怎么交代！

县委常委会议室气氛显得格外压抑，除了所有常委无一缺席之外，人大主任沈若廷、政协主席周骋怀、副县长梁建弘也列席了常委会，不过对于梁建弘来说这并不是什么殊荣，而是一种巨大的压力。

"省上清理开发区的文件从市里已经正式转发下来了，要求在六月之前必须完成对开发区的清理裁撤工作，我们安都市除了市开发区和碧池汽车产业园区外，只会保留四个开发区，也就是说剩下的四个开发区将会在我们十个县区中竞争产生。"茅道临语音低沉，听不出多少倾向性。

"开发区管委会班子这半年来应该说还是取得了相当突出的成绩，尤其是在周边环境整治和改善干群关系上效果相当明显。但是由于积弊甚久，短时间内想要取得突破性进展难度很大，这一次贸洽会我和卢书记以及老梁都一起到了会场，见识了各地开发区为了争夺投资项目使出的百般解数。"

"实事求是地说，我们江口开发区管委会的干部相当努力，但是我们和一些县区的距离还在拉大，这个问题也值得我们深思。我们怎样才能转变思想改变作风，让投资商愿意来，来了能够留得住？这个问题值得我们在座的所有人乃至我们全县干部深思，否则我们将会在日后的发展中与其他县区的距离越拉越大！"

王德和不动声色地点燃一支烟吞云吐雾，茅道临除了会说漂亮话其他什么也干不了。这一次贸洽会招商引资虽然管委会自我吹嘘取得了一定成效，其实又是一次滑铁卢战役，区区两三百万投资能够济得什么事？五月大限即将来临，如果在五月之前拿不出点儿像样的成绩来，江口开发区极有可能成为第一批被裁撤的对象，到时候看赵国栋怎么交代！

这个时候来空谈转变思想改变作风有个屁用，四五个月后省市联合清理组就要来考察，江口县开发区被裁撤几乎是板上定钉的事情，我看你茅道临如何交待！

"为了确保我们江口开发区能够在这背水一战中打个翻身仗，我建议要进一步加强开发区管委会班子的建设。赵国栋同志在这一次招商引资会上勇于挑大梁，敢于承担重任，虽然以前并没有接触过招商引资工作，但是这一次还是能够成功地协助瞿韵白同志完成贸洽会的初步任务，所以我提议可以让赵国栋同志任管委会党委副书记，暂时分管因病休养的副主任彭晓方的工作。"

王德和心中一凛，烟灰轻轻一抖落了下来。茅道临这是什么意思？开发区管委会工作不利，贸洽会光吹风不下雨，现在居然还提出要让那个姓赵的小子当管委会的党委副书记？是茅道临突发奇想还是卢卫红的授意？

他目光飞快地扫过对面的郭占春，郭占春毫无表情，手中的圆珠笔却在面前的纸上涂画着什么。

"老王、老郭，说说你们的意见？"卢卫红似乎也对茅道临的意见有些惊讶，皱了皱眉抬起目光道。

"我来说说吧，开发区管委会工作是我县经济的重头戏，而这一届贸洽会在安都召开更是一次难得的机遇。论理说我们既然占有天时地利人和之便，理应取得很好的成绩，但是我没有看到开发区管委会交给我们县委县政府的答卷上有什么值得耳目一新的亮点。两个小汽配厂，投资不足三百万，这就是我们辛辛苦苦准备两个月得来的结果？！"

王德和对茅道临已经容忍很久了，这一次他不打算再退让，如果说和包太平之间的关系纯属意气之争的话，那茅道临就是夺位之恨了。

如果不是茅道临从梅县杀一个回马枪，也许江口县县长这个位置就该是自己的了，但是现在自己却不得不忍痛吞下这枚苦果。他甚至可以断定当初市纪委针对自己的调查就是茅道临搞得鬼，恰恰选择了市委在酝酿县长候选人的时候出了这么一桩事，而等到事情查清楚时，茅道临已经在县长办公室里行使县长的职权了。

"我现在甚至想要问一句，当初我们选择瞿韵白同志去开发区管委会担任主任一职是不是就有些草率？我并不是否认瞿韵白同志的能力，但是女同志有她先天的局限性。我个人一直认为瞿韵白同志更适合在镇上任职，而不是去开发区管委会这种肩负着我们全县经济排头兵重任的单位。"

"至于说赵国栋同志暂时接替彭晓方工作当然可以，但是担任管委会党委副书记一说，我个人觉得完全没有必要。一来管委会党委副书记的设置没有先例，二来我看不出他担不担任这个党委副书记对于他开展工作有多大的影响，先前彭晓方没有担任党委副书记不也一样承担起了招商引资的重任？"

王德和凶猛的反击让常委们都有些担心会引来茅道临的愤怒，但是出人意料的是茅道临的表情却很平静，似乎丝毫没有意识到王德和语气中的挑衅。

卢卫红也有些琢磨不透茅道临这个时候突然提出要让赵国栋担任开发区管委会党委副书记一职是何打算。他应该清楚没有自己点头，王德和和郭占春肯定会让他所有关于人事方面的意图全都落空才对，那他为什么会突兀地提出这个不切实际的建议呢？

"其他几位，你们也说说看法。"

"呃，赵国栋的表现有目共睹，茅县长的建议我觉得可以考虑。"包太平虽然并不认为茅道临的建议可以得到通过，但是一来对赵国栋的印象真的不错，二来能够和王德和这个老狗唱唱对台戏也是他高兴的事。

"老陈？"

"我没什么意见，只要能够促进开发区管委会工作，我觉得任何建议都可以提出来讨论。"陈肃更加圆滑。

郭占春的发言也是隐晦地表示了对开发区管委会增设副书记一职的反对，茅道临的建议只是激起了一阵波澜，却没有起到多大的作用，以至于卢卫红在做总结性发言时甚至连这个问题都没有提及。

常委会终于散了，王德和和郭占春很快就在王德和办公室里汇合了。

"老郭，彭晓方是怎么回事？怎么会在这个时候掉链子？"王德和似乎并没有因为取得了一场胜利而高兴。

"唉，这小子大概是感觉到前景不妙，所以就用这种方法来躲避吧。"郭占春也有些恨铁不成钢的无奈，只是两个家族关系莫逆，他又不能丢下不管。

"哼，愚不可及，这种方法只会授人以柄！明知道主要领导都要亲自过问，还装病不去，这不是自毁形象么？去不去是态度问题，收获如何那是能力问题！连去都不敢去，主要领导会怎么想？"王德和轻蔑地道，"我看你就别在他身上花心思了，扶不起的阿斗！"

"唉，谁说不是呢？他入院之后三天才给我打电话，我想阻止他都晚了。"郭占春也是一脸愠怒，"不提他了，好在这一次瞿韵白他们也没有取得什么成果，否则我看卢书记只怕就真的要让他和张泰一样了。"

"哼，我看那也是迟早的事情，不管开发区命运如何，他这种工作作风到哪里都难。"王德和摇摇头。

"不说了，王书记，今天茅道临是啥意思，突然提出要提赵国栋当党委副书记，我看卢书记事前也不知晓，他葫芦里卖的啥药？"郭占春摸着自己微秃的脑袋有些疑惑地道。

"谁知道？他是自寻苦果。"王德和也有些搞不懂茅道临这一手，按理说茅道临行事不应该如此草率才对。

茅道临夹着包裹脸色平静地回到办公室，自己在常委会上提议赵国栋担任开发区管委会党委副书记的消息要不了多久就会传到赵国栋耳中。相信蔡正阳得知自己的这个动作也要不多长时间，这是一种姿态，成不成那是两回事。

何况谁都明白自己这一提议只要没有被当场否决，也就意味着留下了引子。引子么，也就是引而待发，意味着在合适的时候就会破土而出。赵国栋有冲劲，有能力，更有背景，这样的人，不上都难，自己不过是推波助澜而已。

省里边的朋友得到可靠消息，蔡正阳要进市委常委了。宁法在省委书记季成功面前推荐了蔡正阳担任市委常委，而非原来最热门的副市长尹肇基，而且据说蔡正阳深得宁法的信任，两人关系相当密切。

茅道临和蔡正阳曾经一起在省委党校的书记县长进修班中进修，两人关系还不错。只不过蔡正阳的官运比起自己来要好得多，两年不见就已经是副市长，而且即将进入市委常委，这让茅道临也是感慨不已。

不过茅道临并不是一个多愁善感的人，坐在这个位置上也没有多少时间可供你来长吁短叹哀怨人生，唯有不断地进取拼搏。

蔡正阳如果真如朋友所说的深得宁法信任，那前程自然不可限量。宁法是什么人，都说他极有可能在下一届担任省长甚至直接担任省委书记。

蔡正阳能得到这样的人物看重，进市委常委那只是第一步，或许日后就有可能是市长的人选也未可知，就凭这一点蔡正阳的面子自己也要给足。

这个时候赵国栋还根本不知道常委会上关于自己任职上的一番风波，他现在正心急火燎地在安都太平机场等待从杭州飞过来的航班。

接到朱国平的电话时赵国栋正陪着两个福建客商在开发区里转悠，几十亩地已经敲定，这也算是自己接受开发区招商引资工作以来的第一笔生意。

朱国平直白的语言让赵国栋喜出望外，虽然没有具体说什么，但是对方会在春节前两周飞到安都，肯定不会是因为喜欢上了安都这个城市。

接到朱国平之后赵国栋也没有迫不及待地询问内情，只是热情地替朱国平安排安都宾馆住下。不过朱国平似乎看出了心不在焉的赵国栋的心思，开门见山地表示准备在江口开发区投资建厂，预计第一期投资将达到八百万。

"呃，朱哥，你这个消息来得也太突然了吧？别是调侃我，让我真有点接受不了。"赵国栋吐出一口气，加大油门往江口飞驰。

"小赵，我这个人直来直去，决定了的事情就不拖泥带水。我回去和家里人商量过了，浙江那边的厂已经上了轨道，就交给我兄弟打理。我打算常驻安都，把这个厂搞起来。如果不出意外，我打算在明年最迟不超过后年，再追加一千万投资，扩大生产规模。"

朱国平略带江浙口音的普通话这个时候听到赵国栋耳中是格外的悦耳动听。第二期暂时不考虑，但是如果这八百万落实下来，那对于奄奄一息的江口开发区无疑是一剂强心针。

"朱哥，你真有把握在这里建厂能赚钱？"虽然明知道这句话问的有些不恰当，但是赵国栋还是决定问出来。

"呵呵，小赵，你这话问出来你们领导大概会责怪你的吧？放心，我做这一行就像你们写东西一样，轻车熟路。没有把握，我会把几百万丢在这里打水漂？"朱国平笑了起来，"不过，你们开发区先前承诺的优惠条件必须要全数落实到位才行，尤其是你们最初承诺的优惠电价和税收扶持。"

"朱哥，这一点尽管放心，我们县委县政府都明确表态，绝对按照我们先前的承诺执行，投资规模越大，享受的优惠条件就越多。"赵国栋到这个时候都还没敢通知瞿韵白，毕竟这种事情没有落实之前他也不忍心再去刺激瞿韵白已经有些脆弱的神经了。万一又是空欢喜一场，瞿韵白可能真的会神经衰弱了。

"嗯，那就好，老花可能晚两天过来，他还要带几个朋友一起过来看看。"朱国平满意地点点头。

"哦？花哥也有意来建厂？"赵国栋心中又是一阵狂喜。

"嗯，我们俩是焦不离孟，秤不离坨。他大概也要投六百万进来，另外我们那几个朋友听了我们的介绍也有些兴趣，但是成不成我不敢打包票，得他们自己过来看了才知道。"

接二连三的喜讯让赵国栋心情大爽，在和瞿韵白通电话时，赵国栋都禁不住想要调戏一下这位美女上司。

"瞿主任啊，你在办公室么？嗯，我正好有点事情要向你汇报，嗯，很重要，那好，一会儿见。"赵国栋放下电话扭头问道，"朱哥今晚是在江口吃饭还是回安都？"

"先看看再说吧，饭在哪里吃不重要，先把土地落实了再说。"朱国平点点头，"我两个伙计明天就要过来，他们负责基建方面的事务。到时候还要请你帮忙和你们管委会负责基建这方面的领导接洽一下，这样以便于我们能够在最短时间内拿出方案，争取在年后就开工建设。"

"没问题，朱哥，到时候我们这边也有专门负责基建这一块的工作人员，可以帮你们协调好一切需要。"

瞿韵白接到赵国栋电话时还有些忐忑不安，茅县长在常委会上提议赵国栋担任管委会党委副书记的意见并没有得到支持而被搁置了，她不知道赵国栋是不是因为这个原因要向自己汇报思想。论理说如果是这个问题，他应该向梁县长汇报才对。

赵国栋在工作方面的确没说的，尤其是接替了彭晓方工作之后自己一下子也轻松许多。现在管委会两条腿走路，卜远在基建拆迁方面的工作很顺利，这当然与前期的工作有很大关联。但是不容否认卜远的工作作风和能力也相当出色，而赵国栋就更不用说了，瞿韵白甚至觉得赵国栋更适合负责招商引资工作，派出所那边的工作倒成了可有可无的添头了。

赵国栋带来的好消息让瞿韵白兴奋得彻夜难眠，朱国平和花行云居然要投资一千四百万在江口开发区建厂？如果不是前期已经与朱国平和花行云等人接触过，瞿韵白简直就要怀疑是一场骗局了。

不过出于谨慎考虑，瞿韵白和赵国栋都暂时没有将这个消息透露给县里，只是积极地陪着朱国平以及随后而来的花行云一帮人在开发区里四处转悠选址。虽然前期已经有了几个明确的地块，但是要最终落板仍然需要考虑一些细节问题。

正式协议终于在春节前签订，朱国平代表浙江凤凰精密铸件公司投资八百四十万在江口开发区建设安都凤凰精密铸件厂。而花行云则代表浙江千山汽配公司在江口开发区征地八十亩建设安都千山汽配厂，投资达到六百六十万。两家企业毗邻而居，总占地达到了二百二十亩。

在签署投资建厂协议的仪式上，安都市新任市委常委、副市长蔡正阳、安都市经贸委主任晁峰、安都市招商局局长李基伟都到场祝贺，而江口县四大班子主要领导更是齐刷刷地全数莅临。

协议签字仪式结束后，江口县四大班子也竭力挽留蔡正阳一行人留在江口就餐，不过蔡正阳还是以下午市政府有办公会为由谢绝了挽留。

虽然市上领导都已经离去，但是这丝毫没有影响到江口县领导们的心情。毕竟一千七百万的投资将在半年内全数投到位，而加上前期两家企业两百多万的投资，江口县开发区九三年的招商引资工作基本上能够画上一个圆满的句号了，而这一切仅仅是在这次贸洽会上取得的成绩。

随同来采访的《安都日报》记者终于抽到了空当时间采访了凤凰精密铸件公司总经理朱国平，当问及朱国平为什么不在贸洽会期间与江口县开发区签署投资建厂协议，反而要在贸洽会已经结束快半个月后才返回安都签署这个协议时，朱国平回答称当时虽然已经决定要在安都建厂，但是却并未敲定在江口开发区建厂，是江口县开发区管委会干部的耐心细致和热忱周到打动了他。

他随便举出了一个细节，自己喜欢金庸的小说，而开发区干部知道后就专门到安都市的新华书店替他选购了一套宝文堂书店的金庸小说，就是这一点让他对江口开发区管委会干部的素质大为看好，最终才决定在江口建厂。

朱国平的这一番话最终在《安都日报》第二天的《沸土——江口县开发区纪实》这篇文章上出现，文章以充满渲染力的文笔将江口开发区这半年来的巨变做了一个相当精彩而又翔实的勾勒。尤其是朱国平的这番话更是被日报加了编者按，给予高度评价，使得江口开发区名声鹊起。

虽然文章中并没有指名点姓，但是这一手金庸小说换来投资的说法还是不胫而走，甚至连安都市委市政府的领导中也有不少人大感兴趣。

每天首先看报纸是宁法养成多年的习惯，《人民日报》、《参考消息》以及《安原日报》都是必看报刊，之后才是《安都日报》。

只不过宁法的胃口很刁，一般性的文章只是一掠而过，大多看看标题了解一下而已，除非有让他感兴趣的东西，否则宁法一般都会在二十分钟之内完成报纸的阅读开始工作。

宁法的目光落在了《安都日报》的头版上，这种头版文章一般说来不是中央或者省里有特别的会议或者领导讲话，就是歌功颂德的文章，不过今天这一篇文章显然勾起了他的兴趣。

"沸土？沸腾之土？"这个标题就很有些味道，他想象不出安都市里有哪一处能够当得起这种称谓，这一次贸洽会上安都市的招商引资工作很一般，如果不是大宇和安汽合资落户碧池区，安都的收获更是乏善可陈。现在居然有这样一篇文章来刺激宁法的神经，倒真让宁法有了一读下去的欲望。

当秘书将文件送进来时，宁法依然在琢磨着这篇文章。虽然文章里并没有太多华丽的言辞，但是应该说还是将江口开发区的面貌尤其是开发区管委会干部的风貌展现了出来，这让宁法颇为意外。

一个县级开发区管委会的干部能够有如此细致入微的服务态度，即便是在招商引资已经提上第一要务的氛围下依然很难做到，千年形成下来的官本位思想，不是光靠几个政策或者几条制度就能调整过来的，能够做到这一点那就不简单。

"国栋，不赖啊，连宁书记都在问我这个一套金庸小说换来一千七百万投资的高招是谁干的，嘿嘿，这个收益回报比例是不是太高了一点？"

蔡正阳心情显然相当好，常委之战在宁法明确表明态度之后便没了悬念。虽然市长黄元盛也提出副市长尹肇基工作经验丰富能力突出，但是在省委常委会上他的声音太弱了一些。尤其是在杨天明附和了宁法的提议之后，省委常委会便顺利通过了蔡正阳担任安都市委常委的议程。

"蔡哥，你就别损我了，无心之举，谁知道会有这种效果？何况我也根本不相信朱国平的这种说法，如果不是江口开发区的优越条件，没有江口县政府的优惠政策以及灌口电站的丰裕电力供应，就算是我送上一百套书只怕也是无济于事的。"赵国栋搅动着咖啡杯里的方糖。

"呵呵，商人在商言利这很正常，投资求回报更是天经地义的事情。但是如果没有你们的表现，这些投资商也许就会将项目落到碧池或者麓山。据我所知，碧池和麓山以及长津几个县区为了吸引投资已经将地价降得相当可怜了。"蔡正阳叹了一口气，"有时候我都在想，投资商如果拿下这些地稍稍平整一下，或者拖延一下建设速度，然后转手出让，只怕光是地价涨价都会赚个钵满盆满！"

"蔡哥，这一样很正常，现在中西部地区基础落后，财政薄弱，你想要吸引投资商，总得有让他们动心之处，而我们现在能拿得出手的是什么？廉价的劳动力，匹配的财政税收优惠政策，这些各地都有，还能拼什么？那就只有地价了。"赵国栋摇摇头，"这实际上就成了投资商利用我们来竞价了，我一直以为光靠这些条件不够，要想吸引真正像样的投资商，干部的素质和后续的服务水平才是最重要的。"

"说得好！"蔡正阳情不自禁地赞叹道，"沿海地区的投资商和我们内地相关部门打交道最头疼的就是办事效率。先前话说得比蜜都甜，一旦你在这里落户了，那就成了案板上的肉，任我为所欲为了。你想要办一件事情，今天推明天，明天推后天，要不就是领导不在，具体经办人员休假，这样那样的繁琐程序让这些投资者望而生畏。好事不出门，坏事传千里，这样怎么吸引投资商来投资？"

"是投资商始终要来投资，问题是可供选择的余地多了，咱就得与众不同才行。你得让投资商觉得你是真心诚意地替他着想，替他服务，只有他成功你才能有政绩，只有将你自己的荣辱与他捆绑在一起了，他才会踏踏实实地放下心来投资。"赵国栋轻笑起来，"我就抱着这种心态去做事，我相信能引来投资商。"

蔡正阳注视赵国栋半晌，才使劲拍了拍赵国栋的脑袋，喟然叹道："你这脑瓜子里究竟装了些什么？怎么全是这些诡异的门道？"

"嘿嘿，蔡哥，我得奋进向上啊，看你一年一个台阶，前年你还是县委书记，去年就变副市长了，这不还没过年呢，又进常委了，怕是很多人都眼冒金星郁闷无比吧？"

赵国栋狡谲的笑容在蔡正阳眼中看着就像是伺机偷吃的黄鼠狼一般："你小子又有什么想法？茅道临在你们县委常委会上提了你担任管委会副书记，但是被搁置了。翻年努力一下，借助这一股东风，上一阶。我看梁建弘不会兼任你们开发区管委会书记多久，你们那个美女主任可能要接替梁建弘，看看你有没有机会顶替她。"

"恐怕没那么容易吧？我可不比你，资历太浅，这一年上一个台阶还不得把我给跌死？上个副书记都遭到这么大阻力，还想接任主任？"赵国栋无可无不可地摇摇头。

"这倒也是，所以我建议你可以调到市开发区来，安都市高新技术开发区已经正式在国家立项，虽然什么时候能批下来还不清楚，但是省市两级都在积极争取，估计不会拖太久，来这边你就可以有一个更大的舞台供你驰骋。"

蔡正阳目光落在赵国栋漫不经心的脸上，这个家伙似乎任何时候都可以保持着一种恬淡的心态，也不知道他是天性如此，还是刻意为之？不过能够做到这个份儿上，哪怕是表演都很难得了。

"蔡哥，要说去市里我不动心肯定是假话。但是我在想，我去市里开发区干什么呢？那里有我发挥的舞台么？市里开发区那些牛人们哪一个没有一点后台背景，弄不好随便一个风浪就能把我给吞噬了，我不想到时候什么事情都来劳烦蔡哥。"

赵国栋端起紫砂杯目光悠远地望着窗外远处："我会去市里，但是不是现在。江口舞台虽然看上去小了一点，但是对于现在的我正好合适，有蔡哥这棵大树做靠山，在江口我也不用担心什么。在开发区里踏踏实实做点事情也能为我日后进市里奠定基础，我可还真没正儿八经地在政府机关里待过呢。"

蔡正阳吐了一口气，人各有志，不能强求。何况赵国栋说得也没错，在市里开发区，稍微有个一官半职的谁没有点背景。赵国栋如此年轻，来也只有跑腿的份儿，要想上位，还不知招来多少风雨。还不如在江口开发区好生奋斗一番，若是真能做出一点像样的成绩来，自己要调他入市里也是顺理成章的事情。

　　"蔡哥不用一副惋惜的模样，不是有句俗语说得好么，是金子哪里都会闪光。就让我先在江口这边闪着吧，时机成熟再来安都市里闪一闪也不为迟啊。"赵国栋乐呵呵地道，"倒是蔡哥你现在入市委常委了，不知道有什么打算？"

　　"能有什么打算，入市委常委我还是分管原来那一摊子事儿。工业、交通、招商引资，如果开发区真的批了下来，我怕是又得套上一个辔头。"蔡正阳叹了一口气，"天生就是劳碌命啊。"

　　"但是我看蔡哥好像乐在其中啊。"赵国栋诡笑道。

　　"废话，走到这个份儿上，难道要我自己说太累了需要休息？总得做出一点事情来才不枉坐在这个位置上。"蔡正阳傲然道，"日后安都市老百姓在谈及这一段时光时能记得有蔡某人一份心血也就足够了。"

　　"嗯，工业和交通外加一个开发区，安都市经济重头戏都在蔡哥肩上担着啊。宁法书记这么信任蔡哥，蔡哥总得拿出一点像样的东西来堵一堵那些内心不服的家伙们的嘴才行。除了你说过的县属产权量化进行股份制改造之外，蔡哥还有什么别的想法？"赵国栋点点头。

　　"交通，交通一直是制约安都乃至整个安原省经济发展的瓶颈，如果不解决交通问题，安都的经济就始终难以得到最大限度的松绑！"蔡正阳沉吟着道，"但是要解决交通问题却不是一件容易的事情，财政上的拮据制约着政府在交通设施上的投入，这似乎成了一个恶性循环。"

　　"成渝高速、柳桂高速、长永高速都已经进入紧锣密鼓的建设阶段，而西临高速带动陕西经济发展、武黄高速带动湖北经济发展的作用有目共睹。周邻几省的高速公路建设都已经进入了一个前所未有的快速发展阶段，而我们安原省的高速公路却还在图纸上，偌大一个安都市竟然连一寸高速公路都没有，想起来都令人羞愧。"

　　赵国栋叹了一口气："如果说铁路是一个地区经济发展的动脉，那高速公路就是主神经。唯有高速公路的发展才能真正让一个地区的商贸经济发展起来，才能真正带动沿线经济的腾飞。蔡哥，如果你想要在交通上做出一点成绩，那就必须要在高速公路建设上做文章。"

　　"高速公路？"蔡正阳怔了一怔，但是随即摇摇头："高速公路的建设主导权都是省交通厅在掌握着，我们安都市并没有什么发言权。"

"唉，我不这样认为。安原省高速公路规划也不少，安桂高速、安渝高速以及安黔高速都已经提上议事日程。其中最有价值的还是安桂高速和安渝高速，安桂高速不但可以打通出海通道，而且可以将宾州和唐江两个地区一下子串通，必将带动整个安西南地区的经济振兴。安渝高速则可以把建阳和绵州这两个目前安原经济仅次于安都的工业强市联系起来，打造安都—建阳—绵州—重庆经济走廊。"

赵国栋目光悠远："不过这都不是我们考虑的事情，要现实一点，安都市完全可以以一己之力建设机场高速公路。从平康大道末端到太平堰，也就是二十五六公里的距离，按照现在高速公路一千二百万到一千八百万之间的造价，以这段公路的地质状况和拆迁费用来看，也就在四个亿之内，现在安都太平机场不是号称要打造中国内陆第一流国际机场么？想必安都市拿出这样一个设想来足以打动安原省委和民航局的领导们吧？"

"就算省交通厅可以将高速公路建设经营权下放给我们市里，四个亿，呵呵，国栋你小子真是口气不小。安都市财政收入一年才多少，这四个亿砸进去，我们安都还搞不搞其他建设，干部教师还要不要吃饭？"蔡正阳苦笑着摇头。

"市政府不愿意出钱，那就采取项目融资方式或者 BOT，现在国际通行的BOT 方式应该是最适合安都省情的了。机场高速连通安原经济最发达的县份华阳，又是机场必经要道，现在到机场的南延线道路破旧阻塞严重，我听说民航局已经就这个问题向安原省政府提出了交涉，正好可以借助这个机会来打破这个瓶颈。"赵国栋淡然道。

"BOT 方式？"蔡正阳沉吟了一下，作为分管交通的副市长自然也清楚BOT 方式是什么，简单一句话就是用一定年限的经营收费权来换取建设资金，并给予投资者一定收益。

"目前我们国内好像还没有先例。"

"怎么没有先例，广西来宾电厂不就是 BOT 方式搞的？那还是七八年前的事情了。只不过高速公路用 BOT 方式来建设经营还没有先例罢了，难道说我们安都市就不能开这个先例？"赵国栋满不在乎地道，"宁法书记从沿海发达地区来，他的思想比我们想象得更超前，我想用这种方式来加快安都交通的发展，他肯定会感兴趣。"

如果说前面赵国栋的话只是让蔡正阳有些动心，那么最后两句话就真的让蔡正阳打定主意要试一试了。

　　"嗯，这倒是，安都为什么就不可以在全国首开先例？要想树立起安都走在改革开放前列的旗帜，那就得拿出一点破冰的勇气来。"蔡正阳长长地吐出一口气，将身体靠在沙发中，显然是想要好好琢磨一下这件事情。

　　"另外如果这件事情一时半刻弄不下来，蔡哥也可以搞一搞 TOT 方式。像安蓝公路的收费权也可以转让出去，如果成功，也可以为市政府收回一笔投资吧？"赵国栋目光落到一个走进来的女孩子身上，这不是小鸥的同学童郁么？她怎么会到这里来？

　　自打赵国栋批了假日花园咖啡厅的蓝山多半是假的之后，蔡正阳就再也不去那里了，改在了这家新建的蓝湾半岛酒店。二十二层的高楼虽然不算显眼，但是所处位置却相当不错，正好处于梅江与花溪交汇处，坐在十八楼的咖啡厅里透过落地玻璃正好可以将窗外秀丽的两江景色一览无余。

　　二胡响起来时赵国栋才意识到原来童郁是到这里弹琴打工的，赵国栋万万没有想到蓝湾半岛这个听起来名字挺洋的酒店，居然还能在茶坊里玩弄出一些国人古韵的味道，实在有些令人意外。

　　"怎么样？味道不一样吧，坐惯了咖啡厅，到这里来品品茶，也是一种意境。"见赵国栋似乎有些在意耳畔传来的二胡声，蔡正阳得意地一笑："这也是一个朋友介绍让我来试试的，我来了两次，感觉还不错。二胡、扬琴、琵琶，有时候还有马头琴，弹奏得都很不错。"

　　"附庸风雅。"赵国栋似笑非笑地瞅了蔡正阳一眼，"除了瞎子阿炳的二泉映月，蔡哥你还能听懂几首？"

　　被赵国栋一句话噎得差点喘不过气来，蔡正阳狠狠地盯了对方一眼才道："我是听不懂，那又怎么样？并不妨碍我欣赏我们民族音乐的精髓吧？"

　　"嗯，蔡哥这话说得也是，赶明儿等我发了财，也要投资修一家民族大剧院，专门来供我们中华民族文化艺术精髓演出。"赵国栋笑了起来。

　　童郁家境应该不是很好，不过赵国栋很欣赏这种自力更生的努力。每个家庭都有其特殊性，赵国栋倒是无意去多问什么。

　　"你就贫嘴吧，剧院这一类文化设施都是赔本赚吆喝的生意，连政府都不愿意在这方面耗费太多，民间投资修建那岂不得血本无归？"蔡正阳轻笑道。

"生意人也好，企业家也好，不应该都是只为了赚钱而赚钱，人总要有一点回报社会的心态，能够提升本地区文化艺术氛围的举措，我想并不是每个商人都会无视的。"赵国栋一字一句道，"我坚信随着社会的发展，私营经济的壮大，总还是有那么一部分拥有这种襟怀的人。"

被赵国栋有些突兀的感慨弄得半晌没有回过神来，蔡正阳也不知道眼前这个年轻人脑瓜子里究竟装的是什么。思维跳跃如此之大，举手投足间表露出来的气势还真有点指点江山挥斥方遒的味道，这种话恐怕就连现在能够出席全国两会的私营企业代表们都不敢轻易出口吧。

春节前的政府机关无疑是最繁忙的，迎接上级的各种考核，应接不暇的座谈和会议，而身兼两职的赵国栋更是忙得团团转。

县府办的考核刚刚结束，这边又迎来县局对派出所的考核，带队的副局长何凤祥看上去像是老了好几岁。考评结束之后的席间也是"二"话不断，看得出来他这一年的心情很是不好。

赵国栋也是有些感慨，除了给考评组的成员每个人送上一份土特产之外，赵国栋又另外替何凤祥准备了一个红包。钱不多，也就一千块，但是还是让已经有些醉意的何凤祥感叹不已。

"国栋，你小子干得不错，春节有没有什么安排，去老栾那里坐一坐。"何凤祥唏嘘了一阵之后才道，"栾书记现在还是挺关心你的，上一次回江口也还专门提过你。"

"嘿嘿，不管有没有安排，何局一句话，我随时等候你的召唤，现在栾局都搬到安都市里了吧？我还从来没有去过他那里。"

"那好，就这么说定了，到时候我和你联系。"何凤祥点点头跳上车。

赵国栋心中也是一动，何凤祥和朱星文关系一直没有什么大的改善，现在刘胜安、邱元丰以及马鹏都很坚定地站在了朱星文一边。反倒是窦中凯因为自己的事情和朱星文有了一些隔阂，谣传王贵仁可能会提拔起来担任副局长，也不知是真是假，但是看样子很有可能。王德和东头落空西头也得找回来，就是卢卫红也不会不给这个面子才对。

赵国栋和王贵仁并没有什么接触，也没有什么其他恩怨，但是两次竞争斗法都是赵国栋上位获胜，使得两人关系势同水火了。每一次开局务会两人相遇几乎都只是目光交错而没有任何招呼，赵国栋不想这样，但是也不愿意主动示好，有些时候你主动示好反而只能招来对方的轻视。

官场上的风风雨雨的确很难说，何凤祥也曾经是朱星文的老部下，但却是在栾征远手上提拔起来。朱星文一上位就把栾系势力打入冷宫，何凤祥首当其冲。现在朱系势力刚刚站稳脚跟，窦中凯却又想要自立门户，看来这公安局里的是非还真不少。

庙小妖风大，水浅王八多，赵国栋想起县里其他机关给公安局这个单位下的结论，看来还真有点道理。

赵国栋一时间想得有些出神，汪涌泉和曲军却有些纳闷赵国栋怎么有些走神似的，汪涌泉问：“赵所，考评也结束了，何局怎么说？”

“噢，咱们开发区派出所是新建的，这一次不列入全局考评范围。不过我估摸着就是要列入，咱们也得在前三吧？”赵国栋回过神来挥手示意回办公室，“走吧，回办公室商量一下这年该咋过。”

回到赵国栋办公室里，窗式空调嗡嗡嗡嗡地响着，却是十分温暖。

“赵所，这开发区管委会就是不一样，我看朱局办公室都还没装空调呢。”曲军乐呵呵地道。

“那咋能比？开发区多牛，也不看看是谁兼着管委会党委书记。”汪涌泉也有些艳羡赵国栋这副主任办公室的奢侈。

“嗯，开发区今年还行，总算是打开了一些局面。昨天开发区这边也开了总结会，你们也都看到了，茅县长亲自来参加了，足以证明县上对这边的重视。”赵国栋拆开一包红塔山丢给二人一人一支，“我已经向梁县长和瞿主任汇报了我们今年派出所的工作情况，梁县长和瞿主任都表示今年派出所的确相当辛苦，要给我们派出所的干警们好好考虑一下。”

“噢？”汪涌泉和曲军两人眼睛都是一亮，谁都知道开发区的福利待遇好，眼见得还有几天就过年了，连总结会都开了，就没听见有什么风声，公安局那一份奖金也就一两千块钱，全局都一样，就指望这开发区管委会这边能给一点想头。

“嘿嘿，赵所，梁县长和瞿主任有没有说给多少？”曲军不像汪涌泉还要假意掩饰一番内心的喜悦，径直问道。

“嗯，梁县长没有明说，但是下来我问过瞿主任，她考虑准备比照开发区管委会干部给派出所干警发奖金。你们俩大概是按照开发区管委会中层干部来拿，估计能有三四千吧，弟兄们至少也能多拿两千。"赵国栋也是心情不错，虽然自己不在乎这两个钱，但是能够给所里兄弟们多争取一点额外奖金也值得高兴。

汪涌泉和曲军都是眉开眼笑，三四千相当于在局里大半年的收入了。难怪人人都削尖脑袋往开发区里钻，也不枉今年这几个月的辛苦了。

"赵所，那我们所里团年安排在哪里？"

"东宁宾馆吧，我和陆老板都说了，给我们安排好了六桌，让兄弟们把老婆孩子都带来。我到时候把梁县长、朱局、窦政委和刘局以及瞿主任都请来，也算是咱们这开发区派出所第一年过个热闹年。"赵国栋想了一想之后才又道，"联防的奖金也要考虑，汪指导、曲军，你们看多少合适？"

"嗯，永和那边原来年底都是给五百。北郊那边，曲军，你们原来给多少？"汪涌泉把目光转向曲军。

"这个我不太清楚，原来都是齐正一个人发红包，他想给谁发多少就发多少，也不准打听，听说有的干警还不如联防拿得多呢。"曲军摇摇头。

赵国栋也知道有些所长有这种作风，把联防队的亲信看得比干警还重，甚至连财务都交给联防来管，这很危险。但是却有人乐此不疲，看来齐正原来就是这么干的。

"赵所，现在所里资金并不宽裕，买车的钱都还没还完，恐怕还是得稍微省着点，这年边上虽然能收一些，但是我们也得尽早把这笔钱还了才行。"汪涌泉沉吟着道。

汪涌泉是个实诚人，接触几个月下来赵国栋对对方也比较了解了，虽然在魄力上可能弱了一点，但是做群众工作相当有一套，应该说局里还是考虑了开发区派出所的实情替自己选了一个相当合适的搭档。

曲军给赵国栋的印象相当好，案侦上有自己独到的一套本事，颇有一股锲而不舍的劲头，而且心思也相当缜密，是个好帮手。自己能够把派出所的一部分业务脱手，主要也就是靠他撑起。

"汪指导，这是咱们派出所第一年，还是要好好犒劳一下弟兄们。联防队员们也很辛苦，今年夜间巡逻力度很大，开发区企业和建筑工地老板们也都很满意。我看就一人定在八百块吧，也好让兄弟们给家里老婆孩子有个交代。"

赵国栋一锤定音："至于购车钱，翻年几个大型企业就要入场建设，到时候我们派出所勤快一点，我想几万块钱不在话下。"

赵国栋既然这样说了，汪涌泉和曲军自然也无异议，开发区派出所也迎来了一个红红火火的年末，尤其是在奖金发放那一两天里，几乎人人脸上都充满笑容，就连夜间巡逻时干警和联防的精神都比平常好了不少。

派出所的总结会是热闹无比，朱星文带着刘胜安和邱元丰两人参加了开发区派出所的团年会。梁建弘和瞿韵白也应邀参加，这让汪涌泉和曲军都意识到了赵国栋的能耐。还没有哪个派出所能够请动三名局领导来参加团年会，甚至还有副县长参加，对赵国栋的看法自然也就又重了几分。

孔月终于回来了，不过她并没有按照赵国栋的意思坐飞机回来，而是挤了一天的火车才到安都，这让赵国栋很是恼怒。

安都火车站仍然是十年前的景象，据说安铁分局已经有意扩建安都火车南站，但是却一直没见动静，估计是要报上一级安铁局甚至铁道部。

赵国栋将桑塔纳开到了停车场内，等待着从重庆过来的 218 次列车，列车在安渝线上要运行十三个小时才会到达安都。一个女孩子孤身一人在列车上颠簸，实在让人有些不放心，这也是赵国栋不愿意让孔月乘坐火车的缘故。

天色已经黑尽了，但是火车站上仍然是人头涌动，全副武装的武警战士和公安早已经在站台广场上巡逻。虽然是北风呼啸，但是仍然有很多人滞留在广场内外，等待着能够进入候车室踏上归途。

这里属于站前分局的辖区，每到春节期间，就成了西广场派出所和东广场派出所加上广场以北的呼兰河派出所最为紧张的时段。站前分局乃至市局都要从机关中抽调大量警力来充实三个派出所，以保证春运期间有足够警力来应对滚滚而来的春运人潮。

赵国栋来之前就给西广场派出所的警专同学程蛟打了一个电话，程蛟是安都市区人，在警专读书时和赵国栋关系相当密切，一毕业就分到了站前分局西广场派出所，表现也相当不错，据说已经当上了片长。

摩托车的突突声沿着一条小巷传了过来，赵国栋一眼就瞅见了一身警服的程蛟。

"国栋！"程蛟没有下车，直接向赵国栋挥手示意上车。

赵国栋上车，程蛟一轰油门径直向广场驰去。

程蛟从广场一旁的工作人员专用通道把赵国栋带了进去："国栋，我不送你了，我还在当班，这几天人都快要累死，天天人山人海，等过了这几天咱们再联系。我都和车站里的伙计们打了招呼，你接了人就直接从这边出来，免得去挤。"

看着程蛟气喘吁吁地又忙着去当班，赵国栋也有些感慨，这个家伙办事还是那样认真踏实，但是对朋友却没说的。

当孔月扑入赵国栋怀中时，赵国栋才发现自己真的有些舍不得这个女孩子了。

柔顺的秀发在鼻尖流淌，淡雅的幽香萦绕在心间，雷雨那一夜的如梦如幻，随后几日的疯狂荒唐，赵国栋很难想象这是一个最初连牵手都要脸红的女孩子能够做出的。除了全副身心都扑到了自己身上，找不出更合适的理由来解释了。

赵国栋捧起孔月的脸仔细打量了一分钟，除了浓浓的书卷气让孔月又有点中学时代的学生味道之外，从外表来看并没有什么大的变化。

"为什么不坐飞机？你不知道坐火车会很让人担心么？"赵国栋一时间也找不出合适的语言来表述自己的心情。

"哪有那么夸张，难道说火车就不是人坐的？"孔月娇嗔道，"我可不是什么娇小姐。"

"你们怎么这么晚才放假？"赵国栋有些不解地问道，按理说一般大学十多天前就该放假了。

"我不是告诉你了么？我参加了一个补习班，多学了两周。"孔月还是有些不太习惯在众目睽睽之下和赵国栋相依相偎。

赵国栋觉察到了这一点，无奈地放手，替孔月提起包裹，上手才发觉格外沉重："补习什么？我可没听说过大学里还要补习。这包里装的什么啊，怎么这么重？"

"都是一些书。"孔月戴起风雪帽，娇媚地笑道："补习英语，我的英语底子薄，我得努力赶上。"

"补习英语？补习英语干什么？"一种不太好的预感隐隐浮现在赵国栋心

中，"职工大学还对英语有要求？"

"不是，我看现在英语用处很大，加上我原来中学英语成绩也还行，就想把它重新拾起来。没想到三天不练手生，和别人比起来，我差得很远，所以我才打算好好补习一下。"孔月摇摇头，"走吧，别人都在看着我们呢。"

赵国栋本想再问，但是想一想学习也是好事情，英语以后的作用会越来越大。如果孔月真的在英语上有长处，日后安都第一纺织总厂垮了也可以寻找更好的发展。

坐上桑塔纳孔月觉得很是惊讶，才短短三个月怎么汽车又换了？不过她很快就迷失在了赵国栋火热的蜜吻当中，粗重的喘息声在两人面颊间游荡，三个月的相思似乎要在这一刻彻底释放。

"不，不，国栋，不要。"孔月意识到了问题的危险性。

"我知道。"赵国栋苦笑着叹了一口气，怎么这么不巧？

"你知道什么？"孔月用自己冰冷的手贴了贴自己滚烫的脸颊，不解地问道。

"你的好朋友又来了。"赵国栋眨巴眨巴眼睛。

"啊？"又羞又惊的孔月瞪大眼睛看着赵国栋，"你怎么知道？"

"我心有灵犀。"其实赵国栋手在孔月小腹上游移时就发现孔月穿的内裤是最老式的三角内裤，他知道孔月的习惯就是在每个月不方便的时候换上这种相对舒适但是却很老土的内裤，这个秘密连孔月都不知道赵国栋就觉察到了。

羞得使劲儿擂了赵国栋胸前几下，孔月才算松了手。

"好了，好了，今晚是回厂里还是就在安都住下？"赵国栋问道。

"回厂里吧，我都几个月没回家了，怪想家里人的。"孔月犹豫了一下才道。

"就不想我？"赵国栋歪头问道。

"不想。"孔月噘起小嘴道。

"真的？"赵国栋一脸坏笑，看得孔月心中也是一阵情潮涌动，说不想那是假话。虽然学校学习生活并不繁重，但是孔月对自己要求很高，尤其是下决心在英语上取得突破之后，更是铆足了劲儿学习。但是晚上躺在床上总还是会回想起和赵国栋在一起的一幕幕，尤其是那雷雨之夜的抵死缠绵更是屡屡出现在她梦中。

见孔月不言不语，赵国栋也知道她的性格，这种露骨的话儿她是难以出口的，但是美眸中流露出来缕缕情思早已经溢满眼眶。

朱国平和花行云二人以及跟随他们来的几个浙江客商，一直到腊月二十七才登机返回浙江。

浙江人的敬业努力让赵国栋深有感触，内地人在这方面与江浙沿海那边的人在创业观念和作风上的差距由此可见。腊月二十七安原这边早已经是一片歌舞升平，企业也早早放假，家家户户都收拾好准备过年了。

朱国平和花行云到江口投资的羊群效应已经显现出来，尤其是《安都日报》的那一篇赞誉江口开发区的文章出炉之后，几个原本打算在碧池投资建厂的企业也改变了态度转而到江口进行实地考察。

而跟随朱国平和花行云来的几个客商中有两个也已经初步敲定在江口开发区建厂，只待一开年就要签订投资建厂合同，这让江口一帮领导也是喜出望外。

广东方面的几个客商也流露出了投资意向，不过他们似乎并不看重《安原日报》的吹嘘，而是扎扎实实在江口县这边住下来，仔细地了解了下江口开发区从周边环境到社会治安乃至各种优惠政策和地价差别，相较于浙江人，广东人更小心。

其他几个县区大概也没有料到《安都日报》的一篇文章会有如此威力，也开始各显神通在《安都日报》乃至《安原日报》上自卖自夸地称赞自己的开发区，但是其效果却是相去甚远。

第十八章　天生英才，是大英雄
　　　　　总要有点英雄本色

雷向东和萧华山以及郑健都交换了一个惊异的眼神，这个家伙简直太强悍了，对于国家经济发展导向理解得如此透彻，以至于许多自己想到了但是还没有想清楚的东西落到他嘴里就变成了娓娓道来。

一年一度的春节终于要来了，整整忙碌了几个月都未曾归家的赵家几兄弟终于回到家里，一家人热闹团圆的景象也是鲜有一见。

刘成也终于被赵家所接纳，成为赵家的准女婿，这让赵灵珊对自己大弟的感激更甚。若是没有赵国栋的全力支持，她也不知道自己是否能够和刘成有如此圆满的结局。

阖家欢乐的喜悦冲淡了纺织厂效益大滑坡的阴霾，厂里的境况赵国栋也有所耳闻。九三年最后两三个月里厂里状况更糟糕，几乎所有职工都感觉到了巨大的压力，往日的三班倒已经改为两班倒，一些辅助车间更是处于半停产状态。

几个厂领导都如同热锅上的蚂蚁一般四处奔走，银行贷款到期，屡屡上门逼债。如果不还到期贷款，要想再贷便无可能，而财务上早已经是拆东墙补西墙，但是这也于事无补。

卖出去的东西要么收款无望，要么就是抵回一大批五花八门的杂货，这让厂里销售部门也是苦不堪言，若是不卖，生产出来的东西便只有积压在仓库里。

一波接一波出去催款的人，除了消耗了一笔又一笔的出差费用之外几乎是一无所获。虽然市里的领导也屡屡出面帮助协调，但是银行的态度也很坚决，不还旧账，新款不放，尤其是对于纺织厂这种明显失去发展潜力的企业更是如此。

赵灵珊已经调到了化验室，工作虽然轻松，但是一样感受到了企业不景气带来的压力。昔日车间里的姐妹们几乎每天都在嘀咕着为什么厂里仓库货物越压越多，领导脸色越来越难看，而奖金却是屡屡只听脚步响，不见人下来。

从安都赶回来的赵德山和赵长川是打了一辆出租车回家的，虽然邻里都知道赵家两兄弟到外边做大生意去了。但是看到两个气派不凡的青年从出租车上下来时，一时间还是没认出来是赵家两兄弟，直到进了赵家大门才反应过来。

坐在桌上的赵国栋仔细地观察着每一个人的变化。

父亲虽然越发沉默寡言，但是眼角露出来的喜意还是掩饰不住。虽然赵德山和赵长川在席间的语气、态度比起上一次春节已经是大不一样，甚至破坏了家里的规矩，但是作为一个父亲能够看到两个本来都只能在家里窝着待业的儿子现在这般风光，其内心的喜悦足以冲散一切不满意。

赵德山表现出来的牛气只有在面对赵国栋时才会收敛，尤其是面对大姐和刘成时更是有一种说不出的睥睨味道。这小子还是那样狂傲倔强，对于刘成的看法始终没有多少改变。

赵长川相对含蓄内敛得多，对于父亲虽然还是一如既往地尊重，但是看得出来那只是一种礼节了，这一年多来的商场打拼已经让他脱胎换骨，骨子里的自信让他即便是在面对赵国栋时也敢于据理力争了。

母亲还是那样，除了偶尔瞪一眼有些过分的赵德山之外，她实在也找不出更好的方法来压制自己这几个儿子了。

刘成也保持着平静，第一次参加赵家这种一家人的正式聚会，无疑也就是宣布了他算得上是赵家的成员之一了。

他尽量保持着必要的冷静和矜持，但是赵国栋看得出来他对赵德山和赵长川所经历的一切都很感兴趣，即便是赵德山有时候出言不逊他也不以为忤，反倒是赵长川对刘成还算尊重，两人还能不时交流一番，这是一个好现象。

赵灵珊倒是有些忐忑不安，尤其是担心赵德山的蛮横无理，好在赵国栋坐在席间，赵德山就算是再放肆，也不敢过分。

经济基础在任何时间任何地点都会展示出它的决定性作用，投入到经营沧浪之水矿泉水项目中去后，赵德山和赵长川的地位已经明显超越了父母。虽然矿泉水项目的投资许秀芹还是最大股东，但是谁也没有在意这一点。

"细纱车间已经取消了运转班，改为长白班了，听说织布车间翻了年也会效仿。"赵灵珊一直插不上话，好容易等到机会才说了一句。

"这是必然。"埋头吃菜的赵国栋轻轻一句话如炸雷一般落在席间。

"国栋，你说什么？"赵孚望一惊，他一直没怎么说话，但是对自己大儿子这句话却是听得格外清楚。

"我是说这种趋势是必然现象，而且还会越来越明显。纺织厂已经走入了死胡同，关门停业那也是迟早的事情。"赵国栋脸色平淡，就像是在评价一件于己无关的事情。

"不可能！政府怎么可能让这么大一个厂停产？那工人们怎么办？"赵孚望罕有一见的厉声怒叱。

"不是政府要让厂里停产，而是市场迫使厂里停产！厂里生产的东西市场不接受，因为有更好更便宜的货供市场选择，就这么简单。"赵国栋夹起一筷子粉蒸肉塞进自己嘴里，漫不经心地道。

"市场？"赵孚望茫然地反问一句。

"爸，现在不是计划经济了，政府不会包干一切，你产品能不能卖出去，取决于你企业的成本和品质以及是否符合市场需要，而我们纺织厂无论在哪一条上都已经落后了。今年厂里勉强维持全靠银行支持，一旦银行觉得我们厂没有能力偿还前面的贷款，那无论如何他们也不会再把钱丢进来打水漂。"赵国栋放下筷子，"你觉得这种情况下我们厂还能维持下去么？"

"那我们怎么办？"赵孚望清癯的脸上浮起一抹不安，"厂子怎么办？不可能就这样天天等着吧？"

"当然不可能，厂子虽然会停滞下来，但是职工的问题相信政府会有考虑，方式多种多样，就看政府怎么考虑了。可以肯定的一点是，我们厂应该支撑不了多久了。"赵国栋断然道。

赵国栋的一席话让席间气氛一下子沉重起来，还是赵长川打开了气氛："爸，妈，你们担心什么？有我们在呢，就算是厂子垮了，咱们一样能生活，咱们又不靠厂里。"

"是啊，爸，妈，你们都这把年龄了，要不就在家里休息，懒得去累死累活，一月挣不了几个钱，何苦？"赵德山也大着嗓子道："咱们几兄弟养得起你，要是觉得厂里不好，在江口或者安都买套房子，搬到城里去住得了。"

"滚！"赵孚望罕有地暴怒了，急剧起伏的胸膛和赤红的脸颊显示出他心情的变化，"你给我滚出去！"

"老三！"赵国栋制止还欲再言的赵德山。

"你怎么了？德山又没说什么，还不是为你好！"许秀芹也不安地责怪自己的丈夫。在她看来赵德山的话也没啥错，不过这番话让从建厂就在厂里干的赵孚望情绪的确受到了很大刺激。

"爸，德山不会说话，但是他也是为你好。厂子真的转不动了那也是历史原因，与你无关。我们赵家这么多人难道说你还担心吃不起饭不成？德山也是希望你后半辈子能够有一个好环境好好颐养天年，为厂里也算是奋斗了几十年，问心无愧就够了，这不是我们能够扭转的。"

赵国栋的话让赵孚望心情稍稍平复了一些，但是有些落寞不甘的神色显示他仍然不死心："国栋，你说的都是真的？厂里真的会转不动了？"

"真的，最多今年还能熬一年，那都要算厂里那帮人本事大了。"赵国栋摇摇头，"国营大纺织企业已经完成了它的历史使命了，退出舞台是必然的。"

老赵头终于吃不下去了，丢下筷子回到自己卧室里去了。一顿饭就被赵国栋一句话给彻底破坏了，这让赵国栋也有些懊悔，随口而出的话也能招来这么一场风波，但是想想父亲的心情也可以理解。

"国栋，别往心里去，你爸脾气你知道，我一会儿去劝劝他，让他想开一些。"

许秀芹虽然也有些担心纺织厂的命运，但是现在几个儿子都在外边做事，尤其是赵德山和赵长川两人都是在大儿子的安排下在外边做事，虽然不知道他们说的那些开厂办企业究竟是干些什么，钱从哪里来，但是她却对赵国栋十分放心。

客厅里只剩下几个小辈的，赵云海七月就要高考，一门心思都在学习上。虽然几个哥哥的谈话让他也是兴趣浓厚，但是他也知道自己现在的任务是考上一个名牌大学，为日后找到一个好工作打好基础。

赵德山和赵长川两人原本想要和赵国栋好好商量一下宾州那边的事情，

但是赵灵珊和刘成在场，两人也不愿意深说，气氛似乎一下子就有些微妙起来。

赵国栋也觉察到赵灵珊和刘成的不自然，很显然两个弟弟现在都还没有把赵灵珊和刘成纳入赵家人范围。嫁出去的女，泼出去的水，这个观念还在两个弟弟心目中根深蒂固，不过赵国栋并不太在意这一点。

一九九四年的春节就这样无声无息地到了，虽然赵国栋邀请孔月到自己家中来看春节联欢晚会，但是面薄的孔月还是拒绝了赵国栋的热情邀请。

临近春节，家家户户都在自己家里，除非明确了关系，否则没有人会莽撞地跑到别人家里待着。而孔月现在还不想让自己和赵国栋之间的关系彻底暴露在厂里人面前，虽然包括两家人在内的很多厂里人都认可了两人的恋人关系。

大年初一，赵国栋在开发区派出所度过了一个异常清静的春节。除了朱星文陪着县委书记卢卫红和县长茅道临来看望了开发区派出所的值班干警之外，就再也没有其他事情。企业都已经关门闭户，大部分都要等过了正月十五才会正式开工。

赵国栋百无聊赖地坐在管委会办公室里，初一是派出所带班，初二就该轮到自己这个副主任在管委会里带班了。一个班三个人，一个领导或者中层干部加上两个工作人员，主要工作就是守守电话，要不就是接待一下来访群众，不过这大过年的，就算是有反应事情的老百姓，也不会选择这个时候来自寻晦气。

一道人影在门外徘徊良久，直到值班工作人员觉得有些奇怪，走出门去才发现是一个漂亮女孩子。

"你找谁？"

"请问赵国栋在不在？"

"你找赵主任？他在，赵主任，有人找！"

赵国栋正闲得全身发痒，听到有人找，三步并作两步便跑了出来："谁？小谨？"

脚步一慢，赵国栋脸色也是一连几变，最后还是化为一脸平静："是小谨，来，快进来。"

不管以前发生过什么，毕竟还是相爱一场，酸涩之情充斥在赵国栋心间，虽然唐谨竭力想要保持自然大方，但是相互间太熟悉的双方都同时觉察到了对方的心情激荡。

唐谨深深地吸了一口气，然后在赵国栋办公室里走了一圈。

华丽精美的办公桌上放着一盆云竹，背后一排书柜中摆着一排大部头著作，一套沙发落落大方地摆在办公桌前面，明亮的大窗，雅致的窗帘，窗外宽敞的视野，无一不在向唐谨昭示着昔日的那个乡下小民警只用了一年时间就脱胎换骨了。

唐谨不知道自己怎么会鬼使神差地搭上车来到江口，赵国栋的工作变迁并没有瞒过她多久。事实上在安原大学看到赵国栋那一晚之后，她很快就通过了警专的同学获知了赵国栋现在的状况，酸甜苦辣，搅和在一起。

"你现在看样子活得很滋润吧？"唐谨在房间里走了一圈之后才缓缓道。

"小谨，你今天来不是来说这些的吧？"赵国栋摊了摊手苦笑着道。

"为什么不说？我就是想知道你怎么在一年里就脱胎换骨了，为什么又在我们家人面前表现得平淡无奇？"唐谨脸颊泛起一丝潮红，目光如炬，死死盯住赵国栋，骄傲的下颌微微抬起，就像一只待战的斗鸡。

"你要我怎么说？工作和生活也就是这么过来的，五月局里任命我为江庙派出所所长，十月开发区派出所新建，我参与了竞争，然后上了。结果县里鉴于开发区治安状况复杂，为了加强开发区社会治安环境的整治和管理，就要求派出所长进管委会班子，我也就糊里糊涂地当上了副主任，就这么简单。"

赵国栋的笑容中也充满了无奈和苦涩，仕途在外人甚至是唐谨眼中都是一帆风顺，但是内里危机只有自己知。

五月大限即将来临，就算是朱国平和花行云的建厂计划在年后就铺开，还是远远不够。

一个只有寥寥几家企业，投资不过两三千万的开发区，不说与华阳、望塘这些产值早就过亿的开发区相比，就是麓山、广河、云台甚至长津、梅县这些县的开发区相比也是相差甚远，如何摆脱被裁撤的命运才是赵国栋眼下最关心的事情。

"就这么简单？你敢说你没有别人帮忙？"唐谨咄咄逼人，语气更加凌厉。

赵国栋已经习惯于在唐谨面前唯唯诺诺了，这一点连他自己都没有注意到，只要是唐谨一发怒，赵国栋自觉不自觉地就要退缩忍让。

"小谨，你想知道什么？"赵国栋索性坐进沙发里。

"我想知道你既然和刘局长那么熟悉，为什么不让他把你调回市区？就算是你不想回市区，为什么不告诉我和我家人你有这样一位关系密切的'朋友'？"唐谨樱唇如火，句句话不离要害。

赵国栋沉默半晌之后才默然道："小谨，我也是机缘巧合认识的刘局，并不是你们想象的后援。或许他的存在有意无意帮了我一些忙，但是在工作上我并没有求他办任何事情。至于没有告诉你和你的家人，你觉得我们俩没有能够交往下去，就是因为我没有告诉你和你的家人我和市公安局常务副局长关系密切？"

这一句诛心之言立即让唐谨如中雷殛，漂亮的晶眸中顿时泪光闪动。

"赵国栋，你有没有良心？难道说你告诉了我和家人这一层关系就会玷污了我们之间的感情？你体会过为人父母亲友对自己子女的牵挂关爱？你在江庙，我在市区，相隔八十公里，坐车要两个多小时，在我父母亲友不了解你的情况下，你说他们能不反对？你就那么高贵，甚至吝于表现一下你的优势让我父母放心把我交给你？"

赵国栋深深吸了一口气，昔日的一幕幕不断闪现，初恋谁又能忘记？就像那存放在心灵角落中的影像，只要一触及便会重新在眼前掠过，或许自己真的有错，但是现在还能重新再来么？

"小谨，我记得我们曾经约定，坚持，坚持就是胜利。但是言犹在耳，却无可奈何花落去，我想我们都努力了，但是或许还不够诚心，或许坚持不够，事已至此，夫复何言？"

赵国栋言语间也是无限伤感，刻骨铭心的一段就这么结束了。为什么自己却总是梦回萦绕，为什么总还幻想着唐谨能够重新投入自己怀抱？旧情难忘还是男人自私的占有心理在作怪？

"你的意思是我们就此别过，形同路人？"唐谨收拾起翻涌的情怀，沉声道。

"那我们还能怎样？罗敷有夫，奈何？"赵国栋长吐一口气摇头。

唐谨原本滚烫的心渐渐平静下来，她能够看得出来赵国栋眉宇间的抑郁，只是心中所想她如何能说出口？

小姑遮遮掩掩地询问自己和蒋伟才进展时她就觉得有些奇怪，尔后在自己的追问下，小姑才吞吞吐吐地把洗翠苑见到的一幕说出来，整个一家人都是默然无语。就连一直坚决反对的父亲和母亲的目光都变得犹豫不定，尤其是在得知自己和蒋伟才之间关系根本没有任何进展的情况下，就更是如此。

"国栋，国栋！"

孔月一推开办公室大门就觉察到了不对，眼前这个漂亮的女孩子似乎红肿着眼睛在期待着什么，而赵国栋却是一脸怅然。

"小月？"

小谨，小月？唐谨只觉得胸前被重重击打了一拳，痛得她几乎要晕厥过去。但是她知道这个时候自己绝不能退缩绝不能软弱，更不能失态，莫名的怒意让她强忍住心酸和痛楚盯住对方："国栋，看来不是罗敷有夫，而是使君有妇啊，赵国栋，我真没有看错你！"

赵国栋也没有料到两个女孩子竟然会以这样的方式见面，如此尴尬而压抑。

"小谨，这是小月。"赵国栋努力稳住自己心神，让自己神情变得自然一些，就像没有听见唐谨言语中的讥讽挖苦之意："小月，这是我同学，唐谨。"

孔月原本柔和的目光一下子变得锋利起来，任何女孩子在这种情况下都不会退缩，尤其是在发现对方如开屏的孔雀一般炫耀着敌意时。

"国栋，你警专同学？"

"国栋，这是你高中同学还是初中同学？纺织厂的？"

唐谨言语中的轻慢一下子刺激到了孔月："国栋，她是怎么一回事？你以前的女朋友？"

"以前是，现在也是！"唐谨毫不示弱，不知道什么原因让她一下子充满了昂扬斗志，至少她绝不能在这样一个工厂女工面前落了下风。

"现在也是？我怎么不知道？"孔月脸上浮起一丝轻蔑的微笑，她见过眼前这个女子，当然是在照片上。而且她也从赵德山那个嘴巴没口子的嘴里隐隐约约听说过这个女孩子，不知道什么原因在自己和赵国栋好之前的大半年前就分手了。

"你是什么人，需要你知道？"见对方脸上的轻蔑之色唐谨斗志更加高昂，即便是自己和赵国栋真的分手也轮不到一个工厂妹在自己面前耀武扬威。

"我是什么人不需要外人知道，国栋和我自己清楚就足够了。"孔月也从来没有发现自己言语变得这样犀利。

"哼，这句话应该我来说才对，我和国栋好的时候你在哪里？"唐谨嘴角泛起一丝冷笑，"想要利用我和国栋之间的感情危机来做文章？做梦！"

孔月心中一惊，但是随即定神道："感情危机？真正的感情还会存在危机？经不起考验的感情还是早一点放弃好。"

被孔月这句话刺中了伤口，唐谨深吸一口气狠狠地道："如果连起伏波折都没有过的感情那就不是爱情！"

"是么？这是你发明的格言？"孔月目光明亮，"是不是每一对恋人都要相互伤害得遍体鳞伤才叫做体味爱情？真是笑话！"

赵国栋只有无助地望着眼前两个舌枪唇剑斗嘴的女孩子，一个是前女友却又藕断丝还连，一个是现任女友。他第一次感觉到漂亮女人之间似乎天生就是敌人。

"国栋，你告诉她，我是你什么人？难道你能否认你心中没有我？"唐谨目光熊熊掀开了一切面纱。

"很好，我也想听听国栋对这件事情的解释。"孔月丝毫不甘示弱，表面上柔顺，但是在这个大是大非的问题上不能有丝毫的退缩容忍。

张口结舌的赵国栋目光呆滞地望着眼前两个针锋相对的女孩子，他知道这个时候只能伤害一个女孩子去赢得另外一个女孩子，试图两头讨好两头抹平的做法只会让两个女孩子都离开自己，但是这一刻选择谁他却有些茫然。

唐谨在自己心中无疑永远保留了一个其他女孩子无法替代的位置，初恋的青涩酸甜就像一枚梅子珍藏在自己心灵深处，偶尔舔食总是回味无穷。而孔月呢？朦朦胧胧的单相思变成了真正的恋人，看似平淡的感情存放得越久就越能感受到那渐渐散发出来的醇厚浓郁。

如果自己是要选择一份平淡是真的感情，孔月无疑是最好的伴侣，但是自己真能割断对唐谨的那一份情丝？赵国栋扪心自问，却又寻找不到答案。

孔月汹涌澎湃的怒意和唐谨充满挑衅的目光终于撞击在一起："赵国栋，请给我一个回答！"

"呃，这个……"赵国栋的确不知道自己该如何回答这个问题，如果面对其中一个，他自信可以轻而易举地化解，但是这是三方会面，不偏不倚地回答只能伤害所有人！

就在孔月泪流满面夺门而去的同时，唐谨也冷冷抛下一声冷哼扭头而去。

到现在自己也许真的需要考虑一下有没有必要再和赵国栋和好了，唐谨曾经受创的心灵再度浸出丝丝血迹。

先前对赵国栋的种种思念仿佛一下子就酝酿成了对对方的鄙薄，短短半年他居然就敢招惹上另外的女孩子，而且看那副样子关系还不浅！

虽然唐谨自信没有人能代替自己在赵国栋心目中的地位，只要自己稍微露出重归于好的意愿，赵国栋就会重新回到自己身旁，但是现在这样的和好还有意义？

赵国栋万万没有想到自己这略一犹豫竟然会得到这样一个结局，孔月夺门而去，唐谨居然也一言不发离开，这让他也是顾此失彼。当他一愣神间赶出去时，两辆适时停下的公共汽车仿佛和赵国栋作对一般，一辆往南下平川，一辆往北上安都市区，赵国栋赶出来时只看到唐谨登上了北上的汽车，而孔月无疑已经上了南下的客车。

几乎没有给赵国栋思考的机会，两辆公共汽车便启动离去，只留下怅然若失的赵国栋孤独的身影站在寒风中。

太失败了！仰躺在沙发中的赵国栋给自己下了一个结论，貌似花花肠子一肚子的自己在感情上无疑是一个雏儿，怎么应对这种场合到现在他也想不出合适的办法来，他不想伤害任何人，但是这恰恰伤害了所有人。

沮丧的情绪一直到第二天去朱星文家中时都还笼罩着赵国栋。

从正月初三开始赵国栋的日程就几乎是排满了的，初三朱星文待客，赵国栋自然要到。初四何凤祥已经和赵国栋约好一起到安都市区栾征远家中聚一聚，初五杨天培和古志常邀约着要坐一坐。

初六初七则分别是刘兆国这一帮人轮流坐庄，柳道源和熊正林都已经回来了，这帮人都要一直忙到初六初七才能腾得出时间来。倒也不图什么，几家人在一起坐一坐，朋友之间的感情也需要多联络，否则只会越来越淡。

朱星文待客无疑是朱系人马到得最齐的一次，中午的午饭上，局领导班子全数到齐，除了局领导之外能够上桌子的大概也就是自认为有头有脸也在朱星文面前说得起话的一干人了。

赵国栋敬陪末座，坐在他旁边的还有交警队队长齐正、刑警队队长张德才、行装科科长鲁曼以及城关所所长胡权。

窦中凯和何凤祥虽然都参加了这次聚餐，但是很显然两人夹杂其中就多了几分其他味道出来。他们俩都在午饭后便以另有安排为由离开了，何凤祥的行动可以理解，但是窦中凯这样做就显得有些突兀了，赵国栋琢磨着这翻年之后局里边是不是又会迎来一波变化。

下午间的娱乐项目无外乎打麻将和纸牌，朱星文、刘胜安、邱元丰以及马鹏自然围成了一桌，而齐正、张德才、胡权加上赵国栋也就拼成一桌麻将，鲁曼也就在一旁买码。

赵国栋并不喜欢打麻将，但是入乡随俗，这种场合下撤台子无疑是一种不合群的行为。

见朱局下桌儿上厕所，赵国栋也不动声色下了桌儿请刘胜安帮自己打一把，刘胜安麻将瘾不小，只是碍于朱星文相邀不得不去凑纸牌角子。

见朱星文从厕所里出来，赵国栋早已经递上去一支中华，又替朱星文点燃。

"朱局，听说翻年局里要提拔人？"赵国栋也给自己点燃一支。

"怎么，你小子想回来？"朱星文瞪了赵国栋一眼，诧异地问道："我怕卢书记和茅县长不会放人啊。"

"嘿嘿，我纵然想也轮不到我头上啊，我这个年龄资历在开发区挂个副主任都已经引起轩然大波了，真要回局里，还不得把老齐和老张他们给气死？县里肯定也通不过，我有自知之明，还是在这管委会里熬熬资历吧。"赵国栋在朱星文面前也就没有那么多顾忌，笑着道。

"嗯，你知道就好，公安局不比其他单位。二十来岁当个乡长书记顶多有些人说说闲话而已，要在咱们局里当个副局长那就要翻天了。"朱星文也有些感慨地道，想当初自己不也是三十五六就当副局长，已经算得上是局里的年轻干部了。但在副局长位置上一坐就是六七年，活生生把自己给熬成了宿年老将，现在要想上一步难上加难不说，而且年龄也逐年见长，再等一两年上不了，自己也就基本没戏了。

公安局是个既讲能力又论资历威望的地方，没有一星半点历练积累，上个所长副所长都会引发不少争议。赵国栋若不是系列盗牛案受到市局表彰以及科班生这个硬牌子，要当江庙所所长也是休想。

"所以咱也没指望，只是想问问是谁上。"赵国栋接上话，"听说是王贵仁?"

"你听谁说的?"朱星文反问。

"要不今年桥关所凭什么综合考评第一名?"赵国栋嘿嘿一笑，"我就不信江庙所比桥关所差哪儿了。"

"你小子，走了还在替江庙所打抱不平。"朱星文不置可否。

一般说来要提拔一个干部都得需要造造势，在开发区派出所人选问题上王德和对朱星文意见很大，他不得不想办法缓和一下，局里差一个副局长，推一推王贵仁也算是缓和一下关系，至于能不能上还得要看王德和在县委县政府那边的运作了。

按理说应该没啥大问题，但是王德和的人缘也不太好，茅道临和包太平都和他不对路，一个是县长，一个是分管政法的县委副书记兼政法委书记，在政法部门的副职人选问题上，都是具有一定发言权的。

"再咋我也在那里干了大半年啊，这不是打击我们的工作积极性么?"赵国栋道，"当然，局里要推王贵仁上，那我无话可说。"

"哼，你小子就知道斤斤计较。"朱星文吸了一口烟，"看吧，现在还不明朗。王贵仁能不能上还得看王德和的本事，老齐也还盯着呢。"

"呵呵，朱局，江庙所所长局里有没有合适人选，如果没有的话，我给朱局推荐老汪。"赵国栋一脸郑重其事，"老汪真不错，经验丰富没说的，更难得的是能文能武，做群众工作也很有两把刷子。原来也在朱局的手下干过，搞案子也能上手，朱局也想江庙所有个可靠的人吧，交给你这个老部下也可以放心。"

"嗯，说到这儿吧。"朱星文也有些意动，汪涌泉算是个实诚人，在刑警队跟着自己干那几年都还行，不过后来出了刑警队到派出所和自己接触也就少了。"他要走了，谁来把开发区这边给你撑着? 茅县长年前都和我说了，开年之后你可能主要精力就要放在招商引资工作上，若是开发区真被裁撤了，那这个开发区派出所也就没有多大存在的必要了啊。"

"朱局，曲军完全可以撑起来! 在北郊所他就是分管案件的副所长，情况熟悉，啥都拿得起放得下。在开发区这边也一样，有一股子坚忍不拔的劲儿，干工作任劳任怨，没说的。"赵国栋鼓动着他三寸不烂之舌，"另外我们所里那个袁振勇也很不错，武警部队回来的，业务上肯学肯钻，一年时间下来，案子交到预审上从来没被打过回票！"

"你小子这么卖力地替你们开发区派出所的人使劲儿，咋的？别的所就没有人才，就你们开发区出人才？"朱星文似笑非笑地瞥了赵国栋一眼，"还是怕别人把你辛辛苦苦弄起来的底子给折腾光了？"

"嘿嘿，我这一点小心思哪能瞒得过您，我不也是想图个轻松些么？这开发区派出所弄得好也是替朱局你脸上增光添彩啊。"赵国栋一边陪着朱星文步入大厅，一边赔着笑脸。

汪涌泉和曲军接到赵国栋的电话还以为出了什么事情，气喘吁吁地从各自家里赶到东宁宾馆楼下，四下打量了一下并没有发现什么异样，这才满腹狐疑地上楼。

一踏进东宁宾馆最大的豪华包间，汪涌泉和曲军这才发现到这里边有一干上头的人。

"曲军，来来，你到这边来陪邱局、马政委还有鲁科长打几把，朱局要休息一下。"刘胜安一坐上麻将桌就不想下来，赵国栋也就只有勉为其难地去陪朱星文打扑克，不过朱星文昨夜大概也是熬了夜，精神不大好，鲁曼也只有顶了上来。

鲁曼这个女人不过三十来岁，长得是前凸后翘很有点女人味儿，但是方脸马面的，模样的确不咋样，谣传她和栾征远关系不一般。但是朱星文上台，栾系人马纷纷落马，但唯独鲁曼依然稳坐行装科科长位置，甚至和朱星文关系更密切，这让局里很多人都百思不得其解。

只有赵国栋隐隐知道其中内情，鲁曼的丈夫姓卢在县农行工作，好像是麓山那边的人，而县委卢书记也是姓卢，而且也是麓山人，这中间有没有什么亲缘关系就不得而知了，但是鲁曼能够劲风不倒，自然有其原因。

汪涌泉有些紧张，赵国栋让他向朱局汇报一下开发区派出所的近期工作以及明年打算更让他有些莫名其妙，这本该是他这个当所长的责任，但是既然赵国栋这般说，自有其道理。年前赵国栋含含糊糊的几句话似乎又在他脑海中翻腾，莫非……

事实上年前赵国栋就有意识地带着他和曲军频繁拜会局领导们，汪涌泉起初还以为是为了显示开发区派出所班子团结，后来也隐隐约约觉察到赵国栋似乎还有一些别的意思。但今天看来，赵国栋恐怕是真想要扶自己一把了，这让汪涌泉心中也是又惊又喜。

朱星文随口问了几个问题，汪涌泉也就老老实实回答，之后没有再言语。赵国栋用眼神示意汪涌泉可以离开了，雅座上就只剩下朱星文和赵国栋二人。

"国栋，你觉得老汪能扛得下江庙这杆旗？"朱星文琢磨着赵国栋这么急切地推汪涌泉上位固然是和汪涌泉配合默契，大概也有想要让开发区派出所多产生一些中层干部的意思。那个袁振勇据说一直跟赵国栋很紧，看样子赵国栋也是想要为袁振勇找个机会。

"嘿嘿，那要看朱局怎么看了。我倒是觉得以老汪这性格，至少可以保着江庙局面稳定不出事。"赵国栋话语很含蓄。

"守成？"朱星文轻哼了一声。

"朱局，各有各的长处，不是每个人都是那种能打敢冲的角色，而且也不是每个时间段都需要猛冲猛打。现在江庙所又去了两个年轻人，力量不弱，但是还缺一个能主事的，老汪应该可以担起。"赵国栋不厌其烦地推荐着。

"你小子是不是觉得老汪碍手碍脚想要把他推出去？"朱星文笑骂道。

"绝无此事！朱局，我和老汪配合很默契，只是不想让他耽搁了而已。"赵国栋也知道再说下去可能就会起到反作用了，只能适可而止："至于能不能去江庙，当然还是朱局您说了算。"

"哼，我知道你想给曲军和袁振勇腾位置，汪涌泉是不错。但是江庙所是仅次于城关所和开发区所的大所，需要一个像你一样有些闯劲儿的人才行，老汪不合适。"朱星文头脑很冷静，他对于局里中层干部的情况相当熟悉："换个情况相对简单一点的小所也许还行。"

话说到这份儿上已经是朱星文把自己视作绝对的心腹了，没有哪个一把手会容忍别人在人事权上指手画脚，朱星文正是认定自己不会一直在公安局里沉浮才会难得有如此一番说法，否则换了别人，朱星文根本就不会搭理。

赵国栋很清楚底线，连连点头："朱局看人更准，老汪就是魄力小了点。"

见赵国栋脸上有些失望，朱星文也不多言："你是想要让曲军来替你撑起？"

"嘿嘿，朱局，曲军本来就是北郊所出来的，情况熟悉，也有能力，有他在，我那边自然也就放心大半。"赵国栋笑了起来。

有了汪涌泉和曲军的参加，局领导们也可以自由组合玩自己想玩的，至少刘胜安就坐在麻将桌上不下来了。

一直到晚饭时，汪涌泉和曲军都在鞍前马后地忙乎着，好在这是在开发区地盘上，赵国栋又假模假样算是朱星文桌上的主人，让两个副手来帮衬也在情理之中。

晚饭后，众人开始散去，刘胜安的雅阁高位尾灯在清冷的黑夜中消失之后，就只剩下了邱元丰和赵国栋、汪涌泉以及曲军四人了。

汪涌泉和曲军也知道赵国栋肯定和邱元丰有话要说，知趣地站在远处。

"邱局，刘局总算是捞到一辆走私车啊，财政都处理了？"赵国栋和邱元丰就要随便得多，打火机点燃火，邱元丰深深吸了一口："嗯，朱局还算可以，给老何也弄了一辆，不过差了一点，是韩国的大宇，也算是对得起老何了。"

"噢？"赵国栋心中一动，在邱元丰面前他就无所顾忌了："窦政委好像和朱局现在不大合拍啊。"

"还不是为你小子那事儿闹得，要不朱局咋会有意推荐王贵仁呢？王德和那边现在可是满腹怨气，不消解消解，局里边很多事情也不好办啊。"邱元丰摇摇头，"我本来不赞同朱局的意思，但是有些事情却又由不得我们。"

赵国栋知道现在朱星文和邱元丰关系相当紧密，甚至超过了自己和朱星文。窦中凯要想独立山头，必然也要拉起一帮人，王贵仁一上位可能就要和窦中凯站在一条线上，如果何凤祥也倒向窦中凯，朱星文这个局长就有点难当了。

"朱局难道就没有考虑过这后果？"赵国栋沉吟了一下，"有些人是给他三分颜色他就要开染坊。"

"当然考虑过，但是我不是说了么？有些事情由不得我们。"邱元丰顿了一下，"本来朱局也在考虑让你进局党委，但是茅县长明确告诉朱局，你的工作必须要以开发区的招商引资为主，建议你的党组织关系最好保留在管委会，所以朱局也就只有作罢。"

赵国栋粗算了一下，局党委现在七人，王贵仁一上位必定要进党委，党委委员就成了双数，增补一名也是必然的。自己入局党委当然可以增加朱星文方面的分量，但是现在自己不能，那就只有另寻他人了，只是一般科所队长入党委却又显得分量不足。

赵国栋脑海中电光火石般一掠而过："鲁科长最合适。"

邱元丰惊讶地瞅了赵国栋一眼，这才含笑点头："你小子脑瓜子还真好用啊。"

"嘿嘿，邱局，还不是跟着你混出来的。"赵国栋微笑着应道。

"怎么？你想把老汪推出去，让曲军给你撑起？"邱元丰眼光也是刁毒。

"老汪年龄不小了，不能老在指导员位置上打旋，我这一时半刻扔不掉，也得给人想头不是？曲军跟着我，也能帮我减轻很大压力。"赵国栋在邱元丰面前也不隐瞒什么，"这还要请邱局帮衬一下了。"

"你小子，算盘打得精啊！"邱元丰也笑骂，"这样一来不是谁都知道你们开发区派出所出人才了，有点能力的人还不得想方设法往你开发区派出所钻。"

"我还不是江庙所出来的？"赵国栋反击。

"嗯，我知道了，啥时候把刘局约一约？"邱元丰留下来的目的就是要和赵国栋说这件事情。

"过了正月十五吧，这段时间我估计他也没有时间。"赵国栋点头。

"好，约好通知我。朋友间不走动，关系就会越来越淡。国栋你要记住，多个朋友多条路，很多时候一个朋友往往能帮助你解决一些你觉得无法解决的问题。有了朋友更要注意保持关系，有时候打个电话一句问候也能保持一段情谊。"

邱元丰的话让赵国栋深以为然，即便是抛开功利心态，能够走到一起谈得拢的朋友也不多，许多朋友不能单单只去看对方的短处，而要看到对方的长处，只有这样你才能如鱼得水般地融入这个社会。

道不同不相为谋这句话固然有道理，但是不相为谋并不代表就不能和平相处，水至清则无鱼，木秀于林风必被摧，所以怎么把握，就要看各人如何操作了。

从栾征远家中出来赵国栋一时间发现自己竟然无处可去。

赵德山和赵长川两个家伙各自约了朋友聚会，过了初七他们就要赶回宾州，现在多一天时间都耽搁不起，能够早一天做好准备就尽量提前。

看来栾征远在龙潭区这边已经站稳了脚跟，从来栾征远家中待客时来客的层次就可以看出一斑。

公检法司以及政法委五大部门的主要领导都基本上到齐了，当然也少不了龙潭分局下面几个重要科所队的一把手，甚至还有几个乡镇党委书记镇长也在场，让赵国栋感到惊讶的是市局副局长胡夏也来参加，这就不简单了。

相较而言，自己和何凤祥就显得有些单薄了，除了自己还有年龄优势可言，何凤祥在其中显得那样落寞。

不过栾征远的亲热化解了何凤祥的一些失落，对于赵国栋的到来，栾征远惊讶之余也表现出了适度热情，既让赵国栋感到亲切也不会显得出格。

与朱星文的豪爽热情风格相比，栾征远更像一个官员，热情而不亲昵，适度而不过分，这让人感觉很舒服。相比之下朱星文的江湖气息和草莽味道就要浓许多，毕竟军人出身的朱星文又在刑警队一干就是十年，已经养成了那种雷厉风行的脾性。

一顿饭吃下来也算有些收获，至少也结识了一些龙潭政法这条线上的一些朋友。

龙潭区检察院的一名副检和高阳关系很熟，几下子就和赵国栋找到了共同语言，而龙潭分局相当年轻的那名副局长也和赵国栋有不少共同语言，后来赵国栋才知道他是刚从市局刑警支队下派挂职锻炼的，下来不到一个月，难怪和龙潭区这边的干部都还不太熟悉。

午饭之后一部分人离开了，毕竟这春节期间不少人一天都得串两三台，亲戚朋友，熟人同事，领导下级，难免没有个应酬，当然能留下来的要么就是有些身份，要么就是和栾征远关系不一般的朋友了。

赵国栋自忖自己两者都不属于，也就知趣地告辞离开，而何凤祥则留了下来。

这个时候上什么地方去？

回家？孔月早已经跟随父母回老家了，就算是在家现在只怕也不会理睬自己。

赵国栋清楚孔月和唐谨的性格差异，孔月外柔内刚，外表柔弱平和，但是骨子里却是异常保守坚持。而唐谨则恰恰相反，表面刚烈爽朗，但骨子里却是柔弱怯懦得紧，就像自己和她的第一次，虽然一开始口气强硬坚决，但是经不起自己几下软磨硬缠也就乖乖遂了自己愿了。

想到这儿赵国栋就禁不住想要叹气，自己怎么会这么倒霉，这种事情都会发生在自己身上。

唐谨现在也不能去招惹，虽然那天唐谨表现出来的意愿无疑在暗示什么，但是赵国栋却不敢往那方面想。背负着孔月的情债已经够重的了，真要再和唐谨纠缠不清，那可真的要了命了。

沿着安泰大道转入湖南路，从这里开始就是安都市最繁华的商业区了，再往前走的四川路就是商业步行街了，所有车辆禁行，赵国栋琢磨着是不是该去商场转一转，替孔月买一两样东西，也好化解孔月心中的怨气。

"阳光800"几个醒目的大字落入赵国栋眼中昭示着安都市区最热闹最奢华的极品商业街到了。赵国栋寻找着停车位，几个路边停车场都竖起了车位已满的牌子，足以证明商业气息的浓郁。

刚刚从车里钻出来，就听得一个喜悦略带怒意的声音在耳际响起："赵国栋！"

吓得赵国栋头一缩，赶紧四处张望，才看见一个双手叉腰的女孩子怒气冲冲地站在停车场一侧，恶狠狠地瞪视着自己。

"啊，小冬，你怎么会在这儿？"

赵国栋心中暗自叫苦，但表面上不得不装出一脸灿烂的模样连滚带爬地跑过去。他欠韩冬实在太多了，从借钱开始，房子全全兴砖厂的收款事宜，到江庙所那则《扬眉剑出鞘》，就连为江口开发区唱赞歌的那篇《沸土》都是韩冬帮着赵国栋督促着报社那边以最快的速度出炉的。

可是自己呢？答应了年前要去韩冬那里坐一坐，但是每每都是这样那样的琐事拖着，一直没去。这下可好，现在自己优哉游哉准备逛商业街，却被对方逮个正着。

忙不迭地跑到韩冬近前，赵国栋满脸堆笑："小冬，你也准备去逛逛'阳光800'？嘿嘿，真是巧啊。"

"哼，我还以为你会装作不认识我呢？"女孩子冷冷地刺了赵国栋一句。

"那哪能呢？"赵国栋这个时候才注意到韩冬身后还有一大堆人，几个比韩冬小一些的男孩女孩，还有几个四五十岁的中年人都在饶有兴致地看着韩冬和自己。

赵国栋原本怠懒嬉笑的神情顿时消失，取而代之的是亲切平静："怎么，你背后都是你家人？我是不是有些有损形象？"

"滚你的！"韩冬啼笑皆非，原本板起的脸顿时解冻："你有啥形象？"

"嘿嘿，没形象咋会上《安都日报》？"赵国栋一边悄悄观察着，一边赔着小心道。

"你也知道上了《安都日报》啊？我还以为你没看到呢，咋有些人就没有一点良心而且言而无信呢？"韩冬努力恢复冰冷。

"呵呵，小冬你也知道，这年边上实在太忙了。那篇文章一刊登，来我们江口开发区考察投资的客商暴增，我这是累得接不上趟啊。"赵国栋小声道。

"所以就来商业街逛一逛，散散心？"韩冬不动声色地反问。

"呃，是，也不是，是想替家里人买两样东西，顺便也要挑选一样礼物感谢小冬这么久以来对我的帮助和关心啊。"赵国栋挠着头道。

"哼！谁相信呢？"韩冬骄傲地瘪瘪嘴，虽然不太相信赵国栋的话，但是对方的言语还是让韩冬心里舒服不少，尤其是看到赵国栋是一个人，韩冬心情也就畅快许多。

"小冬，你朋友？怎么也不介绍一下？"一个气度雍容的中年人嘴角含笑地招呼着韩冬。

"啊，二叔，嗯，这是赵国栋。国栋，这是我二叔。"韩冬似乎现在才意识到自己背后还有一大家子人，尤其是在回头看到自己几个堂弟堂妹都在不怀好意地笑着作怪相，更是脸上发烧心中发虚。

韩冬将赵国栋一一介绍给自己家人认识，赵国栋没有想到在停车场也能遇上这种事情，韩冬这一大家子十多二十口，除了那个气度不凡的二叔之外，其他几个男性长者一看都不像是政府官员，倒像是商界人物。

韩冬二叔给赵国栋感觉总有些熟悉，但是他又想不起这位温文儒雅的男子在哪里见过。

就在一家人问韩冬是不是要个别活动时，赵国栋的手机却响了起来。

一边道歉一边走到僻静处，赵国栋翻开盖板："哪位？"

"呵呵，赵哥，是我，乔辉。"爽朗的声音传递过来。

"小辉？回来了？"赵国栋一边煞有介事地点头，"在哪儿呢？"

"赵哥在哪儿？我在云螺湖这边，有没有空，过来坐一坐吧。"

"云螺山畔云螺湖？"赵国栋惊讶地扬起眉毛。

那可是一个奢靡地带，地处城东郊外的浅丘地带，号称商务精英们的最佳去处。多栋连体别墅群据说是安原最大的房地产集团华茂集团开发的高档休闲区，却被打造成了类似于休闲山庄一类的近郊度假胜地。

不过高昂的消费水准等闲人根本不敢问津，而政府官员们碍于形象也稍有踏足，但却成了大型国企和垄断产业以及私营企业主们的最爱。

"嗯，在橡树林，你来吧，几个朋友都很想见见你呢。"乔辉语气中充满了期待。

赵国栋原本并不想接受邀请，但是这个时候他却不得不答允下来。

韩冬虎视眈眈地盯着自己，目前这种状况下他绝不愿意和韩冬出双入对，这"阳光800"可是整个安原省的商业中心，万一被哪个熟人看见，那还不引发轩然大波。

二来邱元丰的一番话对他也有些触动，多个朋友多条路，看样子这个乔辉能耐也不小，能去海南炒房地产恐怕不是光有点所谓的社会影响力就能行的，那得有点真金白银才行，他也很好奇这乔辉怎么能踏进炒房地产这趟浑水。

"好，我这就过来。"赵国栋很爽快地答应了下来，让电话那边的乔辉都感到惊讶，在他们的三次接触中赵国栋无论是面对面还是电话中都表现得相当矜持自傲，第一次甚至连真实姓名都不愿意透露，而那时候这个家伙还只是乡下派出所的一个小民警呢，这一次却如此爽快地接受了邀请，难道是云螺湖这块招牌让他心动好奇？

显然不可能是这个因素，赵国栋如果是这种人，那乔辉也就瞧不上对方了。

赵国栋又费了一番唇舌才让韩冬相信了他的确有急事，但是他也不得不再三保证会在正月十五前去请韩冬吃顿饭，这才让韩冬放过他。

桑塔纳进入云螺湖别墅区的专用公路时，赵国栋立即就感受到了扑面而来的清新气息，斑驳灿烂的落叶林和青翠葱郁的针叶林混杂在一起，构成了一道苍凉凄美的画卷。

奔行在丘间岭隙中，蒲草斜阳，跃然于目，偶露于林间的一片碧绿让人耳目一清，流瀑飞泉，溅起雪玉点点，呼吸开阖吐纳，头脑也是一派宁静。

自动门栅缓缓打开，在报上去往所在之处后，显然是接到了电话的门口警卫立即为赵国栋指明了前往橡树林的道路。

经过了三道岔口之后，赵国栋终于可以看到隐藏在橡树林中的一片欧式建筑物。

小型停车场内摆放着几辆轿车，除了几辆常见的日本车，赵国栋居然还看见了一辆奔驰 W124 和一辆很少见的美洲豹 XJ，奔驰车灯上的小雨刷和美洲豹车头上的标志很是醒目，这倒让赵国栋颇有一点惊艳的感觉。

"赵哥！"

乔辉恰到好处地出现在门庭处："一别就是一年多啊，赵哥变了不少啊。"

"小辉，你也别叫我赵哥了，就叫我国栋好了。"赵国栋也觉着比自己大上十来岁的人叫自己为哥实在有些不是滋味，但是他又不想叫对方为辉哥，所以索性相互叫名最合适不过。

"行。"乔辉也很爽快，"这边走，几个朋友都对你很好奇呢。"

"哦？"赵国栋也不停步，满不在乎地往前走："我有什么值得好奇的？"

"国栋，要说你还算我们的恩人呢，若是没有你那次在电话里提醒我，只怕我和他们现在都只有扫大街的份儿了。"乔辉有些夸张地道。

"至于么？我一句话就能点石成金？"赵国栋也笑了起来。

中庭里直通建造在山崖边缘的宽景阳台，放眼望去，崖下秀色竟是一览无余，"卷帘惟白水，隐几亦青山"悬挂在中庭两边倒是十分应景。三个男子正悠然自得地坐在阳台上享受着午后的阳光，几个女性声音不时从另一侧房间传来。

"国栋，他们都是我的好朋友，银丰信托投资公司郑健，这一位是省人行的雷向东，这一位是工行南华分行的萧华山。"乔辉笑着向站起身来的三人介绍道。

没等乔辉介绍完，赵国栋便落落大方地伸出手："幸会，赵国栋，江口县开发区的。"

三人都有些惊异于赵国栋的年轻，但是赵国栋的舒朗沉静让三人都意识到，眼前此人能让素以毒目自誉的乔辉看重必有其道理。

一番寒暄之后，五人入座，自助式的咖啡机让赵国栋很不习惯，不过这貌似相当时髦。

"国栋，我这几位朋友都一直想要见一见你，一来感谢你的点拨，二来也想认识一下。"乔辉见气氛有些尴尬，就主动打开话题。

"别那么说，我就嘴皮一翻两句话，能起啥作用？"赵国栋连连摇头，"能认识几位才是国栋的荣幸。"

"国栋，我们都比你痴长几岁，就托大叫你国栋了。"郑健脾性要开朗外向一些，"你给小辉的那几句话对于我们来说无异于暮鼓晨钟啊，要说救命于水火之中也不为过，小辉的一点血本，我这后半生差一点就栽在这场狂风暴雨中了，不过我们一直想知道，你是怎么知道国家会在一个多月之后出重拳猛药？"

"国栋，大健和小辉这一次能逃脱大劫全靠你的指点，嘿嘿，不瞒你说，我在人行工作，自认为对国家经济形势和政策也算有些了解，你咋就能预测到国家要出台政策打压房地产行业？"一直对赵国栋充满好奇心的雷向东直奔主题。

赵国栋怔了一怔，这家伙也太直接了吧，怎么会打压房地产行业？赵国栋琢磨着该怎么回答这个问题，思索良久之后，才缓缓道："准确地说应该是从四月各省省长进京之后觉察到的风向，我给诸位讲个笑话。

"主管经济的领导要求各位省市大员们正确体会中央精神，既要抓住机遇，加速发展，又要稳妥，避免损失。这一番话就是傻子也能听得出其中含义，但是各位大员们据说回答千奇百怪。"

赵国栋的话立即引起了在场所有人的高度关注，虽然说是笑话，但是能够说到这个高度的笑话，那就不是笑话两个字可以概括的。

"一位说就全省来看他们经济不热，另一位马上就说你们都不热，我们更不热，第三位说自己省个别城市发展较快，那是外资进入的缘故，第四位顾左右而言他，根本不说自己省的经济问题，第五位说他们刚刚开始，中西部地区的省长们就说他们已经落后了，于是得出结论，一九九三年应该大干快上，比一九九二年更大更有作为。

"而一九九二年的情况怎样相信雷哥比我清楚，大城市生活物价指数、基本生活资料和生产资料的上涨幅度都超过了两位数，都在百分之三四十以上，这样的增长幅度很明显就是典型的通货膨胀，而原因是什么？

"国家投资规模较大，这是一个原因，但绝不是主要原因，主要原因还是地方政府官员们为了自身利益或者说自己的政绩，肆无忌惮地扩大投资规模，要投资，钱从哪里来？财政没钱，自然从银行里拿，货币滚滚而出，谁都没有把和他们谈话的人放在眼里。

"但是这位主管经济的领导是谁？可能之前都没有多少人研究过他的性格，真正的铁腕人物！政策一出，山崩地裂，泡沫散尽，银行控制力一收紧，一切烟尘过后都要露出真面目。嘿嘿，现在还有谁敢去捋上面的虎须？"

赵国栋笑了一笑："四月份之后各省都没有任何变化，我就估摸着可能上面要出狠招猛药了，而这个时候什么行业最热又最能拉动经济，当然是房地产，而什么地方最火，除了海南就是北海，你说一旦猛药下来，哪里泻火最厉害？

"所以小辉打电话恭喜我时，我知道他在海口玩地产，就提醒他马上收手。我告诉他，不相信就去查一查海口房地产开发在建的数量，再看看海口常住人口有多少，对比一下不就一清二楚了。以海口目前的经济底蕴和基础设施不可能容纳得下太多的外来人口迁居到那里，而工商业经济不是一天两天一年两年就能发展起来的，就这一点就决定了海口乃至整个海南的房地产热就是一场泡沫，虽然号称全国最大的特区，但是它们现在和深圳还根本没有可比性！"

赵国栋的一番话让几个人都陷入了沉思，从省长谈话到铁腕性格，从经济过热带来的后果到踩刹车的时机，对方说起来似乎轻描淡写平淡无奇，但是仔细一理会，换了自己能够从这些东西里琢磨出这个道理来么？恐怕不能。

事实上赵国栋一样不能，就连这些搞金融搞经济的专家高手们都不行，赵国栋自然更不行，但是潜意识帮助他在一千人面前树立了巍然伫立的形象，这本来不是赵国栋所愿，但是此种场合之下如果不能给对方一点震撼，只怕这些心高气傲的家伙们根本就不会把自己打上眼。

"这么说上面踩了刹车，这一两年里经济怕是要冷一冷吧？"萧华山歪着头若有所思地道。

"我不这样认为，改革开放的潮流已经无法逆转，上面踩刹车主要还是在金融领域，尤其是那些拿着人民储蓄的国有银行主宰者们，为了保住自己的乌纱帽放纵地方领导们的要求，重复建设，低效投资，事实上能够产生良好效益的项目占了多少？而又有多少贷款放出去就立即变成死账？"赵国栋摇头。

"但是国有银行资金流向也有明确目标，那就是国有企业。而现今国有企业状况大家有目共睹，很多都是无底洞，从一建厂就开始亏损，但是银行却不得不一直扶持，死账烂账谁也不愿意见到，但是国有银行能有选择么？"萧华山不以为然。

　　"当然有，国家政策已经明确出台，国有商业银行和政策银行要分开，商业银行就是要按照商业银行的国际通行模式来经营运作，真正需要政策性扶持的应该由专门设立的政策性银行来负责。什么是商业银行？那就是要讲自身效益，追求利润！无论它是什么企业，国有、集体或者私人，都要一视同仁，只要能为你赚取利润！做不到这一点，这家银行的行长就是失败的，无论他获得多少领导的赞扬！"

　　赵国栋毫不客气地反击，国有专业银行商业化那是必经之路，而且走得越早对国家越是有利，也可以让商业银行从无数的烂泥潭中脱身出来。

　　赵国栋的话再度让几个人都哑口无言，他们都是来自国有银行的中层干部，自然清楚其中奥妙。

　　郑健所在银丰投资公司实际上就是省建行下属专门从事经营开发的实体，他本人也是建行安原省分行的中干，去海南开发房地产，也是受省分行的委托，只不过乔辉也在随后加了一股进来。两人带着一帮人联手在海口和三亚从一九九二年年初就开始炒房地产，上一次与赵国栋相遇也是乔辉回来度假散心。

　　泡沫破灭前半个月他们将一切转手抛出，两周后上面政策出台，海南和广西北海的房地产市场暴跌无底，只剩下一地鸡毛。

　　海南房地产行业的崩溃直接导致了全国各省的国有四大专业银行数百亿资金打了水漂，而其中尤以建行系为惨，安原省建行系统下面的几家市属分行已经损失惨重，而真正能够全身而退甚至还大捞特捞一笔的唯有省分行的银丰投资公司。这也让回到省分行的郑健大出风头，屡屡受到省分行主要领导的表扬，甚至连总行都知晓了建行安原分行的银丰投资公司在海南房地产市场斩获颇丰且审时度势地抽身离开。

　　在银行指导部门工作的雷向东以及工行系统的萧华山自然都清楚其中的风风雨雨。

多少原本在本行业系统中的翘楚人物都栽在了这场突如其来的狂风骤雨中，数以千万资金砸进去没有见到收益反而可能血本无归，当时心急火燎的领导们现在自然催逼着当事人去收回款项，一大批领导受到牵连也是在所难免，而唯有郑健在这场风雨中大放异彩，那么这回分行受到提拔重用也就是情理之中的事情了。

"国栋，我听你的意思是说国家也会建立政策性银行，不知道你对这个问题怎么理解？"雷向东显然更关心大政策层面上的动作。

"很简单的一个道理，如果四大专业银行在发放商业性贷款的同时，依旧发放政策性贷款，这种贷款我们都知道偿还的可能性极小，那么它们就永远不能成为真正的商业银行。"赵国栋侃侃而谈，从现实的书本中他已经能够结合潜意识中的感知琢磨出不少道道。

"只有让国家专门成立的政策性银行来承担国家指令发放的政策性贷款，而商业银行完全从自身经营效益出发来运作，商业银行才能逐渐走出阴影。事实上，雷哥，我们都清楚，我们国内银行的不良资产率有多高？比起国外同样的银行来，我们的不良贷款一般都比他们高出十倍，这对于一家纯粹的商业银行来说是骇人听闻也绝不可能的。"

雷向东默然无语，他当然清楚国有银行目前不良贷款的真实状况，但这并不是银行自身造成的，国家乃至地方政府带有强烈行政命令式的干预是造成这种状况的重要原因，哪家银行都不愿意这样，明知道可能血本无归还只能硬着头皮发放贷款，但是很多情况下却不能不为。

"国栋，你对我国国情也很清楚，银行名义上垂直独立管理，但是在很大程度上依然要受行政权力的影响，以我们工行为例，如果说我们南华市委市政府要求我们继续向已经陷入破产边缘的南华丝绸公司贷款，以确保丝绸公司职工工资能够每月按时拿到手，我们南华工商银行能不贷款？"萧华山微笑着道："但是贷出去，也许下个月，也许明年它就破产了，我们工行能拿到什么？一堆破旧机器，或者几间破烂厂房，如果再多几家债权人，只怕大家还只有排排坐吃果果，一个分一个！这样的环境下，银行的不良贷款率能不高？"

"所以国家才会建立政策性银行来解决诸如政策性扶持贷款问题，但是像萧哥你所说的那种状况，我估计三五年甚至十年之内都未必能够禁绝，毕竟我们是社会主义国家，而专业银行也是国有银行，从某种角度来说，它必须要承担起一部分社会职能。"赵国栋也点头赞同。

"所以国有专业银行的商业化运作之路还很漫长，想要一天两天就实现真正的理想中的商业运作，那还不现实。"雷向东也补充道。

"嗯，但是这也是必经之路，或许其间有不少风风雨雨，但是大趋势是无法改变的。"赵国栋有意无意地道，"我看今年之内，国家的几家政策性银行就应该要挂牌成立了吧。"

"噢，国栋，你这么肯定？"雷向东若有所思地瞥了赵国栋一眼，如果是一般人这么说雷向东不会在意，但是赵国栋能够准确预言国家整顿宏观经济的政策出手时机，这就不能不让他重视了。

"应该如此，以目前主管经济的中央领导人的作风以及目前经济的紧迫形势，成立政策性银行宜早不宜迟。"赵国栋断然道，在他的潜意识中，中国政策性银行应该在今年陆续成立了。

一干人的谈话反而让乔辉插不上嘴，对于这种国家经济大势分析以及政策走向，没有一点基本的经济概念而妄加评论只会遭人耻笑，乔辉也知道自己在这方面是外行，也就不多言多语。

这几个都是从小一起在人行家属大院里长大的玩伴，关系十分密切，银行系统也一样是有着浓厚的子承父业的理念，一九七九年之前无论哪里都只有一家，那就是中国人民银行，只不过到八十年代开始才陆陆续续分离出四大专业银行。

虽然乔辉成年以后因为种种原因并没有走进金融系统，但是依然和几个已经在银行系统中崭露头角的玩伴们保持了相当良好的私人关系，他这才提着挣扎十来年赚来的血汗钱跟着郑健下海南淘金，好在成功躲过一劫，也还落了个盆满钵满。

从银行系统改革谈到目前国内经济形势走向，从财政分税制到汇率改革，四个人的谈兴也是越来越浓。

"汇率并轨，嘿嘿，这一手狠啊，国有公司的优势一下子荡然无存，实行以市场供求为基础单一的有管理浮动汇率，人民币一下子贬值百分之三十以上，这意味着什么？"雷向东瞥了一眼身旁三人。

"意味着什么？意味着我们的劳动力成本、产品成本都变得更便宜了，出口可以迅速扩大，中国成为一个更加吸引外部投资商的地方，外资必将滚滚而来!"赵国栋也知道对方是在考校自己，不过这一点对于他来说实在太简单了。

"亚洲四小龙很快就会成为过去时，随着中国制造行业的不断壮大和升级，中国逐渐会成为世界上的制造业重心，尤其是私营企业也将乘势而起，成为中国经济增长的一个主要拉动力，而外贸拉动型经济会成为中国相当长一段时间的主导方向，这将是中国经济增长的发动机，只有这样中国经济才能实现长期、平稳、高速的发展。"

雷向东和萧华山以及郑健都交换了一个惊异的眼神，这个家伙简直太强悍了，对于国家经济发展导向理解得如此透彻，以至于许多自己想到了但是还没有想清楚的东西落到他嘴里就变成了娓娓道来。

就连雷向东一向自诩为研究国家经济政策和金融政策之间关系的专家，也不得不承认赵国栋在这方面的嗅觉甚至是直觉超乎寻常的敏锐。

国际国内形势发展的讨论很快就回到了安原本省的经济动向上来，赵国栋也知道在这些家伙面前谦虚只会招来不信任，你只有展现你自己的才华能力才能得到认可。

"安原省有着相当优越的地理优势，中西部结合区域联结点的位置是其他任何一个省市难以比拟和替代的，而且安原也有着相当雄厚的经济基础和科技发展潜力，尤其是安都市作为中西部地区工商业氛围最浓郁以及教学科研实力最雄厚的城市，更是有着得天独厚的优势，这大概也是首届中西部投资贸易洽谈会选择在安都的主要原因之一。"

"雷哥说得对，韩国大宇这一次和安汽合资除了安汽本身具有一定实力之外，更重要的也是看中了安都这个地处中国内陆腹地中部的特殊地理位置的优势，想要在这里打开市场，向西南、西北、华南和华中拓展，而安汽也可以借这一次机会重振雄风，安原省也有意借此机会来打造中国中部汽车产业基地的梦想。"

赵国栋接上话："郑哥，这一次安汽集团与大宇合资，难道说你们建行就没有银企合资的意愿?"

"嘿嘿，当然有，安汽和大宇合资是国家和省里都极为重视的项目，我们提供贷款支持也是理所当然，不仅仅我们，工行也一样会加入进来。"郑健微笑道。

"我们江口开发区现在正在打造汽配产业园区，已经有相当数量的企业来我们开发区投资建厂，还有一部分正在考察当中，不知道郑哥和安都市建行领导熟不熟，帮忙搭搭桥，我们江口开发区也有和建行系统来个银政合作，打造一个优秀工业园区的想法。"

"哦?"郑健眼神微微一动："这倒是一个好建议，市建行郭动我还比较熟悉，抽个时间见见面，你可以和他聊一聊你的想法。"

赵国栋也笑了起来："别当真，郑哥，我只是想利用这个造造势，让前来投资建厂的客商感受一下我们开发区管委会与建行系统良好的合作关系，如果他们真要贷款，那还是完全按照你们建行的规矩来，符合条件就成，不符合自然拉倒。"

旁边几个人都笑了起来，雷向东也有些佩服赵国栋这个家伙脑瓜子好用，随便一动就能琢磨出一个点子来。